बर्फ़ और सफ़ेद क़ब्र पर एक फूल

वाणी प्रकाशन
21-ए, दरियागंज, नई दिल्ली-110002
फोन : 011-23273167, 23275710, 41562622
फैक्स : 011-23275710
e-mail : vani_prakashan@yahoo.com

बर्फ़ और सफ़ेद क़ब्र पर एक फूल

राजकमल चौधरी

संपादक
देवशंकर नवीन

वाणी प्रकाशन का लोगो
विख्यात चित्रकार मकबूल फिदा हुसेन
की कूची से

ISBN : 81-8143-479-X

वाणी प्रकाशन
21-ए, दरियागंज, नयी दिल्ली-110002
द्वारा प्रकाशित

प्रथम संस्करण : 2006

मूल्य : 375.00

आवरण : वाणी चित्रांकन

शुभम् आफॅसेट, दिल्ली-110032
द्वारा मुद्रित

BARF AUR SAFED KABRA PAR
EK PHOOL
Compiled and Edited by
Devshankar Navin

साहित्य और समाज का लोकतंत्र

अभी हम जिस बाजार में जी रहे हैं (क्षमा करें, भारत देश के आम नागरिक की जीवन व्यवस्था को मैं एक बाजार कहता हूं), उसमें मानवीय 'अस्तित्व' की सबसे बड़ी सचाई यह है कि मनुष्य जीवन-रक्षा हेतु टुकड़ा भर रोटी, बीता भर कपड़ा और पलक भर प्यार किसी तरह जुटा लेता है। किसी ठांव-ठौर में इसका उपभोग कर लेता है और अगले पड़ाव के आहार, अर्थात् अन्न-वस्त्र-प्यार के इंतजाम में जुट जाता है; शिकारियों द्वारा खोदे गए गड्ढे में गिरे उस हाथी और हाथी के सहयोगियों की तरह, जो जीवन-रक्षा और अपनी आजादी के लिए जी-जान से जुटा रहता है। इस बाजार का दूसरा पक्ष भी है, जहां थोड़े से मनुष्य (?) अपनी 'अस्मिता' बनाने-बढ़ाने तथा अपने अहं को निरंतर सहलाते रहने के क्रम में एक से एक नीच और जघन्य हरकतें करता रहता है; उस सांपिन की तरह, जो अपनी संतानों को खा जाती है; उस शेर की तरह, जो अपनी पुलिंग संतान तक को अपने क्षेत्र से खदेड़ देता है या अपनी पुलिंग संतान द्वारा खदेड़ दिया जाता है; उस बाज की तरह, जो अपनी जाति (पक्षी) के अन्य प्राणियों का वध दूसरों के लिए करता है। आज के बाजार का अविचल यथार्थ, अस्तित्व और अहं के इसी संघर्ष को रेखांकित करता है। हिन्दी और मैथिली के महान रचनाकार राजकमल चौधरी का संपूर्ण लेखन अस्तित्व रक्षा और अस्मिता निर्मिति में व्यस्त मानव जाति के इसी नानाविध संघर्ष का विवरण ही है।

भारतीय स्वाधीनता के समय में राजकमल चौधरी (1929) अपनी उम्र के अठारहवें वर्ष में चल रहे थे। स्वाधीनतापूर्व में भारतीय नागरिक ने सुख-सुविधा और संबंध-बंध का जो सपना देखा था, वह अचानक ध्वस्त हो गया था। प्रजातंत्र का धोखा धीरे-धीरे स्पष्ट होने लगा था। एक-दो वर्ष तो आजादी की खुशी की तल्लीनता और जश्न में निकल गए, पर शीघ्र ही समकालीन बुद्धिजीवियों की समझ में यह बात आने लगी कि आम नागरिक के साथ बहुत बड़ा अन्याय हुआ है। अंग्रेजों का शासन तो समाप्त हो गया पर पदस्थापित जन प्रतिनिधि उनसे भी अधिक क्रूर, कठोर, निर्मम और अत्याचारी हो गए, भूखे शेर हो गए। जनतंत्र और साम्यवाद की दुहाई देते रहे और अपने भाग्य विधाता (जनता) को

निरंतर दिग्भ्रमित करते रहे। खुद तो रंक से राजा बन गए और जनता को निरीह, विपन्न, आश्रित बनाए रखने की नीति कायम करते गए।

महत् शक्ति से आस्था टूटने और जनशक्ति के प्रति आश्वस्त होने का बेहतरीन मौका यही था। पर यहां सबसे ज्यादा ज़रूरत थी, अन्न-वस्त्र और कानून-कायदा के उन देवताओं के भाग्यविधाता (जानता) को जगाने की क्योंकि जनता सो गई थी। देश की आजादी और नई व्यवस्था के नए-नए चेहरों ने उन्हें इतना आश्वस्त कर दिया था कि दुरवस्था की कोई आशंका उनके मन में नहीं थी। आवश्स्त होकर सो रही जनता को जगाने के लिए साधारण आहट की नहीं, कोलाहल की आवश्यकता थी, आवरणविहीन यथार्थ से उन्हें परिचित कराने की आवश्यकता थी। गत शताब्दी के छठे दशक में जो भी साहित्य देश में रचा गया, उसका मूल लक्ष्य यही था।

हिन्दी में राजकमल चौधरी की रचनाएं उक्त दशक के अधोभाग में तीक्ष्णता और तीव्रता से प्रकाश में आने लगी थीं। हिन्दी में राजकमल चौधरी की पहली कविता (**बरसात रात प्रभात**) सितंबर 1956 में 'नई धारा' में, पहली कहानी (**सती धनुकाइन**) मार्च 1958 में 'कहानी' में और पहला निबंध (**भारतीय कला में सौंदर्य भावना**) जून 1959 में ज्ञानोदय में प्रकाशित हुआ। मैथिली में सन् 1954 से ही इनकी रचनाएं छपने लगी थीं। सन् 1958 आते-आते तो ये ख्यात हो चुके थे और मैथिली की रुग्ण, जर्जर एवं रूढ़िग्रस्त रचनाशीलता के पोषकों-प्रतिस्थापकों के लिए आतंक बन चुके थे। लेकिन, अप्रकाशित पांडुलिपियों के अवलोकन से यह तथ्य सामने आता है कि सन् 1949-50 के आस-पास से ही ये सृजन में पर्याप्त सक्रिय थे। हिन्दी में उन दिनों की पर्याप्त रचनाएं प्राप्त हुई हैं, जो इस बात का प्रमाण है कि प्रकाश में आने से पूर्व इन्होंने अपनी रचनाशीलता को पूरी तरह संवार लिया था।

हिन्दी और मैथिली दोनों भाषाओं में लिखी-छपी छठे दशक की सामाजिक रूढ़ियों, पाखंडों, धर्मांधताओं, कुरीतियों, अत्याचारों और राजनीतिक षडयंत्रों तथा बहुसंख्य साधारण जन के साथ किए जा रहे फरेब, प्रवंचन, प्रपंच, धोखाधड़ी आदि पर इनकी रचनाओं की गुर्राती नजर दिख रही है। इनके लिए वैसी एक भी हरकत सह्य नहीं थी, जिसकी परिणति जनहित से विमुख हो। जनविरोधी उपक्रमों का विरोध इन्होंने ताउम्र; किसी एक्टिविस्ट की तरह किया। किसी शुद्ध लेखक की तरह कहानी-कविता-निबंध-रिपोर्ट लिखकर अपना दायित्व पूर्ण समझ लेने वालों में से ये नहीं थे। इनके जीवन की अनगिनत घटनाएं और इनके क्रियाकलाप इस बात के प्रमाण हैं, जिसकी चर्चा अन्य जगह हो चुकी है।

वस्तुतः किसी महत् शक्ति से आस्था टूटने के बाद जो मोहभंग होता है, असंतोष की जो स्थिति आती है, अर्थात् जो क्रोध उठता है, उस क्रोध को

साहसिकता का संबल मिले तो मनुष्य विद्रोह कर उठता है, और कायरता की बिस्तर मिले तो मनुष्य के मन में आक्रोश भर उठकर रह जाता है। आक्रोश का अगला कदम कुंठा पर जाकर रुकता है। स्वयं राजकमल ने लिखा है, "सम्भवतः खंडित अहं के अलग-अलग टुकड़ों पर जम आई हुई कीचड़-काई ही कुंठा बनती है, जो अंदर की साबुत पत्थर, यानी आदमी के अस्तित्व को चमकने-निखरने नहीं देती है। जो आदमी को किसी लालसा, किसी देह-अंग, किसी भंगिमा, किसी नंगेपन, किसी भोग किसी मृत और अतीत शारीरिक संभावना में हमेशा के लिए जब आदमी अपनी कुंठा से अधिक मजबूत हुआ, तो कुछ अर्से के लिए रोक देती है (**नवलेखन के संदर्भ में/लहर, मई-जून 1967**)।" रुक जाना, किसी भी जनविरोधी हरकत को देख लेने के बाद चुप रह जाना, रुका रह जाना ही कुंठित होना है और वह राजकमल चौधरी का काम्य कभी नहीं रहा। विद्रोह इनके स्वभाव में शामिल हो चुका था।

स्वातंत्र्योत्तर काल के भारत की दशा तो कुल मिलाकर यह थी कि सत्ता की चमक-दमक में बड़े-बड़े सूरमाओं की आंखें चुंधिआने लगी थीं। तात्कालिक लाभ और चमत्कारिक उन्नति, वैभव-साधन, सुख-संपदा की प्राप्ति की लालसा में क्या निरक्षर, क्या साक्षर, क्या उच्च शिक्षा प्राप्त...सब के सब उधर सम्मोहित होने लगे और अंधे कुत्ते की तरह सत्ता की गलियों में भटकने लगे। समाज का व्यवस्था-विखंडन कुछ इस तरह हुआ कि रूढ़िग्रस्त परंपराओं का निर्वाह करने वाला एक वर्ग अपने जातीय और मौलिक संस्कार में उलझा रहा, श्रम और श्रमजीवी को हेय समझना उसके अहं का हिस्सा बन चुका था और संचित एवं स्थायी संपदाओं को बेचकर खाना-भोगना जीवन-यापन की मजबूरी। रूढ़िग्रस्त जन्मजात संस्कार की वजह से यह वर्ग श्रम एवं श्रमजीवियों के करीब अपने को लाने में अक्षम था और अक्षमता के कारण ऊपर वाले वर्ग में अपने को समाहित कर नहीं पा रहा था।

इधर राजनेताओं और अफसरों के गिरोह ने बेकारी-बेरोजगारी, भूख-अभाव के सृजन की फैक्ट्री चला दी थी। नागरिक की दशा तो यह थी कि 'सिर्फ अपनी बीवी/और सिर्फ अपनी दो सौ चालीस की नौकरी/बांधती थी उसे/अपने नागरिक व्यूह में (**कई नागरिक चित्र : पटना**)।' भारत देश का नागरिक व्यूह इतना नृशंस हो गया था कि वहां नागरिक की इच्छा-आकांक्षा का कोई मतलब नहीं था। ऐसे में यदि राजकमल चौधरी का पात्र अंधेरे से उबते हुए कहता है कि "उजाला मैं भी नहीं मांगता हूं, मांगने से मिल सकेगा, मुझे विश्वास नहीं ...उजाला तो एक स्थिति है, जिसे लाने के लिए अंधेरे की स्थितियों के खिलाफ जेहाद करना पड़ता है। मुझसे संभव नहीं है, यह जेहाद, क्रूसेड, मेरी तलवार की मूंठ टूटी हुई है, मेरे जिरह बख्तर को जंग के कीड़े खा गए हैं

(देहगाथा/भूमिका)'' तो पूरे देश की यह अराजक स्थिति और अभाव-अनाचार के अंधेरे में भटक रहे दिशाहारा भारतीय नागरिक का जीवन वृत्त स्पष्ट हो उठता है।

स्वाधीनता प्राप्ति के थोड़े ही दिनों बाद देश की स्थिति, और नाजुक हो गई थी। सत्तासीन क्रूर विदेशी को विस्थापित कर गद्दी पर काबिज हुए भारतीयों की संदिग्ध गतिविधियों और स्वार्थी नीतियों के कारण राजनीतिक पार्टियों की आंतरिक दशा बिगड़ने लगी। राजनीतिक दलों के अंर्तसंघर्ष, स्वार्थों के टकराव और एक ही संसाधन पर लालायित होकर आक्रमण करने की हरकतों से बुद्धिजीवियों और सामाजिक कार्यकर्ताओं के नेत-नियम भी संदिग्ध दिखने लगे। जनता की समझ में यह बात आने लगी कि साधारण जनता के हित की कोई चिंता, न तो सत्ताधारियों को होती है, न सत्ता विरोधियों को। यूनियनबाजी से लेकर जुलूस-नारा-आंदोलन, यहां तक कि लाठी-चार्ज की हरकत तक में राजनीतिक पार्टियां 'स्व' के आस-पास घूमती रहती हैं। राजकमल चौधरी के उपन्यास के पात्र, अर्थात् देश की जनता की यह राय बन चुकी थी कि ''हर देश की हर राजनीतिक पार्टी...जनसामान्य का फायदा नहीं चाहती है, चाहती है पार्टी का फायदा। पहले पार्टी, पहले पार्टी का हित, पहले पार्टी के उसूल, बाकी सारा कुछ बाद में। जनता का फायदा कोई नहीं चाहता है।...भोजन का सवाल विधान परिषद् के सामने जुलूस निकालने और नारे लगाने से हल नहीं होता है। भोजन का सवाल हल होता है अधिक अनाज पैदा करने और अनाज खरीदने की ताकत पैदा करने से। राजनीतिक पार्टियां अनाज पैदा करने का आंदोलन नहीं करती हैं। इस आंदोलन का उन्हें पता तक नहीं होता है। उनके लिए आंदोलन का मानी होता है खिलाफत और बगावत। सिर्फ खिलाफत, और नारे, और जुलूस, और निहत्थी जनता को पुलिस के हथियारों के सामने खड़ा कर देना (**नदी बहती थी/ पृ. 127**)।''

लेकिन इस सच से परिचित जनता की समझ में यह बात शीघ्र ही आ गई कि राजनीतिक पार्टी और उसके उसूल भी एक तरह से जनता की भांति उपभोक्ता सामग्री ही है। इन उपभोक्ताओं के लिए पार्टी के सिद्धांत और उद्देश्य महत्वपूर्ण नहीं होते, महत्वपूर्ण होते हैं इनका निजी स्वार्थ, ''अंत में राजनीति को मैंने अपने जीने का कारण/बनाया था। लेकिन उससे पहले बीमा कंपनी का/ एजेंट हुआ करता था/इतना लंबा है राजनीति का राजमार्ग कि रंगशाला के/अंतरंग में पहुंच जाने पर/अपने सुख, अपने व्यक्तित्व अपने राग-विराग/ अपने संगीत के सिवा और कोई बात याद नहीं रह जाती है (**कई नागरिक चित्र : पटना**)।''

और भोली भाली जनता को इन तमाम, स्थितियों की जानकारी साहित्य

ने दी थी। गत शताब्दी का छठा दशक इस अर्थ में कम से कम प्रीतिकर था कि देश में शिक्षक, पत्रकार और साहित्यसेवी की आंखों में पानी बचा हुआ था और वे आम नागरिक के दुख दर्दों का सहभोक्ता अपने को मानते थे। अपने हित में कानून को मोड़ लेने वाले भेड़िये, अर्थात् राजनेतागण, कानून को अर्थ देने और लागू करने के तिकड़म रचने के खास सलाहकार अफसरगण, और हर अनीति-अत्याचार में लठैत की तरह काम आने वाला पुलिस वर्ग—पूरी तरह जनविरोधी था, स्वार्थपरक हरकतों में लिप्त था। इस स्थिति में रचनाधर्मियों के ममत्व के कारण ही जनता अपने को थोड़ा-सा रक्षित महसूस करती थी। यह ऐतिहासिक सच है कि किसी भी आंदोलन की अगुआई समकालीन बुद्धिजीवी और मध्यमवर्ग ही करता है और छठे दशक के अधिकांश भाग में देश की बुद्धि जनता के पक्ष में थी। परंतु सातवें दशक के प्रारंभिक चरण में ही यह स्थिति चरमरा गई। शिक्षक और पत्रकार अपने पथ से च्युत हो गए। यहां तक कि साहित्यसेवियों की एक बड़ी संख्या भी कुर्सी के आस-पास मंडराकर मान्यता और पुरस्कार और समृद्धि के तिकड़म में जुट गई। कई साहित्यकारों ने साहित्य सृजन को सामाजिक कर्म के पथ से डिगा दिया और इसे आत्मस्थापन, आत्मप्रचार, निजहित के लिए काम आने वाला धंधा बना लिया और राजनेताओं की तरह खेमेबाजी गुटबाजी शुरू कर दी। इन स्थितियों ने राजकमल चौधरी के विद्रोही स्वभाव को थोड़ा और झकझोड़ा। इन्होंने एक-एक कर ऐसे साहित्यकारों की खबर ली।

छठे दशक में राजकमल के कम ही निबंध प्रकाश में आए। केवल अंतिम एक-दो ही बरस में चार-छह निबंध प्रकाशित हुए। उक्त दशक में इनका ज्यादा योगदान कविता और कहानी में ही है। पर सातवें दशक में जब इन्होंने रचनाधर्मियों की कुटिल नीति परवान चढ़ती देखी और महसूस किया कि कथा-कविता में की जा रही साहित्यजीवियों की मरम्मत, उन्हें सुधार नहीं पा रही है, तब इन्होंने निबंधों में इनकी हरकतों का उल्लेख करना शुरू किया।

एक सुलझी हुई जीवन दृष्टि और ठोस विचारधारा वाले ईमानदार लेखक राजकमल चौधरी के समक्ष सन् 1947 से 1967 तक के स्वाधीन भारत का यही स्वरूप, रहा। बीस वर्षों के इस अंतराल की स्थिति भारत देश में यही बनती है कि "शहर के बीच बड़े मकानों के पीछे सड़ी हुई आंत की तरह फैली हुई बस्ती में टाट और तिनके के बने झोंपड़े होते हैं...गंदगी और बदबू के सिवा, शायद इन बस्तियों में कुछ नहीं होता।...अन्न और नींद और लाज ढंकने के लिए फटे पुराने कपड़े और झोंपड़ी के साये के सिवा इन्हें किसी चीज की फिकर नहीं होती। नींद इनके लिए सबसे बड़ा मनोरंजन है।...ये लोग अन्न और नींद के सिवा किसी चीज से प्यार नहीं करते (**जटायु : एक औरत**)।" या फिर

''सामंती युग में औरतें खरीदी जाती थीं। पूंजी और मशीनों के युग में औरतें अपने आपको बेचती हैं। कभी औरत को असूर्यम्पश्या कहा जाता था। अब सर्वपश्या, सर्वत्रदृश्या, उनकी प्रगति सीमा बन गई है (**पत्थर के नीचे दबे हुए हाथ**)।'' या ''एक बीमार औरत अपने मजबूत और ईमानदार शौहर के लिए एक मेहनती औरत ले आती है (**देवमाला अहिल्या से अहिल्या तक**)।'' या ''सामने के कमरे की दोनों बहिनें अभी तक नहीं लौटी। जिस रात नहीं लौटती उस सुबह बहुत खुश नजर आती हैं (**बेबी : अपरार्क सूत्र का भाष्य**)।'' ...पराधीनता से मुक्ति मिलने के बाद अपने देश के आम नागरिक की, स्त्री जाति की ऐसी शर्मनाक स्थिति जब बन गई, देश में लोकतंत्र बहाल हो गया और लोकतंत्र के नए-नए लज्जास्पद परिणाम फलने फूलने लगे; पद, पैसा और परस्त्री को नोच-नोचकर खाते रहने और जश्न मनाने की हरकतों की फसल लहलहाने लगी तो राजकमल चौधरी को कहना पड़ा कि वाकई ''आदमी को तोड़ती नहीं है लोकतांत्रिक पद्धतियां केवल पेट/के बल उसे झुका देती है/धीरे-धीरे अपाहिज, धीरे-धीरे नपुंसक बना लेने के लिए उसे शिष्ट राजभक्त, देश-प्रेमी नागरिक बना लेती है'' और आगे फिर कहा कि ''रंडियों की काली और अंधी दुनिया में मसानों में अधजली/लाशों को नोचकर खाते रहना श्रेयस्कर है, जीवित पड़ोसियों/ को खा जाने से/हमलोगों को अब शामिल नहीं रहना है/इस धरती से आदमी को हमेशा के लिए/खतम कर देने की साजिश में (**मुक्ति प्रसंग**)।''. ..लोकतांत्रिक पद्धति की जिस व्यवस्था में जनपद की यह दुर्दशा हो, जहां आदमी को हमेशा के लिए खतम कर देने की साजिश चल रही हो, वहां यदि साहित्यकार भी अपनी दुकानदारी में लग जाएं तो फिर साहित्य की जरूरत क्या रह जाएगी? राजकमल का लेखन साहित्यकारों के जनसरोकार से संबद्ध इन्हीं प्रश्नों का जवाब देता है।

कथेतर गद्य लेखन में मुख्य रूप से इनके पत्र, डायरी, पुस्तक समीक्षा, साहित्यालोचन, संगीत-सिनेमा, नृत्य, चित्रकला आदि से संबंधित शोधपूर्ण, युक्तिसंगत, दृष्टिसंपन्न विवेचनात्मक लेख, सामाजिक-राजनीतिक परिस्थितियों पर चिंतनपरक निबंध, साहित्य की विविध विधाओं को और समय-समय पर उसमें चलाए गए विविध आंदोलनों को केंद्र में रखकर लिखे गए आलेख, रचनाकार विशेष और कृति विशेष पर केंद्रित लेख, साहित्य के विविध वादों की मौलिकता और औचित्य की पड़ताल, विदेशी लेखकों और विदेशी रचनाओं के अनुवाद एवं उनकी साहित्यिक भूमिका की चर्चा, पाठकीय प्रतिक्रिया, और कुछ रेडियो रूपक एवं नाटकों को गिना जा सकता है।

साहित्यिक मित्रों, कुछ गैरसाहित्यिक लेकिन आत्मीय मित्रों, कुछ प्रेमिकाओं, कुछ पत्रिका के संपादकों को लिखे इनके पत्र और जीवन के

एकांत-अंतरंग क्षणों में लिखी गई इनकी डायरी ने तो साहित्य में इस उपक्रम के महत्व को उत्कर्ष दे दिया है। अपने पत्रों और डायरियों में ये विषय से नितांत आत्मिक रहने के बावजूद उसके विवेचन में इतने उदार और ब्रॉड हो गए हैं कि वह एक शानदार साहित्यिक लेखन का संकलन लगता है। सारा कुछ निजी जीवन का आत्मिक भोग होने के बावजूद वहां कुछ भी, लेखक का अपना नहीं लगता, सब कुछ सामाजिक और सार्वजनिक लगता है। जब 25 जनवरी 1967 को सौमित्र मोहन को लिखे गए पत्र में राजकमल लिखते हैं, ''कंकावती, एक अनार एक बीमार, मुक्ति प्रसंग—मैंने अब तक यही तीन किताबें लिखी हैं। और जो चार-छह किताबें मैंने छपवाई हैं, उनमें कोई बात नहीं है, जिसका दावा किया जा सके...अब मुक्ति प्रसंग से कुछ आगे बढ़ना चाहता हूं...अकविता (अथवा कविता) का प्रयत्न मूर्ति (चित्र) और ध्वनि से मुक्ति का प्रयत्न है। जैसे, 'शुद्ध' कविता की बात मैं नहीं करता, रामधारी सिंह 'दिनकर' जैसे लोग करते हैं।'' या जब दिसंबर 1965 में अपने अंतरंग मित्र शंभूनाथ मिश्र को 'यह पत्र एकदम व्यक्तिगत है। इसे अपने मित्रों को नहीं पढ़ाओगे, तो बेहतर होगा' जैसी टिप्पणी के साथ लिखते हैं कि ''...अपने शरीर से तटस्थ हो चुका हूं...यह तटस्थता जीवन में काम देगी...मैं अच्छा आदमी नहीं हूं, छोटी-छोटी चीजों के लिए मेरे मन में भयानक कमजोरियां हैं। मैंने स्वयं वक्त आने पर किसी दूसरे की कोई सहायता नहीं की है। सिर्फ अपना ही स्वार्थ हमेशा मैंने देखा है।...मैं अपने आपको और अपने आंतरिक समाज को ठगता रहा हूं, सच कभी नहीं, मैंने सिर्फ झूठ की जिंदगी बसर की है। इसलिए यह सारी बीमारियां मुझे ही होनी चाहिए थीं, मुझे ही हुईं। यह किसी 'पाप' का फल नहीं है मेरे अनुभवों का फल है...'' तो इसे मित्रों के साथ राजकमल चौधरी के क्षेम-कुशलों का आदान-प्रदान मात्र या मुख विलास या लेखनी विलास नहीं कहा जाएगा। इन पत्रों में विराट अभिव्यक्ति की महान अर्थवत्ता है, एक गंभीर साहित्य के तत्व हैं और साहित्य तथा जीवन से संबंधित विशिष्ट दार्शनिक पहलू हैं। राजकमल चौधरी ने अपने शारीरिक व्याधि तक को राष्ट्रीय-अंतर्राष्ट्रीय घटना की तरह भोगा है, जिसका विवरण-उद्धरण इनके पत्रों और रचनाओं में जहां-तहां स्पष्ट होता गया है। सन् 1966 में बीमार होकर अस्पताल के बिस्तर पर पड़े-पड़े लिखते हैं, "shashi came in the day time with lunch and stayed for the evening. It was a bit enconvenient to me for the fact that I feel better when I am alone. But, how to deny your own wife of her presence before the ailing husband?...They don't understand me. why should they really?" यह उक्ति लेखक का निजी होने के बावजूद प्रभाव के स्तर पर निजी नहीं रह जाती। एक बीमार पति और उसकी परिचर्या हेतु

आई उसकी सशंकित धर्मप्राण पत्नी के मनोवेगों की विकराल एवं दारुण कथा कहती हुई डायरी के उक्त अंश से राजकमल चौधरी के पत्र और डायरी के महत्व का एक छोटा सा संकेत मिलता है।

'प्रसंग भैरवी तंत्र', 'शवयात्रा के बाद देहशुद्धि', 'भारतीय बद्धिजीवियों का नया व्यक्तित्व', 'अप्रत्याशित कुछ भी नहीं', 'चित्रकला : अरूपवादी सिद्धांत, 'एक कवि का निजी वक्तव्य', 'साठ के बाद की कविता', 'कहानी : नई कहानी : पुरानी कहानी' आदि दर्जनों निबंध में राजकमल चौधरी परिवार, समाज, मानवीय संबंध, परंपरा की वास्तविक पहचान, राजनीति, आत्मबोध, विविध कला रूप (साहित्य, संगीत, नृत्य, अभिनय, चित्र) से संबद्ध जिस तेजस्विता, ईमानदारी, तटस्थता, साहस और आदर्श का परिचय दिया है, वह हिन्दी साहित्य में कहीं अन्यत्र मिलना दुर्लभ है। राजकमल चौधरी के समकालीनों से लेकर बाद तक की पीढ़ी के रचनाकारों की रचनाओं में विषय का इतना विस्तार और तथ्य का इतना गहन ज्ञान, ढूंढे नहीं मिलता।

उम्र में इनसे ठीक बारह वर्ष एक महीना बड़े, कवि गजानन माधव मुक्तिबोध के यहां विषय का विस्तार, चिंतन की गहनता तथा जनसरोकार की आतुरता एक सीमा तक है। यद्यपि मुक्तिबोध के हिस्से में भी जिंदगी कम ही आई, कुल सैंतालीस वसंत भी नहीं देख पाए, फिर भी उन्हें राजकमल की अपेक्षा दस बरस की अधिक जिंदगी मिली। गौर से देखने पर यह तय होता है कि राजकमल चौधरी (1929-1967) तथा मुक्तिबोध (1917-1964)—दोनों के जीवन का आंदोलित और उद्वेलित अंतराल, थोड़ी सी सामान्य भिन्नता के साथ एक ही है। साहित्य और जनपद—दोनों के प्रति तटस्थता और प्रतिबद्धता; चिंतन, मनन, लेखन, जीवन की प्रदूषणहीनता, इन दोनों के अलावा और कहीं दुर्लभ है। अपने लेखन में, अपने लेखन के लिए, अपने लेखन के जरिए आत्मस्थापन के लिए, अपने को समय का देवता साबित करने के लिए राजनीति करनेवालों, कोई न कोई हथकंडा अपनानेवालों, किसी न किसी प्रतिभाशाली लेखक की लेखकीय हत्या करनेवालों की सूची में इन दोनों के अतिरिक्त हर नाम मिल सकता है। जनसरोकार की मौलिकता, लेखन और जीवन के तादात्म्य, साहित्यिक प्रतिबद्धता और ईमानदारी के सिलसिले में, राजकमल चौधरी के समानांतर हिन्दी के छायावादोत्तर काल की किसी भी विद्या में मुक्तिबोध के अतिरिक्त किसी और का नाम गिनाने में असुविधा हो सकती है।

स्वातंत्र्योत्तर काल के भारत के राजनीतिक पहलुओं की चर्चा निश्चय ही मुक्तिबोध के यहां विस्तार से हुई है, और साहित्य के सिद्धांतों की व्याख्या भी अधिक हुई है, निश्चय ही राजकमल चौधरी के यहां ये दोनों बातें तुलनात्मक रूप से कम हैं। इसका कारण शायद उम्र में एक-सवा दशक परवर्ती होना रहा

होगा क्योंकि उम्र के एक दशक का अंतराल, सोच-समझ की कई पद्धतियां बदल देता है, अथवा शायद यह सोच रहा होगा कि जिस दिशा में मुक्तिबोध निष्ठा से लगे हुए है, उसमें पुनरावृति न कर, दूसरी दिशा की जरूरतों को पूर्ति की जाए। और इसीलिए राजकमल चौधरी ने राजनीतिपरक चिंतन के बदले राजनीतिक परिस्थितियों की परिणति को अपने लेखन का विषय बनाया और कथेतर गद्य में सैद्धांतिक से ज्यादा व्यावहारिक पहलुओं पर ध्यान दिया। मुक्तिबोध और राजकमल के लेखन में एक सूक्ष्म अंतर इस तरह से भी देखा जा सकता है कि जहां मुक्तिबोध समय की त्रासदी से व्यथित भर होते हैं, आर्तनाद कर उठते हैं, बड़ी-बड़ी शक्तियों, संबंधों से आस्था टूटने पर, सपनों के उजर जाने पर चीख उठते हैं, बड़ी शक्ति की नग्नता देखकर स्वयं दंडित होने की आशंका से भर उठते हैं, अर्थात् तमाम विकृतियों के बावजूद, खंडित सभ्यता के समक्ष भी, अपनी शालीनता बचाए रखते हैं, और चीख, आर्तनाद, अंधेरे में पड़े रह जाते हैं; लेकिन राजकमल चौधरी थोड़ा आगे आकर, इस तरह की तमाम शालीनता को तोड़कर क्रूरतापूर्वक घोषित करते हैं कि "दो साल पहले, चीनी आक्रमण के वक्त, जी 'एन्काउन्टर' (लंदन) के संवाददाता ने घोषित किया था कि आज के भारतीय बुद्धिजीवी अपने देश की समस्याओं के प्रति तटस्थ, अपनी सामाजिक जिम्मेवारियों की ओर एकदम निश्चेष्ट, और मात्र अपने संकटों के लिए हाहाकार मचाने वाले, आलसी और निष्क्रिय हैं तो बुद्धिजीवियों में थोड़ी सुगबुगाहट जरूर हुई थी। फिर भी, आइने के सामने खड़े होकर, अपना देवमूर्तियों वाला चेहरा देखने की फुरसत किसी को नहीं हुई।...एक बुद्धिजीवी ने अपने माचिसनुमा घर के दरवाजे पर विभिन्न प्रकार के इतने कैक्टस लगा रखे हैं कि उसकी पत्नी जब भी घर से बाहर निकलती है, साड़ी या ब्लाउज एक लंबी खरोंच से फट जाती है। मगर कैक्टस तो बुद्धिजीवी होने का प्रधान सिंबल है...एक दूसरा बुद्धिजीवी...एक आधुनिक कला-संस्था चलाता है, जिसे समाज से भरपूर चंदा और सरकार से हर साल भरपूर अनुदान मिलता रहता है...(**भारतीय बुद्धिजीवियों का नया व्यक्तित्व**)।" यह क्रूरता मोटी चमड़ी वालों के लिए आवश्यक भी थी, यद्यपि इस क्रूरता का भी असर हो नहीं पाया।

इतना तो अपने समकालीन साहित्यजीवियों की हरकतें देख कर राजकमल जान चुके थे कि इन्हें भी राजनेताओं की तरह जनता और साहित्य से कुछ लेना देना नहीं है। साहित्य इनके लिए एक धंधा है, प्लास्टिक का खिलौना बनाने वाली फैक्ट्री के मालिक के धंधे की तरह का धंधा, कुम्हार के घड़ा बनाने के धंधे की तरह का धंधा नहीं। क्योंकि कुम्हार अपने बनाए हुए बर्तनों का निर्माता-विक्रेता दोनों होता है और उसका क्रेता उसके पास पड़ोस में रहता है। पर प्लास्टिक के खिलौने का निर्माता न तो खुद विक्रेता होता है और न ही

क्रेता समाज से उसका कोई सरोकार होता है। इसलिए सातवें दशक में लिखे गए अपने निबंधों, पत्रों, पाठकीय प्रतिक्रियाओं में इन्होंने दूषित और अवान्तर मनोभाव की गतिविधियों में लीन लेखकों, बुद्धिजीवियों की अच्छी खबर ली।

राजकमल चौधरी को गुजरे अब छत्तीस वर्ष होने को हैं। इनको नहीं जानने-समझने वालों की संख्या अभी भी बड़ी ही है, जबकि पर्याप्त रचनाएं भारत के श्रेष्ठतर प्रकाशकों ने उत्कृष्ट ढंग से छापकर पाठकों को उपलब्ध करवाई है। पर इससे केवल पाठक परिचित हुए हैं, आलोचकों और हिन्दी के वक्तव्यवीरों के कानों पर अभी जूं नहीं रेंग पाई है। असल में सोए हुओं को जगाया जा सकता है, जगे हुओं को जगाना असंभव है। पांच वर्ष पहले तक की स्थिति थोड़ी असुविधाजनक अवश्य थी। पुरानी पत्रिकाओं की फाइलों में बिखरी हुई इनकी रचनाओं को एकत्र कर हिन्दी के आलोचक टिप्पणी करें, यह तो अकल्पनीय था, किन्तु संकलित रचनाओं को (राजकमल चौधरी की) पढ़कर पूर्वाग्रह के कारा से बाहर आने की ईमानदारी की अपेक्षा अवश्य है। पर खैर...

जो कुछ भी थोड़े बहुत लोग अब तक राजकमल चौधरी को जानते रहे हैं अथवा जान पाए हैं, वे भी इन्हें या तो कवि के रूप में जानते हैं, या कथाकार, उपन्यासकार के रूप में। इस बात से अभी भी बहुत कम लोग वाकिफ हैं कि सामाजिक-सांस्कृतिक-राजनीतिक-साहित्यिक विषयों पर लिखे गए राजकमल के निबंध, आलोचनात्मक लेख, पुस्तक समीक्षा, पत्र-डायरी, टिप्पणी, रेडियो रूपक आदि भी उतने ही उत्तेजक हैं, जितना अन्य कुछ। हिन्दी में विभिन्न विषयों पर लिखे इनके निबंधों की संख्या और स्तम्भ लेखन आदि को मिलाकर छह दर्जन से अधिक है, इनमें कई तो अभी भी अप्रकाशित हैं। मैथिली में भी इनके कई निबंध प्रकाशित है। पत्र और डायरी की तो कोई गिनती नहीं है। हिन्दी-मैथिली मिलाकर अब तक उपलब्ध, पांच नाटक भी हैं।

सन् 2000 में **शवयात्रा के बाद देहशुद्धि** संकलन में इनके लगभग अड़तीस निबंधों (विभिन्न विषयों पर केंद्रित) और लगभग दो दर्जन पत्रों, पाठकीय प्रतिक्रियाओं को संकलित किया गया। **बर्फ और सफेद कब्र पर एक फूल** में इनके इकतालीस निबंध, पांच नाटक, तीन बातचीत (पूरे जीवन के कुल तीन ही साक्षात्कार उपलब्ध हैं) कुछ डायरी के अंश और कई सारे पत्र संकलित हैं। इस दोनों संकलनों की सहायता से पाठकों के सामने कवि-कथाकार-उपन्यासकार राजकमल चौधरी की एक नई तस्वीर सामने आएगी।

कुछ वर्ष पूर्व साहित्य अकादमी के सभागार में एक विचार गोष्ठी हुई थी। विषय था—'आलोचना का समाजशास्त्र' हिन्दी में आलोचना के समाज को विकसित करना क्यों जरूरी है, और इसे कैसे विकसित किया जाए, इसके सारे

उदाहरण राजकमल चौधरी के आलोचनात्मक एवं अन्य निबंधों में मौजूद हैं। निबंध और आलोचना-समीक्षा तक में इनके यहां पकड़ और प्रभाव का जादुई सम्मोहन निरंतर बना रहता है। इस सम्मोहन का मूल कारण, विषय और विषय के साथ किए गए भाषाई ट्रीटमेंट की सामाजिकता है। कथ्य, शिल्प और शैली—हर स्तर राजकमल अपनी हर रचना में जितने अन्वेषी, जितने नूतन और अधुनातन रहते हैं, उतने ही, बल्कि कई बार उससे ज्यादा सामाजिक और जनसंवेदी रहते हैं।

बर्फ और सफेद कब्र पर एक फूल नाम इस पुस्तक का मैंने दिया है। इस शीर्षक से इसमें एक निबंध भी है। ऐसा नहीं है कि मैं इस निबंध को इस पूरे संकलन के अन्य निबंधों की तुलना में इतना महत्वपूर्ण मानता हूं कि उसका शीर्षनाम ही पुस्तक का नाम दे दिया। बल्कि इस नाम की सार्थकता हमारे समाज की परिस्थितियों में शामिल है। यह पूरी की पूरी समाज व्यवस्था, शासन-व्यवस्था, पूरा का पूरा सत्ता चक्र, एकदम से जनविरोधी आचरणों में लिप्त है। मुट्ठी भर लोग दुराचार के इस ताण्डव में लीन हैं, और पूरे समाज का अधिसंख्य चुपचाप मुंह देख रहा है। कब्रगाह की तरह यहां चुप्पी छाई हुई है, ऐसा लग रहा है कि इस चुप्पी में पवित्रता का भ्रम भरने के लिए बर्फ की सफेद चादर बिछा दी गई है और उस कब्र पर किसी फूल के उगने खिलने की संभावना मिटा दी गई है। यहां तक कि किसी कीड़े के रेंगते रहने तक की स्थिति भी खत्म कर दी गई है।

यहां मैं ऐसी घोषणा नहीं कर रहा कि यह अकेली किताब इस व्यवस्था की इस आचार संहिता को तोड़ देगी, पर इतना विश्वास अवश्य करता हूं कि इस पुस्तक में संकलित, लेख, समीक्षा, नाटक, संवाद, वार्तालाप (साक्षात्कार), डायरी, टिप्पणी, और परिशिष्ट में दी गई कुछ बातें उन स्थितियों की तरफ इशारा अवश्य देंगी, जिन्हें राजकमल चौधरी ने आज से छत्तीस वर्ष पूर्व के कुछ वर्षों में महसूस किया था और आज वे और भी घनीभूत होकर हमारी जीवन—प्रक्रिया और सामाजिक व्यवस्था को खोखला बना रही है। कुछ जानकारी, कुछ धिक्कार के साथ यह पुस्तक पाठकों के सामने प्रस्तुत है। राजकमल तो अपना कर्तव्य पूरा कर चले गए, यदि यह पुस्तक आज के पाठकों-भावकों चिन्तकों को थोड़ा भी उद्‌बुद्ध और उद्वेलित कर सकी, तो मैं अपना श्रम सार्थक समझूंगा।

रचनाओं के संकलन में मैथिली के ख्यात और क्रियाशील लेखक श्री नवीन चौधरी, श्री पंकज पराशर, श्री विनय भूषण, श्री केदार कानन, श्री तारानन्द वियोगी, श्री रमानन्द झा 'रमण' तथा हिन्दी के प्रसिद्ध लेखक श्री शिवनारायण, श्री सौमित्र मोहन, श्री कर्मेन्दु शिशिर, श्री भारत यायावर, श्री मदन कश्यप, श्री पंकज सिंह, डॉ. चन्द्रेश्वर कर्ण, राजकमल चौधरी के अंतरंग मित्र श्री शंभूनाथ

मिश्र तथा डॉ. राम किशोर द्विवेदी, हिन्दी के प्राचीन पत्रिकाओं के संग्राहक श्री दिनेश शर्मा का प्रभूत सहयोग मिला है। जो काम इतने लोगों के सहयोग से पूरा हो, उसकी जटिलता का अनुमान किया जा सकता है। और इस हाल में इन लोगों का कृतज्ञ भर होकर मैं अपना पल्ला झाड़ने की कृतघ्नता नहीं करना चाहता। यह याद रखने की बात है, और मुझे याद रहेगी। अपने सहकर्मी श्रीमती उमा बंसल और कुमार विक्रम के सहयोग को स्मरण करते हुए यह बात भी कहने की आवश्यकता है कि इस काम का सारा श्रेय आदरणीया शशि जी और प्यारे नीलकमल चौधरी (राजकमल चौधरी की पत्नी एवं पुत्र) को जाता है जिन्होंने मुझ पर विश्वास किया और मुझे निर्द्वंद्व होकर काम करने की छूट दी। और, अंत में जिसका उल्लेख सबसे पहले होना चाहिए था, श्री अरुण माहेश्वरी (वाणी प्रकाशन के स्वामी) के प्रति आभार प्रकट करता हूं, जिनके प्रयास से यह पुस्तक आपके हाथ में है। एतद्धि

—देवशंकर नवीन

अनुक्रम

लेख

नाटक

समीक्षा

संवाद

डायरी और टिप्पणी

वार्तालाप

परिशिष्ट

लेख

प्रसंग : भैरवी तंत्र

राजकमल चौधरी का आत्मकथ्य या अधूरी आत्मकथा, यद्यपि उनके अभिभावकों ने इसे 'आत्मस्वीकृतियां' की संज्ञा दीं

यह स्थिति अब चिंताजनक अवश्य है कि मैं ज्यादातर अपने सांसारिक मनुष्य को भूल जाता हूं ताकि मुझे एक अवैध और काल्पनिक संसार में रहने का अधिक-से-अधिक अवसर मिले.। यह स्थिति शारीरिक रूप से भी चिंताजनक है। वस्तुओं के अंतरंग (जिसे अंग्रेजी में कंटेंट कहेंगे) से मुझे कोई मतलब नहीं रह गया है। सोलन की माल्ट व्हिस्की मेरे अंतरंग की किस विवशता को उद्‍भासित करती है, यह मुझे मालूम नहीं। मेरा शरीर सोलन चाहता है। मुझे अपने शरीर का रहस्य मालूम है। यों, आत्मा क्या है और इस शरीर से आत्मा का क्या संबंध-विच्छेद है, यह जानने के लिए मैं काफी दिनों तक बेहद परेशान रहता था। अब मैं दूसरे कारणों और दूसरी स्थितियों से परेशान हूं। मुझे वस्तुओं के शरीर जगत अर्थात् उनके पार्थिव अस्तित्व से ही मतलब रह गया है।

गृहस्थ मैं लेकिन बन नहीं पाया। अपने शरीर-बोध के कारण, इधर के कई अनर्गल वर्षों में, मैंने गृहस्थ-परिवार की सीमाएं तो अवश्य स्वीकार की—मैंने एक आंगन बनाया, और आंगन में मौलश्री का एक छोटा-सा पौधा भी लगा दिया। अपने शुभचिंतकों से मैंने कहा, यह घर मेरा अपना घर है, इसे मैं प्यार करता हूं। जबकि प्यार' मैंने कभी नहीं किया। अन्न और स्त्री-प्रसंग की निरीह एकरसताओं के सिवा, मैंने इस घर से कोई दीक्षा ग्रहण नहीं की। उसी फुरसत से मुझे आलू और उबले हुए अंडे चाहिए, और एक स्त्री भी चाहिए, जिस फुरसत से मेरे पास शब्द आते हैं। शब्दों का कारबार मेरे लिए अन्न और स्त्री से पहले नहीं आता, इनके साथ ही आता है। मेरे लिए गृहस्थी का मतलब इतना ही था। इससे मेरी सामरिक और क्रांतिकारी जीवन-पद्धति में एक साथ कई अवांछनीय और अनावश्यक परिवर्तन हुए। मैं अपने पिता को हेय दृष्टियों से देखने लगा।

(2)

नर्स का नाम था नलिनी। नलिनी लिंगप्पा या राजप्पा, या ऐसा ही कुछ और। वह रात की ड्यूटी में लगी थी, और हमेशा अपने जूड़े में कोई-न-कोई मौसमी फूल डालकर आती थी। जाहिर है, रात के गिरने पर ही मेरे ब्लाडर और किडनी में ज्यादा-से-ज्यादा दर्द उभरता था। आपरेशन को कुछ ही दिन हुए हैं। अंदर जख्म कायम है, दर्द पैदा करना ही उसका धर्म है। शाम को लोग मिलने आते हैं। जो ज्यादा करीब हैं, वे सर्जिकल अस्पताल के इस छोटे-से एकांत कमरे में नहीं आते। वे मेरे घर जाकर शशि से मेरा हाल पूछ लेंगे और वापस लौट जाएंगे। जो लोग मेरे पास आते हैं, उनकी निगाहों में मेरे बारे में फैली हुई दंतकथाएं होती हैं। स्थानीय कालेज के एक प्राफेसर, जो दस-बारह साल पहले 'विविधा ग्रुप' और 'अपरंपरा ग्रुप' में शामिल होकर नई कविता भी लिखते थे, लगभग हर शाम मेरे पास यही देखने के लिए आते हैं कि किन सरकारी अफसरों की 'साहित्यप्रेमी' बीवियां, और किन तबकों की पढ़ी-लिखी या घरानेदार लड़कियां मुझे देखने, और मेरे हाल पर मातमपुरसी करने आया करती हैं। यह प्रोफेसर साहब मेरे मित्रों में गिने जाते हैं। मेरी काव्य-प्रतिभा के विषय में एक बड़ा-सा निबंध भी लिखने का उनका इरादा है।...कई लोग हैं, और कई स्थितियां हैं, मेरे इर्द-गिर्द।

नलिनी नहीं चाहती कि इस केबिननुमा कमरे में चाय के खाली प्याले बिखरे हों, और रात के ग्यारह बजे तक मेरे ये दोस्त ध्वनि और प्रकाश के संबंधों से लेकर के. बी. सहाय मिनिस्ट्री तक के बारे में बहस करते रह जाएं। इससे अस्पताल के अनुशासन में बाधा पहुंचती है। मेरे शरीर को भी नुकसान पहुंचता है—अपनी गतयौवना पत्नियों और अपने दफ्तर के बही-खातों का हिसाब भूलने के लिए जो लोग मेरे पास बैठकर मेरा दिमाग हल्का करते हैं, उनलोगों से मेरा शरीर हल्का होता है। "किसी भी महान दुखांत नाटक के अंतिम दृश्य में जो पीड़ा होती है, उससे अधिक चिंता मैं अपने शरीर की पीड़ाओं के विषय में करता हूं। मेरी पीड़ा उन बड़े नाटकों की पीड़ा से अधिक मर्मांतक और दुखदायी है।" किसी ब्रिटिश लेखक (नाम याद नहीं आता है) का यह कथन मेरा भी कथन हो सकता है...केवल शरीर की पीड़ा, इस बात की कोई पीड़ा नहीं कि जब समूचा कमरा सिगरेट के नीले धुएं से भर उठता है, तो हमारी नर्स नलिनी लिंगप्पा, किस तरह रुमाल से नाक दबाए हमारे कमरे के बरामदे से गुजरती हुई, किस अर्थाभास में मुस्कराती है?

अर्थ यह भी कि आप बीमार हैं, आपको इतने लोग देखने आते हैं, मगर आपको ऐसा नहीं होने देना चाहिए, आपकी बीमारी बहुत 'कंप्लेक्स' है, आराम करना चाहिए आपको, आप क्यों सिगरेट पीते हैं, उस काली-कलूटी-मोटी-भद्दी-मरदाना लड़की (श्यामली को ज्यादातर लोग इन्हीं विशेषणों से याद करते हैं, उसके नितांत परोक्ष

में) से आप घंटों क्या बातचीत करते रहते हैं, ये लोग कौन हैं जो आपको कभी अकेला नहीं छोड़ते...और, अर्थ यह भी अवश्य कि आप चले जाइएगा, अच्छे होकर या बुरे होकर, इस वार्ड से चले जाइएगा, तो सच, कितना खाली-खाली-सा लगेगा कुछ दिनों तक!

मैं अब कथा-लेखक नहीं रह गया हूं। मुझे नलिनी (जिसे साथ की दूसरी नर्सें हमेशा नीलू ही कहती हैं) की मुसकराहटों में और किसी बात का आभास नहीं होता। मुझे सिर्फ़ इतना होता है कि अस्पताल का मतलब सिर्फ़ अस्पताल है, चिड़ियाखाना नहीं है।

नीलू, यानी नलिनी लिंगप्पा में अपनी निजी विशेषताएं भी हैं। एक रात मेरे पेट के जख्म से बहुत ज्यादा पस और खून निकलने लगा था। जख्म के टांके खुल गए थे, मवाद पट्टियों से बाहर छलछलाने लगा। वार्ड में डाक्टर कोई था नहीं। ड्यूटी के हाउस सर्जन किसी जरूरी आपरेशन में व्यस्त थे। यह संयोग की ही बात थी कि उस शाम को, मैं दोस्तों के साथ गंगा किनारे तक चहलकदमी कर सका था। मैंने अपने छोटे भाइयों से कह दिया था कि आज रात में किसी के यहां रहने की जरूरत नहीं है, मैं थोड़ी देर अकेला रहना चाहता हूं। अकेले पड़े रहने का फायदा यह था कि सफेद चादर से पूरी देह ढांपकर मैं चुपचाप खिड़की के बाहर नंगे खड़े दो यूक्लिप्टस के जुड़वां दरख्तों को देख सकता था, यों ही देखते हुए सो जा सकता था। हर आधे घंटे के बाद यह तो कोई नहीं पूछेगा—अब तबीयत कैसी है...कोई दवा लेनी है...नर्स को बुला दूं...दूध पिएंगे...अब तबीयत कैसी है...नर्स को बुला दूं? इसी औपचारिकता के अत्याचार से मैं बचना चाहता था।

अब मैं अकेला था, और बिस्तर की सफेद अस्पताली चादर मेरे ही सड़े हुए खून और मवाद से भीग रही थी। नीलू आई। दरअसल, वह मुझसे कोई अखबार मांगने आई थी। वह सिर्फ़ सिनेमा के अखबार पढ़ती थी, देखने के लिए, लेकिन मेरी हालत देखकर वह सकते में आ गई। मुझे लगा कि उसकी आंखों में मेरी लाश तैर रही है। उसने बड़ी ही शांति से मेरे जख्म की पट्टियां खोलते हुए कहा, ''व्हाट यू हैव डन? यह आपने क्या कर लिया है अपने साथ? अब क्या होगा? अब हम क्या करें? वार्ड में डाक्टर नहीं है।''

मैं समझ नहीं रहा था कि बात इतनी गंभीर है। शाम की डाक से अलका का एक मीठा-सा पत्र आया था, और मैं अभी तक उसी पत्र के एक वाक्य में डूबा हुआ था, 'आपको क्या पता, आप अच्छे हो जाएं, सारी रात जाग-जागकर किन लोगों ने आपके लिए प्रार्थना की है। आपको कुछ पता नहीं, मेरे कमल दा आपको कुछ पता नहीं है मेरे बारे में!' मैं इस वाक्य के नशे में डूबा हुआ था। मुझे ऐसा लग रहा था कि धीरे-धीरे मैं जिंदगी के किसी नए मोड़ पर खड़ा हो रहा हूं, किसी

ज्यादा लंबे सफर के लिए—राजनीति से साहित्य, और साहित्य से धर्म, यही मेरा यात्रा-पथ है, और अब मैं इसी मोड़ से अगली मंजिल की ओर घूम जाऊंगा। मुझे ऐसा लग रहा था कि यह मंजिल है, प्रेम!

प्रेम बड़ा ही पुराना-सा बेडौल और बेमानी शब्द है। हम चाहें तो प्रेम न कह कर इसे संभोग या 'सहभोग' कह लें। हम दो व्यक्ति मिलें, हम दो समाज मिल जाएं और, स्थितियों-अनुभवों-मुद्राओं का सहभोग करें। अपने शरीर से सहभोग करें, और मन के अस्तित्व को अस्वीकार कर जाएं। मन नहीं है। केवल मेरा यह शरीर है, जिसमें स्वयंभू इच्छाएं और स्वयंभू अनिच्छाएं उत्पन्न होती हैं। हम इनके सहभोक्ता हैं, जैसे कभी सूर्य भगवान एक कुमारी कन्या कुंती के सहभोक्ता हुए थे।

मेरे पिताजी इसी को श्रीभगवद्गीता का निष्काम कर्म योग कहते हैं। कर्मयोगी श्रीकृष्ण के इन आर्षवचनों पर उन्हें गंभीर आस्था है। नौकरी से रिटायर होने के पहले उन्होंने अपने एक प्रोफेसर-लड़के की शादी में दस हजार रुपए नकद लिए, और रिटायर होते ही अपने पुश्तैनी गांव में चले आए, दस-बीस हजार रुपए लगा कर वह गांव में, या पास के शहर में कोई धंधा खड़ा करना चाहते हैं। इन दिनों वह आंगन में रसोईघर के पास आराम कुर्सी डालकर पड़े रहते हैं, और उपदेशामृत सुनने के लिए आस-पास कुर्सियों पर या मोढ़ों पर बैठे हुए ग्रामीणों-अर्द्धग्रामीणों को 'फल के लिए कर्म है, या कर्म के लिए फल' और 'सत्य बड़ा है, या प्रेम बड़ा है, या विवेक इन दोनों से बड़ा है' जैसी बातें उदाहरणों के साथ बताते रहते हैं, क्योंकि, अपने वास्तविक जीवन में वैसा वह कुछ नहीं कर पाए, जो वह दरअसल करना चाहते थे। बचपन से ही उनकी डायरियां चुरा-चुराकर पढ़ने की मुझे आदत रही है। वह 1930-31 में जेल भी गए थे। असहयोग आंदोलन के सिलसिले में। डायरी के कुछ पन्नों में उन्होंने महादेवी वर्मा की तर्ज पर कुछ छायावादी कविताएं भी लिखी थीं। 'गंगा' और 'सुधा' की पुरानी फाइलों में उनकी दो-चार तुकबंदियां भी मुझे घर की लाइब्रेरी में मिली थीं। किंतु अपने समय में आकर इस इलाके में एक ऐसे शिक्षक के रूप में प्रसिद्ध हुए, जो नेसफील्ड के अंग्रेजी व्याकरण और हाल एंड स्टीवेंस के अंग्रेजी रेखागणित की एक-एक पंक्ति जबानी याद रखता है, लेकिन जिसका आई. क्यू. खराब है और जो खाने-पीने का उतना ही शौकीन है, जितना शतरंज खेलने का, अथवा अपनी तृतीया भार्या के साथ सोए रहने का।

आलस्य और रति-कामना, ये दोनों चीजें एक साथ मुझे अपने पिता से मिलीं। वह भयानक आलसी हैं, और जब तक बीच में पैसा नहीं हो, कर्म के फल-रूप में वह कोई काम नहीं कर पाते हैं। अपनी तीन बीवियों से उन्होंने कुल ग्यारह बच्चे पैदा किए जिनमें तीन लड़कियां कुछ देर जिंदा रहकर मर गईं। अब सात लड़के हैं, और एक लड़की, लेकिन उनके पालन-पोषण की कोई, सही जिम्मेदारी नहीं ली। केवल आलस्य के कारण वह हमेशा अपने शारीरिक सुख के इंतजाम में डूबे रहे।

उनके व्यक्तित्व से मुझे इसलिए घृणा होती गई है। धीरे-धीरे घृणा की मात्रा बढ़ती गई है, अपनत्व टूटता गया है। ऐसे प्रत्येक व्यक्ति से मुझे घृणा है, जो अपनी शारीरिक इच्छाओं की पूर्ति के लिए सारा कुछ करते हुए भी इच्छाओं को अपराध-मूल मानता है, और सिद्ध करना चाहता है कि शरीर की इच्छाएं अलग होती हैं और मन की इच्छाएं अलग! जैसे ईश्वर को प्राप्त करने की इच्छा हमारे मन की, अंतरंग की, आत्मा की इच्छा है। और, जैसे जुलाई की गर्म रात में मकान की छत पर खुले आकाश के नीचे नंगे होकर सोने की इच्छा केवल हमारे अपवित्र शरीर की अपवित्र इच्छा है!...मैं इस थीसिस को नहीं मानता। मेरा मन मेरे शरीर से अलग और स्वाधीन नहीं है। सिर्फ़ इतना है कि शरीर के आघातों से मन आघातित होता है, रिएक्ट करता है। लेकिन, वह स्वयं कुछ करता नहीं, करता है शरीर! जो कुछ भी किया जाता है, शरीर ही करता है। उबले हुए अंडों के मामले में भी, और यूक्लिप्टस के जुड़वां पेड़ों के मामले में भी।

दरअसल दोनों मामलों में कोई फर्क नहीं है। दोनों एक ही संपूर्ण यथार्थ के दो अलग-अलग प्रतीक हैं। यह संपूर्ण यथार्थ क्या है? यह सवाल मैं सोच ही रहा था कि नलिनी ड्रेसिंग और पैकिंग का सामान मंगवाकर मेरे रिसते हुए जख्म को संभालने-सहेजने की कोशिश करने लगी। मैं पलंग पर चित लेटा हुआ हूं। सिरहाने के टेबल पर शाम को ही अस्पताल का माली एक बेपहचाने हुए फूल के कई गुच्छे गिलास में रख गया है। माधव, मेरा छोटा भाई (कुछ दिनों पहले तक यह लड़का अपने देश का टिटियन या रेनुआं बनने की बात सोचता था। अब वह स्टेट परिवहन में स्टोर-कीपर है, और अपनी पत्नी के साथ अपना परिवार संभालता है) माली को हर सुबह एक चवन्नी देता है। वह समझता है, उसका बड़ा भाई कविता लिखता है। फूल देख कर खुश हो जाएगा।

मैं फूलों से खुश नहीं होता, एक प्याला गर्म चाय से खुश होता हूं। प्रकृति अपने किसी रूप में मेरी माशूक नहीं रही है। मैं अपने दोस्तों की तरह कभी अपनी बीवी के लिए फूल खरीदकर नहीं ले गया।

शाम को डाक्टर शाही हर दिन की तरह अपने वार्डों में राउंड देने आए। लेकिन, हर दिन की तरह वह अपने जूनियर डाक्टरों से बातचीत करते हुए, मेरे कमरे के सामने होकर गुजर नहीं गए। वह रुक गए। मेरी ओर मुस्कराते हुए, उन्होंने पूछा, "क्यों कमल बाबू, कैसे हैं?।...तैयार हैं न, कल के वास्ते?" उनकी मुस्कराहट में अजीब-सी बेबसी थी, और अनिश्चय था। लेकिन, वह तो मेरे दोस्तों को भी मेरे बारे में कुछ बताते नहीं। शशि अपने दोनों पांव मोड़े हुए, पास ही तिपाई पर बैठी थी। डाक्टरों को देखकर उठ खड़ी हुई। उसने भी अनुभव किया कि डाक्टर शाही कोई खास बात कहना चाहते हैं। वह उदास हो गई। मैं डाक्टर शाही को देख रहा

था, वह क्या कहना चाहते हैं? वह कहेंगे भी क्या?

इतना तो मैं जानता ही हूं कि पेट के कैंसर का आपरेशन शायद ही सफल होता है। मगर, आपरेशन करना ही होगा। शारीरिक कष्टों के साथ-साथ अनिश्चय में भी मग्न रहने का कोई लाभ नहीं है। अंत तक जाकर यह तय करना ही होगा, कि राजकमल चौधरी नाम का यह मनुष्य अपने शरीर से मांस के कई टुकड़े निकल जाने के बाद, क्या बच जाएगा? और किस हालत में बच जाएगा? इतना जान लेना, मेरे लिए यों भी आवश्यक है, कि मुझे अपने वर्तमान में कई समस्याएं सुलझा लेनी होंगी। मेरा शरीर केवल मेरा ही शरीर नहीं है। कई और लोगों के लिए भी मेरा शरीर आवश्यक है, या नहीं है? शायद नहीं है।

मैं शरीरिक संबंधों से टूट गया हूं। अस्पताल में आने के बाद टूट गया हूं। क्योंकि अब कहीं ऐसा कोई व्यक्ति नहीं दिखता है, जो मुझे मेरी समस्त शारीरिक और सामाजिक क्रियाओं से, मेरी समस्त संसारगत परिस्थितियों से अलग करके देखता-समझता हो, जिसके लिए मैं लेखक, स्वामी, मित्र और सहयोगी न होकर, केवल बारह-तेरह साल का वह शरारती लड़का होऊं, जो दिन-रात कोसी नदी के किनारे-किनारे फैले हुए जंगलों में घूमता रहता था, किसी चिड़िया की तलाश में, 'चंद्रकांता' उपन्यास के किसी तिलिस्मी फूल की तलाश में, और चरवाहों के किसी गीत की तलाश में...जिस गीत में कमला और कोसी, इन दोनों बहन नदियों के असफल प्रेम की लोक-गाथा दुहराई गई है।

ऐसा कोई नहीं है जो इस गीत से प्यार करता हो, इसलिए मैं टूट गया हूं, कतार से और भीड़ से अलग हो गया हूं। डाइने (डाइने-डि-प्रिमा, अमरीकी कवयित्री, जिसके थिएटर ने अपनी आग में समूचे अमरीका को झुलसा दिया था) लिखती है, कि हमलोग एक दूसरे को मुहब्बत—मुहब्बत का मतलब वह शारीरिक संभोग ही मानती है, इसे कोई आध्यात्मिक या पराभौतिक तत्व वह नहीं कहती—यानी, हम लोग एक-दूसरे को मुहब्बत दे नहीं पाते हैं, इसलिए यह दुनिया को स्वस्थ-सुंदर बनाने के लिए, जब भी सुविधा मिले, हमें एक-दूसरे, एक-तीसरे, एक-चौथे, एक-पांचवें से मुहब्बत करनी चाहिए।

मैं डाइने जैसा क्रांतिकारी या पराक्रमी नहीं हूं। मुहब्बत के इस रूप से मेरा शरीर सहमत नहीं होगा। शराब ने, गांजा-अफीम-चरस ने और इस लेखन-वृत्ति ने मुझे अत्यंत दुर्बल कर दिया है। जिस तरह मैं पहले अपने जिले के शहर में किसी भी पान वाले की दुकान पर बड़े आईने के ठीक सामने अपने जवान दोस्तों के साथ खड़ा होता था, और जिस तरह दाएं हाथ की चुटकी से समूची इस बौद्धिक दुनिया को मसल देने का हौसला रखता था, वह साहस अब हम नहीं रखते हैं। शराब बड़ी गलत चीज है। वह आदमी को अपनी ताकतों पर जरा भी भरोसा करने नहीं देती।

वह आत्मविश्वास को तोड़ दिया करती है। इसीलिए, जब हम मुहब्बत की बात करते हैं, तो उसमें सुंदरता और श्रद्धा की बातें भी शामिल होती हैं।

मेरे जीवन में डाइने के सिद्धांत से तो मुहब्बत जरूर है, खासकर जब कि मैं विवाहित व्यक्ति हूं और ब्राह्मण हूं...लेकिन, सुंदरता और श्रद्धा का स्पर्श तक नहीं है। कभी मुझे प्रकृति से अपनत्व करने का अवसर ही नहीं दिया गया। अपने पिताजी के 'ट्रांसफर' के साथ-साथ एक फालतू सामान की तरह मैं बिहार के इस जिला शहर से उस जिला शहर में घूमता रहा। मेरी मां मर चुकी थी। एक सगी बहन, मुझसे दो साल छोटी थी, वह भी मर गई। हमारे घर में दूसरी कोई स्त्री नहीं थी, जब पिताजी हमारी तीसरी मां ब्याहकर लाए थे। स्त्री को मैं प्रकृति का सर्वोत्कृष्ट आचरण और अनुदान मानता हूं। स्त्री को पाकर, स्त्री को समझकर, उसे अपनी बांहों और अपनी आत्मा में महसूस करके ही प्रकृति की गति और प्रकृति की सुंदरता को और प्रकृति के रहस्य को लिया, भोगा, और समझा जा सकता है।

हमारे घर-परिवार में प्रकृति नहीं थी। उसे वहां बुलाने का कोई मौका ही आने नहीं दिया गया। उन दिनों पिताजी एक हाई स्कूल में प्रधान थे। स्कूल के झंझटों से जो भी वक्त बचता था, उसे वह प्राइवेट ट्यूशनों में और अपनी तीसरी पत्नी में लगा देते थे। संगीत, साहित्य और कला के प्रति उनकी जो रुचियां थीं, वे स्त्री-संभोग और अर्थ-उपार्जन में परिणत हो गई। तबले का एक टूटा-फूटा, पुराना जोड़ा आंगन में कोयले के ढेर के पास कई बरसों से वैसे ही पड़ा था। पिताजी हर रोज बरामदे में बैठकर, नई मां से कहते थे, "उस्ताद नबीहुसैन खां साहब ने यह तबला मुझे दिया था। जरा इसे धो-पोंछकर साफ कर दोगी, तो इस पर नया चमड़ा लगवा देंगे। और काम में न आए, स्कूल में कई जलसे होते रहते हैं, उसमें काम आएगा।" हर रोज वह खाने के वक्त नई मां से यह बात कहते थे, और हर रोज सोने के वक्त नई मां तबले को साफ करने की बात भूल जाती थीं। तबले का जोड़ा अपनी अधोगति में पड़ा रह ज़ाता था।

जिस मकान में तबले का जोड़ा कोयले के ढेर पर रख दिया गया है, जिस मकान में हफ्तों बासी फूल गुलदस्तों में सड़ते रहते हैं, जिस मकान में सुबह-सुबह आंखें मलती हुई नन्हीं-सी लड़की स्कूल जाने के लिए तैयार नहीं होती है, और जिस मकान में एक ही सदर दरवाजा होता है, पुरुषों के लिए वही, और स्त्रियों के लिए भी वही, प्रकृति उस मकान में ज्यादा देर तक नहीं टिकती है, यह मैं अब भी विश्वास करता हूं। प्रकृति का अर्थ है स्त्री और स्त्री का अर्थ है सिर्फ़ मुहब्बत नहीं, संभोग के साथ-साथ सुंदरता भी, और श्रद्धा भी।

इन्हीं दिनों श्यामली और लोगों के वापस चले जाने का वक्त समझकर, मेरे कमरे में आने लगी थी। श्यामली उतनी मोटी नहीं है, जितना लोग कहते हैं, गोरी एकदम

नहीं है। पवित्र रूप से काली है। रेडियो पर गाती है, और बुरा नहीं गाती। शायद, अगले साल एम. ए. कर लेगी, शादी कर लेगी, या कोई नौकरी करके 'स्वाधीनता' का आनंद उठाएगी। मुझे पता नहीं। उसके बारे में उससे कभी कोई बातचीत नहीं होती। वह औरों के बारे में बात करती है। जान-पहचान के जितने लोग हैं, सबके बारे में। फिर, वह ऐसे लोगों के बारे में भी ताजा सूचनाएं देती है, जिन्हें मैं नाम से भी नहीं जानता। श्यामली को मेरे कमरे में आने के बाद, याद ही नहीं रहता है कि एक आदमी यहां बीमार होकर बिस्तरे में कैद है, और वह इस आदमी को तसल्ली देने आई है—यह बताने के लिए नहीं कि बगल में रिजर्व बैंक की नई बिल्डिंग बन जाने के कारण सेंट्रल होटल उठा दिया गया है, और अब सेंट्रल वाले श्यामली के बहनोई के बड़े भाई की फ्रेजर रोड वाली कोठी खरीदना चाहते हैं, नया होटल चलाने के लिए।

श्यामली सेंट्रल होटल से मेरा रिश्ता जानती है। सारा दिन खाली और उदास रहने वाले एक होटल से, जहां भीड़ सिर्फ़ शाम को बढ़ती है, ग्यारह बजे के आसपास खत्म हो जाने के लिए, मेरा क्या रिश्ता हो सकता है? लेकिन, मैं सेंट्रल होटल से बंध गया था।

हमलोग हमेशा दो आदमी होते थे। पूर्णियां जिला के श्री फणीश्वरनाथ रेणु, और सहरसा जिला के श्री राजकमल चौधरी। रेणुजी के साथ ही मैं पहली बार सेंट्रल होटल में शाम काटने के लिए गया था। आखिरी बार भी उन्हीं के साथ। इन दोनों घटनाओं में कुल तीस साल और सात महीनों का तिथि-भेद है। मुझे रेणुजी सबसे पसंद उसी वक्त आते हैं, जब वह रेशमी कुरता पहनते हैं, बाल संवारते हैं, बंगाली 'दादू' (परदादा?) और उनकी पुत्र-वधुओं के बारे में कोई नया चुटकुला सुनाते हैं, और नवमी को उसकी मां के हवाले करके कहते हैं, 'अब चलिए राजकमलजी! अब चल ही दिया जाए!' हमलोग सेंट्रल आते हैं। शाम को पता नहीं कि मन इतना बेचैन क्यों हो जाता है। जोगेंदर सिंह के साहित्यिक बुकस्टाल पर रुकने की इच्छा नहीं होती। अभी पत्रिकाएं नहीं देखेंगे...'दिनमान' में रेणुजी ने बिहार में अकाल की स्थितियों पर लिखा है...नहीं, अभी नहीं, सेंट्रल से लौटने के वक्त 'दिनमान' लेंगे। अभी नहीं। अभी तो यह रिक्शा सेंट्रल के उस लंबे हाल में जाएगा, जिसमें सामने की दीवार पर एक ऐतिहासिक घड़ी टंगी है, और दोनों किनारे देसी और परदेसी शराब की कतारें खड़ी हैं, बंद बोतलों में लाल, पीली, नीली, और सुनहली शराब! शराब का पहला दौर पूरी तेजी के साथ लेना चाहिए। जहाजी शराबखोरों के इसी सिद्धांत में हम विश्वास करते हैं। पहले आग सुलगा देनी चाहिए। फिर, धीरे-धीरे उसे दूसरे गिलास, तीसरे गिलास, चौथे गिलास से ठंडा करना चाहिए। सेहत के लिए नहीं सही, अपने शरीर में तृप्ति की मीठी-मीठी थकान महसूस करने के लिए!

शहर के एक साफ-सुथरे इलाके में—स्टेशन से दूर, और सरकारी दफ्तरों से

दूर होने के कारण—इस होटल में गंदे और शराबघर के कायदों-कानूनों से अपरिचित, नए लोग नहीं आते हैं। जो लोग बरसों से आते हैं, वे ही यहां आएंगे। जो शोर-गुल चाहते हैं, फोन से बुलाए जाने पर चली आने वाली स्त्रियां चाहते हैं, जिन्हें बार में बैठकर सोन नदी के नए पुल का ठेका खरीदना है, जिन्हें दूसरों के पैसों से शराब पीने की आदत है, वे लोग इस होटल के एकांत और नीरवता को पसंद नहीं करते।

यहां बैठकर पीने में ऐसा नहीं लगता कि शराब पी रहे हैं। लगता है, किसी तांत्रिक पूजा-चक्र में तीर्थपान कर रहे हैं। सारे लोग अपनी टेबलों पर बैठे हैं। बोतल और गिलास की शब्दहीन आंतरिकता में खोए हुए कोई किसी से कोई बात नहीं कहता। सभी चुप हैं। अगर, दो-चार व्यक्ति मिलकर भी एक टेबल पर बैठेंगे, तो अपनी बोतल से शराब लेंगे, और अपनी ही अर्द्धनिद्रित अवस्था में लीन रहेंगे। अगर, बात करना ही हुआ, तो यहां बैठने वाले रेगुलर असामी अपने आपसे बातें करते हैं। इस तरह की बातें—ब्लैक नाइट में जिन मिलाकर क्यों गिलास को बरबाद किया जाए?...मेरे गांव में नदी के किनारे बरगद का एक बहुत पुराना दरख्त था, अब वह दरख्त जरूर बाढ़ में बह गया होगा...मुझे अपना गांव छोड़े हुए कितने साल बीत गए हैं...बीस साल...अच्छा, बताइए तो, कविता लिखने से क्या फायदा है?...आप कविता में इस समाज-व्यवस्था, शासन-व्यवस्था को गालियां देंगे, तो क्या कांग्रेसियों की नीयत बदल जाएगी, या हर एक रुपए पर सवा सात आने का मुनाफा या सूद लेने वाले लोग अपना धंधा बदल लेंगे?...मैं अपनी बीवी को उतनी स्वाधीनता क्यों दूं, जितनी वह मांगती है...स्वाधीनता लेकर वह करेगी क्या?...उसे तो किसी अच्छे रेस्तरां में बैठकर शरमाते रहना और मुस्कराते रहना भी नहीं आता है...जहां चाहेगी, सोफे में पत्थर की गोल-मटोल चट्टान की तरह धंस जाएगी...और नहीं तो क्या, हम यहां से उठेंगे, और सीधे अस्पताल जाएंगे...वहां फीमेल-वार्ड में मेरी चाची (जो हमलोगों से सौ-गुना अमीर है, विधवा हैं, और खुद-मुख्तार भी हैं) बीमार है, उसे देख लेना, एक बार देख लेना चाहिए, वहां सुशीला भी होगी...

मैं गरीब आदमी नहीं हूं। हालांकि, मेरे पास पैसे कभी नहीं हुए हैं। लेकिन, मेरे मन में या मेरे घर-परिवार में वह व्यवस्था, नियमितता, और संग्रह-वृत्ति नहीं आई है, जिसका जन्म गरीबी से होता है। इस विषय में, संस्कार से ही मैं अहंकारी रहा हूं। गृहस्थी में असफल हो गया। असफलता आती है, तो मनुष्य को एक साइकल में घुमाने लगती है...सधे हुए गृहस्थों के अनुसार यह साइकल (यानी, यह चक्कर) पत्नी को घृणा करने से शुरू होता है, और सेंट्रल होटल तक पहुंचकर खत्म हो जाता है। मैंने प्रकट तो शायद किसी दिन नहीं किया, लेकिन 1954-55 में पत्नी के कारण ही मुझे पटना सचिवालय की क्लर्की लेनी पड़ी, रामकृष्ण मिशन लेन में दो कमरों का एक सस्ता फ्लैट लेना पड़ा, और अपने मन में यह समझ लेना पड़ा, कि जो

औरों का हाल होता है, क्लर्कों का, शिक्षकों का, छोटे बाबुओं का, वही हाल मेरा भी होगा : 'बी. ए. किया, नौकर हुए, पेनशन मिली और मर गए—अकबर इलाहाबादी का यह शेर मुझ पर ही चस्पां होने लगा। मैंने प्रकट तो शायद किसी दिन नहीं किया, लेकिन दरभंगा जिले के एक अपरिचित गांव की यह अपरिचित औरत, जो बेहद कम उम्र होने के बावजूद लड़की नहीं थी, औरत ही थी, मेरे अंदर अपने लिए घृणा-ही-घृणा के पौधे उगाने लगी...शशि बहुत रोती थी।

मैं जब भी करवट फेरकर सो जाता था, दोस्तों में बैठकर शतरंज खेलता था, कुछ पैसे इकट्ठे करके सोवियत रूस या फ्रांस भाग जाने की योजनाएं गढ़ता था, शशि बहुत रोती थी। अपने इसी असमर्थ स्वभाव के कारण वह अपने छोटे-से इस परिवार में, मौसम के मुताबिक पटना, कलकत्ता, और बनारस में कई बार जिसे मैंने बसाने की चेष्टा की है—कभी व्यवस्था, शांति और नियमितता नहीं उपस्थित कर सकी। थोड़े दिनों के लिए भी नहीं। मुझमें अहंकार की मात्रा अल्प नहीं है। और, वह इसीलिए गौरवमयी है कि उसने एक धार्मिक संस्कार के द्वारा गौरवमयी होने का अधिकार पाया है। जो कोई अधिकार की बात करता है, उससे मुझे नफरत हो जाती है।

मैं अपने शरीर पर किसी का कोई अधिकार नहीं मानता। शशि का अधिकार नहीं...और देश का, धर्म का, समाज का, साहित्य का, परंपरा का, और संस्कृति का अधिकार नहीं मानता हूं। मैं अधिकार से परे हूं। मैं स्वीकृत हो सकता हूं, अधिकृत नहीं। यह मेरा अहंकार है, पता है मुझे। लेकिन मैं क्या करूं...मैं वह गरीब आदमी नहीं हूं, जो 'मुहब्बत' की नहीं अधिकार की बातें करते हैं। और, इसी मामले में बहुत अमीर आदमी हूं मैं कि कई लोगों ने, मेरी खराबियों-खामियों के बावजूद मुझे अपनी मुहब्बत दी है—एक पागलखाने से दूसरे पागलखाने तक मेरा साथ दिया है। कई लोग...एक चौराहे पर मिलते गए हैं, और दूसरे चौराहे पर अलग होते गए हैं, बिना किसी अधिकार की बात किए, बिना किसी स्मारक की फरमाइश किए।

—सारिका, अप्रैल-1968 तथा मई-1968 में दो किस्तों में प्रकाशित

एक कवि का निजी वक्तव्य

मैं गुस्से में नहीं हूं। अब मुझे किसी भी बात पर कभी गुस्सा नहीं आता है। अगर, गुस्सा आए भी, तो उसे अंदर-ही-अंदर मसलकर, सिगरेट के एक हल्के कश के साथ हवा में शामिल कर लूंगा। वह उम्र आ गई है, जब आदमी को पता हो जाता है कि गुस्सा नहीं करते।

चाय का प्याला टूट जाए। कोई अनजान आदमी फोन पर गालियां देने लगे। अशलीलता की शर्त पर कोई रचना गंदी मान ली जाए। रुपए नहीं हों। शराब नहीं हो। कोई ऐसा तरीका नहीं रह जाए, जिसे हम शांति अथवा पवित्रता कहते हैं। रात में सभी घरों का दरवाजा अपने लिए बंद हो जाए, और सुबह तक नहीं खुले। लेकिन मैं गुस्से में नहीं हूं। गुस्सा मेरे आंखों में नहीं है, मेरे मन में भी, शायद, कहीं नहीं।

चुप रहकर भी गुस्सा कैसे प्रकट किया जाता है, यह आर्ट लखनऊ की तवायफ़ नायिकाओं, और बिहार के पुराने जमींदारों के पास था। शरचचंद्र चटर्जी ने 'विप्रदास' में, और बालज़ाक ने 'ड्राल'—कहानियों में चुप रहने का गुस्सा अंकित करना चाहा था। सफल भी हुए थे। लेकिन, यह बहुत-बहुत पहले की बात है। बोदलेर को मरे हुए एक लंबा अरसा हुआ। यहा तक कि असामू दजाई, जिसे लोग जापान का 'रॉबे' कहते थे, ने भी पांचवीं कोशिश में सफल होकर खुदकुशी कर ली। किसी बात पर नाराज होकर भी अपनी नाराज़गी पी जाने की शक्ति तो दूर की बात है, नाराज़गी प्रकट करने का 'आर्ट' भी अब हमारे पास नहीं रहा। दो साल पहले एलेन गिन्सबर्ग यहां आए थे। वे खुद किसी से भी नाराज़ नहीं थे। वे बता रहे थे कि जैक कैरुआ और विलियम बरो भी अब किसी से नाराज़ नहीं हैं। न्यूयार्क शहर में हर रोज सवा सौ आदमी सिर्फ़ कारों और टैक्सियों के नीचे आकर, घायल होते और मरते हैं। विजयलक्ष्मी पंडित ने एक बार कहा था कि कलकत्ता में, कॉरपोरेशन की सीमा में, लगभग अस्सी हजार 'पेशेवर' वेश्याएं रहती हैं। बात न्यूयार्क की हो, या कलकत्ते की, बीसवीं सदी के इस छठे दशक में आकर हर आदमी का गुस्सा, आक्रोश, क्रोध, रूमानी रुझान, सैलानीपन, भूख, जलन, अहंकार, परिताप, खीज़, नाराज़गी और दीवानगी खत्म हो गई हैं। हम क्रोधित नहीं हैं, और न हम किरानियों की ओर से,

और न स्कूल जाते हुए बच्चों की ओर से ही कोई फरियाद या प्रार्थना-पत्र प्रस्तुत करना चाहते हैं। हमने यह पेशा छोड़ दिया है।

पता नहीं, ऐसा किस तरह हुआ। लेकिन ऐसा कुछ हुआ जरूर कि हमलोग अचानक सुख और आलस्य की थकी हुई, किसी शीतल झरने के किनारे आंखें बंद करके लेटी हुई, पहाड़ी घाटियों में आ गए हैं। यहां शांति है। सड़कों पर 'ब्रूमस्टिक' फेरने वाली मेहतर-औरतें आपस में लड़ती-झगड़ती रहेंगी। अखबारों में हर सुबह दंगे-फसाद और गृह-युद्धों के समाचार छपा करेंगे। आदमी अपनी तनख़ाह, और अपनी कमर के गोश्त से ऊपर नहीं उठ पाएगा। 'डेमोक्रेसी' सदाबहार रहेगी। लोक शाम को आदतन मंदिरों में जाते ही रहेंगे। जो चीज़, जहां रुक गई है, अब अनंत काल तक, अथवा कम-से-कम हमारी जिंदगी के अरसे में, वहीं-की-वहीं रुकी, और सोई हुई रहेगी। इन पहाड़ी घाटियों में बर्फ या लावा कुछ भी उगलने की क्षमता नहीं है। महात्मा बुद्ध ने वैशाली की उस नाचने-वाली औरत को जो कुछ कहा था, उसमें ज्यादातर बातें सच थीं। बत्तियां बुझती हैं, तो रोशनी कहीं जाती नहीं, वहां रुकी भी नहीं रहती, बस, ख़त्म हो जाती है। रोशनी रुकती नहीं, बस, ख़त्म हो जाती है। सुनो अम्बपाली, मनुष्य के अंदर इसी तरह किसी दिन ईश्वर ख़त्म हो जाता है। ईश्वर, और ईश्वर की रोशनी। अब इस अंधेरे में रास्ता नहीं दिखेगा, सिर्फ़ मशीनें, तांबे के तारों के जाल, रेस्तराओं की सभ्यताएं, पत्रिकाओं के कवर पर अपने टख़नों का कमाल दिखाने वाली कम उम्र लड़कियां, और 'डेमोक्रेसी' दिखेंगी। ये चीजें अंधेरे में ही ज्यादा साफ और धुली दिखती है।

वक्त मिलते ही, हम सारे लोग 'स्पेस-शिप' पर बैठकर अर्ल स्टैनली गार्डनर की जासूसी किताबें पढ़ने लगेंगे। हमें वेरोना के उस कब्र की याद भी नहीं रह जाएगी, जिसके बारे में हमसे कुछ ही पहले के लोगों ने तीस हजार आठ सौ छह कविताएं लिखी थीं। एकलव्य किस अपराध में मारा गया था? ईसा की मौत पर जेरुस्सलाम की नीली आंखों वाली औरतें क्यों रोई थीं?? दोस्तोयवस्की कौन था? और, कौन थी वह पागल लड़की, जिसने अपनी सारी हस्ती बेचकर, पड़ोसी के बीमार बच्चे के लिए दवा खरीदी थी??? 'स्पेस-शिप', अश्लीलता और जनतंत्र—इस सदी के इन तीन सबसे खूबसूरत शब्दों में हम चाहें, तो अब सारी उम्र डूबे, इन शब्दों के नशे में डूबे, रह सकते हैं। और, हम ऐसा क्यों नहीं चाहें?

हमसे पहले, कुल एक महाभारत के सुयोधन के पास यह अमोघ-शक्ति थी। वह सैकड़ों फीट पानी के नीचे, तालाब की सतह पर देह-स्तंभन करके बैठ गया था। वह चाहता, तो सारी उम्र वहीं बैठा हुआ रह जाता। मगर, पांडवों के सारथी ने उसे धोखे से ऊपर बुला लिया, और उसकी कच्ची और टूटी हुई कमर पर लात मारकर, उसे पराजित किया। हमलोग अब किसी भी रथ के सारथी की बातों पर विश्वास नहीं करते। आइन्सटीन और फ्रायड तक ने हमें गुमराह किया है। बीच-बीच

में स्तालिन की बात याद आती है। वह भी एक आदमी था, तेरह सौ फीट पानी के अंदर डूबा हुआ। उसने पहली बार लोगों को बताया कि इस्पात हमेशा इंसानी इरादों से ज्यादा मजबूत होता है। इस्पात जल्दी टूटता नहीं। यानी, अस्तित्व का सवाल, इरादों के सवाल से ज्यादा जरूरी और मजबूत होता है। स्तालिन ने इस्पात की ऊंची-से-ऊंची दीवारें बनाईं, और मशीन-घरों की कतार में आदमी को खड़ा करके अपनी बात साबित कर ली।

हमें स्तालिन, या उसके राजकवि बोरिस पेस्तरनाक के जमाने में रहने का मौका नहीं मिला। हमारे इस देश का यह जमाना इस्पात का नहीं, जनतंत्र और राजनीतिक वेश्याओं का जमाना है। हमलोग न तो लाल वर्दियों की, और न परशुराम की, प्रतीक्षा में हैं। प्रतीक्षा हमें नहीं है, क्यों कि हम शिवत्व प्राप्त कर चुके हैं। दुर्गाचरन मित्रा स्ट्रीट (कलकत्ता) की एक वैष्णव भक्तिन ने एक बार मुझसे पूछा था कि यह शिवत्व क्या चीज होती है। कभी-कभी महात्मा बुद्ध के पद्मासन पर बैठना मेरी सेहत को कारगर होता है, इसीलिए मैंने कमरे की बत्तियां बुझाते हुए कहा था—'तनाव (टेंशन) से लेकर तनतनाव (इरेक्शन) की शारीरिक-मानसिक-आध्यात्मिक स्थिति में हमेशा के लिए रुके रह जाने की क्षमता ही शिवत्व है।'

अम्बपाली मेरे उत्तर से संतुष्ट हो गई थी। मैं भी अपने उत्तर से संतुष्ट हूं। यह उत्तर ही हमारी स्थिति है। हम बीजाणुओं की गति से 'टेन्शन' और 'इरेक्शन' के बीच की हजारों प्रकाश-मीलों की दूरी तय कर रहे हैं। अपनी इस बाकी बची हुई थोड़ी-सी उम्र में तो हम अपनी यात्रा की भूमिका का उत्तरार्द्ध भी पूरा नहीं कर सकेंगे। इसलिए, हम 'टेंशन' में हैं, लेकिन गुस्से में नहीं हैं। गुस्सा तो खड़ी ज्वालामुखी से लावा फूटने के बाद की बात है। यह बात अभी शुरू नहीं हुई। अभी तो वह ज्वालामुखी ठंडे झरने की पहाड़ियों के अंदर सोई पड़ी है। बीसवीं सदी के खतम होने तक वह सोई रहेगी। जनतंत्र के युग में सारी बातें और सारी हालतें सोई रहेंगी। यों, कभी-कभी दिलबहलाव के लिए कोई नाच-गान पेश होगा, कोई कविता लिखी जाएगी, पुरस्कार दिए जाएंगे, नकली प्रतियोगिताएं होंगी, शीशे के रंगीन टुकड़े हीरों से ज्यादा कीमती जचेंगे, कोई अफसर नौकरी छोड़कर योगाश्रम खोलेगा, और अखबार निकलते रहेंगे। यह सारा कुछ सिर्फ़ मनोरंजन, और सिर्फ़ जनताशाही के नाम पर होगा।

आप गुस्सा करें भी, तो क्या कर लेंगे? मित्रवर, गुस्से से इस्पात पिघल नहीं जाता है। पिघल सके, इसके लिए आग की सुर्ख भट्ठी चाहिए, मशीनघर चाहिए, और यह सारा व्यापार चलाने के लिए पूंजी भी चाहिए। आइन रैंड के उस प्रसिद्ध उपन्यास (एटलस श्रग्ड) के पात्रों ने कहा था, कि वे हड़ताल पर हैं। उन्होंने कहा था, कि वे कविता नहीं लिखेंगे, मशीनघर नहीं चलाएंगे, दुकानदारी नहीं करेंगे, बोलेंगे नहीं, शहर में नहीं आएंगे, और हडताल करेंगे। हर काम से, हर चीज से, हर इरादे

से हड़ताल करेंगे, ऐसा आइन रैंड के पात्रों ने कहा था। हमलोग भी गुस्सा किए बगैर, पूरे साहस और पूरी ईमानदारी के साथ, यही बात कहना चाहते हैं। लेकिन, हम कह नहीं सकेंगे—क्योंकि हम उपन्यास के पात्र नहीं हैं। हम, और कुछ होने के पहले, और हर कुछ होने के बाद, आदमी हैं—हम हड़ताल करके जी नहीं सकते।

और हम मौत पर भरोसा नहीं रखते। हम मरना नहीं चाहते हैं। जीने का अधिकार न सही, जीने की सुविधा हमारे लिए जरूरी है, और हमारी सबसे पहली शर्त्त है। स्वाधीनता, रचना की स्वाधीनता, अ-रचना की स्वाधीनता हमें चाहिए। लेकिन, अगर रथ के सारथियों के नजरिए से विचार करें, तो यह स्वाधीनता, कर्म-जीवन के अन्य मूल्यों, प्रभावों, स्वार्थों, और सुविधाओं से ज्यादा जरूरी नहीं हैं। क्यां होगा अगर फणीश्वरनाथ रेणु की रिफ्यूजी युवती, पवित्रा चटर्जी की ओर 'जुलूस' में चलने वाली जनता या हवाबंद कमरों में बैठने वाले बुद्धि कर्मियों का ध्यान नहीं जाए? रचना करने, और रचना नहीं करने की स्वाधीनता का कोई अर्थ उनके लिए नहीं रह गया है, जो सामूहिक उत्पादन (मास-प्रोडक्डन) और सामूहिक उपभोग (मास-कंजंप्शन) को ही आधुनिक जीवन की चरम सीमा और चरम सफलता मानते हैं।

हम अपनी ओर से इतना ही कह सकते हैं कि आक्रोध या क्रोधहीन हम इन 'प्रोडक्शन' वालों से अलग और दूर रहना चाहते हैं, जितना अपने जीवन में, ठीक उतना ही कविता में भी। क्योंकि, हमारी जिंदगी अथवा हमारी कविता का कारण क्रोध, प्यार या घृणा नहीं है, हमारे दुःख और हमारे सुख समाज की स्थितियों-परिस्थितियों से अधिक हमारे अस्तित्व, विवेक और अंतःकरण से संपर्कित हैं, दीन और दुनिया, दोनों से हमारा रिश्ता मात्र हमारी 'शारीरिक' सीमाओं के कारण ही है। जो लोग हमें बुभुक्षित, आक्रोशी, पराजित, अहंवादी-व्यक्तिवादी और गुस्से में समझते हैं; वे गलत समझते हैं, लेकिन उनकी गलत समझदारी पर भी हमें कोई नाराजगी नहीं है।

मशीनें हमें प्रिय हैं, लेकिन मशीनी जिंदगी नहीं। औरतें, शराब, फूल, कविताएं, जुलूस, धर्म, किताबें, मित्रता, इतिहास, मूर्त्तियां, धूप, रोशनी, कला-विद्याएं मनुष्य और ईश्वर—हम इन सारी वस्तुओं को जानना, समझना और पास देखना चाहते हैं, लेकिन किसी भी 'मूल्य' पर इनका व्यापार, इनकी खरीद-बिक्री हमें नहीं चाहिए। मूल्यों और व्यापारों से टूटकर अलग होने की कोशिश ही हमारी कविता की सबसे पहली कोशिश है।

—ज्योत्स्ना, नवंबर-1965

कबिरा खड़ा बजार में...

या चिन्तयामि सततं मयि सा विरक्ता :

कहते हैं, ब्रह्मा ने ब्रह्मांड की रचना की। सृष्टि का प्रथम सुख उसे ही प्राप्त हुआ। उसने जड़ प्रकृति का, और चेतन जीव का सृजन किया। और मानसिक विकास की प्रक्रिया में ढलकर जीव दो भागों में बंट गए; मनुष्य और पशु। मनुष्य स्वयं भी सृष्टि करने लगा, विचारों का और विचारों से प्रतिफलित घटनाओं का जन्मदाता बना, और पशु नहीं रहा। कालांतर में, मानसिक विकास की प्रक्रिया में ढलकर मनुष्य भी दो भागों में बंट गए; मनुष्य, जो रचना के व्यापार में लगा रहा, और मनुष्य, जो रचना का भोक्ता-उपभोक्ता बन गया, रचनाकार नहीं रहा।

रचनाकार, और रचनाकार का ग्राहक—ये दो व्यक्ति ही मानव संसार के दो प्रमुख व्यक्ति हैं, जिन पर समाज के सारे कार्य-व्यापार निर्भर करते हैं। वैसे, इन दोनों व्यक्तियों के बीच कितने ही व्यक्ति हैं, जो व्यक्ति नहीं हैं, मात्र माध्यम हैं—किंतु, विचार-स्थापन के वर्तमान युग में आकर इन माध्यम-व्यक्तियों का, रचना-संवाहकों का, संरक्षकों, व्यावसायिकों, प्रकाशकों, विशेषज्ञों, आलोचकों, दलालों का महत्व ही रचनाकार और रचना के ग्राहक-उपभोक्ता से अधिक हो गया है। इन लोगों में रचना की योग्यता नहीं है, रचना का भोग करने और भोग का आनंद प्राप्त करने की क्षमता नहीं है। ये लोग रचना का क्रय-विक्रय करते हैं, मात्र।

विचार-रचना के आरंभिक युग में ऐसा नहीं था। व्यक्ति द्वारा नहीं, 'ब्रह्म' द्वारा, जनसमूह द्वारा रचना होती थी। रचना-व्यापार सामाजिक व्यापार था, व्यक्तिगत व्यापार नहीं। क्रमशः यह व्यापार व्यक्तिगत होता गया, अधिक व्यक्तिगत होता गया, और व्यक्ति दो भागों में बंट गए—एक भाग सृजन में लगा रहा, दूसरा भाग उस सृजन के सामूहिक उत्पादन में, और सामूहिक क्रय-विक्रय में और सामूहिक भोग में। शायद; पूंजी के बल-विक्रम के क्रमशः विकास और विजय के साथ ही, रचनाकार और उपभोक्ता के बीच में तरह-तरह के लोगों की जमात खड़ी होने लगी। रचना का व्यावसायिक पक्ष, रचना के सृजन पक्ष से अधिक महत्वपूर्ण होने लगा।

रचना का उद्देश्य सृष्टि नहीं रहा, रचना का उद्देश्य उसका विक्रय और उस विक्रय से प्राप्त मूल्य बन गया। यह आज की स्थिति है। यही आज की स्थिति है।

फिर भी कुछ लोग हैं जो अपने आनंद के लिए, अपने भोग के लिए सृष्टि करते हैं। रचना के समय, अपने व्यक्तिगत विचार की सृष्टि के समय उन्हें किसी भी अन्य व्यक्ति का, किसी भी ग्राहक का, व्यवसायी का, विशेषज्ञ का, ध्यान नहीं रहता है। ध्यान रहने से सृष्टि नहीं होती, मात्र उत्पादन या प्रति-उत्पादन (Reproduction) होगा। ऐसे लोगों की असुविधा और सुविधा इस युग में आकार बहुत बढ़ गई है। रचना संकट में है। सृष्टि संकट में है। विकास का मूल स्रोत संकट में है।

कल शाम लाइट हाउस फोयर में हम दोनों बैठे थे। मैं और सुनंदा। सुनंदा गायिका है। गायिका नहीं है, संगीत की रचना करती है। भारतीय संगीत की परंपरा में रहकर भी उसने स्वरों को नई ध्वनियां देने की चेष्टा की है, ध्वनियों को नए लय-तालों में बांधने की चेष्टा की है, चेष्टा कर रही है।

बातें करते-करते वह अचानक बहुत उदास हो गई। श्यामा-संगीत और बाउल-गान की बातें करते-करते वह अचानक चुप हो गई। फिर बोली—पूर्णदास का गाया हुआ वह बाउल-गान तुमने जरूर सुना होगा, जेमनि वेणी तेमनि रइबे, चूल भेंजावो ना, आमि वेणि भेंजावो ना। और तुमने देखा, 'नतून फसल' फिल्म में निर्मल चौधरी महाशय ने उसकी कैसी दुर्गत कर दी है?

जरा भी उदास होने की बात नहीं थी। मैंने हिन्दी फिल्मों में सूरदास के पद सुने हैं, मीरा के भजन सुने हैं; मेरे उदास होने की बात नहीं थी। बाउल-गान फिल्मी गान बन गया, तो बुरा क्या हुआ? किसी आधुनिक प्रियतम की अत्याधुनिका प्रियवंदा कीमती पियानो पर बैठकर 'मैं तो गिरधर के घर जाऊं' गाने लगी तो बुरा क्या हुआ? संगीत क्या है, आत्मा के ध्वनि-वैभव की अभिव्यक्ति ही तो? आत्मा की नहीं सही, कंठ-लालित्य की अभिव्यक्ति तो हो ही गई!

फिर, सुनंदा अचानक एक दूसरी बात कहती है—समझदार लोग नहीं रह गए हैं। मैं किसके लिए गाऊं? किसके लिए खयाल के अलाप में जीवन का सारा दर्द भरूं? किसके लिए तराने में ध्वनियों की और ध्वनियों की तीव्र गति की मीनाकारी करूं? समझदार लोग नहीं रह गए हैं। संगीत-सम्मेलनों में लोगों की फरमाइश पूरी करनी पड़ती है। फरमाइशी गाना! वही ठुमरी, वही दादरा, वही गजल। योरप में लोगों ने 'ब्राह्म' को बर्दाश्त किया, अपने देश में तो बंधी लकीर से एक इंच खिसकना भी लोगों को सहन नहीं होता है।

और तब मुझे 'आइन रैन्ड' की याद आती है। आइन रैन्ड और उसके उपन्यासों के नायक, आन्द्रे और रोआर्क और जॉन गाल्ट। आन्द्रे जब खून के सौदगरों की इस दुनिया से ऊब जाता है, तो आत्म-हत्या कर लेता है। रोआर्क जब पाता है कि लोग उनकी कृतियों की पूर्णता और सुंदरता को समझ नहीं पाते हैं और उनका अनादर करते हैं तो वह उन्हें डिनामाइट से उड़ा देता है। और जॉन गाल्ट! जॉन गाल्ट आत्म

हत्या नहीं करता, डिनामाइट नहीं लगाता, वह सिर्फ़ अलग हो जाता है, वह नासमझ लोगों की नासमझ दुनिया से अलग हो जाता है। वह रुक जाता है। वह सृजन करना रोक देता है। जॉन गाल्ट और उसके जैसे सारे लोग रचना रोक देते हैं, उत्पादन रोक देते हैं—क्योंकि वे नहीं चाहते हैं कि उनकी कृतियों को, उनकी वैज्ञानिक स्थापनाओं को, उनके विचारों को गलत तरीके से गलत कीमतों पर गलत लोगों के हाथों बेचा जाए। रुक जाने के सिवा कोई उपाय नहीं है।

सुनंदा की शिकायत उचित है। हम किसके लिए रचना करें? जनसाधारण तो कृति नहीं चाहता है, वह चाहता है सुख-सुविधा के उपकरण, वह चाहता है दैहिक भोग, वह चाहता है सामान्य मनोरंजन। जनसाधारण शारीरिक-भौतिक सीमाओं से ऊपर उठना नहीं चाहता। नई स्थितियां पसंद नहीं करता। नई राहें पसंद नहीं करता। वह गैलीलियो को और वान गॉग को और दोस्तोयवस्की को बर्दाश्त नहीं कर सकता। और इसीलिए रुक जाने के सिवा, रचना रोक देने के सिवा कोई उपाय नहीं है।

सुनंदा जिनके सामने अपने अस्तित्व की संपूर्ण विवशता संगीत में उतारकर रखना चाहती है, वे चाहते हैं मात्र गलेबाजी! वे इन गलेबाजी के बदले स्नेह-आदर देते हैं, यश-प्रतिष्ठा देते हैं, प्रचुर रुपए-पैसे देते हैं। तब उपाय यही है कि सुनंदा या, तो गलेबाजी करना शुरू कर दे, और संगीत सम्मेलनों में गोल्ड मैडल पाती रहे, और 'इंडियन लिस्नर' और 'बेतार जगत' में उसकी तस्वीरें छपती रहें, और कालांतर से वह पद्मश्री और पद्मभूषण बन जाए—या, वह सिर्फ़ अपने लिए और अपने जैसों के लिए (जो उसे कोई कीमत नहीं दे सकेंगे) संगीत-रचना करे, और जीने के लिए, अन्न-वस्त्र के लिए कोई दूसरा व्यवसाय कर ले, ऐसा व्यवसाय जिसमें सरगम के एक सुर का भी संयोग नहीं हो।

सवाल सुनंदा का ही नहीं है। सवाल मेरा भी है। सवाल हम सभी का है। हम सभी लोगों का, जो रचना चाहते हैं। चाहे एक कविता रची जाए, चाहे एक विचार-सूत्र रचा जाए, चाहे एक नया जेनरेटर रचा जाए—बात एक ही है। बात एक ही है और यह है कि रचना का उद्देश्य सुख-सुविधा और मनोरंजन नहीं होता है। रचना का उद्देश्य रचना का सुख होता है, विकास का सुख होता है, नई स्थिति का सुख होता है।

वर्तमान परिस्थितियां और वर्तमान उपभोक्ता और वर्तमान व्यापारी, रचनाकारों को यह सुख प्राप्त करने देना नहीं चाहते। वे आइन्सटीन नहीं चाहते हैं, वे चाहते हैं अणुबमों के कारखाने! वे एज़रा पाउंड नहीं चाहते हैं, वे चाहते हैं रॉक. एन. रोल की लहजेबाजी! वे सिर्फ़ स्वर और शब्द चाहते हैं, अभिव्यक्ति के लिए व्याकुल आत्मा का संगीत नहीं।

1957 के सितंबर-अक्टूबर में मैंने हिन्दी में लिखना शुरू किया था। कहानियां और कविताएं लिखना इसलिए शुरू किया था कि मेरे मन में कई विचार और कई

स्थितियां और कई अनुभव जमने लगे थे और मैं उन्हें नया जन्म देना चाहता था, मैं उन्हें साधन बनाकर साहित्य रचना चाहता था। उन दिनों मुझे ऐसा विश्वास सा था कि अच्छा लिखने से ही यश-प्रतिष्ठा मिलती है और लिखने का मूल्य भी मिलता है। क्रमशः यह विश्वास खंडित हो गया। यश-प्रतिष्ठा और रचना का मूल्य अच्छा लिखने से नहीं, यश और मूल्य देने वाले लोगों की इच्छा के अनुसार लिखने से मिलता है।

मैंने देखा कि वही किताबें और वही पत्र-पत्रिकाएं ज्यादा बिकती हैं, जो समकालीन जनसामान्य के विचार-मूल्यों और जीवन-मूल्यों से आगे नहीं जाती हैं। यही कारण है कि एक ओर तो 'क्लासिक' साहित्य की बिक्री होती है, और दूसरी ओर रूमानियत और भावुकता और दैहिक अभिव्यक्तियों से भरे सामयिक साहित्य की। जो रचनाएं वाकई रचनाएं हैं, इतिवृति या पुनरावृति नहीं हैं, उनकी बिक्री नहीं होती है। सुनंदा को शिकायत है कि लोग उसका संगीत नहीं चाहते। मुझे शिकायत है कि लोग मेरी रचनाएं नहीं चाहते। लहर-पत्रिका के संपादकों को यह शिकायत हो सकती है कि लोग उनकी पत्रिका नहीं चाहते।

मगर,
यह शिकायत उचित नहीं है। अगर आप अपने संगीत और अपनी रचना और अपनी पत्रिका का मूल्य चाहते हैं, तो उन्हें ऐसा बनाइए, जैसा लोग चाहते हैं। संगीत में कंठ स्वर भरिए, आत्मा नहीं। रचना में रूमानियत भरिए, अस्तित्व नहीं। पत्रिका में मनोहर गीत भरिए, सिलाई-कढ़ाई के नमूने भरिए, धार्मिक त्योहारों का महात्म्य भरिए, साहित्य नहीं! और यह सब नहीं करना हो, तो जॉन गाल्ट की तरह रुक जाइए, अचल हो जाइए, सृजन रोक दीजिए—रोटी और मक्खन पाने के लिए बहुत सारे दूसरे काम हैं, वही कीजिए।

—लहर, मार्च-1961

वसंततिलका

बुलडॉजर और गुलाब

हमारे स्कूल में मथुरा बाबू हिन्दी पढ़ाते थे। संस्कृत के पंडित थे, और श्रीधर पाठक युग के साहित्य-सिद्धांतों को मानते थे। आचार्य शुक्ल के नए विचारों पर उन्हें जरा भी आस्था नहीं थी। क्लास में, और रामधारी सिंह दिनकर की कविताओं में होकर भी वे 'रसवंती' को अशुद्ध शब्द मानते थे, और अश्रद्धापूर्वक कहते थे—'रसवती' होना चाहिए, रसवंती तो भदेस की ही कोई नायिका हो सकती है।

इसे संयोग ही कहना चाहिए कि एक दिन वे हमलोगों को कविवर आरसी प्रसाद सिंह की वसंत संबंधी एक कविता पढ़ा रहे थे। छायावादी वसंत ज्यादातर आत्मा को पृथ्वी, और ऋतुराज को ब्रह्म मानकर हुआ करता था, लेकिन, आरसी की कविता में वसंत प्रकृति के यौवन वर्णन का एक मीठा-सा बहाना भर था। गुलाब में नई रंग भंगिमा है, और आम की मंजरियों से कानन नशे में डूबने लगा है।

हमारा स्कूल बड़ा था, और खुले हुए मैदान के बीच में उसकी लाल ईंटों वाली इमारत धूप में चमकती रहती थी। चौड़े दरवाजे से होकर अचानक हवा और धूल का एक तेज गुबार आया, और गुलाब की बातें कहते हुए मथुरा बाबू का सोने की कमानी वाला चश्मा टेबुल से नीचे उतर गया। शीशे के दोनों गोल टुकड़े चूर हो रहे।

सौ रुपए या सवा सौ रुपए पाते हुए हिन्दी शिक्षक की आंखें धूल से भर गईं। गुस्से में आकर उन्होंने कहा—यह सब एकदम झूठ है। कवि लोग केवल झूठ का सौदा बेचते हैं। अब गुलाब कहां? मंजरियां कहां? अब तो वसंत के नाम पर गर्द और गर्म हवा के झोंके रह गए हैं। सुनो लड़को, अब अपने देश में वसंत नहीं आता है। कालिदास-जयदेव के बाद विद्यापति और बिहारीलाल तक वसंत-ऋतु आया करती थी; अब नहीं! अब अगर कोई कोई कवि वसंत का नाम लेता है, कोई गायक वसंत-बहार और वसंततिलका गाता है, तो उसे पागलखाने में डाल देना चाहिए।

वसंत की इस पहली शाम को पता नहीं क्यों, टूटे हुए चश्मे, और अपने हिन्दी-शिक्षक की याद आती है। लगता है, वाकई अब वसंत के नाम पर धूल,

गर्द-गुबार, बेवजह एक थकान, बेचैनी, और यह सोचना ही रह गया है कि सर्दी और गर्मी के बीच रोककर रक्खे गए इस मौसम से ज्यादा बेमतलब चीज और कहीं कोई नहीं है। वसंत-वृक्ष की हल्की हरी मंजरियों से पहले मुझे उस बुलडॉजर की बात समझ में आती है, जो पिछले पंद्रह दिनों से मेरे मकान के नीचे से गुजरती हुई सड़क के सीने पर चल रहा है। बुलडॉजर सड़क की ऊंची-नीची सरजमीन और ईंट पत्थर के टुकड़ों को तोड़कर समतल और मजबूत कर रहा है। हमें इसकी जरूरत है, और हमें शायद वसंत की कोई ख्वाहिश नहीं रह गई है।

वसंत-वृक्ष में अब पहले जैसी हरी मंजरियां नहीं दिखती है। अब तो हमें वसंत-वृक्ष ही नहीं दिखता है। राज्य-सरकार की बस पर लदकर दफ्तरों और दुकानों की ओर जाते हुए हम भीड़ और शोरगुल देख पाते हैं, पार्कों में या किसी ऊंची कोठी के अहाते में लगाए हुए फूलों को नहीं। बस की खिड़की से यह सब देखना संभव भी नहीं है। दफ्तर में देर हो रही है। ठीक दस बजकर पांच मिनट पर हाजिरी की बहियां दस्तखत के काउंटर से उठा ली जाएंगी। देर हो रही है। औरतों की सुरक्षित सीट पर बैठी हुई वह टाइपिस्ट लड़की आज इतनी गुम-सुम क्यों है? उसने आज जूड़े में प्लास्टिक के ताजा धुले फूल भी नहीं लगाए हैं। गणेश कहता था—बीवी नौकरी करती है, खुद भी एक पार्टटाइम कर लेता हूं; लेकिन, उधार का बोझ बढ़ता ही जा रहा है। जितनी तनखाह बढ़ती है, चीजों के दाम उससे चार गुना ऊपर चढ़ आते हैं। देर हो रही है। थोड़ी देर और हुई तो एक मेल-ट्रेन के स्वागत में रेलवे-क्रॉसिंग बंद हो जाएगा, और हम ग्यारह बजे भी दफ्तर पहुंच नहीं पाएंगे।

इस मानसिक तनाव में फूल, कविता, नदी, प्यार, शहनाई, वान गौरव के चित्र, वसंततिलका की आंखें, और सपनों को देखा-समझा नहीं जा सकता। वसंततिलका पुराने पाटलिपुत्र महानगरी की एक राजनर्त्तकी थी, जिसकी आंखें बौद्ध भिक्खु पांडुरंग को पसंद आ गई थीं। वसंततिलका ने भिक्खु को काषाय-वस्त्रों के मार्ग से स्खलित होते देख कर अपनी दोनों आंखें स्वर्ण-पात्र में निकाल रक्खी थीं, और बौद्ध पांडुरंग को समर्पित कर दी थीं—ये आंखें आपको प्रिय हुईं, तो मैं आंखों के बिना भी जी लूंगी।

इस पतित मानसिक अव्यवस्था में वसंततिलका को समझा नहीं जा सकता है। वह राजनर्त्तकी संस्कृत-कविताओं में फैली हुई वह वसंत-बहार है, जिसे दफ्तर से घर और घर से दफ्तर की भागदौड़ करते रहने वाले किरानी, और दुकानदार, और पेटेंट दवाओं के बिक्रेता समझ नहीं सकते। मैं समझ सकता हूं, लेकिन जीना जरूरी है, इसलिए कवि बनने से पहले मैं भी किरानी, ही बन जाना चाहूंगा। शायद वसंत-ऋतु और औद्योगिक सभ्यता के मध्यांतर में खड़े कविगुरु रवींद्रनाथ को इस बात की समझदारी थी। इसीलिए, उन्होंने अपने व्यावसायिक रंगमंचीय नृत्य-गीतों और नृत्य-नाट्यों के अलावा वसंत की कहीं बात ही नहीं की थी। कविताओं में

उन्होंने इस मौसम का जिक्र तो किया जरूर, लेकिन, मौसम को उन्होंने आंतरिक जीवन और आत्मिक मर्यादाओं का सापेक्ष प्रतीक बना दिया, उसे सिर्फ़ वसंत-बहार, सिर्फ़ एक नशा, सिर्फ़ एक नींद रहने नहीं दिया।

चांदी की एक मयूरपंखी नौका आम्रमंजरियों की सुधि-सुगंधि की लहरों पर तैरती जाती है। पांवों में टूटी हुई जंजीर का टुकड़ा लेकर उड़ता हुआ। वसंत-पाखी किसी एकांत मानस-वन में गिरकर बेहोश हो गया है। देवराज-ऋतुराज की क्रीतदासी उर्वशी गुलाब, चंपा, गुलदाउदी, केबड़े की सीढ़ियों से उतरती हुई आत्म-सम्मोहन का एक अपरिचित गीत दोहरा रही है। शाम है, लेकिन, अंधेरा नहीं है। अकेलापन है, फिर भी, बीते हुए का सहारा लेकर चुपचाप जी लिया जा सकता है।

रवीन्द्रनाथ को मालूम था, कि अब कभी वसंत नहीं आएगा, इसलिए, इन्होंने उसे काल्पनिक और अरूप बना दिया। हम तो इतना भी नहीं कर पाते हैं क्योंकि, हमारे समाने वसंत ऋतु की कोई कल्पना तक नहीं बच गई है। कवि-दरबारों और पाठ्यपुस्तकों में बसने के लिए कुछ लोग अब भी विद्यापति और रवीन्द्रनाथ के बीते हुए वसंत की चर्चा करते हैं। फिल्मी गीतों और यौन-अभियोग के चुटकुलों की मानसिक स्थिति में रहने वाले विद्यार्थी और सरकारी-गैरसरकारी अफसर वसंत-गीतों को सुन लेते हैं, और कभी-कभी बर्दाश्त भी कर लेते हैं। लेकिन, सिर्फ़ अधपके विभाग के अधपके लोग! जो समझदार है वह 'दिप्रेसिव' दवाएं इस्तेमाल करता है, या पराई औरतों के बारे में बातें करके अपने ठंडे बिस्तरे में सो रहता है।

मेरे दार्शनिक मित्र श्री संजय कुमार मिश्र अक्सर कहा करते हैं—आधुनिक युग की सबसे बड़ी अश्लील वीभत्सता है प्रेम और प्रकृति के सौंदर्य का गुणगान करना। प्रेम मानसिक दासता है। हम पशु हैं, और हमें केवल घृणा करने का अधिकार है। प्रकृति से बदसूरत चीज और कोई नहीं है, क्योंकि हमने उसे कारखानों के इर्द-गिर्द की बस्तियों और शहर के नीचे बहती हुई नालियों पनालों में कैद कर दिया है। सौंदर्य कहीं नहीं है, न यथार्थ जीवन में, और न कवि-कल्पना में। हम आंखें बंद करते हैं, तो चारों ओर कीचड़ और धूल के पहाड़ सिर उठाने लगते हैं।

संजय मिश्र की बातें मुझे अच्छी लगती हैं, क्योंकि ज्यादातर मैं बड़े शहरों और बड़े कारखानों में रहता आया हूं। सूनी छत पर बैठकर पूनो के चांद को देखते रहने का अवसर और अवकाश औसत लोगों की तरह मुझे भी नहीं मिला है। मौसम और आवोहवा की तारीफों के बहाने से किसी औरत को अपनी कमजोरियों की दास्तान कहने का भी मुझे कभी मौका नहीं मिला। मौका पाने की उम्र में चायखानों और अखबार के दफ्तरों में रात-दिन काटने की नौबत आ गई थी। सपनों के पौधे उगाने के दिन बीत गए, तो बहार के मौसम से ज्यादा जरूरी चीजें अपने बाजार में खींच ले गईं।

संजय की बात को ठीक-ठीक समझने के लिए जगन्नाथ गोस्वामी का किस्सा

बताना जरूरी है। गोस्वामी हमलोगों के साथ कलकत्ते के एक बड़े होटल में नौकर था। स्टोर-कीपर होने के कारण उसे चौदह-सोलह घंटे होटल में बिता देने पड़ते थे। इसी चक्कर में उसकी जवान बीवी एक मेडिकल एजेंट के साथ हमेशा के लिए चली गई। पांच साल की नन्हीं बच्ची का मोह उसे बांध नहीं पाया। गोस्वामी इतने बड़े शहर में अकेला था, बच्ची की देख भाल में और होटल की नौकरी में तालमेल बिठाते हुए वह परेशान रहने लगा। बालीगंज में उसका कुल एक अदद कमरा था, जिसमें कुल एक अदद खिड़की थी। सर्दियों की एक रात में गलती से खिड़की खुली रह गई। सुबह हुई तो पांच साल की बच्ची बुखार से तड़प रही थी। उसे बचाया भी नहीं जा सका। जगन्नाथ गोस्वामी अब किसी भी कीमत पर पीछे के फूल-बगान में खुलने वाली अपने कमरे की खिड़की नहीं खोलता है। अब किसी बच्ची को न्यूमोनिया लगने का डर नहीं, लेकिन खिड़की नहीं खुलेगी। बगान में फूल खिलेंगे, पेड़ों की डालों पर नए पंछी नए घोंसले बनाएंगे, लेकिन गोस्वामी की खिड़की शीत में, ग्रीष्म-वर्षा में, पावस-हेमंत में, और वसंत में हमेशा बंद रहेगी। वह किस खुशी के लिए खुले? नौकरी करनी है, बीमार हुए तो अस्पताल चले जाना है, फिल्म देख कर अथवा कोई नशा करके सोए रहना है—फिर, खिड़की खुली रहे या बंद रहे, कोई फर्क नहीं पड़ता। किसी बात से कोई फर्क नहीं पड़ता।

हम सारे लोग, जो शहर में रहते हैं, और अर्थ-तंत्र, जन-तंत्र, उद्योग-तंत्र की बड़ी-बड़ी मशीनों के साए में जिंदगी बसर करने के आदी हो गए हैं, अब अपनी-अपनी खिड़कियां बंद रखते हैं—आंखों और दिमाग की खिड़कियां। हमें मौसम और हवा से डर लगता है। न्यूमोनिया, फूल, कविताएं, प्यार, सड़कों पर रेंगती हुई भीड़, मौसम, हवा का रुख, सूखे हुए दरख्त, ऊंची इमारतें, धुआं, रोशनी, गीत—ये सारी चीजें हमें आतंकित करती हैं। हम इनसे दूर भागते हैं, और हम अपनी इच्छाओं से दूर भागते हैं। क्योंकि, इन चीजों में मौत के सिवा और कोई मंजिल नहीं है।

वैसे, ऐसे लोग भी हमारे आसपास हैं, जो एक नकली बहार का तमाशा खड़ा कर रहे हैं। ये लोग कहते हैं, कि अगर शहर की फुटपाथों पर वसंत-बहार नहीं है तो क्या हुआ, मुगल-गार्डेन और आसपास के हवाबंद दफ्तरों में तो वसंत-बहार कायम है। 'मिचेल'-कैमरे और सतरंगी रोशनियों के नीचे नर्तकी चित्रलेखा और नगरवधू आम्रपाली प्यार की फिल्मी ताने-बाने बुनती हैं। योजनाओं और परिकल्पनाओं की सरकारी फाइलों में नई नदियां, नई नहरें, नए शिवालय, और नए वन-उपवन उगाए जाते हैं। नई कहानियां लिखी जाती हैं। नई कविताओं में एलान किया जाता है कि अब भीमकाय मशीनों की दानवी ताकत से प्रकृति को, ऋतुओं को, संपूर्ण ब्रह्मांड को, यहां तक कि क्षीर-सागर में शेष-शय्या पर राजलक्ष्मी की सेवाएं स्वीकार करते हुए ईश्वर को स्थाई रूप से यंत्र-बद्ध कर लिया जाएगा।

लेकिन, इस महत्त्वपूर्ण आश्वासन के बावजूद जगन्नाथ गोस्वामी अपनी खिड़की

नहीं खोलता है, संजय कुमार मिश्र व्यंग्य आक्षेपों से पीछे नहीं खिसकता है, और मथुरा बाबू अपने चश्मे के टूट जाने का दर्द भूल नहीं पाते हैं। मैं कहीं एक जगह रुकता नहीं, वसंततिलका भी क्षेपक-कथा को भूलने के लिए इस शहर से उस शहर, उस मशीन से इस मशीन में भागता रहता हूं। पीछे घूमकर देखता हूं, तो लगता है महाकवि निराला दारागंज की किसी अंधी गली में रुक गए हैं, और किसी टूटी हुई दीवार पर उग आई हुई अपराजिता की लता को धूप में मुरझाते हुए देख रहे हैं। काफ्का अपने कमरे के फ्लावरवेस में नीले-हरे फूलों के बदले रक्त-श्लथ मांस-पिंड देखता है, और पागल होकर चीखने लगता है। और, फिल्मनिर्देशक इंगमार वर्गमैन अपने सेट-निर्माता से कहता है—वसंती फूलों के ये सारे गमले यहां से हटा दो। फूल गंदगी और बदबू पैदा करते हैं। फूलों के बदले कंटीले तारों का जाल बिछा दो, पौधों के बदले टूटी हुई बैसाखियां!

मेरे मकान के नीचे की सड़क पर बुलडॉजर लुढ़कता जा रहा है। उसे वसंत के फूलों से कोई वास्ता नहीं है।

—ज्योत्स्ना, मार्च-1965

बर्फ़ और सफ़ेद क़ब्र पर एक फूल

I sat before a stage and saw a little girl with her head thrown back, and a smile. I knew her...But she smiled and her feet were not like feet, but...

Though I knew her body.

All these sudden insights–all of these start a line, which seems about to unite the whole world logically. But the line stops.

There is no unity.

All logic and life are made up of tangled ends like that...

T.E. Hulme

(CINDERS: Spenlations: 1924)

एक

अगर मैं यह कहूं कि मेरे जीवन की संपूर्ण व्यवस्था टी. ई. ह्यूम की इन पंक्तियों पर आधारित है, तो शायद अपनी इस बात पर मुझे स्वयं यह विश्वास नहीं होगा। क्योंकि, सबसे पहले मुझे विश्वास नहीं है कि मेरा जीवन किसी भी व्यवस्था पर आधारित है। फिर, मुझे यह भी विश्वास नहीं है कि किसी भी व्यक्ति का जीवन किसी भी व्यवस्था पर आधारित है। व्यवस्था नहीं है। व्यवस्था किसी दिन नहीं थी।

She smiled and her feet were not like feet में अव्यवस्था है, और though I knew her body में भी अव्यवस्था है। और, यह मान लेने में अधिक देर नहीं लग सकती है कि अव्यवस्था का यथार्थ ही नहीं, व्यवस्था की कल्पना भी अपने-आप में अव्यवस्था ही है, अगर परिवेश को बदल दिया जाए और इस कल्पना की बौद्धिकता का समाजीकरण कर दिया जाए (मेरी इस बात को मार्क्सवादी मतवाद और रूसी साम्राज्य के रूप में उसके समाजीकरण के प्रति नहीं समझ लिया जाए!)–इस हद तक कि I sat before a stage and saw के वर्तमान और I knew her body के इतिहास में काल और स्थान के अतिरिक्त अन्य कोई व्यवधान नहीं हो।

काल और स्थान और पात्र और परिवेश के अतिरिक्त कोई व्यवधान नहीं रह सके, न मतवाद की कल्पनाशीलता का, और न उसके समाजीकरण का, जीवन को उसी अव्यवस्था से गुजारने में, जो the line stops and there is no unity में सदायशता पूर्वक उपस्थित है—मुझे कभी मानसिक क्लेश नहीं हुआ है, और शारीरिक कष्ट तो केवल अभ्यास की बात है, कष्ट कीचड़ में रहकर कमल को भी होता है, और फूलों के पास उगे हुए कांटे को भी।

कष्ट शारीरिक ही होता है। मानसिक क्लेश उठाए चलने का अभ्यास या अवकाश आज के बुद्धिजीवी मनुष्य को भी नहीं है—हालांकि, बात ऐसी नहीं है कि हम अपनी उसी आदिम स्थिति की ओर लौट रहे हैं, जब भोजन और मैथुन के अतिरिक्त किसी जीवधारी के पास कोई समस्या ही नहीं थी।

आज ये दोनों चीजें समस्या नहीं है—शारीरिक कष्ट है। यानी, केवल दो ही शारीरिक कष्ट हैं, भोजन और मैथुन। वस्त्र और निद्रा, ये दो चीजें बच जाती हैं, मगर इनका महत्त्व पहली दो अनिवार्यताओं के बराबर नहीं है। सोचना लगभग हमने छोड़ ही दिया है, क्योंकि, सोचने का कोई सार्थक लाभ नहीं है। पहले हम ईश्वर के विषय में और मृत्यु के विषय में चिंता करते थे और मृत्यु के विषय में चिंता करते थे। अब ईश्वर के विषय में सोचना अनावश्यक लगता है। और मृत्यु इतनी साधारण-सी घटना हो गई है कि चिंता निरर्थक है। इसीलिए, सोच-विचार हम लोग करते भी हैं तो भोजन के विषय में और इसके साथ ही या इसके बाद संभोग के विषय में! और ये दोनों चीजें भी करने की हैं, सोचने-विचारने से ज्यादा ताल्लुक नहीं रखती हैं।

ताल्लुक रखती हैं क्रयशक्ति से, अर्थात् पैसों से—इसीलिए हमारे समस्त चिंता-विचारों का केंद्र प्रथम और अंतिम रूप से पैसा ही हो गया है। भोजन, और भोजन के लिए अन्न, और अन्न के लिए पैसे, और पैसे के लिए व्यवसाय या नौकरी, और नौकरी के लिए शिक्षा और सिफारिश और सिफारिश के लिए परिचय और परिचय के लिए पैसा...और, संभोग, और संभोग के लिए स्त्री, और स्त्री पत्नी हो या वेश्या हो या प्रेमिका, और प्रेमिका के लिए पैसे, और पैसे के लिए व्यवसाय या नौकरी या चोरी और ठगी, कालाबाजार और क्या नहीं...

पिछले दिनों यहां के एक अस्पताल में एक बड़ी दिलचस्प घटना हुई। अस्पताल की एक नर्स नन्हे-से एक बीमार बच्चे को नहला रही थी। बच्चा रो रहा था और किसी तरह चुप ही नहीं होता था। नर्स ने उसे बहलाकर चुप करने की कोशिश की। बच्चा रोता ही रहा। अंत में नर्स से नहीं रहा गया। उसने बच्चे की दोनों टांगें पकड़ लीं और धोबी जैसे पाट पर कपड़े पीटते हैं, ठीक उसी तरह बच्चे को दीवार से दे मारा। बच्चे का सिर फट गया और उसका रोना सदा के लिए बंद हो गया। बाद में नर्स ने पुलिस वालों को बताया कि वह दो दिनों से भूखी थी, क्योंकि उसे

महीनों से तनख़्वाह नहीं मिली थी और भूख के मारे वह पागल हो गई थी।

और इसके साथ ही एक दूसरे अस्पताल में स्ट्रेचर-बेड ढोने वाले एक भंगी ने छः साल की एक बीमार लड़की के साथ बलात्कार कर डाला। उसने लड़की के मुंह में गंदे कपड़े ठूंस दिए। और अस्पताल के एक एकांत में ले जाकर दर्द से छटपटाती लड़की को पटक दिया। छः साल की इस लड़की का दम घुट गया और वह मर गई। शायद, अस्पताल के इस नौकर ने पुलिसवालों को बताया हो कि उसे भी महीनों से तनख्वाह नहीं मिली है कि वह किसी किराए की औरत के पास जा सकता।

ये दोनों घटनाएं मेरे सामने हैं। पहले पागलपन का कारण है भूख और दूसरे पागलपन का कारण है सेक्स की भूख। और आज के आदमी के पास तीसरी कोई समस्या नहीं रह गई है—न धर्म और न मृत्यु का भय! क्योंकि धर्म ने विज्ञान के सामने घुटने टेक दिए हैं, और बिजली की बत्ती गुम हो जाती है तो काली घाट की महाकाली सारी रात अंधेरे में खड़ी रहती है। वैसे भी धर्म ऐय्याशी की चीज बन गया है। सत्यनारायण भगवान की पूजा तक करवाने में तीस-चालीस रुपए गोल हो जाते हैं। रसोई घर के एक कोने में भगवती की मूर्ति के आगे सुबह-शाम घी का दीपक जलाने में हिम्मत टूट जाती है। यों, जिनके पास पैसे हैं, वे तो अब भी एक ओर बेबी-फूड का ब्लैक मार्केट करते हैं और दूसरी ओर लाखों रुपए खर्च करके संगमरमर के मंदिर बनवाते रहते हैं।

और मृत्यु का भय तो ज़रा भी नहीं रह गया है। क्योंकि, एक ओर रूस ब्रह्मास्त्र का प्रयोग करता है और दूसरी ओर अमरीका अग्निबाण चलाता है। हर सुबह अखबार पढ़ने बैठते हैं तो लगता है, आज जरूर खबर छपी होगी कि तीसरी लड़ाई शुरू हो गई है। और, लड़ाई शुरू हो जाने का मतलब ही होगा कि पूरी दुनिया हिरोशिमा बन गई है। खैर, यह तो बड़ी बात हुई। छोटी बातें ये हैं कि हर रोज ट्रेन उलट जाती है, हर रोज दस-पांच आदमी ट्राम-बस-टैक्सी के नीचे आ जाते हैं, हर रोज किसी-न-किसी की हत्या हो जाती है, हर रोज कोई-न-कोई किसी ऊंचे मकान की छत से कूदकर आत्महत्या कर लेता है। हर जगह मौत है; हर घड़ी मौत है—इसीलिए मौत का डर ही क्या।

इसीलिए मैं सोचता हूं, भोजन के विषय में और मैथुन के विषय में। मैं सोचता हूं उसके विषय में जो भूखी है, और उस भंगी के बारे में, जिसे साथ सोने के लिए औरत चाहिए। और, मैं सोचता हूं, उस अस्पताल के बारे में, जो यह दुनिया है और हम सभी बीमार हैं और अपनी बीमारियों से नहीं डरते हैं, मौत से नहीं डरते क्योंकि, बीमारी लाइलाज है और मौत अनिवार्य।

दो

लेकिन, बात तो मैंने टी. ई. ह्यूम से शुरू की थी। ह्यूम कहता है कि सारी रेखाएं रुक जाती हैं। सारे तर्क समाप्त हो जाते हैं। कहीं कोई एकता नहीं है, कहीं कोई समस्या नहीं है। पूरी जिंदगी एक बिखराव है, एक लंबी अव्यवस्था है—ठीक मेरी बातों की तरह।

मेरे एक दोस्त हैं, अमरसिंह। उनकी जीवनचर्या को देखकर मुझे ईर्ष्या होती है और अपने-आप पर गुस्सा आता है। वे मेरे ही बराबर में रहते हैं और सेल्समैन हैं। सेल्समैन हैं, यानी बेचते हैं। दूसरों का माल दूसरों के हाथ बेचते हैं और बीच का मुनाफ़ा खाते हैं। चमड़े का बड़ा-सा बैग उठाकर सुबह आठ बजे निकल जाते हैं और शाम को लौटते हैं। अकेले हैं, शादी नहीं हुई है, और न कभी होने की आशंका ही है। एक बार बहुत मेहनत करके हमलोगों ने एक सीधी-सादी लड़की तैयार भी की तो हज़रत भड़के हुए बैल की तरह भाग खड़े हुए। शुरू-शुरू में मैं समझता था कि मित्रवर की उम्र ज्यादा हो चुकी है, इसीलिए विवाह नहीं हो रहा है। अब समझता हूं कि वे करना ही नहीं चाहते हैं और बड़ी शानदारी से अपना कुआंरापन निभाए भी जा रहे हैं।

जीवन में कहीं कोई व्यवस्था नहीं है। किसी व्यवस्था की कोई आवश्यकता ही उन्हें नहीं पड़ती है। कभी हफ्तों होटलों में भोजन करते हैं, कभी महीनों स्वयं पाक-शास्त्र करने लगते हैं। कभी सारा दिन अपने फ्लैट में पड़े रहेंगे, कभी दो-दो दिन घर नहीं लौटेंगे। मुझे पूरा विश्वास है, जीवन और कार्यों की यह व्यावहारिक अव्यवस्था ही अमरसिंह को पागल हो जाने से रोकती है। नहीं तो जब वे चवन्नी या रुपया कर्ज़ मांगते हैं, या जब पड़ोसी की जवान औरत उन्हें अंगूठा दिखाकर चली जाती है, या जब पेचिश के मरीज होकर बिस्तरे में छटपटाते रहते हैं—तो पागल होने में कसर ही क्या बाकी है? मगर, अमरसिंह पागल नहीं होते हैं।

मैं अमरसिंह को देखता हूं, और फिर शीशे में खुद को देखता हूं। बीमार रहना और बीमार नहीं रहे तो बीमारी का बहाना किए रहना मेरा पेशा हो गया है। कोई नौकरी नहीं करता हूं, होटलों और रेस्तरां में घूमने से जो वक्त बचता है, घर में गुजारता हूं, कोई किताब पढ़ता रहता हूं, या सिर के पास टेबुल फैन रखकर सोया रहता हूं। जाहिर है, नौकरी या पैसों की आमदनी का कोई और सिलिसिला नहीं होने के कारण आर्थिक अभाव रहता है। मगर, चिंता पैसों की नहीं रहती है, सेहत की नहीं रहती है, ऐसी बातों की चिंता रहती है, जिनका मेरे जीवन से कोई अनिवार्य संबंध नहीं है।

कभी राजनीतिक मतवाद में विश्वास नहीं रखता हूं। महामहोपाध्यायों और आचार्यों के महान-वंश में जन्म लेने के कारण संस्कार का जो भी प्रभाव हो, वैसे

धर्म और ईश्वर पर भी आस्था नहीं है। साहित्य लेखन को भी व्यवसाय के रूप में ग्रहण नहीं किया है, इसीलिए 'साहित्यिक नाकेबंदी' के चक्रजाल में भी नहीं हूं। किसी खास औरत के इश्क में भी पड़ने का मौका नहीं मिला है। रेसकोर्स नहीं जाता हूं। जुआ नहीं खेलता हूं। मगर, चिंतित रहता हूं। उदास रहता हूं। अकेला रहता हूं। ऐसी बातों को लेकर परेशान रहता हूं, जिनसे कोई अनिवार्य संपर्क मुझे नहीं है।

सोचता रहता हूं कि मैं अमर भाई की तरह बेफ़िक्र क्यों नहीं हूं। सोचता रहता हूं कि क्या उपनिवेशवाद और साम्राज्यवाद या कम्युनिज़्म के अलावा कोई तीसरा रास्ता नहीं है? सोचता रहता हूं कि निराला को हमलोगों ने कत्ल कर डाला और अब एक प्रकाशक ने देश के सर्वश्रेष्ठ लेखक को प्रति वर्ष एक लाख रुपए का इनाम देने का वादा किया है। क्या हम सभी लोग पैसों के हाथ बिक चुके हैं?

मैं बीमार रहता हूं और ऐसी ही बेमतलब बातें सोचता रहता हूं। क्योंकि, सोचते रहने के सिवा आज हमलोगों के पास कोई रास्ता नहीं है। सारे दरवाज़े बंद हैं। सारे रास्तों पर रुपयों की मजबूत दीवार खड़ी है, जिसे तोड़ना संभव नहीं है।

संभव यही है कि अपनी इच्छाओं की लाश टेबुल पर रखकर उसकी चीर-फाड़ करते रहो। सोचते रहो। उदास रहो और बीमार बने रहो। यह बीमारी 'न्यूरोसिस' नहीं है, यह बीसवीं शताब्दी है। चाहो तो कविता लिख सकते हो। प्रेम-कविता। किसी काल्पनिक नारी के लिए, क्योंकि धरती पर जो स्त्रियां जीवित हैं, वे बैग में रबर के सामान रखकर डलहौज़ी स्कवाएर के दफ़्तरों की ओर भागी जा रही हैं और उन्हें कविता पढ़ने की फुरसत नहीं है। और चाहो तो फुटबॉल मैच या रेसकोर्स या सिनेमाघर के सामने लगी लंबी 'क्यू' में खड़े रह सकते हो। गालियां बक सकते हो। बेतरह झूठ बोल सकते हो। अपनी बीवी को कह सकते हो कि अगले ही हफ़्ते सौ रुपए का तार-मनिऑर्डर आने वाला है। बीवी जानती है, नहीं आएगा। मनिऑर्डर नहीं आएगा, रुपए नहीं आएंगे, राशन का सामान नहीं आएगा, सिर्फ़ आएगी उदासी। मौत की उदासी। अब हिन्दी में करीब सात सौ अख़बार और पत्रिकाएं प्रकाशित होने लगी हैं। हर पत्रिका के कवर पर अक्सर एक औरत होती है। यह औरत तुम्हारी बीवी नहीं, बहन नहीं, मां नहीं। यह औरत बीसवीं शताब्दी है।

इस औरत को अपनी कविताएं सुनाओगे?

सात सौ पत्रिकाएं हैं और तुम चाहे जितनी ताकत लगाकर क्यों न चीखो, तुम्हारी आवाज़ इन पत्रिकाओं में दबी रह जाएगी। तुम्हें कोई नहीं सुनेगा। कोई नहीं बल्कि सभी लोग इस औरत की तस्वीरें देखेंगे और इस औरत के गाने (चाहो तो इसे कविता कह लो) सुनेंगे, और इसी औरत की याद में बेहोश होकर सो जाएंगे। इस औरत की देह और इस औरत की दोस्ती और इस औरत के रोमान्स की कहानियां और उपन्यास बिकते हैं। सबसे ज्यादा बिकते हैं। जानते हो 'बैस्टसेलर' किसे कहते

हैं। जानते हो दिल्ली के दो सौ हिन्दी प्रकाशक कैसी किताबें मांगते हैं? जानते हो साहित्य अकादमी किन किताबों को पुरस्कार देती है? तुम कुछ नहीं जानते।

जानने की कोशश मत करो। कोशिश करोगे तो पागल हो जाओगे। कोशिश करोगे तो शहर छोड़कर जंगल में भाग जाना चाहोगे। जंगल के हिंस्र पशु इस शहर में रहने वाले मनुष्यों से अधिक सभ्य और संस्कृत हैं।

आज तुम्हें लिखने के लिए कागज़ मिल रहा है, मगर कल कागज़ नहीं मिलेगा। कागज़ों पर बनियों के बही-खाते लिखे जाएंगे, कागज़ों पर अख़बारों की हत्या और बलात्कार की खबरें छापी जाएंगी, कागज़ों पर सरकारी बुलेटिन छपेंगे, योजनाओं के विज्ञापन और जो कागज़ बच जाएगा, उससे तीसरी लड़ाई के हथियार बनाए जाएंगे। साहित्य जैसी बेज़रूरत की चीज़ के लिए कागज़ बरबाद नहीं किया जाएगा। इसीलिए लिखना बंद करने की आदत डालो। लिखने-पढ़ने का कोई फायदा नहीं है। ब्लैक की दर से किसी टेस्ट मैच की टिकटें बेचना सीखो। रबर के सामान बेचना सीखो। भाषण देना सीखो। एक कारखाना कायम करो, जिसमें बड़े से बड़ा झूठ इज़ाद किया जा सके। आदमी बनो दोस्त! बीसवीं सदी का आदमी!

तीन

यह शहर एक अंतहीन कब्रग्राह है, जिस पर बर्फ़ की सफेद चादर फैली हुई है और मैं एक छोटा-सा कीड़ा हूं और मरने से पहले छटपटा रहा हूं। मैं किसी कब्र पर उगा हुआ नन्हा-सा एक फूल तक नहीं हूं।

रात बीती जा रही है। अब मुझे सो जाना चाहिए। मैं बीमार हूं, और स्टेज पर खड़ी मुस्कुराती हुई वह औरत मेरी पहचानी हुई है...हर अख़बार उसकी तस्वीरें छापता है।

—लहर, जुलाई-1962

डायरी बेतारीख

एक

मेरे लेखक के लिए सबसे बुरी बात यह रही कि अपने समकालीन अधिकांश लेखकों से अर्थात उनकी निजी जिंदगी से मेरा व्यक्तिगत संपर्क रहा है। संपर्क के कारण मैंने देखा है कि कुछेक गिने-चुने व्यक्तियों को छोड़कर बाकी की कहानियां और रचनाएं उनकी इस निजी जिंदगी से बिल्कुल अलग असंपृक्त और बेमतलब रही हैं। जैसे राजेन्द्र यादव, न तो वे सारे रोमांस किए हैं, और न वे चिंताएं की हैं जिनका वर्णन और विवरण उसकी कहानियों और उसके लेखों में रहता है। राजेन्द्र यादव केवल उदाहरण है। नई पीढ़ी के ज्यादातर लेखकों में मैंने यही बात देखी है। वे जो जीवन भोगते हैं, वे जिन व्यक्तिगत और सामाजिक परिस्थितियों में जीने की कोशिश करते हैं, उनकी रचनाओं में उस भोग और उस कोशिश की झलक भी नहीं दिखाई पड़ती। जैसे वे खुद कोई और आदमी हों और उनका लेखक एकदम कोई और आदमी। निर्मल वर्मा की कहानियों में मुझे कहीं भी उस आदमी से मुलाकात नहीं होती है जिसका नाम निर्मल वर्मा है।

लेकिन मुलाकात क्यों नहीं होती? क्या राजेन्द्र यादव या निर्मल वर्मा या ऐसे लोग अपने आपको छिपाकर रखना चाहते हैं? अपनी खूबसूरती और अपनी गलाजत के साथ छिपे रह जाना चाहते हैं?

बात समझ में नहीं आती। कहते हैं अपनी रचनाओं में हम सिर्फ़ अपने अपको ढूंढते हैं और अपने व्यक्तित्व ही नहीं, अपने पूरे अस्तित्व को समझने की कोशिश करते हैं, लेकिन मैं जब अपने कहानीकार दोस्तों से पूछता हूं कि उनकी कहानियां किसे ढूंढ रही हैं...क्या तलाश है उनकी...तो मुझे कोई जवाब नहीं मिलता। शायद उनके पास जवाब नहीं है, सिर्फ़ कहानियां हैं जिन्हें वे ऊंची से ऊंची कीमत पर बेचने के लिए लिखते हैं। कहानियां लिखने का उद्देश्य है लिखी हुई कहानियों को बेचना। और कोई उद्देश्य नहीं। और कोई तलाश नहीं।

दो

लेकिन मेरे लिए मेरी अपनी जिंदगी अपने आप में खुद सबसे बड़ी तलाश है, मेरी कहानियों से भी बड़ी तलाश। अपनी वास्तविक जिंदगी में मैं जो कुछ ढूंढता हूं, जिन चीजों को पाने के लिए, जिन मूल्यों को आत्मसात करने के लिए, जिन रहस्यों को अपनी एक अलग व्याख्या देने के लिए प्रयत्न करता हूं, उसी की प्रतिछवि मेरी कहानियां होती हैं। मेरी कहानियां मेरी और मेरे इर्द-गिर्द की तस्वीरों पर चिंताओं और पीड़ाओं का एक जाल बुनती हैं। यह जाल मैं बुनता हूं, मैं—राजकमल चौधरी, जो अपनी कहानियों और अपनी जिंदगी से अलग या इनके प्रति तटस्थ नहीं है। मैं तटस्थ नहीं हूं। मैं सम्पृक्त, संलग्न और सम्मिलित हूं—कहानियों में और जिंदगी में।

मैं बीमार हूं, तभी मेरी कहानियां एक बीमार आदमी को, और एक बीमार आदमी की लिखी हुई कहानियां है।।

तीन

इसीलिए कहा जा सकता है कि मैं दूसरों के लिए नहीं सिर्फ़ अपने लिए अपनी कहानियां लिखता हूं। वैसे यह बात मेरी उन कहानियों के लिए नहीं कही जा सकती जो जीविका के कारणों से केवल पारिश्रमिक के लिए लिखी गई हैं। अक्सर मैं पारिश्रमिक के लिए नहीं लिखता हूं। क्योंकि मेरे जीने का कारण पारिश्रमिक नहीं है। न मैं व्यापारी हूं और न श्रमिक। मैं श्रम अथवा व्यापार, किसी में विश्वास नहीं करता। मैं विश्वास करता हूं रचना में। और रचनाएं व्यापार या पारिश्रमिक के लिए नहीं होतीं, रचनाकार के व्यक्तिगत सुख के लिए होती हैं। यह सुख मैंने पाया है और यही सुख मेरे जीने का एकमात्र कारण है। कारण भी और उद्देश्य भी।

भारतीय बुद्धिजीवियों का नया व्यक्तित्व

देवमूर्त्तियों का बाह्य स्वरूप

अपनी एक किताब ('शिव का नाच') में आनन्द कुमार स्वामी ने शुक्राचार्य का एक उद्धरण दिया था। श्लोक संस्कृत में है, जिसका अर्थ यही होता है कि देवमूर्त्तियों का बाह्य स्वरूप चाहे कितना विकृत और वीभत्स क्यों न हो, हम उसमें अनंत सौंदर्य की स्थापना करते हैं, इसीलिए देवमूत्तियां सुंदर हैं। मैं अपनी ये बातें इसी उद्धरण से शुरू करता हूं। वर्तमान के भारतीय बुद्धिजीवियों के पास भी शुक्राचार्य की यही, ऐसी ही दृष्टि अपने बारे में है। यह याद दिलाना अस्वाभाविक होगा, कि शुक्राचार्य की दृष्टि 'एकांगी' थी। देव-दानव युद्धों की कहानियों से यह तथ्य स्पष्ट हो जाता है।

मुझे कभी-कभी विश्वास होने लगता है कि हमारे देश के, वर्तमान के बुद्धिजीवी 'एकाक्ष' हैं। क्योंकि, समय-समय अखबारों, साहित्य-पत्रिकाओं, आकाशवाणी, और सभा-सेमिनारों में प्रकट उनके वक्तव्य और विचारों से यही सिद्ध होता है। सिद्ध मुख्यतः यही होता है कि वे अपने व्यक्तित्त्व को जनसाधारण और सरकार (सरकार हमारे देश की सबसे ताकतवर संस्था है, जिसे मैं 'बुद्धिजीवी' तो कतई नहीं मानता। क्षेपक : सरकार 'टैक्सजीवी' है, बुद्धि से उसे वास्ता ही क्या होगा!) की नजरों में प्राचीन देवमाला की मूर्त्तियों की तरह पेश करना चाहते हैं—हाथी के सूंढ़ वाला गणेश, बारह भुजाओं वाली नवदुर्गा, सर्पमालाओं से घिरे हुए शिव, और नरमुंडों का भक्षण करती हुई कालिका—और, ये लोग कहना चाहते हैं कि इन्हीं विकृत-वीभत्स देवमूर्त्तियों की तरह ये पूज्य हैं, गारिमामय हैं, और इसके साथ सुंदर भी हैं।

दो साल पहले, चीनी आक्रमण के वक्त, जी 'एन्काउंटर' (लंदन) के संवाददाता ने घोषित किया था कि आज के भारतीय बुद्धिजीवी अपने देश की समस्याओं के प्रति तटस्थ, अपनी सामाजिक जिम्मेवारियों की ओर एकदम निश्चेष्ट, और मात्र अपने संकटों के लिए हाहाकार मचाने वाले, आलसी और निष्क्रिय हैं—तो, बुद्धिजीवियों में थोड़ी सुगबुगाहट जरूर हुई थी। फिर भी, आइने के सामने खड़े होकर, अपना देवमूर्त्तियों वाला चेहरा देखने की फुरसत किसी को नहीं हुई। सभी लोग, अपने

तौर-तरीकों से, दूसरों का ही चेहरा देखते रहे। आइनाखाने में जाने की प्रतियोगिता, और घुड़दौड़ के इस जमाने में, फायदा ही क्या है। कई दिन हुए, आत्म-जर्जर कवि कैलास वाजपेयी ने एक बड़ी भली बात कह दी थी, "कुछ मत मांगो, दर्द मिलेगा, ऊबो और उदास रहो।"

ऊब और उदासी की बातें

ऊबने और उदास रहने वाली बात भी खूब है। जरा एक नमूना देख लीजिए। टी. एस. इलियट मर गए, तो इस शहर के कुछ प्रोफेसर-वर्गीय बुद्धिजीवियों को बेहद सदमा पहुंचा। यूनिवर्सिटी के क्लास बंद कर दिए गए। जो प्रोफेसर बूढ़े थे, वे अपने घर जा कर किसी प्रकाशक के लिए 'कैथेड्रल में हत्या' (इलियट का काव्य-नाटक) की 'कुंजी' लिखने बैठ गए। जो प्रोफेसर जवान थे, और लगभग क्वांरे थे (उम्र चाहे उनकी चालीस के उस पार की क्यों न हो), वे अंग्रेजी-विभाग की कुछ छात्राओं और छात्रों को एक कमरे में बुलाकर शोक-सभा करने लगे। शोक के आवेग में आकर एक प्रोफेसर ने यहां तक कह दिया, कि टी.एस. इलियट इस युग के सबसे बड़े शहीद हैं। अंग्रेजी कविता की बलिवेदी पर उन्होंने अपना जीवन स्वाहा कर दिया।

—ऊबने और उदास रहने का इससे बड़ा नमूना और क्या हो सकता है? प्रोफेसर-बुद्धिजीवी अपनी जिंदगी से बेहद परीशान हैं, इसीलिए, सन्नाटा तोड़ने के लिए इलियट को क्रांतिकारी, और अपने क्लास की छात्राओं को क्रांतिकारिणी बनाने की कोशिश करते हैं। और, करें भी, तो क्या करें?

पिछले महीने अखबार में छपा था कि फ्रांस की एक अमीर विधवा ने इसलिए सीन-नदी के बर्फानी पानी में नंगे कूदकर आत्महतया कर ली कि उसके पास करने के लिए कोई काम नहीं था। अपनी आखिरी वसीयत में उसने लिखा था, "मेरे पास कोई काम नहीं था। या तो मैं शाम को बाजार जाकर 'शॉपिंग' और 'थिएटर' देख सकती थी, या अपने कमरे में कोई जासूसी किताब पढ़ती हुई सोई रह सकती थी। मैं जिंदगी की 'रुटीन' से तंग आ गई। मैं इसीलिए, इस पवित्र नदी में डूबने जा रही हूं।" जैसा कि वर्तमान हिन्दी, बंगला, और अंग्रेजी में लिखी जा रही कविता से, और बुद्धिजीवियों के प्रकट, सामाजिक, लौकिक व्यक्तित्व से पता चलता है, इसी फ्रांसीसी विधवा की तरह ये बुद्धिजीवी भी, जिंदगी की तथाकथित 'रुटीन' से तंग आ गए हैं।

लड़ाई : एक कुर्सी के लिए

लेकिन, कविता-कहानी से ही और व्यक्तित्व से ही ऐसा पता चलता है, भारतीय बुद्धिजीवियों के व्यावहारिक कर्म-जीवन और कार्यों से ऐसा नहीं लगता कि वे ऊबे हुए हैं या उदास हैं। पन्चानवे फीसदी बुद्धिजीवी किसी सरकारी-अर्द्धसरकारी या

गैरसरकारी ऊंचे दफ्तर में नौकरी करते हैं। सच पूछिए, तो यह उच्च-मध्यवर्गीय नौकरी पेशा अफसरानुमा वर्ग ही हमारे देश का बुद्धिजीवी-वर्ग बन गया है। शिक्षा-विभाग, शिक्षा-संस्थाएं, आकाशवाणी, अकादमियां, केंद्रीय प्रशासन, प्रांतीय प्रशासन, प्रकाशन-संस्थाएं, विश्वविद्यालय, ऐसी ही जगहों पर बुद्धिजीवी-वर्ग कुंडली मारकर बैठ गया है।

और, कुर्सी पर बैठते ही आत्मलीन हो गया है। वह 'इन्क्रीमेंट' और तरक्की के लिए अपने मालिकों की हाजिरी में रहेगा। वह अपने दोस्त की बीवियों की संगति में 'फ्रेश' दीखेगा। बीबी-बच्चों के साथ सिनेमा देखना या 'पिकनिक' करना, शहर की किसी नई कॉलोनी में छोटा-सा मकान बनवा लेना, एक गाड़ी खरीदना, और एक मजबूत नौकरानी रखना, और पार्टियों में कभी-कभार 'बियर' पीकर घर लौटना—यही उसके सामाजिक कार्य हैं। अपने दोस्तों और सहकर्मियों की शिकायतें करना भी उसका प्रधान सामाजिक कार्य है। फुरसत हो, तो वह कविता, या राजनीति, या विश्व-प्रपंच की बातचीत भी, चाय-कॉफी के साथ कर सकता है। लेकिन, बातचीत तक ही, इससे एक कदम भी आगे बढ़ना उसके बस की बात नहीं है।

क्योंकि, उसकी लड़ाई संस्कृति या समाज-कल्याण या मानव-धर्म की लड़ाई नहीं है। वह सिर्फ़ अपने सामाजिक व्यक्तित्त्व, सम्मान, और क्रयशक्ति के लिए लड़ता है। अपना हर कुछ बेचकर वह कुल एक गद्दीदार कुर्सी खरीदना चाहता है, जिसे आसपास के लोग सलाम कर सकें, और जिस पर बैठकर वह रात-दिन अपनी मर्जी से ऊंघता रह सके। जादू की यह कुर्सी उसे मिल जाते ही, उसकी सारी लड़ाई खत्म हो जाती है।

आइनाखाने में

कलकत्ते से दिल्ली और बंबई तक फैले हुए कई 'क्लासिक' और कई 'क्लासिक' और कई 'मॉडर्न' बुद्धिजीवियों से मेरी दोस्ती है। मैं स्वयं 'फुल-टाइम' बुद्धिजीवी नहीं हूं (क्योंकि, कई बातों के लिए मुझे बुद्धि से अधिक, शारीरिक श्रम का ही सहारा लेना पड़ता है!), फिर भी वे लोग मेरे दोस्त हैं। इनमें एक बुद्धिजीवी ने अपने माचिस-नुमा घर के दरवाजे पर विभिन्न प्रकार के इतने कैक्टस लगा रखे हैं, कि उसकी पत्नी जब भी घर से बाहर निकलती है, साड़ी या ब्लाऊज एक लंबी खरोंच से फट जाती है। मगर, कैक्टस तो बुद्धिजीवी होने का प्रधान 'सिंबल' है, उसे हटा कैसे दिया जाए!

एक दूसरा बुद्धिजीवी सिर्फ़ 'ब्लैक' चाय और 'ब्लैक' कॉफी और 'ब्लैक' से अमरीकी कैमेल-सिगरेट खरीदकर पीता है। 'निकोटिन' की पर्त्तों से उसके दांत काले हो गए हैं, आंखों के इर्द-गिर्द काले-काले धब्बे, और जुबान पर समाज और सरकार के लिए काली मिर्च का जहर! लेकिन, वह आदमी अपनी आधुनिक पत्नी के साथ

एक आधुनिक कला-संस्था चलाता है, जिसे समाज से भरपूर चंदा और सरकार से हर साल भरपूर अनुदान मिलता रहता है। हर हाल में 'ब्लैक' इस बुद्धिजीवी महामानव की प्रतीक है, और इस प्रतीक में कहीं किसी ऊब, उदासी, अपराध-भावना, कुंठा, पीड़ा, मृत्यु-बोध और आत्मदाह के लक्षण या संस्कार नहीं दिखते हैं।

लेकिन, कुछ बुद्धिजीवी ऐसे भी हैं, जो समाज में होकर भी समाज में नहीं हैं, और सरकार में होकर भी सरकार के दान-खातों में अपना नाम नहीं लिखाना चाहते हैं। ऐसे लोग लड़ाई में नहीं हैं। हड़ताल पर हैं। अंधेरे और एकांत में सोए हुए, रात के बीत जाने का इंतजार कर रहे हैं। यह रात क्या बीतेगी? 'घूमेर घरे थाकबो कॅतो आर?' (नींद के घर में और कितनी देर रहेंगे)—बंगला के एक गीत की इस पंक्ति में ये लोग कभी-कभी अपने-आप से सवाल करते हैं।

कविता की आखिरी वसीयत

रात के बीत जाने का इंतजार करते हुए ये बुद्धिजीवी, जब बेहद ऊब जाते हैं, और आइने के सामने खड़े होकर अपना चेहरा बर्दाश्त नहीं कर पाते हैं—तो, वृद्धावस्था में किए गए प्रणय-प्रसंग के बारे में शमशेर बहादुर सिंह की कविताएं लिखते हैं, जोश में आकर आम-चुनाव में खड़े होते हैं और हार कर जमानत जब्त करवा लेते हैं, किसी तरह बीवी-बच्चे से छुटकारा पाकर हमेशा के लिए अमरीका या फ्रांस चले जाते हैं, और यह सब कुछ नहीं हुआ तो फिर, 'पेशेवर' बुद्धिजीवियों की जमात में शामिल होकर, अपने लिए कोई 'सिंबल', कोई मुखौटा, कोई व्यावहारिक योजना तैयार करने लगते हैं।

मानिक बन्धोपाध्याय ने शराब पीकर आत्म-हत्या कर ली। जीवनानंद दास ट्राम की पहियों के नीचे आकर मर गए। निराला को वक्त पर समाज का अपनत्त्व और सुरक्षा नहीं मिली। मुक्तिबोध को जब दवा की जरूरत थी, तो वे प्रूफरीडरी करके उम्र काट रहे थे, और जब उन्हें दवा मिली, तो वे दवा की सारी मियाद पूरी कर चुके थे। 'शास्त्रीय' या 'आधुनिक', 'पेशेवर' या 'गैरपेशेवर' हमारे देश के, वर्तमान के, सभी पकार के बुद्धिजीवी किसी भी कवि या क्रांतिकारी की मौत से मरना नहीं चाहते।

वे जीना चाहते हैं, जब कि जीने के सारे तरीके सरकारी गुदामों में और ऊंचे व्यापारियों के दफ्तरों में बंद कर लिए गए हैं। फिर भी, वे जिएंगे, क्योंकि, इस दौर में भी कविताएं लिखी जा रही हैं। शायद कविता इस आदमी को मरने से बचा ले सके।

—ज्योत्स्ना, जुलाई-1965

शस्यमिव मर्त्यः पच्यते शस्यमिवा जायते पुनः*

एक कम्युनिस्ट लेखक ने 'ब्रह्म' को समाज का पर्याय साबित किया है—मैं भी उसकी यह बात (किन्तु, अपनी अलग व्याख्या से) मानता हूं। समाज ही ईश्वर है, मेरा अपना ईश्वर है—वह मेरे अंदर रहता है। अपने शरीर के महत्त्व को अपने देश के महत्त्व को समझने के लिए बीमार होना बेहद जरूरी बात है। और स्त्री में मृत्यु, और मृत्यु में मुक्ति तलाश करता हुआ यह आदमी और यह लेखक-राजकमल चौधरी—व्यवस्था और अव्यवस्था; शासन और दुःशासन; पशुता और देवत्व के समस्त वरदानों और अत्याचारों के दौर से गुजर रहा है। आत्महत्या को मैं मुक्ति की प्रार्थना कहता हूं, अपराध या पलायन नहीं मानता। इसीलिए, मैं शरीर में रहकर भी शरीर-मुक्त; और समाज में रह कर भी समाजमुक्त हूं। जीवन में मुक्ति का प्रयास ही मेरा वास्तविक लेखन-प्रयास है। दोहरी जिन्दगी की सुविधाओं से मुझे प्रेम नहीं है। वैसे, मनुष्य होना मेरी नियति थी, और लेखक मैं स्वेच्छा से, अर्जित प्रतिभा और अर्जित संस्कारों से हुआ हूं।

वैसे राजकमल शस्य नहीं थे और यदि थे तो शस्य की तरह पुनः आ भी नहीं सकेंगे लेकिन हिन्दी नवलेखन के लिए उन्होंने जो फसलें दी हैं, वे कम से कम अधिक महत्वपूर्ण इतिहास की नज़रों में हैं।

—*'आद्यन्त' परिवार*

---

* उक्त शीर्षक से 'आद्यन्त' पत्रिका के एक ही पृष्ठ पर दो कॉलम में प्रो. नामवर सिंह की राजकमल चौधरी पर टिप्पणी और राजकमल चौधरी का यह कथन प्रकाशित हुआ था। प्रो. सिंह की टिप्पणी परिशिष्ट में दी जा रही है—सं.

अप्रत्याशित कुछ भी नहीं

अप्रत्याशित ऐसा कुछ हो गया है देश में, अपने देश की साधारण जनता में—चुनाव के पहले और चुनाव के बाद की अस्थिपंजर विहीन मांसपिंड परिस्थितियों की तुलना में देखते हुए—ऐसा नहीं लगता। अप्रत्याशित कुछ नहीं हुआ है। सत्ता की संवादी राजनीति अपनी ही मूर्खताओं के कारण सत्ता की विवादी राजनीति से पराजित हो गई है—किंतु, सत्ता के प्रत्येक मोर्चे पर नहीं—केवल चुनाव-प्रपंच में। लेकिन, राजसत्ता के प्रत्यक्ष महारथियों, अप्रत्यक्ष मठाधीशों, और अधिकारी सहयात्रियों के अहं को, अथवा अस्तित्व को, चुनाव-युद्ध की वर्तमान परिणति से कोई स्पष्ट हानि नहीं पहुंची है।

अन्न, सुरक्षा, शिक्षा, रोजगार, सरकारी गैरसरकारी सेवाएं, अफसरशाही वस्तु-मूल्य नीति-मूल्य, अर्थ मूल्य और वचन-मूल्य, चुनाव के बाद किसी भी 'मूल्य' अथवा किसी भी स्थिति में कोई विशेष या साधारण भी, परिवर्तन देश की नई और कांग्रेस-विपरीत सरकारों ने भी, नहीं किया है।

चुनाव संहिता के आधार पर तथाकथित जनता के द्वारा, तथा कथित जनतांत्रिक ढंग से चुनी हुई तथाकथित सरकार, भारतीय जनता और भारतीय व्यक्ति की सामाजिक और व्यक्तिगत परिस्थितियों में कोई भी उचित और व्यापक परिवर्तन नहीं कर सकती। फरवरी 1967 के चुनाव-परिणामों से देश के मूलाधार में किंचित परिवर्तन नहीं हुआ है। जब तक देश की अर्थ-व्यवस्था और शासन व्यवस्था में आमूल, संपूर्ण और क्रांतिकारी परिवर्तन नहीं होगा—हमारा देश, और हमारे देश का मनुष्य लोक सेवाओं और लोक सभाओं में अपना सही प्रतिनिधि तक भेजने के लिए स्वाधीन नहीं है।

कांग्रेस शासन के देशव्यापी विरोध, जनमत के अर्द्धविक्षिप्त अनिर्णय और नई विकल्प प्रियता के कारण, देश के कई राज्यों में कांग्रेस-विरोधी (और परस्पर विरोधी) दलों की संयुक्त सरकारें बनी हैं। इन सरकारों में अधिक बुद्धिमान, अधिक स्वार्थहीन, अधिक ईमानदार व्यक्ति अवश्य शामिल हुए हैं—लेकिन, इन सरकारों में जनसंघ, स्वतंत्र, प्रसोपा, मुस्लिमलीग, जनक्रांति दल जैसी प्रतिक्रियावादी और दक्षिणपंथी पार्टियां भी शामिल हैं, इसलिए कुल मिलाकर ये पार्टियां भी कांग्रेस के अपने दक्षिणपंथ और वामपंथ की मिली-जुली भावभगत की सरकार से अधिक पराक्रमी, और अधिक

क्रांतिकारी और अधिक समाजवादी सरकारें नहीं बना पाएंगे।

परस्पर विरोधी पार्टियों की संयुक्त सरकार के प्रति यह अविश्वास मेरा निजी मत नहीं है मेरे इलाके और मेरे वर्ग की आम जनता भी इतना विश्वास करने लगी है कि चुनाव के बाद बिहार और कई दूसरे राज्यों में केवल सरकार बदली है, केवल टोपियों की अदल-बदल हुई हैं—लेकिन सरकारी व्यवस्था नहीं बदल सकी है, राशन के मामले में भी नहीं, और लाल फीताशाही के मामले में भी नहीं।

यह अवश्य हुआ है कि देश की समस्त राजनीतिक पार्टियां यह समझने लगी हैं कि अब अधिक देर तक जनसाधारण के अस्तित्व को अस्वीकार नहीं किया जा सकता। किसी कौशल-छल से जनमत को अनुकूल करना इन पार्टियों के अपने अस्तित्व की रक्षा के लिए आवश्यक हो गया है। सूखे और भुखमरी के कारण जनता शासन के तौर तरीकों से ऊब गई है, आर्थिक-विवशताओं ने उनकी मानसिक स्थिति को पहली बार एक सही झटका दिया है।

पूंजीपतियों, नेताओं, 'आत्मसुखलीन' बुद्धिजीवियों, सरकारी अफसरों और गैर सरकारी ठेकेदारों द्वारा कानून, टैक्स, पुलिस और सेना की सहायता से असभ्य और 'अपाहिज' जनता पर लादी गई अंकुशहीन शासन-व्यवस्था से जनता ऊब गई है। लेकिन इस 'महान' ऊब का सारा लाभ देश की प्रतिक्रियावादी संस्थाओं और दक्षिणपंथी पार्टियों को भी मिल सकता है।

जो बात दिल्ली में या मद्रास में हुई है, वह दूसरे राज्यों में भी दोहराई जा सकती है क्योंकि जनता परिवर्तन चाहती है, जबकि परिवर्तन के स्वरूप की उसे कल्पना नहीं है और न ही किसी भी वामपंथी राजनीतिक दल के सिद्धांतों और योजनाओं को जनता ने स्वीकार किया है। जनता नहीं जानती है कि आर्थिक स्वाधीनता का अर्थ क्या होता है और इसे कैसे प्राप्त किया जाता है।

ऐसी परिस्थिति में, बुद्धिजीवियों का—खासकर लेखकों और कवियों का यह सामाजिक कर्त्तव्य हो जाता है कि वे जनता को सही जानकारी दें—उसकी स्थिति के विषय में, और उसकी मुक्ति के विषय में। समाज-जीवन, अर्थचक्र, शिक्षा-व्यवस्था, कृषि और उद्योग, संस्कार और संस्कृति के सारे मोर्चों पर क्रांति के लिए—आमूल परिवर्तन के लिए—जनता को प्रस्तुत करना, केवल हमलोगों का कर्त्तव्य है—क्योंकि, अन्य सभी सामाजिक कार्यकर्ता, अर्थात पत्रकार, उपदेशक, शिक्षक, नेता, संन्यासी और राज्याश्रित बुद्धिजीवी स्वार्थ लाभ और सत्ता की राजनीति में इस तरह उलझ गए हैं कि खेतों में काम करने वाली जनता उनके पास पहुंच नहीं पाती है, और वे लोग जनता के पास जाने की इच्छा नहीं रखते हैं, अब भी नहीं।

मैं, राजकमल चौधरी, अपनी तरफ से जनता के पास वापस चले जाने का वादा करता हूं—मेरी सही यात्रा वहीं से शुरू होगी।

—आलोचना, अप्रैल-जून-1967, युयुत्सा, अगस्त-1967

पेपरवेट

साहित्य के अनुभवों और अपने सामाजिक जीवन के आधार पर मैं यह निश्चित रूप से कह सकता हूं कि राजनीतिक पत्रकारिता साहित्य हिन्दी में जो लिखा जा रहा है इन दिनों, उसे अपत्रकारिक साहित्य की संज्ञा नहीं दी जा सकती है। यहां तक कि 'एक व्यक्ति : एक युग' (नागार्जुन) और 'मोतियों वाले हाथ'(मधुकर गंगाधर) को 'व्यावसायिक साहित्य' कहने की जुर्रत नहीं की जाए, 'अखबारी अदब' तो कहा ही जा सकता है। और हृदय पीड़ा में अनिवार्य और मर्मभेदी संबंध है।

प्रस्तुत लेख में, जो किसी भी राजधानी के संदर्भ में, अर्थात राजधानी के पत्रकार-लेखकों, जो ज्यादा लेखक हैं या ज्यादा पत्रकार, या ज्यादातर दोनों में से एक भी नहीं हैं, के संदर्भ में यह सोचता हूं कि सियासत क्यों, कैसे और किसलिए अखबारी अदब की तराशी गई राह से गुजरकर उर्दू शायरी के 'क्लासिक' अर्थों में 'दर्दे-जिगर' बन गई है।

यह कुछ सोचने की आजादी मुझे मिलनी चाहिए। क्योंकि मौसम बहार का नहीं, मौसम आजादी का भी है। बहार और आजादी, ये दोनों स्थितियां व्यक्ति को (खासकर जब वह व्यक्ति मौसम के रुख को देखकर ही जश्न या मातम मनाना पसंद करता हो) वह अवसर देता है कि खुद आइने के सामने खड़ा हो जाए, अथवा अपने कबीले और अपने इलाके के लिए किसी भी प्रिय-अप्रिय व्यक्ति के सामने एक आइना पेश कर दे।

हमने आइना औरों को ही बनाया है, अपने दिल को नहीं। अपना दिल शीशा नहीं कि उस पर कोई अक्स, कोई प्रतिबिंब उभर सके। जनतंत्र और जनतांत्रिक समाज और संसदीय समाजवाद के इस कागजी और अखबारी जमाने में दिल को शीशा बनाना सेहत के लिए मुफीद भी नहीं है।

मुफीदे-सेहत यह है कि दिल को एक पत्थर या इससे भी बेहतर हो, एक पेपरवेट बनाया जाए। पेपरवेट सबसे ज्यादा उपयोगी चीज है और दिल का इससे बड़ा उपयोग नहीं हो सकता है। पेपरवेट से कागज दबाए जा सकते हैं। पेपरवेट से लिखे हुए सारे कागज दबा दिए जा सकते हैं। राजनीतिज्ञ कागज दबाना चाहते हैं। इसलिए उनका दिल पत्थर के पेपरवेट की तरह होता है, जिसके नीचे बड़ी-बड़ी

योजनाओं के कागज, भ्रष्टाचार के केसों की फाइलें दब जाती हैं। जिनके दब जाने से दिल की सेहत और स्वार्थों की तंदरुस्ती कायम रह सकती है—कायम रहती है।

इसलिए पिछली शाम को चाय पर रांची के एक प्राध्यापक ने (जो शिक्षा से अधिक प्रेम राजनीति से और उससे भी अधिक प्रेम राजनीतिज्ञों से करते हैं) मुझे बताया कि दिल को पेपरवेट कहना चाहिए। और, पेपरवेट की बात सुनते और सोचते ही मुझे राजेन्द्र नगर के एक ऊंचे फ्लैट में रहने वाले 'कृष्ण कन्हैया' शैली के एक लेखक की याद आई, जिनके यहां एक शाम को बुलाए जाने पर मैंने एक शानदार सतरंग पेपरवेट देखा था, जो दिल-गुर्दे की शक्ल का बना था। मुझे तो ऐसा लगा कि वाकई यह पेपरवेट नहीं है, लेखकर महोदय का दिल ही है। 'दिल रख दिया तेरे आगे निकाल के'—यह फिल्मी गाना उनके व्यक्तित्व और कृतित्व पर फिट बैठता था। पेपरनुमा दिल और कृष्ण-कन्हैयानुमा व्यक्तित्व के उस राष्ट्रीय ख्याति प्राप्त लेखक से उस शाम (जो धीरे-धीरे रात में बदल गई) जमकर बात होने के बाद मैं दुबारा इसी निष्कर्ष पर पहुंचा कि लता मंगेशकर के साथ फोटो खिंचवाना बड़ी बात है, फिल्म में कहानी बेचने के लिए फाइनेंसर जुटा लेना बड़ी बात है, किसी भी सत्ताधीश राजनीतिज्ञ का कृपापात्र हो जाना बड़ी बात है—और, यह किसी भी हालत में बड़ी बात नहीं है कि एक अच्छी कहानी या एक खूबसूरत उपन्यास लिख दिया जाएं। क्योंकि, लेखक जी ने बताया कि आज के युग में आर्थिक सफलता और सामाजिक सफलता ही जीने की पहली शर्त है। बाकी सारी शर्तें बेकार हैं और कोई भी मानी-मतलब नहीं रखतीं। मैंने उनकी बात पर बहस नहीं की। बहस करने के लिए मैं उनके पास गया भी नहीं था। मैंने तय किया कि अपना देश स्वाधीन और जनतांत्रिक देश है और यहां सोचने की, बोलने की और अपनी राय तय करने की स्वाधीनता इस सचाई के बावजूद है कि सियासत ने हम सभी को, जनसाधारण को भी और बुद्धिजीवियों को भी लोहे और सोने की जंजीरों में जकड़ रखा है।

इन जंजीरों से हम छूट नहीं सकते, टूटकर अलग हो नहीं सकते। सियासत की भवें जरा बांकी-तिरछी हो जाएं तो हमारी बीवी की नौकरी खत्म हो सकती है, हमारा चीनी और आटे का राशन खत्म हो सकता है, हमारी हजामत के लिए बाजार से ब्लेड खत्म हो सकते हैं—राजनीति इतनी सर्वशक्तिमान है।

राजनीति इतनी सर्वशक्तिमान है कि उसने हमारी पीढ़ी और हमारी पीढ़ी के सभी लेखकों, शिक्षकों, पत्रकारों और बुद्धिजीवियों को बहुधंधी व्यापारी बना दिया है। और हम व्यापारी अखबारों में नेताओं के जन्मदिन पर लेख लिखते हैं। हम व्यापारी स्कूल, कालेजों की पुस्तकें लिखते और मंजूर करवाते हैं। हम व्यापारी हैं और अपने व्यापार तथा बाजार कायम रखने के लिए अखबारों के दफ्तरों में, आकाशवाणी में, नेताओं की कोठियों में, सचिवालयों की फाइलों में, चीनी की तलाश में भूखी चींटियों की तरह रेंगते रहते हैं। हमारे रेंगने का अंत नहीं है।

और, इस प्रकार स्वाधीनता, वसंत, नववर्ष और गणतंत्रोत्सव के इस अवसर पर मुझे यह सोचने और तय करने में कोई हिचक नहीं होती है कि हम सभी भूखी चींटियों की तरह रेंगते जा रहे हैं और हमारे रेंगने का कहीं अंत नहीं है। क्या संसदीय समाजवाद इसका अंत है? क्या दिनकर के 'परशुराम की प्रतीक्षा', रेणु के 'मारे गए गुलफाम' और नागार्जुन की 'नई उग्रतारा' और आकाशवाणी से प्रसारित 'योजना-गीत' और 'सामुदायिक विकास योजना-गीत' और सेक्रेटेरिएट की फाइलों में दबी हुई फरियादें और पुकारें और राजपथों पर दुल्हनों की तरह घूमती नेताओं और व्यापारियों की नई गाड़ियां और प्रकाशकों के हाथों मुंहमांगे दाम में बिके हुए प्राध्यापकों द्वारा लिखी गई पाठ्य-पुस्तकें और धान-चावल से लेकर लोहे-सीमेंट तक की चोर-बाजारी और राजनीतिज्ञों के आगे 'सर हाजिर है, जिगर हाजिर है' की मुद्रा में झुके हुए अखबार और अखबारनवीसों की कागजी दुनिया—क्या इस रेंगते रहने का अंत है?

अंत नहीं है। अंत नहीं होगा—मेरे एक समझदार दोस्त का कहना है। सह-अस्तित्व के इस युग में जो चीजें थीं, वे रहेंगी और जो चीजें हैं, वे भी रहेंगी। सिर्फ़ नहीं रहेगा साहित्य और सिर्फ़ नहीं रहेगी स्वाधीनता। क्योंकि किसी को अपने दर्दे-जिगर से फुरसत नहीं है। सभी अपने-अपने दिल को पेपरवेट बनाए किसी-न-किसी सत्ताधारी के टेबुल पर कागज दबाए बैठे हैं। ये कागज रेडियो प्रोग्राम के कंट्रेक्ट भी हो सकते हैं, ये कागज कभी-कभी कोई कहानी या कोई समाचार या कोई दरखास्त भी हो सकते हैं।

इन कागजों में सिर्फ़ आजादी नहीं, इनके रोकने की जरूरत भी क्या है?

—हिन्दुस्तान (दैनिक), नई दिल्ली, 23.1.2000

चायना टाउन की एक शाम

सेंट्रल एवेन्यू और लोअर चितपुर रोड के बीच एक बड़ी सी बस्ती है—चायना टाउन। यह चायना टाउन कलकत्ते की सारी बस्तियों से अधिक गंदी बस्ती है। जहाजियों का कहना है कि अक्याब और रंगून, पेनांग और क्वालालंपुर, याकोहामा टोकियो और हांगकांग, पूरब के किसी भी और शहर में इतना गंदा और इतना खतरनाक 'स्लम' नहीं है। आइए, हिम्मत कीजिए, और यह नजारा देखिएः

विशालकाय और मृत अजगर की तरह हुगली नदी के किनारे, इस पूर्वीय महानगर कलकत्ते के शरीर पर एक गहरे जख्म की तरह चायना टाउन का स्लम जमा हुआ है। हर जख्म की तरह यह जख्म भी बढ़ता ही जा रहा है, क्योंकि वक्त के पास कोई कारगर दवा नहीं है। सर जॉब चार्नाक ने जब कलकत्ता शहर की नींव डाली थी, जब शाम बाजार से कालीघाट तक जंगल ही जंगल था, और इन जंगलों में पोर्चुगीज, स्पेनी, मलायी और चायनीज समुद्री लुटेरों के अड्डे बिछे हुए थे—उससे बहुत पहले ही चितपुर-ग्राम के पास इस चायना टाउन की नींव पड़ चुकी थी। अकाल और गरीबी और समाज-व्यवस्था के मारे हुए चायनीज किसान और मजदूर, जूते बनानेवाले, पत्थर के दांत बनानेवाले, कपड़े पर रंगसाजी करनेवाले, और आवारा, घुमक्कर मर्द और औरतें, सुदूर पूर्वीय द्वीपों से सोना लानेवाले, भारत से अफीम और चरस ले जानेवाले वगैरह चितपुर-ग्राम के आसपास के जंगलों में डेरा डाल चुके थे।

पोर्चुगीज लुटेरों को चाय में अफीम का रस डालकर पीनेवाले, पीले चेहरों वाले ये चायनीज बहुत पसंद थे। पास में ही पोर्चुगीज चर्च की विशालकाय इमारत बनी और उसके सामने तंबू डालकर, लकड़ी की छतोंवाले मकान बनाकर चायनीज परिवार बसने लगे।

मगर, यह सब पुराने युग की बातें हैं। आज युग बदल चुका है और चायना टाउन शहर के कलेजे पर बहुत गहरा और बहुत बदसूरत दाग बनकर रह गया है। कलकत्ते के अलग-अलग मुहल्लों में अलग-अलग रक्तों और जातियों और कबीलों के लोगों ने कब्जा कर रखा है : पार्क सर्कस और पार्क स्ट्रीट में एंग्लोइंडियन, थिएटर

रोड और सरक्यूलर रोड में गोआनीज, खिदिरपुर और मटियाबुर्ज में डच और पोर्चुगीज और चायना टाउन में चायनीज। इनमें सबसे ज्यादा गंदगी और सबसे ज्यादा अंधेरा चायना टाउन में है।

शाम होने लगती है, और चायना टाउन की गलियों में अपरिचित लोगों के साए बढ़ने लगते हैं। माल-जहाजों के नाविकों की जमातें...'पोये' (चायनीज शराब) बेचनेवाले होटलों में भीड़ और शोरगुल...पानी के नलों पर छोटी-बड़ी बाल्टियों की कतार और बीमार दिखती हुई बदसूरत औरतों की भीड़...चाट बेचनेवालों के खोमचों पर मक्खियों के और स्कूलों से लौटते हुए लड़के-लड़कियों के हमले...चौराहों पर सिगरेट के स्टालों के पास, टूटे हुए मकानों के बरामदे में खड़ी कस्साबिन औरतों की नंगी बातें और नंगी खिलखिलाहटें...

किसी अंधे चौराहे पर आकर चायना टाउन की जिंदगी रुक गई है। सड़क के बीच में अरामकुर्सी डालकर एक गृहस्थ आंखें बंद किए सिगार पी रहा है, और पास में ही लकड़ी के फ्रेम वाले सस्ते फ्रेम में एक शिशु खेल रहा है।

वृद्ध की आंखों में न कोई इतिहास है न कोई वर्तमान। शिशु की अधखुली...आंखों में...न कोई वर्तमान है, न कोई...भविष्य। गली के किनारे हाथ-रिक्शे लगे हैं और रिक्शेवाले किसी वीरान घर के बरामदे में ताश खेल रहे हैं। पास जाने पर भी नहीं पूछते कि कहीं जाना है या नहीं! घरों की सीढ़ियों पर, किसी लॉन्ड्री, या किसी जूतों की दुकानों से या किसी 'हुवान चिन वान डेंटल सर्जन' के यहां से लौटे हुए मर्द और औरतें बैठी हुई हैं और चुपचाप हैं और धीरे-धीरे बढ़ते हुए अंधेरे को देख रही हैं।

अंधेरा बढ़ रहा है, और अंधेरा जहरीला सांप है। ज्यादातर मकान पुराने हैं और टूटे जा रहे हैं। ज्यादातर गलियां कूड़ों के ढेर और गंदगी और दुर्गंध से भरी हुई हैं। खंडहर गिरती हुई दीवारें। बदशक्ल लैंपपोस्ट। दुकानों के बदरंग और बेढंगे साइनबोर्ड। वाटरटैप के पास घड़े का क्यू लगाती हुई एक प्रौढ़ा चाइनीज स्त्री चीखती है—हम जानता है...तुम हमको देखता है...तुम पुलिस का आदमी...हम जानता...

चायनीज स्त्री चीखती है, और अपना घड़ा, क्यू में छोड़कर किसी गली में, किसी टूटे हुए मकान में छिपने के लिए भाग जाती है। ऐसा अक्सर होता है कि अजनबी को देखकर औरतें भागने लगती हैं, बच्चे भागने लगते हैं, दरवाजे और खिड़कियां बंद होने लगती हैं। चायना टाउन के अधिकांश निवासियों के पास हिंदुस्तान में ठहरने का परमिट नहीं है। और न कोई ऐसा देश है, जहां वे लौट जा सकते हैं। वे न चायनीज नागरिक हैं, न भारतीय नागरिक। वोटिंग लिस्ट में उनका नाम नहीं है। किसी भी लिस्ट में उनका नाम नहीं है। वे इन गलियों में रहते हैं और

नरक की जिंदगी जीते हैं, और मर जाते हैं। इनमें सीधे-सादे लोग भी हैं, और पुराने क्रिमिनल भी! और अब चीन और भारत के मित्रतापूर्ण संबंधों के बीच तनाव आ गया है, और इस तनाव के कारण चायना टाउन भयग्रस्त है, आतंकित है। पता नहीं राजनीति का ऊंट कब और कौन सा करवट ले।

मगर, गलत जिंदगी की हर गलत बेवसी के बावजूद, इनकी जिंदगी में मुस्कुराहटों के फूल खिलते हैं। शाम होने लगती है, और होटलों के बड़े देग पर सूअर का मांस खौलने-पकने लगता है। शाम होने लगती है, और सिल्क की बूटेदार गाउन में सजकर युवतियां सड़कों पर बाहर निकल आती हैं। शाम होने लगती है, और रेस्तरां में संगीत बजने लगता है, ठहाके गूंजने लगते हैं।

शाम हो रही है, और साए बढ़ रहे हैं, और चायना टाउन अंधेरे में डूब रहा है। मगर, जिंदगी आखिर जिंदगी है जो और कहीं नहीं तो दीवारों पर टंगे पोस्टरों में खिड़कियों से झांकती हुई औरतों में, रेस्तरां के संगीत में, और सड़कों पर बढ़ी हुई भीड़-भाड़ में मुस्कुराती रहती है—मुस्कुराने का बहाना करती रहती हैं।

—धर्मयुग, 27.11.1960

इस लेख के साथ छपे कुछ चित्रों के कैप्शन

- ...और सांझ रोज अपने स्लेटी आंचल से सीढ़ियों की मायूसी पोंछने की नाकाम कोशिश करती है...
- सीढ़ियां, जो शायद कभी रंगीन थीं!
- आबहीन, बुझे चेहरे...जैसे बरसों से सूखे, दुनिया से मुंह फेरे, पानी की प्रतीक्षा में खड़े दिखेंगे...
- अंधेरा बरसा रहे आसमान के नीचे, किसी चौराहे पर कुर्सी डाले वृद्ध की अधखुली आंखों में...कुछ नहीं है, कुछ नहीं है
- टूटे हुए मकानों के बरामदे में खड़ी, मजबूरी से सस्ती हो गई औरतें, जैसे जमाने से बदला लेने के लिए उस पर अपना नंगापन उछालती हैं
- शाम तक वहां कारखाना और दुकान है, रात में वही रसोई और सोने के इंतजाम होंगे। जैसे 20-22 नर-नारी इस छोटी जगह में यह इंतजाम करेंगे, यह गुर सिर्फ़ उन्हीं को मालूम है
- लेकिन सारी बेबस मजबूरियों के बावजूद इनकी जिंदगी में भी मुस्कराहटों के फूल खिलते हैं...इंसान जो हैं
- जहां भी आदम के बेटे-बेटियां हों, वहां गप्पबाजी न हो। पड़ोसी सड़कों की पटरियों पर ही चायना टाउन के क्लब जमते हैं।
- चायना टाउन की यह गली सरकारी है न, इसी से दूसरे स्लमों से फिर

भी कुछ साफ-सुथरी है।

- बड़े मियां तो मां के समझाने से थोड़ी देर और भूखे रह लेंगे, मगर ये छोटे मियां किस पर उतारू हैं?
- लगता है, आज सारे मुहल्ले की दावत है! (एक पूरे, मोटे तगड़े कटे सूअर को देखकर)
- ये दोनों भाई खुशहाल हैं, नहीं तो कैसे गाहे-बगाहे इस चो-रेस्त्रां में भोजन का यह ऐश कर पाते!

–धर्मयुग, 27.11.1960

शिर्ले मेक्लेन के दो जहान

दोहरे बदन की एक हट्टी-कट्टी, चौड़ी लड़की है, एक दूर-देहाती कस्बे में बच्चों का छोटा-सा स्कूल चलाती है। अकेली नहीं है; पेट में कोई भी अफवाह पचा न सकने वाली एक बूढ़ी मौसी है, और जादूगर निगाहों वाली एक सहेली है। यह सहेली स्कूल चलाने में उसकी बेइंतहा मदद करती है। लेकिन, कस्बा आखिर कस्बा है, जहां कोई भी अफवाह फैलाने में हवा को देर नहीं लगती।

फिर, बूढ़ी मौसी है। फिर, स्कूल में पढ़ने वाले नादान लड़के और कमजोर लड़कियां हैं। फिर, बड़ी उम्र का एक लड़का भी है, जो उसे प्यार करता है, और अपनी छोटी-सी गाड़ी में जब-तब उसे बाहर ले जाता है। अफवाहें बनती हैं, और घर की चिमनियों से निकलते हुए धुएं की तरह पूरे कस्बे में फैल जाती हैं। सभी कहते हैं, और सभी सुन लेते हैं, विश्वास कर लेते हैं, बच्चों का स्कूल चलाने वाली इस मामूली सी लड़की को अपनी सहेली से प्यार है। ठीक वही प्यार वैसा ही उन्मादक, वैसा ही शारीरिक, जो उसे बड़ी उम्र के उस लड़के से है।

कस्बे के लोग इसे गलत और बुरा और जहरीला मान लेते हैं। बच्चे स्कूल भेजे नहीं जाते। बूढ़ी मौसी भाग जाती है। सहेली अपने कमरे में बंद, सारा दिन रोती रही है। और, अंत में, शोर-शराबे से भरी इस अफवाह का, इस फुसफुसाहट का, एक ओठ से निकलकर दूसरे दिल में जम जाने वाली बात का नतीजा यह निकलता है, कि दोहरे बदन और चौगुने दिलवाली वह लड़की, शिर्ले मेक्लेन आत्महत्या कर लेती है। और कुछ कर लेने का कोई उपाय उसके पास नहीं रह गया था।

स्त्री-समलैंगिकता (फीमेल होमोसेक्सुअलिटी) की आधारभूत स्थितियों और सामाजिक समस्याओं पर बनी हुई इस भावुक अमरीकी फिल्म 'द लाउडेस्ट ह्विस्पर' को देखकर मैं फिल्म-अभिनेत्री शिर्ले मेक्लेन को यही और इतना ही जानता था। वैसे, सतरंगी फिल्मी पत्रिकाओं ने पिछले कई सालों से मुझे बताया था कि मर्लिन मनरो, किम नोवाक, और ब्रिजी बार्दो के बाद सिर्फ़ एक लड़की का नाम लिया जा सकता है। यह सिर्फ़ एक लड़की है, शिर्ले मेक्लेन, जिसने 'विटनेस फॉर प्रॉजिक्यूशन' में एक थकी और हारी हुई औरत का रोल अदा किया है। ऐसी औरत, जो अपनी

इस थकान, और इस पराजय के बावजूद अपने हरजाई प्रेमी के लिए जहर में घुली हुई शराब का रंगीन प्याला बन सकती है।

'वैम्प'—अंग्रेजी का यह शानदार लहजा शिर्ले के लिए इस्तेमाल करना मुझे जायज दिखता था, लेकिन, 'द लाउडेस्ट व्हिस्पर' के पहले। और, इसके बाद भी, मैं शिर्ले को उसकी सहेली ऑद्रे हेप्बर्न और उसकी दोस्त सोफिया लॉरेन की कतार में नहीं रख पाता था। क्योंकि, अपनी सारी तस्वीरों में शिर्ले मेक्लेन नए साल के कैलेंडरों में, चुस्त-दुरुस्त कपड़ों के विज्ञापनों में, रईसाना बाथरूम की दीवारों में सजने-संवरने वाली एक तस्वीर थी। इससे ज्यादा कुछ भी नहीं, न लड़की, न औरत, न सपना, न संगीत, सिर्फ़ एक बेबस सचाई, जिसे हम फैशनपरस्ती और मौसम परस्ती के नशे में शारीरिक चढ़ाव-उतार और गोलाइयों के उत्तेजक प्रदर्शन की कला कहते हैं।

'यह कला नहीं है, मैं जानती हूं। यह कला नहीं है, अपने नंगे-अधनंगे जिस्म को मरी हुई मछली की तरह क्रीम और लोशन में लपेटकर पेश कर देना कला नहीं है, मैं जानती हूं' शिर्ले मेक्लेन ने कहा था, और सफेद झाग से भरा हुआ बियर का पीला गिलास अलग खिसकाकर हमलोगों की ओर देखने लगी थी। 'सेराजेड' की उस शाम में अकेला मैं ही फैशन और मौसम और उस दोहरे बदन की खुली हुई लड़की का गवाह नहीं था। मेरे साथ 'लिटिल फिल्म्स' का फिल्मी बुद्धिजीवी सव्यसाची दास था और दास के साथ बड़ी-बड़ी आंखों वाली एक सांवली-सी बंगाली लड़की थी।

हम लोग ग्रैंड होटल (कलकत्ता) के मशहूर रेस्तरां 'सेराजेड' में आइसक्रीम पीने गए थे। आइस्क्रीम के साथ बाली द्वीप से आई हुई आदिवासी युवतियों का 'कैबरे' नाच। सव्यसाची की मदद से उसके साथ की लड़की को किसी फिल्म में काम मिल गया था, इसलिए दोनों बेहद खुश थे। नाराज, मैं भी नहीं था, क्योंकि, मुझे पता था, 'सेराजेड' में आकर कोई भी आदमी किसी भी बात पर नाराज नहीं होता है। नाराजगी नहीं थी, ऊपर खुला हुआ आसमान था, इर्दगिर्द लाल-हरे बल्बों के नकली सितारे लटक रहे थे, सामने के छोटे-से चौकोर स्टेज पर दस-बाहर साल का एक जापानी लड़का अपने नन्हे-से गिटार पर 'द हाउस आफ बैंबू' की चटकीली धुन बजा रहा था, और ऐसा लगता था कि धूल और दोपहरी और सिर दर्द से भरी हुई हमारी रेगिस्तानी जिंदगी यों ही रास्ता भूलकर शाम के इस नखलिस्तान में आकर रुक गई है।

लोग कहते हैं, पूरब का यह सबसे हसीन इलाका, चौरंगी, ग्यारह बजे रात के बाद अपनी शाम शुरू करता है। इसलिए, अभी शाम की शुरुआत थी। अभी आइसक्रीम और जिंजर-बियर के गिलास वैट-69, और जान-हेग, और ओल्ड-मार्शल के नीले सपनों में तैरना शुरू नहीं कर सके थे। जापानी लड़के का 'बांसों का घर'

अभी पूरा नहीं हुआ था कि सव्यसाची ने आगे झुककर कहा, 'पेडस्टल-फैन के पास टेबुल पर अकेली बैठी हुई उस औरत को जानते हो? कहीं देखा है उसे? नहीं पहचानते?'

उसकी नीली आंखों में आसपास की हर चीज के लिए बेहद लापरवाह मुस्कराहट थी। और उसके सामने टेबुल पर मोटे शीशे का एक चौपहल गिलास। वह सिर तिरछा करके भारी-भरकम पेडस्टल-फैन की तेज हवा के थपेड़े खा रही थी। हल्के भूरे (या सुनहले?) बालों की नीली छांव में आधा चेहरा ढक गया था। वह ऊपर खुली गर्दनवाला सफेद ब्लाउज पहने थी, और नीचे सफेद फूलोंवाली एक काली फ्रॉक। वह अकेली थी, और इस शाम को, इस मौसम को, छोटी-छोटी कुर्सियों पर कबूतरों की तरह बैठे हुए लोगों को अपनी मुस्कराती हुई आंखों से पी जाना चाहती थी; वह अकेली और लापरवाह औरत!

मैंने पास से गुजरते हुए बैरे को रोक लिया, और कागज के एक टुकड़े पर अंग्रेजी में लिखा, 'आप शिर्ले मेक्लेन हैं, विश्वप्रसिद्ध फिल्म-अभिनेत्री। हमलोग अखबारों में काम नहीं करते (कि आपसे इंटरव्यू की फरमाइश कर बैठें), फिल्मों में भी नहीं, फिर भी, अखबारों और फिल्मों को इस नई दुनिया की सबसे बड़ी ताकत मानते है।'

बैरा कागज का यह टुकड़ा शिर्ले मेक्लेन को थमाकर चला गया और बाली-द्वीप की लड़कियां अपने नगाड़ों और डफलियों की जंगली आवाजों की लहरों पर जल-परियों की तरह तैरने लगीं। सव्यसाची की कोशिश से किसी फिल्म में काम पा जाने वाली लड़की ने स्टेज की तरफ देखते हुए कहा, 'मुझे शर्म आ रही है, इन जलपरियों का लिबास देखकर!' लॉन की सारी खाली कुर्सियां भरने लगीं। सव्यसाची ने सिगरेट जलाई। मैंने सोचा, शायद वह शिर्ले मेक्लेन नहीं है। मैंने सोचा, कागज का टुकड़ा भेजकर मैंने उस अनजान, और अकेली औरत का अपमान किया है।

मेरा सोचना अभी खत्म भी नहीं हुआ था, सव्यसाची कुर्सी की बांह पर स्टेज के नाच की धुन में ताल देने लगा था, हमारे बीच की लड़की शरमाती हुई, हंसने की कोशिश कर रही थी कि खुली हुई गर्दन, और खुले हुए घुटनों वाली वह दोहरे बदन और चौगुने दिल की औरत अपनी कुर्सी उठाकर हमारे बीच आ गई। सव्यसाची उठकर खड़ा हो गया, अपनी कुर्सी खिसकाकर शिर्ले को जगह देने के लिए। उसने हम तीनों से हाथ मिलाया, बहुत चौड़ी फैलकर मुस्कराई, फ्रेंच या इटालियन में दो-चार शब्द बोली(जिसे हम समझ न सके), और हंसने लगी।

'तुम्हारी आंखें बहुत खूबसूरत हैं, रात की खामोशी में सोई हुई झील की तरह', उसने हमारे साथ की लड़की से कहा। लड़की खुश हो गई। सव्यसाची ताली बजाकर नए आर्डर के लिए बैरे को बुलाने लगा। मैंने पूछा, आप जापान जा रही हैं? अपने पति से मिलने के लिए? यहां कलकत्ते कैसे आ गईं?'

'सीलोन में रुकना था। एयर-इंडिया के जहाज से आई हूं। कलकत्ते से कई पुरानी यादें लिपटी हैं। आज सुबह यहां उतरी हूं। सारा दिन टैक्सी लेकर यहां-वहां घूमती रही। नेशनल़ लाइब्रेरी तक चली गई थी। बहुत अच्छा लगा। कहीं किसी ने पहचाना नहीं। एकदम अजनबी और आवारा औरत बनकर दुकानों और सड़कों में मारी-मारी फिरती रही। अपनी हेयर-ड्रेसर तक को साथ नहीं लिया। अब यहां थककर बैठी थी।' शिर्ले मेक्लेन ने टेबुल पर पड़े पैकेट से एक सिगरेट निकाली। मैंने उसके लिए माचिस जलाई, तो उसने हल्का-सा 'थैंक्स' कहा, और बैरे को 'शुद्ध' हिन्दी में समझाते हुए सव्यसाची की ओर देखने लगी।

शिर्ले अंग्रेजी के अलावा फ्रेंच, इटालियन, जापानी, कई भाषाएं बोलती-समझती है, मगर हमलोग अंग्रेजी के अलावा कोई विदेशी भाषा नहीं जानते थे, इसीलिए हमारी बातचीत अंग्रेजी में ही होती रही।

उसके पति जापान में स्थायी रूप से रहते हैं। फिल्में बनाते हैं। उसके बच्चे इंग्लैंड और स्विटजरलैंड़ में पढ़ते हैं। वह फिल्मों में आने से पहले एक अव्यावसायिक नाटक मंडली में काम करती थी, और नाटकों से पहले औसत अभिनेत्रियों की तरह 'मॉडल' थी, उसका पति (अभी मुझे शिर्ले मेक्लेन के पति का नाम याद नहीं है) हर साल सर्दियों में उससे मिलने अमरीका आता है। वह हर साल गर्मियों में पति से मिलने (अगर शूटिंग में व्यस्त नहीं रही, तो) जापान चली जाती है।

शिर्ले की दुनिया दो अलग-अलग टुकड़ों में बंटी हुई है। एक टुकड़ा है पैसों का, शोहरत का, देह के सारे तनाव और कसाव कायम रखने की लगातार कोशिशों का! और दूसरा टुकड़ा शहर और कैमरों के लेंस, फ्लड-लाइटों और बड़ी-बड़ी साउंड मशीनों के हुजूम और शोर-शराबे से अलग और दूर किसी छोटी-सी जापानी पहाड़ी तलहटी में बहुत प्यारा-सा मकान है, जहां हर साल भरी गर्मियों में शिर्ले मेक्लेन नया जन्म लेती है। शिर्ले कहती है, "इस एक टुकड़े को कायम रखने के लिए दूसरे टुकड़े को साबित रखना जरूरी है। एक औरत, जिसे बीसवीं सदी की सबसे खूबसूरत औरत कहा जाता है, एक टुकड़े को साबित नहीं रख सकी, इसलिए वह खुद टूट गई। टुकड़े-टुकड़े होकर उसने नींद की जहरीली गोलियां खाईं, और हमेशा के लिए खत्म हो गई।"

शिर्ले टुकड़े-टुकड़े नहीं हो जाएगी, क्योंकि अब तक उसने अपनी दुनिया के दोनों टुकड़ों को प्यार, और मेहनत, और समझदारी के मजबूत धागों में बांध रखा है। वह स्पेन में शूटिंग करती है, पेरिस में नए कपड़े सिलवाती है, ब्रिटेन में अपनी नई फिल्मों के 'प्रीमियर-शो' पर जाती है, और हर सुबह ठीक वक्त पर हालीवुड के अपने स्टूडियो में पहुंच जाती है। लेकिन, उसका दिमाग क्षण भर के लिए भी जापान को, शांत, एकांत पहाड़ियों को, और स्विट्जरलैंड की बर्फानी घाटियों में बसे स्कूलों को भूल नहीं सकता है। भूल जाना उसके बस की बात नहीं है।

उसने कहा, "मैं मर्लिन मनरो नहीं हूं, मैं एक बेहद मामूली औरत हूं, जो जिंदगी को नाटक नहीं, और नाटक को जिंदगी नहीं समझती है। मैंने कभी गलत सपने नहीं पाले हैं। क्योंकि, मैंने बहुत नीचे से ऊपर आने की कोशिश की है!" पता नहीं क्यों, बाली-द्वीप की आदिवासी युवतियों के उत्तेजक नृत्य और व्यायाम देखती हुई वह इतनी उत्तेजित हो गई थी। पता नहीं क्यों, और किस बात पर उसने कहा था, "क्रीम और लोशन की पर्तों में लपेटकर अपने नंगे अधनंगे जिस्म को पेश कर देना कला नहीं है।"

सव्यसाची अपना गिलास दोनों हाथों में थामे हुए, टेबुल पर सामने झुका हुआ था, और सामने साथ की लड़की अपनी बड़ी-बड़ी आंखें कभी मूंदती, कभी खोलती हुई ऊंघने लगी थी, और शिर्ले मेक्लेन ने कहा था, "इससे ज्यादा खूबसूरत और कोई दृश्य नहीं हो सकता कि रात में अचानक प्यास लगने पर नींद या नशा खुल जाए, और इस डर से रोशनी जलाने की हिम्मत न हो सके कि कमरे में, मकान में, पूरी दुनिया में मेरे सिवा, सिर्फ़ मेरे सिवा कहीं कोई नहीं है! मैं रोशनी जलाने से डरती हूं। मैं यह खूबसूरत दृश्य देखना नहीं चाहती। इसीलिए, मैं पूरी एक दुनिया को पार करके, फुरसत पाते ही, अपनी दूसरी दुनिया में चली आती हूं।"

पिछले दिनों ब्रिटेन और अमरीका के फिल्मी अखबारों ने काफी शोर मचाया था कि शिर्ले मेक्लेन अपने फिल्म-निर्माता पति से तलाक लेने जा रही है। बात सिर्फ़ इतनी सी थी, शिर्ले लंदन आकर अपनी नई फिल्म 'द यलो रॉल्स-राइस' की शूटिंग में भाग ले रही थी, और अपने एक बुजुर्ग अभिनेता-मित्र के साथ लंदन के बड़े होटलों में बैठती रहती थी। लेकिन, शिर्ले होशियार और साहसी स्त्री है। उसने इन अफवाहों का कोई खंडन नहीं किया। वह मुस्कराई, और चेहरे पर बिखर आए हुए बालों को पीछे संभालती हुई बोली, "अफवाहें अपनी राह चलती हैं, और मैं अपनी राह चलती हूं।"

अपनी पहली फिल्म 'पाजामा-गेम' में शिर्ले मेक्लेन एक मामूली-सी 'कोरस-गर्ल' थी, और हीरोइन थी मर्लिन मनरो। लेकिन, इस जरा-से रोल ने हॉल बैलिस जैसे विख्यात निर्माता को उसकी ओर खींच लिया। और, अब अपनी नई फिल्म 'व्हाट ए वे टु गो' के बाद वह फिल्म नायिकाओं की सबसे अगली कतार में आ गई है।

शिर्ले के चेहरे में कहीं कोई दाग नहीं है। साबूत आईने की तरह, संगमरमर के तराशे हुए टुकड़े की तरह उसका चेहरा, उसकी नीली आंखें, उसकी ताजा मुस्कराहटें बेदाग हैं। मैंने, और सव्यसाची दास ने देखा है, समय और अनुभव और घटनाओं ने उसके शारीरिक व्यक्तित्व पर अपनी कोई छाप नहीं छोड़ी है। क्लिफोर्ड प्रिक्स ने शिर्ले मेक्लेन के बारे में कहा है, "वह बिना मेक-अप चढ़ाए बारह साल की उम्र से बत्तीस साल की उम्र तक की लड़की का रोल कर सकती है।"

शाम बीत गई, और 'सेराजेड' की रात शुरू हुई, और सफेद वर्दियों में प्रेत की तरह दिखते हुए बैरे अपने घर लौटते हुए लोगों को सलाम बजाने लगे तो बारह साल से बत्तीस साल के बीच की उस लड़की ने कहा, ''सारा दिन मुझे किसी ने नहीं पहचाना, तो मैं खुश थी। मगर, इतनी रात गए तुमने मुझे पहचान लिया है, तो मैं और भी ज्यादा खुश हूं!''

—धर्मयुग, 08.11.1964

मुखर चलचित्र

फेडरिक फेलिनी का यथार्थवाद

राजकमल चौधरी साधन से विपन्न, महत्वाकांक्षी एक दिवास्वप्नद्रष्टा समर्थ लेखक थे। अंग्रेजी-बंगला-हिन्दी फिल्मों में उनकी गहरी दिलचस्पी थी। बल्कि, फिल्म तकनीक के भी जानकार थे। घाटे की उम्दा, कला-प्रधान एक भोजपुरी-फिल्म उनके द्वारा बन भी गई होती, अगर हाथ में आया हुआ एक फिनांसर राजकमल के कुछ विरोधियों द्वारा बहका न दिया गया होता। **'स्थापना'** के संपादक ने मरलिन मनरो पर कभी उन्हें एक लेख लिखने को कहा था। वह न लिखकर, कुछ और ही उनसे बन पड़ा था। स्वाक्षर में लिखा यह लेख एक प्रयोग-पत्र के लिए ही लिया गया था। वे यदि अपना जीवन जीने में बदनाम साहसी थे, तो, लिखने में भी। उदाहरणार्थ एक फिल्म-समीक्षा :

इतालवी की एक फिल्म है 'द टेम्पटेशन अव डॉक्टर एन्टोनियो', जो दुनिया की हर समझदार भाषा में (भारतीय भाषाओं को छोड़कर) 'डब' हो चुकी है। एक प्रभाववादी या अतियथार्थवादी निर्देशक-निर्माता फेडरिक फेलिनी ने इसे बनाया है। फिल्म के 40 फीट लंबे में अनीता एकबर्ग एक बिल-बोर्ड से झिझकती हुई उतरती है, और सामने खड़े, ठिगने, बूढ़े, हदस से परेशान डॉक्टर एन्टोनियो को अपने अस्तित्व की विवशता का आभास देती है। और, बाद में 40 फीट में डॉ. ए. अपना छोटा-सा जनाना छाता, जो हर मौसम में, हर धूप-बरखा से, उनकी रक्षा करता है, एकबर्ग की बेहद बड़ी और सुडौल छातियों की सीध में हिलाते रहते हैं।

मातृसत्ता और हीनता

फेलिनी ने 'द टेम्पटेशन' में अपनी सूक्ष्म-कल्पनाओं और 'फेन्टेसी' के माध्यम से उन स्त्रियों के विवश-अस्तित्व का साक्षात्कार किया है, जो मातृ-सत्तात्मक (मेट्रिआर्कल) हीनता से स्वयं को मुक्त नहीं कर पाती है।

इस ध्वनि-चित्रक-साक्षात्कार के दौरान फेलिनी ने व्यक्तियों को 'द्रव्य' और वस्तुओं को 'परिस्थिति, और घटनाओं को 'घन-आकृति' में बदल दिया है। हेनरी मूर की गुणात्मक मूर्तियों, पिकासो के कोणवादी चित्र-समूह और म्यूराल और पाउंड की अतलस्पर्शी कविताएं जो नहीं कर सकीं वह फेडरिक फेलिनी ने अनीता एकबर्ग के खुरदुरे टखनों की आदिम मांसपेशियों पर रोशनी और अंधेरे के, चंद गिने-चुने धब्बे बनाकर उपस्थित कर दिया है।

मार्चेलो मास्त्रोइआनी और अनीता एकबर्ग—पुरुष-शरीर की आदि संपत्ति, और स्त्री-कांति की अखंड प्रतिकृति के दो घन-प्रतीक हैं, और फेलिनी की अधिकांश फिल्मों में इसी तरह प्रकट किए गए हैं। मार्चेलो और अनीता की पहली फिल्म थी—'ला दोल्चे विता' जिसे फेलिनी ने अपनी सारी किशोर-उत्सुकताओं और रूप-मोह के साथ बनाई थी। इसीलिए, आज इतने दिनों बाद भी मुझे उस नन्हीं सी बच्ची का, देर तक पार्क के एक किनारे से हाथ हिलाते रहना, नहीं भूलता है, जब मार्चेलो अपनी जिंदगी और अपना सपना हारकर पार्क की एक टूटी हुई बेंच पर लेट गया था।

लेकिन, 'ला दोल्चे विता' के बाद ही वह लड़की मर गई। फेलिनी के अंदर उस विवशता ने जन्म लिया, जो आदमी को कभी हिटलर और कभी वॉनखॉख बना देती है।

$8\frac{1}{2}$ फेलिनी की नई फिल्म का नाम है। न ज्यादा, न कम, कुल 'साढ़े आठ'। इससे पहले फेलिनी ने कुल 6 बड़ी फिल्में बनाई हैं, और तीन शॉर्ट फिल्में। इस तरह 'साढ़े आठ' तीन शार्ट फिल्मों को कुल ढाई मानने के कारण फेडरिक फेलिनी की साढ़े आठवीं फिल्म हुई। इसके बारे में 'पंच' (लंदन) के फिल्म-समीक्षक ने लिखा है : ऐट-वन बाई टू इज फेलिनी'ज मन्ताज अव द एक्सपीरियन्सेज, मेमोरीज, रिफ्लेक्संस, ड्रीम्स एंड फेंटेसीज अव ए डिरेक्टर मेकिंग ए फिल्म—'साढ़े आठ' फेलिनी की आत्म-गाथा है, किंतु इसे तिथियों, सूचनाओं और घटनाओं के द्वारा नहीं अतिकाय दुःस्वप्नों के द्वारा कहा गया है। फिल्म के निर्देशक फेलिनी का चरित्र-अभिनय मार्चेलो मास्त्रोइआनी ने ही किया है। मार्चेलो आधुनिक फिल्म-जगत का सबसे आकर्षक और पौरुषमय अभिनेता ही नहीं, वह फेलिनी के मानसिक व्यक्तित्व का प्रतिरूप भी है। फेलिनी ने उसे गढ़ा है, जैसे, माईकेल एन्जिलो ने अपनी उद्दाम 'तेरिवेलिता' में फ्लोरेन्स के राष्ट्रीय 'चेपेल' के लिए डेविड की विराट मूर्ति गढ़ी थी।

अदम्य ते-रि-वे-लि-ता

शहर में रात हो चुकी है, और हर अंधेरे के मछली-जाल में वह छटपटा रही है। एक बड़े चौराहे पर सुलगती हुई लाल रोशनी के कारण सैकड़ों गाड़ियां रुकी खड़ी हैं—बंद ताबूतों की तरह छोटी-बड़ी गाड़ियां, जिनमें शहर के छोटे-बड़े लोग बंद हैं।

एक नन्हीं-सी काली गाड़ी में मार्चेलो अकेला बैठा है। उसे बहुत जल्द कहीं पहुंचना है। कहीं उसका बेसब्र इंतजार हो रहा है! ब्रीजित बार्दो-जैसी औरत गुस्से और पसीने से तर-ब-तर अपनी बालकनी में परेशान हो रही है। लांग-शॅट, ताबूतों की तरह सैकड़ों गाड़ियां रुकी हुई हैं। क्लोज-अप मार्चेलो की भारी पलकों पर सारे जमाने की ऊब और थकान जम गई है।

अचानक नन्हीं सी कालो गाड़ी की छत ऊपर खुल जाती है, और अपनी दोनों बांहें आसमान में फैलाकर मार्चेलो ऊपर हवा में तैर जाने की कोशिश करने लगता है। जैसे वह आदमी नहीं हो, किसी बीमार दिमाग में तैरता हुआ कोई बीमार ख्याल हो।

'साढ़े आठ' का अतियथार्थवाद, वर्तमान समय-खंड से टूटकर विच्छिन्न हो गए हुए आधुनिक व्यक्ति का यात्रा-प्रसंग है, 'ए डकुमेंट्री अव पिलग्रिमेज' उन कारखानों में, उन कहवा घरों में, उन कला-भवनों और तहखानानुमा स्त्रियों में, जिनकी उपस्थिति ने समाज-जीवन को जड़ बना दिया है।

नव (1) और अति...

'पार्टीजन रिव्यु' (विंटर-63) में एक महिला ने सत्यजित राय की फिल्मों की उपलब्धियों पर लिखते हुए, राय की 'देवी' (एक बूढ़े जमींदार का अंध विश्वास, एक बीमार लड़की की हत्या करने में कैसे सफल हो सकता है।) को फेलिनी की 'बोकाचियो-70 के साथ देखने-समझने की चेष्टा की है। महिला ने अन्याय राय के साथ ही किया है, और ऐसा करके फेडरिक के बारे में सिर्फ़ अपनी गैर-समझदारी जाहिर की है।

सत्यजित राय का नव यथार्थवाद बंगाल की शरच्चन्द्रीय भावुकता और 'ग्राम्य' स्थितियों-वस्तुओं के प्रति 'नास्टैलिजक' मोह से जरा भी अलग नहीं है, इसलिए नारकीय और अरण्य-रोदन है। फेडरिक फेलिनी का अति यथार्थवाद ज्यां-पाल-सार्त्र के 'मॉर्बिड' और कामू के 'एवसर्ड' की अनुकृति नहीं होकर आधुनिक समय-खंड को एक शिलाखंड के रूप में ग्रहण करके, उस पर डेविड और मेडोना, जुपिटर और एफ्रोती को अंकित करने की बौद्धिक चेष्टा है।

सत्यजित राय ने विभूतिभूषण वंद्योपाध्याय की 'अपू'—ट्रिलॉजी की धाराकथा पर, फिल्म बनाकर भी, कथा-विश्लेषण और चरित्र-प्रवाह का सारा श्रेय स्वयं लेना चाहा और, फेडरिक फेलिनी ने 'साढ़े आठ' की आत्म-गाथा में भी अपने व्यक्ति को कहीं उजागर होने नहीं दिया, 'सेलूलाइट' के हर इंच में समकालीन समाज-मानस को अमूर्त व्यक्तियों एवं अमूर्त आकृतियों के रूप में समेटने-संजोने का प्रयत्न किया।

आतंक से पलायन : पलायन से आतंक

फेडरिक फेलिनी को (कामू की ही तरह, अथवा ज्यां जेने की तरह) यह मालूम है

कि विकल्पों और विसंगतियों की इस काल-परिधि में आतंक (हॉरर) और पलायन (स्केप) ही दो स्थायी भाव हैं, जिनसे स्वयं को 'मुक्त' करने का संघर्ष ही आधुनिक व्यक्ति का अन्यतम संघर्ष है। इसलिए आतंक से पलायन करते हुए और पलायन से आतंकित होते हुए जनसमूह (अथवा, व्यक्ति?) को फेलिनी ने अपनी फिल्मों का विषय निर्धारित किया है। सत्यजित राय ही नहीं, किसी भी फिल्म-निर्देशक के पास यह समझदारी नहीं है, फ्रांस के क्यूविस्टों और जर्मनी के फार्मलिस्टों के पास भी नहीं। समझदारी फेलिनी के पास है—इसीलिए वह प्रदर्शन-गृहों के बाजार दर, और बॉक्स दफ्तर के फार्मूलों की परवाह नहीं करता है। उसे न डि-सि-का की अधनंगी फिल्म 'टू विमेन' बनाने की जरूरत होती है, और न सत्यजित की अधकचरी फिल्म 'अभियान' ही बनाने की!

राजकमल चौधरी की एक भीतरी असंभव आकांक्षा का स्वाक्षरांकित काष्ठचित्र

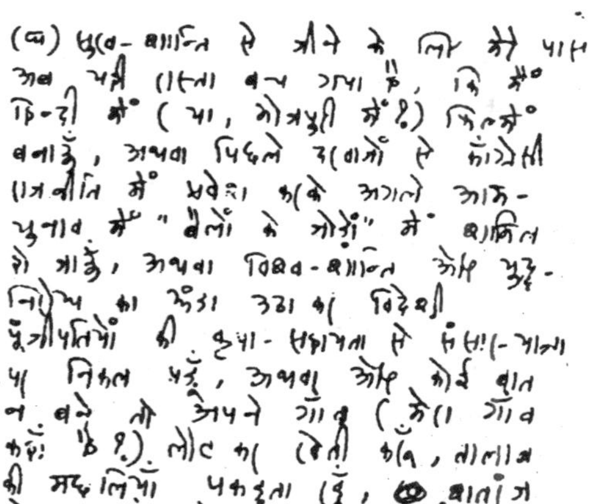

(घ) सुख-शांति से जीने के लिए मेरे पास अब यही रास्ता बच गया है, कि मैं हिन्दी में (या, भोजपुरी में ?) फिल्में बनाऊं, अथवा पिछले दरवाजों से कांग्रेसी राजनीति में प्रवेश करके अगले आम-चुनाव में 'बैलों के जोड़ों' में शामिल हो जाऊं, अथवा विश्व-शांति श्रेष्ठ युद्ध-विरोध का झंडा उठाकर विदेशी पूंजीपतियों की कृपा-सहायता से संसार-यात्रा पर निकल पड़ूं, अथवा और कोई बात न बने तो अपने गांव (मेरा गांव कहां है?) लौटकर खेती करूं, तालाब की मछलियां पकड़ता रहूं, शतरंज खेलता रहूं, और उग्रतारा-भगवती की श्रद्धाप्रमत्त पूजा में व्यस्त ग्रामवासियों की भीड़ को अपने कलेजे पर सहता रह जाऊं।

—स्थापना

स्वागतमंत्रिणी का भाषण

आदरणीय माताओ, बहनो, भ्राताओ तथा समुपस्थित सज्जनो, आज आपलोगों के सामने यह स्वागत-भाषण पढ़ते हुए मेरी प्रसन्नता का पारावार नहीं है। पारावार इसलिए नहीं है कि इस विशालकाय सिनेमा हाल का कोना-कोना आप जैसे देशप्रेमी, विश्वप्रेमी सभ्य लोगों से भर चुका है। इस सिनेमा हाल के जीवन इतिहास की यह प्रथम घटना है। जो पुरुष और महिलाएं सीट पर बैठने का स्थान पर गए हैं, वे परम सौभाग्यशाली हैं। क्योंकि, हॉल के बाहर लोग खड़े हैं। क्योंकि, हॉल के बाहर लाखों लोग खड़े हैं। और भीतर घुसकर इस महान, ऐतिहासिक-आयोजन को देखने के इच्छुक हैं, लेकिन पुलिस उन्हें रोक रही है। बाहर खड़ी जनता का अंदर आना असंभव है।

हम जनता को भीतर आने देना चाहते हैं। इस जनतंत्रवादी देश के प्रत्येक बालक और वृद्ध को अधिकार है कि वह दक्षिण पूर्व एशिया की साइक्लोन पीड़ित जनता के दुख-दर्द में हिस्सा बंटा सके। यह सांस्कृतिक कार्यक्रम देख सके। इस चैरिटी शो में अपनी कलाओं का प्रदर्शन करने वाले, देश के महान प्लेबैक गायक-गायिकाओं और फिल्म अभिनेता-अभिनेत्रियों का दर्शन कर सके। किंतु, मुझे खेद है कि इस चलचित्र-प्रेक्षागृह में अब ताड़ और तिल क्या, एक परमाणु तक रखने की जगह नहीं है। स्टेज और विंग ही नहीं, ग्रीनरूम तक हमारे माननीय अतिथियों से खचाखच हो गया है। मुझे खेद है, स्थानीय कारपोरेशन के अधिनियम के अनुसार हम हॉल के बाहर ध्वनि-विस्तारक यंत्र भी नहीं लगा सकते, नहीं तो अतृप्त जनता अपने प्रिय कलाकारों की वाणी से अपने कर्णपुट तो तृप्त कर पाती! अतएव, मैं आपलोगों से करबद्ध प्रार्थना करती हूं कि कार्यक्रम समाप्त होने पर आप अपने-अपने घर जाने लगें, तो रास्ते में जो भी मिले, उन्हें पूरे कार्यक्रम सटीक विवरण अवश्य सुनाएं।

'दक्षिण-पूर्व एशियाई साइक्लोन-रिलीफ समिति' की ओर से मैं यहां उपस्थित, तथा बाहर शोरोगुल करती हुई, तथा अपने-अपने घरों में रेडियो के सामने बैठकर यह कार्यक्रम सुनती हुई (मुझे परम खेद है कि अभी तक अपने देश में टेलिविजन का प्रबंध नहीं हुआ है) जनता का हार्दिक अभिनंदन करती हूं।

इस चैरिटी-शो में बिके हुए टिकटों ने सिद्ध कर दिया है कि अपने देश की जनता विश्व के समस्त देशों की जनता से अधिक विश्वप्रेमी है। ऐसा नहीं होता, तो यहां से हजारों मील की दूरी पर बसे द्वीप-समूहों की अनजान-अपरिचित जनता के लिए हम अपना तन-मन-धन समर्पित क्यों करते?

देश के सर्वश्रेष्ठ कलाकारों को इस महान अवसर पर एकत्र करने के लिए हमारे कार्यकर्ताओं को मोटरकार से, ट्रेन से, वायुयान से बारंबार कलकत्ता दिल्ली और बंबई की कष्टकर यात्रा करनी पड़ी है। ग्रैंड होटल, अशोक होटल, ताजमहल होटल में बारंबार ठहरना पड़ा है। विश्व प्रसिद्ध भारतीय अभिनेत्री मेनका देवी स्वास्थ्य सुधार के लिए दक्षिण अफ्रीका गई थीं। उन्हें लाने के लिए स्वयं मुझे अफ्रीका जाना पड़ता, किंतु, वे समय पर यहां आ गई, और मुझे अपनी यात्रा रोक देनी पड़ी। खैर!

सम्मानीय उद्घाटनकर्त्ता, बंधुओ-बांधवियो, अतिथिगण, यह हमारे देश की जनता का एवं साइक्लोन-पीड़ित दक्षिण पूर्व एशिया की जनता का सौभाग्य है कि हमारे देश के सम्मानीय विश्व सेवामंत्री इस आयोजन का उद्घाटन करने के लिए पधारे हैं। इस चैरिटी-शो में आने के लिए, उन्हें विश्व सेवकों की परम आवश्यक सभा को स्थगित करना पड़ा है, इसलिए हम अधिक आभारी हैं।

आज का यह चैरिटी-शो प्रत्येक दृष्टि से अभूतपूर्व है, और विश्वसेवा के इतिहास में इसका नाम स्वर्णाक्षरों में लिखा जाएगा। इतिहास में उन सभी का नाम क्रमशः सोने, चांदी और तांबे के अक्षरों में लिखा जाएगा, जिन्होंने हजार रुपए, सौ रुपए और पचास-पचास रुपयों की टिकटें खरीदी हैं। जिन्होंने दस-दस रुपयों की टिकटें खरीदी हैं, उनका नाम रोशनाई से लिखा जाएगा। दस-दस रुपयों की टिकटें ही सबसे अधिक बिकी हैं, और इतिहासकार गरीब होते हैं, इसीलिए इतने अधिक नाम लिखने का सोना वे जुटा नहीं पाएंगे। नहीं तो, उचित यह है कि सबका नाम सोने के अक्षरों में लिखा जाए। क्योंकि, महत्व रुपए का नहीं है, हृदय की भावना का है। और, हर टिकट के पीछे विश्वसेवा की भावना रही है। साइक्लोन पीड़ित जनता के दुःख-दर्द की कहानी सुनते ही मेरी आंखों में, आपकी आंखों में, सबकी आंखों में आंसू की नदियां उमड़ आई हैं। हमने रो-रोकर टिकटें बेची हैं, आपने रो-रोकर टिकटें खरीदी हैं।

हमारे देश की जनता अत्यंत भावुक है। दूसरों का कष्ट उससे देखा नहीं जाता है। हम जिस किसी भी व्यक्ति के पास गए, जिसको भी बताया कि इस चैरिटी-शो में अमुक-अमुक अभिनेता-अभिनेत्री और गायिका-गायक और नर्तकी-नर्तक भाग ले रहे हैं, वे सभी अपनी हैसियत के अनुसार दो-दो, चार-चार टिकटें खरीदने को प्रस्तुत हो गए। हमने टिकट बेचने के लिए सुंदरी युवतियों को ही दफ्तरों और कोठियों पर भेजा, क्योंकि हमारे देशवासी परंपरा से ही नारी जाति का आदर करते हैं।

मैं अपने देशवासियों की मानवता और विश्व प्रेम से गौरवान्वित हूं। जो देश

विश्वप्रेमी नहीं है, उसका अंत शीघ्र ही हो जाता है। देशप्रेम से भी अधिक महत्व विश्व प्रेम का है। अमरीका और रूस अगर विश्वप्रेमी नहीं होते तो हमारे देश में एक भी पंचवर्षीय योजना तैयार नहीं की जाती। खैर!

मैं भगवान से प्रार्थना करती हूं कि सिर्फ़, दक्षिण-पूर्व एशिया में ही क्या, विश्व के सभी देशों में इसी तरह साइक्लोन आए। हमलोग एक कदम भी पीछे नहीं हटेंगे। हम इसी तरह रिलीफ के लिए चंदा जमा करेंगे, चैरिटी-शो करेंगे, टिकटें बेचेंगे, लाटरी लगाएंगे, फिल्म-तारिकाओं के दस्तखत और फोटोग्राफ और फूल-मालाएं नीलाम करेंगे। और इन सबका विस्तृत विवरण अखबारों में छपाएंगे। एक साइक्लोन क्या, हजारों साइक्लोन हमारा विश्वप्रेम इंच भर भी घटा और हटा नहीं सकते।

बंधुओ-बांधवियो, अब मैं आपको आज के कार्यक्रम के विषय में बताना चाहती हूं। इतना सुंदर चैरिटी-शो आज तक इस नगर में नहीं हुआ है। सबसे पहले हमारे देश की महान गायिका, श्रीमती वीणावादिनी देवी आपको एक ठुमरी सुनाएंगी। ठुमरी के बाद आजमगढ़ घराने की सर्वश्रेष्ठ नर्त्तकी, कत्थक बाई अपने ग्रुप के साथ मयूर-नृत्य उपस्थित करेंगी। किस प्रकार बादल घिरते हैं, कैसे मयूरिनें रस से उन्मत्त होने लगती हैं, किस तरह वे प्रकृति के आंगन में नृत्य करने लगती हैं, यह सारी चीजें कत्थक बाई हाव-भाव से दिखाएंगी। इस मनोहारी नृत्य के उपरांत स्टेज पर उपस्थित होंगी, भारतीय मनोरंजन-संसार की महारानी, फिल्म-अभिनेत्री, कुमारी मेनका सारंगा। मेनका देवी दक्षिणपूर्व एशिया की अपनी यात्रा के संस्मरण सुनाएंगी, और बताएंगी कि साइक्लोन किसे कहते हैं। फिर, शुरू होगा हमारे प्रोग्राम का सर्वोत्तम आकर्षण, 'साइक्लोन' नृत्य नाट्य। यह नृत्य-नाट्य हमने थिएटर-विश्व के महान लेखक, मनसुखराम पंसारी से लिखवाया है। उन्हें यह नृत्य-नाट्य लिखने के लिए रिलीफ-समिति के खर्च से पूरे दक्षिण-पूर्व एशिया का हवाई टूर करना पड़ा है। लगभग आठ हजार रुपए और लगभग आठ सप्ताह के भयानक परिश्रम से पंसारीजी ने यह महान रचना प्रस्तुत की है। इस नृत्य-नाट्य में अनेक महान गानेवाले और नाचनेवाले और नगर के भद्र परिवारों की अनेक विश्वप्रेमी महिलाएं भाग ले रही हैं। इसके सेट और ड्रेस और साउंड और लाइट की व्यवस्था में लगभग चार हजार रुपए व्यय हुए हैं। यह नृत्य-नाट्य देखने से ही आपको पता चलेगा कि साइक्लोन कितना करुण दृश्य उपस्थित कर देता है। गांव के गांव उजड़ जाते हैं। नदियां सूख जाती हैं। ज्वालामुखी फट पड़ते हैं। भूकंप होने लगता है। आदमी और जानवर हवा में उड़ने लगते हैं। औरतें विधवा हो जाती हैं। बच्चे अनाथ हो जाते हैं। प्रलय मच जाता है।...

भाइयो और बहनो, यह डांस-ड्रामा और यह पूरा चैरिटी-शो हम जनता की आत्मा में विश्वप्रेम जगाने के लिए ही कर रहे हैं। इसके लिए मुझे और समिति के सभी सदस्यों को कितनी ही क्षतियां उठानी पड़ी हैं। हमें फिल्म-तारिकाओं के द्वार

पर धरना देना पड़ा है। हमें साइक्लोन-समिति के एक प्रमुख युवक कार्यकर्त्ता से हाथ धोना पड़ा है, क्योंकि वे चंदे के लगभग डेढ़ हजार रुपए, और डांस-ड्रामा की नायिका के साथ लाहौर चले गए। लेकिन, इससे हमारा मानव प्रेम तनिक भी अल्प नहीं हुआ है।

इस महान चैरिटी-शो में हमारी समिति ने लगभग पच्चीस हजार रुपए व्यय किए हैं। और टिकट-बिक्री से लगभग साढ़े अठारह हजार रुपए, और सार्वजनिक चंदे से लगभग साढ़े पांच हजार रुपए आए हैं। अर्थात, हमारी समिति को एक हजार रुपए घाटा सहना पड़ रहा है। हमें विश्वप्रेम के कारण यह घाटा सहना पड़ता है। अतएव हम इस बार दक्षिण-पूर्व एशिया के साइक्लोन पीड़ितों को कोई रिलीफ नहीं भेज पा रहे हैं। किंतु, हम वादा करते हैं कि अगले वर्ष पहले से ही, इससे भी महान चैरिटी-शो करेंगे। ताकि, साइक्लोन का आगमन होते ही हम उन्हें रिलीफ भेज सकें। अगली बार हम देर नहीं करेंगे—क्योंकि, नाच, गानों, और अभिनय के माध्यम से हमने इस बार अपने देश की जनता में विश्वप्रेम की ज्वालामुखी स्थापित कर दी है। अगले वर्ष यह ज्वालामुखी भयंकर रूप से विस्फोटित होगी।

भाइयो और बहनो, अब मैं आपका अधिक समय नष्ट नहीं करूंगी। हमारे कलाकार मेकअप रूम में प्रस्तुत हैं। पसीने से उनका मेकअप नष्ट हो रहा है। आप लोगों से मेरी प्रार्थना है कि डांस के वक्त आपलोग स्टेज पर पांच नए पैसे, दस नए पैसे के सिक्के नहीं फेकें। उन्हें चुनने में दिक्कत होती है। और, अंत में प्रेस-रिपोर्टरों से मेरा अनुरोध है कि प्रोग्राम समाप्त होने के बाद ग्रीन रूम में चले आएं। उन्हें जलपान कराया जाएगा, तथा आर्टिस्टों से परिचय कराया जाएगा। अब, प्रोग्राम शुरू होता है। आमीन

—धर्मयुग,-19.11.1961

कथा कृष्णनगर के खिलौनों की

अठारहवीं शताब्दी में कृष्णनगर के कुम्हारों ने मिट्टी के जो खिलौने बनाए वे देश भर में अपनी विविधता और शैली के लिए विख्यात हो गए। यहां प्रस्तुत है उसी परंपरा की कहानी

लोककथाओं की तरह ही लोकशिल्प की परंपरा भी देश के सांस्कृतिक इतिहास के साथ अविच्छिन्न रूप से जुड़ी होती है। लोकशिल्प और संस्कृति के विकास को अलग-अलग करके देखा नहीं जा सकता। क्योंकि संस्कृति के सभी अंगों, रूपों और कलात्मक अभिव्यक्तियों का प्रभाव एक-दूसरे के धर्म और विन्यास पर पड़ता है। भारत की लोककलाएं-कांगड़ा, बसौली या राजपूत कलम के चित्र, जयपुर, आगरा या बनारस के सोने-चांदी के काम, वीरभूमि, बांकुड़ा या कृष्णनगर के खिलौने, आगरे की दरियां, कालीघाट की मूर्तियां, उड़ीसा के पट-चित्र, बनारस की जरी की कारीगरी इन सभी का इतिहास भारतीय संस्कृति का इतिहास है!

ये कलात्मक लोक परंपराएं विकासोन्मुखी और ग्रहणशील रही हैं इसीलिए अब तक जीवित हैं। और, अब आधुनिक शृंगार और सौंदर्यबोध को भी स्वीकार कर रही हैं।

अपने देश के लोकशिल्प की यह विशिष्टता रही है कि हमारे लोकशिल्पियों ने साधारणतः सामाजिक जीवन को ही अपनी कृतियों में अंकित किया है। लोकशिल्प के प्रमुख विषय रहे हैं—उत्सव, मेले, पूजा-त्यौहार, वसंत, वर्षा-ऋतु, फसल, बाग-बगीचे, पाठशाला, मंदिर, खेत-खलिहान, और गांव-घर की ऐसी ही साधारण वस्तुएं। ऐसी बात नहीं है कि उसमें कल्पना न रही हो पर केवल शिल्प-चातुर्य में ही उसका समावेश हुआ है। और केवल रस-रंग ही नहीं, जीवन की सारी दुःख-पीड़ाएं भारतीय लोककलाओं में मुखरित होती रही हैं।

पश्चिम बंगाल के कृष्णनगर के खिलौने इस तथ्य के और भारतीय लोकशिल्प के अनुपम उदाहरण हैं।

खिलौनों में नयापन और विविधता

अठारहवीं शताब्दी के आरंभ में बंगाल के महाराजा कृष्णचन्द्र ने कलकत्ते के समीप अपनी राजधानी बसाई—कृष्णनगर। लोककलाओं के प्रति महाराजा कृष्णचन्द्र के आग्रह और अनुरक्ति ने ही कृष्णनगर के कुम्हारों को नए ढंग के खिलौने बनाने के लिए प्रेरित किया।

नए खिलौने मिट्टी से ही बनाए जाने लगे, जबकि उस वक्त मुर्शिदाबाद में हाथी-दांत के खिलौने बनते थे, और मैमनसिंह और वीरभूम में सांचे में ढालकर बनाए गए पीतल और कांसे के खिलौने प्रचलित थे। कृष्णनगर के कुम्हारों ने खिलौनों की इस परंपरा को मिट्टी और धरती के और भी पास खींच लिया। उन्होंने लकड़ी या पत्थर के सांचे बनाने का तरीका भी छोड़ दिया। चालीस मील दूर बसे हुगली-नदी की कड़ी मिट्टी लाकर कृष्णनगर के शिल्पी कुम्हारों ने जो खिलौने बनाए वे कीमत में सस्ते भी पड़े और मजबूत भी। और सांचे का त्याग करने के कारण खिलौनों में नयापन तो आया ही, विविधता और रंगीनी भी आई।

कृष्णनगर के खिलौने सांचे या चाकपर नहीं, हाथों से बनाए जाते हैं। यानी, पहले पटसन के रेशे और रेशेदार घास में मिलाकर गीली मिट्टी का लोंदा तैयार किया जाता है, और प्रवीण शिल्पी की उंगलियां खिलौने का 'मॉडेल' तैयार करती हैं। उंगलियों के दवाव और मिट्टी के कड़ेपन से जो विशिष्ट आकृति उभरती है, उसमें सांचे की नकलनवीसी नहीं होती, अपनी खास कोमलता और खूबसूरती होती है। फिर, इसी तैयार 'मॉडेल' के नमूने से चाक पर या सांचे पर खिलौने बनाए जाते हैं—एक ही नमूने के अनगिनत खिलौने।

आम जिंदगी के चित्र

अठारहवीं सदी के प्रारंभिक दशकों में, जब कृष्णनगर के 'पुतुल' (खिलौने का पर्याय, बंगला शब्द) का विकास शुरू हुआ, मुर्शिदाबाद और बांकुड़ा के खिलौनों की प्रसिद्धि देश भर में थी। मुर्शिदाबाद बंगाल के नवाबों की राजधानी थी, इसीलिए, वहां मुगल शैली के बारीक कामों का प्रचलन था। हाथी दांत के खिलौने बनते थे, जिन पर बारीक से बारीक मीनाकारी की जाती थी और राजदरबार, शिकार, नौका-विहार, नृत्य-संगीत सभा और नायिकाओं के चित्र अंकित किए जाते थे। और बांकुड़ा का लंबी गर्दन और गहरी पीठ और गोल-तिकोने पांवों वाला घोड़ा तो उन दिनों ही अंतरर्राष्ट्रीय ख्याति प्राप्त कर चुका था।

कृष्णनगर के कुम्हारों ने महाराजा कृष्णचन्द्र की प्रेरणाा से बांकुड़ा और मुर्शिदाबाद की परंपरा से मुक्ति पाई और लोकशैली को अपने खिलौनों में नया रूप दिया। राजदरबार की जिंदगी के बदले इन खिलौनों में आम जनता की जिंदगी के

चित्र उभरने लगे। जमींदार, मुसाहिब, बरकंदाज, मयूरपंखी नौका, बकरे का कटा हुआ सिर, लड़ते हुए हाथी, मछलियां, मोर, कोयल, हरिन, फल-फूल, आम, कटहल, सुपारी, नारियल, पुजारी, चक्की पीसती हुई औरतें, दुल्हन, बच्चे, गाय, हल ले जाते हुए किसान, बैलों के जोड़े, पुरोहित, पूजा करते हुए गृहस्थ दंपति—कृष्णनगर के खिलौनों ने लोक संस्कृति की सच्ची परंपरा को उजागर किया।

तत्कालीन लोक जीवन के प्रतीक

कृष्णनगर के मिट्टी के खिलौनों में गर्भवती स्त्री और बच्चे को गोद में लिए हुए मां को विभिन्न रूपों और स्थितियों में उपस्थित किया गया है। स्त्रीमूर्तियों की संख्या अधिक है, और उनकी प्रजनन-क्षमता को स्पष्टतापूर्वक प्रदर्शित किया गया है। खिलौनों की इन नारी मूर्तियों को देखने से लगता है कि आरंभिक स्थिति में 'तेराकोटा' मूर्तियां लोकशिल्प की नग्न मूर्तियां थीं, जिन्हें कृष्णनगर के कुम्हारों ने अपना लिया और धीरे-धीरे उनकी नग्नता को मिटाकर बच्चों के लिए खिलौनों में परिवर्तित कर दिया।

फिर भी, ऐसा नहीं है कि इन खिलौनों में कोई प्रतीक नहीं है, कोई अर्थ नहीं है, और ये खिलौने सिर्फ़ खिलौने ही हैं और परिवार के बच्चों द्वारा खेल-खेल में तोड़ दिए जाने के सिवा इनका कोई उपयोग और उद्देश्य नहीं है। इन खिलौनों की कलात्मकता, सौंदर्य और अमरत्व इस तथ्य में है कि ये खिलौने तत्कालीन लोक जीवन के आस्थाओं विश्वासों और रहन-सहन के ढंग और सामाजिक आग्रहों की सही तस्वीरें उपस्थित करते हैं।

कृष्णनगर का एक प्रसिद्ध खिलौना है—षष्ठी देवी का 'पुतुल'। षष्ठी बंगाल की एक पारिवारिक भगवती है, षष्ठी-तिथि को स्त्रियां इस भगवती की पूजा करती हैं और आसपास बैठे अपने बच्चों को भगवती षष्ठी की व्रत-कथा सुनाती हैं। और जब षष्ठी का वह 'पुतुल' बच्चों को खिलौने के रूप में दे दिया जाता है, तो भगवती की व्रत-कथा बच्चों के दिमाग में बनी रह जाती है। यह 'पुतुल'-खिलौना उनके लिए सिर्फ़ खिलौना ही नहीं होता है, उनके धार्मिक ज्ञान और संस्कार का प्रतीक बन जाता है—ऐसी बातों का प्रतीक, जिन्हें वे समझते नहीं, जानते नहीं, फिर भी, श्रद्धा और स्नेह करते हैं।

यही बात कृष्णनगर के पशु-पक्षियों और फलों के बारे में भी कही जा सकती है। ये खिलौने हमारी सांस्कृतिक विशिष्टताओं की सुरक्षा करते हैं, केवल बालक-बालिकाओं का क्षणिक मनोरंजन ही नहीं करते। ये खिलौने बीसवीं सदी को अठारहवीं सदी से और अठारहवीं सदी की सांस्कृतिक परंपराओं और प्रतीकों को हरप्पा, मोहनजोदड़ो और अन्य ऐतिहासिक-सांस्कृतिक पीठस्थानों से जोड़ते हैं।

क्या यह परंपरा जीवित रहेगी

मुझे कृष्णनगर के खिलौनों की परंपरा को जीवित रखने वाले कुम्हार शिल्पियों से मिलने का अवसर मिला है। इनमें से कितने ही परिवार अब कलकत्ते के कुम्हार टोली मुहल्ले में आकर बस गए हैं। ये लोग जीविका के लिए केवल खिलौने ही नहीं बनाते, दुर्गा, सरस्वती और काली की प्रतिमाएं बनाते हैं। कलापूर्ण सुराहियां और फूलदार घड़े बनाते हैं। इनमें से कुछ लोग अब पश्चिमबंग सरकार की गृह-उद्योग संस्थाओं और कमरहाटी की प्रसिद्ध संस्था 'उदय-विला' के सहयोग-संरक्षण में 'सेरामिक्स' और चीनी मिट्टी के खिलौने और बर्तन और फूलदान भी बनाने लगे हैं।

फिर भी, कृष्णनगर के कुम्हारों ने अपनी परंपरागत शैली के खिलौनों का व्यवसाय छोड़ा नहीं है और अपने शिल्प को आधुनिकता के 'गलत' मोह में आकर विकृत नहीं होने दिया है।

यों, मुझे कुम्हार टोली में रहने वाले कृष्णनगर के एक युवक खिलौने बनाने वाले ने बताया कि उनकी समस्याएं इतनी विचित्र हो गई है कि खिलौनों के व्यवसाय को अधिक दिनों तक कायम नहीं रखा जा सकता है। रबर और प्लास्टिक के सस्ते और टिकाऊ खिलौनों के आगे लोकसंस्कृति को कौन पूछता है? और आज के बच्चे भी प्लास्टिक के हवाई जहाज और टीन की बंदूक की मांग करते हैं—मिट्टी की बनी षष्ठी देवी, प्यादे और बरकन्दाज, मयूरपंखी नाव और ऊंची तोंदवाले गृहस्थ जोड़े की कोई कीमत नहीं रह गई है।

वैसे, यह विश्वास नहीं होता है कि लोकशिल्प की यह प्राचीन परंपरा और लोकमानस की यह ग्रामीण ('ग्राम्य' नहीं) अभिव्यक्ति अब बीत जाएगी। फ्लिन्डर्स पेट्री ने लिखा है कि भारतीय स्त्रियों के तेराकोटा और धनकुबेर की बैठी हुई मूर्तियां (ये दोनों 'पुतुल' कृष्णनगर के विशिष्ट खिलौने हैं) मेम्फिस के कारीगरों के घरों में पाई गई है। डी. एच. गौर्डन का कहना है कि बंगाल की मिट्टी के खिलौनों ने भूमध्य-सागर के पूरब के सभी देशों के शिल्पियों को प्रभावित किया है। इसीलिए, विश्वास नहीं होता है कि जिन खिलौनों का प्रभाव इतना व्यापक रहा है, उनका अस्तित्व इतना शीघ्र समाप्त हो जाएगा।

—धर्मयुग, 05.08.1962

सांस्कृतिक प्रसंग

डी. एच. लॉरेन्स के महाकाय उपन्यास 'लेडी चैटर्लीज लवर्स' (जो अभी पिछले दिनों तक अमरीका में प्राप्त नहीं था) के बाद ब्लादीमीर नोबोकोव की 'लोलिता' ही ऐसा उपन्यास है, जिस पर अंतर्राष्ट्रीय वाद-विवाद चले हैं, और हर दो व्यक्ति इसकी श्लीलता-अश्लीलता के बारे में दो अलग-अलग रायें देते रहे हैं। फ्रांस जैसे उदार (कम से कम 'नग्नता' के विषय में) देश ने ही सबसे पहले, 'लोलिता' के लिए अपने देश के दरवाजे बंद कर लिए, यह वाकई आश्चर्य का विषय था। जब कि समकालीन फ्रांस में ही फ्रैंकोइज़ सागां की 'बोंजुर ट्रिट्सी', 'अन सर्तेन सॉरिर', 'डैंस अन मौइज, डैंस अन ऐन', 'एमिज-वॉस ग्राह्मस्' जैसी किताबें बिकती हैं। लाखों-लाख की संख्या में बिकती हैं। अगर 'लोलिता' का वृद्ध नायक अपनी कम-उम्र बेटी से प्यार करता है और यौन-संबंध रखता है, तो फ्रैकोइज़ सागां के आत्मवृत्तात्मक उपन्यास 'बोंजुर ट्रिट्सी' और 'अन सर्तेन सॉरिर' की कम-उम्र नायिका भी अपने वृद्ध पिता से प्यार करती है और यौन-संपर्क रखती है।

अपनी इस टिप्पणी में मैं नोबोकोव या सागां पर रुकना नहीं चाहता हूं। मैं यह कहना चाहता हूं कि श्लीलता-अश्लीलता के सवाल को लेकर आज विश्व के अक्सर देशों के लेखक और आलोचक बड़ी उलझन में पड़ गए हैं—और, ऐसी सीमा-रेखा खींचना कठिन हो गया है, जो साहित्य और 'पोर्नोग्राफी' को दो अलग-अलग भागों में बांट सके। उदाहरण के लिए, मैं ब्रिटेन के विश्वप्रसिद्ध, समकालीन मासिक पत्र 'एन्काउंटर' (स्टीफेन स्पेंडर और मेल्विन जे. लास्की द्वारा संपादित) के हाल के अंकों में प्रकाशित कतिपय रचनाओं की ओर इस स्तंभ के पाठकों का ध्यान आकर्षित करना चाहूंगा।

एन्काउंटर—77 (फरवरी 1960) में ख्यातनामा कवि एलेन रॉस की तीन कविताएं 'थ्री पोएम्स फ्रॉम साउथ एफ्रिका' के शीर्षक से छपी हैं। ये तीन कविताएं हैं, 'इन ब्लोमफोन्टेन', 'एट अम्लांगा', और 'समटाइम नेवर'। 'एट अम्लांगा', की अंतिम सात पक्तियां हैं :

> And she, loosening her sari,
> Cinnamon, leans from the silk,

Darling, Let's not talk
Now, hurry--
The sugarcane shielding
Her yielding
To him, surf at their elbow booming.

इन पक्तियों का क्या अर्थ है? ये पक्तियां किस उद्देश्य से लिखी गई हैं? क्या इन्हें किसी प्रकार श्लील कहा जा सकता है?

अभी हाल के ही प्रकाशित अपने कविता-संग्रह में हिन्दी की एक नवोदित कवयित्री ने 'समानांतर सुने' कविता में इस प्रकार का भाव प्रकट किया कि उसका प्रियतम आए और बिस्तरे में घुसकर उसके साथ सामानांतर रूप से ऐसा गीत रचे जिसमें शब्द नहीं हो, केवल क्रिया हो...तो इस कविता को यौन-विकृति का उदाहरण और इस कवयित्री को कुण्ठाग्रस्त मानकर सामयिक पत्र-पत्रिकाओं में काफी शोर-गुल मचाया गया था। समीक्षकों ने लिखा था कि ऐसी कविताएं ही आधुनिक नई कविता को बदनाम करती हैं। मैं इन समीक्षकों के सामने एलेन रॉस की उपर्युक्त पंक्तियां रखता हूं, और पूछता हूं कि उक्त कवयित्री द्वारा बिस्तरे पर समानांतर सुनने की दुर्दांत इच्छा अगर अश्लीलता है, विकृति है, तो फिर यह पंक्ति 'गन्ने का डंडा उसके समर्पण को ढकता है' क्या है? गन्ने से किस वस्तु की उपमा दी गई है? 'सिनेमोन अपनी साड़ी ढीली करके सिल्क से बाहर उतरती है' क्यों लिखा गया है?

एन्काउंटर-76 (जनवरी 1960) में नवयुवक रूसी लेखक अब्राम टेर्ज का लघु उपन्यास 'द ट्रायल विगिन्स' प्रकाशित किया गया है। उपन्यास के अध्याय दो में सिर्फ़ इस दृश्य का विस्तृत वर्णन किया गया है कि सुंदरी नायिका मैरिना किस तरह सारे कपड़े उतारकर आइने के सामने, नंगी, निपट नंगी खड़ी हो जाती है, और अपने स्तन, अपनी जांघें, अपनी कमर, अपना नितंब देर तक निहारती-जांचती रहती है। मैरिना कभी झुकती है, कभी घुटनों के बल बैठती है, कभी बच्चों की तरह पंजों और घुटनों के बल पर कमरे में फिसलती है। पंक्तियां गवाह हैं–

> The width of her shoulders balanced that of hips. In profile, the line from breast to buttock formed an 'S' : the sinusoid of her torso...she rubbed her breasts, twisted her neck, and massaged her stomach...Her indecent pose brought out the graceful curve of her back. आदि-आदि।

एन्काउंटर-78 (मार्च 1960) के अंक में रेनॉल्ड्स प्राइस ('लंदन-रहस्य' का विश्व प्रसिद्ध लेखक 'रेनाल्ड' नहीं!) की लंबी कहानी 'वन संडे इन लेट जुलाई' छपी है। इस कहानी के कितने ही अंश पेश करने लायक हैं, मैं केवल तीन ही वाक्य पेश करता हूं–

> She pulled her dress even higher and showed—to herself, to any passing bird—the tender blue inside her thighs that had barely seen the light all summer. Seemed a pity—even to her—having that firmness and keeping it hid (unless she went to Ocean View and showed it to every sailor on the sand) "Well, you are saving it, honey, till the right time comes", she said.

अब्राम टेर्ज की नग्नदेहा नायिका का 'प्रोफाइल' और the line from breast to buttock formed an 's' और रेनॉल्डस प्राइस की नग्नदेहा नायिका का मनस्ताप, और the tender blue inside her thighs का क्या अर्थ है? अर्थ से मेरा मतलब भावार्थ नहीं है, बल्कि उद्देश्य है। ये पंक्तियां क्यों लिखी गईं...लिखी गईं तो इसे साहित्य की किस कोटि में रक्खा जाएगा...क्या यह श्लील है...या अश्लील है...या वीभत्स है...विकृति है...पोर्नोग्राफी...

पोर्नोग्राफी! इस शब्द पर आकर मुझे रुक जाना पड़ता है। रुक जाने का कारण है। शब्दकोष के अनुसार पोर्नोग्राफी का अर्थ है वेश्याओं और वेश्यावृति के कार्य का चित्र या वर्णन; किंतु, व्यवहार में पोर्नोग्राफी का अर्थ कामोद्दीपक चित्र या वर्णन लिया जाता है। अश्लील उसे ही कहते हैं, जिसे देखने या पढ़ने से शारीरिक यौन-उत्तेजना पैदा हो—पोर्नोग्राफी भी इसे ही कहेंगे।

किंतु ऐसी स्थिति में अश्लील या पोर्नोग्राफी दोनों शब्दों के अर्थ अत्यंत ही सापेक्ष (relative) हो जाते हैं—क्योंकि यह बात केवल रचना पर ही निर्भर नहीं करती है, उस व्यक्ति की मानसिक शक्ति पर भी निर्भर करती है कि वह किस प्रकार की रचना से उत्तेजित होता है। समाज में विभिन्न प्रकार और स्तर के लोग हैं ऐसे भी लोग हैं, जो वाल्मिकीय रामायण के वर्षावर्णन 'दर्शयन्ति शरदन्नद्यः पुलनानि शनैः शनैः। नव-संगमस्त्रीड़ा जघनानिव योषित' का पाठ करके भी कामोत्तेजित हो जाते हैं और ऐसे भी लोग हैं, जो वात्स्यायन का संपूर्ण कामसूत्र जीवन भर छात्रों को पढ़ाते-पढ़ाते रहकर भी सभी शारीरिक पिपासाओं से मुक्त रहते हैं। यानी, किस वाक्य से, किस चित्र से, किस घटना से किस व्यक्ति को कब कामोत्तेजना होगी—इसका कोई निश्चित सिद्धांत या मानदंड अच्छे-से-अच्छे मनोवैज्ञानिक भी नहीं बना सकते हैं।

कोई भी ऐसी पंक्ति नहीं लिखी जा सकती है जिसे पढ़कर किन्हीं दस व्यक्तियों में से पांच व्यक्ति भी कामोत्तेजित हो जा सकें। इस बात के कई कारण हैं। एक प्रमुख कारण यह भी है कि मनुष्य हर वक्त उत्तेजित नहीं हो सकता। एक ही चित्र किसी खास क्षण में उसे पागल कर सकता है, और किसी दूसरे क्षण में कुछ भी असर नहीं कर सकता। एक ही नारी किसी खास अवसर पर उर्वशी-रम्भा लग सकती

है, किसी और अवसर पर नारी भी नहीं। क्योंकि मनोविज्ञान के अनुसार, हम तभी उत्तेजित होते हैं, जब हमारे अनकान्शस में उत्तेजित होने की इच्छा विद्यमान रहती है। खैर, मुझे मनोविज्ञान की उपलब्धियों से अपनी बात सिद्ध नहीं करनी है, मुझे इतना ही कहना है कि श्लील-अश्लील का प्रश्न अत्यंत सापेक्ष प्रश्न है, और इसे आम तौर पर जिस ढंग से देखा जा रहा है, नहीं देखा जाना चाहिए।

आज का मनुष्य इतना बहुरूपीय और जटिल और व्यस्त जीवन बिता रहा है कि उसे किताबें पढ़कर उत्तेजित होते रहने का अवकाश नहीं है (चंद ऐसे भाग्यशाली स्त्री-पुरुषों को छोड़कर जो इतनी फुरसत में हैं कि केवल समय काटने के लिए किताबें पढ़ते हैं या ड्राइंगरूम को सजाने के लिए वान गौग और मैतिसी की तस्वीरें टांगते हैं)।

इसी संदर्भ में मुझे द्वारिका प्रसाद के उपन्यास 'घेरे के बाहर' की याद आती है, उसे भी अश्लील करार देकर जब्त कर लिया गया (हालांकि उस पर परम 'वैष्णव' कवि सुमित्रानंदन पंत की प्रशंसात्मक सम्मति छपी थी)। 'घेरे के बाहर' को क्यों अश्लील कहा गया? क्या इसीलिए कि सरकारी अधिकारियों को लगा कि इस उपन्यास को पढ़कर उन्हें यौन-उत्तेजना होने लगी? अगर ऐसी बात है, तो मैं तो यही कहूंगा कि ऐसी किताबें जब्त करने से पहले ऐसे अधिकारियों को अपना मानसिक-शारीरिक इलाज करवाना चाहिए। यह वाकई बड़ी ही करुणा का विषय है कि किसी किताब में किसी स्थिति या वस्तु के वर्णन को पढ़कर कोई उत्तेजित हो जाए।

अगर कोई बालक फिल्म के पर्दे पर शेर को दहाड़ते देखकर भय से चीख उठता है, तो हम उसे सिर्फ़ इसीलिए क्षमा कर देते हैं कि वह बालक है, उसका मस्तिष्क विकसित नहीं हुआ है। इसी तरह, अगर हम किसी पुस्तक में लिखे किसी वर्णन को पढ़कर काम-पीड़ित हो जाते हैं, तो क्या यह हमारे मानसिक अ-विकास का सबूत नहीं है?

दरअसल बात यह है कि लेखक लिखते वक्त अपने पात्रों, वर्णनों, स्थितियों, घटनाओं के प्रति पूर्णतः तटस्थ रहता है—इन वस्तुओं का व्यवहार उसी प्रकार करता है, जैसे कोई कारीगर अपने हथौड़ों और छेनियों का व्यवहार करता है—लेखक का उद्देश्य होता है अपनी कृति का सौंदर्य, अपनी कृति की पूर्णता; और इस सौंदर्य और पूर्णता के सामने कृति के विषय की श्लीलता-अश्लीलता का तनिक भी महत्त्व नहीं है।

श्लीलता और अश्लीलता नहीं होती है। कम-से-कम, रचना में नहीं होती है। उपर्युक्त एलेन रॉस की कविता में अश्लीलता नहीं है, नग्नता है। यह नग्नता कामोद्दीपन के लिए नहीं, यह नग्नता इसलिए है कि अफ्रीका के पुरुष-स्त्री भी आदिम नग्नता (जो गंदगी नहीं है, पवित्रता है, सौंदर्य भी है!) का जीवन बिता रहे हैं।

‘सिनेमोन सिल्क से बाहर उतरती है (और कहती है) प्रियतम, बातें नहीं करो अब, शुरू करो...’

इन पंक्तियों का यह देह-आवाहन किसी प्रकार भी अश्लील नहीं है, नग्न जो हो, प्रकृत जो हो। और अगर हम खजुराहो की नग्न प्रतिमाओं को अपनी संस्कृति की महानतम अभिव्यक्ति मानकर स्वीकार कर सकते हैं, तो हमें सिनेमोन के सिल्क से बाहर उतर आने को भी स्वीकार करना ही होगा।

लारेन्स के ‘लेडी चैटर्लीज लवर्स’ या नोबोकोव के ‘लोलिता’ को जब्त करने वालों के साथ असली मुसीबत यही है कि वे नग्नता को अश्लीलता समझ बैठते हैं।

—ज्योत्स्ना

चित्रकला : अरूपवादी पद्धति

अरूपवादी चित्रकला के संबंध में ज्यां सेरोन ने लिखा है, ''अक्सर लोग पूछते हैं, आधुनिक चित्रकला क्या है, इसका उद्देश्य और अर्थ क्या है? एक विख्यात चित्रकार से पूछा गया कि गया वह अपने चित्रों का अर्थ बता सकता है—तो, चित्रकार ने उत्तर दिया कि अगर वह शब्दों की सहायता से अपने चित्रों का अर्थ बता सकता, तो फिर उसे चित्र आंकने की क्या आवश्यकता थी? चित्रकला की अपनी अलग भाषा है, रंग और रेखाओं की भाषा—और, जो दर्शक या आलोचक यह भाषा नहीं समझता है, उसे किसी भी अन्य भाषा के द्वारा चित्र का अर्थ नहीं बताया जा सकता है।''

ज्यां सोरेन की यह बात चित्रकला की अन्य शैलियों के संबंध में चाहे न हो, अरूपवादी शैली के विषय में शत-प्रतिशत सही निकलती है। अल्प चित्रों का कोई अलग अर्थ, कोई अलग उद्देश्य नहीं होता है, इसीलिए। अरूप चित्र प्रकृति से अथवा मानवीय उत्पादनों से कोई भाव ग्रहण नहीं करते—और तब, यह वाकई, बड़ा ही अजीब लगता है कि अरूपवादी चित्रकला को अंग्रेजी में 'एब्स्ट्रेक्ट आर्ट' कहा गया है।

अंग्रेजी भाषा के इस क्रिया-पद, 'एब्स्ट्रेक्ट' का अर्थ होता है किसी वस्तु विशेष से यह तत्त्व या भाव निकाल लेना, खींच लेना, आत्मसात कर लेना, जो पहले उसमें था। इस अर्थ के अनुसार तो कला की सारी शैलियां (मात्र एक अरूपवाद के अलावा) किसी न किसी हद में प्रकृति से और मानवीय उत्पादनों से कोई तत्त्व या भाव निकाल देती है, और बचे हुए को सहर्ष स्वीकार कर अपनी सीमाओं के अनुसार कलाकृति प्रस्तुत करती है। किसी दृश्य या वस्तु को कोई कलाकार कितना भी सजग रह कर उसके एकदम सही रूप में क्यों न अंकित करना चाहे, कोई न कोई सूक्ष्म अंश अवश्य ही उसकी आंखों में नहीं पड़ेगा और अंकित होने से छूट जाएगा। फिर यह भी है कि अक्सर कलाकार जान-बूझकर कोई एक या कई अंश छोड़ देता है, और उतना ही अंश अपने चित्र में ग्रहण करता है, जितना कि उसके अर्थ और उद्देश्य की पूर्ति के लिए आवश्यक होता है।

पंद्रहवीं-सोहलवीं शताब्दी के फ्लेमिश और जर्मन यथार्थवादी चित्र-शिल्पी ऐसे ही कलाकार थे। रिनासां-काल के इतालवी शिल्पियों ने एक नए प्रकार के 'एब्स्ट्रेक्शन' का उद्घाटन किया। यह नया अरूपवाद त्याज्य-आकारों की एक सिन्थेसिस थी, जिसके माध्यम से वे किसी ऐसे परम सुंदर चेहरे या दृश्य का चित्र आंकते थे, जो किसी भी व्यक्ति के चेहरे या प्रकृति के किसी भी दृश्य से अधिक सुंदर माना जाता था—अर्थात्, उनके चित्र में उक्त चेहरे या दृश्य को (हालांकि उसका आधार कोई व्यक्ति या कोई प्राकृतिक दृश्य ही होता था) प्रतिवादी अरूपवाद की शैली में अंकित करके, अधिक सुंदर आकृति देने की चेष्टा की जाती थी, प्रकृति से भिन्न आकार देने का प्रयत्न किया जाता था।

रिनासां-काल के इन चित्रकारों ने भी अरूपवाद की यह आरंभिक शैली, बहुत अंशों में, ग्रीक कलाकारों से विरासत में पाई थी। प्रकृति या मानव-निर्मित विश्व को स्वेच्छानुसार अंकित करने की भावना से ही अरूपवाद की शुरुआत होती है। सर जोशुआ रेनॉल्ड्स ने तो अपने 'डिस्कोर्सेस' के दसवें खंड में यहां तक लिखा है कि यह भावना ही 'अरूपवादी शैली का विज्ञान' है।

रूप-सज्जा और वस्तु-शृंगार के इतिहास में, और इतिहास-पूर्व तथा आदिम जातियों की कलाओं में हमें सभी प्रकार की अरूपवादी शैली के आरंभिक उदाहरण मिलते हैं। ग्रीकों के 'मोतिफ़' और स्कैंदिनेवियन तथा केल्टिक जातियों की अंतर्ग्रथित मालाकार वस्तु-सज्जा में; अफ्रिका, पूर्वी द्वीपसमूहों तथा पुरातनकालीन चीन की मूर्त्तिकला की ज्यामितीय अरूपवादी शैली; वस्तु-शृंगार के लिए अरब तथा मध्यपूर्वीय देशों में व्यवहृत हस्तलेखों में—किसी न किसी रूप में हमें प्राचीन काल की अरूप-कला के उदाहरण मिलते हैं।

इसीलिए यह कहने में कोई हानि नहीं है कि अरूपवाद कला की कोई एकदम नई शैली नहीं है, हां, इतना निश्चित है कि पाश्चात्य देशों के कला इतिहास में अरूपवाद को इतना 'निश्चित' और 'प्रखर' प्रश्रय बीसवीं सदी के प्रारंभ से पहले नहीं दिया गया था। पाश्चात्य परंपरा के यथार्थवादी और शास्त्रीय (एकेदमिक) दोनों प्रकार के चित्रशिल्पी अपने को 'प्रकृति' के समीप ले जाते हैं, दोनों ही प्रकृति के सत्यों को अपनी कृतियों का आधार मानते हैं—किंतु, यथार्थवादी शिल्पी प्रकृति के किसी एक खंड को, किसी एक घटना को निष्ठापूर्वक अपनी रचना में उतारने की चेष्टा करते हैं; और, शास्त्रीय शिल्पी अपनी कृतियों में प्रकृति को साधारण भाव से लेते हैं और दृश्य का जो अंश उन्हें आवश्यक लगता है, ग्रहण करते हैं, आवश्यक नहीं लगता है, हटा देते हैं। इस प्रकार, शास्त्रीय कला अरूपवाद के अधिक समीप अवश्य है, फिर भी यह अरूपवाद नहीं ही है। अपनी पूरी निष्ठा और पवित्रता में, बीसवीं सदी की अरूपवादी कला प्रकृति के परंपरागत रूपों (अर्थात् प्रकृति को जिस तरह अब तक

चित्रकला की विभिन्न शैलियों में ग्रहण किया जाता रहा था) का संपूर्णतः अपनी कृतियों से बहिष्कार करती है—इसके साथ ही चित्र की विषय-वस्तु के विषय की सारी प्राचीन मान्यताओं का भी बहिष्कार करती है। परम्परा यही है कि किसी भी चित्र का विषय कोई प्राकृतिक दृश्य, कोई प्रतीक, आदि ही हो। अरूपवादी कला का विषय कोई भी समकालीन या ऐतिहासिक स्वरूप नहीं हो सकता। इसीलिए, एक ओर यह 'विशुद्ध' अरूपवाद 'स्पेक्ट्रम' रंगों और संक्षिप्त तथा प्रलम्बित, ज्यामितीय आकृतियों के मिश्रण की शैली बन जाती है। इसे अरूपवाद की शास्त्रीय या बुद्धिगत स्थापना कह सकते हैं। दूसरी ओर अरूपवादी कला संपृक्त वायोमॉरफिक आकारों और हस्तलेखीय विस्तारों से निर्माण की गई अस्पष्ट, अप्रकट, चित्रीकृत, नवीन ऑर्गेनिज्म है। रंगों में आवश्यक नहीं है कि स्पेक्ट्रम विशुद्धता हो ही, किंतु इनका उपयोग रागात्मक उत्तेजना को बढ़ाने के लिए किया जाता है। इसे अरूपवाद की रोमांटिक या अभिव्यक्तिवादी स्थापना कह सकते हैं।

अरूपवाद के इन दोनों किनारों, शास्त्रीय स्थापना और रोमांटिक स्थापना के बीच अरूपवाद प्रकृतिगत आकृतियों को अभिव्यक्ति देने से ही कम या अधिक मात्रा में संबंधित रहा है। किंतु, अरूपवाद की परिधि में आकर प्रकृतिगत आकृतियां भी नए चेहरे पहन लेती हैं, जहां उनका मूल रूप ढूंढना बहुत ही कठिन हो जाता है। साधारण रूप में बीसवीं सदी की अरूपवादी कला में मनुष्य या पशुओं की आकृति, प्राकृतिक दृश्य, मानव-निर्मित वस्तुओं, आदि किसी भी आकार का बहुत ही नगण्य और महत्त्वहीन स्थान रहा है। अरूवादी चित्र-शिल्पी भले ही इन वस्तुओं से प्रेरणा ग्रहण करता हो, इन वस्तुओं को अपनी रचना का आधार बनाता हो, मगर अरूप-चित्र किसी भी अंश में प्रस्तुत नहीं करता। वास्तव जगत की सारी आकृतिगत सीमाएं यहां खंड-खंड हो जाती हैं।

'एब्स्ट्रेक्ट आर्ट' के अर्थ को 'अरूपवादी कला' शब्द ही अधिक स्पष्ट रूप में प्रकट करता है क्योंकि 'एबस्ट्रेक्ट आर्ट' किसी प्रकार भी प्रकृति से और जड़ जगत से कुछ भी एब्स्ट्रेक्ट नहीं करता है; अपितु, एकदम नए और अ-पूर्व आकार को स्थापित करता है। दरअसल, 'एब्ट्रेक्ट' विशेषण से ब्राक या पिकासो की क्यूबिक-कलाकृतियों को विभूषित किया जाना चाहिए था—क्योंकि, कला की क्यूबिक-शैली में ही प्रकृति से कुछ अंश ग्रहण किए गए हैं, और अधिकांश को छोड़ दिया गया है। हेरोन ने अपनी पुस्तक, 'चेंजिंग फॉर्म्स ऑफ आर्ट' में शराब के ग्लास के उदाहरण से इस तथ्य को विस्तार दिया है। शराब के ग्लास को चित्रित करते वक्त क्यूबिस्ट चित्रकार उसकी पारदर्शिता, उसके अंदर रक्खी शराब, उसके चिकनेपन, उनकी पॉलिश, उनके रंग आदि को छोड़ देता है—और, तब लगता है कि जैसे शराब का ग्लास शीशे का नहीं होकर, लकड़ी का हो। यह आकार-परिवर्त्तन ही आधुनिक

अरूपवादी चित्रकला की दिशा में क्रांतिकारी परिवर्तन था।

सेजाने के चित्रों में हम पाते हैं कि उसने वास्तव जगत और प्रकृति के दृश्यों और आकारों को अतिरंजित या परिवर्त्तित करके अंकित किया है—फिर भी, उसके चित्रों में ऐसा कुछ अवश्य रहता है जो हमें चित्रित वस्तु की वास्तविक आकृति का आभास देता हो। सेजाने कितनी भी इच्छा करके यथार्थ आकार के प्रति अपने मोह को तोड़ नहीं सका। किंतु क्यूबिस्टों में आकर यह मोह टूट गया। उन्होंने वास्तव को भी अपनी कल्पना, अपने रूमानीपन का प्रखर आधार दिया, और इस बात की अधिक परवाह नहीं की कि यथार्थ के प्रलंबन या प्रसार से यथार्थ अधिक कुरूप हो जाएगा (आकार की दृष्टि से कुरूप) या अपने रूप को ही समाप्त कर देगा। फिर भी, यह सच है, कि ब्राक या पिकासो कला के इस सिद्धांत से कि अंततः किसी न किसी रूप में, किसी न किसी शैली में, किसी न किसी शिल्प व्यवस्था में यथार्थ और वास्तव को ही अंकित किया जाए—अपने को एकदम अलग नहीं कर सके। इसीलिए, उनके चित्रों के विषय वही रहे जो क्यूबिज्म-पूर्व कलाकारों के विषय थे। ब्राक और पिकासो और उनकी शैली के समकालिक चित्र-शिल्पियों ने भी किसी 'स्टिल लाइफ', किसी नारी-आकृति, किसी पशु-पक्षी, किसी रेस्तरां के दृश्य, किसी नगर, किसी व्यक्ति, किसी वास्तविक घटना को ही अपनी कृति का विषय बनाया। यह अवश्य है कि ये विषय इनकी परंपरा में आकर नवीन अर्थ और नवीन चेतना ग्रहण कर सके—किंतु इतना तय है कि विषय-वस्तु से मुक्ति इन्हें नहीं मिली।

अब पिछले चालीस वर्षों से क्यूबिज्म भी एक इतिहास बन गई है, और कला की एक नई शैली सामने आई है, जिसे 'विशुद्ध' अरूपवाद की संज्ञा दी जाती है। अरूपवाद में आकर चित्रकला को विषयवस्तु और अर्थपरकता से संपूर्ण मुक्ति मिली है। इस शैली के प्रारंभिक उद्घाटकों को पेरिस की तत्कालीन चित्रकला शैली से अधिक संबंध नहीं था, हालांकि अधिकांश यूरोपीय कला-आलोचक अरूपवाद को पेरिस से ही संबंध करके देखते हैं। 'कंस्ट्रक्टिविस्ट' चित्र-शिल्पियों ने, नैम गावो और उसके भ्राता एन्टीने पेव्सनर ने, और पीट मौन्ड्रेन, बेन निकोल्सन और वैसिली कैन्डिस्की ने अरूपवादी चित्र शैली को स्वरूप और विस्तार दिया है। इन पांचों चित्र-शिल्पियों में इस बात की गहरी समानता थी कि ये सभी संपूर्ण रूप से अरूप-चित्रों के कलाकर थे, इनकी कला में विषयवस्तु की वास्तविकता का लेश मात्र भी स्थान नहीं था। इन्हीं की कला में आकर सर्वप्रथम ऐसे चित्रों को स्थान मिला, जिन्हें किसी वस्तु से साम्य नहीं किया जा सकता था। और, इसीलिए, हालांकि, गाबो और पेव्सनर क्यूबिक-आकारों को छोड़ नहीं सके थे, इन्हें क्यूबिस्ट कलाकार नहीं कहा जा सकता था।

द्वितीय महायुद्ध के पहले ही ब्रिटेन में अरूपवादी चित्रकला अपनी जड़ें जमा

चुकी थी, लेकिन रूपवादी क्यूबिस्ट चित्रकारों के विराट प्रभाव के कारण जर्मन आधिपत्य के समय तक फ्रांस में अरूपवाद का बहुत कम ही प्रसार हुआ था। 1985 तक फ्रांस में क्यूबिज्म कंस्ट्रक्टिज्म को खड़े होने की जगह नहीं दी; अरूपवाद को ठहरने नहीं दिया। लेकिन अब ये महान रूपवादी चित्र-शिल्पी—पिकासो, ब्राक, मैतिसी, लेगर, ग्रिस—पीछे पड़ गए हैं, और फ्रांस में भी अरूपवादी शिल्पियों की नई पीढ़ी निरंतर विकास कर रही है।

संयुक्त राष्ट्र में अरूपवाद का विकास सबसे अधिक हुआ है। इसका एक प्रमुख कारण यह है कि संयुक्त राष्ट्र में जब चित्रकला के प्रति बुद्धिजीवियों की रुचि बढ़ने लगी, उस समय यूरोप की, फ्रांस, इताली, जर्मनी, रूस, ब्रिटेन की चित्रकला अपने सामयिक विकास के शिखर पर थी। इसीलिए, उस विकास को सही अर्थ में ग्रहण करके संयुक्त राष्ट्र के शिल्पियों ने अपनी चित्र-कला को और भी आगे बढ़ाया—और, फोटोग्राफी की उन्नति और प्रसार के कारण उन्हें यह अच्छा न लगा कि वे अपनी कला को भी सदैव प्रकृति की दासी बनाए रक्खें।

यह संयुक्त राष्ट्र में अरूपवाद के विकास का कारण ही नहीं, यूरोप में अरूपवाद के विकास का कारण भी यही है। विज्ञान के विकास के साथ ही कलाकारों ने यह अनुभव किया कि अगर वे अपनी शैली और अपने शिल्प को प्रकृति में ही सीमित रहने देंगे, तो कला का जीवित रहना संभव नहीं होगा। संभव इसलिए नहीं होगा कि विज्ञान की सहायता लेकर मनुष्य-जाति प्रकृति के सभी बंधनों से मुक्ति पा रही है, प्रकृति की सारी सीमाओं को तोड़ रही है। ऐसी हालत में चित्रकला प्रकृति पर आश्रित रह जाए, तो उसकी मृत्यु हो जाएगी।

इसके अलावा, अरूपवादी चित्र-शिल्प ने कतिपय यथार्थवादी और रिप्रेजेन्टेशनैलिस्ट चित्र-शिल्पियों को इसलिए प्रभावित किया कि वे अपनी कला को रंग, रेखा और स्थान के माध्यम से ऐसी भाषा, ऐसी अभिव्यक्ति देना चाहते थे, जिसे सभी देश, सभी काल, सभी परिस्थिति के लोग समझ सकें। अरूपवाद के सिवा और कहीं ऐसा संभव नहीं था।

अरूप-चित्र किसी भी देश, काल, परिस्थिति की सीमा से मुक्त-विमुक्त है। ये चित्र विषय मुक्त हैं। अरूपवादी चित्रकार वाह्य जगत की सारी सीमाओं को, वस्तुओं और दृश्यों को भूलकर अपनी आत्मा, अपने अचेतन, अपने अस्तित्व में प्रवेश करता है, और तब एक नए रूप, नए अस्तित्व को अपने अरूप-चित्र में प्रस्तुत करता है।

लेकिन इतनी बातों के बावजूद लोग पूछते हैं कि अरूपवादी चित्रों का अर्थ क्या है—और अगर कोई अर्थ नहीं है, तो 'डेकोरेटिव डिजाइन' और 'एब्स्ट्रेक्ट डिजाइन' में फर्क क्या है? यह तय है कि अरूपवादी चित्रों की कोई वस्तुगत व्याख्या नहीं की जा सकती है—लेकिन, यह मात्र डेकोरेटिव डिजाइन नहीं है, कलाकृति है, यह समझने के

लिए और समझकर इसका आनंद उठाने के लिए कला के सिद्धांतों और कला के इतिहास और कला की वर्त्तमान शैलियों का विस्तृत अध्ययन करना आवश्यक है। अगर, विज्ञान के जटिल सिद्धांतों और उसकी वर्त्तमान उपलब्धियों को समझने के लिए शास्त्रीय ढंग से विज्ञान का अध्ययन करना आवश्यक है, अनिवार्य है—तो, फिर ऐसा क्यों मान लेते हैं कि कलाकृतियों को समझने के लिए किसी शिक्षा और ज्ञान की आवश्यकता नहीं है? अगर रेडियो-सेट विज्ञान नहीं है, रेडियो-सेट के बनाए जाने का सिद्धांत-सूत्र ही विज्ञान है; तो कलाकृति भी कला नहीं है, कलाकृति के जन्म के पीछे छिपी हुई कलाकार की मान्यताएं और उपलब्धियां ही कला है—और, कलाकृति को समझने के लिए उन मान्यताओं और उपलब्धियों को समझना आवश्यक है।

—युयुत्सा, अगस्त-1967

लोकनृत्य : एक सांस्कृतिक अभिव्यक्ति

आप शहर में रहते हैं। शहर में नहीं भी रहते हैं, तो आपके कार्यों और स्थितियों का केंद्र शहर में है। लोग कहते हैं, भारत गांवों का देश, भारत की सभ्यता गांवों की सभ्यता है—मगर, ऐसा कहने में अब कोई आकर्षण नहीं रह गया है, क्योंकि हम, आप, सभी शहर में हैं, शहर की तरफ हैं। और, शहर की अपनी सीमाएं होती हैं। यांत्रिक जीवन-पद्धति, और अवकाश के अवसरों का अभाव, और विज्ञान-प्रदत्त सुविधाएं, और लोक-जीवन समूह-जीवन (Community life) की मृत्यु, और व्यक्ति नहीं, सिर्फ़ मशीन, और मशीनों की आवाज। मशीनों की आवाज, और मशीनों में विज्ञान की आवाज, वैज्ञानिक संस्कृति के नए संस्कारों की आवाज...।

आप शहर में रहते हैं। शहर में नहीं भी रहते हैं, तो आपको शहर ने चारों ओर से जकड़ रखा है। और, अब आप अपने संपूर्ण कार्य-कलापों को संपूर्ण चिंताओं को संपूर्ण अभिव्यक्तियों को अपनी शहरी जिंदगी का परिणाम बना चुके हैं। इतना अवश्य है कि कभी-कभी या शायद, हरदम आपको लगता है कि आप किसी चिड़ियाखाने के किसी संकरे कठघरे में जीवन बिता रहे हैं, किसी और व्यक्ति के दरवाजे पर टंगे लोहे के पिंजरे में दिन काट रहे हैं, और 'आता है याद मुझको गुजरा हुआ जमाना, वे बाग की बहारें वो मेरा आशियाना', और आप लौट जाना चाहते हैं, किसी बाग की ओर जो उजड़ चुका है, किसी जंगल की ओर, जो जल चुका है। जिस तरह पिकासो आदिम चित्रकला की तरफ, जिस तरह ब्राक मैक्सिकन आर्ट की तरफ लौटना चाहते हैं, जिस तरह अवनीन्द्र नाथ अजंता-एलोरा की तरफ, जिस तरह यामिनी राय बंगाली भित्ति-चित्रों की लोक-कला की तरफ लौटना चाहते हैं।

आज हम आजादी की साल-गिरह मनाते हैं; तो अब भी जहां शहर की मिलों-फैक्टरियों की चिमनियों का धुआं नहीं पहुंच सका है, पेट्रोल की मटमैली गंध और ट्रेनों और बसों की भीड़ नहीं पहुंच सकी है; गांवों और जंगलों के उन इलाकों के आदिवासियों और ग्रामवासियों को बुलाते हैं और रेडियो पर उनके लोक-गीत सुनते हैं, कला भवनों में उनकी लोक-कलाओं के नमूने सजाते हैं, बडे-बड़े थिएटर-हाउसों में उनके नाच देखते हैं।

आज हम सांस्कृतिक समारोह करते हैं; और स्कूल-कॉलेजों के लड़के-लड़कियां और पेशेवर कलाकार मंच पर खड़े होकर 'रेलिया सौतिनियां पियवा के लिए चली जाए' या 'बाबा के अंगनवां कदम के गछिया, ता पर कुररई काग' गा देते हैं, और शिकारी और हिरनी का नाच, या फसल बोने और काटने का नाच नाच देते हैं; और हरजाई रेलगाड़ी पिया को लेकर चली जाती है, और कदंब के पेड़ पर कौआ बोलता रहता है कि, (आएगा, आएगा, आने वाला आएगा), और हिरनी शिकारी के पांवों के पास छटपटाती हुई मर जाती है, और फसल बो दिए जाते हैं, काट लिए जाते हैं, और पुरानी संस्कृति की रक्षा हो जाती है, नए कल्चर की सेवा हो जाती है!

मैं लोक-संस्कृति की विभिन्न अभिव्यक्तियों की बातें नहीं करके, केवल लोक-नृत्यों के विषय में बातें करना चाहूंगा। बातें इसलिए करना चाहूंगा कि देश की जनतांत्रिक सरकार से लेकर साधारण जन तक सभी व्यक्ति भारतीय लोक-नृत्यों को भारतीय संस्कृति का सबसे सुंदर और कलात्मक और सार्थक अंग मानने लगे हैं। सांस्कृतिक संस्थाओं, नृत्यकला केंद्रों, पेशादार रंगमंच और बैले-ग्रुपों के द्वारा भी लोक-नृत्यों को प्रश्रय मिल रहा है। अपने वास्तविक जीवन में न सही, जनसभाओं और सांस्कृतिक कार्यक्रमों और नाटकों और फिल्मों के मंच और प्रेक्षागृहों में हम लोक-नृत्यों को स्थान देने लगे हैं। यों, स्वाधीनता प्राप्ति के पहले ऐसी बात नहीं थी—क्योंकि, आज जिस तरह संपूर्ण देश एक सूत्र में (शासन-सूत्र में ही सही) बंधा हुआ है, आज जिस तरह सभी प्रांतों और राज्यों के लोग एक ही प्रकार की समस्याओं और सुविधाओं में हैं, वैसा पहले नहीं था। आज हमें इतनी सुविधा अवश्य है कि फिल्मों के माध्यम से ही सही, हम 'भांगड़ा' की तेज लय पर होए-होए कर सकते हैं, 'बाउल' की वैष्णव-पदावली के मीठे स्वर पर राधा रानी के प्यार के गीत गा सकते हैं।

मगर, क्या 'भांगड़ा' की यह तेज लय, और क्या वैष्णव संन्यासिनी के परंपरागत विरह-गीत हमारी संस्कृति की अभिव्यक्तियां हैं? हमारी आज की संस्कृति की अभिव्यक्तियां हैं? मादाम सिम्की या कक्कू, या हेलेन, या वहीदा रहमान, बार हाउसों की भीड़ में इस टेबुल से उस टेबुल पर नाचती फिरती हैं—एक अभिव्यक्ति यह है। और, बिहार के आदिवासी, नए साल के दिन बीच जंगल में अलाव जलाकर, अपने ही हाथों बुने गए कपड़े पहनकर, मक्खन से चुपड़े गए केशों में फूलों और मोरपंख की सजावट करके जमा होते हैं, और स्त्री पुरुषों के जोड़े बनाकर नदियों के और झरनों के और जंगलों के और फूलों के पौधों के और जानवरों के और भूतों प्रेतों के नाच नाचते हैं—एक अभिव्यक्ति यह है।

एक शहर में रहते हैं। शहर में नहीं भी रहते हैं, तो शहरी जिंदगी ने हमें हर ओर से अपने नाग-फांस में जकड़ लिया है। हम विज्ञान की सुख-सुविधाओं से

जकड़े हैं। हम उस हर चीज से जकड़े हैं, जो बिकती है, बेची-खरीदी जाती है। दुकानों के शो-केशों से, फिल्मों के पोस्टरों से, अखबारों के विज्ञापनों से, ऊंची-ऊंची बिल्डिगों के लिफ्टों से जकड़े हैं। और, तब, हम किस अभिव्यक्ति की ओर हैं? हम किस ओर हैं? मादाम सिम्की के कैबरे-नाच की तरफ? या, आदिवासी युवती के जूड़े में गुंथे जंगली फूलों की तरफ? कहना बहुत आसान है। बहुत आदर्श है, बहुत प्रिय है, बहुत रोमानी है कि हमें जंगली फूलों की गंध बड़ी प्यारी है, और हम इस गंध की रक्षा करेंगे, और इस गंध से पूरे देश की, पूरी धरती को सुगंधित कर देंगे। कहना बहुत आसान है, और इसीलिए हम ऐसा कह भी देते हैं, और ऐसा कहने को हमने फैशन बना लिया है। मगर, फैशन संस्कृति नहीं होती है!

तय है कि लोक संस्कृति फैशन बन गई है, लोक-नृत्य फैशन बन गए हैं। एयर कंडीशंड थिएटर हाउसों में बैठकर लोक-नृत्य देखना, और अखबारों के कॉलमों को उसकी प्रशंसा में रंगना हमें अच्छा लगता है। मगर, मेरे विचार से थिएटर हाउसों में देखा गया और अखबारों में लिखा गया, लोक-नृत्य नहीं है—लोक-नृत्य का कार्टून है। क्योंकि (यह भी मेरे ही विचार से) लोक-नृत्य देखने और लिखने की चीज नहीं है। लोक-नृत्य नाचने की चीज है। पंजाब के पुरुषों का नाच 'भांगड़ा' या पंजाब की स्त्रियों का नाच 'गिद्धा' नाचने की चीज है। इसे देखने और देखकर इसकी तारीफ करने की बातें इसका अपमान करना है।

खुद शामिल नहीं होकर गीत की तेज लय, ढोल और डफली, तुरही और मृदंग और नगाड़े की उठती-उभरती आवाजों, पांवों के समवेत तालों में खुद शामिल नहीं होकर लोक-नृत्य को कैसे समझा जा सकता है; समझना तो दूर इनसे कैसे आनंद या मनोरंजन प्राप्त किया जा सकता है, मैं समझ नहीं पाता।

स्वाधीनता प्राप्ति के बाद इतना ही हुआ है कि उत्सुक और इच्छुक लोगों को शहरी नर्तकों द्वारा नागा आदिवासियों के मधुमक्खी और फूलों के नाच, मिजो आदिवासियों के बांस और सीढ़ियों के नाच, मध्य प्रदेश के बोडों में 'शैला रीना' नाच; गुजरात और सौराष्ट्र के 'रास', बिहार के संथालों के शिकार के नाच, राजस्थान का 'झूमर', कुल्लू घाटी का 'नटी', कर्नाटक का 'यक्षगान', नेफा का 'दैत्य-नृत्य', शिला पहाड़ी का रुमालों का नाच, मदुरा इलाके के 'पूर्वी असम' के कठघोड़ों का नाच, हैदराबाद के बंजारों का 'लम्बड़ी नाच', और 'गरवा' और 'छई' और 'हो' और देश के इलाके-इलाके में बिखरे हुए नाच गलत और सही रूप में सांस्कृतिक उत्सवों के रंगमंच पर देखने को मिलते रहे हैं। मिलते रहते हैं। देश की सरकार इन नर्तकों को, और इन नृत्य-संस्थाओं को अनुदान और पुरस्कार देती है, और समझ लेती है कि वह देश के लोक-नृत्यों की रक्षा और विकास का पुण्य कार्य कर रही है। मगर, लोकनृत्यों की रक्षा नहीं होती है, नागरिक संस्थाओं के हाथों में पड़कर लोक-नृत्य अधिक आरक्षित हो जाते हैं। जिस तरह लोक शिल्पों के बर्तन और खिलौने और

टेराकोटा की मूर्तियां और हाथी दांत की कलाकृतियां फैक्ट्रियों में नहीं बनाई जा सकती, बनाई जाती भी हैं तो उनमें लोक शिल्पों के सौंदर्य तत्व नहीं होते हैं। रूप की वह पागल तलाश नहीं होती है—ठीक उसी तरह नृत्यों और विशेषज्ञों द्वारा स्थापित कला केंद्रों में लोक-नृत्य अपनी मूल अभिव्यक्तियां खो देता है, अपना मूल रूप खो देता है।

भारतीय लोक-नृत्यों की अपनी अलग विशेषताएं हैं, जो इन्हें लोक-संस्कृति और लोक-जीवन से जुड़ा हुआ रखती है। आज हम इन्हें संस्कृति और जीवन से तोड़कर प्रेक्षागृहों और नागरिक नृत्य उत्सवों और राष्ट्रीय समारोहों में कैद करना चाहते हैं। इस कैद में लोक नृत्य नहीं बचता है, सिर्फ़ पांव और कमर और बांहों और आंखों की हरकतें ही बच जाती हैं।

लोक-नृत्य का आधार है वह परिवेश जहां नृत्य का जन्म होता है। नदियों और पहाड़ों और जंगलों के किनारे बसे हुए गांवों में लोक-नृत्य जन्म लेते हैं। झरनों के संगीत और नई फसल की खुशी, अपने आप उगे हुए फूलों की मादक सुंगधि, पक्षियों के गीत, पहाड़ों की चोटियों पर बर्फ की सफेद चादर, बच्चों की किलकारियां, सरल हृदय युवतियों का प्यार, जातीय पर्व-त्यौहार लोक-नृत्यों को जन्म देते हैं। अचानक पहाड़ के पीछे से दल के दल बादल निकल आते हैं और धूप की गर्मी खत्म हो जाती है, और गांवों के लोग घरों से और खेतों से बाहर चले आते हैं, एक जगह जमा होते हैं, और वर्षा के आगमन के हर्ष-उल्लास में, स्वागत में गाने लगते हैं और नाचने लगते हैं। यही गाना लोक-संगीत है, यही नाचना लोक-नृत्य है; और, हम कोशिश में हैं कि वर्षा आए न आए, तन और मन जल की शीतल फुहारों में भींगे, न भींगे—हम वर्षा का स्वागत गान गाएं, वर्षा का अभिनंदन नृत्य नाचें! गाएं नहीं, गाना सुनें। नाचें नहीं, नाच देखें।

फिर मैं उसी बात पर लौट आता हूं कि नाचने की बात समझ में आती है, नाच देखने की बात, यानी लोक-नृत्य देखने की बात समझ में नहीं आती है। भरत नाट्यम् या कथकली या कत्थक के तोड़े देखे जाते हैं। यह उचित भी है, क्योंकि ये शास्त्रीय नृत्य है और इनमें कला और कलात्मक सौंदर्य की मीनाकारी की गई है। लोक-नृत्यों में कला की कढ़ाई बुनाई नहीं होती है, अपने मूल, विशुद्ध और नग्न रूप में सौंदर्य होता है। और, यह सौंदर्य उसी वातावरण, उसी परिस्थिति, उसी परिवेश में देखा और उपभोग किया जा सकता है जहां इसका जन्म हुआ है।

आकाश में उड़ते हुए हंसों की पांत, सरोबरों में तैरते हुए बत्तखों के जोड़े कितने खूबसूरत लगते हैं। लेकिन चिड़ियाघरों के कठघरे में कैद हंस और बत्तख? लोक-नृत्य हंसबलाका है, पिंजड़े में बंद पक्षी की छटपटाहट नहीं है।

वास्तव में, लोक-नृत्य व्यक्ति की खुशियों या अनुभूतियों की अभिव्यक्ति नहीं है, पूरे जनसमूह की खुशियों और अनुभूतियों और सामाजिक जीवन और सहयोग

और अनुशासन और नैतिकता और सौंदर्य-प्रेम की अभिव्यक्ति है। धार्मिक विश्वास (यह अंधविश्वास ही क्यों न हो!) और प्रकृति तथा ईश्वर के प्रति कृतज्ञता-ज्ञापन की भावना लोक-नृत्यों में प्रधान भावना होती है। समूचे देश के आदिवासी, पर्वतों और नदियों, वर्षा और देवताओं, भूत-प्रेतों और सांपों के लिए नाचते हैं, उनको प्रसन्न रखने के लिए, उनका आभार मानने के लिए। अब तक सौ, दो सौ साल पहले की जिंदगी जीते हुए सुदूर देहातों के किसान ऋतुओं और मौसम और पर्व-त्यौहारों और युद्धों और पशु-पक्षियों और खेती-बारी और फसलों के नाच नाचते हैं। इन नाचों का खास अर्थ होता है, इन नाचों में खास प्रतीक होते हैं। इन अर्थों और प्रतीकों के बिना लोक-नृत्यों का कोई अर्थ नहीं है, कोई लाभ, कोई उपयोग नहीं है।

इनके अलावा एक बात और है। लोक-नृत्य का जन्म तभी होता है, जब स्त्री और पुरुष समान जीवन, समान स्तर पर जीवन जीते हैं। लोक-नृत्य स्त्री पुरुष के सम्मिलित जीवन के सौंदर्य की अभिव्यक्ति है। और, समकालीन परिस्थिति ऐसी नहीं है। समाज के स्त्री और पुरुष बहुत अलग-अलग और बहुत असमान जीवन जी रहे हैं। और जो जीवन जी रहे हैं, उसमें इतना अवकाश भी नहीं है कि हंसने की, गाने की, नाचने की बातें सोची जाएं।

अमरीका में और न सही, मंबो और रॉक-एन-रोल और संबा तो है। अपने देश में क्या है? लोक-नृत्य नहीं है। और तब, तब क्या आवश्यकता है कि हम लोक-नृत्य के नाम पर इतिहास की यादगारें पेश करें?

—ज्योत्स्ना

इन संस्थाओं के बिना जीना संभव नहीं

लगातार दस महीनों तक बीमार होकर अस्पताल के बिस्तर में पड़े रहने के बाद आदमी परिवार अथवा समाज अथवा देश के महत्व को समझता है। अपने शरीर के महत्व को और अपने देश के महत्व को समझने के लिए बीमार होना बहुत जरूरी बात है। बेहद जरूरी बात है यह समझना, अंतिम रूप से यह समझ लेना कि इन संस्थाओं के बिना—वर्तमान मनुष्य-व्यवस्था में जीना संभव नहीं है। अर्थात मैं, राजकमल चौधरी, इन संस्थाओं के बिना जी नहीं सकता।

और यह बात एकदम अलग बहस से ताल्लुक रखती है कि मैं इनसे अलग, इनके बगैर, इनसे सारे रिश्ते तोड़कर अपनी स्वाधीन, अव्यवस्थित और 'ऊलजलूल' जिंदगी, जीना चाहता हूं—परिवार की सीमाओं से स्वतंत्र जिंदगी, समाज के नियम-कानूनों से स्वतंत्र जिंदगी देश के प्रतिश्रुतियों और प्रतिश्रुतियों से स्वतंत्र जिंदगी!

—धर्मयुग, 09.04.1967

कलाकार का अजनबीपन : एक और उत्तर

मैं व्यक्ति राजकमल चौधरी, और मैं लेखक राजकमल चौधरी—इन दोनों में कोई अलगाव या विच्छेद नहीं है। मेरा लेखक और मेरा व्यक्ति दोनों, एक ही स्तर पर, एक ही शरीर से, एक ही कारणों से एक जीवन जीते हैं। दोहरी जिंदगी की सुविधाओं से मुझे प्रेम नहीं है। वैसे, मनुष्य होना मेरी नियति थी, और लेखक मैं स्वेच्छा से, अर्जित प्रतिभा और अर्जित संस्कारों से हुआ हूं। फिर भी, मेरी नियति और मेरी इच्छाओं में कोई 'द्वैध' और कोई दुविधा नहीं है।

जो मैं हूं, एकदम वही मेरा लेखक है। जिस प्रकार जीवित रहना मेरी प्रतिश्रुति या मेरा दायित्व नहीं—उसी प्रकार लिखते रहना भी मेरी सामाजिक या राष्ट्रीय विवशता नहीं है। आत्महत्या को मैं मुक्ति की प्रार्थना कहता हूं, अपराध या पलायन नहीं मानता। लिखते रहना भी मेरे लिए स्वाधीनता है, मुक्ति है, विवशता या प्रतिश्रुति नहीं है। जीवित रहना और जीवित रहकर लिखते रहना एक अलग और निजी जीवन-दर्शन के अनुसार, मेरा धर्म है, और इसके साथ ही मेरी ममता है, मेरी करुणा है और मेरा ऐश्वर्य भी है।

इसलिए, मैं शरीर में रहकर भी शरीरमुक्त और समाज में रहकर भी समाजमुक्त हूं। जीवन से मुक्ति का प्रयास ही मेरा वास्तविक लेखन-प्रयास है।

बात को समझने के लिए एक बात और बाकी रह जाती है। जान-पहचान की एक रसिक स्त्री से मैंने अपने बारे में यह खास बात कही थी। मैंने कई दिनों से जान-पहचान के बाद उससे कहा था—मैंने अपनी जीवन पद्धति और इसी सिलसिले में अपना समाज, अपने स्वार्थ के अनुसार, अर्थात् अपने व्यक्तिगत स्वभाव के अनुसार चुना है। आपका जो समाज है, जो परिवार है, और जो देश है, वह मेरा देश-समाज-परिवार नहीं है। आप मेरे समाज में हो सकती हैं, लेकिन मैं आपके समाज में नहीं हूं!

अपने अंदर मैंने अपना समाज (देश और परिवार दोनों संस्थाओं को मैं 'समाज में शामिल कर लेता हूं।') गढ़ा है और प्रतिभा-संस्कारों से मार्जित किया है, अपने अनुभवों और अपनी एकांतिक इच्छाओं के अनुसार देव-मूर्ति की तरह स्थापित किया है। एक कम्युनिस्ट लेखक ने 'ब्रह्म' को समाज का पर्याय साबित किया है —मैं भी

उसकी यह बात (किंतु, अपनी अलग व्याख्या से) मानता हूं। समाज ही ईश्वर है, मेरा अपना ईश्वर है—वह मेरे अंदर रहता है।

वैसे, व्यवहार में, प्रत्यक्ष में सांसारिक आचार में—हमलोग इस देश में, जिसका नाम भारत या इंडिया है, इस समाज में जिसका नाम हिन्दू-समाज या ब्राह्मण-समाज या लेखक-समाज या नागरिक-समाज या कोई और समाज है, और इस परिवार में जिसमें बीमार स्त्रियां हैं, ऊबे हुए वृद्ध हैं, और अन्न और औरत की तलाश में दर-ब-दर भटकते हुए नौजवान हैं—हमलोग इस देश-समाज-परिवार में जरूर रहते हैं। इन संस्थाओं से छुटकारा पाना बहुत आसान नहीं है।

बहुत आसान नहीं है अन्न और औरत की तलाश से कटकर, अलग होकर, तटस्थ होकर अपनी अकेली जिंदगी जिए जाना। तटस्थता, जीवन के प्रति तटस्थता को मैं नपुंसकता (अधिक अशलील शब्द है पुंसत्वहीनता!) समझता हूं। मैं तटस्थ नहीं हूं।

मैं अनाज खरीदता हूं, आम चुनाव में मतदान करता हूं, अपनी औरत और अपने बच्चों के साथ सद्गृहस्थ का जीवन बिताता हूं—मैं किसी भी हद तक तटस्थ नहीं हूं।

मेरी अपनी स्वाधीनताएं और विच्छिन्नताएं भी हैं। जब कभी मैं मिट्टी के ये घरौंदे तोड़ देता हूं, किसी कबीरदास की तरह अपने घर में आग लगा देता हूं, और कुनबा तोड़कर जंगल में या किसी बहुत बड़े शहर में भाग आता हूं। लेकिन, जी नहीं लगता। जंगल में भी नहीं आत्महत्या का साहस या नैतिक समर्थन भी मुझमें पर्याप्त मात्रा में नहीं है। बीमार होकर मर जाने की कोशिश तक सफल नहीं होती। ऐसा लगता है मेरे चारों ओर कहीं दूर में भी कोई रोशनी नहीं है। शराब, एक चीज है। और कविता लिखना भी एक बड़ी चीज है। मैं वापस लौट आना चाहता हूं। एक चौराहा बंद हो जाए, तो मैं दूसरी गली से समाज में और समाज की जीवनधारा में वापस लौट आना चाहता हूं। हर बार अपना आशियाना जलाकर हर बार मैं एक नए आशियाने में रहने के लिए वापस आ गया हूं।

लेकिन मैं नगरवासी नहीं हूं। कुछ भी हो, नागरिक जीवन के नियमों और उपनियमों का पालन मुझसे नहीं होगा। मेरी आचार-संहिता गुलामों की आचार-संहिता से अलग है। मैं नगर में रहता हुआ भी नागरिक संस्थाओं को तोड़ देना चाहता हूं...

परिवार की सीमाएं किसलिए?

सीमाओं के कारण ही परिवार टूट रहे हैं—जबकि, परिवार मात्र एक सीमा है, एक लक्ष्मण रेखा है—और कुछ नहीं है। समाज जकड़ गया है रूढ़ियों से, और काल्पनिक मूल्यों से। एक-दूसरे को व्यापारिक, सांस्कृतिक और अंत में सामजिक रूप से लूटते रहने वाले आदिम कबीलों के सिवा अब देश रह क्या गए हैं? अमरीका

क्या है? रूस क्या है? और, चीन? हमारा अपना देश भी इस अस्तित्व-विवशता से अलग नहीं है।

मैं अपने आपको इन गलत और असंगत लक्ष्मण-रेखाओं से घिरा रहने देना नहीं चाहता हूं। मैं मुक्ति चाहता हूं। यह मुक्ति वास्तविक जीवन में असंभव है, और संभव है। संभावना और असंभावना के बीच अपनी कविताएं लिखता हुआ, और शहर में जंगल, और जंगल में स्त्री, और स्त्री में मृत्यु और मृत्यु में मुक्ति तलाश करता हुआ—यह आदमी और यह लेखक—राजकमल चौधरी—व्यवस्था और अव्यवस्था, शासन और दुःशासन, पशुता और देवत्व के समस्त वरदानों और अत्याचारों के दौर से गुजर रहा है।

इस तरह गुजर जाना ही मेरा 'शिकवा' है, और मेरी नियति है—एक लेखक के रूप में, और एक साधारण नगरवासी के रूप में।

—धर्मयुग, 09.04.1967

समकालीन हिन्दी लेखक : जीवन-बोध : प्रतिबद्धता

पिछले साल 'जनशक्ति' (8 मई 1966) में प्राध्यापक आलोचक सुरेन्द्र चौधरी ने 'प्रतिबद्धता बनाम अलगाव : नई पीढ़ी' शीर्षक से एक विवाद उठाया था! एक सचेत नैतिक उद्देश्य से प्रेरित होकर ही यह विवाद शुरू किया गया था। चौधरी ने लिखा था, 'एक सचेत नैतिक उद्देश्य से नई पीढ़ी परिचालित हो रही है। यह नैतिक उद्देश्य धर्मशास्त्र का नहीं होता, यह होता है मानव विवेक का, आत्म विकसित बुद्धि का, और गहरे स्वातंत्र्यबोध का!'

पहली बात मैं सुरेन्द्र चौधरी द्वारा दी गई इस सूचना से असहमत हूं। मैं असहमत हूं, गो कि, सिर्फ़ यह कहने के लिए कि मैंने यह व्यक्तिगत रिपोर्टिंग शुरू नहीं की है, मुझे कुछ अधिक आवश्यक बातों को सोचना-समझना है। फिर भी, यह सत्य है कि मैं असहमत हूं। मैं अपने अनुभव, और समकालीन लेखकों-कवियों से अपने संपर्क के कारण जानता हूं कि नई पीढ़ी किसी प्रकार के भी नैतिक उद्देश्य अथवा विवेक, अथवा बुद्धि, अथवा बोध से परिचालित नहीं हो रही है। यह परिचालित हो रही है अपने स्वार्थ अपनी अस्तित्व-रक्षा, और अपनी लिप्साओं से—क्योंकि वह कम्युनिस्ट आलोचक पॉल ए. वारान की परिभाषा के अनुसार मात्र एक 'मानसिक श्रमजीवी' है, न तो वह बुद्धिजीवी है, और न सही अर्थ में लेखक। देश और समाज, कम-से-कम अपने देश और अपने समाज के बारे में अगर वह चिंता करता है या किसी जुलूस या झंडे के नीचे शामिल हो जाता है तो इसका कारण कोई नैतिक उद्देश्य नहीं होता—अधिकांशतः कोई शारीरिक स्वार्थ होता है। मैं अपने कुछ लेखक दोस्तों को जानता हूं, जो कहीं से अनुवाद का कोई काम पाने के लिए, या अपने राज्य की विधान परिषद् का सदस्य बनने के लिए, या कॉगनक शराब की बोतलों के लिए, इनसे बड़े या इनसे छोटे शारीरिक स्वार्थों की पूर्ति के लिए, बड़ी आसानी से अपना झंडा, अपना जुलूस, अपने नारे, और अपने चेहरे की नकाब बदल लेते हैं। नकाब बदलना तो नैतिक उद्देश्य नहीं है।

चाहे वह नैतिक उद्देश्य वामपंथी संकीर्णतावाद अथवा फासिज्म-प्रेरित राष्ट्रवाद ही क्यों न हो—उसे केवल अपने साहित्य, अपनी कृतियों और अपने वक्तव्यों में नहीं, उसे अपने वास्तविक समाज-जीवन और व्यक्तिगत-जीवन में स्वीकार करना

पड़ता है। मैं साहित्य को वास्तविक जीवन से अलग और ऊंची मानता हूं। साहित्य मेरी अभिव्यक्ति का सबसे मूल्यवान माध्यम है, लेकिन मैं अपने साहित्य में ही नहीं, अपने पारिवारिक राशनकार्ड में, वोट देने के अपने अधिकार में, अपने मुहल्ले, अपने शहर, अपने देश की सामाजिक-आर्थिक-राजनीतिक समस्याओं में और इसके अलावा वियतनाम के युद्ध में और अमरीका की अंतर्राष्ट्रीय आर्थिक डिक्टेटरी की स्थितियों, और तज्जन्य चिंताओं में भी अभिव्यक्त होता हूं। क्योंकि, मैं अपने समाज-जीवन से टूटा नहीं हूं। टूट जाना—जंगल में गए बगैर या श्मसान में गए बगैर संभव नहीं है। और मेरा काव्य-जीवन निश्चय मेरे समाज-जीवन (और उससे प्रतिफलित आंतरिक जीवनी) का ही प्रतिबिंब और शाब्दिक प्रतिरूप है।

लेकिन, हमारी नई पीढ़ी में हमलोगों को एक दूसरी ही 'हास्यास्पद' परिस्थिति का मुकाबला करना पड़ रहा है। हमलोगों में अधिकांश लेखक निम्न मध्यम वर्ग से आते हैं, और ज्यादातर हमलोग सामंती जीवन धारा के सारे चिह्न अपने शरीर और अपने दिमाग से मिटाकर नौकर या कामगर जीवन बिता रहे हैं। कुछ लोग दैनिक-साप्ताहिक-मासिक पत्रिकाओं में नौकरी करते हैं, मुझ जैसे कुछ और लोग इन्हीं पत्रिकाओं में और प्रकाशन संस्थाओं में अपनी कहानियां-कविताएं और किताबें बेचने का धंधा करते हैं। इस बात को स्वीकार करने में शरमाना नहीं चाहिए कि हम श्रमजीवी लेखक हैं, और हमारे लिखने-पढ़ने का सवाल हमारी रोटी और हमारी दवा के सवालों से जुड़ा हुआ है। कुछ लेखक नई पीढ़ी में ऐसे भी हैं; जो सरकारी संस्थाओं, और 'प्राइवेट सेक्टर' की व्यावसायिक अथवा अर्द्ध-सांस्कृतिक संस्थाओं में—सिनेमा कंपनियों से लेकर चंपावती चैरिटेबुल ट्रस्ट जैसी संस्थाओं में नौकरी करते हैं।

अपनी नौकरी या अपनी दिमागी कामगरी के कारण हमलोग समाज में रहते हैं—लेकिन अपने आपको, अपने व्यक्ति को लेखक-व्यक्ति मान लेने के बाद, हमलोग समाज में रहकर भी समाज में नहीं रहते हैं। हाथी दांत की मीनारों में नहीं रहते हैं, इस युग में, इस सामाजिक-आर्थिक परिस्थिति में भारतेंदु बाबू हरिश्चन्द्र, या जयशंकर प्रसाद, या अंततः सूर्यकान्त त्रिपाठी निराला का जीवन बिताना संभव भी नहीं है, लेकिन, हमलोग अपने चौबीस घंटों में चौबीसों घंटे किसी 'टी-हाउस' में, या किसी श्री संपन्न कवि-मित्र रसिक-मित्र के ड्राइंग रूम में, किसी साहित्य-संस्था या सम्मेलन की कालीनों पर मसनद के सहारे, किसी आत्म प्रचार-योजना में अथवा किसी शराबघर, दवाघर, नींदघर में अकेले, या किसी मित्र, या किसी स्त्री के साथ किसी मंच पर, किसी रंगमंच के पार्श्व में किसी एकांत कमरे में बंदी, हताश, और शारीरिक स्वार्थों के प्रति आशंकित अथवा आशान्वित रहते हैं; हमलोग!

जबकि हमें जनता में रहना चाहिए, कम-से-कम सामाजिक—आर्थिक—सांस्कृतिक—राजनीतिक—बुद्धिगत—नीतिगत—विद्यागत आंदोलनों में जनता बनकर

जनता के साथ-साथ रहना चाहिए।

देश की जनता अन्न का आंदोलन शुरू कर चुकी है। जब भी उसे अवसर मिलता है, वह अन्न के सरकारी गोदाम लूट लेती है, जहां भी उसे अवसर मिलता है, वह सत्ता के प्रशासनिक मछलीजाल को तोड़कर फेंक देती हैं। कई राज्यों में जनता ने कांग्रेस की सर्वग्रासी सरकार को तोड़कर फेंक दिया। लेकिन, इस आंदोलन में हमारी नई पीढ़ी के ये 'नैतिक उद्देश्य से प्रेरित' लेखक कहां हैं? क्या अखबार और पत्र-पत्रिकाओं में अकाल संबंधी नाटकीय तस्वीरें, नाटकीय रिपोर्ट और अश्रुमय करुण कविताएं छाप देने से ही हमारा—बुद्धिजीवी वर्ग का—दायित्व पूर्ण हो जाता है?

साल भर पहले जब उड़ीसा में आकाल पड़ा था और कांग्रेसी-सरकार (अकाल को नहीं) अकाल के प्रचार को दबाने की भरपूर कोशिश कर रही थी—दिल्ली के राजधानीवासी लेखकों ने संयुक्त सोशलिस्ट प्रेरणा से भावुक वाणी में भावुक वक्तव्य निकाला था। वक्तव्य में इसकी कोई चर्चा नहीं थी कि अकाल को रोकने के लिए क्या-क्या किया जाए और ये लेखक खुद क्या करना चाहते हैं। नई पीढ़ी के लेखक-प्रवक्ता 'मुद्राराक्षस' ने इस वक्तव्य का विरोध छापा था और ऐलान किया था कि मुझे (यानी, नई पीढ़ी के लेखकों को) उड़ीसा या बिहार के अकाल से कोई सहानुभूति नहीं है। मुद्राराक्षस की बात कितनी भी वीभत्स, असामाजिक और क्रूरता प्रेरित क्यों न हो—पर बात सच है। नई पीढ़ी के हम 'मानसिक श्रमजीवी' लोगों को अकाल से, आर्थिक संकट और अन्न संकट से मरती हुई जनता से किसी प्रकार की कोई 'क्रियात्मक' सहानुभूति नहीं है। क्योंकि, हम अपने आर्थिक और शारीरिक स्वार्थों के लिए खेतों में काम करने वाली और मशीनों में काम करने वाली जनता के आश्रित या सहयोगी नहीं हैं। हम सरकारी मशीनरी और छोटी-बड़ी पूंजीपतियों की मशीनरी के आश्रित हैं। हम सहयोग करते हैं बड़े अखबारों में, बड़ी प्रकाशन संस्थाओं में, आकाशवाणी में, स्कूल-कॉलेज में—हम केवल आश्रय के लिए और शारीरिक स्वार्थों की पूर्ति के लिए सहयोग करते हैं। और, इसके साथ ही अपनी 'तथाकथित' प्रगतिशीलता, दायित्व-बोध, नैतिक उद्देश्य और प्रतिबद्धता जैसे 'निरीह' शब्दों को सार्थक करने के लिए—और, अपने चेहरे पर नकाब डालकर अपने भीतर के 'पशु', भीतर के भूखे और नंगे और लोलुप पशु को छिपाने के लिए—वक्तव्य देते हैं, कविता लिखते हैं, और सुख-सुविधा के साथ ऐसा संभव हो सका, तो अकाल-घोषित क्षेत्र का दौरा भी कर आते हैं।

—इस उदाहरण से मैं इतना ही सिद्ध करनाा चाहता हूं कि अभी तक नई पीढ़ी के हमलोग अपने शारीरिक स्वार्थों के प्रति ही प्रतिबद्ध हैं—किसी सामूहिक स्वार्थ के प्रति नहीं।

"...पूंजीवाद के अंतर्गत मानसिक श्रमजीवी उसके (पूंजीपति और उसकी सरकार) विश्वासपात्र सेवक, एजेंट, कार्यकर्ता और प्रवक्ता होते हैं। वे तत्कालीन

व्यवस्था को शाश्वत मानकर (क्योंकि, व्यवस्था को बदलने में वे जनता के सहयोगी नहीं बनते हैं) अपने तत्कालीन कार्यों के सीमित क्षेत्र में सीमाबद्ध रहकर वर्तमान की स्थितियों-परिस्थितियों पर विचार करते हैं''—पॉल ए. वारान की यह बात हम लोगों पर बिल्कुल लागू नहीं होती है। हमलोग बुद्धिजीवी नहीं हैं, केवल पूंजीपति और उसकी सरकार के सेवक-एजेंट-कर्मचारी-प्रवक्ता हैं। हमें अपनी तनखाह, अपने अन्न-वस्त्र, अपनी स्त्री और अपनी यश-प्रतिष्ठा से मतलब है। इस वृद्धि को आप मंथरा-बुद्धि कह लीजिए, किसी बंद कमरे में अपनी किताबों और अपनी कामनाओं और नीबू शरबत के अपने ग्लास में डूबे हुए बुद्धिजीवी-लेखक के लिए क्या फर्क पड़ता है!

अब यह जरूरी हो गया है कि हम प्रतिबद्धता के प्रश्न पर विचार करने के पहले उसे तय कर लें कि हमलोग पूंजीवाद और 'तथाकथित' लोकतंत्री समाजवाद के सेवक और प्रवक्ता हैं, अथवा हमलोग इन दोनों समाज विरोधी, व्यक्ति विरोधी ताकतों के जागरूक, तत्पर, दृढ़प्रतिज्ञ दुश्मन नहीं बनते, तब तक वक्तव्यों और कविताओं सें कोई लाभ नहीं होगा। जिस लोकतंत्र की वकालत अर्ल रसेल करता है, या जिस समाजवाद की मसीहाई ज्यां पाल सार्त्र करना चाहता है—वैसा, कोई खयाली पुलाव हमें पकाना नहीं चाहिए। पुलाव पकाकर हम अपनी किसी भी प्रतिबद्धता को सही प्रमाणित नहीं कर सकेंगे—क्योंकि, अपने साहित्य में प्रतिबद्ध होने से अधिक अनिवार्य है, अपने जीवन में प्रतिबद्ध होना।

लेकिन, अपने जीवन में हमें किसके प्रति 'बद्ध' होना होगा?

सुरेन्द्र चौधरी की भावुक सिद्धांतवादिता को जवाब देते हुए 'जनशक्ति' (19 जून, 1966) में ब्रजकुमार पाण्डेय ने एकदम सही लिखा है—'समकालीन आदमी वह है, जो अपने विचारों के अनुरूप जीवन और व्यवहारों को ढालने में संलग्न है।' जो व्यक्ति जीवन में संलग्न नहीं है, उसकी वैचारिक संलग्नता एक फूटे हुए तबले की फटी हुई आवाज से ज्यादा महत्व नहीं रखती है। लेकिन, पाण्डेय का दूसरा वाक्य शंकास्पद और संदेहजनक वाक्य है—'चूंकि वह अपने विचारों में परंपरा से अनुमोदित व्यवस्था में आस्था नहीं रखता, इसलिए कहा जा सकता है कि समकालीन आदमी परंपरागत आदमी नहीं है।' मैं समकालीन लेखक-आदमी या बुद्धिजीवी-आदमी को बिल्कुल परंपरागत आदमी मानता हूं,—क्योंकि, वह अपनी इस नई 'आस्था' (परंपरा से अनुमोदित व्यवस्था की दुश्मनी) को अपने विचारों तक सीमित रखता है, उसे 'जीवन और व्यवहारों में ढालने में संलग्न' नहीं होता है! वह अपने निजी स्वार्थों की पूर्ति के द्वारा केवल अपने निजी अस्तित्व—पारिवारिक, लेखकीय, और सामाजिक संपर्कमय अस्तित्व को सुरक्षित बनाए रखने में संलग्न रहता है।

यानी, उसकी प्रतिबद्धता उसके शरीर, उसके परिवार, उसके सुख और उसकी उच्छृंखल लालसाओं के प्रति समर्पित प्रतिबद्धता है। कोई भी प्राध्यापक-लेखक अकाल

के बारे में तो वक्तव्य दे सकता है, लेकिन अपने कॉलेज, अपनी यूनिवर्सिटी-सर्विस कमीशन में फैली हुई नफासत, धांधली और लालफीताशाही के खिलाफ खुली चिट्ठी नहीं लिख सकता है। कोई भी पत्रकार-लेखक अथवा संपादक-लेखक अमरीकी साम्राज्यवाद और वियतनामी गुंडागर्दी के खिलाफ जिहाद तो बोल सकता है, लेकिन देशी पूंजीपतियों के काले और सफेद कारनामों के विरोध में कोई नारा वह बुलंद नहीं करेगा। हमारी इन नई पीढ़ी का लेखक जहां से पैसा पाता है, जहां से अनाज, सुरक्षा, यश-प्रतिष्ठा, स्त्री, और 'आत्मकालीन' बने रहने का सुख पाता है—उसके खिलाफ उसकी बोलती बंद हो जाती है।

अगर हम वाकई लेखक हैं, और सचमुच किसी बड़ी बात के लिए यह पेशा, यह रचनात्मक ('क्रिएटिव') चरित्र अपनाए हुए हैं, तो किसी भी आर्थिक-राजनीतिक जीवन-दर्शन के प्रति प्रतिबद्ध होने से पहले हमें साहसी, और विकल्पहीन होना चाहिए। हम संकल्प में जिएं। विकल्पों में जीने की गांधीवादी-नेहरूवादी विचार-परंपरा और जीवर-परंपरा को अब हमें हमेशा-हमेशा के लिए दफन कर देना चाहिए।

बातचीत को अगर शुरू से ही शुरू किया जाए तो बातों को मैं इस तरह उपस्थित करना चाहूंगा कि कई सदियों से इस देश के लेखकों का इतिहास समाज में रहते हुए भी, समाज से अलग रहते हुए अपाहिजों और पराश्रितों का इतिहास रहा है। सिर्फ़ एक तुलसीदास और कुछ हद तक कई एक भक्त कवियों (वैरागियों) के अतिरिक्त—हालांकि, ये लोग भी किसी राजा या सामंत या नगर सेठ, या नगरवधू के आश्रित नहीं रहकर किसी महन्ती गद्दी, किसी व्यासपीठ या किसी स्वर्ण-प्रतिमा वाले मंदिर के आश्रित अवश्य रहते थे। कालिदास से लेकर रवीन्द्रनाथ और हिन्दी में बिहारी से पंत-महादेवी-बच्चन तक जन साधारण के जीवन-संघर्ष से अलग और तटस्थ और 'कटे हुए' रहते आई हैं।

अब, अगर नई पीढ़ी के लेखक, कवि आलोचक और बुद्धिजीवी इस गलत परंपरा को तोड़ना चाहेंगे, तो उन्हें अपनी आराम कुर्सी से उतरकर खेतों, कारखानों दफ्तरों और काली, अंधेरी गलियों में उतर जाना होगा—जहां कीचड़ है, बीमारियां हैं, 50 नंबर की बोतलों की तड़प है, और भूख है—प्रकृति-पूजा और स्त्री की रागात्मक भावुकताओं की भूख नहीं, अन्न की भूख!

अन्न की भूख को रोकने के लिए कोई आदमी जन-साधारण के साथ समाज और अर्थतंत्र को आमूल बदल डालने के लिए शुरू किए गए क्रांतिकारी आंदोलनों में कटिबद्ध होकर शामिल हो जाता है—और कोई दूसरा आदमी अपने, आपको अपने नैतिक उद्देश्य और व्यक्तित्व को किसी संस्था, किसी व्यवस्था, किसी बनियें, किसी कुर्सी, किसी प्रशासनिक अधिकार, किसी नालायक और नपुंसक विचारधारा के 'कैश बक्स' में गिरवी रख आता है।

मैं अपनी पीढ़ी की ओर से यह अपराध स्वीकार करता हूं कि हमलोगों ने

अपना जीवन-बोध, और इसके साथ ही कर्तव्य-बोध (इस कर्तव्यबोध को आप 'प्रतिबद्धता' भी समझ सकते हैं) गिरवी रख दिया है। सुरेन्द्र चौधरी की बात को अपने हिसाब से आगे बढ़ाते हुए 'जनशक्ति' (12 जून, 1966) में विन्दु विकास 'तनमन' यह निष्कर्ष निकालते हैं—'नई पीढ़ी को पुरानी पीढ़ी से अलग करके देखना ही गलत है क्योंकि हमारी विचारधारा हमारे पूर्ववर्तियों की वैचारिक मान्यताओं की एक कड़ी है।'

हमलोग केवल अपने पूर्ववर्तियों की वैचारिक मान्यताओं की कड़ी नहीं हैं—हमलोग उनकी जीवनधारा की दिशाओं को भी अपने जीवन में बदल नहीं पाए हैं। अब देश में राजा, सामंत और महंत नहीं रह गए हैं (कम से कम समाज व्यवस्था के मालिक तो अब वे लोग नहीं हैं), लेकिन व्यापारी और सरकारी क्षेत्रों की अर्थदायक-यशदायक-सत्तादायक संस्थाओं के मालिक नए नौकरशाह, नए अफसर और बनियों ने उनका स्थान ले लिया है—और हमलोग अपने नए मालिकों की विरुदावली लिख रहे हैं—चाहे उस विरुदावली का नाम 'उर्वशी', या 'मुक्तिबोध, या 'लोकायतन' या 'दीर्घपता' या 'आंगन के पार द्वार' ही क्यों न हो!

यह मैं नहीं मानता कि नई पीढ़ी के लेखकों को अपने निजी या सामाजिक जीवन के यर्थाथों का बोध नहीं है। कमोबेश नई पीढ़ी के सभी लेखक सामाजिक-आर्थिक यंत्राणाओं से झुलस रहे हैं। समाज का यह स्वरूप किसी को पसंद नहीं है। मार्क्सवाद के सिद्धांतों पर अधिकांश व्यक्ति वैचारिक आस्था रखते हैं। कुछ लोग खुले तौर पर भी यह कहते हैं कि समाज और शासन की समूची व्यवस्था में आमूल क्रांतिकारी परिवर्तन होना चाहिए। लेकिन अपने समाज-बोध और जीवन-बोध के निष्कर्षों को सही साबित करने के लिए लेखक-वर्ग के पास कोई योजना, कोई परिकल्पना, अथवा कोई सक्रिय सिद्धांत नहीं है। सिद्धांत हो भी, लेकिन, सिद्धांत की सक्रियता तो सचमुच ही नहीं है।

लेखक—जो कोई भी सही अर्थ में आधुनिक है और बुद्धिजीवी है, उसे अपने जीवन और अपने समाज के हर मोर्चे पर पूरी सचाई, पूरी ईमानदारी के साथ पक्षधर होकर, क्रांतिकारी होकर, अपने वर्ग, अपने समूह, अपने जुलूस का मुखपात्र, प्रवक्ता होकर सामने आना होगा—उसे आखिरी कतार में सिर झुकाए हुए खड़े रहना नहीं होगा।

आदमी के प्रति, खूबसूरती के प्रति, वास्तविक शांति, वास्तविक सुख और वास्तविक स्वाधीनता के प्रति अपने प्यार को साबित करने के लिए लेखक को अपने इर्द गिर्द फैली हुई भीड़ अपने साथ ले चलते हुए, बुद्धि और बल और संगठन की हर एक राजनीति के हर एक मोर्चे पर रुके हुए जुलूस में शामिल होगा।

अगर मैं शामिल होना चाहता हूं तो मैं अपने देश-काल-पात्र के प्रति वाकई प्रतिबद्ध हूं, और अगर मैं शामिल नहीं होता हूं—कम-से-कम उस तरह भी नहीं, जिस

तरह पेस्तरनाक और मायकोवस्की शामिल हुआ था—तो मैं पूंजीपति और उसकी समाज व्यवस्था और शासन व्यवस्था का सेवक एजेन्ट और प्रवक्ता हूं।

और, हम आज जिसके भी प्रवक्ता क्यों न रहें, अगर हमलोग गलत मूल्यों, गलत मानों, गलत दिनचर्या, जीवनचर्या, गलत व्याख्या, गलत व्याख्यान, गलत दर्शन, गलत राजनीति में सेवक और एजेंट की दासभावना से संलग्न रहेंगे—तो भविष्य में न तो हम स्वयं अपनी 'आत्मसम्मोहन की तल्लीनता' के लिए अपने-आपको माफ कर पाएंगे, और न देश-समाज की जनता ही हमें माफ करेगी।

वक्त हमें माफ नहीं कर सकेगा

हमलोग अजनबी नहीं हैं, और न निर्वासित ही हैं। आत्म-निर्वासन भी हमने नहीं लिया है। हमलोगों को धरती से, प्रकृति से, सुगंध से, बच्चों और फूलों और गीतों से, शांति से रसोईघर और कारखानों की चिमनियों से निकलते हुए नीले धुएं से लगाव है। हम मशीन नहीं बने हैं, और हमें इस बात की पूरी स्वाधीनता है कि हम पूंजीवादी और अर्थतंत्र और शासनतंत्र के विशाल आक्टोपस की बांहों में अपना गला फंसाने से इन्कार कर दें। लेकिन यह इन्कार तटस्थ, दयनीय आत्मपीड़ाओं से भरा हुआ नहीं होगा। इस इन्कार में एक मजबूत और ईमानदार आदमी और उसके साथ चलते हुए जुलूस की ताकत होगी।

यह ताकत कहां है, नई पीढ़ी के किस लेखक में है? किस रचना में? जीवन में सुविधावाद, समझौतावाद, लेकिन रचनाओं में अपने सपनों की और अपनी आस्थाओं की वकालत करना सही बात नहीं है—

हमें इस गलत वकालत का विरोध करना होगा।

'मानवता, समानता, स्वाधीनता, जनवाद और समाजवादी देशों की मित्रता की बातें करना और इनके बारे में पाठकवर्ग को सही जानकारी देना गलत है और अपनी प्रेमिका अथवा अपने ईश्वर अथवा अपनी आत्मा की हिचकिचाहटों और ऊब के बारे में बातचीत करना, कविता लिखना, कहानी उपन्यास लिखना सही है'—इस तरह की दलीलें सिर्फ़ वे लोग देते हैं जिनके लिए देश की राजनीति और देश की अर्थनीति कोई महत्व नहीं रखती है। क्योंकि वे आत्मतुष्ट हैं। उन्हें अपनी रोटी और अपनी नींद मिल गई है। वे मौसम की, फैशन की, अपने जुकाम और सिरदर्द की बातें करना ज्यादा पसंद करेंगे। मैं इन्हीं लोगों को अपाहिज कहता हूं जबकि रिलीफ-चंदे के लिए ही लोग नाच-गानों के प्रोग्राम आयोजित करते हैं! ये ही लोग वक्तव्य प्रकाशित करते हैं। और ये ही लोग गांवों और गंवार लोगों के बारे में, आंचलिक कहानियां और रेस्तराओं और वेश्याओं के बारे में, शहरी कहानियां लिखते हैं।

नई पीढ़ी के ये लेखक दिल्ली या दूसरे शहरों में रहते हैं और गोष्ठियों में वैचारिक स्तर पर, दार्शनिक स्तर पर, अन्न और आत्मा की समस्याओं का हल एक

साथ ढूंढते हैं। और गोष्ठियों के बाद ये लोग एक-दूसरे की शिकायत करके अपना सिक्का जमाने और अपनी गोटी बिठाने की कोशिश करते हुए अपने घर, अपने दफ्तर अपनी नौकरी और अपनी कामगरी की दुनिया में लौट जाते हैं। शायद प्रगतिशील लेखक संघ ने पिछले दो तीन दशकों में ऐसे ही लेखकों को संगठित करना चाहा है। इसीलिए अब तक यह संगठन कायम नहीं हो सका। पुस्तकों या दस्तावेजों में कायम हो जाने से ही कोई संस्था या कोई आंदोलन कायम नहीं हो जाता है। पिछले दिनों के जिन लेखकों को हमने सच्चा प्रगतिशील कहा था, अब उनका क्या हाल है...कृष्णचन्द्र कहां हैं, अश्क कहां हैं, और शमशेर बहादुर सिंह कहां हैं? इस प्रश्न पर विचार किए बिना भी हम कह सकते हैं कि उर्दू प्रभावित चंद रोमैंटिक कवियों और कथाकारों के हाथ में प्रगतिशीलता और शांतिवादिता का अधूरा झंडा देकर प्रगतिशील लेखक संघ हिन्दी लेखकों का अपनत्व प्राप्त नहीं कर सका। और प्रगतिशील लेखक संघ की संरक्षक संस्थाएं, प्रकाशन-संस्थाएं—नई पीढ़ी के हिन्दी-लेखक को कोई सहयोग नहीं दे सकीं।

'हंस' और उसके बाद 'नया पथ' के जमाने में भी मार्क्सवाद को बड़ी ही रोमैंटिक और सपनीली निगाहों से देखने वाले चंद गिने-चुने लेखकों की सस्ती भावुकता से भरी रचनाएं प्रकाशित करने के सिवा इस लेखक-संगठन ने कुछ नहीं किया। और 1953 में प्रगतिशील लेखक संघ की पांचवीं बैठक (जिसमें कृष्णचन्द्र को सर्व सम्मति से संघ का महामंत्री चुना गया) के बाद तो यह संस्था कागजी कार्रवाइयों की कागजी संस्था भी नहीं रह गई।

मैंने सुना है, अब फिर से प्रगतिशील लेखक संघ को जिंदा करने की कोशिश की जा रही है। मुझे इस बात से विरोध है। गड़े हुए मुर्दे को जिलाने की कोशिश करने से कोई लाभ नहीं होगा। उस बीते हुए नाम के प्रति हमें कोई मोह या लोभ नहीं रखना चाहिए। मुर्दे उखाड़े जाएंगे तो फिर वही पुराने सवाल, पुराने झगड़े उठ खड़े होंगे कि फलां लेखक ने फलां कांग्रेसी मुख्यमंत्री को दिए गए अभिनंदन-ग्रंथ का संपादन किया था। इसके अलावा वामपंथ, उग्रवामपंथ और संयुक्त वामपंथ के सवाल भी उठाए जा सकते हैं। यह भी कहा जा सकता है कि हिन्दी लेखकों का यह मंच स्वयं लेखकों द्वारा नहीं, बल्कि कम्युनिस्ट पार्टी के राजनीतिक नेताओं द्वारा संचालित है। लेखकों का मंच, मेरे विचार से, व्यक्तिहित को जनहित में समाहित करने को प्रस्तुत, प्रतिबद्ध लेखकों द्वारा संचालित होना चाहिए। शमशेर बहादुर सिंह, त्रिलोचन, शील, इस्मत चुगताई, अश्क, सज्जाद जहीर, अब्बास, कृष्णचन्द्र और इनकी पीढ़ी के अधिकांश प्रगतिशील लेखकों को नई पीढी के हमलोग न तो प्रगतिशील मानते हैं और न आधुनिक। आधुनिकता और प्रगतिशीलता इनके लिए फैशन है और नेहरू के बटनहोल में लगे हुए सुर्ख गुलाब से ज्यादा महत्वपूर्ण नहीं है। इसलिए अगर हमलोग कोई लेखक संगठन कोई लेखक-मंच, कोई लेखक-संस्था कायम करते

हैं तो वह हिन्दी और हिन्दीतर भाषाओं की नई पीढ़ी के लेखकों का अपने अनुभव, अपनी अभिव्यक्ति के प्रति अ-रोमैंटिक दृष्टि से ईमानदार लेखकों की संस्था होगी। यह तय है कि अपनी और देश की समस्याओं पर सोचने-समझने और एक साथ मिलकर अपने रचनात्मक कार्यक्रम पर अमल करने के लिए देश के समकालीन लेखकों खासकर हिन्दी-लेखकों के एक नए संगठन की नितांत आवश्यकता है। लेकिन यह संगठन अनुदार नीतियों अथवा निरीह जीवन-दर्शन के आधार पर नहीं होना चाहिए। लेकिन नीति और नैतिक उद्देश्य अवश्य होना चाहिए। आवश्यक है कि इस संगठन के लिए कुछ लेखक आगे आएं और प्रतिबद्ध लेखकों को एक मंच पर एकत्र करने की चेष्टा करें। ऐसे प्रतिबद्ध लेखकों की सूची में अपना नाम देकर मुझे प्रसन्नता होगी। सुरेन्द्र चौधरी ने जो विवाद शुरू किया था—उसका प्रतिफल इसी बात में होना चाहिए कि हिन्दी लेखक सामने आएं और अपने आपको, हमलोगों को और देश के जनसाधारण को बताएं कि वे क्यों लिखते हैं, किसके लिए लिखते हैं, और उनके लिखने का मतलब क्या होता है! हमलोग अलग हैं, अजनबी हैं, निर्वासित हैं, या हमलोग प्रतिबद्ध हैं—अपनी और अपने वास्तविक वर्ग और वास्तविक समाज की आस्थाओं, विश्वासों और धारणाओं के प्रति प्रतिबद्ध हैं—यह जान लेना अनिवार्य है।

—युयुत्सा, अगस्त-1967

साठोत्तरी पीढ़ी

1960 तक आते-आते हमलोगों के दिमाग़ में यह बात जमकर बैठ गई कि राजनीतिक ताकतें हमारी ज़िंदगी और हमारे ज़ेहन की मसीहाई नहीं कर सकतीं। राजनीति किसी भी 'मूल्य' और किसी भी 'संस्कार' पर विश्वास नहीं करती है। मसीहाई कम्युनिज्म करे या आधुनिक पश्चिम का औद्योगिक उपनिवेशवाद; आदमी को अपनी तबीयत और अपनी कीमतों के साथ जीने की स्वाधीनता नहीं मिल सकती। हमलोगों ने यह कुछ कोरिया, वियतनाम, हिन्देशिया और मलाया में ही नहीं देखा, खुद अमरीका और रूस में भी ऐसी ही मसीहाई चलती रही। स्तालिन के गए, बीतने के बाद भी ख़ुश्चेव साहब ने नई पीढ़ी के कवियों, गायकों और चित्रकारों से खुले लहजे में कहा : 'मशीनी ताकत ही इंसान की सबसे बड़ी ताकत है। और अंतरिक्ष-यान पर घूमने वाले लड़के बेमतलब तस्वीरें आंकते रहने वाले लोगों से ज्यादा महत्त्व रखते हैं।'

'बीटल्स' नौजवान पैदा हुए। पेनांग और क्वालालंपुर के कहवा-घरों में चीनी और अर्द्ध वियतनामी औरतें विपरीत रति और जासूसी के, यानी एक साथ दोनों के, कमाल दिखाने लगीं। 'उगते हुए सूरज के मुल्क' जापान के पांच नए लेखकों ने एक कमरे में बंद होकर नींद की गोलियां खाईं, और सूरज उगने के पहले लाश बन गए। मरने से पहले अभिनेत्री मेरेलिन मनरो ने अमरीका के सर्वश्रेष्ठ नाट्यकार आर्थर मिलर से कहा : 'मेरे नंगे टखनों की कीमत तुम्हारे नाटकों पर मिली हुई सारी 'रायल्टी' से ज्यादा है।'

1960 तक आते-आते सारी कीमतें बदल गईं। हमलोगों ने (जिन्होंने हाल में ही लिखना-पढ़ना शुरू किया था) इसे समझा, और हमारे दिमाग़ में यह बात जमकर बैठ गई कि नई कीमतों को उपेक्षा करके, बैताल की तरह जीवनानन्द दास या अज्ञेय की डाल पर लटके रहने से काम नहीं चलेगा। बंगाली या हिन्दी में ही नहीं कमोबेश सभी भारतीय भाषाओं में नई पीढ़ी के लेखकों में नए मूल्यों के स्थापन की बात उठी।

मराठी में अशोक सहानी, बंगाली में मलय राय चौधुरी, असमिया में विमल बरा, उड़िया में उमा महापात्र, उर्दू में बलराज मेनरा, भारतीय साहित्य में ऐसे कई नाम (हिन्दी में किसी एक का नाम, राजकमल चौधरी के अलावा लेना, खतरे से खाली नहीं है।) एक साथ उभर आए। 1960 की जनवरी में मलय राय चौधुरी ने लिखा : 'मैं

व्यक्ति और समाज, और इनके बारे में लिखे गए साहित्य के समस्त मूल्यों को अस्वीकार करता हूं, क्योंकि रवीन्द्रनाथ की समाधि पर राजनीतिक मंत्रणालयों के वेश्यागृह चालू कर दिए गए हैं।'

दक्षिण के साहित्य से मेरा परिचय नहीं है, लेकिन पूर्वी भारत के लेखन में एक 'विचित्र' और 'अलौकिक' परिवर्तन 1960 के आस-पास मुझे परिलक्षित हुआ है। बंगाली में तो 'हंग्री-जेनरेशन' के शीर्षक से एक नया आंदोलन ही शुरू किया गया कि हमारी पीढ़ी बुभुक्षित, विक्षिप्त, विकलांग, मृत्युमुखी आत्माओं की पीढ़ी है; और 'एमन केई नेईं जे आमार मुखेर मद्धे पेच्छाब कोरे दाय ओर। जाने आमि कामडे ने बो' (शक्ति चटोपाध्याय) जैसी सैकड़ों कविताएं विकृत समाज-जीवन, और पतित मानव-मूल्यों का मज़ाक उड़ाने के लिए लिखी गईं।

दुनिया छोटी होती गई, करीब होती गई, लेकिन हम लोग एक-दूसरे के लिए (किसी-किसी एकांत में अपने आप के लिए भी) ज्यादा अजनबी, ज्यादा 'रहस्यमय' होते गए। एलेन गिन्सबर्ग हमारे घर में आकर तंत्र-मंत्र, शवपूजा, भैरवी चक्रों में माहिर होने लगा। सुनील गंगोपाध्याय ग्रीनविच-वैली की नीची बस्ती में अकर्मण्य, स्खलित, रोगाक्रांत युवक-युवतियों के विकृत यौनाचार और विभ्रांत दार्शनिकता का सहवासी हो गया।

हिन्दी में अज्ञेय, शमशेर, भारती की पीढ़ी 1960 तक आकर अपनी सीमाओं में ही सही, 'क्लासिक' बन गई। 'क्लासिक्स' से बड़ी कब्रगाह और नहीं होती है, क्योंकि यहां सब कुछ स्थिर और जड़ हो जाता है। विचारों को गति, मूल्यों को प्रसार, नई नैतिकताओं को स्वीकृति यहां नहीं मिलती है। यह ज़रूर है, कि यह 'क्लासिक' देर तक बीच के 'मीडिआकर' लेखकों-कवियों की रचनाओं में अपनी नकल और अपनी छाप कायम रखता है। हिन्दी में भी यह नकलनवीसी हुई है, अब भी होती जा रही है। लेकिन, यह तो स्पष्ट है कि नए लेखकों की ऐसी जमात इसी बीच उभर आई है, जिसने प्रत्येक स्थिति के प्रति अनास्था, प्रत्येक चिंता के प्रति अनाग्रह, प्रत्येक परंपरा और प्रत्येक संस्कार के प्रति अनादर प्रकट किया है; और यह दावा किया है, कि हम स्थितियों, चिंताओं, परंपराओं, संस्कारों, व्यक्तिगत और सामाजिक आग्रहों का पुनर्मूल्यांकन ही नहीं, पुनर्निर्धारण भी करेंगे।

हमें शब्दों पर विश्वास है। लेकिन, शब्द के अर्थों पर नहीं। क्योंकि शब्द अपने पुराने अर्थ खो बैठे हैं, और नए अर्थों को सहजतापूर्वक धारण करने लगे हैं। आदमी अपने बारे में और अपने इर्द-गिर्द के बारे में अधिक निस्पृह ('ब्रूट'), अधिक असंलग्न हो गया है। 'तत्काल' के सिवा और कोई काल चिंतनीय नहीं है। अखबारों की खबरें अब किसी को उत्तेजित नहीं करतीं। महामारी, ट्रेन-दुर्घटनाएं, हत्याएं, बलात्कार, सभी कुछ होते हैं, होते रहते हैं, होते रहेंगे। शांत, श्रीहीन, उत्तेजनाहीन, रूप-रंग-हीन जन-साधारण सड़कों और दफ्तरों और दुकानों की यात्राएं करता रहता है। फिल्में

देखता है। अखबार पढ़ता है। नौकरी और धंधे करता है। बीवी और बच्चों के साथ सुखी-संतुष्ट रहता है।

और हमलोग, जिन्होंने 1960 के आसपास लिखना शुरू किया है, इस जनसाधारण में रहते हुए, इस जनसाधारण के साथ जीते-मरते हुए, नफ़रत करते हैं। हमलोग जनसाधारण से और जनसाधारण को यह निस्पृह, असंलग्न, रूप-रंग-हीन जीवन बिताने के लिए विवश करने वालों से नफ़रत करते हैं। हमलोग समाज से अलग नहीं हैं। अपराधियों का जीवन नहीं बिताते। अपने को 'अलग' समझते हैं, 'ऊंचा' नहीं समझते। 'अलग' भी केवल इस अर्थ में, कि हम अपने पूर्वजों की तरह संतुष्ट, या अपने पूर्ववर्त्तियों की तरह पराजित, अथवा अपने चारों ओर नींद में डूबे हुए जन-साधारण की तरह निस्पृह नहीं हैं।

हम नफरत करते हुए भी, प्यार करते हैं। हम प्यार करते हुए भी सच को, गंदग़ी को, अंधेरे को, पाप को भूल नहीं पाते हैं। कविता हमारे लिए भावनाओं का माया-जाल नहीं है। जिनके लिए कविता ऐसी थी, वे लोग बीत चुके हैं।

—लहर, फरवरी-1968

सन साठ के बाद की कविता

अमरीका में बरोज, गिन्सबर्ग, करुआक के नेतृत्व में नई पीढ़ी के कवियों और बुद्धिजीवियों ने 'एसटेब्लिशमेंट' (प्रभुसत्ता?) के खिलाफ आंदोलन शुरू किया।...बंगाल में अपनी सीमाओं के साथ यही काम मलयराय चौधुरी ने और उसके साथियों ने आरंभ किया है...हिन्दी की 'अकविता' कवि नागरिक द्वारा अथवा नागरिक कवि द्वारा काव्य विषयों और काव्याभिव्यक्ति के नए माध्यमों और प्रवाहों को अपनी कविता में प्राप्त करने की चेष्टा है।...मैं राजकमल चौधरी बहुत सारी बातों में बहुत दूर तक इन लोगों के साथ हूं, लेकिन इन लोगों में नहीं हूं। मेरी निजी शारीरिक सीमाएं हैं, जो मुझे किसी भी वाद, विवाद, भीड़, जलूस, गोष्ठी आंदोलन और संस्था-सम्मेलन में शामिल होने से तो नहीं रोकती, किंतु सदस्य होने से रोक देती हैं। सदस्य मैं नहीं होता और सदस्य हुए बगैर ही यह मानता हूं कि अभी अमरीका में एलेन गिन्सबर्ग सबसे बड़ा कवि है, और भूखी पीढ़ी वालों ने बंगाली-साहित्य के संपूर्ण 'व्यावसायिक' स्वरूप को तोड़-फोड़ दिया है, और अकविता निश्चय ही 'नई कविता' से चले आने की कवि चेष्टा है।

मार्च-1967 में आयोजित प्रश्न परिचर्चा में दिया गया वक्तव्य,
—उत्कर्ष, कविता विशेषांक-3
एक प्रश्न के जवाब में इब्बार रब्बी को भी इतनी ही बातें कही थीं।
इसी पुस्तक के 'वार्त्तालाप' खंड में वह शामिल है।

कविता, अथवा मेरी अपनी कविता अब मेरे लिए क्या अर्थ रखती है...

'मैं मनुष्य हूं। मेरे लिए मनुष्य बने रहना ही पर्याप्त है'—पुराने अस्तित्ववादियों की नई भाषा में हेनरी मिलर ने कहा था। अभिप्राय यह कि कवि और कलाकार अपनी संज्ञाओं, और अपनी 'प्रतिमा' की महिमाओं के कारण वस्तु-जगत के मूल्यों और यथार्थ को—जैसे वे हैं, उसी रूप में—उन्हें अपनी कल्पना अथवा अपने भ्रमों का आश्रय दिए बग़ैर—स्वीकार करने में असमर्थ हैं।

कालिदास, शेक्सपियर, गोएथे, इत्यादि से प्रारंभ होकर यह भ्रामक 'रूपवादी' परंपरा कविता और रचना की अन्य विधाओं में, अब तक नग्न अथवा छद्म रूप में प्रचलित है। प्रकृतिवाद, बिंबवाद, छायावाद, प्रतीकवाद,...कोई भी वाद, या 'विवाद' क्यों न हो; मनुष्य के अस्तित्व और आंतरिकता के मूल्य और यथार्थ यहां किसी भी स्थिति में प्राप्य नहीं हैं। अति-यथार्थवादियों (आन्द्रे ब्रेटन, हबर्ट रीड, इत्यादि) ने भी अपने दस्तावेज़ों में यही बात कही, लेकिन उनकी उपलब्धियों ने हमें उनके प्रति शंकालु ही किया—हम उनकी अतिरंजित और अतिविकृत चित्रावली से प्रभावित नहीं हुए, जहां तक 'मनुष्य' का प्रश्न है।

मनुष्य ने नहीं, प्रकृति और प्रकृति के रहस्यों ने ही हमें कविता की ओर प्रेरित किया, यह सच है। किंतु, यह प्रेरणा स्थायी नहीं हुई। प्रकृति के रहस्य टूटने-बिखरने लगे। अब तो फूल हमें केवल फूल दिखते हैं, और वर्षा केवल वाष्पकणों का पतन। पहले हम एक ओर प्रकृति की पूजा-आराधना करते थे, दूसरी ओर कविता। क्रमशः पूजा-पाठ तो समाप्त हो गया, फिर भी, कविता बची रह गई।

मनुष्य ने अपने लिए किसी अदृश्य और आकारहीन देवता की कल्पना कर ली। लेकिन, कवि अपने लिए कोई नया देवता नहीं बना सका—और, प्रकृति में ही चिपका रह गया। सामवेद के गायकों-ऋषियों की तरह वह अब भी प्रकृति-पूजा और प्रकृति-गान में ही अपना 'मोक्ष' पाने की चेष्टा में लगा हुआ है। अर्थात्, प्रकृति अब भी प्रेरणा देने में समर्थ है, किन्तु, हम लोगों को नहीं,...मुझे नहीं।

प्रकृति से मेरे संबंध और संपर्क टूट गए हैं। अस्तु, कविता की इस परंपरा से भी मेरा कोई संबंध-संपर्क नहीं है। कविता और कवि की जो 'शास्त्रीय' परिभाषा है—परिभाषा अथवा मान्यताएं—उसमें मुझे किसी प्रकार इहागच्छ-इहतिष्ठ नहीं किया जा सकता। मेरा लक्ष्य दूसरा है। और, मेरे मंदिर भी दूसरे हैं। विवश किया जाए, तो यह भी कह सकता हूं, कि कवि नहीं हूं, मनुष्य हूं; और मनुष्य रहकर ही कविता का दुःख (अथवा, कविता के अभाव का दुःख) झेलता हूं।

नई शब्दावली और नए शिल्प में काल्पनिक सत्यों और बीते हुए मूल्यों की कविता प्रस्तुत करूं—मुझसे यह नहीं हुआ। अपने पूर्वकालीनों को दुहराते रहना भी संभव नहीं है। दिसंबर की सांझ के नीले धुंधलके में सोई हुई गंगा-नदी...'ब्लैक-आउट' की गहरी रात में चौराहे पर गोल बांधकर भूंकते हुए कुत्ते,...रिजर्व-बैंक की दस मंज़िल इमारत बनाने के लिए खड़ा किया गया इस्पात का फ्रेम...अकालग्रस्त क्षेत्रों में सरकारी नेताओं के हवाई दौरे और हवाई भाषण और आकाशवाणी से प्रसारित इन दौरों का विवरण...फुटपाथ पर कतारों में सोए हुए भिखारी मजदूर और कुत्ते... वियतनाम और कांगो और हिन्देशिया और रोडेशिया...और दैनिक समाचार पत्र, जिनमें अब लूट-पाट, हत्याओं, राजनीतिक दलबंदियों, रेल-दुर्घटनाओं और दंगे-फसादों के सिवा किसी और बात की सूचना नहीं होती। ये सारी स्थितियां मेरे चारों ओर हैं। और मैं इन स्थितियों में रहकर भी यह भूल जाता हूं, कि सांझ के नीले धुंधलके में गंगा-नदी सोई है, और उसके शांत जल में आषाढ़ का धुंधला चंद्रमा तैर रहा है।

यह चंद्रमा तैरकर कहां जाएगा, मुझे मालूम नहीं; क्योंकि मुझे मालूम है, कि अब गंगा-नदी में चंद्रमा नहीं तैरता, केवल अवैध गांजा, अवैध चावल, अवैध अफीम और अवैध गेहूं ढोने वाली नावें तैरती हैं। जो बातें मुझे मालूम हैं, वे मुझे प्रकृति से दूर और मनुष्य, उसके कार्यों के निकट-से-निकट ले जाती हैं।

सबसे पहले मेरा अपना मनुष्य, अर्थात्—मैं। अर्थात्, मेरी अपनी कविता का सबसे पहला और सबसे महत्त्वपूर्ण विषय मैं स्वयं हूं। मैं, और मेरा अस्तित्व; मैं, और मेरा अहं; मैं और मेरा व्याकरण।...मेरे कमरे के ठीक सामने अस्पताल के मैदान में युक्लिप्टस का बहुत ऊंचा, बहुत लंबा पेड़ है। आस-पास और कोई पेड़ कहीं नहीं है, इसलिए मैं अक्सर अपने बिस्तरे में लेटा हुआ इस युक्लिप्टस को देखता रहता हूं, और अपने विषय में, अपनी विविध बीमारियों के विषय में सोचता रहता हूं।

कल रात बड़ी तेज़ आंधी चलने लगी। धूल का बवंडर मेरे कमरे में घुस आया। मैंने खिड़कियां और दरवाज़ा अंदर से बंद कर तो लिया, मगर, आंधी दरवाज़ा पीटती रही, बहुत देर तक। ऊपर की खिड़की के शीशे टूट गए। बहुत देर बाद जब आंधी खत्म हुई, मैं दरवाज़ा खोलकर बाहर आया। मैंने देखा, मेरे प्रिय, इस अकेले युक्लिप्टस की लगभग सारी डालें टूट कर जमीन पर आ गई हैं। बूढ़े आदमी नंगे होने

पर जैसे दिखते हैं, यह पेड़ उसी तरह नंगा और वीभत्स हो गया है। लेकिन, मेरे मन में युक्लिप्टस के प्रति कोई करुणा नहीं उपजी।

मुझे यह भी स्मरण नहीं रहा कि इस पेड़ को अपने एकांत में सिर उठाए खड़ा देखकर, मैं अपने विषय में कई बातें सोचा करता था। मैं अपने कमरे में वापस चला आया, और युक्लिप्टस को भूल गया। जैसे मैं गंगा नदी को भूल जाता हूं और केवल चावल से भरी नावें मुझे याद रहती हैं। क्योंकि, आज उड़ीसा में अकाल फैल गया है, कल समूचे देश में अकाल फैल जाएगा...

प्रकृति से, और इसी प्रकार ईश्वर से मेरा रिश्ता यही है। मैं अक्सर प्रकृति और ईश्वर को भूल जाता हूं। अपने जीवन में भी, और अपनी कविता में भी—क्योंकि, मेरे जीवन और मेरी कविता में कोई भेद, कोई दूरी नहीं है। मेरी कविता, मेरे आंतरिक जीवन, और मेरे अस्तित्व के रहस्यों, यथार्थों और योजनाओं को प्रकट एवं अंकित करती है।

'कविता एक ऐसी कला है, जो व्यक्ति-कारण में आस्था रखती है; और राजनीति एक ऐसी कला है—जो जन-साधारणीकरण में आस्था रखती है' : यह ब्रिटिश लेखकों का एक प्रचलित मुहावरा है। मैं इस मुहावरे को स्वीकृति देता हूं। मुझे साधारणीकरण से घृणा है, इसलिए राजनीति से भी घृणा है। अपनत्व मुझे कविता से, और व्यक्ति-कारण से, और व्यक्तिकरण से है। अपनत्व मशीनों से भी है, लेकिन, मशीनीकरण से बेहद परहेज़ है। जनसाधारणीकरण और मशीनीकरण के संसार से भागकर मैं कविता के संसार में आता हूं। मगर, मुंह छिपाने के लिए नहीं, शक्ति-संचय के लिए! मुझे राजनीति, अर्थचक्र, और मशीनों की गति को बदलना है—कविता की ताकत से बदलना है! 'साद' का मार्क्विस, प्रकृति की योजनाओं और गतियों को बदलना चाहता था, किंतु, मुझे प्रकृति से किसी प्रकार का भी अपनत्व या घृणा नहीं है। मैं अपने मनुष्य को परतंत्र बनाए रहने वाली शक्तियों को बदलना चाहता हूं। मेरी कविता, मेरी मुक्ति के लिए है। अर्थात्, मेरी कविता मुझे मुक्त करती है।

अगर, मेरी कविता मुझे मुक्त नहीं करती है, तो उसे मैं मात्र एक वक्तव्य मानता हूं, कविता नहीं मानता। और, मेरी मुक्ति मेरे मनुष्य की मुक्ति है; मेरा कवि जिससे अलग, ऊपर, या विच्छिन्न नहीं है, किसी भी परिस्थिति में नहीं। कविता मेरी उपलब्धि (अर्थात् मुक्ति) का प्रयास भी है, और मेरी उपलब्धि भी है। मैं मनुष्य हूं, और मैंने अपनी मुक्ति के लिए अपनी कविता उपलब्ध की है।

किंतु, मैं रोमैंटिक अथवा आदर्शवादी अथवा मूर्तिपूजक अथवा 'रोमान्स'-प्रिय नहीं हूं। मैं व्यक्ति-सत्यों और वस्तु-सत्यों को किसी भी स्वप्नवेष्ठित 'आदर्श' से अधिक महत्त्व देता हूं। अर्थनीति और ऑटोमैटिक मशीनों के इस युग में कविता का शास्त्रीय

अरण्यरोदन, अथवा अशास्त्रीय प्रलाप, दोनों में से कुछ भी मुझे पसंद नहीं है। कविता मेरे अंतःकरण और मेरे संसार में मेरी निरंतर यात्रा का प्रतिफल है; और कविता मेरी यात्रा है। अपनी कविता के साथ मैं यात्रा करता हूं; अपने अन्तःप्रदेश में, और अपने चतुर्दिक की वस्तुओं, स्थितियों, घटनाओं, यन्त्रों, चक्रों, और काल-प्रवाह के अंतःप्रदेश में! यह यात्रा, किंतु, मेरे मनुष्य की यात्रा है। क्योंकि, मैं मनुष्य हूं और मनुष्य बने रहना मेरे लिए पर्याप्त है। इसके साथ ही, अपने कवि-कर्म को मैं अपना सबसे महत्त्वपूर्ण, स्थायी, अनिवार्य और प्राथमिक कर्म मानता हूं। नेपोलियन ने जो काम तलवार से शुरू किया था, बालज़ाक उसे अपनी कलम के हौसले से पूरा करना चाहता था। अपनी एक सौ बीस पुस्तकों में बालज़ाक ने अपना हौसला पूरा किया। और, लेखिका जॉर्ज सैंड से बालज़ाक ने कहा : 'साहित्य! साहित्य का कोई अस्तित्व नहीं है। अस्तित्व केवल मनुष्य-जीवन का है, और राजनीति तथा कला इस जीवन के अंग हैं।...मैं मनुष्य हूं, और अपना जीवन जी रहा हूं, साहित्य में, कला में...'

इसीलिए, 'प्रतिश्रुति' और 'प्रतिबद्धता' की बेकार बहस मेरे लिए कोई अर्थ नहीं रखती है। मेरा निर्णय केवल यही है कि मैं तटस्थ नहीं हूं और न कोई तमाशबीन हूं! मैं संजय नहीं हूं और न धृतराष्ट्र! मैं अपने बाहर, और अपने अंदर महाभारत-युद्ध में शामिल हूं। युद्धरत हूं मैं! तटस्थ होना मेरे लिए नपुंसक होना है। और, मैं जानता हूं, नपुंसक होकर मनुष्य और उसका कवि, उसका स्रष्टा, दोनों मर जाते हैं। मुझे मृत्यु नहीं चाहिए। जब तक मेरे पास शब्द हैं, और अनुभव हैं, और जब तक मैं युद्धरत हूं—मुझे मृत्यु नहीं चाहिए। क्योंकि, मनुष्य की मृत्यु उसकी कविता की मृत्यु होती है, अगर वह अपने-आप में अपनी कविता को जीता है।

और, इतनी बातों के बाद इस बात से कोई फ़र्क नहीं पड़ता, कि मैं या मेरे समय का कोई भी दूसरा मनुष्य अपनी कविता में कितना 'अश्लील' होता है; शरीर के किन अंगों और दृश्यों का वर्णन करता है; कितनी मात्रा में गांजा या मस्कोलिन या चरस लेता है; किन गलियों और नाबदानों में रात काटता है; किस प्रकार की यातनाओं और बर्बरताओं को बर्दाश्त करता है; और किन शब्दों को अपना दास अथवा अपना ईश्वर स्वीकार करता है...!

फ़र्क सिर्फ़ इस बात से पड़ता है, कि वह अपनी कविता को अपना जीवन मानता है या नहीं, और, वह युद्धरत है, या तटस्थ!

—लहर, फरवरी-1968

क्या मैथिली में आधुनिक कविता लिखी जा रही है?

> 'अनामा' ग्रुप के नामहीन युवकों ने अपने घोषणा पत्र में लिखा है :
> **अनामा–साहित्य एवं अन्य समस्त कला विधाओं का प्रकाशन माध्यम! प्रकाशन प्रेरणा : सुधी (रसज्ञ?) पाठकों के समक्ष, आधुनिक मैथिली साहित्य को 'शिष्ट', एवं 'कलात्मक' रूप में प्रस्तुत करना ...एक लंबे अरसे से सोए हुए समाज-व्यक्ति की आंखों पर ग्यारह बैटरी वाले 'टार्च' का 'फोकस' देकर उसकी दृष्टि संवेदना को पुनर्जीवित करने का समयापेक्षी सत्प्रयास...।**

हिन्दी की जो स्थिति आज से तीस-बत्तीस साल पहले थी, अब मैथिली वहां तक पहुंची है।...वैसे यह सच है कि बिहार के पांचों विश्वविद्यालयों में मैथिली एम. ए. तक पढ़ाई जाती है...पटना आकाशवाणी ने मैथिली को लगभग वही स्थान दिया है, जो स्थान कलकत्ता आकाशवाणी बंगला को देती है...साहित्य अकादमी (दिल्ली) ने मैथिली को अपनी मान्यता प्रदान की है...कहा गया है कि अब मैथिली के लेखकों-कवियों को भी साहित्य के राष्ट्रीय पुरस्कार मिला करेंगे! लेकिन सच यह भी है कि मैथिली के पास न तो अपना एक भी दैनिक-पत्र है, और न एक भी समाचार-साप्ताहिक!

सुप्रसिद्ध हिन्दी लेखक श्री फणीश्वरनाथ 'रेणु' ने अनामा ग्रुप के लेखकों के बारे में ठीक ही कहा है कि "बंगाल में 'हंग्री' युवकों का आंदोलन, मराठी में 'असौ' ग्रुप, तेलुगु में 'दिगंबर' कविता का आंदोलन, और अब मैथिली में यह 'अनामा'...आपलोग पुराने को, यानी परंपरा को पीछे छोड़कर आगे बढ़ रहे हैं! आप लोग यह सिद्ध करना चाहते हैं कि आपका व्यक्तित्व बीते हुए महापुरुषों के व्यक्तित्व से अलग और स्वाधीन है!"

हमें नामों की संपदा पर विश्वास नहीं है

श्री साकेतानंद, श्री गणेश गुंजन, श्री प्रभास कुमार चौधरी, श्रीमती ज्योति जयन्ती, श्री बालेश्वर, 'अनामा' ग्रुप के प्रमुख सदस्यों के नाम एक महीने के अरसे में बिहार

और बंगाल के पूरे मैथिल क्षेत्र में फैल गए हैं। —इनके 'अवतार' की प्रच्छन्न नाटकीयता के कारण, नई भाषा, नए बोध और नई काव्य शैलियों के कारण। उदाहरण के लिए यह कविता :

कारखाने के भोंपू की तरह
अब
बांग देता है मुर्गा
अब मजदूरों की तरह दल बांधकर
उजड़े हुए घोसलों से
उड़ते हैं
पंछी—
जाने कब से
सूरज (हमारे घर का)
भट्ठी की तरह सुलगने
लगा है
जाने कब से लोगों को शक है
कि
सुबह हो गई है,
चढ़ आया है,
दिन!

—धीरेन्द्र

...शहर के मैथिल इलाकों में अफवाहें उड़ी हैं कि ये 'अनामा' लोग श्री फणीश्वरनाथ 'रेणु' के नेतृत्व में कलकत्ते के 'हंग्री' और पटना के 'अनामा' लेखक-लेखिकाओं का एक 'कैम्प' राजगीर पहाड़ी की घाटियों में करने जा रहे हैं,...कि यह 'अनामा' ग्रुप अघोरपंथी साधुओं और तांत्रिकों की तरह अपने जीवन और अपनी कविता में कतिपय 'वीभत्स' प्रयोग करते हैं। 'पंचमकार' और 'पंचभोग'...! श्री साकेतानंद ने युवा पीढ़ी के प्रथम संकलन के बारे में कहा है कि "हमलोगों के प्रथम रचना संकलन का संपादन काल पुरुष ने किया है। यह काल पुरुष किसी एक व्यक्ति का नाम अथवा छद्म, नाम नहीं है। काल पुरुष हमलोगों के सामूहिक संपादन का व्यक्तिवाचक नाम है...हमें दरअसल, नामों की संपदा पर विश्वास नहीं है।...अपने अंदर हम एक साथ कई नाम, कई व्यक्ति, कई स्वभाव और कई सिद्धांत बुनकर जीते हैं।...इसलिए हम 'अनामा' हैं, हमारा कोई नाम नहीं है।"

पाठक की तलाश और कुछ नए मैथिली कवि

1965, जुलाई में श्री सोमदेव का नया कविता-संकलन 'काल-ध्वनि' प्रकाशित हुआ था। श्री यात्री (नागार्जुन) के कविता संकलन 'चित्रा (1949), और श्री राजकमल के कविता संकलन 'स्वरगंधा' (1957) के बाद 'कालध्वनि' ने पहली बार मैथिली कविता के बारे में एक नया विवाद खड़ा किया। 'चित्रा' ने कविता को 'ठेंठ' ग्रामीण शब्दावली और यथार्थ समाज-जीवन की ओर प्रेरित किया था। 'स्वरगंधा' ने शिल्प के नए प्रयोगों की ओर कवियों का ध्यान आकर्षित किया।...'काल ध्वनि' में कवि सोमदेव ने अपने कविता कौशल की एक पंचसूत्री व्याख्या प्रस्तुत की, और यह दावा किया कि कविता कालगति और समाजगति से प्रभावित नहीं होती, बल्कि वह समय, समाज, और व्यक्ति को प्रभावित करती है।

'कालध्वनि' की चर्चाएं खत्म होने के पहले ही, विद्यापति-जयंती के सांस्कृतिक 'मौसम' में 'अनामा' ग्रुप ने अपनी उपस्थिति का घोषणा-पत्र प्रकाशित कर दिया। हालांकि मैथिली कविता का पाठक इस आक्रमण को सहने के लिए तैयार नहीं है। मैथिली-पाठक अब भी 'संगक सखि सुखशयन करै छथि, पति-संग साजि पलंग' के मानसिक वातावरण में निवास करता है।...विद्यापति, उमापति, मनबोध, और चन्दा झा न भी सही, 'सुमन' 'मधुप', 'अमर', 'किरण', आदि छायावादी उपनामधारी कवियों की काल्पनिक 'रोमेंटिक', विरहवादी परंपरा ही मैथिली कविता की वर्तमान परंपरा है।...यात्री, राजकमल, सोमदेव, रामदेव झा, हंसराज, धीरेन्द्र, धूमकेतु आदि आधुनिक कवियों को अब तक अपने पाठक की तलाश है, जो इन पंक्तियों का रसास्वादन कर सके :

पहाड़ों का दैत्य, शायद
पी रहा है धुआंधार
सिगार!

—सोमदेव

सपने में देखा,
सूनी है वेदी
खाली है मंडप
सीमा की तरफ गए होंगे
कार्तिकेय,
हिनहिना रहा है, उनका घोड़ा
उसी ओर

—यात्री

ऐसी गतिहीन 'कविता-परिस्थिति' में 'अनामा' ग्रुप ने कतिपय सप्ताहों के इस सीमित अरसे में पूरे मैथिली साहित्य संसार को चकित और चमत्कृत किया है, केवल कविता में ही नहीं, कहानियों के क्षेत्र में भी! गंगेश गुंजन ने एक नई कहानी लिखी है—'गूंगे शहर का एक वाचाल' और एक परंपरा प्रेमी समीक्षक के अनुसार यह कहानी प्राचीन जीवन मूल्यों को संपूर्णतः अस्वीकार करके, आधुनिक महानगरों के वर्तमान जीवन की जड़ता, विस्मय, वीभत्सता, आत्महनन और मशीनीपन को पहली बार स्वीकृति देने का 'दुष्ट' प्रयास करती है!

'अनामा' ग्रुप के व्याख्याता-कवि का नाम है, श्री बालेश्वर! लखनवी ढंग की 'चुग्गी' दाढ़ी और पल्ले की नुकीली टोपी पहनने वाला यह युवक कवि अपनी कविताओं में अपने ही चेहरे और अपने ही व्यक्तित्व से इंकार करता है :

इस चौराहे पर आकर
मैं भूल जाता हूं,
अपना ही नाम,
अपना ही चेहरा...!

या

शाम की प्रतीक्षा अब भी रहती है
लेकिन, अब उसी झूठ की लाश
अपने कंधे पर लटकाए
मैं किसी दोस्त के साथ
किसी रेस्तरां में घुसता हूं
अथवा रेस्तरां से बाहर आता हूं
जीने के लिए मैं, वैसे भी
जी लेता हूं,
और कहने के लिए कह दिया
करता हूं,
कि जीना है इसलिए...
कंधे पर झूलती हुई
इस लाश के लिए

—बालेश्वर

इस प्रकार मैथिली-साहित्य की कथा-आत्मा को आधुनिक संदर्भ में देखती हुई, श्रीमती ज्योति जयंती 'मिथिला की मिट्टी और मिथिला का पानी' के सामयिक नारे का खंडन करती है।

नई शब्दावली नए शिल्प और नए रचना-मूल्यों का उद्घाटन

'चेतना'-गोष्ठी के विद्यापति-मेले में, पटना, कलकत्ता, पूर्णियां, गोहाटी, जमशेदपुर, आदि मैथिली भाषी जनसाधारण प्रवासी नगर-केंद्रों में आयोजित विद्यापति समारोहों में इस बार हिन्दी, बंगला, असमिया, और मैथिली—इन चार भाषाओं के प्रथम, प्रमुख कवि विद्यापति ठाकुर को एक नए रूप में देखने और प्रचारित करने का प्रयास किया गया। यह नया रूप था—युद्धकवि विद्यापति का सैनिक रूप...यह एक ऐतहासिक सत्य है कि राजा शिवसिंह के 'पलायन' के उपरांत, विद्यापति ठाकुर ने ही मैथिली-सेना की बागडोर संभाली थी, और मुसलमानी पलटन को पराजित करके महारानी लखिमा को मिथिला का राजसिंहासन वापस किया था।

'राजा शिवसिंह का युद्ध'—विद्यापति के इस 'युद्ध-काव्य' को, चारणशैली में लिखी गई अमृत-ध्वनियों को, और भैरवी-भवानी की स्तुति में कहे गए पद को ही इस बार विद्यापति समारोहों में प्रमुखता मिली,

जय-जय भैरवि असुर भयाओनि
पसुपति भामिनी माया
सहज सुमति वर दिअओ गोसाओनि
अनुगति पद तुअ पाया

'समय से कटकर, अस्पृश्य रहकर, कवि के जीवन और काव्य में सार्थकता नहीं आती है। सच्चा कवि केवल आमोद गृहों का कवि नहीं होता। वह युद्ध भूमि का भी कवि होता है।'—चेतनाा गोष्ठी के विद्यापति मेले के उद्घाटन समारोह की अध्यक्षता करते हुए कुमार गंगानन्द सिंह (बिहार विधान परिषद के भूतपूर्व अध्यक्ष) ने कहा था।

...मैथिली की आधुनिक कविता किसी भी स्थिति में अब, आमोद-प्रमोद की कविता नहीं है, और न ही सामाजिक राग-द्वेष की ही कविता है। लेकिन 'राघवाचार्य' जैसे अपवाद-कवियों के अतिरिक्त मैथिली कविता युद्ध भूमि की कविता भी नहीं है। यह स्थिति देखकर ही 'अनामा' गोष्ठी में उस दिन फणीश्वरनाथ 'रेणु' ने यह प्रश्न उठाया कि क्या मैथिली कविता की प्रकृति 'निराला' की 'राम की शक्ति पूजा' और नजरुल इस्लाम की 'अग्निवीणा' से मेल नहीं खाती है?

युद्ध कविता, अथवा इन्कलाबी कविता की प्रकृति और प्रवृतियों से भिन्न रहकर भी, आज की मैथिली कविता परंपरा प्राचीन जीवन-मूल्यों, पुराने विषयों, और परंपरागत शिल्प-विधान से विद्रोह और विरोध की कविता है :

चांदनी यह रात
अब विचलित नहीं करती

आदमी हम,
डूबते हुए सूरज के साथ
लाल पत्थर हो गए पाप और पुण्यों से
स्वयं मुग्ध, क्षुब्ध
और
अभिशप्त—

—हंसराज

लेकिन मछुए कभी निराश
नहीं होते हैं
अपनी नदी से।
नदी का कालापन भी
उनके लिए बन जाता है
कोई गीत
कोई त्योहार

—राजकमल चौधरी

मैथिली के नए कवियों और नए कथाकारों ने अपने लिए नई शब्दावली, नए शिल्प, और नए रचना-मूल्यों का उद्घाटन किया है और कर रहे हैं।

—धर्मयुग, 31.07.1966

कविता की राजनीति और राजनीति की कविता

जापानी लेखक ओसामू दजाई की आत्महत्या हम अभी तक भूल नहीं सके हैं। कहते हैं, उसने पहले भी चार दफा मर जाने की कोशिश की थी। पांचवीं दफा उसे सफलता मिली। हमें याद है, उसने अपनी वसीयत में क्या-क्या बातें कही थीं। पिछली बड़ी लड़ाई में जापान का दम टूट गया। हिरोशिमा और नागासाकी के संहार ने चेरी-फूलों के छोटे-से उस देश को तोड़ दिया। बड़ी लड़ाई के बाद बचे हुए जापान में, सिर्फ़ एक लेखक ओसामू दजाई ने ही आत्महत्या नहीं की, उस जैसे हजारों-हजार कवि, कलाकार, अभिनेता-अभिनेत्रियां, संगीतज्ञ, धर्म-पुरोहित, सामंत, राज-परिवार के सदस्यों, और 'गेइशा' लड़कियों ने आत्महत्या कर लीं। एक युग, एक पराजित काल-खंड समाप्त हो गया।

ओसामू दजाई की लाश पर नए जापान ने जन्म लिया। बौद्ध मंदिरों और मठों में फूल-पत्तियों की नई लताएं लगाई गईं। दजाई ने ही कहा था, उसकी आत्महत्या एक राजनीतिक आत्महत्या है—और, 'हाराकिरी' करने वाले बौद्ध भिक्षुकों और आग में जल मरने वाले संतों की तरह स्वयं प्राण-दंड लेकर, वह समय और समाज के सामने अपना अंतिम घोषणा-पत्र पढ़ रहा है। उसे जीने की आजादी नही दी गई। इसीलिए वह मर जाने की आजादी कबूल करता है। जैसा कि शायद, स्टीफेन ज्वाइस ने, और कालांतर से अर्नेस्ट हेमिंग्वे ने, और आलवेयर कामू ने भी किया था और, अपने जमाने में, जब ईसाई धर्म का संकीर्ण सुधारवाद ही योरप की राजशाहियों का सबसे बड़ा संबल था, कवि शेली ने क्या किया था? वह कैसी समुद्र-यात्रा थी?

लेकिन, ये सारी बातें विदेशों में हुईं, अपने देश में नहीं। अपने देश में स्वाधीनता प्राप्ति के पहले सक्रिय राजनीति और स्वाधीनता-आंदोलन में संलग्न कवियों ने देशभक्ति और जन-जागरण की कुछ कविताएं जरूर लिखीं। मगर, रवीन्द्रनाथ ठाकुर जैसे उच्च भाववादी कवियों ने 'सोनार तरी' के साथ 'गीतांजलि' की निरीह सूफियाना कविताएं ही अधिक मात्रा में तैयार कीं—और, स्वाधीनता-प्राप्ति के बाद, तो काव्य-स्रोत का रहा-सहा जल भी सूख गया। देश जमीन का बेजान टुकड़ा बन गया, और हमलोग बिंबों-प्रतीकों के जानदार, मांसल, रक्त-रागमय टुकड़ों की तलाश में, अफसरी कुर्सियों और कहवाघरों के टेबुलों में, ऊपर-नीचे झांकने लगे। इन्हीं दिनों

हिन्दी के एक नए सुकवि ने लिखा :

बेचने के लिए थोड़ी-सी आत्मा
और, खरीदने के लिए
थोड़ा-सा मांस,
मुझे और कुछ नहीं चाहिए,
मेरे प्रभु!

प्रभु यह प्रार्थना सुनकर मुस्कुराए होंगे या नहीं, इसकी मुझे कतई जानकारी नहीं है। फिर भी मुझे पता है कि यह कविता, और इन दिनों लिखी जाने वाली ज्यादातर कविताएं एक सुचिंत्य राजनीतिक पद्धति के अंतर्गत लिखी जा रही थीं—कविता के लिए, केवल कविता के लिए नहीं।

कविता केवल कविता के लिए लिखी जाती थी, लेकिन वह युग हमारी अनुपस्थिति में ही बीत गया। जब से हम कविता को जानते-पहचानते हैं, वह किसी-न-किसी निश्चित विचार-पद्धति, और पूर्व-निर्णीत कार्यक्रम के अनुसार लिखी जाती है। बात ऐसी है कि पहले लड़ाई, या अकाल, या महामारी, या क्रांति नहीं आती—इन वस्तुओं की भूमिका के रूप में पहले आती है कविता। पहले आदमी नहीं मरता है। पहले उसकी कविता मर जाती है। कविता की सड़ी हुई लाश पर मातम करने के लिए बैठी हुई जनता, और जनता के भाग्यविधाता, बाद में मरते हैं। फ्रांस में बराबर ऐसा ही हुआ। अमरीका में यही हो रहा है। हमारे देश में भी इससे अलग कोई घटना नहीं होगी।

एलेन गिन्सबर्ग चेकोस्लोवाकिया से इसलिए निकाला गया कि वह 'मार्जिनाइन्दिका' जैसा अवैध नशा करता है, शहर के नौजवान होते हुए लड़कों को बरबाद करता है, और ढोलक पर 'रामधुन' गाता हुआ जहां-तहां नंग-धड़ंग अघोरी बन जाता है। ज्यादा जरूरी यह था कि गिन्सबर्ग को, और उसके 'गीत'-हमराहों को सबसे पहले पिता-देश अमरीका से ही निकाल दिया जाता, क्योंकि वे लोग वियतनाम की बेताज महारानी मादाम नू को हसरत और प्यार की निगाहों से देखते हैं, क्योंकि वे क्यूबा में जाते हैं, और अमरीकी साम्राज्यवाद के खिलाफ जहर उगलते है, और, क्योंकि वे लिखते हैं कि न्यूयार्क सागर के किनारे खड़ी एक सौ बावन गज लंबी स्वाधीनता की देवी को समुद्र में प्रवाहित हो जाना चाहिए, क्योंकि देवी के हाथ की मशाल बुझ चुकी है।

केवल कविता के लिए कविता लिखने वाले कुछ पुराने कवियों ने भी यह मंजूर किया है कि कविता के हाथों में भी जलती हुई मशाल होती है। आगमनी का संगीत बजाते चलना भी कविता का एक धर्म बनता है। हम भी कविता को एक ताकत मानते हैं, जो आदमी के बाहर को सही, आदमी के अंदर को मजबूत और स्वाधीन

करता है। यह ताकत नहीं हो तो हिटमैन या पाउंड, मायाकोवस्की या निराला, किसी की कविता का कोई मतलब नहीं निकलता है।

यह ताकत ही कविता की राजनीति है। और, निश्चय ही हमलोग, जो कविता लिखने के साथ-साथ एक शिष्ट, नागरिक, समाजिक, जीवन भी जीते हैं, इस राजनीति में विश्वास करते हैं। हमारे लिए अगर कविता जरूरी है, तो यह सुविधा भी जरूरी है, जिसके साथ हम मुक्तिपूर्वक, सम्मानित और स्व-निर्वाचित जीवन बिता सकें। हम समय-निरपेक्ष अथवा देश-निरपेक्ष नहीं है। हम देश, काल, समाज, नीति, व्यवसाय और राजनीति की समस्याओं और निर्णयों से इतना गहरा ताल्लुक रखते हैं कि हम इश्क का यह धागा तोड़ने के काबिल नहीं रह गए हैं। सांप काटता है, तो जहर हमें भी चढ़ता है। पड़ोस में बिजली गिरती है, तो जी हमारा भी धड़कने लगता है। मसीहा नहीं हैं, कविता लिखते रहकर भी हम सिर्फ़ आदमी हैं, और कवि हैं।

ओसामू दजाई...एलेन गिन्सबर्ग और, बेचने के लिए थोड़ी-सी आत्मा, और खरीदने के लिए थोड़ा सा मांस—इनके साथ एक सीधी लकीर खींचना कठिन है। क्योंकि, यहां अपने देश, भारत में आकर, फिलहाल, अभी यह लकीर लगभग टूट गई है। हमलोग कवि हैं, नई से नई कविता लिखते हैं। लेकिन, हमें कविता की ताकत और कविता की राजनीति का पता नहीं है। हममें जो लोग ज्यादा समझदार हैं, जिन्होंने अपना देश ही नहीं, सारा संसार देखा है, जो लुई फिशर को भी जानते हैं, और बोलशोई-थिएटर में 'स्वान लेक' का उन्मुक्त बैले भी देख आते हैं—उन लोगों ने कविता की राजनीति समाप्त करके, राजनीति की कविता शुरू कर दी है। इस नई राजनीति के दो सिरे हैं, एक सिरे पर अपनी सरकार है, और अपने देश के पूंजीपति; और दूसरे सिरे पर विदेशों की लंबी-चौड़ी, हरी-भरी सदाबहार दुनिया है। राजनीति की नाग-फांस में इन दोनों सिरों को ध्यान और मंत्रणा में रखकर, कविता लिखी जाती है, चाहे उस कविता का विषय 'कैकेई का विलाप' अथवा 'बीमार कुत्ते की मौत' ही क्यों न हो। कविता की राजनीति, और राजनीति की कविता में सबसे साफ भेद यही है कि पहली कविता मशाल तेज रौशन करने के लिए, और दूसरी कविता अपना इहलोक और अपना परलोक सुधारने-संभालने के लिए रची जाती है। कब ट्राय का पतन हुआ, और कब हेलेन के लिए महाकवि होमर ने आंसू बहाए, लेकिन राजनीति की कविता को जरूरत पड़ती है, तो वह अपने कवि को जी भर रोने देती है। हमारे कविगण अभी जी भरकर रो रहे हैं। ड्राइंगरूम में एक फूलदान टूटता है। मेज पर स्याही बिखर जाती है। वक्त पर चाय नहीं मिली। दफ्तर में देर हो गई। पड़ोस की लड़की सुबह से झांकने नहीं आई। और, यह सब हुआ, तो जैसे कमरे में, दिमाग में, संपूर्ण अस्तित्व में विसूवियस का लावा फूटने लगा, जैसे जल-प्रलय आ गया। हमने दूसरी बड़ी लड़ाई नहीं लड़ी, लेकिन हम युद्ध के त्रास से भयभीत हैं। हम भूखे नहीं मरे। हमने प्यार नहीं किया। हम चलती हुई ट्रेन के नीचे सोए नहीं। लेकिन, राजनीति की अपनी कविताओं में हम चीखते रहे, बुखार में, डेलिरियम

में, नींद में हम चीखते रह गए। कविता में हमने जीवन को, प्रचलित मूल्यों को, यहां तक की मृत्यु और ईश्वर तक को नकार दिया (समाज से तो हमें कोई मतलब नहीं था), लेकिन सिर्फ़ कविता में, कविता के साथ बीतते हुए जीवन में, जीवन की छोटी-बड़ी लड़ाइयों में नहीं।

कविता के संसार से अलविदा लेने के वक्त फ्रांसीसी कवि रांवे ने एक बड़ी अच्छी बात कही थी, 'कविता अब मेरी जिंदगी से टूटकर समाज की जिंदगी में समाहित हो जाना चाहती है। लेकिन, यह बात मुझे पसंद नहीं। इसलिए मैं खुद कविता से टूटकर अलग हो रहा हूं।' पिछले दिनों आइन रैन्ड से लेकर जैक कैरुआक तक के अमरीकी लेखक-लेखिकाओं ने ऐलान किया कि वे लोग धीरे-धीरे जिंदगी से, और कविता से टूट रहे हैं। वे 'असहयोग' करने जा रहे हैं राजनीति से और व्यवसायिक अर्थतंत्र से, और समाज से। यानी, वे हड़ताल पर हैं, उन्हें कारखानों, विद्यालयों, दफ्तरों और सरकार से कोई रिश्ता नहीं है।

निश्चित है, ओसामू दजाई की तरह ही, यह एक और, आत्महत्याओं का लंबा सिलसिला था, जो कारगर नहीं हो सका। क्योंकि, यह हड़ताल अपने-आप मैनहट्टन, निग्रो बस्तियों, ग्रीनविच-सिटी, और शराबबारों-कॉफी घरों से बाहर निकलकर, अमरीका की समूची नई पीढ़ी में फैल गई। हड़ताल सफल नहीं हुई। लेकिन, असफल होकर ही इसने अमरीकी कलाकारों और बुद्धिजीवियों को यह सोचने का मौका दिया, कि इस ढांचे में, जीवन पद्धति, और अर्थपद्धति को एक सिलिसिला देने वाली ताकतों में, कोई भारी गड़बड़ी आ गई है। जिसका इलाज होना जरूरी है। नार्मन मेलर, हेनरी मिलर, आर्थर मिलर से लेकर जैक कैरुआक, विलियम बरो, मेरी मेकार्थी तक अपनी-अपनी सीमाओं के साथ, इस ढांचे की राजनीति के बारे में सोचने लगे।

कविता अपनी सीमा और सुविधा में, इस आर्थिक और राजनीतिक ढांचे को तोड़ने और जोड़ने में आदमी की मदद देती है। कवि इस मदद की राह को बंद करने लगता है, तो उसकी कविता का ध्वजभंग हो जाता है। बोरिस पेस्तरनाक का ध्वजभंग हुआ। अपने देश में, खासकर हिन्दी कविता में, इसके उदाहरण कदम-कदम पर पड़े हैं। सरकारी दानपत्रों और 'प्राइवेट सेक्टर' के अति-प्राइवेट बही-खातों पर दस्तखत करने वाले लेखकों-कवियों की कमी अपने यहां नहीं है। ये दस्तखत करने वाले कवि, और बुद्धिजीवी ही अपनी शर्म छिपाने के लिए, 'प्रतिश्रुति', 'प्रतिबद्धता', और इस प्रकार के अन्य भारी-भरकम शब्दों पर बहस-मुवाहसे करते हैं, और वक्तव्य देते हैं। कवि प्रतिबद्ध नहीं हो, न किसी वैचारिक मतवाद के प्रति, न किसी व्यावहारिक व्यवस्था के प्रति, कोई फर्क नहीं पड़ता है। कवि-समाज मत-हीन, मति-हीन, और अव्यवस्थित ही रह जाए, यह ज्यादा बड़ी परेशानी की बात नहीं है। लेकिन, जब कवि-समाज जश्न और महफिल के वक्त वदहवास होकर रोने लगता है; जब वह नींद में दरिंदों को कत्ल करता है, नींद खुलते ही दरिंदों के नाम एक 'माफी नामा' लिखने लगता है; और, जब वह इस अकाल-दुष्काल में भी वैराग्य, मोक्ष, और

महानिर्वाण की बातें बोलने-बतियाने लगता है; तो, हम इन कवियों से, कविता करने के बदले, कांग्रेसी राजनीति के शतरंज में शामिल होने का अनुरोध करना चाहते हैं। राजनीति बुरी बात नहीं है। बुरी बात है राजनीति की कविता।

लेकिन इसके साथ ही, तस्वीर का एक पहलू और भी है। यह पहलू है, हिन्दी और दूसरी भाषाओं की नई पीढ़ी। यह पीढ़ी 'बीट' या 'हंग्री', या ऐसा कुछ और नहीं होकर भी, अपनी कविता के दाय को समझती है। यह पीढ़ी अपनी हैसियत, और अपने माहौल की हैसियत, को समझकर अपनी राह चलती है। हमलोग नई पीढ़ी के रचनाकार हैं, अपने पूर्वजों का पाप हम अधिक दूर तक ढोना नहीं चाहते, मुद्राराक्षस ने अपनी एक टिप्पणी में कविता के मूल्यांकन को अस्वीकृत किया। क्योंकि यह मूल्यांकन और मूल्यप्रदान ही सारे पापों की जड़ है। कवि इसी के पीछे भागता हुआ राजनीतिक और व्यावसायिक दलदलों में जा फंसता है। और, बंगला के मलय राय चौधुरी महाशय ने स्टेट-बैंक की स्थायी 'पेन्शनेबुल' नौकरी का मोह तोड़कर, प्रेम की एक कविता लिखी ('आमार अमीमांसितो शुभा'), जिसमें प्रेम से ज्यादा, कविता की राजनीति है, वही राजनीति—जिसके नल पर भक्तियुग का यह 'रोमैंटिक' कवि लार्ड बायरन ग्रीस की देसी लड़ाई में शामिल होने गया था। मराठी का अशोक सहाने एक छोटी-सी पत्रिका निकालता है, 'असौ' (हमलोग), जिसके एक-एक अंक में एक-से-एक उत्पात होता है, देशी बुद्धिजीवियों के दिमागी खोखलेपन के बारे में, और उन 'जीवनमूल्यों' के ब़ारे में, जिनकी आड़ में बड़े-बड़े शिकार किए जाते हैं।

कई नाम हैं, और कई कविताएं हैं। ऐसी कविताएं हैं, और लिखी जा रही हैं, जिनमें हम अपने और पास-पड़ोस के जीवन की संगतियों-विसंगतियों के अर्थ तलाश रहे हैं। हमने बचपन की उम्र में दूसरे महायुद्ध के बारे में सुना था। उसका कोई खास असर हमारे दिमाग पर नहीं हुआ। हमने युद्ध के बारे में पढ़ा था, लेकिन, उसे नजदीक से देखा नहीं था। फिर, बंगाल अकाल हुआ। हिन्दू-मुस्लिम दंगे हुए। देश बंट गया, और आजादी हासिल हो गई। इन दिनों हमारे अग्रज कवियों ने देश और समाज के बदलते हुए रूप और प्रारूप के बारे में लिखना शुरू नहीं किया था। वे लोग अभी अपना ही रूप-स्वरूप तय कर रहे थे। सभी लोग प्रगतिशील थे, मार्क्सवाद के सिद्धांतों को मानते हुए, सिर्फ़ अमल के तरीकों पर मतभेद रखते थे। प्रेम और प्रेम से उपजी हुई वैयक्तिक भावुकता ही कविता का प्रधान प्रसाधन थी। छायावाद का प्रेत इनके सीने के अंदर जमकर बैठ गया था। उसके सामने एक सवाल इस प्रेत का था, और दूसरा सवाल था लौकिक प्रतिष्ठा प्राप्ति के लिए कविता के उपयोग का।

हमलोग यह सारा प्रपंच समझ नहीं रहे थे। हमारे अग्रज कवि कविता के लिए नए, और स्वास्थ्यवर्द्धक सूत्र बनाने में व्यस्त थे। इसके साथ ही, समाज-प्रपंच के तीन बड़े मुहल्लों—सरकार, पूंजीपति-वर्ग और विदेशी संस्थाओं में भी अपने लिए 'सुरक्षित-स्थान' निर्धारित कर रहे थे। यह कुछ ही बरसों पहले की बात है। प्रपंच

का सारा नक्शा अब हमारे सामने है। इस नक्शे में हर जगह बुद्धि और कविता की वेगवती को तोड़ने-कुचलने की कोशिश की गई है। अग्रज कवि एक बार फिर कविता को आध्यात्मिक चेतना और 'ब्रह्मज्ञान' की ओर वापस ले जाना चाहते थे(और अब भी चाहते हैं), ताकि, 'तथाकथित' राजनीति से, तथाकथित रूप में, कविता को दूर और सुदूर रखा जा सके।

पलायनवादी, योरोपीय अस्तित्ववादियों ने भी जब, मृत्यु और ईश्वर के बारे में बातचीत करना बंद कर दिया, हमारे देश के बड़े कवि नए हौसले के साथ मृत्यु, शिवत्व, योग, काम, क्षेम, अश्वत्थामा, ईश्वर, भूमिरक्षा, उर्वशी, अमृत, सत्य और परम सत्य की खोज में निकले। और एक दूसरे के सम्मान में उन्होंने 'धन्य-धन्य' का नारा लगाना शुरू किया। फायदा कुल इतना हुआ कि सरकार अपनी हो गई। सरकारी अकादमियां अपनी हो गईं। देशी-विदेशी भाषाओं में इन खोजपूर्ण कविताओं के अनुवाद छपे। जीवनमार्ग कंटकहीन हो गया। आकाशवाणी, विश्वविद्यालय, पत्र-पत्रिकाओं में, हर ओर अमृत-ध्वनि के इन कवियों का जयकार गूंजने लगा।

हमलोग इस जय-जयकार की राजनीति से इनकार करते हैं। हमारी कविता को, और हमारे व्यक्ति को यह राजनीति नहीं चाहिए। हमें राजनीति चाहिए ताकत की, जिंदगी की लड़ाई में शामिल होकर अपना सुख, स्वाधीनता, अपना अधिकार प्राप्त करने की ताकतवर राजनीति हमें चाहिए। विष्णुचन्द्र शर्मा की एक छोटी-सी कविता है, 'देश', जिसकी पंक्तियां इस प्रकार हैं—

> आकाश के बाजुओं में
> सागर है,
> सागर के अंक में हमारा देश,
> और हम—
> एक-दूसरे से गुंथे,
> नारिकेल-वन हैं।

अगर यह कविता है, और इसमें कविता की राजनीति है, तो हम इस राजनीति में आस्था रखते हैं, और यही राजनीति हमारी अपनी राजनीति है। कुर्सियों-मेजों और फाइलों-बहीखातों की राजनीति हमें बेहद 'बोर' करती है। क्योंकि, बही-खातों की राजनीति हमारे कवि को मूर्ख बनाकर, उसे यह सोचने के लिए प्रेरित करती है कि उसका कोई देश नहीं है, न तो यह नारिकेल-वन और न टेबुल की दराजों में बसा हुआ वह शहर।

—युयुत्सा, अगस्त-1967

अपनी कविता के विषय में

मेरी कविता अपनी एक शब्दावली और शब्दों के माध्यम से एक स्तूप-विन्यास में प्रकट होती है, 'कंकावती' अपनी पहली कविता-पुस्तक लिखने के पहले मुझे यह विश्वास नहीं था। विश्वास कंकावती ने दिया, कविता के प्रति, और लगभग उतने ही अंश में, जीवन के प्रति। जहां तक विश्वासों की प्रमाणिकता का प्रश्न है, मैं बेहद पुराना और पुराण-पंथी व्यक्ति हूं। इसीलिए, अपनी कविता और अपना जीवन मेरे लिए अलग-अलग स्थितियां नहीं है। अलगाव इन दोनों में इतना ही है कि कविता अंतरंग-जीवन और अंतरंग-व्यक्तित्व को व्यक्त एवं स्थापित करती है। मुझे ऐसा लगता है। मैंने कविता को अलग, और जीवन को उससे एकदम अलग जिया है।

कंकावती एक स्त्री थी, जिसके शरीर में मुझे अपना जीवन सहने, भोग करने, और रचने (रचना करने) का अवसर मिलता था, अपनी पूरी सहृदयता और पूरी पशुताओं के साथ। इस कंकावती के कारण ही 'कंकावती' की लगभग पचासी कविताएं लिखी गईं। संयोग किसे कहते हैं, घृणा क्या होती है, अपराध के कितने स्तर हैं, और क्षमा के कितने स्वरूप हैं, अपनी कविता में यह सब जानने का अवकाश कंकावती ने ही दिया। आदमी मशीन बनकर भी, कहीं न कहीं आदमी रह ही जाता है, इतना कामनामय है वह! समय केवल उन्हें ही क्षमा नहीं करता है, जो प्रतीक्षा को और मौन को अपना अभिजात संस्कार समझ लेते। स्त्री की नंगी देह हमारी इच्छाओं की ही एक 'अमूर्त' प्रतिकृति है, और हमारी इच्छाएं संभोग के ईश्वरीय सत्य से ही निर्धारित होती है। किसी भी परिस्थिति की काल-सीमा और स्थान-सीमा को हम अपने जीवन से तोड़कर अलग नहीं कर सकते, क्योंकि, परिस्थितियां अधिकांशतः आंतरिक होती हैं, और आंतरिकता के गुण से इनका काल और स्थान, और इनकी गति भी, स्थिर ('स्टैटिक' और 'समयहीन' अर्थात 'टाइमलेस') हो जाती है।

—ऐसी कितनी ही बातें थीं, जो मुझे इस कंकावती से ज्ञात हुई। सामाजिक जीवन की वीभत्सताओं का अनुभव भी, विचार और निर्णयों के संदर्भ में, मुझे इसी वातावरण में हुआ। 'कंकावती' के पूर्व मैं कविता को एक आयोजित शब्द-वितरण (अथवा, शब्द-प्रवाह) मानता था। संस्कृत काव्य-शास्त्र ने मुझे यही बताया था। किंतु,

निराला और अमरीकी कवि वाल्ट ह्विटमैन के संपर्क ने मुझे अलंकार की मैथुन-चेष्टाओं से मुक्त किया। शिल्प के चमत्कारों से और कलात्मक नख-शिख (?) परिकल्पनाओं से कविता, संगीत अथवा चित्रकला के समीप आ जाती है, जबकि इन दोनों रस-माध्यमों से कविता का कोई संबंध नहीं है।

कविता के रंग चित्रकला के प्रकृति-रंग नहीं होते। कविता में रंगों का बिम्ब-विधान और प्रतीक-विधान अपनी स्वाधीन प्रतिमा से संचालित होता है, प्राकृतिक रंगों की प्राकृतिक अर्थसत्ता से नहीं! और, कविता का संगीत शब्द-ध्वनि का संगीत नहीं है, अर्थ-संकेत (इसे रीतिकालीन 'अर्थ-संकेत' के अर्थ में ग्रहण नहीं किया जाए) और अर्थ-विस्तार का संगीत है।

लेकिन, 'कंकावती' में मैंने केवल अपनी कविता के कारणों और उपकरणों का उद्घाटन और प्रत्यक्षीकरण किया था। कविता के संपूर्ण व्यक्तित्व का मुझे उन दिनों (1963-64 में) पता नहीं था। क्योंकि, कविता शायद, एक स्त्री नहीं होती है, वह एक साथ कई स्त्री होती है, कविता शायद, महाशक्ति है, और उसकी दस महाविद्याएं हैं। कविता क्यों बगलामुखी होती हैं,—इसका ज्ञान मुझे निराला-ह्विटमैन से नहीं, और प्रगतिशील अस्तित्ववादी कवियों से भी नहीं,...इसका ज्ञान मुझे अपनी असामाजिक (?) आदतों और बीमारियों से हुआ। आसक्तियां और रोग—ये दोनों वस्तुएं आदमी को पराक्रमी और स्वाधीन करती हैं। मैं कंकावती के प्रति, और उसके व्यक्तित्व की खंडित परिधि-रेखाओं के प्रति आसक्त था। कई रोग मुझे अन्य आसक्तियों से मिल गए। मैं पराक्रमी हुआ। मैंने निर्णय करने की स्वाधीनता प्राप्त की। कविता-भंगिमाओं से मुक्ति पाने का प्रयास ही कविता है, सुर्रियलिस्टों की यह बात मुझे स्वीकार न हो, पसंद जरूर आई है। क्योंकि कविता को जीने की आत्म-पीड़ा में इतना विवश मैं हो गया था कि कविता-भंगिमाओं से (कविता में, और जीवन में भी) मुक्ति का 'स्लोगन' मुझे आन्द्रे ब्रेते के समीप खींच ले गया। लेकिन, सवाल था, मुक्ति किससे? भंगिमाओं से, या कविता से? और, यह मुक्ति क्यों, और किसलिए? क्या इसलिए तो नहीं कि कविता हमारे आंतरिक व्यक्तित्व और हमारे शारीरिक-सामाजिक व्यक्तित्व के चक्र-संघर्ष को रेखांकित करती हुई हमें आइने के सामने खड़े होकर नंगे हो जाने की सुविधा देती है? और यह नंगापन हमें पसंद नहीं है, हमें आवरण-भंगिमाएं पसंद हैं। मेरे साथ जबकि ऐसी स्थिति नहीं थी। नंगापन मुझे अधिक रुचिकर और सुखद था—उपयोगी भी था। नंगेपन में किसी भ्रम या दिग्भ्रम की गुंजाइश नहीं होती, इसीलिए। तब, नंगापन किसी भी प्रकार की कोई भंगिमा नहीं है। एक प्रकार की एक स्थिति है। स्थिति से मुक्ति, कविता में, संभव नहीं है, यह मैंने कंकावती में ही अनुभव किया था।

इसीलिए, मैंने कविता को कविता-भंगिमाओं से नहीं, शरीर-सीमाओं से मुक्ति का प्रयास मान लिया। हमारे शरीर में संस्कार, समाज, अनुभव, और भविष्य—इन

सभी वस्तुओं की उपस्थिति है। इन सभी वस्तुओं से हम मुक्ति की प्रार्थना करते हैं। 'मुक्तिप्रसंग' अपनी दूसरी कविता-पुस्तक में कविता के लिए मैंने यही प्रार्थना उपलब्ध की। कविता मेरे व्यक्ति को अपनी शरीर-सीमाओं से मुक्त करती है। अथवा, इस मुक्ति में सहायक होती है।

कविता, अब भी इसीलिए, मेरे लिए कंकावती है, एक स्त्री! इस स्त्री के शरीर से मैं परिचित हुआ हूं। इसके आंतरिक रहस्यों का अब तक मुझे पता नहीं है। लेकिन, यह मेरी स्त्री है, मैं इसके समस्त रहस्यों का अधिकारी हूं।

कविता लिखने के लिए समाज-बोध एवं शरीर-बोध की जितनी आवश्यकता है, कविता के 'धर्म' (मैं 'मर्म' की बात नहीं कह रहा हूं) को समझ लेना, उससे ज्यादा आवश्यक है। मुक्ति-प्रयास ही कविता का धर्म है। मुक्ति सीमाओं से और मुक्ति भंगिमाओं में, क्योंकि, दासता में, शरीर और इच्छाओं की दासता में, संभोग और सृष्टि संभव नहीं है। जबकि कविता संभोग भी है, और सृष्टि भी!

—आमुख

नई कहानी : दशा, दिशा और संभावना*

"समकालीन कथा-साहित्य के बारे में इतने लोग इतनी तरह की बातें कह रहे हैं कि मुझे यह सोचने को मजबूर होना पड़ता है कि फिलहाल और कुछ कहने की जरूरत नहीं है। आज की कहानी को नए आयाम, और नई भावभूमि, और नई सामाजिकता, और नए दृष्टिबोध, और नए टेक्सचर, और नई वैयक्तिकता, और नए सत्यों में इस तरह बांधा-जकड़ा जा रहा है कि पाठक की बात तो बहुत दूर की है, आज के कहानी-लेखक को ही दिशा नहीं मिलती है कि कहानी क्या चीज है। कहानी लेखक इन तथाकथित सैद्धांतिक आलोचना-प्रत्यालोचनाओं के व्यूह में अभिमन्यु की तरह घिर गया है। और अभिमन्यु की हत्या नहीं की गई तो कभी-कभी वह आत्महत्या भी कर लेता है। यह अत्युक्ति नहीं है कि पेशेदार समालोचकों समीक्षकों के निहित स्वार्थों (Vested interests) के कारण, सहयोगी लेखकों द्वारा दिए गए गलत नारों और गलत स्टडीज के कारण, और मुनाफाखोरी के नानाविध हथकंडों में आत्मलीन प्रकाशकों की व्यवसाय-बुद्धि के कारण 'धीरे-धीरे' नई पीढ़ी के कहानी लेखक आत्महत्या करने पर विवश हो रहे हैं। एक उदाहरण है, कमल जोशी। दूसरा उदाहरण है मार्कण्डेय। ताजा उदाहरण है, फणीश्वरनाथ रेणु। इनमें से किसी को सहयोगी लेखकों द्वारा लगाई गई झूठी लांछनाओं ने पराजित किया है, किसी को इस ख्याल ने मारा है कि नामवर कहानी-लेखक बनने के लिए जरूरी नहीं है कि अच्छी कहानी लिखी जाए, जरूरी यह है कि चंद फार्मूले, चंद उसूल, चंद पब्लिसिटी स्टंट अपनाए जाएं। किसी को प्रकाशक ने मारा है। किसी को किसी और भ्रम या मायाजाल या गलतफहमी ने।

---

* उक्त शीर्षक से प्रकाशित पुस्तक के पृ.-311-319 तक में यह लेख राजकमल चौधरी के नाम से प्रकाशित है। इसके संपादक श्री सुरेन्द्र चौधरी हैं। अपोलो पब्लिकेशन्स, सवाई मानसिंह हाइवे, जयपुर से 1966 में यह पुस्तक प्रकाशित हुई। गंभीरता से देखने पर ऐसा प्रतीत होता है कि 'कहानी : नई कहानी : पुरानी कहानी' शीर्षक से जो लेख लहर, अग. सितं. 1961 के नई कहानी विशेषांक में और फिर 'शव यात्रा के बाद देह शुद्धि' (2000) संकलन में प्रकाशित हुआ, प्रस्तुत लेख उसी में कुछ परिवर्तन कर तैयार किया गया है शायद।

कहानियां लाश बन रही हैं। कहानी लेखक खुदकुशी कर रहे हैं और इन लाशों का बड़ा ही शानदार जुलूस निकाला जा रहा है। किसी भी मासिक पत्रिका का कोई भी अंक उठा लीजिए। स्वतंत्र लेखों में, टिप्पणियों में, स्तंभों में, समीक्षाओं में, यहां तक कि प्रकाशित पत्रों में ही, कहीं न कहीं पर ऐसी बात जरूर मिल जाएगी जो किसी लेखक को ऊंचा और किसी लेखक को नीचा करने के लिए, आज की कहानी को किसी न किसी भूषण या दुर्गुण से मंडित या लांछित करती है। हर दूसरा आलोचक, और हर तीसरा लेखक आज की कहानी के दर्द, या सिर दर्द का मसीहा बन रहा है...।

एक बंधु लेखक ने अपने एक लेख में कथा-साहित्य की परिभाषाएं यों दी हैं, ''मूलतः व्यक्तित्व और परिवेश के सार्थक संबंधों में जीवन के स्वरूप और उसकी गति को समझने की सचेत प्रक्रिया का नाम ही कथा-साहित्य है।'' यह परिभाषा मेरे पल्ले नहीं पड़ती है। कथा-साहित्य क्या 'जीवन के स्वरूप और उसकी गति को समझाने की सचेत प्रक्रिया' ही है? कथा-साहित्य 'गति को समझाने की प्रक्रिया' है, या प्रक्रिया की अभिव्यक्ति है? क्या कोई उदाहरण लेकर इस 'व्यक्तित्व और परिवेश' के रिश्ते और 'स्वरूप और गति' की समझदारी और उन सबकी 'प्रक्रिया' को समझा जा सकता है?

क्या इस 'प्रक्रिया' को अर्थ और व्याख्या देने वाली कहानियां लिखी गई हैं, या लिखी जा रही हैं? क्या कहानी की सीमा में (क्योंकि, कहानी अर्थशास्त्र या समाजशास्त्र, मनोविज्ञान या दर्शन की थीसिस नहीं है!) ऐसा करना संभव है? और इस परिभाषा को आदर दिया भी जाए, तो यह परिभाषा केवल कहानी के साथ ही नहीं, साहित्य की किसी भी विधा के साथ लागू हो सकती है।

बात दरअसल यह है कि नई पीढ़ी के लेखक और आलोचक बातों को उलझाना चाहते हैं। इस कदर उलझाना चाहते हैं, इस तरह स्थितियां और परिभाषाएं और सिद्धांत गढ़कर पेश करना चाहते हैं कि जो कुछ भी वे लिखें और अपने बंधुओं से लिखवाएं, वह सारा कुछ साहित्य के दायरे में मान लिया जाए—मान लिया जाए कि वह शिल्प की एक नई विधि है, वस्तु की एक नई शैली है, भाव का एक नया कोण है।

मैं इस पुरानी बहस पर उतरना नहीं चाहूंगा कि साहित्य मानव-जीवन और समाज की उन्नति-प्रगति का एक सहायक यंत्र है, अथवा साहित्य मानव-जीवन और समाज को अपने विषय के रूप में अंकित करके भी उनसे सर्वथा स्वतंत्र है। इस बहस में पड़ने से फायदा नहीं है, क्योंकि दोनों एकदम दो बातें हैं। मैं जीवन और समाज को साहित्य, विशेषतः कथा-साहित्य के विषय (Subject Matter) से अधिक कुछ नहीं मानता। (यह नहीं मानता कि किसी मतवाद का प्रचार किसी सिद्धांत का प्रचार, किसी नैतिकता या किसी जीवन शैली का प्रचार कथा-साहित्य का उद्देश्य

है। जो लोग ऐसा मानते हैं उनसे मुझे कोई स्पर्धा नहीं है। इतना अवश्य है कि सामाजिक और राजनीतिक तंत्र से, और इसकी उथल-पुथल से कथा-साहित्य दामन बचा नहीं सकता है, अपने को बेदाग नहीं रख सकता। किंतु साहित्य के सौंदर्य-मूल्य और जीवन के उपयोग-मूल्य में कोई एकता नहीं है।

युद्ध, अकाल, राजतंत्र, बेकारी, महंगी, दूसरे देशों से संबंध, ग्रहकलह, आम चुनाव इन सभी बातों का असर कथा साहित्य पर पड़ता है, सामान्यतः कथा के विषय और स्वरूप पर पड़ता है। मगर इसका यह अर्थ कदापि नहीं है कि कथा-साहित्य को जीवन और संस्कृति की कलात्मक अभिव्यक्तियों के क्षेत्र से हटाकर, समाजशास्त्र और मनोविज्ञान के क्षेत्र में डाल दिया जाए।

कहानी के बारे में तरह-तरह की परिभाषाएं गढ़ी जा रही हैं। नामवर सिंह जैसे नवोदित आलोचकों ने आज की कहानी को एक बार ही 'नई कहानी' बना दिया है। 'नई कहानियां' (वर्षगांठ-विशेषांक, मई 1961) में राजेन्द्र यादव का लेख छपा था, 'आज की कहानी : परिभाषा के नए सूत्र।' इसी एक लेख के पर्यवेक्षण से पता चल जा सकता है कि आज की तथाकथित 'नई कहानी' के लेखक और आलोचक क्या सोच रहे हैं, और यह सोच-विचार किस हद तक उचित-अनुचित है।

आठ कालमों का यह लेख परस्पर विरोधी बातों, आत्म-खंडन और गलत निष्कर्षों से भरा है। पहले कुछ उदाहरण पेश करता हूं—

1. इन दस वर्षों में कहानी का एक ऐसा व्यक्तित्व जरूर संवरा और निखरा है, जो उसकी परंपरा से एकदम भिन्न है।
2. कहानी के इस नए रूप ने परंपरा को ज्यों-का-त्यों ग्रहण कर लिया हो, ऐसा नहीं है। हां, कुछ सूत्र सामान्य हों तो हों।
3. इस दशक की कहानी, जिसे हम आज की कहानी कहेंगे, ने इस समूह-गत सामाजिकता के वातावरण में आंखें खोलीं। चाहें तो इसे ही पिछली पीढ़ी की विरासत मान सकते हैं।
4. बात आरोप के रूप में कही जाती है, लेकिन अनजाने ही यह भी सिद्ध करती है कि आज के कथाकार ने उन्हीं (प्रेमचन्द, यशपाल या समकालीन उर्दू कथाकारों—मन्टो, बेदी, अश्क, कृष्णचन्दर इत्यादि) की परंपरा को विकास देने की कोशिश की।

ये चारों परस्पर विरोधी Versions राजेन्द्र यादव ने अपने इसी एक लेख में दिए हैं। अर्थात्, यादव के अनुसार आज की कहानी (यानी 'नई कहानी' 'पिछली परंपरा से एकदम भिन्न' भी है, और फिर पिछली परंपरा से इसके कुछ सूत्रों में समानता भी है, और फिर इसके पास ('समूह-गत सामाजिकता का वातावरण') 'पिछली पीढ़ी की विरासत' भी है, और अंत में, 'नई कहानी' के कथाकारों ने प्रेमचन्द आदि की 'परंपरा को विकास देने की कोशिश' भी की है।

जी, हां आज की 'नई कहानी' के ये उद्भट कथाकार और दिग्भट आलोचक परंपरा के बारे में इसी तरह बातें करते हैं। वे सोचते हैं कि अगर वे परंपरा को स्वीकार करेंगे, तो उन्हें 'नई कहानी' का मौलिक सृष्टा नहीं माना जाएगा। मगर साथ ही उन्हें अपने को स्वयं का 'आत्मज' कहने का साहस भी नहीं है।

मैं इस बात का विरोधी हूं कि आज की कहानी पिछली परंपराओं से सर्वथा स्वतंत्र है। मैं यही मानता हूं कि हमने चण्डीप्रसाद हृदयेश, प्रेमचन्द, गुलेरी, कौशिक, सुदर्शन, शिवपूजन सहाय की परंपरा को ही आगे बढ़ाया है, उससे एकदम टूट नहीं गए हैं। जहां तक कहानी की शिल्प शैली का प्रश्न है, हम बहुत तेजी से बहुत आगे बढ़े हैं। मुद्राराक्षस, रमेश बक्षी, निर्मल वर्मा और राजकमल चौधरी की कतिपय कहानियां शिल्प की दृष्टि से फ्रांसीसी, ब्रिटिश, और अमरीकी कथा-साहित्य के आधुनिकतम शिल्प की बराबरी करती हैं। मगर, ये कहानियां किसी प्रकार भी विदेशी कहानियों का अनुकरण या 'नकल' नहीं हैं, क्योंकि इनकी समस्या, इनका विषय, इनका परिवेश संपूर्णतः भारतीय है।

परंपरा से भिन्न होकर, परंपरा से टूट-बिखरकर अपना अस्तित्व और अपना व्यक्त्तिव कायम रखना कठिन ही नहीं, असंभव जैसा है। आधुनिकता के आधुनिकतम पुजारी भी 'ट्रैडिशन' से सर्वतः स्वाधीन होने की बात नहीं करते हैं। वे 'ट्रैडिशन' के टूटने की बात करते हैं। हर युग, हर काल, हर दशक क्या, हर क्षण पुरानी और पिछली परंपरा का कोई न कोई अंश टूटता रहता है। हमारा हर कदम सिद्ध करता है कि हम पिछले स्थान से थोड़ा आगे जरूर बढ़े हैं। साहित्य और जीवन, दोनों ही क्षेत्रों में रुक जाना, परंपरा से बंधे-बंधाए रहना ही अगति और दुर्गति की निशानी है। मृत्यु का आभास है। मृत्यु है।

आज की कहानी में (जिसे मैं 'नई कहानी' की संज्ञा नहीं देना चाहता हूं) हम साहित्य की अन्य विधाओं की तरह ही परंपरागत तौर-तरीकों और रीति को छोड़कर आगे आ रहे हैं। पहले कहानी की निश्चित सीमाएं थीं, घटना की सीमा, चरित्र की सीमा, कथानक की सीमा, क्लाइमैक्स की सीमा। तरह-तरह की सीमाएं। आज हम इन सीमाओं में बंधे रहना जरूरी नहीं समझते हैं। हम जरूरी नहीं समझते है कि हर कहानी से कोई न-कोई नतीजा (Moral) निकलना ही चाहिए। कहानी खत्म हो जाती है, और अक्सर कोई नतीजा नहीं निकलता है। साहित्य और कला की अन्य अभिव्यक्तियों की तरह ही कहानी भी हमारी नैतिकता या हमारे जीवन-मूल्यों पर कोई प्रभाव नहीं डालती है, हमें कोई 'हितोपदेशीय' सीख नहीं देती है (हल्के शब्दों में), सिर्फ़ हमारा मनोरंजन करती है, और (भारी-भरकम शब्दों में) हमारे रसबोध, सौंदर्यबोध को अपने शिल्प, अपनी कलात्मकता द्वारा तृप्त करती है।

इस युग में आकर कविता और कहानी बहुत हद तक चित्रकला और संगीत के निकट आ गई हैं। कविता में संगीत और चित्रकला का प्रभाव मिलता है। कहानी

में भी मिलता है। कला के सभी फॉर्म्स पास खिंचे आ रहे हैं। अभिव्यक्ति के माध्यम (medium) अलग-अलग हैं, अभिव्यक्ति का उद्देश्य एक ही है। और, यह उद्देश्य हमें मजबूर करता है कि हम परंपरा से एकदम 'भिन्न' नहीं हो जाएं, परंपरा को ध्यान में और ज्ञान में रखकर ही आगे बढ़ते जाएं। कविता और कहानी का पाठक, संगीत का श्रोता, कला-चित्रों और मूर्तियों का दर्शक, परंपरा के मार्ग पर चलकर ही इन कला-सृष्टियों को समझ पाता है, इनके सौंदर्य का सुख प्राप्त कर पाता है। और अगर ये सृष्टियां, रचनाएं, शिल्प, शैली और वस्तु की दृष्टि से एक बार ही 'नई' हैं, 'ट्रेडिशन' में इनकी कोई जड़ नहीं है, तो पाठक, श्रोता और दर्शक की तनिक भी सहानुभूति इन्हें नहीं मिल सकती।

आज की हिन्दी कहानी को पाठकवर्ग की सहानुभूति मिली है, मिल रही है। यह जरूर है कि जितनी तेजी से कथा शिल्प का विकास हो रहा है, अपनी कला के प्रति कथाकार जितना सजग है, सामान्य पाठक की समझदारी का विकास और सजगता उतनी तेजी से नहीं बढ़ रही है। किंतु ऐसा तो हर युग में होता आया है। लेखक नई दिशाओं और नई उपलब्धियों की खोज में आगे बढ़ता है, और पाठकवर्ग उसके पीछे-पीछे वहां तक पहुंचता है। हां, 'कमर्शियल' लेखक के साथ ऐसी बात नहीं होती, क्योंकि वह अपनी कला और अपने शिल्प पर जरा भी ध्यान नहीं देता है, अपने पाठक की रुचि और विषय बोध का ही खयाल रखता है।

दूसरी बात यह है कि आज के एक कथाकार अपनी महत्ता सिद्ध करने के लिए, यह शिकायत करते हैं कि पिछली पीढ़ी के कथाकारों से उन्हें विरासत में कोई चीज नहीं मिली है।

फतवेबाजी से धन्धा (सो भी थोड़े दिनों तक) चल सकता है, साहित्य-सृजन और साहित्यालोचन नहीं चलता है। किसी एक लेखक की बात तो दूर की है, पूरी की पूरी पीढ़ी आत्म-विज्ञापन और पर-निन्दा के कारण समाप्त हो जाती है। आज की पीढ़ी के 'नई कहानी' लिखने वालों का भी यही हाल होगा, अगर वे विज्ञापन और व्यवसाय के 'नए सूत्रों' से प्राण नहीं बचाएंगे। नई पीढ़ी को विज्ञापन की आवश्यकता नहीं है, नामवर सिंह की तरह नित नए नारे लगाने वाले आलोचकों की भी आवश्यकता नहीं है। 'नई भावभूमि', 'नई सामाजिकता' 'व्यक्तिगत सामूहिकता', 'निर्वैयक्तिक वैयक्तिकता' के तथाकथित 'संदर्भों और 'परिप्रेक्ष्यों' से अलग हटकर, अगर हम 'नई कहानी' नहीं, सिर्फ़ कहानी लिखें, निर्मल वर्मा के 'परिन्दे,' और कमलेश्वर की 'नीली झील', और राजकुमार की 'डेक' और धर्मवीर भारती की 'गुल की बन्नो', और रेणु की 'तीसरी कसम', और शैलेश मटियानी की 'एक कप चा', और उषा प्रियम्वदा की 'मोहबंध' और मुद्राराक्षस की 'सरुचि' और रमेश बक्षी की 'उसका न देखना' और कृष्णा सोबती की 'भोले बादशाह,' शिवप्रसाद सिंह की 'बिंदा महाराज', (यह लेख लिखते समय जो नाम याद आ गए, वही लिख दिए हैं, वैसे

और भी बहुत सारे लेखक अच्छी से अच्छी कहानियां लिख रहे हैं।) जैसी कहानियां। अच्छी कहानियां लिखना ही कहानीकार के लिए पर्याप्त उपलब्धि है, 'परिभाषा के नए सूत्रों' के ताने-बाने में लिपट कर वह ज्यादा दूर तक आगे नहीं जा सकता है।

राजेन्द्र यादव भी अपने इस लेख में थोड़ा भी आगे नहीं जा सके हैं, अपने ही बनाए दांव-पेंचों में उलझकर रह गए हैं। कभी कहते हैं, 'सारी साहित्यिक चेतना कविता से हटकर कहानी पर केंद्रित हो रही है' और कभी कहते हैं, 'इस प्रकार युग की समानता को पाने का प्रयत्न आज के कहानीकार को कविता की ओर मोड़ता है।' और फिर यह भी कहते हैं, 'इन दस वर्षों की कोई भी अच्छी कहानी उठा लीजिए। उसका प्रभाव या परिणति एक झलक के साथ देखा या पाया हुआ सत्य नहीं होता...वह तो कुहासे या चंदन-गंध की तरह समस्त चेतना पर छा जाती है, उसका अंग बन जाती है और अनजाने ही आत्मा को संस्कार और दृष्टि देती है!'

वाह, क्या कविताई है! देखा आपने, 'नई कहानी' के इस पक्षधर के विचार से कहानी का 'प्रभाव' और 'परिणति', 'कुहासे' और 'चंदन-गंध' में हो रही है। उठा लीजिए, आज की कोई भी अच्छी कहानी। और कहानी नहीं मिले तो 'जहां लक्ष्मी कैद है' या 'अभिमन्यु की आत्महत्या' या 'खुशबू' या 'पुराने नाले पर बना नया फ्लैट' की इन क्लाइमैक्स की पंक्तियों पर गौर फरमाइए। ''यह घुटन, यह बदबू, सब मेरे ही कारण है। अगर 'मैं' 'वह' होती तो सभी कुछ कितना साफ-सुथरा होता! ...यह बदबू भी बड़ी अजीब-सी है, बड़ी सड़ी-सड़ी-सी...जैसे संदूक के पीछे कभी चूहा मर जाता है तो बदबू आती रहती है न, वैसी ही गंध है।''

जी हां, वैसी ही गंध है, और इसे भाई राजेन्द्र जी (जो अपनी इस कहानी के लेखक भी हैं) 'चंदन-गंध' कहकर बेचना चाहते हैं। पुराने नाले की सड़ी हुई बदबू को आप चंदन-गंध मानकर खरीदना चाहेंगे?

सारा अपराध राजेन्द्र यादव का ही नहीं है। बात ऐसी है कि कहानी लिखनी पड़ती है, और उसे बाजार में बिक्री करना पड़ता है। अपनी कहानियों की दुर्गंध के बारे में 'चंदन-गंध' का भ्रम फैलाना पड़ता है। तभी संपादक और प्रकाशक कहानी खरीदते हैं। अच्छी कीमत देकर खरीदते हैं। यह भ्रम नहीं रहे तो कहानी नहीं बिकेगी। और, कहानी नहीं बिक सकी तो लिखी ही क्यों गई!

बात घूम-फिरकर लेखन और व्यावसायिक लेखन पर आ जाती है। कहानी लिखने का उद्देश्य जब तक कहानी बेचना ही रहेगा, कभी अच्छी कहानी नहीं लिखी जाएगी, कभी पाठकों को सच्ची बात नहीं बताई जाएगी। केवल सिद्धांत गढ़े जाएंगे, और केवल भ्रम फैलाए जाएंगे।

भ्रम फैलाए जा रहे हैं। 'विनोद' मासिक (अगस्त 1961) के अपने लेख 'आज की कहानी : नई चुनौतियां, आत्मावलोकन और कुछ नोटिस' में राजेन्द्र यादव ने लिखा है, ''चाहे इस दशक के प्रारंभ का 'नदी के द्वीप' हो या इस दशकांत का

'झूठा सच'—इधर जो भी उपन्यास आए हैं, वे 'नए कथाकारों' के नहीं 'पुरानों' के ही हैं। अपने को नई संवेदनाओं की निर्मिति और नए बोध का वाहक कहने वाले कथाकार के पास उसकी अपनी पीढ़ी का प्रतिनिधित्व कर सकने वाला 'नया उपन्यास' कहां है?" राजेन्द्र यादव के इस शिशु-प्रश्न का उत्तर दिया जाना आवश्यक नहीं है, क्योंकि मैं समझ नहीं पाता हूं कि 'नई कहानी' और 'नया कथाकार' और 'नया उपन्यास' आदि 'नई-नई' विशेषण से भूषित इन शब्दों से उनका मतलब क्या है! 'नया कथाकार' क्या हम उसे कहेंगे जिसने इसी दशक में लिखना शुरू किया है, या जो अपनी कहानी में आधुनिक शिल्प और शैली का उपयोग-प्रयोग करता है? 'रसप्रिया' का कथाकार रेणु 'नया कथाकार' है (क्योंकि, 'रसप्रिया' शिल्प की दृष्टि से आधुनिकतम कहानी है) या वह 'पुराना कथाकार' है (क्योंकि वह लगभग 1944-45 से ही हिन्दी में कहानियां लिख रहा है?)

जहां तक हिन्दी के वर्तमान लेखन का प्रतिनिधित्व करने वाले कथाकारों का प्रश्न है, उनमें से कितनों ने ही अपनी पीढ़ी का प्रतिनिधित्व कर सकने वाले उपन्यास लिखे हैं। उदाहरण के लिए कुछ नाम सामने हैं। लक्ष्मीकान्त वर्मा का 'खाली कुर्सी की आत्मा', सर्वेश्वरदयाल सक्सेना का 'सोया हुआ जल', नरेश मेहता का 'डूबते मस्तूल', कृष्णा सोबती का 'डार से बिछड़ी', हरिशंकर परसाई का 'ज्वाला और जल', ओमप्रकाश दीपक का 'मानवी', हिमांशु श्रीवास्तव का 'लोहे के पंख', कमलेश्वर का 'एक सड़क सतावन गलियां,' 'कमल के फूल', अमरकान्त का 'सूखा पत्ता', मुद्राराक्षस का 'मैडलीन', शैलेश मटियानी का 'हौलदार', शानी का 'कस्तूरी', राजेन्द्र यादव का 'कुलटा'। और भी कितने ही 'नए कथाकारों' के 'नए उपन्यासों' का नाम लिया जा सकता है। और, इतने नामों के बाद क्या यादव का उपरोक्त प्रश्न हवा में उड़ नहीं जाता है कि 'नया उपन्यास' कहां है?

राजेन्द्र यादव जैसे एक ही नहीं हैं, कई हैं, जिनसे हिन्दी के समकालीन लेखन का अहित ही हो रहा है। क्योंकि, जबकि आज की हिन्दी कहानी शिल्प में शैली में, कथानक में, विषय वस्तु में, घटना-निर्वाह में, कथन में, कथ्य में, बहुविध हो रही है, जबकि कोई कथाकार कुमायूं और गढ़वाल के पहाड़ी अंचलों में घूम रहा है, कोई महानगरों के बड़े-बड़े दफ्तरों और क्लबों-होटलों बारहाउसों की जिंदगी में डूब रहा है, कोई ग्राम-जीवन की सुख-सुविधाओं और दुख-दुविधाओं में कहानियों के मोती निकाल रहा है, कोई प्रणय को लेकर व्यस्त है, कोई हिंसा और घृणा में लीन है, कोई आधुनिक शहरी जिंदगी, मध्यवर्गीय जिंदगी के खोखलेपन को चित्रित कर रहा है, कोई यौन विकृतियों और कुंठाओं के प्रदर्शन में लगा है, कोई कल-कारखानों और खानों का 'मशीनी' जन-जीवन देख रहा है, कोई पूंजीपतियों के व्यावसायिक हथकंडों को परख रहा है। ऐसी स्थिति में राजेन्द्र यादव कहते हैं, "एकाध अपवाद (जो शायद स्वयं उनकी कहानियां हैं) छोड़ दीजिए, तो आज की सारी 'नई कहानी' अपनी विषयवस्तु

और उसके निर्वाह में आश्चर्यजनक रूप से एक दूसरी से मिलती है।''

और इस निर्णय के बाद वह और भी अंतर्गत निर्णय देते हैं, 'नई कहानी का नायक अतीत में जीता है, वह सपनों से नहीं स्मृतियों से आक्रांत है...जब कभी भी वह वर्तमान में आता है तो ऐसे रिरियाते हुए निरीह कबूतर (आपने कभी 'कबूतर' को 'रिरियाते हुए' सुना है?) के रूप में आता है, मानो काल अपने क्षणों की अंगुलियों से उसके एक-एक पंख नोच रहा हो...।' पढ़कर आश्चर्य होता है, कहानी संबंधी आलोचनात्मक निबंध में 'नई कविता' नुमां ये पंक्तियां लिखने का साहस लोगों में है। राजेन्द्र यादव से मैं पूछना चाहूंगा कि क्या उन्हें समकालीन अन्य कथाकारों की रचनाएं पढ़ने का अवकाश मिलता है? आज की कहानी के कितने नायकों से उनका परिचय है? या उनका परिचय मोहन राकेश, निर्मल वर्मा, और मन्नू भंडारी के नायकों तक ही समाप्त हो जाता है?

अतीतजीवी और स्मृति भोगी हर आदमी होता है, चाहे वह किसी कारखाने का कुली-मजदूर हो, चाहे कोई कवि दार्शनिक! लेकिन आदमी अगर समाज में रहता है, और उसे जीने के लिए, सुख-संतोष के लिए मिहनत-मजदूरी करनी पड़ती है तो वह हर वक्त 'अतीत में जीता हुआ' और 'स्मृतियों से अक्रांत' नहीं रह सकता है, नहीं रहता है। और, आज की हिन्दी कहानी ऐसे ही आदमी की कहानी है। आज की कहानी का नायक दफ्तर का मालिक होता है, किरानी होता है, प्यार करने वाली बीवी का पति होता है, आवारा लड़की का आशिक होता है, रिक्शा चलाता है, टैक्सी चलाता है, शराब पीता है, जुआ खेलता है, अपने बच्चों को प्यार करता है, बेटी के ब्याह के लिए रुपए जमा करता है, पड़ोसी की मदद करता है, चोरी करता है, बेरोजगारी में मुब्तिला रहता है, शादी करता है, डाइवोर्स लेता है, नए मकान बनाता है, किराए के मकान में रहता है, खेतों में ट्रैक्टर चलाता है, चुनाव लड़ता है। हारता है, जीतता है, हंसता है, रोता है...आज की कहानी का नायक वह हर कुछ करता है जो आज का आदमी करता है।

आज का आदमी कहानी भी लिखता है, और कहानी के बारे में 'आत्मावलोकन और कुछ नोट्स' भी लिखता है—मगर, वह लेखकों और पाठकों के सामने गलत तथ्य और गलत सिद्धांत पेश नहीं करता है। उसे नहीं पेश करना चाहिए। जीवन और साहित्य के प्रति ईमानदारी यही कहती है, यही मांगती है।

आज की हिन्दी कहानी का नाम आप 'नई कहानी' रखें या 'पुरानी कहानी' रखें या उसे सिर्फ़ 'कहानी' कहें, कोई फर्क नहीं पड़ता है। फर्क तब पड़ता है जब आप आज की कहानी पर ऐसी बातें, ऐसे गुण या दुर्गण आरोपित करते हैं, जो उसमें नहीं है, और उसकी ऐसी परिभाषाएं घोषित करते हैं, जो आपका पाठक तो क्या स्वयं आप भी नहीं समझ पाते हैं। नासमझी की यह आदत अच्छी आदत नहीं है, और समकालीन लेखक की सेहत पर बुरे असर डालती है।

आज की हिन्दी कहानी और विषयबोध

> ...and that the author should have an all embracing knowledge of the essential current and fact (including Statistics), of the ideas and theories (inluding the natural Sciences) at his time. This knowledge is not for actual use...it is for use by implication. It has to act as a catalytic agent, as the saliva in the process of creative assimilation, without it, the characters will be distorted and the story arbitrary, like a victorian plot. The act of creation presupposes omniscience.
>
> —ARTHUR KOESTLER
> (The Yogi and the Commissar)

'सटर्डे रिव्यू ऑफ लिटरेचर' (न्यूयार्क), आठ एप्रिल, 1944 के अंक में प्रकाशित लेख, 'दे टर्न्ड देयर बैक्स ऑन अमरीका' में पुलिट्ज़र-प्राइज प्राप्त इतिहासज्ञ आलोचक, बर्नर्ड डिवोटो ने समकालीन अमरीकी लेखकों पर दोष आरोपित किया था कि उन्होंने प्रथम महायुद्ध के उपरांत से अमरीकी जीवन के वास्तविक चरित्र को साहित्य में उपेक्षित करना, एवं काल्पनिक और अवास्तविक चरित्र उपस्थित करना शुरू किया है। डिवोटो ने यह दोषारोपण, यूजीन ओनील, अर्नेस्ट हेमिंग्वे, एडमन्ड विल्सन, एलेन टेट, हवार्ड जोन्स, डौस पासौस, सिन्क्लेयर लेविस, अपटन, सिन्क्लेयर, स्कॉट फिट्ज़राल्ड, शेरउड एन्डरसन जैसे विश्व प्रसिद्ध लेखकों पर किया था। डिवोटो ने लिखा था–

> ...if it is a function of literature to participate in the solution of common problems to explain, to interpret-if, that is, literature has an organic place in culture—then surely here was its greatest opportunity...(and) we have seen the outcome. Study, patience, sympathy, and understanding was precisely the instruments which literature refused to bring to its job. An organic relationship with culture was precisely

what literature refused to establish. Instead of studying life, literature denounced it.

वर्नर्ड डिवोटो ने लगभग यही बातें अपनी किताबों 'द इयर ऑफ डिसीसन' (1943) और 'द लिटरेरी फैलैसी' (1945) में भी कही है और सिन्क्लेयर लेविस, एडमन्ड विल्सन, आर. पी. ब्लैकमूर आदि समकालीन लेखकों तथा आलोचकों ने सटर्डे रिव्यू, हैरल्ड, ट्रिब्यून, न्यूयार्क टाइम्स, आदि पत्रों के साहित्य-चर्चा स्तंभों में डिवोटो का विरोध भी किया है। विरोध इस बात को लेकर किया है कि वे नहीं मानते हैं कि अमरीकी लेखक अपनी रचनाओं में कभी भी अमरीकी जीवन से विमुख रहे हैं। विरोध इस बात को लेकर नहीं किया है कि जीवन से संश्लिष्ट रहना लेखक के लिए अनिवार्य है या नहीं एवं जीवन से तटस्थ रहना लेखक के लिए अपराध है या नहीं।

यह बात अब लगभग सभी विचार-व्यवस्थाओं के लेखक-आलोचक मानने लगे, हैं कि साहित्य जीवन से तटस्थ एवं विमुख होकर जीवित नहीं रह सकता है। साहित्य संस्कृति की विशिष्टतम अभिव्यक्ति है और संस्कृति मनुष्य के व्यक्तिगत जीवन तथा सामाजिक जीवन का प्राण-केंद्र है। वैसे भी 'शास्त्रीय' सौंदर्य शास्त्रियों के अनुसार कहा जाए तो वास्तविक जीवन साहित्य का विषय है और किसी प्रकार भी विषय की उपेक्षा नहीं की जा सकती है। साहित्य का विषय है, देश, काल, पात्र और इनसे निर्मित होती हुई परिस्थिति। इन परिस्थितियों का विशद् ज्ञान लेखक को होना चाहिए। 'इस ज्ञान को लेखक हमेशा उपयोग ही नहीं करेगा तो साहित्य नहीं बनेगा, एनसाइक्लोपीडिया बन जाएगा' (आर्थर कोएत्स्लर), लेकिन, ज्ञाता उसे रहना चाहिए अवश्य।

आज की हिन्दी कहानियों के विषय में भी यह कहा जा सकता है कि आज के लेखक भारतीय जनजीवन-समाज जीवन का वास्तविक चरित्र अपनी कहानियों से उपस्थित नहीं कर रहे हैं, अधिकांश लेखक उपस्थित नहीं कर रहे हैं। यह कहना अधिक उचित होगा।

देश की स्वाधीनता के बाद लोगों के रहन-सहन के स्तर और आर्थिक सुविधा-असुविधाओं में ही नहीं, जीवन की लगभग सभी बातों में असंभव परिवर्तन हुए हैं। नई परिस्थितियां आई हैं, जिनका सामना हमें कभी नहीं करना पड़ा था। शासन-व्यवस्था के कार्यस्वरूप से हम अधिक समीपतापूर्वक अवगत हुए हैं। जीवन की समस्त मान्यताओं और मूल्यों में विघटन हुआ है। धर्म और धार्मिक संस्कार सामाजिक जीवन के अंग न रहकर व्यक्तिगत आस्था बन गए हैं। परिवार की मर्यादाएं टूट-बिखर गई हैं और 'सम्मिलित कुटुंब' गांवों (तक) में समाप्त हो रहे हैं। देश की यंत्र शक्ति का निरंतर विस्तार। कल-कारखानों के लगातार शहर। नई मजदूर बस्तियां।

शरणार्थियों की बस्तियां। नगर सीमा से निष्कासित वेश्याओं की बस्तियां। गांव या तो शहर बन रहे हैं, या गांवों के लोग शहरों की ओर भागे आ रहे हैं। ब्लाक, सर्किल और पंचायतों के कारण गांव की परिस्थितियां बदल गई हैं। बीते हुए सामंत और जमींदार नए रूप बदलकर सामने आ रहे हैं। राजनीति का रास्ता सबके लिए खुल गया है। शिक्षा का प्रसार काम काज के विस्तार से अधिक हुआ है, और शिक्षा प्राप्त लोगों के लिए नौकरी-चाकरी की समस्याएं अत्यंत भारात्मक हो गई हैं। तरह-तरह के नए अन्याय-अनाचारों का उद्भव हुआ है। आर्थिक रूप से मध्यवर्गीय व्यक्ति का जीवन अधिक सुखी भी हुआ है। नए उद्योग धंधों के पथ प्रशस्त हुए हैं। पब्लिक सेक्टर और 'प्राइवेट सेक्टर' का झगड़ा तेज हो रहा है। राजनीतिक पार्टियां प्रचार के नए तरीके अपना रही हैं। व्यक्ति स्वयं 'बहुधंधी' हो गया है। एक पेशे से किसी का काम नहीं चलता। इसके अलावा रूस और अमरीका का बदला हुआ तनाव कांगो, लियोपोल्डविले, कश्मीर, अयूब खां, चीन से सीमा-विवाद, तृतीय महायुद्ध की आशंका...

सामाजिक व्यक्ति के कार्य व्यवहार में ही नहीं, उसकी चिंता-धारा में भी स्वाधीनता के बाद बहुत फेर-बदल हुए हैं। जीवन के प्रति सामान्य मानव के दृष्टिकोण में विकास हुआ है। बहुत सारी अच्छी चीजें नष्ट हो गई हैं, और बहुत सारी अच्छी चीजों का जन्म हुआ है। प्रादेशिक संस्कृतियां और प्राचीन संस्कृतियां समाप्त हो रही हैं, और एक नई भारतीय संस्कृति का उदय हो चुका है। यह नई संस्कृति देश के सभी बड़े नगरों से एक ही रूप-आकृति में पनप रही है। इतने विशाल महादेश में संस्कृति की एकरूपता एक महान ऐतिहासिक घटना है। केरल से कश्मीर और आसाम से पंजाब तक भारतीय संस्कृति की नई धारा बहने लगी है, इसे चाहे आप नगर संस्कृति कह लें, चाहे व्यावसायिक-संस्कृति, चाहे यंत्र-संस्कृति, कोई फ़र्क नहीं पड़ता है।

प्रत्येक प्राचीन वस्तु का स्वरूप बदल रहा है। यह स्वरूप-परिवर्तन कहीं पर आशाप्रद है कहीं पर चिंताजनक। हम कहीं पर पथभ्रांत हैं, कहीं पर निश्चित निर्णीत। देश कहीं पर तेजी से आगे बढ़ रहा है, कहीं पर रुका हुआ है।

प्रश्न है कि आज के हिन्दी कहानी लेखकों ने इस स्वरूप परिवर्तन का इस आशा और चिंता का, भ्रांति और निर्णय का प्रगति और गतिहीनता का, सही-सही अध्ययन किया है, या नहीं और किया है तो उसे अपनी कहानियों में सही ढंग से, सही स्थान पर अंकित किया है या नहीं।

गरीब परिवार का एक लड़का शहर में आकर किसी व्यापारिक फर्म में नौकरी करता है और किसी गंदे मुहल्ले में किराए का एक कमरा लेकर रहता है। ट्राम में करीब-करीब रोज साथ ही जाने वाली एक नौकरी पेशा लड़की से उसे मुहब्बत हो जाती है।

इस किरानी की कहानी लिखने के लिए लेखक को किन बातों की जानकारी चाहिए, यह देखना उदाहरण के लिए आवश्यक है। मैं यहां पर यह नहीं कहना चाहता हूं कि यह कहानी कैसे लिखी जानी चाहिए, क्या-क्या घटनाएं होनी चाहिए, कहां क्लाइमैक्स होना चाहिए, हीरो-हीरोइन में शादी होनी चाहिए या नहीं... आदि-आदि। मैं सिर्फ़ इतना देखना चाहता हूं कि इस कहानी के लिए लेखकों को क्या-क्या जानकारी होनी चाहिए, इच्छानुसार (आवश्यकतानुसार) वह जिनका उपयोग अपनी इस कहानी में कर सके। मेरे विचार से लेखक के लिए सबसे आवश्यक है कि उसे शहर में आए हुए इस ग्रामीण युवक के पारिवारिक संस्कारों का यानी आज के भारतीय ग्रामों के जीवन का ज्ञान हो। गांव से शहर में आने पर सामाजिक जीवन और संस्कृति का एकदम ही दूसरा रूप मिलता है, जिसमें अपने को व्यवस्थित रख सकना कठिन हो जाता है। किसी बड़े शहर में पला हुआ आदमी भी अगर गांव में जाकर रहने लगे तो उसे उसके साथ भी ऐसी ही बात होगी।

ग्राम जीवन की जानकारी तो पहली बात हुई। दूसरी बात होगी शहर के व्यापारिक फर्मों की कार्य-व्यवस्था दफ्तर की प्रणाली तथा संबंधित समस्त समस्याओं और परिस्थितियों की जानकारी, आज के सरकारी दफ्तरों, देशी कंपनियों के दफ्तरों और बंगाली, गुजराती, मारवाड़ी सेठों के दफ्तरों की अलग-अलग कार्य-प्रणालियां हैं, भिन्न प्रकार की व्यवस्थाएं हैं। दफ्तर के बाद पूरे शहर की जानकारी यानी, जिसे आप 'परिवेश' कहते हैं।

और परिवेश-ज्ञान भी इस किरानी नौजवान की कहानी के लिए अधूरी बात ही होगी, अगर लेखक को उन सारी चिंताओं-दुश्चिंताओं से आत्मिक परिचय नहीं है, जिनमें आज का निम्नमध्यमवर्गीय पढ़ा-लिखा, अविवाहित, कुछ हद तक रूमान पसंद और जिम्मेदार युवक ग्रसित रहता है। आज का युवक 'स्पेस' पर यंत्रशक्ति की विजय की बातें भी सोचता है, और राशन के गेहूं में भरे हुए कंकड़ पत्थर की बातें भी सोचता है।

अर्थात यह मामूली नौजवान के मामूली प्यार की मामूली कहानी लिखने के लिए भी लेखक को समकालीन भारतीय जीवन धारा का सर्वांगीण अध्ययन होना आवश्यक है। यह अध्ययन कहानी के यथार्थ की निर्मिति के लिए अनिवार्य है। और, मेरी शिकायत है कि आज के अधिकांश हिन्दी कहानी लेखकों में इसी अध्ययन का अभाव है।

उस दिन अंग्रेजी के एक बड़े प्रकाशक से बातें हो रही थीं। उन्होंने शिकायत की—हिन्दी लेखक मिहनत नहीं करते हैं।

'मिहनत' से उनका वही मतलब था, जो मेरा मतलब अध्ययन से है। कहानी लेखन केवल प्रतिभा और कल्पना-शक्ति के सहारे नहीं चल सकता है। शिल्प के सौंदर्य और विषय-वस्तु की वास्तविकता, दोनों के लिए परिश्रम की जरूरत है।

इतिहास, समाजशास्त्र, विज्ञान, मनोविज्ञान, अर्थनीति के अध्ययन की जरूरत है। नहीं तो आज हम जिस आदमी की कहानी लिख रहे हैं, कहानी उसकी नहीं बनेगी। काठ के किसी पुतले की बन जाएंगी, हम आदमी का सही चरित्र अंकित नहीं कर पाएंगे अगर हमें उसके इतिहास, उसके वर्तमान, उसकी निर्णायक शक्तियों और स्थितियों, उसके इर्द-गिर्द के वातावरण, और उसके युग का समग्र ज्ञान नहीं हो।

अंग्रेजी के विक्टोरियन युग की रचनाओं में शिल्प और भाषा का पर्याप्त विकास था, किंतु विषय-वस्तु के प्रति उस युग के लेखकों की तटस्थता ने अच्छी-से-अच्छी कलाकृतियों को जीवनहीन बना दिया है। आज के रूसी उपन्यासों और कहानियों की भी यही स्थिति है। लेखक कथा के उद्देश्य को ध्यान में रखते हैं, किंतु कथा के विषय बोध को भूल जाते हैं, कथा को और पात्रों को सजीव रखने के लिए वास्तविक जीवन और समाज-संस्कृति की सही जानकारी हो और वह अपनी जानकारी का उपयोग कर सके।

'वूदरिंग हाइट्स' एमिलि ब्रांटे का एकमात्र और विक्टोरियन युग का सर्वश्रेष्ठ अंग्रेजी उपन्यास माना गया था। लेकिन, इसे अपने आप में खोई रहने वाली कवि हृदया एमिली ब्रांटे ने लिखा है, और पूरा उपन्यास 'वूदरिंग हाइट्स' नाम के मकान और उसके आस पास के पहाड़ी रास्तों में भटकता रह गया है और पूरी कहानी कैथरीन और हेथक्लिफ के प्यार और असफल प्यार के प्रतिशोध में चीखती-तड़पती रह गई है। एमिली ब्रांटे ने देश काल और पात्र की वास्तविकताओं की सीमा को छूना नहीं चाहा, देखना-परखना नहीं चाहा, इसीलिए 'वूदरिंग हाइट्स' को 'मादाम बोवारी' या 'वार एंड पीस', या 'ईडियट' या 'मैजिक माउन्टेन' या 'फोन्टामारा' या 'फॉर हूम द बेल टाल्स' जैसी सफलता नहीं मिली। सफलता नहीं मिलती है, अगर लेखक विषय को त्याज्य वस्तु समझता है और केवल शिल्प तथा अपने व्यक्तित्व से पाठक को भरमाना चाहता है।

किरानी युवक, स्टेनो लड़की दोनों की आंखों में मुस्कुराहटें, हुगली नदी का किनारा, लहरों पर लहरें उछलती हैं, हवा में प्यार के गीत गूंजते हैं, शाम बीती जा रही है, सर्दियों की मीठी शाम...बड़ी ही मजेदार कहानी लिख दी जा सकती है, मगर लेखक को याद नहीं रहे कहानी लिखने के दौरान, हर वक्त याद नहीं रहे कि नए किरानियों को दुर्गापूजा में बोनस नहीं दिया गया है। और रूसी सरकार ने फैसला किया है कि अगले साल से उनके यहां 'वर्किंग आवर' कुल चार घंटों का होगा, और गंगा-कोसी गंडक की बाढ़ में आधा बिहार डूब गया है और रांची एक्सप्रेस उलट गई है और पड़ोस के नीहार बाबू का बड़ा लड़का एम. एस-सी. में अव्वल आया और पंडित नेहरू ने अपने चुनाव संबंधी भाषण में कहा है...तो, कहानी कहानी नहीं बनेगी, चाहे और जो बन जाए।

कहानी-लेखक समकालीन जीवन की संपूर्ण परिस्थिति को अपने अध्ययन में

समेटता है। और हिन्दी में बहुत हद तक ऐसा नहीं किया जा रहा है। हालांकि ऊपर से देखने पर ऐसा जरूर लगता है कि हिन्दी कहानी में विषय की विविधता पर्याप्त मात्रा में आ रही है। जीवन के विभिन्न क्षेत्रों को कहानी में लाया जा रहा है। एक ओर महानगरों के उच्चवर्गीय परिवारों का जीवन चित्रित किया जा रहा है। दूसरी ओर गांवों के गाय-बैल तक कहानी के पात्र बनाए जा रहे हैं।

भारतीय ग्रामों तथा ग्रामीण अंचलों की कहानियां लिखने वाले अधिकांश लेखकों में मुख्य दोष यही है कि वे स्थानीय रंग की प्राप्ति में इतना खो जाते हैं कि बाहर की कोई भी बात उन्हें याद नहीं रहती है। जब कि आज के गांवों के साथ ऐसी बात नहीं है। अब भारतीय गांव शहर से या देश से अलग कटे-छटे नहीं रह गए हैं। शिव प्रसाद सिंह और फणीश्वरनाथ रेणु की ग्राम-संबंधी कथाओं में यह दोष नहीं मिलता है, और ग्रामीण पात्रों का चित्रण करते वक्त भी सामयिक संपूर्ण परिवेश और परिस्थिति के प्रति सतर्क रहते हैं। वैसे रेणु अधिक 'रूमान पसंद' हैं, इसीलिए उनकी कहानियों में 'रस' अधिक मिलता है, 'सत्व' कम मिलता है।

शहर की कहानियां, यानी शहर के लोगों की कहानियां लिखने वाले अधिकांश लेखक अपने-आप और अपने इर्द-गिर्द ज्यादा दूर जाने की तकलीफ गवारा नहीं करते हैं। ऐसे लेखक चश्मा बदलते हैं तो नए चश्मे पर कहानियां लिखते हैं, फ्लैट बदलते हैं, तो नए फ्लैट पर कहानियां लिखते हैं, बीवी बदलते हैं, तो नई बीवी पर कहानियां लिखते हैं, कहानी कहने के लिए इनके पास निश्चित विषय हैं, अपने दोस्त, अपने दोस्तों की बीवियां, जलसे, पार्टियां, रेल-यात्रा, मकान-मालिक के लड़के या लड़की से प्यार, क्वांरी-प्रौढ़ा स्त्री की कुंठाएं, नर्सें या शिक्षिकाएं, दफ्तर के मालिक, इति। इससे आगे या ऊपर-नीचे जाने की इन्हें ताकत नहीं मिलती है। हौसला नहीं मिलता है। मोहन राकेश से लेकर रामनारायण शुक्ल तक की कहानियां पढ़ी जा सकती हैं। राजकमल चौधरी भी कलकत्ता शहर से इधर-उधर नहीं खिसक पाते हैं।

कहानी-लेखकों की व्यक्तिगत सीमाएं और समस्याएं भी हैं, यह मैं मानता हूं। लेकिन, कहानी की बात करते वक्त कहानी की सीमाओं-समस्याओं को ही देखना पड़ेगा। और आज की हिन्दी कहानी की यह प्रमुख समस्या है कि लेखक कहानी को परिपक्वता और परिपूर्णता के लिए चरित्रों और चरित्रों के चतुर्दिक की परिस्थितियों का समुचित अध्ययन नहीं करते हैं। आज इसकी आवश्यकता पहले से अधिक इसलिए हो गई है कि आज की कहानी व्यक्ति की कहानी से अधिक, समाज की कहानी है। व्यक्ति भावुक कम रह गया है, और बौद्धिक अधिक होता जा रहा है। समाज-जीवन पहले से अधिक जटिल तथा संश्लिष्ट हो गया है।

—वासंती, नवंबर-1961

कथा समाप्ति का विघटन और समस्या

'मिथिला मिहिर' (वर्ष—5 क्रमांक—244) में मेरी एक ताजा कहानी छपी है—'सुरमा सगुन बिचारै ना'*। कहानी लिखने के बाद उसे दुहराने, संशोधित करने का अवसर मुझे नहीं हुआ। कहानी के अंत के विषय में मुझे मन ही मन एक संदेह रह गया था—क्या इस अंत का अर्थ कहीं अनर्थ तो नहीं लगाया जाएगा? लेकिन समय नहीं रहने के कारण संदेह निवारण का कोई उपाय नहीं हुआ। 'मिहिर संपादक' आदरणीय शेखर जी अर्थ को अनर्थ नहीं रहने देंगे, यही सोचकर 'सुरमा सगुन बिचारै ना' मैंने उनकी सेवा में भेज दी।

'मिहिर' के जिन पाठकों ने मेरी उक्त कहानी पढ़ी है, उनका ध्यान मैं कथा-समाप्ति की पंक्तियों की तरफ आकर्षित करता हूं। समाप्ति थी—'लेकिन अब शांति नहीं मिलेगी। न मातृक आने में और न मातृक से चले जाने में। क्यों नहीं मिलेगी? क्यों नहीं मिलेगी...?'

समाप्ति इसी प्रश्न-खंड से की गई है। पाठकों के प्रति, कहानी के शीर्ष-बिंदु (जिसे हमलोग समाधान बिंदु भी कहते हैं) के विषय में कोई एक रहस्यात्मक (और, किसी सीमा में अनिश्चित-अनिर्णीत) प्रश्न कर, कथा को लालटेन की तरह पाठक-दीवार की खूंटी में टांग देना—कथा-व्यूह के बड़े से बड़े महारथियों ने कथा-समाप्ति की इस प्रश्नवाचकता का प्रयोग किया है। ललित की प्रतीक-कथा 'जानवर', उग्रानन्द सिंह की समाज-कथा 'सुकनी' और मेरी व्यक्ति-कथा 'ललका पाग' (ये तीनों कथाएं 1954-55 में 'वैदेही' पत्रिका में प्रकाशित हुईं) में इस समाप्ति-पद्धति का उपयोग किया गया है! विश्व के अधिकांश दृष्टांतवादी कथाकारों, जैसे रूस के चेखब, अमेरिका के ओ. हेनरी, फ्रांस के मोपासां ने अधिकांशतः इस पद्धति का उपयोग-प्रयोग किया है। अपराध कथा और जासूसी कथा में तो हर जगह, हर समय इसी पद्धति का अनुसरण किया जाता है। अंत में क्या हुआ, चोर पकड़ा गया या

---

* यह कहानी मैथिली की है। बाद में यह इनकी मैथिली कहानियों के संग्रह 'एक टा चंपाकली एकटा विषधर' में संकलित हुई। हिन्दी रूपांतरण 'प्रतिनिधि कहानियां : राजकमल चौधरी' में छपा।

नहीं, पार्वती को अपने महादेव से पुनर्मिलन हुआ या नहीं, जासूस-सम्राट ब्लेक साहब तिमंजिला से कूदकर मर गए या बच गए, रामेस्सर ने अपनी पत्नी को मैके से लौटाकर लाया या नहीं लाया, यह उत्सुकता पाठकों के मन में कथा समाप्ति के बाद भी बनी रह जाए—इस समाप्ति पद्धति का यही लाभ कथाकारों को मिलता है।

रवीन्द्रनाथ ठाकुर की कहानियां इसका बेहतर उदाहरण होंगी। 'पोस्टमास्टर' में जीवन में किसी दिन पोस्टमास्टर और उनकी आश्रिता कन्या, रत्ना एक जगह हुईं या नहीं हुई, यह जानने की उत्सुकता पाठकों के मन में जगी रह जाती है। आज से दस-पंद्रह वर्ष पूर्व तक, कथा समाप्त होने के बाद भी पाठक को उत्सुक रखने, उलझाए रखने, चिंतित रखने की इस पद्धति को कथा-समाप्ति की सबसे उत्कृष्ट पद्धति मानी जाती थी। लेकिन, 'मिहिर' में प्रकाशित मेरी इस कहानी के भाग्य में कुछ और ही बदा था। इस लेखकीय भाग्यहीनता को जानने के लिए कथा को जान लेना आवश्यक है। 'सुरमा सगुन बिचारै ना' में गांव के किसी प्रौढ़ आयु के गृहस्थपुरुष की चारुशीला पत्नी का स्वर्गवास हो गया है, और वे अपनी पत्नी के अभाव में, नियमित-इच्छित परिवार-जीवन टूट जाने के कारण भांग पीकर, चिंता-दुश्चिंता के अंधेरे जंगलों-खेतों में भटकते रहते हैं। अल्प वयस में विधवा हुई छोटी बहन, गायत्री, घर आंगन संभालती हैं। खुद वे शाम को दालान में पड़े रहते हैं। भांग के नशे में हर रात उन्हें लगता है कि उनकी स्वर्गीया पत्नी भादो महीने के अंधेरे में खेत की छाया की तरह हिलती-डुलती कुएं पर पानी भरने आती हैं। वास्तविक स्थिति यह है कि उनकी पत्नी नहीं, उनकी विधवा बहन कुएं पर आती हैं। अंत में, गृहस्थ पुरुष प्रस्ताव देते हैं कि मन के संताप मिटाने के लिए, शांति के लिए, तीर्थ-व्रत से प्राप्त शांति के लिए वे कुछ दिन जगन्नाथपुरी में अपनी छोटी बहन के साथ प्रवास कर आएं। इन घटनाओं के वर्णन के बाद ही, कथा-समाप्ति की वे पंक्तियां लिखी गईं हैं।

दो दिन पूर्व डाक से टाटानगर से, एक अपरिचित भद्र महिला, श्रीमती सुधारानी का पत्र, इस कहानी के संदर्भ में मिला है। नमस्कार इत्यादि के उपरांत श्रीमती सुधा जी ने लिखा है (उन्हीं के वाक्य उद्धृत कर रहा हूं)—''राजकमल जी, आप सचमुच पागल हो गए हैं। बिना पागल हुए, ऐसी वीभत्स, अनर्गल, और अ-सामाजिक कथा नहीं लिखी जा सकती है। 'मिहिर' में छपी इस कथा 'सुरमा सगुन बिचारै ना' में आप यही कहना चाहते हैं न कि पाप के आंधी-तूफान मन में उठने से लोग धर्म और समाज के सारे नियम-कानून को पिछवाड़े में फेंक आते हैं? मैं पूछती हूं, आपने ऐसी कहानी कैसे लिखी, जिसमें कहानी के वयोवृद्ध नायक (मामाजी) अपनी विधवा बहन को अपनी मृत पत्नी की प्रेत-छाया बनकर कुएं पर आते-जाते देखकर, सारी मर्यादाएं और सारे मनुष्यत्व भूल जाते हैं, और उनके साथ जगन्नाथपुरी चले जाते हैं? 'इन्सेस्ट' की ऐसी पापमय घटना आपसे कैसे लिखी गई? मुझे उत्तर दीजिए।''

इसी स्वर में और भी कई बातें अपने चार पृष्ठों के पत्र में श्रीमती सुधा रानी ने मुझे लिखी हैं। मैथिल स्त्रियां अब इतनी साहसी और जागरूक हुई हैं कि कोई कहानी पढ़कर वे अपरिचित लेखक को सीधे पत्र लिखती हैं, अपना अभिमत और विरोध-विक्षोभ प्रकट करती है—यह देखकर, इस पत्र से मुझे प्रसन्नता हुई है। लेकिन साथ ही मुझे इन स्थितियों से कुछ कष्ट भी हुआ है कि 'समाप्ति पद्धति' के प्रश्नवाचक शिल्प के कारण, और पाठकों को कथा समाप्ति का उचित निर्णय नहीं दे सकने की मेरी अयोग्यता के कारण, ये श्रीमती जी मेरी कहानी के मर्म से अपरिचित रह गईं।

'इन्सेस्ट' अथवा अधार्मिक शरीर-संपर्क को अंकित करना किसी भी तरह से 'सुरमा सगुन बिचारै ना' कथा में मेरा उद्देश्य अथवा घटना-माध्यम नहीं है। कथानायक (मामाजी) जीवन की गतिहीनता से थक गए हैं, इसीलिए जगन्नाथपुरी जा रहे हैं, अन्य किसी उचित अथवा अनर्गल कारण से नहीं। गायत्री छोटी बहन हैं, विधवा हैं, अपने अग्रज के आश्रय में हैं, इसीलिए मामाजी तीर्थाटन के लिए उन्हें भी साथ लिए जा रहे हैं। मामी की मृत्यु से चारों तरफ अंधकार फैल गया है, ऐसे शांत-सुखी परिवार में अव्यवस्था और अशांति का जंगल फैला जा रहा है। आज के समय में परिवार कैसे टूट-बिखर रहा है, कैसे लोग पीड़ा, परिताप, और अतीत के पुण्य स्मरण में जीवन बिता रहा है—इतना ही अंकित करना इस कथा में मेरा उद्देश्य था। इससे ज्यादा कुछ नहीं। भांग पीकर प्रमत्त हुए मामाजी को अंधकार में कुएं पर परलोकगत पत्नी के आगमन का संशय मात्र होता है। मात्र संशय होता है। वे कभी यह नहीं समझ पाए कि वे विभा (उनकी पत्नी) नहीं थीं, गायत्री (उनकी विधवा बहन) थीं। अस्तु, मैंने अपनी कहानी में कहीं भी इस प्रकार का संकेत नहीं किया है कि गायत्री और मामाजी में स्वाभाविक के अतिरिक्त कोई अस्वाभाविक, असामाजिक आकर्षण था। ऐसी स्थिति में सुधा रानी का यह मिथ्या और प्रवंचक आरोप मुझे कुछ कष्ट ही दे रहा है, संतोष नहीं। संतोष प्राप्त करने हेतु ही मैं कहानियां लिखता हूं, अन्य कोई प्रत्यक्ष या परोक्ष लाभ नहीं। कष्ट इसलिए हुआ कि मैं श्रीमती सुधा रानी को, अर्थात् कहानी के पाठक वर्ग को संतोष नहीं दे सका, उल्टे परिताप ही दिया। यह मेरा ही दोष है, सुधाजी का दोष किसी भी तरह नहीं है।

लेखक को इतना प्रतिभाशाली एवं क्षमताशाली अवश्य रहना चाहिए कि वह साधारण से साधारण पाठकों को अपनी कथावस्तु, अपने मंतव्य, अपने शिल्प प्रयोग और अपने आंतरिक उद्देश्य से स्पष्ट रूप में परिचित करा सके। अस्पष्ट रह जाना स्त्री-स्वभाव की विशेषता हो सकती है, लेखक-स्वभाव के लिए तो अवगुण ही है। यह स्पष्टता अधिकांश कथा-व्यवस्था में कथा की समाप्ति से संबंधित रहती है। सारे उलझे हुए सूत्रों और विन्यासों को समाप्ति की मात्र दो-चार पंक्तियों से सुलझाया जा सकता है। यदि मैंने 'सुरमा सगुन बिचारै ना' कथा के अंत में लिखा होता कि

मामाजी अच्छा कर रहे हैं कि जगन्नाथपुरी जा रहे हैं। धर्म की छाया में ही उन्हें शांति मिलेगी—तब सुधा रानी को मानसिक वेदना नहीं हो पाती। किंतु, मुझे तो पारिवारिक विघटन और शून्यमय परिस्थिति का चित्रांकन करना था, इसीलिए मैंने कथा को अन्य शब्दावली से समाप्त किया। संदेह मेरे मन में था, लेकिन इतना खोलकर कथा कहने की आवश्यकता मुझे महसूस नहीं हुई।

कहानी का घटना-प्रवाह अस्पष्ट हो, लेकिन, कहानी की समाप्ति स्पष्ट, साफ-साफ, और सारे सूत्रों को सुलझाती हुई होनी चाहिए। कहानी का समाप्ति-स्थल, मेरे विचार से कथा-शरीर का सबसे कोमल-कांत, किंतु सबसे महत्वपूर्ण अंग है। इस अंग को सम्हालकर रखना चाहिए, वर्ना कहानी में अनर्गल उत्पात हो जाता है। प्रसिद्ध रूसी कथाकार ने एक जगह कहा है, 'उत्तम कोटि की कहानी अपनी समाप्ति के स्थल से ही प्रारंभ होती है।' मैं व्यक्तिगत रूप से ऐसे कितने ही हिन्दी और बंगला के कहानीकारों से परिचित हूं, जो कहानी लिखने से पूर्व ही, कहानी की समाप्ति कैसे होगी, यह निर्णय कर लेते हैं। इस शैली को वे लोग 'योजना-बद्ध कथा-योजना' कहते हैं

मुझे कथा-क्षेत्र में ऐसी कोई कथा योजना और पूर्व-निर्णय पसंद नहीं है। कथा अपने चरित्र और स्वभाव के अनुसार विकसित, स्थापित और समाप्त हो—मैं यही पसंद करता हूं। कथा लिखना प्रारंभ करने से पूर्व मेरे मन में कोई संघटन अथवा योजना नहीं रहती है। मन में कोई विघटन, अथवा समस्या, अथवा परिवेश, अथवा अंतर्विरोध तो अवश्य रहता है, लेकिन योजना परिकल्पना नहीं। मेरा व्यक्तिगत अनुभव ही साधारणतः मेरी कथा का विषय होता है। विषय को प्रस्तुत करने हेतु मैं विषय के स्वभाव और सीमा के अनुसार शिल्प-शैली खोजकर अथवा गढ़कर कथा लिखना प्रारंभ करता हूं। समाप्ति आते-आते कथा का गंगा-प्रवाह स्वयं अपने 'गंगा-सागर' में तब्दील हो जाता है। मैं साकांक्ष होकर कथा-समाप्ति के लिए कोई चिंता-निर्णय नहीं करता हूं। कथा स्वाभाविक रूप से समाप्त हो, उसकी समाप्ति बलपूर्वक नहीं की जाए, मेरी यही इच्छा रहती है। कथा-शिल्प का मुझे जितना ज्ञान है, अनुभव है, उसके अनुसार कथा-समाप्ति के विषय में कोई उचित, सार्थक, स्वाभाविक, सत्य निर्णय कथा प्रारंभ करने से पूर्व नहीं लिया जा सकता है। यही कारण है कि आज तक ऐसी कोई 'योजना-बद्ध, योजना-मूलक' कथा नहीं लिखी गई है, जिसकी 'समाप्ति' स्वाभाविक और यथार्थ हो। पूर्व कथा-समाप्ति प्रत्येक स्थिति में 'कल्पित' और 'अस्वाभाविक' होती है।

लेखक अपने अनुभव, समाज-जीवन, ज्ञान और चिंता-विचार के आधार पर कथा लिखता है। चरित्र, घटना, परिवेश, संदर्भ और विषय-वस्तु वह अपने चारों ओर फैले मानव-समाज से ग्रहण करता है। लेकिन, कथा लिखने के लिए ग्रहण किया गया कोई चरित्र, कोई घटना, कोई परिवेश, संदर्भ, प्रेरणा, ज्ञान, अनुभव, सामाजिक

अंतर्विरोध, भय, मर्यादा, परंपरा, विद्रोह अपनी यथार्थ-सीमा में पूर्ण और संपूर्ण नहीं रहता है। यदि ऐतिहासिक घटना और ऐतिहासिक चरित्र पर कथा लिखी जाए, अथवा किसी स्वर्गीय व्यक्ति की जीवन-कथा को आधार बनाकर उपन्यास लिखा जाए, तभी भी यह पूर्णता-संपूर्णता लेखक प्राप्त कर सकता है। वर्तमान को विषय बनाकर लिखी जाने वाली कथाओं में अंकित चरित्र, घटना, परिवेश इत्यादि अपूर्ण और अविकसित ही रहता है—और, कथा-लेखक अपनी प्रतिभा और अनुभव के आधार पर, अपने रचनाकार व्यक्तित्व के चमत्कार से उन सबको 'पूर्ण' बनाता है।

किसी एक दृष्टांत से इस स्थापना को हृदयंगम किया जा सकता है। मेरी एक कहानी 'पनडुब्बी' कुछ माह पूर्व 'मिहिर' में प्रकाशित हुई थी। उसी का दृष्टांत मैं देता हूं। मैं मुजफ्फरपुर से लौटा आ रहा था। पहलेजा घाट पर जहाज में बैठा। जहाज पर तृतीय श्रेणी में घूंघट काढ़े, लाल साड़ी पहने, नव-विवाहिता का शृंगार किए, चौबीस-पच्चीस वर्ष की एक परिपक्व-पूर्ण स्त्री एक बड़े से बक्से पर बैठी थी। दरभंगा जिले के किसी गांव से आ रही थी। उनके पति से परिचय आदि हुआ। जहाज पर साथ ही साथ चाय-पान किया। मेरा नाम उन्होंने सुन रखा था। मुझे लेखक जानकर उन्होंने अपने वैवाहिक पारिवारिक जीवन की दो-चार मार्मिक कथाएं मुझे सुनाईं। कैसे विवाह के तत्काल बाद परदेश चले गए। रुपए कमाने के जंजाल में पत्नी को भूल गए। बारह वर्ष के बाद, जब थक गए, जब जीवन में किसी दूसरी स्त्री के आवागमन की संभावना नहीं रही, जब पटना नगरी में रहने लगे, पत्नी का स्मरण हो आया। ससुराल चले गए, और अब पत्नी को अपने साथ लिए पटना जा रहे हैं।

दो-चार बार, बक्से पर बैठी और गंगा-नदी के अथाह पानी की तरफ देखती चुपचाप सरोबर के थिर पानी सदृश सुस्थिर उनकी पत्नी को देखने का अवसर मुझे मिला। उतनी ही देर में उनको जो देख सका, जैसे देख सका—उसी को मैंने 'पनडुब्बी' कथा में प्रस्तुत किया है। ऐसी स्थिति में यह किसी प्रकार से संभव नहीं था कि इस कथा की समाप्ति को पूर्व संयोजित किया जा सके। क्योंकि मुझे यह मालूम नहीं हुआ कि उस पति-पत्नी ने पटने में किस तरह जीवन-यापन किया। क्या उस परिपक्व-पूर्ण नववधू को वे आत्मनिर्भर पति संपूर्ण हृदय से स्वीकृति दे पाए? अथवा पुनः पत्नी को मैका भेजकर फिर से उन्होंने अकेले और अनिश्चित जीवन स्वीकार कर लिया? इस प्रश्न का उत्तर मुझे पहले नहीं मिल सकता था, इसीलिए मैंने समाप्ति की योजना नहीं बनाई। मैंने कथा लिखना प्रारंभ किया, चरित्र और घटना के विकास का विकास और विन्यास करता रहा, और तब जाकर कथा स्वयं अपने मर्म, अपनी आंतरिक व्यथा, अपनी समाप्ति को लेकर मेरे सामने उपस्थित हो गई। इस उपस्थिति को कुछ लोग लेखक की 'अंतर्दृष्टि' कहते हैं। मैं इसे 'लेखक-व्यक्तित्व की आंतरिक विशेषता' कहता हूं। कोई आंतरिक विवशता ही होती है, जिसके कारण दो लेखक

एक ही कथा की समाप्ति एकदम से भिन्न दो तरीके से करते हैं। कथा क्षेत्र में सामाजिक सत्य से ज्यादा महत्वपूर्ण और अनिवार्य होता है, कथा का सत्य, अर्थात वह सत्य जिसका उद्घाटन और संस्थापन कोई लेखक कथा लिखते समय, अपनी किसी आंतरिक विवशता के कारण करता है। और, जिस लेखक की यह विवशता जितनी उदार-चरित्र होती है, उसकी कथा उसी मात्रा में महत्वपूर्ण, यथार्थ-वाहक और सार्वभौमिक होती है।

अपने देश में शरद चन्द्र चटर्जी और मुंशी प्रेमचन्द एक ही समय-खंड और एक ही सामाजिक वातावरण को विषय बनाकर कथा लिखते थे। स्वाधीनता-आंदोलन पर प्रेमचन्द ने 'रंगभूमि' लिखा और शरद चन्द्र ने 'सव्यसाची'। लेकिन 'रंगभूमि' के सूरदास और 'सव्यसाची' के नायक में आकाश-पाताल का अंतर है। शरद चन्द्र के जमींदार-वर्ग के प्रतिनिधि होते थे 'विप्रदास' जैसे धीरोदात्त नायक, और प्रेमचन्द के जमीन्दार होते थे 'रंगभूमि' के अवसरवादी, कायर, भीरु जमींदार। एक ही सामाजिक वातावरण में रह रहे दो लेखक दो अलग-अलग मानसिक शक्ति और अलग-अलग आंतरिक विवशता से कथा-रचना करते हैं। सामाजिक व्यवस्था और घटना-प्रवाह उसकी कथा-विषयक धारणा में सहायता करता है, कथा-समाप्ति की योजना में नहीं। और कथा-समाप्ति ही कथा की अंतरात्मा का प्रतीक होती है, कथा-विषय नहीं।

इधर कुछ दिनों से, समाप्ति विहीन कथा भी लिखी जा रही है, आदिहीन अंतहीन 'स्टिल लाइफ' (स्थिर चित्र) चित्रकला के शिल्प में। मैथिली में भी गंगेश गुंजन, साकेतानंद सिंह, सोमदेव आदि कई कथाकारों ने इस शिल्प का उपयोग किया है। समाप्ति का संताप न हो, लेकिन किसी एक जगह 'समाप्ति' तो एक शिल्प की कथाओं में होती ही है। कथा-लेखकों के लिए आवश्यकता इस बात की है कि भले ही कथा समाप्तिहीन 'स्टिल लाइफ' में लिखी जाए, अथवा हितोपदेशवादी भक्ति-कथा के शिल्प में, हमलोगों को 'समाप्ति' की चिंता और अंकन में साकांक्ष रहना चाहिए, बर्ना एक मामा के योग से अर्थ किसी समय अनर्थ हो जा सकता है।

–मिथिला मिहिर, 6 जून-1965

मूल मैथिली से देवशंकर नवीन द्वारा अनूदित

विद्यापति : एक पुनर्मूल्यांकन

मैं प्रारंभ में ही इतना कह देना उचित समझता हूं कि साहित्यिक पंडितों ने अभी तक विद्यापति का उचित मूल्यांकन नहीं किया है। हिन्दी साहित्य के एक विद्वतापूर्ण सर्वेक्षण-निबंध में विद्यापति के विषय में मुझे मात्र एक औपचारिक सूचना मिली है। इस सर्वेक्षण में इतना ही अंकित किया गया है कि विद्यापति अप्रभंश में रचना करने वाले आदिकालीन कवि थे, फिर भी उन्होंने कतिपय मनोहारी मधुमय गीतों की रचना की। अधिकांश साहित्यालोचक विद्यापति के संबंध में एक ही तरह के पुराने अभिमत बार-बार दुहराकर संतुष्ट हो गए हैं, और उनके ऐतिहासिक महत्व से ओत-प्रोत होती उनकी आंतरिक महत्ता को पूर्णतः भूल गए हैं। मालूम पड़ता है कि विद्यापति रचनावली के संपूर्ण ज्ञाता को एकत्र रूप से मूल्यांकन करने की कोई विस्तारपूर्ण चेष्टा अभी तक नहीं हुई है। विद्यापति के अधिकांश आलोचक संभवतः यह तथ्य ध्यान में नहीं रखते हैं कि हो सकता है कि तिरहुत-गीत उनकी महान उपलब्धि हो, किंतु विद्यापति-काव्य में अन्य उपलब्धियों के संदर्भ में अन्यत्र भी दूसरी तरह से इन उपलब्धियों की अवतारणा होती है। अनेक दृष्टिकोण से विद्यापति अभूतपूर्व और अतुल्य कवि थे। देश के विभिन्न प्रदेशों और विभिन्न साहित्यों ने उनके प्रति अपना दावा कर रखा है और उनके गीतात्मक काव्य की रस-प्लावित मुख्य धारा साहित्य की अनेक शाखा-प्रशाखा में प्रवाहित हुई है। आप्यायित तो इस सीमा तक कर रखा है कि कालक्रम से कोई शाखा प्रशाखा मुख्यधारा से अधिक महत्वपूर्ण हो गई है।

मुझे यह तथ्य अधिक महत्वपूर्ण लगती है कि विद्यापति-गीत विगत पांच शताब्दी से संपूर्ण जन समुदाय के जीवन में इस तरह व्याप्त है जैसे किसी भी समय में विश्व के अन्य किसी देश में कोई कवि जनजीवन में इतने रूपों में प्रवेश नहीं किया है। बाइबिल और रामायण ने इसी तरह अथवा इससे भी वृहत रूप से जनजीवन को प्रभावित किया था, किंतु ये दोनों मुख्यतः धर्म ग्रंथ हैं। बंगला के आधुनिक महान कवि, रवीन्द्रनाथ का अजस्र प्रभाव बंगला साहित्य और बंगाली संस्कृति पर था। रवींद्र-गीत और रवीन्द्र-संगीत की स्वरलहरी से बंगाली-संप्रदाय विमोहित हो गए थे। किंतु रवींद्रनाथ कभी उस तरह बंगलाभाषियों की आंतरिकता

और संस्पर्श नहीं पा सके, जैसे विद्यापति मैथिली भाषा समाज के जीवन-प्राण में रस-बस गए हैं।

इस निबंध की छोटी-सी परिधि में विद्यापति की बहुमुखी और बहुस्तरीय उपलब्धियों के प्रति न्याय करना संभव नहीं है। अस्तु, अंग्रेजी काव्य के पाठक के रूप में मुझे विद्यापति काव्य के जो पक्ष अधिक महत्वपूर्ण लगे हैं, उन्हीं की चर्चा तक मैं इस निबंध को सीमित रखता हूं।

विद्यापति ने गीत लिखने के लिए देसिल भाषा को प्रश्रय दिया और इस ग्रामीण, 'घरेलू' भाषा में ऐसे मनोमुग्धकारी शब्द-संगीत का उद्‌घाटन किया कि इसे न केवल साहित्य-मंच पर स्थान मिला, बल्कि यह भाषा शास्त्रियों की भाषा, संस्कृत का प्रधान प्रतिस्पद्धी बन गया। यह कोई अचरज की बात नहीं है कि उन्हें अभिनव जयदेव की उपाधि क्यों मिली थी।

अंग्रेजी काव्यधारा में विद्यापति के समानांतर समानधर्मा कवि थे, स्पेन्सर। उन्होंने भी भाषा में मधुमय शृंगार काव्य की रचना की। किंतु स्पेन्सर अपनी कविता में प्राचीनता और प्राचीन पद्धति की शरण लेते थे, जबकि विद्यापति की भाषा अभी भी आधुनिकता से मंडित है। अत्यंत मधुर और रससिद्ध होने के बावजूद विद्यापति की भाषा में स्थानीय 'बोली' की प्रधानता है। गत्यात्मकता एवं सहज स्पष्टता के कारण विद्यापति की कितनी पंक्तियां जनसाधारण की दैनन्दिन भाषा में स्वीकृत हो गई है, जैसे–

1. बड़हु भुखल नहि दुहु करे खाय
2. लाजे मरे न नारि कठजीव
3. अलपओ अवसर दान अमोल
4. आगि जारि पुनि आगिक काज
5. बानर मुख नहि सोभय पान

और, इस सहजता के बावजूद, विद्यापति-गीत की गेयता किंबा संगीतात्मकता नष्ट नहीं होती है। प्रत्येक गीत किसी न किसी शास्त्रीय राग में बांधा गया है और किसी भी गीत में ऐसा अनुभव नहीं होता कि ताल अथवा लय के रक्षार्थ कवि ने कहीं भी भावार्थ की अवहेलना की है।

अंग्रेजी साहित्य की संपूर्ण धारा में शृंगारिक कवि के रूप में विद्यापति के समतुल्य (Petrarchan) गायक, शेक्सपीयर, डोन, बर्न्स, शेली, ब्राउनिंग, हार्डी और यीट्स अंग्रेजी साहित्य के प्रमुखतम शृंगारिक कवि हैं। प्रेम के विभिन्न पक्षों को इन कवियों ने अभिव्यक्त किया है। इनमें से कुछ-कुछ कवियों ने अपने काव्य में प्रेमिका के रागात्मक अंतर्द्वंद्व उपस्थित किए है, किंतु, इन कवियों ने भी मात्र पुरुष-प्रेमियों की प्रेम-भावना को चित्रित किया है और स्त्रियों (जिसके लिए प्रेम

ही उसका संपूर्ण अस्तित्व है) की प्रेम-भावनाएं इनके काव्य में अस्पर्शित ही रह गई हैं। विद्यापति ने स्त्रियों को उचित स्थान अपनी कविताओं में दिया है। अंतर्दृष्टि की असाधारण क्षमता के सहारे विरह-पीड़ित प्रेमोन्मत्त स्त्री के हृदय में प्रवेश कर विद्यापति ने उसकी मनोभावनाओं और मनोदशाओं की संपूर्ण परिधि को उद्‌घाटित किया है, और साथ ही उन भावों-मनोभावों को भी सफलतापूर्वक व्यक्त किया है, जो रतिकाल में, रति के विषय में, और रति के उपरांत स्त्री के हृदय में उत्पन्न होता है—और अंग्रेजी काव्य के कोई भी तथाकथित दुस्साहसी कवि ने इन्हें व्यक्त करने की चेष्टा तक नहीं की है।

विद्यापति-गीत, रति-भाव और भक्ति-भाव के अपूर्व मिश्रण हैं। अधिकांश काव्य-साहित्य में साधारणतः ये दोनों भावधराएं समानांतर रूप से प्रवाहित हुई हैं। किंतु, विद्यापति-गीत में इस स्थिति का एक विशिष्ट कारण है। दरबारी-काव्य और प्रणयन-काव्य के प्रति अपने संरक्षक सामंतों का आग्रह पूर्ण करने हेतु और मुसलमानी धर्म-संप्रदाय के आक्रमण से हिन्दुत्व की रक्षा करने में समर्थ काव्य के प्रति समाज और जनसाधारण के आग्रह को पूर्ण करने हेतु, विद्यापति मूलतः शृंगारिक काव्य प्रस्तुत करते रहे। किंतु, मानिनी राधा और प्रेमी श्रीकृष्ण की युगल-जोड़ी को अपने काव्य की नायक-नायिका बनाकर उन्होंने इस शृंगारिक काव्य को भक्ति का रंग और आवरण दिया।

विद्यापति-गीत की प्रतिभावली अत्यंत वैभवपूर्ण है। उनकी अनेक कविताएं तो उपमा-उपमेय के गुच्छ मात्र लगती हैं, और कितनी ही कविताओं में जयदेव तथा अन्य संस्कृत कवियों के काव्य की प्रतिध्वनियां सुनाई देती हैं। किंतु विद्यापति के अधिकांश गीत नवीन, पवित्र और मौलिक हैं और व्यक्तिगत विशिष्टता से ओत-प्रोत हैं। वास्तव में अपने बाहुल्य, वैविध्य और अपनी साहसिकता में विद्यापति के बिंब विधान और प्रतिभावली अंग्रेजी के बहुप्रशंसित मेटाफिजिकल (Metaphysical) कवि वृंद के समकक्ष है। समकालीन जीवन के संपूर्ण आयाम से, पुराण से, साहित्य से, युद्ध व्यापार, नियम-कानून, न्यायालय, प्रकृति, हर जगह से विद्यापति ने बिंब योजना ग्रहण की है। अपने काव्य-उद्देश्य की पूर्ति में उपयुक्त और उपयोगी किसी भी बिंब को अत्यंत सामान्य अथवा अति दिव्य नहीं समझा। अस्तु, विद्यापति की कोई भी बिंब-योजना पर्याप्त काल्पनिक है और कोई-कोई बिंब-योजना अंग्रेजी कवि डोन अथवा मार्वेल की दूरारूढ़ कल्पनावादी अहमन्यता की बराबरी में सामर्थ्यपूर्वक खड़ी होती है।

आध्यात्मवादी (मेटाफिजिकल) कवियों की तरह विद्यापति के गीत भी नाटकीय तत्व से परिपूर्ण हैं। विद्यापति-गीतों का उद्‌भव असामान्य परिस्थिति से होता है, और स्वरारोह की तात्कालिकता और नम्यता से युक्त, विशिष्ट चरित्र की उक्तियां, वासनाभिभूत उक्तियों को शब्दबद्ध करती हैं। उदाहरण के रूप में विद्यापति

के कई प्रसिद्ध गीतों की प्रथम पंक्ति उद्धृत की जा सकती है :

1. कतन बेदन मोहि डेसि मदना
2. मनमथ तोहि कि कहब अनेक
3. काहे डरसि सखि चलु हमे संग
4. उठ-उठ माधव कि सुतसि मंद
5. सुन-सुन सुंदरि धर अबधान
6. माधव तुहु नहि जाहु परदेस

और सबसे पहले आध्यात्मवादी अंग्रेजी कवि डोन की निम्नलिखित पंक्तियों से तुलना की जा सकती है।

1. विश्वासपूर्वक मैं विस्मित हूं, क्या किया मैंने और आपने।
   जब तक करता रहा प्रेम...

2. ईश्वर की कसम है आपको,
   मुंह बंद रखें और करने दें
   मुझे प्रेम

3. मधुरतम प्रेम, आपको जर्जर कर देने की इच्छा नहीं है
   मुझे...

डोन ने स्थानांतरिक विरही प्रेम-युगल की तुलना कुतुबनुमा के विपरीत कांटे से किया था और प्रेम-कविता में इस रेखागणितीय प्रतिमा को पाकर आलोचकगण आनंद विह्वल हो गए थे। विद्यापति हमें यह प्रतिमा देते हैं :

खने-खने नयन कोन अनुसरई।

क्या, यह रेखागणितीय प्रतिमा नहीं है? क्या प्रेम-कविता की यह रेखागणितीय प्रतिमा अधिक स्वाभाविकता से, और समय के हिसाब से डोन की कविता से लगभग दो सौ वर्ष पूर्व नहीं स्थापित किया गया था? डोन की प्रसिद्ध चतुर्दशपदी (सॉनेट)–'बेटर माई हार्ट' (Batter my heart) इस उक्ति से समाप्त होती है :

मुझे स्वीकार कीजिए, बंदी कीजिए मुझे, कारण
मुझे आप बांधेंगे नहीं, तो मैं
कभी भी मुक्त नहीं होऊंगी
कभी भी मैं पवित्र पावन नहीं होऊंगी

यदि मुझे आप नहीं करेंगे संभोग।

और, आलोचकगण भक्ति कविता में इस रत्यात्मक, बिंब-विधान को कवि-साहस का चरमोत्कर्ष मान लेते हैं। किंतु विद्यापति के संबंध में, इन उक्तियों के संदर्भ में, वे लोग क्या मंतव्य देंगे :

1. गिरिवर गरुअ पयोधर परसित
   ग्रिम गज-मोतिय हारा
   काम कंबु भरि कनक शंभु परि
   ढारस सुरसरि धारा

2. चंदन चरचु पयोधर रे
   ग्रिम गज मुकुताहार
   भसम भरल जनि संकर रे
   सिर सुरसरि जलधार

जब मैं विद्यापति और अंग्रेजी कवियों की समानधर्मी बिंब-योजनाओं की तुलना करता हूं, तो मुझे हर जगह विद्यापति अधिक युक्तिसंगत और प्रिय लगते हैं। कैंपेन (Campion) ने लिखा है : 'उनकी मुखाकृति में एक पुष्प उद्यान है' और अंग्रेजी के आलोचक इस उपमा की प्रशंसा में उन्मत्त हो गए। ऐसी ही उपमावली सूरदास द्वारा 'अद्‌भुत एक अनुपम बाग' में प्रस्तुत हुई है। और हिन्दी के समालोचकों ने अतिशयोक्ति भाव से इसकी प्रशंसा की। और, विद्यापति ने इस रूपक-योजना को अधिक संगीतमय गीत में आयोजित किया है।

माधव कि कहब सुंदरि रूपे
कतने जतने बिहि आनि समारल
देखल नयन सरूपे।

हेरिक की 'जब तक संभव हो, गुलाब की कलियां संग्रह कीजिए' (Gather ye rose buds while you may) सुखवादी काव्य-धारणाओं का क्लासिक मानी गई है। किंतु विद्यापति की धारणा इससे अधिक स्वाभाविक और स्वीकार योग्य है :

प्रथम सिरीफल गरवे गमओलह
जे गुनें गाहक आवे

कारण, इस जगह वह स्त्री अपना अभिमत दे रही है, जिसने अपना यौवन-काल व्यर्थ गंवाया है, और जिसने सत्य को अपने हृदय में, अपने रक्तसंचार में अनुभव किया है।

और, अंग्रेजी काव्य के संपूर्ण आयाम में कहीं शब्दावली में ऐसी सहजता, फिर भी इतना गतिमय, इतना विह्वल, ऐसा दिव्य और प्रभावशाली और फिर भी इतना परिचित स्वर कहां मिल सकता है—

आजु नाथ एक सुख महाव्रत लागत हे...

ऐसे ही विशिष्ट कवि हैं, विद्यापति—जनक और याज्ञवल्क्य द्वारा पवित्र की गई संस्कृति और विद्वता की श्रीसंपन्न परंपरा से अलंकृत-विभूषित मिथिला की पावन भूमि पर अवतरित ऐसे कवि, जिन्होंने सीता की इस प्रभामंडित भूमि को अपने अक्षत अनुप्रमेय स्वर संगीत से रस-प्लावित किया—ऐसे कवि, जो हमारे परिचित अन्य किसी भी कवि से अधिक सशक्त रूप से हमलोगों को यह अनुभूति प्रदान करते हैं कि कविता जीवन की एक सशक्त अभिन्न अविच्छिन्न अंश है, मात्र जीवन का वाह्य शृंगार ही नहीं।

—आखर, मई-अगस्त-1968 में प्रकाशित तथा
देवशंकर नवीन द्वारा मूल मैथिली से अनूदित

आरम्भ*

दार्शनिक 'केनेथ बर्क' ने लिखा है कि 'मनुष्य मुख्यतः प्रतीक व्यवहार करने वाला जीव है। भाषा किसी वस्तु को प्रकट करने वाली प्रतीक मात्र है तथा मानव जाति द्वारा आविष्कृत सभी वस्तुओं में भाषा का सर्वप्रमुख स्थान है। शब्द जैसी साधारण-वस्तु भाषा द्वारा समाज की स्वीकृति एवं आस्था पाकर, कोई नवीन, अपरिचित, किंतु, अनुभूत वस्तु अथवा क्रिया का प्रतीक बन जाता है।'

काव्य या कविता ऐसे ही प्रतीकों का सम्मिश्रित प्रतिरूप है, तथा कवि द्वारा सत्य एवं वास्तविकता के किसी विशिष्ट पहलू के किए गए अन्वेषण पुनरन्वेषण को स्वरूप प्रदान करता है। हमलोग जिस विश्व में रहते हैं, वह और उसकी अधिकांश वस्तुएं हमारे लिए इतने दैनिक इतने साधारण हो गए हैं कि हम इनका अनुभव भी नहीं कर सकते हैं। कहा जा सकता है कि आज के युग में अधिकाधिक लोग अर्धसुप्तावस्था, 'सेमी-एनेस्थेसिया' जैसी स्थिति में जीवन व्यतीत कर रहा है। हम रास्ते में फूलों की पंक्तियां देखते हैं, नदी के किनारे हंसों का झुंड देखते हैं, हमलोग इन सबों को देखते हैं, और देखकर भी इन्हें नहीं देख पाते हैं। तथा चुपचाप आगे बढ़ जाते हैं, क्योंकि हमें खेत पर जाना रहता है, ऑफिस जाना रहता है, कचहरी जाना रहता है, स्टेशन जाना रहता है। किंतु, जीवन में शाश्वत आनंद एवं मानसिक शांति, (दो पल के लिए भी) की अनुभूति के लिए भूमंडल व विश्व के कण-कण में व्याप्त सत्य, शिव और सौंदर्य का पुनरन्वेषण करना पड़ता है। काव्य यही पुनरन्वेषण है।

कविता खोए हुए, भूले हुए संसार को कवि के समीप लाती है, संसार के सभी मूलभूत अपरिचितता को, वस्तुओं के प्रथम अनुभव और अनुभूति की तीव्रता को कवि के समीप लाती है। सिर्फ़ कवि के लिए नहीं, सभी के लिए कविता इसी भूमिका का निर्वहन करती है।

---

* सन् 1959 में मैथिली में 'स्वरगन्धा' (राजकमल चौधरी का कविता संग्रह) का प्रकाशन एक क्रांति का बिगुल था। यह निबंध उसी पुस्तक की भूमिका है। जो 10 मई 1958 को लिखा गया। मूल मैथिली से इसका अनुवाद **श्री ओम प्रकाश झा** ने किया।

काव्य ज्ञान की ऐसी अभिव्यक्ति अथवा अभिव्यक्ति का माध्यम है जो ज्ञान का दर्शन ही नहीं अपितु ज्ञान का सौंदर्य भी है। कविता का उद्देश्य कविता का ढंग और कविता का प्रतिफल किसी नवीन वस्तु का, किसी नवीन सत्य का, किसी नवीन ज्ञान का निर्माण है। यह निर्माण किसी अन्य माध्यम से किया जा सकता है, ऐसे रहस्यमय विश्व में, जहां प्रत्येक वस्तु के पीछे कोई-न-कोई अर्थ निहित है, जहां प्रत्येक अर्थ एक-दूसरे से संबद्ध है, जहां प्रत्येक वस्तु और प्रत्येक अर्थ एक-दूसरे की प्रतीकात्मक अभिव्यक्ति बन जाता है—कवि सदैव अनुसंधान करने हेतु, किंचित मात्र भी नया प्राप्त करने हेतु और इस सद्यः अनुसंधित तथा प्राप्त वस्तु अथवा ज्ञान को नए-नए प्रतीक माध्यम से व्यक्त करने हेतु प्रस्तुत रहता है।

महान अमरीकी कवि-चिंतक 'वाल्ट ह्निटमैन' ने अपने विषय में कहा है, "मैं प्रत्येक वस्तु की रम्य कथा सुनने के लिए, प्रत्येक वस्तु का कारण जानने के लिए प्रस्तुत रहता हूं। मुझे विश्व की प्रत्येक वस्तु इतनी सुंदर लगती है कि उसे जानने के लिए मैं अपना अस्तित्व भूल जाता हूं।"

कविता के रूप-विधान पर विचार करते हुए कवि को इतना सतर्क अवश्य रहना चाहिए कि ज्ञान को भाषा का वस्त्र खंड पहनाए। कविता कौलिक-क्रिया अथवा पिशाच-सिद्धि अथवा जादू-मंतर नहीं है। कविता सिर्फ़ तीव्र संयोग की नवीन प्रतिष्ठापना है। कविता कोई रहस्य नहीं है और जहां तक इसके रूप-विधान का प्रश्न है (इसको कविता का भाव भी कहा जा सकता है) कविता का अर्थ गुप्त नहीं रखा जाता है। कविता अनुभव, ज्ञान, आवेग और अभिव्यक्ति की एक सशक्त प्रक्रिया होती है। इस प्रक्रिया में शब्द, ध्वनि, छंद, एवं लय एक विशिष्ट सत्य की अनुभूति बन जाती है। यूं, व्याख्या से, अन्वय अथवा अर्थविन्यास से, व्याकरण से, क़विता के रहस्य को प्रकट करना असंभव है। कविता को समझने के लिए कविता की आत्मा में प्रवेश करना आवश्यक है, इस आत्मा से घनिष्ठ परिचय होना भी आवश्यक है।

कविता ही नहीं, कोई भी कला कितना ही अनुशासित क्यों न हो, उसे रहस्य बनकर नहीं रखा जा सकता। कविता किसी भी स्थिति में प्रहेलिका अथवा क्रास-वर्ड पहेली नहीं है। शब्द अथवा शब्द-प्रतीक अथवा शब्द-योजना, व्यायाम साधन, खिलौना अथवा जासूसी उपन्यास नहीं है, अपितु, अंतर्भूत-अंतर्हित यथार्थ और वास्तविकता की वाह्य साक्षी है। इस साक्षी को जबर्दस्ती किसी कठघरे में खड़ा नहीं किया जा सकता है। सत्य के इस साक्षी, ज्ञान के इस दूत के साथ बलात्कार, घृणित कार्य है। कवि किसी वस्तु को समझने में असमर्थ होने पर संतप्त होता है, और इसी संताप के कारण ऐसी अभिनव वस्तु का सृजन करता है जो उक्त अपरिचित व अनभिज्ञ वस्तु की प्रतीक-योजना बन जाती है। और इसी तरह उक्त वस्तु का निर्धारण, स्थापना और पुनरन्वेषण होता है।

इसी अभिनव वस्तु का सृजन कविता है। प्रत्येक युग में ऐसे विवश स्त्री-पुरुष होते हैं, जो जीवन के अन्य सारे कष्टों, सारे अभावों, सारी दुःख-दुविधाओं को सहते हुए वस्तुओं के अपार्थिव तत्व को शब्द का पार्थिव शरीर देने के असंभव कार्य का दायित्व वहन करते हैं और यह दायित्व वहन उसी ज्वलंत शक्ति का प्रमाण है जो मानवीय आत्मा पर अनुभव की रहस्यात्मकता का होता है। जिस रहस्य में हम सारे जन्म लेते हैं और जीवन-यापन करते हैं, वह हमलोगों की ज्ञान-प्राप्ति की इच्छा को कष्ट देता है। कविता रहस्य का अनुसंधान है, ज्ञान-प्राप्ति का सचेष्ट प्रयत्न है, इस अन्वेषण की अभिव्यक्ति है।

यह देखना बड़ा मनोरंजक होगा कि कोई कवि किस प्रकार इस प्रयत्न को शब्द के माध्यम से व्यक्त करता है और किस प्रकार अपने अनुभूत ज्ञान को समाज तक पहुंचाने की व्यवस्था करता है, जिससे अन्य उत्सुक व्यक्ति भी इसको समझ सके।

मेरे विचार में, कविता तभी महत्वपूर्ण है जब वह यह सिद्ध करे कि वेदना, कष्ट और मृत्यु आवश्यक व अनिवार्य है एवं पार्थिव जगत का जीवन, रूप यौवन और नवीनता से परिपूर्ण है। कारण, जीवन भी कविता की ही तरह व्यंग्य है : अपनी सीमा एवं बंधन को तोड़ देने का असफल प्रयत्न है, क्योंकि इस सीमा एवं बंधन के बिना मानव-जीवन के अस्तित्व की रक्षा असंभव हो जाएगी।

हमलोगों का आनंद हमारे इस ज्ञान पर निर्भर करता है कि सुख का प्रत्येक क्षण अवश्य बीत जाएगा। आनंद का वास्तविक कारण सुख नहीं, सुख की अनुभूति है।

जो वस्तु जीवन पर्यंत मेरे साथ रहेगी, क्या हम उससे प्रेम करते हैं? उसके प्रति क्या हमारे मन में कोमल व तीव्र उद्‌गार उठता है? विश्वासपात्रता और ईमानदारी जीवन की नश्वरता का प्रतिफल है। जीवन अनश्वर हो जाए तो कोई भी व्यक्ति सत्यपक्ष-धर्मपक्ष में नहीं रहेगा। सफलता इसीलिए महान है कि सफलता लोगों को प्राप्त होती है। हम सारे सफलता के लिए संघर्ष करते हुए यह जानते हैं कि अंततः असफलता और मनेच्छा की अपूर्ति वरदान है और हमारे लिए प्रवहमान वायु और उद्‌भासित सूर्य के समान आवश्यक है। दुःख और आनंद दोनों एक ही वस्तु है, मृत्यु और जीवन एक ही है, यही नैतिक संभावना का अर्थ है, यही कविता का आवश्यक व्यंग्य है, यही आनंद की पृष्ठभूमि में छिपा सत्य है।

मेरी अधिकांश कविताओं के जन्म का कारण ऐसी ही भावनाएं हैं और मेरी ये भावनाएं केवल मानसिक विकार नहीं है। किंतु विषय-वस्तु का ज्ञान, ज्ञान का पुनरन्वेषण और पुर्नमूल्यांकन है, जिन्हें मैं कविता मानता हूं।

कविता मेरे लिए जीवन है, जीवन का सुंदर परिधान है। अत्यंत तीव्र आवेग-संवेग और अग्नि-झंझावतों को प्राणों में धारणकर दूर देशों में भटक चुका

हूं, अज्ञात वन-पर्वत-निर्झर-नगर-ग्राम में अकेले भटक चुका हूं, एक युग पर्यंत भटकता रहा हूं। आग्रह पूर्वक अपरिचित वस्तुओं से परिचय किया है। अपरिचित स्त्री-पुरुष से प्रेम किया है। जो वस्तु प्राप्त नहीं कर सकता हूं उसके विषय में भी चिंता विचार कर चुका हूं।

अस्तु अपनी कविता में मैं अपने व्यक्तिगत अनुभव-अनुभूति की अभिव्यक्ति के लिए क्षमा-प्रार्थना नहीं करता हूं और न ही मेरा विश्वास है कि जो मैं कहता हूं वह पहले भी किसी अन्य कवि द्वारा कहा जा चुका है। सत्यतः, वस्तुओं को जैसा मैंने देखा, वह दृष्टि मेरी अपनी है और मुझे अपनी दृष्टि पर पूर्ण आस्था है। यही कारण है कि मैं कविता लिखता हूं। मेरी कविता रहस्य नहीं, रहस्य की छाया नहीं, छाया का प्रतिबिंब है, मात्र मेरी अनुभूति का प्रसार है। मेरी प्रत्येक कविता अर्थ एवं व्याख्या है इस तथ्य के बावजूद कि अपरिचित जनसमाज के लिए समाज की अल्पज्ञता को ध्यान में रखकर, ये सारी कविताएं नहीं लिखी गई थीं। मेरी अधिकांश कविताएं किसी क्षण विशेष, अनुभव विशेष का अभिव्यक्ति-चित्र है। कुछ कविताएं, भावुक प्रेम, विगत प्रेमकथा की स्मृति, भावुक स्मृति को चित्रित-अंकित करती है, ये सारी वस्तुएं क्षणिक हैं—क्योंकि इस प्रेम का उद्‌गम और स्मृति किसी व्यक्ति विशेष से संबद्ध है।

प्रस्तुत कविताओं में प्रयुक्त रूप-विधान, योजना, बिंब-प्रयोग शैली और छंदगत प्रयोग तथा प्रतीकों के विषय में विरोधी प्रश्न उठाए जा सकते हैं।

मेरे विचार में कविता के लिए यह आवश्यक नहीं है कि छंद, लय, गीतात्मकता, प्रसार-विधि, यति-प्रणाली को मान्यता दी जाए। कविता के लिए सिर्फ़ एक ही वस्तु आवश्यक है—शब्द। शब्द के बिना कविता नहीं की जा सकती, बस्स। कविता गद्य नहीं है, जिसे शब्द के अतिरिक्त अन्य कोई भी विधान मानकर चलें। गद्य के लिए व्याकरण सम्मत एक सुनिश्चित स्वरूप और मार्ग निर्धारित कर लिया गया है। कविता में ऐसा कोई नियम-उपनियम नहीं है। छंद-योजना कविता का शृंगार मात्र है, आभूषण मात्र है, और कविता का वस्त्र है—शब्द। मेरी कविता कामिनी शृंगार आभूषणों से रहित, शब्दों के श्वेत वस्त्र में मुझे अधिक सुंदर लगती है।

किसी-किसी स्थल पर तो कविता में प्रवाह और यथार्थ लाने के लिए, पाठक को एक क्षण के लिए उसी स्थल पर रोक लेने के लिए बद्ध छंद को भी तोड़ दिया गया है।

विद्यापति जयंती महोत्सव कलकत्ता (नवंबर 1957) के कवि-सम्मेलन के दौरान पूज्य यात्री*जी व्यथित होकर बोले—मैथिली में अभी भी पचास वर्ष पूर्व की तरह कविता लिखी जा रही है।

---

* 'यात्री', अर्थात्, महाकवि वैद्यनाथ मिश्र 'यात्री' (मैथिली में) और महाकवि नागार्जुन (हिन्दी में)

'स्वरगन्धा' प्रकाशित करने का उद्देश्य उक्त निराशापूर्ण विचार को खंडित करना है। साधारण मैथिली पाठक के काव्यबोध को ध्यान में रखते हुए मैंने अपनी क्लिष्ट, दुर्बोध व भाव-प्रतीक वाली कविताओं को संग्रह के लिए कविता चयन करते समय अलग हटा दिया है। यह दोष अवश्य ही कवियों का है कि अभी तक गहन भावनादि से अनुप्राणित कविताओं को समझने की रुचि एवं सामर्थ्य, नवीन कविता शैली को अपनाने की रुचि एवं सामर्थ्य मैथिली पाठक में नहीं आया है। अथवा, क्या हमलोगों का विचार है कि मैथिली कविता 'यौवन बिनु तन, तन बिनु यौवन, की यौवन पिय दूरे' से एक भी कदम आगे न बढ़े?

आभार-स्वीकार

प्रस्तुत कविता-संग्रह* की सारी कविताएं इस बार के कलकत्ता प्रवासकाल (नवंबर 1957 से अप्रैल 1958) में लिखी गई हैं। आधे वर्ष के प्रवास जीवन में मुझे विभिन्न परिस्थितियों, समस्यों, सिद्धांतों, संघर्षों और जटिलताओं को देखने का अवसर प्राप्त हुआ। साथ ही कुछ महान व्यक्तित्व और उदारमना लोगों से परिचय हुआ स्नेह मिला। लक्ष्मण बाबा का वह 'जोड़ा मंदिर' वाला घर...रात भर जागकर 'शेक्सपीयर' का नाटक रटने वाली बंगकन्या, अंजलि...स्तब्ध निशा में ध्वनित-प्रतिध्वनित हो रहे गौरी-मामा की खांसी के स्वर...आरजीकर अस्पताल में व्यतीत समय...इन सबों को क्या कभी मैं भूला सकूंगा?

इसके अतिरिक्त पितृवत् स्नेह एवं सद्भावना देने वाले पूजनीय श्री देवस्वरूप बाबू, कलकत्ता के मैथिली-आंदोलन के समर्थ नेता श्री बाबू साहेब चौधरी, इनकम टैक्स विभाग के उच्चाधिकारी श्री सीताराम झाजी, जिनका साहित्य प्रेम भूलने योग्य वस्तु नहीं है, मिथिला संघ के विशेष कार्यकर्ता श्री शुकदेव ठाकुर, श्री जयनारायण मिश्र एवं वैद्यनाथ झा से मुझे पर्याप्त अपनत्व और सौहार्द मिला, जिसके बिना इस विराट पूर्वीय महानगर में मुझ जैसे विरक्त-अनासक्त व्यक्ति का टिक पाना असंभव था।

और, 'स्वरगन्धा' का प्रकाशन तो सिर्फ़ श्री सुशील दा का मेरे प्रति स्नेह के कारण, सिर्फ़ श्री सुरेशजी तथा पितांबरजी की मेरे प्रति सद्भावना के कारण हो सका। मैं इन सभी के प्रति आभारी हूं। एतद्धि।

मूल मैथिली से अनुवाद : ओमप्रकाश झा

यह आभार-स्वीकार 'स्वरगन्धा' कविता संग्रह के अंतिम पृष्ठ पर है।

---

* मई 1958 में प्रकाशित राजकमल चौधरी की मैथिली कविताओं का संग्रह 'स्वरगन्धा'

हमलोगों का युग और आधुनिक मैथिली कविता

सोमदेव के नवीन काव्य-संकलन 'कालध्वनि' के मुख-पृष्ठ पर एक 'रॉकेट' का चित्र प्रकाशित किया गया है। हास्य के स्वर में सोमदेव के एक कवि मित्र ने कहा है कि 'पुरान-पंथी आलोचक मैथिली की इस नई कविता का विरोध करेंगे, तो रॉकेट का मुंह उन्हीं की तरफ घुमा दिया जाएगा—अपवित्रः पवित्रो वा...।' कुछ ही दिन हुए हैं, व्यंग्य सम्राट हरमोहन बाबू ने ऐसे रॉकेटों के संबंध में मुझे एक लोककथा सुनाई थी, राजबुद्धि एवं रेशम के विषय में। राजा को अपनी नई रानी के लिए अत्यंत पतले से पतले रेशम-वस्त्र चाहिए था। संपूर्ण देश के रेशम व्यवसायियों ने राजदरबार में रेशम के थान के थान वस्त्र लेकर आए। किंतु राजा को इन सबों से भी पतला, इन सबों से भी झीना-झीना एवं इन सबों से भी पारदर्शी रेशम चाहिए था। अंत में एक बुद्धिमान वस्त्र-व्यवसायी पहुंचा। अपनी विशाल पेटी लेकर बीच दरबार में बैठ गया। उसने घोषणा की कि विश्व भर में इससे पतला एवं पारदर्शी रेशम नहीं मिल सकता। इतना पतला कि जिसे आंखों से देखा न जा सके। किंतु मेरे इस विशिष्ट ढेर को मात्र वही आदमी देख सकता है जिसने कभी भी झूठ न बोला हो, कभी कोई पाप न किया हो, जो धार्मिक हो। इस घोषणा से पूरा राजदरबार पराजित हो गया। राजा भी नहीं कह सके कि व्यापारी की बड़ी पेटी खाली है, उसमें एक भी कपड़ा नहीं है। दरबारी-गण, मंत्री-गण, राजा, रानी सबों ने देखा कि पेटी में परम पारदर्शी अत्यंत पतला रेशम का थान रखा हुआ है। हरिमोहन बाबू ने आधुनिक मैथिली कविता की तुलना इसी रेशम से की। रेशम, जिसका अस्तित्व नहीं है। जो नहीं है, परंतु जिसको देखने के लिए, जिसको खरीदने के लिए, जिसकी प्रशंसा करने के लिए (धर्म, न्याय, सत्य एवं काव्य मर्मज्ञता के नाम पर) हमलोगों को विवश किया जा रहा है—रेशम के व्यापारी-समुदाय द्वारा अर्थात आधुनिक कवि-समुदाय द्वारा।

यह आधुनिक कवि-समुदाय क्या है?

इस समुदाय के सदस्य कौन लोग हैं? शास्त्रीय काव्य से, संस्कृत एवं प्राचीन मैथिली कविता की परंपरा से यह आधुनिक कवि-समुदाय किस प्रकार कहां से और क्यों पृथक और विच्छिन्न होते हैं। सन् 1949 (?) में कवि वैद्यनाथ मिश्र 'यात्री' (जो इससे पूर्व संस्कृत छंद में गतानुगति की शैली का अनुपालन करते हुए

संस्कृत-हिन्दी-मैथिली में कविता लिखते थे) का काव्य-संकलन 'चित्रा' प्रकाशित हुआ। 'चित्रा' प्राचीन सामंती विचार व्यवस्था से भिन्न हो जाने का सफल प्रयास था। इस संकलन में पहली बार स्वतंत्रता पूर्व की मिथिला की मिट्टी-पानी, अशिक्षा, रीति-कुरीति, संकोच, शील एवं संस्कार का गंध-वृक्ष लगाया गया। इस संकलन से पूर्व सीताराम झा, श्री भुवनजी आदि की कविताओं में विद्यापति ही नहीं, अपितु, मनबोध और चन्दा झा से भी विद्रोह प्रारंभ हो चुका था। सीताराम झा ने नई, मिथिला की ग्राम्य एवं स्थानीय अपरिमार्जित शब्दावली का प्रयोग किया था। उन्होंने लोकोक्ति एवं ध्वनिवक्रता आदि की मैथिली की विशिष्टताओं को काव्योपयोगी माना। भुवनजी में नवीनता नहीं थी किंतु नवीनता के लिए अनुराग और आग्रह था (दृष्टव्य : प्रोफेसर धीरेन्द्र, एम.ए. द्वय का लेख 'नवकविताक अंतरिक्ष एवं कालध्वनि)'। इसी कारण भुवनजी शास्त्रीय कविताओं के शिल्प शब्दावली एवं वस्तुबोध से विद्रोह करते हुए भी किसी नवीन क्षितिज का अनुसंधान नहीं कर पाए। अपनी राजनीतिक, साहित्यिक एवं दृष्टिदोष की सीमा में रहते हुए 'चित्रा' के कवि ने अनुसंधान किया। 'अंतिम प्रणाम' 'फेकनी' तथा कतिपय मास-चित्र इस अनुसंधान तथा नवीन दिशा-संकेत के परिणाम सिद्ध हुए।

किंतु कवि यात्री अर्वाचीन हैं। प्राचीन नहीं रहने के बावजूद वे आधुनिक नहीं हैं। वे मनुष्य के शारीरिक सामाजिक अपराध, एवं पीड़ा का अनुभव करते हैं। किंतु मनुष्य का अंतरंग, उसका आत्मदमन और उसका आत्म-शृंगार उन्हें देखा-जाना नहीं है। वे फेकनी* को दूध बेचते दूध में पानी मिलाते और उसके दूधमापी डब्बा का कमाल देखते हैं। किंतु अपनी टूटी झोपड़ी में, दीवार पर रखे हुए दीपक की पीली रोशनी में, पानी में तैरते लाश की तरह सोई फेकनी को नहीं देख पाए। सोए हुए व्यक्ति को देखना और देखते रहना यात्री की दृष्टि में कवि के लिए अनुचित और अश्लील कार्य है। किसी की देह-दशा देखना चाहिए किंतु उसके मन में प्रवेश न किया जाए, मन को न समझा जाए। 'चित्रा' के कवि की यही स्पष्ट सीमा है।

'चित्रा' के प्रकाशन के पूरे दस वर्षों के उपरांत सन् 1959 में राजकमल चौधरी का क़विता संकलन 'स्वरगन्धा' प्रकाशित हुआ। इस कविता-संकलन पर दरभंगा के एक यशस्वी कवि ने (नाम लेना उचित नहीं है) अपना मत प्रकट किया : 'स्वरगन्धा' सही में गंधा रही है, अर्थात् दुर्गंध कर रही है।

दुर्गंध फैला रही इन कविताओं का कवि मैं हूं—राजकमल चौधरी। 'स्वरगन्धा' लिखने के दौरान मैं कलकत्ता प्रवास में था। बहुत कम उम्र में ही गांव (महिसी, जिला-सहरसा) से संपर्क टूट गया। मैं मग्गह में रहा, मिथिला-नेपाल सीमा पर रहा और अंत में कलकत्ता आ गया। गांव और परिवार की एक मात्र सूत्र थी अठारह-बीस

* वैद्यनाथ मिश्र 'यात्री' की 'फेकनी' शीर्षक मैथिली कविता

वर्षीय एक मैथिल स्त्री—मेरी विवाहिता। इसके अतिरिक्त थे कलकत्ते की ट्राम-कंपनी में, कल-कारखाना में, स्कूल में, दुकान में काम करने वाले, हजारों मैथिलीभाषी लोग। मुझे लगा कि अपने आप में स्वाधीन द्वीप की तरह एक लघु मिथिला कलकत्ता में है, विराट स्वरूप को देखने का संयोग प्रत्येक वर्ष विद्यापति जयंती-पर्व के अवसर पर मिलता है। ट्राम में यात्रा कर रहा हूं। एक अपरिचित कंडक्टर कहता है, अपनी भाषा में कहता है—'क्यों कवि जी, कहां जा रहे हैं?' काली घाट के जाग्रत काली-मंदिर के एक कोने में बैठकर लाल रंग का रेशमी चोला पढ़ने मंत्र-पाठ कर रहे हैं 'बड़का गांव' के पंडित कैलाशनाथ झा। पूछते हैं : 'सब कुशल तो है?', पार्क-स्ट्रीट में पुपरी-कमतौल का हाथ रिक्शा वाला मिलता है, बड़ा बाजार में मिलती है जरैल की जहूरनी-चूड़ीहारिन और ऐसे लोगों से मिलकर मुझे ऐसा नहीं लगता कि गांव छूट गया है, मैं परदेशी हूं, अपरिचित हूं, कहीं खो गया हूं। 'स्वरगन्धा' इसी शांत सौम्य स्थिर और आश्वस्त मानसिक वातावरण में लिखी गई है। और इसी कारण उक्त कविता संकलन 'सुमन एवं यात्री' को समर्पित किया गया। जैसे गांव के मंदिर के द्वार पर प्रणाम कर फूल-अक्षत चढ़ाकर लोग परदेश चले जाते हैं।

मैं सुमन, यात्री, किरण, अमर आदि उपनामी कवि-समुदाय को फूल-पत्ती चढ़ाकर उस मध्ययुग से विदा हो गया। 'घसल अठन्नी', 'गामक चिट्ठी' से 'अगहन' 'वंदना' की तुलना में मुझे अधिक अच्छा लगा। ट्राम की भीड़, चौराहे पर मोटर से कुचला हुआ कुत्ता, रसोईघर का धुआं, फूटे शीशे वाला लालटेन एवं हल्दी और लाल मिर्ची की जलन से भरे अपनी पत्नी के हाथ। मुझे ही नहीं, अपितु हम सभी को अपने आंगन में सूखे हुए तुलसी की पौध से अधिक पसंद होगी—अपने बगीचे में लगाई गई शाक-सब्जी की बेल। हमलोगों को वे सारी वस्तुएं और वे सारे विषय अच्छे लगेंगे, जो जीवन के लिए अनिवार्य, आवश्यक, उपयोगी, सुविधामय और सुखदायक हैं। जो पुरानी है, सड़ी हुई है, सूख गई है—ऐसी कोई भी वस्तु न तो मैल से काला हो गया जनेऊ, और न ही विद्यापति अथवा 'बारहमासा' के अनुकरण में लिखे गए मायानन्द के गीत 'नव आंगन मे...' हमलोगों को पसंद नहीं आएगा।

कलकत्ता की पत्रिका, 'मिथिला दर्शन' में कई महीने तक हमलोगों की नई, आधुनिक अ-शास्त्रीय कविता और कवि-सम्मेलन विजयी कविगण में 'कवितामय' वाद-विवाद एवं वैमनस्य चलता रहा। दरभंगा की पत्रिका 'वैदेही' में और अन्यान्य छोटी-बड़ी पत्र-पत्रिकाओं में आलोचना-प्रत्यालोचना प्रारंभ हुई कि उचित, असली और अधिक सुंदर कविता कौन-सी है—'जेहि सुमिरत सिधि होय' अथवा 'एक फांक आंखि : एक फांक नाक'? इन विवादों में अविवेक के अतिरिक्त कोई विशेषता नहीं थी। यह तत्वान्वेषण वैमनस्य था, अन्वेषण नहीं। क्रमशः वैमनस्य भी समाप्त हो गया। किंतु नई कविता, आधुनिक कविता लेखन समाप्त नहीं हुई।

सोमदेव, यादव टोली और गोढ़ियारी में प्रचलित अ-ब्राह्मण शब्दों एवं ध्वनियों

को मैथिली कविता में लाए। मायानन्द मिश्र 'नव आंगन' से उतरकर छंद-अनुप्रास-अलंकारहीन गद्य-भाषा में नई-नई कविताएं लिखने लगे, जिनमें से कुछ कविताएं (जिनमें नई 'पीढ़ी' के कवि-लेखकों के लिए उद्‌बोधन किया गया है) निश्चय ही अविस्मरणीय हैं। रामकृष्ण झा 'किसुन' ने पुराने विषयों पर नए-नए 'एप्रोच' किए (दृष्टव्य 'एप्रोच' शीर्षक उनकी कविता) और 'प्रियतमे' की प्राचीनता को 'डार्लिंग' के व्यंग्य तक ले आए। 'हंसराज' ने प्रकृति-चित्रण को आधुनिक जीवन-बोध के नवीन धरातल पर प्रतिष्ठित किया। रामदेव झा ने प्रकृति को, जीवन के छोटे-बड़े उपाख्यान व उपदेश को, परंपरित प्रवृति से मुक्त होते नए रूपक, नए विधान, और नए परिवेश में उपस्थित किया। धीरेन्द्र, धूमकेतु, जीवकान्त से बालेश्वर श्रीवास्तव तक 'मैथिली' के नए कवियों ने मैथिली कविता को 1949 और 1959 से उठाकर इस शताब्दी के छठे दशक (?) में रख दिया। कवि सोमदेव की 'कालध्वनि' प्रकाशित हुई। 'यात्री' जैसे पुराने कविगण ऋतुचक्र और ऋतुचित्र से मुक्ति पाकर 'बालीगंज के पथ पर जा रही ट्राम' 'दंतुरित मुस्कान' जैसी कविताओं की रचना करने लगे।

इस छठे दशक (?) में आकर मैथिली कविता का रूप और दृष्टि परिवर्तित हो गई। उदाहरण के रूप में रामदेव झा की कविता 'धूप', सोमदेव की कविता 'तेईस तिनपतिया' राजकमल की 'स्वप्न कविता', मयानन्द मिश्र की कविता 'नई पीढ़ी का विद्रोह', धूमकेतु की कविता 'मांग और पूर्ति का सिद्धांत' तथा पुरानी पीढ़ी के कवि श्री सुधांशु 'शेखर' चौधरी की एक विशिष्ट कविता 'शीतलहर' आदि के नाम लिए जा सकते हैं। इस छठे दशक (?) को मैथिली कविता के काल विभाजन हेतु उपयोग किया जाएगा।

सन् 1960 के पश्चात् आधुनिक कविता मानव-जीवन और मानव के अंतःप्रदेश के एक नए क्षेत्र में प्रवेश कर गई है। इस अवधि से पूर्व कविता का मूल और मुख्य विषय था विद्यापतीय श्रृंगार एवं प्रेमाभिव्यक्ति, प्रकृति-दर्शन, सुधारवाद, आर्थिक वैषम्य के प्रति हाहाकार, पूजा भावना और विज्ञान सम्मत नवीनता का विरोध। और कविता का शब्द-शिल्प प्राचीन छंद शास्त्र, अलंकार शास्त्र और संगीत-पद्धति के स्तंभ त्रय पर लटका हुआ था, आधारित था। वह शब्द-शिल्प अब कपूर की तरह गायब हो गया। प्रकृति वर्णन तो है किंतु उसमें अब सिर्फ़ नद-पर्वत, निर्झर ही नहीं है, अपितु उसमें मनुष्य भी अपने विजय और पराभव के साथ उपस्थित है। श्रृंगार अब 'यौन-कुंठा' बन गया है, और सद्यःस्नाता ग्रामवाला का स्थान पूर्णगर्भा, शिथिल, जर्जर पत्नी की देह-संगति ने ले ली है।

देश स्वतंत्र हुआ 1947 में, क़िंतु, अब 1960 में आकर हमलोग समझ रहे हैं और निर्णय करते हैं कि स्वाधीनता हमलोगों के लिए नहीं सत्ताधारी वणिक-संप्रदाय और राजनीतिज्ञों के लिए आई है। सब कुछ रहते हुए भी हमलोगों का अपना कुछ भी नहीं है। कोशी बांध बनकर तैयार हो गया किंतु मेरे गांव की धरती अभी भी

मलेरिया और भांग के अतिरिक्त कुछ नहीं उपजाती। समाज-जीवन का एक मात्र धर्म संकट अर्थ-संकट बन गया है और हमलोगों के प्राण उड़ रहे हैं। बरौनी-कारखाना से किसको लाभ होगा? जो जन समुदाय पेट के शोधन में प्राण गंवा रहा है, वह किरासन तेल का शोध क्या करेगा? लोग गांव से भागकर शहर बाजार पहुंचते हैं किंतु अब बाजार से भागकर वे कहां जाएंगे? चारों ओर प्रपंच और यंत्र फैला हुआ है। लोकनाथ मर गए तो लोग अब उनकी युवती विधवा को फूटी हुई हांड़ी बना देंगे अथवा मरी हुई बिल्ली बना देंगे। मानव-जीवन की सबसे बड़ी सफलता है सत्तारूढ़ दल का एम.एल.ए. बन जाना! कविता और साहित्य, जीवन की सबसे बड़ी असफलता और मृत्यु है।

ऐसे ही विचार-परिवेश में हमलोगों की कविता का जन्म हुआ है। नव कविता का जन्म; 'चित्रा' का समय बीत गया, 'स्वरगन्धा' का समय बीत रहा है। किंतु, हमलोग समाप्त नहीं हुए हैं। हमलोग जन्म ले चुके हैं। सन् 1960 के उपरांत बंगला की नई पीढ़ी के साथ, हिन्दी एवं अन्य भारतीय भाषाओं की नई पीढ़ी के साथ हमलोग उनसे दृष्टि, दृश्य एवं दिशा में अलग और अप्रभावित रहते हुए भी एक नवीन भारतीय काव्य धारा के प्रवाह का निर्माण कर रहे हैं।

किंतु किसी भी स्थिति में हम मैथिली के आधुनिक कवि 'अदृश्य रेशम के व्यापारी' नहीं हैं। जो लोग झूठ बोले हैं, पाप कर चुके हैं, अधार्मिक हैं। (संदर्भ : इस वक्तव्य के प्रारंभ में उल्लिखित लोक कथा) वे भी हमारे रेशम को देख सकते हैं और हमारी कविता को समझ सकते हैं। हमारी कविताएं अनर्थहीन भले ही हो किंतु 'अर्थहीन' तो नहीं ही हैं। हमारी कविताओं में अनर्थ है, किंतु उसी मात्रा में अर्थ बोध भी है। हमलोगों ने देवताहीन पुराने मंदिरों को तोड़ा है तो साथ ही नए मंदिरों का निर्माण भी कर रहे हैं।

हमलोगों पर अर्थहीनता और उद्देश्यहीनता के आरोप अवसर कुअवसर पर लगाए गए हैं। सोमदेव के कविता-संकलन के भूमिका-भाग एवं सहजतावाद के सात स्थापना सूत्र के विषय में यह आरोप विचारणीय है, किंतु सोमदेव की कविता के विषय में नहीं। 'वर्गीकरण-मुखी संज्ञा का सहज भावात्मक स्फोट साहित्य है, स्फोट-क्रिया-चक्र-क्रममध्य मृत्यु विजय सहजतावादी का लक्ष्य है?' आदि सूत्र सहजता के विपरीत अबोधगम्य और अर्थहीन है। इसका कारण यही है कि अब क्रमशः हिन्दी के अनुकरण में आधुनिक मैथिली कविता को वाद-विवाद के मापक-यंत्र से मापा जा रहा है। सोमदेव ने भी बौद्ध सहजाचार की अनुकृति में मैथिली काव्य का सहजतावाद प्रारंभ किया है।

कविता जब 'वाद' के जटिल बंधन में फंस जाती है तभी कविता के अर्थ, रस, संदर्भ और प्राणवत्ता समाप्त हो जाते हैं। कविता के लिए 'वाद' है खेत की ऊंची मेड़ की तरह; कि इस खेत का पानी उस खेत में न जा सके। एक प्रकार

से एक युग की कविता अपने युग के कवि-समुदाय के सामूहिक प्रयास का प्रतिफल होता है। प्रत्येक कवि अपने शिल्प, वक्तव्य, अर्थ और विषय-बोध में स्वाधीन एवं आत्मनिर्भर रहते हुए भी अपने अंतरंग में, अपने समय-बोध में, अपनी सीमा एवं सुविधा में अपने समय के अन्य कवियों के साथ जड़ित, संलग्न और 'एकत्र' होते हैं। कविता के इस सामूहिक प्रयास को कविता के इस आधुनिक, उन्मुक्त जलधार को 'वाद' के मेड़ से बांधने का प्रयास संप्रति अर्थहीन होगा।

इस कविता-विषयक वक्तव्य के अंत में इतना कहना आवश्यक होगा कि कविता का अर्थ खोजना दूध की कटोरी में रखे अनंत भगवान को खोजना नहीं है। कि अंगुली रखकर इच्छा करते ही अर्थ मिल जाए। रस प्राप्त करने के लिए पहले रस सिद्ध होना आवश्यक है और अर्थ प्राप्त करने के लिए प्रथमतः अर्थ-शिक्षित होना।

—मिथिला मिहिर, 29 अगस्त 1965
मैथिली से हिन्दी अनुवादः ओम प्रकाश झा

समकालीन बंगला रंगमंच

बंगला रंगमंच की वर्तमान स्थिति संक्रांति की स्थिति है। रवीन्द्रनाथ और अभिनय सम्राट शिशिर भादुड़ी के समय जो शांत और मंथर गति थी, अब वह नहीं है। 'नव्य नाट्यांदोलन' और 'नव यथार्थवाद', ये दो शब्द काफी प्रचलित हो गए हैं, किंतु नाटक के स्वरूप और प्रदर्शन में पूर्वकाल से बहुत ज़्यादा फ़र्क़ नहीं दिख पड़ता है।

बंगला रंगमंच अब पूर्णतः व्यावसायिक रंगमंच बन गया है; इसलिए प्रकाश-व्यवस्था पर, रंग-व्यवस्था पर, सेट और पर्दों की सजावट पर, ध्वनि-योजना पर, यानी नाटक के बाह्य अंगों पर अधिक से अधिक ध्यान दिया जा रहा है। बंगला रंगमंच देश-विभाजन के बाद से मुख्यतः कलकत्ता महानगर में ही सीमित हो गया है; मुर्शिदाबाद, वर्धमान, वीरभूमि, जलपाईगुड़ी, पुरुलिया, आदि में स्कूलों-कॉलेजों-क्लबों के वार्षिककोत्सव पर जो नाटक खेल लिए जाते हों, बंगला रंगमंच का विस्तार अब वहां तक नहीं रह गया है। कलकत्ता में, 'विश्वरूपा', 'मिनर्वा' 'रंग-महल', 'स्टार', 'थिएटर सेंटर', ये पांच व्यावसायिक प्रदर्शन-गृह हैं—और, इन प्रदर्शन-गृहों द्वारा ही बंगला रंगमंच की समस्त पद्धतियों एवं धाराओं का नियमन होता है।

इन्हीं प्रदर्शन-गृहों ने आज तापस सेन को समकालीन बंगला रंगमंच का अत्यंत महत्त्वपूर्ण नाम बना दिया है। कृत्रिम आलोक-सम्पादन की अपनी 'अति यथार्थवादी' शैली के कारण तापस सेन बंगला रंगमंच के अद्वितीय व्यक्तित्व हैं। इस शैली का परम नाटकीय प्रदर्शन 'विश्वरूपा' थिएटर के 'सेतु' (जब नायिका ट्रेन से दबकर आत्महत्या करने की चेष्टा करती है) नाटक में, 'मिनर्वा' थिएटर के 'अंगार' (जब खान में पानी भर जाता है और सैकड़ों मजदूर डूबने लगते हैं) नाटक में, और 'लिट्ल थिएटर ग्रुप' के 'ओथेलो' नाटक के डेसडिमोना की हत्या वाले दृश्य में किया गया है। किंतु दृश्य को यथार्थ बनाने की यह आलोक-अलंकार प्रवृत्ति अधिक दिनों तक नहीं टिक सकेगी, ऐसा ही लगता है। क्योंकि, जिस अति यथार्थवाद और प्रभाववाद और नव-यथार्थवाद की विदेशी शिल्प-व्यवस्था से बंगला रंगमंच (व्यावसायिक कारणों से) भयदायक रूप से आक्रांत है, उससे अब धीरे-धीरे छुटकारा पाने की चेष्टा भी कर ही रहा है। और, विदेशी शिल्प-व्यवस्था, या देशी प्रकाश-चमत्कार से बंगला रंगमंच को अधिक खतरा है भी नहीं। अधिक खतरा बंगला फ़िल्मों में घुसते हुए

बंबइया फिल्मों के बाज़ारू कीटाणुओं से है। क्योंकि, अमरीका के 'ब्राडवे' और 'हॉलीवुड' की तरह ही 'शामबाजार' (जहां कलकत्ते के सभी प्रमुख नाट्यगृह हैं) और 'टालीगंज' में बहुत ही नजदीकी रिश्ता है। शामबाज़ार का 'हिट' नाटक ही ज़्यादातर टालीगंज की 'हिट' फिल्म बनता है। उदाहरण के लिए, 'श्यामली', 'बुधा', 'सूर्यतोरण', 'विसर्जन', 'ताशेर देश', 'रायकमल', 'स्वयं सिद्धा' आदि का नाम लिया जा सकता है।

बंगला रंगमंच (और बंगला फिल्मों में भी) में लेखक का स्थान सर्वोपरि है। अधिकांशतः 'बेस्ट-सेलर' उपन्यास ही रंगमंच के लिए चुने जाते हैं, और उनका नाटकीकरण किया जाता है। शरच्चन्द्र के लगभग सभी उपन्यासों का नाटकीकरण हो चुका है, और उन्हें सफलतापूर्वक मंच पर प्रदर्शित किया जा चुका है। 'श्रीकांत' को हाल तक अभिनय के लिए सर्वथा अनुपयुक्त माना जाता था, लेकिन उसे भी रंगमंच पर लाया गया, फिर उसकी फ़िल्म भी बनाई गई। रवीन्द्रनाथ के वृहत् उपन्यास 'गोरा' का तो नाट्यप्रदर्शन इन दिनों चल ही रहा है। प्रेमेन्द्र मित्र, मनोज वसु, ताराशंकर बनर्जी, सुबोध घोष आदि समकालीन बंगला उपन्यासकारों के अधिकांश उपन्यास रंगमंच पर प्रदर्शित किए जा चुके हैं, किए जा रहे हैं।

धनंजय बैरागी ('तरुण राय' के उपनाम से निर्देशन तथा अभिनय करते हैं) ने स्वयं ही अपने उपन्यासों 'धृतराष्ट्र', 'रूपाली चांद', 'ऐक प्याला कॉफ़ी', 'रजनीगंधा', 'ऐक मुठौ आकाश', का नाटकीकरण किया है, और इन्हें 'न्यूएंपायर', 'रंगमहल' और 'थिएटर सेंटर' के मंच पर पचासों सप्ताहों तक प्रदर्शित किया है। कल उत्पल दत्त की पुस्तक 'फेरारी फौज' प्रकाशित हुई, आज 'मिनर्वा' में उसका नाट्यप्रदर्शन चल रहा है, कल तक ज़रूर ही उसकी फ़िल्म बन जाएगी। बंगला नाटकों का यही सिलसिला है।

यही सिलसिला आज के बंगला रंगमंच की सबसे बड़ी कमजोरी बन गया है। बंगला रंगमंच को अच्छे, मौलिक नाटकों की बड़ी कमी है। गिरीशचन्द्र, द्विजेन्द्रलाल राय, और रवीन्द्रनाथ के अतिरिक्त किसी लेखक ने इस दिशा में सफलतापूर्वक कुछ नहीं किया है। हारानचन्द्र रनित के 'कामिनी-कांचन' (1908), सौरीन्द्रनाथ के 'यत्किंचित' (1909), अमृतलाल वसु के 'ख़ासदख़ल' (1912), द्विजेन्द्रलाल के 'परपारे' (1914), शरचन्द्र के 'षोड़षी' (1918), अपरेशचन्द्र के 'राखी-बंधन', 'अयोध्यार बेगम', 'सुदामा' (1919), बरदा दासगुप्त के 'मिस्र कुमारी' और 'नादिरशाह' (1920) के बाद तो जैसे मौलिक नाटकों का युग ही समाप्त हो गया। केवल, तीन नाटककार बच गए, गिरीशचन्द्र, द्विजेन्द्रलाल राय, रवीन्द्रनाथ। बच गए 'गृहलक्ष्मी' और 'अलीकबाबू', 'सिंहलविजय' और 'शाहजहां', 'मीर-कासिम' और 'सिराजुद्दौला', 'विसर्जन' और 'वाल्मीकी-प्रतिभा', 'रक्तकरवी', और 'श्यामली'। उपन्यास के नाटकीकरण की प्रवृत्ति ने बंगला रंगमंच का सबसे अधिक नुक़सान

किया है। इस प्रवृत्ति का मूल कारण है, व्यावसायिकता। नए नाटकों को प्रश्रय देने में ख़तरा है; हो सकता है नाटक नहीं चले। लोकप्रिय उपन्यास से ऐसा ख़तरा नहीं है; पाठकों ने पसंद किया है, दर्शक ज़रूर पसंद करेंगे। फिर, उपन्यासों को नाटक बनाने में लेखक को 'रायल्टी' भी कम देनी होगी। बंगला रंगमंच का यह अध्याय व्यवसाय का अध्याय है।

और, व्यवसाय करना है तो दर्शकों को आकर्षित करना ही होगा। दर्शकों को खींचना ही है, तो लाल-हरी रोशनी की चकाचौंध करनी होगी, बादल और भूकंप और आंधी और ज्वालामुखी के फटने की विकट ध्वनियां देनी होंगी, अभिनय-क्षमता से अधिक नायक का 'फेस-अपील' और नायिका का 'सेक्स-अपील' देखना होगा, और पांच प्रणय-दृश्य और सात युद्ध-दृश्य और दस प्रकृति-दृश्य, और ऐसा कथानक, जिसका वास्तव-जीवन से दूर का भी संबंध नहीं। निश्चय ही बंगला रंगमंच 'ड्रामा' नहीं, 'मेलोड्रामा' का रंगमंच बनकर रह गया है, और तृप्ति मित्रा ('बहुरूपी' संस्था की प्रधान अभिनेत्री) जैसी महान अभिनेत्रियों की प्रतिभा का अपव्यय कर रहा है।

अपवाद के रूप में दो नाम लिए जा सकते हैं, तरुण राय, और शम्भू मित्रा। बंगला रंगमंच के इन दोनों प्रतिभाशाली व्यक्तित्वों ने रंगमंच को व्यावसायिकता के दलदल से निकालने की कोशिश की है। तरुण राय ने उत्तम नाटक, और उत्तम अभिनय, और उत्तम मंचसज्जा देने की कोशिश की है। वैसे, इतना ज़रूर कहा जा सकता है कि तरुण राय आधुनिक अमरीकी रंगमंच से प्रभावित हैं। लेकिन, उनके जासूसी नाटक 'ऐक प्याला कॉफ़ी' या शरणार्थी जीवन से संबंधित 'एक मुठो आकाश', किसी को भी टेनीसी विलियम्स या एजिन ओनिल की नकल नहीं कहा जा सकता है। शम्भू मित्रा की संस्था 'बहुरूपी' इब्सन के 'डॉलहाउस' और रवीन्द्रनाथ के 'रक्तकरवी', 'विसर्जन', 'मुक्त-धारा' के लिए प्रसिद्ध है। शम्भू मित्रा ने बंगला रंगमंच को नए नाटक नहीं दिए हैं, रवीन्द्रनाथ के नाटकों को नया स्वर और नई अभिव्यक्ति अवश्य दी है।

एमेचर बंगला का शौक़िया रंगमंच लगभग समाप्त हो चुका है। सांस्कृतिक संस्थाएं अपने उत्सवों में नाटक प्रस्तुत करती हैं, किंतु कमोबेश ऐसे प्रदर्शनों का उद्देश्य भी संस्था के लिए पैसे इकट्ठे करना ही हो गया है। रंगमंच के विकास के लिए कहीं कुछ नहीं हो रहा है। नाट्य-सम्राट गिरीशचन्द्र घोष के स्मारक-रूप में 'गिरीश थिएटर' की स्थापना हुई है, 'विश्वरूपा' के मंच पर इस संस्था का प्रथम नाटक 'डाउनट्रेन' प्रदर्शित भी किया जाता है, लेकिन, इससे अधिक की कोई आशा नहीं दिखती है। यही हाल शिशिर भादुड़ी और रवीन्द्रनाथ के नाम पर स्थापित की गई छोटी-बड़ी संस्थाओं का है। पश्चिमी बंग सरकार की संगीत-नाटक अकादमी भी वही और उतना ही कर रही है, जो ऐसी सरकारी संस्थाएं करती हैं। और, 'स्टार', 'रंगमहल' तथा अन्य नाटकघरों में जो नाटक प्रदर्शित होते हैं, वे नाटक देखने वाली

जनता को ध्यान में रखकर ही चुने जाते हैं। नाट्यकला को ध्यान में रखकर नहीं। बंगला फिल्मों के प्रियदर्शन अभिनेता-अभिनेत्रियों को रंगमंच पर अभिनय के लिए बुलाया जाता है। 'श्यामली' में जब तक उत्तमकुमार ने नायक का पार्ट किया, नाटक की टिकटें 'ब्लैक' से बिकती रहीं; उत्तमकुमार के छोड़ते ही 'श्यामली' बैठ गई। बंगला फिल्मों के प्रसिद्ध अभिनेता छवि विश्वास, असित वरन, पहाड़ी सान्याल, ज़हर राय, असीम कुमार, भानु बनर्जी, विश्वजीत, और अभिनेत्रियां, सावित्री चटर्जी, संध्या राय, जयश्री, मलिना, तृप्ति मित्रा, राजलक्ष्मी, मंजु दे रंगमंच पर भी व्यावसायिक रूप से उतरती हैं।

वर्ष में एक बार 'महाजाति सदन' और 'न्यू एंपायर' के मंच पर व्यवसायिक और शौक़िया नाट्यसंस्थाओं के नाटकों की प्रदर्शन-प्रतियोगिता आयोजित की जाती है। इसमें एकाध अच्छे नाटक भी प्रदर्शित हो जाते हैं, संयोगवश दो-एक अच्छे अभिनेताओं की भी झलक मिल जाती है; लेकिन, कुल मिलाकर जो कुछ देखने को मिलता है, वह न तो रवीन्द्रनाथ की परंपरा का विकास होता है, न फ़िल्मों के बढ़ते हुए प्रभाव से मुक्त होता है, और न बंगला रंगमंच के स्वतंत्र अस्तित्व और मौलिक अभिव्यक्ति का परिचय ही देता है। फिर भी इतना तो कहा ही जाएगा कि देश की स्वाधनीता के बाद बंगला रंगमंच में नव-जागरण की लहर आई है। मौलिक नाटकों के अभाव को लेखकों ने महसूस किया है। वनफूल, विभूति मुखोपाध्याय, विधायक भट्टाचार्य, उत्पल दत्त, धनंजय वैरागी आदि रंगमंच के उपयुक्त नए नाटक लिखने लगे हैं। और व्यावसायिक नाटक-कंपनियां भी समझने लगी हैं कि फ़िल्मों के अंधानुकरण से जनता को सिनेमा घरों से नाटकघरों की ओर नहीं लाया जा सकता है।

—कल्पना, मई-1962

एजरा पाउण्ड कहां पैदा हुए थे!

भविष्य : कवि एजरा पाउण्ड ने अपने एक सौ सैंतालीसवें 'कैन्टो' में लिखा है... क्या लिखा है?

1 बंबई नहीं जाएंगे *(नशा टूट चुका है?)* फतेपुर सिकरी चले जाएंगे।

2 पी.एल. सन्तोषी गबन के मामले में गिरफ्तार होकर जमानत पर छूट गए।

3 सुरेखा पंडित सुरमा लगाकर फिल्म 'अंगना भइल कंगना' में गाती है—'सुरमा सगुन विचारै ना'

4 शरच्चन्द्र चटर्जी बंगाल में नहीं, बिहार में पैदा हुए थे। एजरा पाउण्ड कहां पैदा हुए थे? सिमरियाघाट में?

Complete screen play for a 14 reels of colour (eastman) film : राधा किताब लेकर घर से निकलती है। राधा रिक्शा करती है। रिक्शा रुक गया। एक्सीडेंट! चौदह लड़के बूट पालिश कर रहे हैं। राधा होश में आती है। फ्लैशबैक : उसका छोटा भाई बूट पालिश कर रहा है। नर्स! डॉक्टर!

वर्तमान : नर्स। डॉक्टर आता है। राधा को पहचान लेता है। ओवर लैप। अस्पताल के चौराहे पर हेलेन (या रानी?) नाच रही है। गाना : 'मैं तुम्हें जान गई, हाय तौबा अल्ला रे अल्ला! डॉक्टर राधा के बालों पर हाथ फेरता है।

अगर अभी तक 14 रील पूरा नहीं हुआ तो इस बार डॉक्टर का एक्सीडेंट करने के बाद राधा को ट्रेनिंग दिलाकर उसी अस्पताल में नर्स बना दीजिए। डॉक्टर की अंधी आंखें ठीक हो जाती हैं। मगर तब तक सुरेश और उसके साथी राधा को भगा ले गए हैं। डॉक्टर मोटर साइकिल से पीछा करता है। राधा का बूट पालिश भाई घटना-स्थल पर पहुंचता है। राधा गाना गाती है : 'जय हो कृष्ण मुरारी, लाज बचाओ हमारी, आरती उतारूं मैं तुम्हारी।' डॉक्टर मुरारी आते हैं। मार-पीट। सुरेश पानी में

कूदता है। मोटर वोट से पुलिस पीछा करती है।

अगर, बात इतने पर भी नहीं बन सके, तो मुरारी और राधा की शादी करके बच्चे पैदा करके उन्हें एक कतार में खड़ा करके एक फौजी गाना कोरस में दे सकते हैं : 'हम गांधी की आन, हम नेहरू की शान, हम लालबहादुर के अभिमान'। इत्यादि, इत्यादि।

And, a Modern Hindi. 'NAI KAHAANEE' in the end :

अतीत : रामनाथ अपनी बीवी को शामनाथ के यहां भेजता है। शामनाथ अपनी बीवी को रामनाथ के यहां भेज देता है। फिर, रामनाथ और शामनाथ क्लब में मिलकर ताश खेलते हैं। मगर ताश की गड्डी से काले पान और लाल पान की दोनों बीवियां गायब हो चुकी हैं। दोनों दोस्त शरमाते हैं।

Continued from scene— 1 :

एजरा पाउण्ड कहां पैदा हुए थे? सिमरिया घाट में?

प्रतिश्रुति : बंबई से कुमारी मधुरिका ने पत्र लिखा है, जिसमें अंग्रेजों का एक 'महान वाक्य है : Fever in night as you are not here, so you please come at once if not by pre-paid parcel, then by V. P.P.

पत्र पढ़कर मुझको लगता है। कि मैं पांच नंबर का पिचका हुआ एक फुटबॉल हूं, जिसका ब्लाडर फूट गया है। शतरंज का बादशाह नहीं होकर, हम पंचर फुटबाल हो गए। हमको इसका अफसोस नहीं। भगवान चाहा, तो हम एक ताजमहल इस शतरंज की कब्र पर बना डालेंगे! खुदा गवाह है, मेरी मीना कुमारी, हमने तुम्हारे लिए लाखों के बोल सहे! सीने पर हजारों नश्तर खाये! भगवान चाहा, तो हम अपने सीने पर एक कुतुबमीनार खड़ी कर लेगा। हम तुमको कुतुबमीनार पर चढ़ा देगा, फिर वहां से नीचे फेंक देगा। सुनो मीना कुमारी, हम कमाल अमरोही नहीं हैं, आर्थर मिलर भी नहीं, और न हम आलबेर कामू हैं, जो तीन इंच जगह का वास्ते गाड़ी का स्टीयरिंग अपना सीना में घुसा लिया। खुदा गवाह है, हम तुमको सीना में, पांव में, नजर में, दिल-गुर्दा में, शायरी में, फलसफे में, आर्ट में चाकू मार देगा। हमारा नाम है...

And, a poem :

कविता : हमारा कोई नाम नहीं है, नहीं रहने दिया गया है। हम सभी सिर झुकाए, आंखें बंद किए, दिमाग की नीली घाटियों में अपना नाम ढूंढ रहे हैं। नाम नहीं है। किसी व्यक्ति, स्थिति, रोग, भय, पाप का कोई नाम नहीं है। नीली घाटियों में अंधेरा है। आंखों के पत्थर अब नीलम बनकर नहीं

चमकते।

With a dream :

चमकते हैं लाल-नीले-हरे सांप। घाटियां खून की तरह सुर्ख पानी की धार से भर जाती हैं। सूरज एक फुटबाल है, और मोहन-बगान और ईस्ट बंगाल में मैच हो रहा है। एजरा पाउण्ड इस मैच में 'रेफरी' हैं। मगर, उसके पास सीटी नहीं है, घड़ी भी नहीं है। मैं उसको घड़ी देता हूं। वह घड़ी लेकर भाग जाता है। हम दोनों 'ला—बोहीम' रेस्तरां में कोना-काफी पीते हैं। रामानन्द आते हैं। उन्होंने शरलॉक होम्स की तरह काला ओवर कोट पहन रक्खा है। ज्योतिविज्ञान पर एक लंबा भाषण देकर, वे ज्ञान वायु में विलीन हो जाते हैं।

—राजेन्द्र प्रसाद सिंह के लिए गए एक पत्र का पूर्वांश

—अभिमंच, अप्रैल-1971

पांच नए अमरीकी कवियों की कविताएं

एलेन गिन्सबर्ग

एक रचना

(मई 1963)

जो कुछ भी हो यह जो कोई भी हो यहां जबसे हो
हत्यारे सभी गाते हुए सभी दुरुस्त
सभी इसलिए
कैसे भी वह मर जाए
वह रेलगाड़ी के डिब्बों में घूमता रहा, लेकिन
ब्राह्ममुहूर्त्त में वह उठ गया,
एक नए ब्रह्मांड की सफेद रोशनी में
लेकिन
उसके लिए कोई फर्क नहीं पड़ता
वह, जो अपनी दो आंखों के सिवा केवल अस्थिपिंजर
वह सोफे से उठ खड़ा हुआ
बदला हुआ अनुभव किया उसने अपने आपको
मैदानों और ताड़ के वृक्षों को
लगातार देखते हुए
धूल भरे बैंकों में एक भी रुपया नहीं
एक भी देश नहीं केवल अनभिव्यक्त और भूरे
बादल
सूरज उगने से पहले
अपने परिचय-पत्र उसने खो दिए अपनी ही जेब में
मैदान के किनारे-किनारे चलते हुए
एक खल्वाट रिक्शे पर

उस रसहीन शहर पटना में
बाद में वह नींद भरी नशे की खुमारी से जगकर
देखता रहा निरर्थक
सूखे हुए होठों सूखे हुए चेहरे से रेलवे स्टेशन की तरफ
सोए हुए बूटपालिश लड़के
गंदी चादरों में लिपटे हुए गंदे कंक्रीट पर
अधिक, बहुत अधिक
संख्या में मानव-शरीर इन शहरों को
घेर रहे हैं।
अब

जिम बॉयल

जन संपर्क

सब-वे की गाड़ी में एक निग्रो लड़की की बगल में
बैठ जाता हूं
मैं (लेकिन, उससे सटकर नहीं
यह साबित करने के लिए कि आवारा नहीं हूं
मैं!)
और, वह आंखों ही आंखों में
मुझसे कहती है—
क्या हो गया है तुम्हें, ऐ गोरे लड़के, मुझे छुओगे?
कालेपन से नफरत है नहीं तुमको?
मगर, दूसरे दिन मैं एक निग्रो लड़की की बगल में
बैठता हूं
उसके नजदीक, उससे सटता हुआ
(मैं उसे बताना चाहता हूं, हम दोनों एक जैसे हैं
कोई फर्क नहीं पड़ता है
कालेपन से)
और, वह आंखों ही आंखों में कहती है—
संभल जाओ, ऐ गोरे लड़के,
तुम ऐसा क्यों समझते हो कि हर काली औरत

आवारा होती है?

और, तीसरे दिन
मैं चुपचाप अपने चौराहे पर खड़ा रह जाता हूं,
सब-वे की गाड़ी आगे बढ़ जाती है।

डेबिड सैन्डबर्ग

एक वृत्ताकार संगीत (1965)

1

चार (एक लड़की)
सीढ़ियों से नीचे उतरती हुई...

2

प्लास्टिक की पीली कई आलपिनें उसके होठों से
नीचे झुकती हैं

3

एस्किमो औरत
उसके होठों में ह्वेल-मछली की हड्डियों से बने
गहने

फिलिप ह्वैलेन

द्विगुण लाभ की कविता

मैं जाना चाहता हूं
मैं चले जाने के लिए रास्ता चाहता हूं,
लाल फूलों से लदे हुए नवंबर महीने के छांहदार दरख्त
मुझे रोक नहीं पाते
दूर की नीली-हरी पहाड़ियां तस्वीरें हैं

इन्हें मैं जानता हूं
स्टेनर-स्ट्रीट की ढलान के नीचे
पानी की सतह से ऊपर उभरता हुआ फरिश्तों का द्वीप
इन सुखों को स्वीकार करना चाहिए
दिख पाते नहीं साधारणतः
ऐसे दृश्य
मैं इन्हें ग्रहण करता हूं आगे बढ़ जाता हूं
और मुझे तुमसे अलग
स्थान और समय की नितांत हार्दिक आवश्यकता है
रुक नहीं सकता तुम्हें देखते रहने के लिए
सुनते रहने के लिए तुम्हें
तुम कैसे रहती हो क्या करती हो
अपनी अबोध निश्छलता में और अज्ञात में डूबी हुई
मुझे दूरी चाहिए
एकांत चाहिए मुझे एकांत निस्तब्धता...
एक अवकाश मुझे
तुम्हारे विराट विकराल सौंदर्य से
अवकाश चाहिए क्योंकि अंतहीन है तुम्हारे प्रति
मेरी संलग्नता

एलीन आपेल

मैं हूं, मैं नहीं हूं

उसके पास तीन घड़ियां हैं, चलती हुई, घूमती हुई,
दरअसल, घड़ियां दो हैं,
और, एक टूटी हुई अलार्म घड़ी...
जो भी हो, उसके पास तीन घड़ियां जरूर हैं,
और, कभी-कभी वह बहुत दूर किसी शहर में
किसी को फोन करता है
लेकिन, साधारणतः एक बिल्ली तीन घड़ियां सफेद धुली चादरें
और, बहुत गंदे राखदान, बहुत सारी बातचीत
थिएटरों के बारे में
और कला-भवनों संगीत-विद्यालयों के बारे में

लगातार
क्या तुम बेहद मोटी हो रही हो?
बात यही है (और, मैं)
मैं फिसल जाती हूं, इतने नशे में हूं। वाकई,
यह ब्रांडी है। मुझे बताओ,
क्या तुम अकेली घर जा सकती हो?
क्या दुबारा हम...क्या दुबारा हम मुहब्बत कर सकते हैं?
हां, जरूर, हम जरूर कर सकते हैं तीन घड़ियों,
(दो ज़रूरतों) और
एक बिल्ली के साथ रहते हुए, अकेलेपन का
दुःख सहते हुए, साधारणतः।

टिप्पणी–एक :

1. एलेन गिन्सबर्ग मई 1963 में कई दिनों के लिए पटना आया था। पटने में सबसे ज्यादा अच्छी जगह उसने चिरैयांटांड़ की सरकारी भट्ठी को और दरभंगा-घाट की रहस्यमयी काली-भगवती को स्वीकार किया। यह कविता इरा कोहेन द्वारा संपादित 'नवा' (GNAOVA) –1964 में छपी है।
2. जिम बॉयल और उसकी स्त्री के (KAY) बॉयल अमरीकी नई कविता की एक प्रमुख धारा का प्रतिनिधित्व करते हैं। जिसकी यह कविता 'इन्ट्रान्जिट'–1965 में छपी है।
3. डेबिड सैन्डबर्ग भारतीय जीवन और भारतीय संस्कृति के प्रति आकृष्ट नवयुवक अमरीकी कवि, केलिफोर्निया से 'और' (OR) –पत्रिका संपादित करता है, और अपनी स्त्री फोबे सैन्डबर्ग के साथ बोहेमियन बीट जिंदगी बिताता है। उसकी 'वृत्ताकार संगीत की कविताएं' कॅनेक्टिकट के 'वर्मवुड-रिव्यू'–1966 में छपी है।
4. फिलिप ह्वैलेन नई अमरीकी कविता का सबसे प्रमुख प्रवक्ता है। वह सन-फ्रान्सिस्को शहर में रहता है, और कई बार पूर्वी देशों और महाद्वीपों को यात्रा कर चुका है। कविता में उसने अमूल्य और अभूतपूर्व प्रयोग किए हैं, जिनमें कोलाज, लिथोग्राफी, कट-अप, कैलियो ग्राफी, से लेकर आदिम गुफा-चित्रों के शिल्प तक का उपयोग किया गया है। वह कविता को शब्दों में ही सीमित नहीं रखना चाहता, वह उसे शब्दहीन आकृतियों और स्वरूपों में भी स्थापित करना चाहता है। यह कविता 'लव' (Love)–1966 में छपी है।

5 कुल 23 साल की परम सुंदरी एलीन आपेल अब अकेली न्यूयार्क शहर में रहती है, और सिर्फ़ कविता लिखती है, जीने के लिए दूसरा कोई काम नहीं करती 'पांच बजे शाम के बाद होता है अंधकार' शीर्षक से उसकी कविताएं 'फ्रांस विंडो'—1966 में छपी हैं।

टिप्पणी—दो :

साधारणतः इतनी ही अश्लील, इतनी ही अभद्र, और इतनी ही क्रांतिकारी 1960-65 की समकालीन, आधुनिक, प्रगतिशील, नए मूल्यों से मंडित अमरीकी कविता है, जिसके बारे में और जिनको लिखने वालों के बारे में साधारणतः हिन्दी पाठक, आलोचक और कवि-लेखक ने अब तक सही राय कायम नहीं की है। सही राय कायम होनी चाहिए, जबकि हिन्दी के वे कवि-आलोचक इस काम में सही मदद नहीं दे रहे हैं (अपनी साहित्यिक मर्यादा और वंश-परंपरा को ध्यान में रखने के कारण), जो फोर्ड-फाउंडेशन या फुलब्राइट-स्कालरशिप, या पब्लिक-कानून 480 के सहयोग से साहित्य-अध्ययन और साहित्य-अध्यापन के लिए अमरीका जाते हैं, या जा बसते हैं।

—नई धारा, मई-1967

देश-प्रेम की पांच विदेशी कविताएं

पांच देशों की पांच कविताएं...अलग-अलग भाषा और अलग-अलग कवियों द्वारा लिखी हुईं...लेकिन सब में अंतर्निहित भाव वही एक...अपने देश के प्रति अगाध प्रेम. ..अपनी जन्मभूमि के लिए मर-मिटने की आकांक्षा।

> "...युद्ध और क्रांति के दिनों में, हमेशा ही सबसे बड़ी सुविधा यह होती है कि देश के स्थान पर, हम अपनी भावना के देश की पूजा करने लगते हैं। एक ही क्षण में देश-भक्ति की भावना ही हमारा देश बन जाती है। हम घर से बाहर निकलते हैं और पाते हैं कि राह में मिलते हुए सारे लोग हमारे दोस्त हैं, हर व्यक्ति हर दूसरे व्यक्ति का भाई या बहन है—क्योंकि, मातृभूमि का परिवार ही संकट में है। हमारी भावनाओं का देश, राष्ट्र-भक्ति, क्रांतिकारी जोश, देशवासियों को एक अविछिन्न एकता में गूंथ सकता है, और यह एकता सुखी पारिवारिक जीवन के बंधन से भी मजबूत होती है।"
>
> —स्टीफेन स्पेण्डर
>
> ('लीव्स इन द स्टॉर्म, लंदन, 1947)

स्टीफन स्पेण्डर ने ऊपर की ये पंक्तियां 1939 के सितंबर में (3 सितंबर को हिटलर की जर्मनी ने इंग्लैंड पर पहली बमबारी की थी!) पिछले महायुद्ध के शुरू के दिनों में लिखी थीं। आज हमारे अपने देश की स्थिति भी यही है। हम अपने सारे राजनीतिक-आर्थिक-सामाजिक और वर्गगत मत-द्वेष भूलकर एक हो गए हैं—'क्योंकि हमारी मातृभूमि का परिवार संकट में है!' हमारे अपने देश की शांति और सुरक्षा और सम्मान और स्वाधीनता खतरे में है। संकट और खतरों की इस स्थिति में इस देश के निवासी, हम सभी लोग अपनी-अपनी सीमा और क्षमताओं में सैनिक बन गए हैं, जनसाधारण नागरिक नहीं रह गए हैं। यह देश हमारे सपनों, हमारे सिद्धांतों और हमारी भावनाओं का देश है, और हम इसकी रक्षा करेंगे।

हमारे कुछ लेखक-मित्रों का कहना है कि साहित्य काल-स्थान-पात्र से ऊपर

और परे की वस्तु है, इसलिए साहित्यकार का दायित्व नहीं है कि वह जन-जागरण, देश-प्रेम और स्वाधीनता-सुरक्षा की रचनाएं लिखे। ऐसे विषयों पर जो रचनाएं लिखी जाएंगी, उनमें कला, शिल्प और सौंदर्य के स्थाई गुण नहीं होंगे, अतएव वह साहित्य नहीं हो सकेगा।

—मैं मित्रों के इस विचार का विरोध करता हूं। राष्ट्रीय जागरण की रचनाओं में कला और शिल्प की संपन्नता अवश्य हो सकती हैं, अगर कवि की भावनाएं सच्ची और ईमानदार हों। राष्ट्रीयता हिन्दी के काव्य-साहित्य की एक प्रमुख धारा रही है। भारतेन्दु, प्रसाद, निराला से हमने देश-प्रेम विरासत में पाया है। 'निराला' की कविता 'जागो फिर एक बार' अगर साहित्य नहीं है, तो फिर किस कवि की कविता अपनी साहित्यकता का दावा कर सकती है?

हिन्दी ही नहीं, विश्व की सभी श्रेष्ठ भाषाओं में देश-प्रेम की स्वस्थ-सुंदर कविताएं लिखी गई हैं, जिनका महत्त्व तात्कालिक ही नहीं, स्थाई भी है, और जो केवल प्रचार और विज्ञापन के लिए नहीं, आंतरिक भावनाओं से प्रेरित होकर लिखी गई हैं।

''ज्ञानोदय' के पाठकों के सामने विदेशी कवियों की मातृभूमि संबंधी भावनाओं को उपस्थित करने की इच्छा से प्रेरित होकर मैं अमरीका, इटली, टर्की, दक्षिण अफ्रीका और जापान के एक-एक कवि की कविता का रूपांतर प्रस्तुत कर रहा हूं। ये रूपांतर मैंने अंग्रेजी से ही किए हैं, मूल-भाषाओं से नहीं।

● अमरीकी कविता

करिश्मों से भरा हुआ देश/कार्ल सैण्डबर्ग

यह पहाड़ी चट्टान और यह तलहटी अनजाने करिश्मों से भरी थी हमेशा,
लेकिन, सारे करिश्मे सोए हुए थे, जब तक हम आबादी में जगमगाए नहीं
कारीगरी से चट्टानों को तराशा नहीं जब तक हमने,
तलहटी में अनाज और फूलों के पौधे उगाए नहीं।

हम आए, और हमने तलहटी को अपना घर आंगन बनाया
चट्टानों को बना लिया मंदिर; और कहीं अंधेरा नहीं रहा...
हम आए, और हमने अनजाने करिश्मों से भरी हुई इस धरती को
अपना देश कहा।

हमारा अपना देश, जादुओं से भरा हुआ, और हम जादूगर इंसान,
जो मिहनत को रोटी, और प्यार को कविता
बना लेते हैं;

जो हर दुःख-सुख में कोई-न-कोई गीत गा लेते हैं।

—हममें और हमारे देश में कोई फर्क नहीं है।
हमने यह देश अपना बनाया है,
और, इस देश ने हमें जीने का जादू सिखाया है।

• इतालवी कविता

सभी प्रश्नों का एक ही उत्तर/इग्नेजियो सिलोने

हम अपने बगीचों में उगाते हैं अंगूर की लताएं, और बनाते हैं संशयहीन
कॉनियक की रक्तवर्णी मदिरा—
यह लताएं, और यह प्रकृति-सौंदर्य, और यह नशीला उत्ताप प्रतिपल-प्रतिक्षण
हमें कौन देता है?

हम मयूरपंखी नौकाएं लेकर सागर-विहार के लिए चल देते हैं अनायाम
हर आलस्यपूर्ण लहर को बना देते हैं एक मधुर गीत—
यह स्वच्छंदता, और यौवन का यह सहज-निश्छल आनंद
हमें कौन देता है?

हम जीविका-व्यवसाय के लिए करते रहते हैं अनजाने द्वीप-देशों का भ्रमण
हमारे परिवार को सुरक्षा, हमारी प्रेयसी को सांत्वना
कौन देता है?
हम कहीं भी हों, किसी भी ऐश्वर्य या पीड़ा की परिस्थिति में हों संलिष्ट
किसे छन भर भी भूल नहीं पाते हैं?
किसकी एक पुकार से वापस चले आते हैं?
हमारे सभी प्रश्नों का एक ही उत्तर है, प्रथम और अंतिम उत्तर है :
हमारी यह पितृभूमि, हमारी यह मातृभूमि!

• तुर्की कविता

यह हमारा देश/नाज़िम हिकमत

हमारा देश : घोड़े के उन्नत सिर जैसा है जिसका आकार;
जो तेज़ घोड़े की तरह सुदूर एशिया से दौड़ा चला आता है लगातार
और भूमध्य सागर में स्नान करता है
—यह हमारा देश है।

खून से भींगी हुई कलाइयां, क्रोध से भींचे दांत, तनी मुट्ठियां,
और नंगे पांव, जख्मी पांव...
रेशम की क़ीमती कालीन जैसा यह ख़ूबसूरत देश
हमारा नरक भी है, स्वर्ग भी है।

हम अपने घर के वे द्वार बंद करेंगे, जिन पर है दूसरों का अधिकार
अपने द्वार पर हम अपना अधिकार रक्खेंगे
हम ख़त्म करेंगे आदमी को आदमी का दास बनाने का व्यभिचार
अपने घर में हम रहेंगे स्वाधीन!

यह मनोकामना हमारी है : हम नरक को बनाएंगे स्वर्ग
हम आदमी को बनाएंगे देवता!

• दक्षिण-अफ्रीका कविता

काला आत्मसम्मान/के सिसेलिज़

इस घने जंगल में किसने लगाई है यह सफ़ेद आग?
किसने इस काले जंगल में ज्वालाएं भड़का दी हैं?
केकामस में...अपिंगटन में...किंबर ले में...हर जगह
चर्चयार्डों पर, क़ब्रगाहों पर, अबोध बच्चों के स्कूलों पर हुई है बमबारी।
बमबारी होती रहती है किंतु,
नहीं जलता है इस काले जंगल का काला इतिहास,
और, नए आत्मसम्मान का, नए अधिकार-परिचय का बनता है इतिहास नया।
हम मनुष्य नहीं रह गए हैं, हम इतिहास बन गए हैं
हम लिखते हैं अतीत नहीं, अब लिखते हैं भविष्य—वह होगा ही
जो हम चाहेंगे!

हम चाहते हैं अपने इस काले आत्मसम्मान की सुरक्षा
हम चाहते हैं अपनी इस काली धरती पर काले गुलाब की तरह खिलना
यह हमारा अधिकार है—हम अधिकार चाहते हैं!
अपने शुभचिंतकों की नहीं, अपनी सभ्यता की हमें ज़रूरत है
अपने मित्रों की नहीं, अपनी संस्कृति से हमें है मोह!
मित्रों-शुभचिंतकों की लगाई हुई यह सफ़ेद आग कभी जला नहीं पाएगी
यह काला जंगल, यह काली धरती!

यह काले लोग नए आत्मसम्मान का नया इतिहास
लिख रहे हैं!

● जापानी कविता

नया उपवन/तुशिको यामाज़ाकी

जब ज्वालाओं में भस्म हो गया सारा उपवन
महानिशा में लगा गूंजने केवल कोलाहल, क्रंदन
तब हमने समझा फूलों का, उपवन का, जीवन का, प्राणों का मूल्य
अपनी धरती से तब बांधा प्राणों का बंधन।

जब ज्वालाओं में भस्म हो गया सारा उपवन
हम लगे बनाने फिर से अपना टूटा घर-आंगन;

चारों ओर कठिन सागर है, मध्य एक दीपक जलता है
सूर्योदय का देश हमारा, ज्वालामुखियों में पलता है
नए-नए घर, नए शहर, फैक्टरियां, स्कूल, स्टेडियम बनते जाते हैं
समय का बर्फ़ बहुत तेजी से गलता है।

चारों ओर कठिन सागर है, मध्य एक दीपक जलता है,
ज्योतिर्मय संसार हमारा, अंधियारे को छलता है!

–ज्ञानोदय, अप्रैल-1963

नाटक

भग्न स्तूप का एक अक्षत स्तंभ

यह नाटक है, अथवा यह नाटक नहीं है। दोनों में कोई भी स्थिति हो, लेखक उसके होने से इनकार नहीं चाहेगा। बीच-बीच में जिन कवियों-लेखकों के नाम इस्तेमाल किए गए हैं, उनके बदले दूसरे सैकड़ों नाम दिए जा सकते हैं, कोई फर्क नहीं पड़ता। जैसे, रवींद्रनाथ के बदले वाल्ट व्हिटमैन भी कह सकते हैं, बर्नार्ड शॉ भी। आखिरी बात, इस रचना में कहीं कोई प्रतीक-व्यवहार नहीं हुआ है। जो कुछ इसमें है, वह वैसा ही है, किसी अन्य और परोक्ष अर्थ में नहीं है।

—लेखक

एक सच को कहने के लिए आजकल कई तरह के झूठ की कल्पना करनी पड़ती है। इस प्रकार जो है, उससे अधिक मुखर हो उठता है, जो नहीं है। लेकिन, क्या जो नहीं है, उसकी कल्पना की जा सकती है? और, कल्पना कर लेने से ही क्या यह सार्थक नहीं होता है—जो यहां नहीं है, वह कहीं अवश्य होगा, अतीत में अथवा भविष्य में? काल, स्थान और पात्र की गतियों को इच्छानुसार संचालित करने से ही शायद कलावस्तु और सौंदर्य की सृष्टि होती है। लेकिन, जब काल, स्थान और पात्र कुरूप हो गए हों? जब कुरूपता ही एकमात्र प्रकृत रह गई हो?

मैंने इन प्रश्नों का उत्तर पाने की इच्छा नहीं की है। प्रश्नों ने मुझे कभी व्याकुल ही नहीं किया है। किसी प्रकार की जिज्ञासा मुझमें नहीं है, क्योंकि कल्पना करने का व्यवसाय अथवा कल्पना में सुख पाने का उपाय मुझसे कभी नहीं हुआ। मेरे इर्द-गिर्द जो कुछ है, और जो कुछ नहीं है, उसे देखने के लिए और उसे जीने के लिए मुझे अपने शरीर के अलावा किसी और सच का, या झूठ का, सहारा नहीं लेना पड़ता है।

मैं बीमार नहीं हूं। दवा की ये बड़ी-बड़ी बोतलें और दवा पीने के लिए बनाए गए छोटे-छोटे गिलास मैंने इस रंगमंच को सजाने के लिए जमा किए हैं। नाटक के लिए इन्हें 'प्रॉपर्टी' (संपत्ति?) कहते हैं। बोतलें, गिलास, आक्सीजन का पीपा, मोमबत्तियां, लकड़ी की दीवारों पर कार्डबोर्ड की बूढ़ी औरतें, यानी, उनके जर्जर अंगों की तस्वीरें, चमड़े की जिल्द की किताबें, जिन्हें पढ़ने की मैंने कभी चेष्टा नहीं की, और एक बड़ी दीवार-घड़ी, जो 1947 के बाद बंद हो गई। ये सारी संपत्तियां इस नाटक के लिए खरीदकर लाई गई हैं। कुछ चीजें नकद पैसे देकर, कुछ चीजें उधार।

रंगमंच त्रिकोणाकार है, लेकिन, त्रिकोण की दो भुजाएं बीच-बीच में टूटी हुई हैं, जहां नेपथ्य में जाने के लिए गलियारे बनाए गए हैं। नेपथ्य का अपना एक खास असर नाटक में होता है। नाटक के अधिकांश पात्र नेपथ्य में जीते हैं, और रंगमंच पर आते-आते मर-मिट जाते हैं। और, बाकी पात्र रंगमंच पर जीते हुए भी, नेपथ्य में ही अपनी रात और अपनी नींद गुजारते हैं। पोशाक बदलने के लिए, कभी राजाओं और कभी बंदरों का मुखड़ा पहनने के लिए, कभी भूले हुए अपने संवाद याद करने के लिए, नेपथ्य का उपयोग करते हैं।

एक बार इस नाटक की मुख्य नायिका ने नेपथ्य में आत्महत्या कर ली थी। रंगमंच पर उसे गौतम ऋषि की रक्षिता अहल्या का अभिनय करना था। लेकिन, वह नेपथ्य में बनाव-सिंगार करने के समय ही पत्थर हो गई। पात्रों का सिंगार बनाने के लिए एक खास आदमी रखा गया था। पूछे जाने पर उसने रोते-कलपते हुए कहा, "मैं क्या करता! इस लड़की ने तिपाई पर घुटने मोड़कर बैठते हुए, अपने बैग से नींद की गोलियां निकालीं, और मेरे मना करने के बावजूद एक-एक कर तेरह गोलियां खा गई। मैं गिनता गया, वह गोलियां खाती गई। फिर, तिपाई से उतरकर फर्श पर लेट गई। मैंने मना किया। और क्या करता? लेकिन, वह फर्श पर पड़े लकड़ी के उस बक्से में समा गई, जिसे हम पत्थर की चट्टान के रूप में पेश करना चाहते थे।"

नेपथ्य में इस तरह की कई असुविधाएं भी मिलती हैं। जिसे ऋषि-मुनि बनाना चाहते हैं, वह हाथ में शराब की बोतल उठाकर नाचने-गाने लगता है, और डिलन टॉमस अथवा एसरारुल हक़ मज़ाज की कविताएं दुहराने लगता है। किंतु, कोई उपाय नहीं है। रंगमंच होगा, तो नेपथ्य रखना ही होगा। नाटक करना है, तो नाटक ही करना होगा, यह मैं अनुभव से कह रहा हूं। अनुभव ही मेरा नेपथ्य है। क्योंकि,

नेपथ्य से उभरते हुए स्वर रंगमंच पर आकर तस्वीरें बन जाते हैं। कभी रवीन्द्रनाथ ठाकुर, और कभी एजरा पाउंड की तस्वीरें...

पहला स्वर : शमशान में रहने वाले चांडालों की लड़की, तू यहां क्या करने आई है? क्या चाहती है? ब्राह्मणों, वेद-पाठियों की इस बस्ती में तुझे मांस नहीं मिलेगा, मदिरा भी नहीं!

दूसरा स्वर : उस कस्साबन से कहो, मेरी सारी कविताएं खरीद ले, और कीमत में मुझे बताए कि घोड़े के गोश्त में कितना नमक डाला जाता है। कितना नमक, और कितना पानी, और कितनी देर तक आग पर भूनते हैं?

पहला स्वर : ये जलकूप तुम्हारे लिए नहीं हैं, ये आम्रवन ब्राह्मण कन्याओं के लिए हैं, इन झूलों पर भूपति और उनकी रक्षिताएं झूलती हैं, जब वसंत का आगमन होता है...

तीसरा स्वर : जेरूस्सलाम की औरतो! मुझ पर नहीं, अपनी किस्मत पर रोती रहो। क्योंकि, ऐसा जमाना आ रहा है, जब तुम सभी बंजर धरती बन जाओगी, जब तुम अपने बच्चों को दूध और अन्न नहीं दे पाओगी, जब तुम रोओगी, और रोने के सिवा कोई काम नहीं करोगी।

दूसरा स्वर : घोड़े के गोश्त और आदमी के गोश्त में क्या फ़र्क़ है? कौन ज्यादा मीठा और ज्यादा चर्बीदार होता है? किसकी रानों में गर्मी ज्यादा, आग ज्यादा होती है? मुझे बताओ, और मेरी समस्त कविताएं खरीद लो! मेरी समस्त कविताएं खरीद लो! मेरी समस्त कविताएं! मेरी समस्त...

दूसरा स्वर नेपथ्य में काफ़ी अरसे तक अपनी कविताओं के खरीदे जाने की बात दुहराता रहता है। ऐसा लगता है, उसे और कोई काम नहीं है। वह सामने की दुकान पर गोश्त बेचती हुई कस्साबन को देखता रहेगा, और अपनी सारी कविताओं को याद करता रहेगा, क्योंकि, अभी ज्यादा दिन नहीं हुए हैं, जब वह रोम शहर के जेल से बाहर निकला है। अपनी लंबी उम्र के कुल सात साल उसने जेल में बिताए हैं। इटली की सरकार ने उसे इसलिए गिरफ्तार किया था कि वह प्राचीन खंडहरों की दीवारों पर चाकू से अपनी कविताएं खोद डालता था। वह समुद्र के किनारे बालू पर लेटी हुई खूबसूरत अभिनेत्रियों को और बूढ़ी जमींदारिनों को अपनी कविताएं सुनाकर आतंकित कर देता था। होटलों-रेस्तारांओं में घुसकर वह गायिकाओं के बीच में बैंड-स्टैंड पर खड़ा हो जाता था, और गाने लगता था

अपनी कविताएं, जिनमें गोश्त, कम्यूनिज़्म, चीनी सुखवादियों के सिद्धांत, फ्रांसीसी शराब के पीपे, अरस्तू, जूलियस सीजर की अंतिम पराजय, 'न्यू-डील', बौद्ध धर्म, और औद्योगिक जनतंत्र की बातें होती थीं। लोग उसकी इन कविताओं से आतंकित होकर पुलिस को पुकारने लगते थे। पुलिस ने उसे कुल सात साल जेल में कैद रखा।

अब वह नेपथ्य में घूमता हुआ, कस्साब औरतों से बातें करता रहता है। रंगमंच पर कभी नहीं आता। कहता है—रंगमंच धोखा है, झूठ है। नेपथ्य ही सबसे बड़ी सचाई है, क्योंकि, हमें नेपथ्य में झूठ बोलने की कोई आवश्यकता नहीं होती।...लेकिन, पहला स्वर अब भी नई पोशाक पहनकर, सिंगार करके, हंसता-मुस्कराता रंगमंच पर चला आता है।

रंगमंच त्रिकोणाकार है। ऊपर की छत बहुत नीचे खिसक आई है, जिसमें सैकड़ों चमगादड़ लटक रहे हैं। मरे हुए चमगादड़! लगता है, नाटक करने वालों ने दर्शकों को डराने के लिए जान-बूझकर लटका दिए हैं। सामने की दीवार नालंदा-पैटर्न के खंडहरों की शक्ल में बनाई गई है। दीवार पर एक अदद बड़ी-सी भारी-भरकम तस्वीर है, जिसमें मगध की राजकन्या सुजाता ध्यानावस्थित गौतम बुद्ध के लिए हाथों पर खीर का पात्र उठाए, अपनी सहेलियों के साथ खड़ी है। मंच पर अंधकार नहीं है। लाल-हरी रोशनी के क्षत-विक्षत बिंब यहां-वहां तैर रहे हैं। जैसे फिल्मों में स्वप्न के दृश्य दिखाए जाते हैं, अबरक और धुआं हवा में फैल रहा है। वातावरण को सहनीय और कोमल बनाने के लिए नेपथ्य से सितार पर 'यमन-कल्याण' बजाया जा सकता है; नहीं भी बजाया जा सकता।

एक गलियारे से पहला स्वर प्रवेश करता है। इसने रवींद्रनाथ या गौतम ऋषि की तरह दाढ़ी बढ़ा रखी है, और अपनी सुविधा के लिए अपना नाम रख लिया है, महाबली। मंच के बीच में आकर वह दर्शकों को झुककर प्रणाम करता है, फिर गलियारे की ओर घूमकर अपना संवाद दुहराने लगता है।

महाबली : इन झूलों पर ***(यहां वह चाहे तो चमगादड़ों की ओर संकेत कर सकता है)*** भूपति और उनकी रक्षिताएं झूलती हैं, जब वसंत का आगमन होता है, जब आम्र-मंजरियां वसंत-तिलक के छंदों में झूमती

हैं, जब वायुमंडल...

पहला स्वर : ***(नेपथ्य से चीखता है)*** चुप रहो महाबली, चमगादड़ों को वसंत-तिलक का छंद मत बनाओ। मुझे अपनी कस्साबन से बातचीत करने दो! चुप हो जाओ, नहीं तो मैं तुम्हारी जबान तराश लूंगा!

महाबली चौंक कर इधर-उधर देखता है। फिर, चमगादड़ों की ओर मुखातिब होता है। रस्सियां हिलने लगी हैं। चमगादड़ रोने लगे हैं। वे छोटे बच्चों की तरह बिलख-बिलखकर रोते हैं। महाबली रंगमंच के एक किनारे रखी तिपाई पर बैठ जाता है, और दोनों हाथों से सिर थामकर सिसकने लगता है। मंच पर टुकड़े-टुकड़े फैली हुई रोशनी उस पर केंद्रित हो जाती है। लाल रोशनी, और हरी रोशनी। वह सिर झुकाए सिसक रहा है। चमगादड़ चुप और शांत हो गए हैं।

दूसरे गलियारे से एक औरत मंच पर आती है। यह औरत कत्थक नाचने वाली तवायफ़ों की तरह चूड़ीदार और हजार चुन्नियों वाली रेशमी कमीज़ पहने हुए है। आंखों पर काजल की गहरी लकीरें। वेणी में बेले के गजरे। पांवों में घुंघरू, जो हमेशा बजते रहते हैं। यह औरत महाबली को सिसकते देखकर हंसने लगती है। सधे हुए कदमों से, लगभग थिरकती हुई, उसके पास आकर खड़ी हो जाती है।

महाबली : मैं वसंत का गीत नहीं गाऊं तो और क्या करूं? मुझे और आता ही क्या है? सारी उम्र इन्हीं गीतों में बीत गई। अब बुढ़ापे में आकर क्या मैं आटोमेटिक मशीनों की अगवानी करूंगा?

पहला स्वर : ***(नेपथ्य से)*** तुम आत्महत्या क्यों नहीं कर लेते? हजारों रस्सियां लटक रही हैं। कोई भी एक रस्सी गले में बांधकर झूल जाओ।

तीसरा स्वर : ***(नेपथ्य से फ़रिश्तों की आवाज़ में भविष्यवाणी करता है)*** सुनो, जेरूस्सलाम की औरतो, सुनो! तुम अपने बच्चों को दूध और अन्न नहीं दे सकोगी, और रोने के सिवा कुछ नहीं करोगी। आत्महत्या करना चाहोगी, तो नदी का पानी सूख जाएगा। आत्महत्या करना चाहोगी, तो पहाड़ टूटकर समतल बन जाएंगे। तुम जिंदा रह जाओगी। जेरूस्सलाम की औरतो, सुनो!

कत्थक नाच के लिए सजी हुई वह औरत नाच के लहजे में थिरकती हुई महाबली से दूर खिसक जाती है और दर्शकों की ओर देखती हुई कहती है, "मैं जेरूस्सलाम की औरत नहीं, नई दिल्ली की औरत हूं। सप्रू-हाउस में सैंकड़ों बार मैंने नाच के प्रोग्राम किए हैं। मैं कत्थक नाचती हूं, और मनीपुरी नाचती हूं। सैकड़ों परन और सैकड़ों भजन मुझे जबानी याद हैं। ठुमरी भी जानती हूं। गज़ल भी जानती हूं। आपलोग सभी मुझे जानते होंगे। हीरा देवी मेरा नाम है।'

महाबली : ***(सिर उठाकर, जैसे कुचल दिए गए सांप अपना फन उठाते हैं)*** कौन, हीरा देवी? तुम हीरा बाई से हीरा देवी कैसे हो गई? तुम्हें याद है, पिछले साल कलकत्ते के महाजाति-सदन में तुमने मेरे एक नृत्य-नाट्य में अंबपाली का अभिनय किया था? याद है तुम्हें? उन दिनों तो तुम हीरा बाई थीं?

हीरा : ***(खिलखिलाने लगती है। हंसती हुई कत्थक का एक छोटा-सा टुकड़ा पेश करती है। भाव बताती हुई गाती है, 'मोहे पनघट पे नंदलाल छेड़ गयो रे' फिर, रुक जाती है)*** क्या फर्क पड़ता है? नाम हीरा बाई रहे, चाहे हीरा देवी, मैं तो वही औरत रहूंगी, महाबली साहब! फिर, क्या फ़र्क़ पड़ता है? क्यों?

महाबली : पूरी एक जिंदगी का फ़र्क़ पड़ जाता है, हीरा बाई! जो आदमी भूपति और राजकन्याओं के गीत गाता है, वह एक ही जिंदगी में कस्साब औरतों के गीत नहीं गा सकता!

हीरा : गा सकता है। जैसे एक ही औरत भरत नाट्यम नाचती है, और बंगाली खेमटा-नाच नाचती है!

महाबली : गाने और नाचने में बहुत फ़र्क़ है।

हीरा : नहीं, महाबली साहब, कोई फ़र्क़ नहीं। आप बुजुर्ग होकर बच्चों की तरह बातें करते हैं। जरा अपनी दाढ़ी उतार लीजिए। जरा इन भगवे कपड़ों के बदले शुद्ध खादी का कुर्ता-पाजामा और गांधी टोपी पहन लीजिए। सारी बात समझ में आ जाएगी। नृत्य-नाट्य के बदले आप फिल्मी नाच-गानों में मशगूल हो जाइएगा।

महाबली : तुम झूठ बोलती हो, हीरा बाई! तुम मेरे घर से चली जाओ। फिर यहां कभी मत आना। यह मेरा घर है। मैंने सरकार से क़र्ज़ लेकर इसे बनवाया है। नालंदा की दीवारें, अजंता की तसवीरें, कालिदास के श्लोक इस घर के खंभों पर लिखे गए हैं।

पहला स्वर : *(नेपथ्य से चीखता है)* महाबली, लगता है, तुमको अपने टूटे हुए मकान, झूठी कविता और बेकार-बेमतलब जिंदगी से अलग करने के लिए मुझे नेपथ्य से निकलकर रंगमंच पर आना पड़ेगा। मैं आ रहा हूं, महाबली! मैं आ रहा हूं, हीरा देवी उर्फ़ हीरा बाई!

तीसरा स्वर : ***(यह स्वर फ़रिश्तों-जैसा तेज़ और पवित्र है। इस स्वर में कोई खराश नहीं, कोई अनिश्चय नहीं, दुविधा नहीं है)*** तुम्हारे साथ मैं भी चलूंगा, जयदेव! तुम अकेले जाओगे तो हीरा बाई तुम्हें अपनी महफ़िल में खींच ले जाएगी।

पहला स्वर : नहीं, मैं अकेले जा रहा हूं। तुम्हारा साथ मुझे सिर्फ़ नेपथ्य में चाहिए, मंच पर नहीं। जब मैं मंच पर होता हूं, सिर्फ़ मैं होता हूं, और दर्शक होते हैं। तुम जाओगे तो लोग मुझे भूल जाएंगे। मेरी उपस्थिति को भूल जाएंगे। क्योंकि, तुम जादूगर हो, और तुम मसीहा हो।

तीसरा स्वर : मैं जादूगर नहीं हूं। मुझे जादू-टोना नहीं आता!

पहला स्वर : जादूगर नहीं हो तुम? फिर तुम्हें दुनिया भर की बीमारियों की दवा के नुस्खे कैसे मालूम हैं? जहां धान-चावल तक पैदा नहीं होता, वहां तुम मंदिर और मठ कैसे बना लेते हो? नहीं, नहीं, मैं तुम्हारे साथ नहीं जाऊंगा।

तीसरा स्वर : सुनो, जयदेव! मेरे साथ नहीं जाओगे तो कम-से-कम मेरी यह छड़ी अपने साथ लेते जाओ। यह छड़ी बुरे वक़्त पर तुम्हारी मदद करेगी, तुम्हें बुरे कामों से बचाएगी। यह छड़ी मैंने दांते और गेटे को दी थी, और यही छड़ी थोड़े दिनों के लिए टी. एस. इलियट ने मुझसे मांग ली थी।

पहला स्वर : मुझे तुम्हारी छड़ी भी नहीं चाहिए। मुझे तुमसे कुछ नहीं चाहिए। मैं खाली हाथ जाऊंगा...

इसी तरह काफ़ी देर तक जयदेव और मसीहा आपस में लड़ते-झगड़ते रहते हैं। बात आगे बढ़ी है, और जयदेव मसीहा के हाथ से छड़ी छीनकर तोड़ देना चाहता है। यह छड़ी मज़बूत है, जल्दी टूटती नहीं। दोनों नेपथ्य में हाथापाई करते रहते हैं। मंच पर रोशनी के स्तूप बनते हैं, और नाचते हुए टूट जाते हैं। हीरा देवी बेहद डरी हुई बिल्ली की तरह यहां-वहां भागने लगती है। फिर, अपना डर भूलने के लिए नाचने लगती है। यह नाच कत्थक नहीं है, मनीपुरी भी नहीं। यह नाच डर का नाच है; डर से बचने के लिए। वह जयदेव को नहीं जानती है? उसने सिर्फ़ नेपथ्य की बातें

सुनी हैं, और डर गई है। शायद ऐसा ही डर उससे पहले मिस्र की नन्ही-सी रानी क्लियोपैट्रा को हुआ था। जूलियस सीज़र की फौज से पहले तरह-तरह की भयावनी अफ़वाहें फ़राऊनों के पुराने राज-महलों तक पहुंच गई थीं। नेपथ्य में ऐसी ही अफ़वाहें बन-संवर रही हैं।

जयदेव मसीहा से लड़ रहा है। दोनों आदमी, जो हर हाल में आदमी ही हैं, चाहे जेरूस्सलाम के हों, चाहे काशी-नगरी के, कोई फ़र्क़ नहीं पड़ता है, वे देवता अथवा जानवर नहीं हैं। फिर भी, लड़ते हुए कुत्तों की तरह भूंकते हैं, बिल्लियों की तरह एक-दूसरे पर झपटने के पहले, गुर्राते हैं। वायलिन और सारंगी की मदद से नेपथ्य के इस 'युद्ध' को अधिक शानदार बनाया जा सकता है; शानदार, और डर पैदा करने वाला। निर्देशक जितनी मेहनत करे, यह नेपथ्य-दृश्य उतना ही महत्वपूर्ण बनाया जा सकता है।

मैं इस स्थान पर आकर निर्देशक और अभिनय-कर्ताओं को 'मुक्त' कर देना चाहता हूं। वे चाहें जैसे इस दृश्य को उपस्थित करें। उन्हें सिर्फ़ एक बात का ध्यान रखना है कि जयदेव और मसीहा हमेशा लड़ते ही नहीं रह जाएंगे। दोनों में कोई एक पराजित होगा, और मंच पर आएगा। छड़ी तीन टुकड़ों में बंट जाएगी, और उड़न-तश्तरी की तरह उड़ती हुई नेपथ्य से सीधे दर्शकों के बीच चली जाएगी। छड़ी पाने वाले दर्शक देखेंगे कि यह छड़ी सही नहीं है, एक मरे हुए अजगर के शरीर के टुकड़े हैं। यों, अगर मुझसे पूछा जाए, तो मैं अपने अनुभवों के आधार पर यही बता सकता हूं कि नेपथ्य के युद्ध में जीत मसीहा की होती है। क्योंकि, मसीहा आखिर मसीहा है, और वह बीमारों को भला-चंगा कर सकता है, और वह डरी हुई औरतों के सिर पर (उनका डर दूर करने के लिए) अपना हाथ फेर सकता है। लेकिन, यह सब अगले दृश्य-खंड की बात है।

अभी तो इतना ही हो रहा है कि नेपथ्य में दो आदमी एक छड़ी के लिए लड़ रहे हैं, और मंच पर एक डरी हुई औरत पांवों और बांहों की पूरी ताक़त से नाचती जा रही है। महाबली मंच के एक किनारे खड़ा होकर वैदिक ऋषियों की तरह अपने दोनों हाथ ऊपर उठाता है, और आंखें बंद करके 'गायत्री' का जाप करता है।

महाबली : ओम भूर्भुवः स्वः तत्सवितुर्वरेण्यम् भर्गोदेवस्य धीमहि धियो योनः प्रचोदयात्। ओम भर्गोदेवस्य धीमहि प्रचोदयात्। ओम प्रचोदयात्। ओम प्रचोदयात्। ओम...

हीरा : *(नाच रोककर उसके पास आ जाती है)* क्या गलत-सलत मंत्र बोलते जा रहे हो? क्या यह सब पढ़ने से जयदेव नहीं आएगा?

महाबली : यह गायत्री मंत्र है। कभी निष्फल नहीं जाता। सूर्य देवता हमारी रक्षा करेंगे।

हीरा : सूर्य देवता? इस वक्त? अब तो शाम हो चुकी है। सूर्य देवता सो गए होंगे।

महाबली : सूरज कभी नहीं सोता है। शाम कभी नहीं होती है। हमेशा हर वक़्त दिन ही दिन रहता है, हीरा बाई! यहां अंधेरा है तो अमरीका में सूरज अपनी किरणें बिखेर रहा होगा। उत्तर में अंधेरा तो दक्षिण में उजाला। पूरब में उजाला तो पश्चिम में अंधेरा! इसीलिए, रात होने का सवाल नहीं उठता है। सूरज सोता नहीं, जगा रहता है।

हीरा : मान लिया? सूरज जगा है, लेकिन क्या इस वक़्त वह तुम्हारी मदद को आएगा?

महाबली : आ सकता है। वह चाहे तो आ सकता है।

हीरा : *(गुस्से में आकर)* तुम झूठ बोलते हो। तुम अपने-आपको और मुझे धोखा दे रहे हो। तुम झूठे हो, महाबली! तुम्हें एकदम सही-सही मालूम है कि सूर्य देवता ऐसे छोटे-छोटे काम नहीं किया करता।

महाबली : लेकिन, सूर्य देवता को याद करने के सिवा हम कर ही क्या सकते हैं? जयदेव आएगा और मेरे सारे गीतों में आग लगा देगा। वह हमेशा-हमेशा के लिए तुम्हारा नाच बंद कर देगा। हो सकता है, तुम्हारे पांव तोड़ दे।

हीरा : पांव तोड़ देगा, तो क्या है? मैं हाथ के बल नाचूंगी। मैं अपनी आंखों से नाच लूंगी, मेरा क्या है!

महाबली : *(सिर झुकाकर तिपाई पर बैठ जाता है)* लेकिन मेरा क्या होगा? मैं कहां जाऊंगा? मैं क्या करूंगा?

हीरा : तुम उस अधपगले से इतना डरते हो?

महाबली : वह आदमी नहीं, शैतान है।

हीरा : मैं तुम्हें उससे बचा सकती हूं। मैं चाहूंगी तो वह तुम्हें कुछ नहीं कहेगा।

महाबली : *(तेजी से उठकर हीरा बाई के पास आता है)* कैसे? कैसे हीरा बाई, कैसे?

हीरा : पहले तो मुझे बाई नहीं, देवी कहो, हीरा देवी!

महाबली : ठीक है, मैं हीरा देवी कहूंगा। अब कभी भूल से भी हीरा बाई नहीं कहूंगा। लेकिन, कैसे? तुम कैसे मुझे बचाओगी?

हीरा : मैं तुमसे शादी कर लूंगी। मैं जयदेव से कहूंगी कि तुम मेरे शौहर हो।

महाबली : नहीं, इतनी कड़ी शर्त मत रखो, हीरा बाई।

हीरा : फिर बाई कहते हो!

महाबली : नहीं, हीरा देवी, नहीं! मुझसे यह पाप नहीं होगा। मैं विवाह नहीं कर सकता। मैंने मंदिर में शपथ ली है। विवाह नहीं करूंगा।

हीरा : शपथ तोड़ दो, और अपने यह भगवे कपड़े उतार डालो। मैं तुम्हें राजकुमारों की तरह सजाऊंगी। 'क्लीन शेव' करा दूंगी। तुम खूबसूरत आदमी हो। एकदम 'प्रिंस आफ पंपापुर' जैसे दिखोगे। जयदेव तुम्हें पहचान नहीं पाएगा।

महाबली : नहीं, नहीं! यह पाप नहीं होगा।

महाबली की बात सुनकर रस्सियों में कंदील की तरह लटके हुए चमगादड़ हंसने लगते हैं। हंसते-हंसते चीखने लगते हैं। सारी रस्सियां हिल रही हैं, और चमगादड़ चीख-पुकार मचा रहे हैं। महाबली डरकर हीरा बाई से लगभग चिपक गया है। नेपथ्य में लड़ाई रुक चुकी है, और गलियारे से होकर मसीहा की छड़ी के तीनों टुकड़े हवा में उड़ते हुए आते हैं, और दर्शकों की 'गैलरी' में चले जाते हैं। और इसी वक़्त जयदेव की डरावनी पुकार सुनाई देती है :

तुम आज भी जीत गए, मसीहा! लेकिन कल तुम हार जाओगे। मुझे एक नींद सो लेने दो। सिर्फ़ एक नींद! सिर्फ़ एक नींद। सिर्फ़ एक नींद...

धीरे-धीरे जयदेव की आवाज खत्म हो जाती है। मसीहा कहता है :

कल भी यही होगा। तुम इसी तरह हार जाओगे, और मर जाओगे। इसी तरह रंगमंच पर हीरा बाई और महाबली शादी करते रहेंगे। यही सारा तमाशा इसी तरह होता रहेगा। मैं मंच पर जाऊंगा, और नव-विवाहित दंपति को आशीर्वाद दूंगा।

लेकिन रंगमंच पर रस्सियां हिलती रहती हैं, और चमगादड़ हंसते, रोते और चीखते रहते हैं। ये प्लास्टिक के चमगादड़ हैं, और इनमें

हवा भरी हुई है। औसत चमगादड़ों से ये दस गुना बड़े और सौ गुना डरावने हैं। लाल-हरी रोशनी के गोल धब्बे इन्हीं के साथ हिलते रहते हैं, और धीरे-धीरे महाबली और हीरा देवी की ओर केंद्रित हो जाते हैं। महाबली नेपथ्य से आश्वासन पांकर धीरे-धीरे आंखें खोलता है, और आंखें खोलते ही वह चीखता हुआ पीछे हट जाता है। महाबली के चीखने और पीछे हटने का एकमात्र कारण यही है कि हीरा बाई उर्फ़ हीरा देवी पत्थर का स्तंभ बन गई हैं। सफेद संगमरमर की मूर्ति नहीं, काले पत्थर का स्तंभ। ऐसा लगता है एक ऊंचे स्तंभ के निचले हिस्से में चूड़ीदार और सैकड़ों चुन्नटों वाली कमीज लटका दी गई है, और घुंघरू बांध दिए गए हैं।

महाबली घूमकर आंखें मलता हुआ इस काले स्तंभ को देखता है, और पागलों की तरह चीख-पुकार मचाता हुआ, गलियारे से भाग जाता है। उसके जाते ही चमगादड़ चुप हो जाते हैं। रोशनी के धब्बे गायब हो जाते हैं। नेपथ्य में सुबह की घंटियां और जलतरंग बजने लगते हैं।

इस नाटक में ऐसा क्यों होता है, हीरा बाई क्यों (अहल्या की तरह?) स्तंभ बन जाती है, जयदेव क्यों नींद में मशगूल हो जाता है, और मसीहा की छड़ी क्यों तीन टुकड़ों में बंटकर दर्शकों के बीच चली जाती है—इसका कोई उत्तर मेरे पास नहीं है। उत्तर मेरे पास कभी नहीं था। क्योंकि ऐसे प्रश्नों की मैंने स्वप्न में भी आशा नहीं की थी। प्रश्नों ने मुझे कभी व्याकुल नहीं किया था। इस नाटक में जो-कुछ हुआ है, और जो कुछ नहीं हुआ है, उसे देखने और जीने के लिए मैंने अपने शरीर के अलावा किसी और सच का, या झूठ का, सहारा नहीं लिया है।

—माध्यम, मई-1965
—युयुत्सा, अगस्त-1967

पाषाण-सुंदरी

व्यवसाय-उद्योग के वर्त्तमान युग में आकर कला कला नहीं रह गई है, पत्थर की अहिल्या बन गई है। अहिल्या की मूर्त्ति के प्रतीक के चतुर्दिक बुना गया यह नाटक कला के पवित्र मंदिर में घुस आई हुई अनैतिकता का तो पर्दाफाश करता ही है, साथ ही श्रीकान्त और बेबी के चरित्र में नई नैतिकता की स्थापना भी करता है।

प्रथम अंक : प्रथम दृश्य

दृश्य आधुनिकतम डिजाइन में बने हुए एक विशाल भवन के मुख्यद्वार में खुलता है। तिमंजिले भवन के सामने बड़ा सा उद्यान है, जिसमें कितने ही छोटे-बड़े स्टैच्यू, छोटे-छोटे स्तंभों पर बिठाए गए हैं। प्राचीन बौद्धयुगीन, हिन्दूकालीन, मुगलकालीन मूर्त्तियां। खंडित नारीमूर्त्ति, ध्यानावस्थित बुद्ध, नृत्यमग्ना मेनका, राधा-कृष्ण, पंक्तिबद्ध हस्ती, क्रीड़ारत हंस-युगल... ।

एक खुली हुई ट्रक मुख्यद्वार के पास रुकती है। श्रीकान्त नीचे कूदता है। काले कपड़े से ढकी एक मूर्ति कई कुली मिलकर उतारने लगते हैं। श्री चीखता है, 'जरा संभालकर उतारो...खरोंच नहीं लगने पाए...देखो, धीरे-धीरे उतारो भाई, इतनी तेजी क्या है'।

आवाजें सुनकर बेबी ऊपर बालकॅनी से झांकती है। फिर, मुस्कराती हुई, घुमावदार सीढ़ियों से तेज कदमों से उतरती है। बेबी कावसजी नौशेरवांजी की इकलौती लड़की है। उम्र पचीस साल होगी, लेकिन सतरह-अठारह साल की दिखती है, और बारह-तेरह साल की लड़की की तरह अल्हड़ और जिद्दी है।

बेबी : श्रीकान्त, स्टैच्यू से कपड़ा हटा दो। देखूं, पापा के लिए क्या उठा लाए हो!

श्रीकान्त : अभी नहीं। उन्हें आ जाने दो। उनके सामने ही पर्दा हटाऊंगा। तुम नाराज तो नहीं हो रही हो?

श्रीकान्त और बेबी बातें करते रहते हैं, नौशेरवांजी बरामदे में आकर खड़े हो जाते हैं। सूट-बूट-टाई में सजे, सत्तर-पचहत्तर वर्ष के लंबे और मोटे-ताजे व्यक्ति। आंखों के इर्द-गिर्द रेशे, चेहरे पर ऐशो-आराम और अनुभव की छाप। चश्मा नहीं लगाते हैं।

नौशेरवां जी : मैं बाहर जा रहा था। म्यूजियम में एक पेंटिंग-एग्जिबीशन है। तकरीर करनी पड़ेगी, अच्छा हुआ, तुम आ गए। दस मिनट तुम्हें और तुम्हारी अहलेया को दे सकता हूं।

श्रीकान्त : 'अहलेया' नहीं साहब, 'अहिल्या'। गौतम ऋषि की पत्नी, अहिल्या। इस मूर्ति को खोजने और हासिल करने में मुझे दो साल से ज्यादा वक्त लगा है। आसाम से लेकर पंजाब तक के सारे खंडहर मैंने छान डाले...

बेबी : स्टैच्यू से कपड़ा हटा दो, श्रीकान्त! पापा के पास वक्त नहीं है।

श्रीकान्त नजदीक जाकर कपड़ा खींच लेता है और कुछ दूर हटकर खड़ा हो जाता है, अहिल्या की मूर्ति और नौशेरवां जी और बेबी को देखता हुआ। काले पत्थर की पांच-छः फीट ऊंची अहिल्या, जैसे एक बड़े अनगढ़ चट्टान से अंगड़ाइयां लेती हुई उठ रही है, उभर रही है। बेबी मूर्ति को देखती है, अर्धनग्न नारी प्रतिमा देखकर जरा भी शरमाती नहीं। नौशेरवां जी चुपचाप देखते रहते हैं, बोलते कुछ नहीं।

श्रीकान्त : अहिल्या की इतनी सुंदर और इतनी प्राचीन मूर्ति देश के किसी भी म्यूजियम में नहीं है। लगभग आठ सौ साल पहले विक्रमशिला के किसी शिल्पी ने इसका निर्माण किया था। पाली लिपि में शिल्पी और तात्कालिक राजा का नाम मूर्ति के पीछे के हिस्से पर अंकित है।

नौशेरवां जी : सोने-चांदी का भाव इस महीने क्यों इतना तेज हो गया, बता सकते हो, शीरीकांत?

श्रीकान्त : सोने-चांदी का भाव तेज हो गया है? मुझे तो पता नहीं...हो सकता है।

नौशेरवां जी : तेज ही नहीं हुआ, आसमान पर चढ़ गया है। सोना आसमान पर चढ़ गया है, और तुमलोग धरती खोद-खोदकर पत्थर की मूरतें निकालने में लगे हो! तुम सोना क्यों नहीं खरीदते-बेचते, पत्थर क्यों

तोड़ते हो?

श्रीकान्त : यह तो अपनी-अपनी रुचि और योग्यता का प्रश्न है, नौशेरवां साहब न सोना बेचना बुरा है, न पत्थर बेचना, न सोने के जेवरों पर फूल-पत्ते बनाना अपराध है, न पत्थर तराशकर सुंदर मूर्तियां बनाना।

बेबी : श्रीकान्त बाबू, सोने के जेवर और पत्थर के 'स्कल्प्चर' की तुलना मत कीजिए। पत्थर जब एक कलाकृति बन जाता है, तो सोना उसके सामने मिट्टी बन जाता है।

नौशेरवां जी अपनी बेटी की ओर तीव्र दृष्टि डालते हैं, दृष्टि में उपहास है। फिर, अहिल्या को देखने के लिए, निकट चले जाते हैं। मूर्ति की बांहें छूते हैं, फिर कुछ दूर जाकर खड़े होते हैं, फिर नजदीक आते हैं।

नौशेरवां जी : तो तुमने स्वयं मूर्तियां बनाना छोड़ दिया है? इस बार तुम्हारी एब्स्ट्रैक्ट कंपोजिशन को आर्ट अकादमी का प्राइज नहीं मिला, इसीलिए छोड़ दिया?

श्रीकान्त : छोड़ा नहीं है, रोक दिया है! आपने ही तो राय दी थी कि मैं अपना एक आर्ट स्कूल बनवाऊं।

नौशेरवां जी : मैंने राय नहीं दी थी। राय देने से बुरा काम कोई नहीं है। मैंने सिर्फ़ कहा था...

श्रीकान्त : आपने सिर्फ़ कहा था, और मुझे आपकी बात उचित लगी, और मैंने सोचा कि आर्ट स्कूल के लिए रुपए चाहिए, और रुपए मेरे पास नहीं हैं, और मेरे 'स्कल्प्चर' बिकते भी नहीं हैं, और...

बेबी : और, तुमने आसाम से पंजाब तक के सारे खंडहर छान मारे, और अहिल्या की यह प्राचीन प्रतिमा ढूंढ निकाली, और पापा के पास ले आए, ताकि वे इसे खरीद लें...

श्रीकान्त : हां! साहब इसे खरीद लेंगे तो मेरा स्कूल बन जाएगा।

नौशेरवां जी : इसे तुमने कितने में खरीदा है?

श्रीकान्त : अभी सात सौ रुपए दिए हैं। बिकने के बाद पांच सौ और देने होंगे। मगर, इसकी कीमत दस-बारह हज़ार रुपए से कम नहीं है। नौ हजार तो बंबई आर्ट अकादमी ही देने को तैयार है।

नौशेरवां जी : श्रीकान्त, तुम गदहे हो, जो खरीदार को माल का असली दाम बता रहे हो!

श्रीकान्त : मैं गदहा नहीं हूं, और मैं झूठ नहीं बोलता। आपने पूछा, मैंने कह

दिया।

नौशेरवां जी : जो झूठ नहीं बोलता, वह आदमी नहीं, जानवर है, जानवरों में भी सबसे बुद्धू!

श्रीकान्त : हो सकता है।

बेबी : तुम इसका कितना दाम चाहते हो?

श्रीकान्त : पंद्रह हजार! आर्ट स्कूल का काम शुरू करने में बारह हजार रुपए से कम नहीं लगेंगे।

नौशेरवां जी बरामदे में टहलने लगते हैं। लगता है, उन्हें मूर्ति पसंद नहीं आई है। अंदर से टेलीफोन की आवाज आती है, बेयरा आकर कहता है, 'शिकागो से ट्रंक आया है'। नौशेरवां जी तेजी से अंदर चले जाते हैं।

बेबी : चिंता मत करो श्री, पापा विल पर्चेज योर अहिल्या!

श्रीकान्त : पता नहीं! उनके हाव-भाव से लगा कि वे नहीं खरीदेंगे, और वे नहीं खरीदेंगे, तो मैं डूब जाऊंगा। मेरे पास तो इतना पैसा भी नहीं कि मूर्ति का बाकी दाम चुका सकूं। आज ही शाम को देने का वादा किया था।

बेबी : तुम्हारा वादा पूरा होगा, श्री, घबड़ाया नहीं करते। यह मूर्ति देश की सबसे सुंदर और ऐतिहासिक मूर्तियों में से है। तुम्हारी अहिल्या बताती है कि पुराने युग में भी हम किसी सभ्य देश से कला और शिल्प में पीछे नहीं थे। यह मूर्ति स्वयं इतिहास है...

श्रीकान्त : तुम ठीक कहती हो, यह अहिल्या इतिहास है। हजार वर्षों की यह वृद्धा प्रतिमा राइगर हैगॅर्ड की 'आयशा' की तरह युवती ही है। अहिल्या पत्थरों से बाहर उभर रही है, अनागत के आने की प्रतीक्षा कर रही है...

बेबी : अनागत नहीं, मेरे पापा कावसजी नौशेरवां जी की प्रतीक्षा! जैसे मेरी आत्मा प्रतीक्षा कर रही है...

श्रीकान्त : किसकी प्रतीक्षा कर रही है?

बेबी : जिसकी प्रतीक्षा कर रही है, वह जानता है!
(बेबी शरमाने लगती है। श्रीकान्त भी चुप होकर सिगरेट जलाने लगता है।)

प्रथम अंक : द्वितीय दृश्य

शाम होने में कुछ ही देर है। श्रीकान्त अहिल्या की मूर्ति के इर्दगिर्द चक्कर काट रहा है, जैसे भूखा कुत्ता चक्कर काटता है। पोर्टिको में कार रुकती है। नौशेरवां जी मीटिंग से लौट आए हैं।

श्रीकान्त : मैं अब ज्यादा इंतजार नहीं कर सकता। मैने दस बजे रात तक रुपया चुका देने का वादा किया है। मैं झूठा बनना नहीं चाहता।

नौशेरवां जी : कोई भी आदमी जान-बूझकर झूठा नहीं बनता है। झूठा बनने के लिए कए खास मजबूरी होती है, शीरी, एक खास...

श्रीकान्त : आप इसे खरीदेंगे या नहीं?

नौशेरवां जी : जब तक मेरा सेक्रेटरी, सुकोमल मुखर्जी नहीं आता है, इसे देखकर कहता नहीं है कि यह मूर्ति वाकई प्राचीन है, वाकई यह कीमती है और मुझे खरीदना ही चाहिए—तब तक यह कैसे संभव है कि मैं तुम्हारे नाम पंद्रह हजार का 'बिअरर' चेक काट दूं? अगर यह मूर्ति 'फ्रॉड' हो?

श्रीकान्त : अगर यह मूर्ति 'फ्रॉड' हो तो मैं भी 'फ्रॉड' हूं। और शायद आपको पता है कि श्रीकान्त 'फ्रॉड' नहीं है, विश्वासपात्र है। आप अपने को शिल्प-विशेषज्ञ कहते हैं, हर साल सैकड़ों कलाकृतियां खरीदते हैं, और आप इतना भी नहीं समझते कि यह प्रतिमा भारतीय शिल्प का सबसे सुंदर नमूना है? काश, यह मूर्ति यूरोप या अमरीका में पाई गई होती...

नौशेरवां जी : जाओ, अपनी अहलेया को योरप अमरीका में बेचो, मेरा दरवाजा मत खटखटाओ...

श्रीकान्त : जो आपकी इच्छा! मगर एक बार फिर कह देता हूं कि आपने हजारों प्राचीन मूर्तियां खरीदी हैं, चालीस-चालीस हजार रुपए देकर खरीदी हैं, मगर, अहिल्या जैसी एक भी कलावस्तु आपके पास नहीं है।

नौशेरवां जी : तुम अभी बहुत कमसिन हो...।

श्रीकान्त : मैं मूर्ति के साथ वापस जा रहा हूं...थैंक्स्!

श्रीकान्त अहिल्या को स्याह कपड़े से ढक देता है और अपने ट्रक ड्राइवर को पुकारने लगता है।

नौशेरवां जी : तुम्हें मालूम नहीं है, तुम क्या गलती कर रहे हो।

बेबी : श्रीकान्त गलती नहीं कर रहा है पापा, वह अपनी मूर्ति ले जा रहा है। आखिर कहीं न कहीं तो उसे बेचना ही है।

नौशेरवां जी : बेचना नहीं है। कौन है जो इस स्कल्प्चर का सही दाम चुका सकेगा? कोई नहीं चुकाएगा...सभी इस गरीब आर्टिस्ट को ठगना चाहेंगे...

टेलीफोन की घंटी फिर बजने लगती है। बेयरा आता है, 'हुजूर बर्लिन से ट्रंक आया है', और नौशेरवां जी तेजी से भीतर घुस जाते हैं।

बेबी : आज तुम बेहद खूबसूरत दिखते हो श्री, जो आदमी मेरे पापा के सामने झुकता नहीं उसे मैं प्यार करने लगती हूं। पापा का सेक्रेटरी है, सुकोमल मुखर्जी। तुमने नाम सुना होगा। कभी देश का एक नामी आर्टिस्ट था। अमृता शेरगिल, ऐरिक और नन्दलाल बसु की टक्कर का आर्टिस्ट। मगर, गरीबी के आगे झुक गया, मेरे पापा के आगे झुक गया। झुक गया और टूट गया। मैं मुखर्जी को देखती हूं तो नफ़रत की अजीब सी लहर मेरे अंग-अंग में फैलने लगती है। मगर, तुम नहीं झुके, श्रीकान्त! मैं तुम्हें...

इसी वक्त सुकोमल मुखर्जी आता है। चालीस से ऊपर की उम्र, थका हुआ चेहरा, अधपके बाल, उदास-उदास सी आंखें और बातों में हीनता की झलक। देखते ही लगता है कि जमाने ने इस आदमी को तोड़ दिया है, फिर भी, शरीर पर ऐश्वर्य और आराम-तलबी की छाप है, और रह-रहकर आंखें किसी खोई हुई ज्योति में चमक उठती हैं।

सुकोमल मुखर्जी : अपनी अहिल्या को स्याह पर्दे में कैद मत करो, श्रीकान्त, जरा मैं भी देख लूं।

श्रीकान्त : आप...हां, हां, अवश्य देखिए। क्या आप वही सुकोमल मुखर्जी हैं, 1948 में जिनके चित्रों और मूर्तियों की प्रदर्शनी पेरिस में हुई थी?

सुकोमल : क्यों, विश्वास नहीं होता? विश्वास के लायक बात भी नहीं है, लेकिन सचाई है। सचाई पर लोगों को अक्सर विश्वास नहीं होता है...

बेबी : सचाई जो हो, मगर यह आपका अतीत है, मिस्टर मुखर्जी। और आज आपका जो जीवन है, उसे देखकर आपके अतीत पर अविश्वास करने का हक़ सभी को है।

श्रीकान्त : मैं अहिल्या की यह मूर्ति नौशेरवां जी को बेचने आया हूं। कह रहे थे कि आप इसे पसंद करेंगे, तभी वह खरीदेंगे, अन्यथा नहीं। यह बड़ी प्राचीन मूर्ति है...आप तो स्वयं कलाकार हैं, समझ रहे होंगे कि कला की दुनिया में यह कलाकृति कितनी अमूल्य है।

मैं चाय-वाय को बोलकर आती हूं, आप दोनों बातें कीजिए—कहकर बेबी अंदर चली जाती है। सुकोमल देर तक अहिल्या को देखता रहता है, इस दृष्टि से जैसे उसका खोया हुआ बच्चा मिल गया हो। पास जाकर वह मूर्ति को छूता है नंगी बांहों की मोटाई नापता है, मुस्कुराता है, हंसने लगता है। जोरों से हंसने लगता है। श्रीकान्त अवाक है, उसे कुछ पता नहीं चलता कि सुकोमल मुखर्जी क्यों पागल हो रहा है।

सुकोमल : श्रीकान्त, मैं तुम्हें कुछ ऐसी बातें कहने जा रहा हूं, जो मैंने अब तक किसी से नहीं कही हैं। शायद, किसी को विश्वास भी नहीं होगा। तुम स्वयं कलाकार हो, तुम जरूर समझ सकोगे।

श्रीकान्त : आप मेरे बुजुर्ग हैं, सुकामल बाबू, मैं आप पर विश्वास करता हूं। मैंने आपकी कलाकृतियां देखी हैं।

सुकोमल : मैं भी कभी तुम्हारी तरह युवक था, कलाकार था। पृथ्वी को और भी सुंदर बनाने की मुझे हविस थी। मगर, सुंदर बनाने के लिए चाहिए धन-दौलत, मैं गरीब था। मेरी तस्वीरों की तारीफ होती थी, मेरी मूर्तियों पर अखबारों में लेख छपते थे, मगर मेरी तस्वीरें और मेरी मूर्तियां कोई नहीं खरीदता था। लोग कहते थे, मुखर्जी नंगी तस्वीरें बनाता है, सभ्य परिवार में ये तस्वीरें नहीं रक्खी जा सकती हैं।

श्रीकान्त : लेकिन, प्राचीन मंदिरों की मूर्तियां, खजुराहो और कोणार्क की मूतियां भी तो नंगी हैं? राजपुताना शैली और कांगड़ा शैली के कितने ही चित्र...

सुकोमल : यही बात मैं तुमसे कहना चाहता था। प्राचीन मूर्तियों और चित्रों में उन्हें नंगापन नहीं दिखता...कालिदास और जयदेव और जगन्नाथ महापंडित की कविताओं में उन्हें नंगापन नहीं मिलता—मिलता है सुकोमल मुखर्जी की कलाकृतियों में। और श्रीकान्त मैं भूखा मरने लगा।

श्रीकान्त : फिर क्या हुआ? आप...

सुकोमल : फिर क्या होता? मैंने प्राचीन मूर्तियां बनानी शुरू कीं। मैंने पुरानी शैलियों के चित्रों की नकल करना शुरू किया। मैंने अपनी मूर्तियों को अपना कहकर नहीं, प्राचीन कलाकारों का कहकर बेचना शुरू किया।

श्रीकान्त : नहीं, नहीं यह झूठ है।

सुकोमल : यह सचाई है, और सचाई पर लोग विश्वास नहीं करते हैं। मैंने पुराने पत्थरों से पुरानी मूर्तियां गढ़ीं, और उन्हें पुराने खंडहरों में छिपाया और फिर वहां से उनका उद्धार किया और फिर उन्हें सरकारी कला संस्थाओं के हाथ, या कलाप्रेमी सामंतों और श्रीमंतों के हाथ बेचा। मैं कलाकार नहीं रहा, मगर श्रीकान्त, बैंकों में मेरे नाम से खाते खुलने लगे। मैंने तब कावसजी नौशेरवां जी का सहारा लिया। उनका सेक्रट्री बन गया, और मेरी ही बनाई मूर्तियां वे मनमाने दामों में खरीदने लगे...और एक दिन था, जब मेरी अपनी कलाकृति के लिए पांच का एक नोट भी देने को कोई तैयार नहीं था।

श्रीकान्त : मगर, मेरी यह अहिल्या नकली नहीं है, असली है। मैंने एक बहुत प्राचीन खंडहर से इसे खोज निकाला है।

सुकोमल : श्रीकान्त, यह अहिल्या मेरी बनाई हुई है। तुम गौर से देखो, मूर्ति की बाईं बांह के नीचे छोटे-छोटे बंगला अक्षरों में मेरा नाम लिखा है—सुकोमल मुखर्जी, और बनाने की तारीख दी हुई है...

श्रीकान्त : नहीं, नहीं, ऐसा नहीं हो सकता...ऐसा नहीं हो सकता...

श्रीकान्त स्टेज से बाहर चला जाता है। भीतर जोरों से टेलीफोन की घंटी बजने लगती है, बजती रहती है।

सुकोमल : हां, अहिल्या। मैंने ही तुम्हें बनाया है...कुछ भी हो, यह मेरी सर्वश्रेष्ठ कलाकृति है...

सुकोमल मूर्ति का चिबुक छूता है, प्यार से उसके पास खड़ा रहता है। बेबी आती है।

बेबी : मैंने तुम्हारी और श्रीकान्त की बातें सुनी हैं। मगर, सुकोमल बाबू, तुम्हें पापा से यह कहने का कोई हक़ नहीं है कि यह अहिल्या प्राचीन मूर्ति नहीं है।

सुकोमल : क्यों कहने का हक नहीं है?

बेबी : इसलिए कि तुमने जो पाप किया है, तुमने जो संसार के सारे कलाप्रेमियों को धोखा दिया है, इस मूर्ति को बेचकर श्रीकान्त उस पाप का प्रायश्चित करेगा। यह एक कलाकेंद्र स्थापित करेगा, मूर्तिकारों को एक जगह इकट्ठा करके नई अजंता और नए कोणार्क को जन्म देगा। वह चोरी नहीं करेगा, नकल नहीं करेगा, धोखा नहीं देगा...

सुकोमल : मैं समझता हूं। बेबी, मैं समझता हूं कि तुम क्यों मुझसे घृणा करती रही हो, और क्यों श्रीकान्त से प्यार कर बैठी हो। कला के सही संरक्षक, सही पेट्रन तुम्हारे पिता नहीं हैं, तुम हो। सही कलाकार मैं नहीं था, श्रीकान्त है। तुम विश्वास रखो मैं तुम्हारे पापा को कुछ नहीं कहूंगा। श्रीकान्त कहां गया?

दोनों बाहर जाते हैं। अहिल्या की मूर्ति स्टेज पर पड़ी रहती है

हैरी कुर्निज के 'रिक्लाइनिंग फीगर' पर आधारित
ज्ञानोदय, जून-1960

गुरु नानक

(रेडियो रूपक)

यह रेडियो रूपक जीर्ण-शीर्ण अवस्था में डॉ. गंणेश गुंजन से प्राप्त हुआ। पृ. संख्या-14 से यह शुरू था और 20 पर अंत। शीर्ष पर 'गुरु नानक' से पहले '2' लिखा था। शायद दो रूपक एक साथ लिखे गए होंगे। क्योंकि अपनी आयत में यह रूपक एकदम पूर्ण लगता है। बीच में कहीं-कहीं दीमक द्वारा पृष्ठ चाट लिए गए थे, उन 'सबदों' को नेशनल बुक ट्रस्ट में कार्यरत डॉ. बलदेव सिंह 'बद्दन', जो स्वयं पंजाबी भाषा के प्रतिष्ठाप्राप्त अनुवादक और समालोचक हैं, के सहयोग से 'गुरु ग्रंथ साहिब' के पृष्ठों को देखकर पूरा किया गया। पृष्ठ संख्या की सूचना वहीं से मिली है। गद्य में भी दो पंक्तियों में तीन-चार शब्द भरे गए हैं।

सूत्रधार : महाकवि विद्यापति के अवसान के लगभग बीस-पचीस वर्ष बाद, 1469 ई. 15 अप्रैल को सिक्ख संप्रदाय के आदि गुरु नानक देव का जन्म हुआ, लाहौर जिले के तलवंडी ग्राम में; उनके पिता का नाम था श्री कालू देव, और माता थीं तृप्ता देवी। खत्री जाति, बेदी वंश, जन्म से ही नानक देव परम अलौकिक बालक थे। उनकी बहन नानकी, माता-पिता, और लाहौर के शासक राय बुलार ने उनकी बाल्यावस्था में ही उनमें आपार-अखंड ज्योति के दर्शन किए थे। सात वर्ष की उम्र में उन्हें गोपाल अध्यापक के पास शास्त्र-शिक्षा के लिए भेजा गया। तो अध्यापक से नानक देव ने कहा, ''मैं ईश्वर-प्राप्ति के आनंद के सिवा और कोई शिक्षा लेना नहीं चाहता। मुझे परम ज्योति चाहिए, अन्य कुछ भी नहीं...'' और यह उत्तर सुनकर अध्यापक और नानक के माता-पिता चकित रह गए। उसी उम्र में नानक ने एक 'सबद'* कहा था : 'राम नामु जपि अंतरि पूजा!'

---

* यह 'सबद' राग प्रभाती में है।

(पुरुष स्वर में गायन)

राम नामु जपि अंतरि पूजा।
सबदु बीचारि रूप नहीं दूजा ॥
ऐको रवि रहिआ सम ठाई।
अवरु न दीसै, किसु पूज चढ़ाई ॥
मनु तनु सीतलु गुरि बूझ बुझाई।
प्रभु निवाजे किनि कीमति पाई ॥
कहु नानक गुरि बूझ बुझाई।
नाम बिना गति किनै न पाई ॥
(गुरुग्रंथ साहिबजी, पृष्ठ 1345)

सूत्रधार : एक ही सूर्य सारी पृथ्वी को आलोकित करता है, और एक ही ईश्वर हमारे तन-मन को पवित्र और शीतल करता है...उसके नाम स्मरण के सिवा सद्गति प्राप्त करने का दूसरा कोई उपाय नहीं है।...इसीलिए, नानक देव ने ईश्वर के सिवा दूसरा कोई शब्द, दूसरा कोई नाम स्मरण नहीं किया। दूसरा कोई नाम नहीं, दूसरी कोई विद्या नहीं। लोगों ने नानक को विक्षिप्त समझा, और उन्हें साधारण मनुष्य बनाने के लिए 1485 ईस्वी में बटाला (पंजाब) की सुलक्षणी से उनका विवाह कर दिया गया। नानक ने गृहस्थ-जीवन शुरू किया। लेकिन अपनी आत्मा वे किसी भी दूसरे कार्य में अर्पित नहीं कर सके। नवंबर 1504 में पारिवारिक जटिलताओं से ऊबकर वे अपनी बहन के पास सुल्तानपुर चले गए। वहां के शासक दौलत खां के यहां इन्हें नौकरी करनी पड़ी। ...इनकी ईमानदारी और प्रेममय व्यवहार से सभी प्रसन्न रहते थे। और, ये स्वयं प्रसन्न रहते थे कीर्तन-भजन में साधू-संन्यासियों की संगति में और ईश्वर का गुण-गान करते रहने में। तलवंडी का 'मरदाना बाबा' उनका सेवक हो गया। कीर्ति फैलने लगी। मरदाना-बाबा रबाब-बाजे पर नानक के 'सबद' और 'श्लोक' गाता था।...इन्हीं दिनों नानक, देव ने एक 'सबद'* कहा था :

गुरुबचनी मनु सहज धिआने।
हरि कै रंगि रता मनु माने ॥
मनमुख भरम भुले बउराने

* यह 'सबद' राग बिलावल में है। गुरुग्रंथ साहिबजी, पृष्ठ 796

हरि बिनु किउ रहीए गुर सबदि पछाने
बिनु दरसन कैसे जीवउ मेरी भाई ॥
हरि बिनु जीअरा रहि न सकै
खिनु सतिगुरि बूझ बुझाई

सूत्रधार : अपने ईश्वर का दर्शन किए बिना, जीते रहना संभव नहीं है...हरि के बिना हृदय अब शांत नहीं, रहता है—मध्ययुग के आध्यात्मिक महापुरुषों की तरह, अवतारी संतों की तरह गुरु नानक देव ने भी अपने समस्त प्रश्नों और शंकाओं का उत्तर ईश्वर के प्रति अपने सर्वस्व-समर्पण में प्राप्त किया था।...नानक सुल्तानपुर की 'वेंई'...नदी में स्नान करते थे। एक बार वे लगातार तीन दिनों तक नदी के अथाह जल में डूबे रहे। इसी जल-समाधि में उन्हें 'अकाल' पुरुष परब्रह्म के साक्षात दर्शन हुए। उन्हें अखंड 'ज्योति' मिल गई।...इसी ज्ञान-प्राप्ति, सत्य-प्राप्ति के बाद उन्होंने गृहस्थ-जीवन त्याग दिया। वे 'उदासी' हो गए, और उन्होंने अपनी उदासी यात्राएं शुरू कीं।...1507 ई. से शुरू करके, 1521 ई. तक, पंद्रह वर्षों की अवधि में गुरु नानक ने समूचे भारत, अरब, फारस, और मध्यपूर्व के सभी देशों का भ्रमण किया। तीर्थों में घूमे। सभी धर्मों संप्रदायों के संतों-साधुओं की संगति का लाभ उठाया। जनसाधारण को अपने 'सबद' और अपनी धर्म-वाणी से सन्मार्ग पर लाने की चेष्टा की। उन्होंने कहा :
'आबहु मैणे गलि मिलह अंकि सहेलड़ीआह।'
(पुरुष स्वर में 'सबद' पाठ)*

आबहु मैणे गलि मिलह अंकि सहेलड़ीआह
मिलि कै करह कहाणी आ
संम्रथ कंत की आह
साचे साहिब समि गुण अउगुण समि असाह
करता समु को तेरै जोरि
एकु सबदु बीचारी ऐ जा तू ता किआ होरि
जाहु पुछहु सोहागणी
तुसी राविआ किनी गुणी
सहजि संतोखि सीगारीआ मिठा बोलणी

---

* गुरु ग्रंथ साहिब, पृष्ठ 117-18 /राग सिरीराग

पीरु रीसाल ता मिलै जा गुर का सबद सुणी
केतीउरा तेरीआ कुदरती केवड़ तेरी दात
केते तेरे जीअ जंत सिफति करीह दितु राति
केते तरे रूप रंग केते जाति अजाति
सचु मिलै सचु ऊपजै
सच माहि साचि समा
सुरति होवै पति अगवै गुरबचनी भउ खाई
नानक सचा पातिसाहु
आपे लऐ मिलाई

सूत्रधार : मेरी सहेलियो, आओ गले लगकर मेरा आलिंगन करो। मुझसे मिलकर उस समर्थ कंत की कहानियां कहो। मेरे सच्चे साहब में सभी गुण हैं, और हममें तो सभी अवगुण हैं।...सत्य से ही सत्य उपजता है, और सत्य की प्राप्ति से ही आत्मा परमात्मा में लीन हो जाती है। सच्चा बादशाह, अर्थात, हमारा प्रभु सच्चे साधकों को अपने में मिला लेता है।...अपने इन्हीं अद्वैतवादी उपदेशों का प्रयास करते हुए, गुरु नानक देव ने अपने शिष्यों के साथ संसार-भ्रमण किया, और अंत में 1521 में करतारपुर में बस गए। 1539 ईस्वी में उन्होंने गुरु अंगददेव को गुरु-गद्दी का भार सौंप दिया, और स्वयं 'परम ज्योति' में लीन हो गए। ...भक्ति, प्रेम, सेवा, वैराग्य, संयम, दया, सत्य, और सर्वस्व-समर्पण—इन्हीं गिने-चुने शब्दों को उन्होंने अपने उपदेशों में पिरो दिया था। वे कहते थे कि इन्हीं प्रवृतियों को अपनाने से परम-ज्योति को प्राप्त किया जा सकता है। ...गुरु नानक देव संत संन्यासी उपदेशक, चिंतक दार्शनिक पैगंबर—सभी थे। पश्चिम भारत को उन्होंने धार्मिक-सांस्कृतिक-सांस्कारिक क्षेत्र में पुनः संगठित किया। क्योंकि, वे केवल संत-संन्यासी ही नहीं थे, समाज सुधारक भी थे। उन्होंने अपनी वाणी में जनता की करुण, दशा, देश-दुर्भाग्य का चित्रण भी किया था। अपने क्रांतिकारी विचारों के कारण ही वे सिकन्दर शाह लोदी के कर्मचारियों द्वारा गिरफ्तार भी किए गए थे। बाबर के अमेनाबाद-आक्रमण को उन्होंने अपनी आंखों से देखा था। उस युद्ध का बड़ा ही करुणापूर्ण वर्णन उन्होंने किया था :

'खुरासान खसमाना कीआ हिन्दुस्तानु डराइआ
(पुरुष-स्वर में पाठ)*

* गुरु ग्रंथ साहिब, पृष्ठ 360/राग आसा

खुरासान खसमाना कीआ हिन्दुस्तानु डराइआ
आपै दोसु न देई करता
जमु करि मुगलु चढ़ाइया ॥
ऐती मार पई करलाणैं
तैं की दरदु न आइआ ॥
खुरासान खसमाना कीआ
हिन्दुस्तानु डराइआ

सूत्रधार : इस 'सबद' में गुरु नानक ने अपने ईश्वर से सवाल किया था कि हे कर्त्ता, तू इन सारे खेलों का जिम्मेवार है, फिर भी तूने मुगलों को यम-रूप में हिन्दुस्तान पर आक्रमण करने के लिए भेजा। इतनी मार-काट हुई, जनता त्राहि-त्राहि कर उठी, किंतु, हे प्रभु तुझे जरा भी दर्द नहीं हुआ?. ..मनुष्य जाति के प्रति, देश-समाज के प्रति नानक देव को अपार प्रेम था, अपार संवेदना थी, और, यही कारण था कि देश पर उनके समय के विदेशी आक्रमणों ने देश को कुचल दिया। भारत एक बार फिर, अपने धार्मिक एवं सांस्कृतिक उत्थान के लिए तत्पर हो गया, और पांच नदियों के देश में एक स्वाधीन, आत्मचेता, और प्राणवंत जाति-समाज का उदय हुआ।...जन-साधारण को कर्त्तव्य बोध कराते हुए गुरु नानक देव ने कहा :
'रैणि गवाई सोई कै, दिवसु गवाईया खाइ।'
अर्थात, तुमने सोने में अपनी रातें काट दीं, और सारा दिन खाने-पीने की चिंता में गंवा दिया।

(स्त्री स्वर में गायन)*

रैणि गवाई सोई कै दिवसु गवाईया खाइ
हीरे जैसा जनमु है
कउड़ी बदले जाई
नामु न जानिआ राम का
फिरि पाछे पछुताहि रे
अनता धनु धरणी धरे
अनत न चाहि आ जाई जाए
अनत कउ चाहन जो गए

* गुरु ग्रंथ साहिब, पृष्ठ 156-157/राग गहरी वैरागणि

से आए अनत गवाई
आपण लीआ जे मिलै
ता समु को भागठु होई
करमा उपरि निबड़े।
जे लोचै सभु कोई
नानक करुणा जिनि कीआ
सोइ सार कोई कराई
हुकमु न जापी खसम का
किसै बड़ाई देइ

सूत्रधार : नाम, दान, और स्नान—मात्र इन्हीं तीनों उपचारों का उपदेश अपने समाज को देते थे। नाम आध्यात्मिकता पवित्रता के लिए, दान मानसिक पवित्रता के लिए, और स्नान शारीरिक शुद्धि के लिए। ये तीनों पवित्रताएं ही मनुष्य की आत्मा को 'परम ज्योति' दे सकती हैं।... शंकराचार्य की तरह, चैतन्य देव की तरह, और रामकृष्ण परमहंस की तरह गुरु नानक देव ने अपने 'सबद' गायन के द्वारा, अपने उपदेशों के द्वारा, अपनी अथाह प्रेम-भावनाओं के द्वारा व्यक्ति-मन को पवित्र, और समाज मन को परिप्लावित किया। उन्होंने भक्त समाज से कहा :

'रे मन, ऐसी हरि सिउ प्रीति करि
जैसी जल कमलेहि।'

(पुरुष-स्वर में गायन)*

रे मन ऐसी हरि सिउ प्रीति करि
जैसी जल कमलेहि
लहरी नालि पछाड़ीऐ भी
विगसै असनेहि
जल महि जीअ उपाई कै
बिनु जल मरणु तिनेहि
मन रे कि छूटहि बिनु पिआर
गुरमुखि अंतरि रवि रहिआ
बख्से भगति भंडार

* गुरु ग्रंथ साहिब, पृष्ठ 59-60/राग सिरीराग

बसात
(रेडियो नाटक)

पात्र

बैद काका	गांव के वृद्ध वैद्य
भोला मास्टर	बैद काका के भतीजे
लीला	बैद काका की सुपुत्री
फूलबाबू	कॉलेज का छात्र
रामलखन	गांव का नेता
रेसमीमाई	प्रौढ़ा चमारिन
रेसमी	चमारिन की बेटी

(प्रथम दृश्य)

सिलबट्टे पर धीरे-धीरे भांग पीसने की ध्वनि। बीच-बीच में 'धीर-समीरे यमुना तीरे वसति वने वनमाली' का वृद्ध, पका हुआ स्वरालाप। फूलबाबू का प्रवेश।

फूलबाबू : बैद काका, ये सुबह-सुबह कौन-सा भांग पीस रहे हैं? जरा इधर भी देखिए? मैं हूं फूल, प्रणाम करता हूं।

बैद काका : *(भांग पीसना रोककर)* आशीर्वाद, अशीर्वाद! क्यों फूलबाबू, कब आए? ग्रीष्मावकाश में आए हो या...? बताओ, काशी का क्या समाचार है? तारा-मंदिर रोज जाते थे या नहीं? मां गंगे वैसी ही हैं? और दशाश्वमेध? मणिकर्णिका? कचहड़ी गलीवाली वो मोटी, दातुनवाली? और वह दल-की-दल बानर-सेना? ए, फूलबाबू, तुम्हें देखता हूं तो आंखों के आगे समस्त काशी वैसे ही खड़ी हो जाती

है। कैसे संस्कृत पढ़ता था, कैसे गुरु क्रोधित हो जाते थे...?

फूल : अब वो पुरानी काशी नहीं है, काका। अब तो है बनारस। अब काशी जाकर लोग संस्कृत नहीं पढ़ते हैं, पढ़ते हैं, अंग्रेजी, फारसी...

बैद काका : ये तो तुम ठीक कहते हो, बेटा! अब वह युग, वह जीवन कहां पाएं?

फूल : मगर बैद काका, ऐसा तो कभी नहीं हुआ कि मैंने कोई हीनता या सामाजिक निंदा वाला काम किया हो।

बैद काका : ये तो तुम्हारे स्वभाव की महत्ता है, फूलबाबू! मैं तो सर्वसाधारण व्यक्ति के विषय में कह रहा हूं। अब तो गांव के लड़के भी दरभंगा जाकर सिनेमा देख आते हैं, होटल में बैठकर मांस-पूड़ी खा आते हैं...

फूल : तो इसमें दोष क्या है बैद-काका? खाना-पीना तो अपनी व्यक्तिगत इच्छा और श्रद्धा की बात है। जिसको जो रुचता है, जो पचता है, जो मिलता है, वह तो वैसी वस्तुएं खाएगा ही।

बैद काका : *(थोड़ा जोर से)* तब तो ये आदिकाल से भगवान मनु का बनाया हुआ नियम-उपनियम आदि, जो लिखा गया है, मनु-स्मृति में, वह सब झूठ, मिथ्या? इतने युगों से हमारे पुरखे जिस ढंग से रह आए हैं, वह सब मिथ्या? तब तो सिनेमा की छोकड़ियां और होटल की मुर्गी सत्य, और ये वेद और पुराण, ये वेदांत और उपनिषद्, ये धर्म और कर्म...सभी झूठ, सभी झूठ, सभी पागलपन?

फूल : ऐसा तो मैं नहीं कहता हूं। मगर, बैद काका, युग के अनुसार, काल और स्थिति के अनुसार, धर्म और जीवन की परिभाषा भी बदलती है। कल तक जो धर्म था, सामाजिक आर्थिक कारण से वही आज अधर्म है।

बैद काका : *(जोर से)* नहीं, नहीं, तुम भ्रम में हो! धर्म और सत्य की परिभाषा अथवा रूप-स्वरूप में कोई परिवर्तन नहीं होता है। समय के अनुसार जो परिवर्तित हो जाए, वह धर्म नहीं है, वह है पापाचार!

फूल : *(जोर से मगर संयत और तर्कपूर्ण स्वर में)* बैद काका! आदियुग या वेदयुग में जीवन बिताने का जो प्रचलित रूप था, वह आज नहीं है। तब इन्द्र जैसे देवाधीश, विश्वामित्र जैसे महान ऋषि, चंद्रमा जैसे देवता आदि उर्वशी, मेनका, अहिल्यादि के साथ स्वेच्छापूर्वक रमण करते थे, और उन सबको कोई दोष नहीं लगता था। महाभारत काल में भगवान श्रीकृष्ण परकीया (पर स्त्री) राधा के साथ रास

लीला करते थे, रुक्मिणी, सत्यभामा का बलपूर्वक अपहरण करते थे और उन्हें दोष नहीं लगता था। मगर आज क्या हम-आप इस स्वेच्छाचारिता को प्रश्रय दे सकते हैं? नहीं दे सकते हैं। कारण, समय के साथ, युग के साथ, धर्म और धार्मिक सिद्धांत में भी परिवर्तन होता है।

बैद काका : *(हंसकर)* तुम पागल हो गए हो फूलबाबू, ज्यादा पढ़ने से लोग सचमुच पागल हो जाते हैं। एक तुम्हारे विश्वास नहीं करने से क्या धर्म और ईश्वर की महत्ता घट जाएगी? एक आदमी मंदिर नहीं आए तो क्या मंदिर और देवता को कोई हानि होगी?

फूल : एक आदमी न जाए तो कोई हानि नहीं। मगर, यदि समूचे गांव के लोग मंदिर न जाएं, पूजा ना करें, प्रसाद न चढ़ाएं, तो निश्चय ही देवता और मंदिर का महत्व नष्ट हो जाएगा।

बैद काका : यही तो तुमलोगों की मिथ्या धारणा है फूलबाबू, ऐसा युग कभी नहीं आएगा, जब लोगों की श्रद्धा धर्म से घट जाएगी। और, अगर कभी ऐसा होगा भी तो भगवान, प्रलय निश्चय ही करेंगे। सृष्टि का सत्यानाश हो जाएगा, विश्व जलमय हो जाएगा...

(हड़बडाए हुए, जोर-जोर से कदम रखते भोला-मास्टर का प्रवेश।)

भोला मास्टर : *(आते ही)* विश्व जलमय हो जाएगा, पृथ्वी अग्नि पिंड हो जाएगी, ये हो जाएगा, वो हो जाएगा...। बैद-काका, आप तो दिन भर इसी चर्चा में लगे रहते हैं। कोई मौन रहकर सुनने वाला चाहिए। आप प्रलय का स्वप्न देखते हैं, किंतु यह नहीं देखते कि सचमुच प्रलय हो गया है। संपूर्ण देश जलमय हो गया है। कोसिका की प्रलयकारिणी धारा अपनी सोलह कलाओं को लेकर जल-प्रलय मचाई हुई है। अभी भी तो आप जैसे अगणित भक्तजन देश में हैं, तब आपके भगवान बाढ़ से भक्तों की रक्षा करने क्यों नहीं दौड़ते हैं? आज फिर वे 'गोवर्धनधारी' का रूप क्यों नहीं धरते हैं?

फूल : भोला-मास्टर! ये सब छोड़ो। और कहो, कैसे हो, क्या कर रहे हो? आते ही शास्त्रार्थ में साथ देने लगे। मैं तो बैद काका से ऐसे बात करके धर्म के विषय में कितनी ही नई बातें सीख लेता हूं।

भोला : अपना हाल-चाल क्या कहूं, फूलबाबू, डेढ़ साल से नौकरी छोड़कर आटा गीला कर रहा हूं। बैद काका तो दिन भर पूजा-पाठ में ही लगे रहते हैं। सिर पर एक बिन-ब्याही बहन है। हाथ में एक भी

पैसा नहीं। क्या करूं, क्या नहीं करूं, कुछ पता नहीं चलता, कुछ समझ में नहीं आता।...भगवान हैं भी तो नींद से मदमत्त सो रहे हैं। गरीब-लाचार पर उनकी दृष्टि भी नहीं जाती...

बैद काका : भोला, अब ये रोना-धोना बंद करो। लीला कहां है? बोलो फूलबाबू को पान-सुपारी दे।

भोला : *(चिल्लाकर)* लीला, लीला...आंगन से बाहर आओ, देखो तो, फूल भइया आए हैं।

(पायल का हल्का स्वर और पदचाप। लीला आती है।)

लीला : *(स्नेहसिक्त स्वर में)* प्रणाम फूल भइया! आपको ही तो पूरे गांव में ढूंढ आई हूं। कहीं नहीं मिले। मैं भटक आई, और आप मेरी ही दालान में छुपे हुए हैं। वहां, रमाकांत बाबा की मचान पर शतरंज बिछी हुई है। पंचगछिया से जीतकर, दक्षिण का कोई प्रसिद्ध शंतरंजिया (शतरंजबाज) आए हुए हैं। अपने गांव के सारे खेलनेवाले बारी-बारी से मात खा रहे हैं। इसीलिए मैं आपको ढूंढ रही थी, आप जल्दी जाइए, सिर्फ़ आप से ही वे हारेंगे।

फूल : जा रहा हूं बहन, तुरंत जाता हूं। मगर एक बीड़ा पान तो लाओ। आज तक बिना पान खाए इस दरवाजे से मैं नहीं उठा हूं।...

लीला : *(आश्चर्य से)* अरे! पान तो है ही नहीं! मगर, फूल भइया, रुकिए, मैं दौड़कर बरई से पान लाती हूं। तब तक जाइए मत... *(छन्न-छन्न पायल का स्वर। लीला का प्रस्थान।)*

(दूसरा दृश्य)

फूल : *(मधुर स्वर में)* लीला, मुझे काशी से आए हुए आज पांच-छह दिन हो गए, मगर तुमसे कभी अच्छी तरह बात करने का संयोग नहीं हुआ।

लीला : आप तो बड़े पढ़े-लिखे लोग हैं, फूलबाबू! मेरे जैसी मूर्खा से आप क्या बात करेंगे? मुझमें योग्यता ही क्या है। चार अक्षर रामायण और हिन्दी-महाभारत पढ़ी है, बस वही।

फूल : मुझे तुम्हारी विद्या का काम नहीं। मैं तो सिर्फ़ तुम्हारा स्वर सुनना चाहता हूं।

लीला : मेरा स्वर सुनकर ही क्या करेंगे? मेरे स्वर में तो मात्र दुःख ही दुःख भरा है। काका को चिंता है कि लीला का ब्याह हो जाए।

भोला-भाई को चिंता है कि लीला का ब्याह हो जाए। मगर, लीला को किस बात की चिंता है, यह केवल भगवान ही जानते हैं।

फूल : तुम्हारी चिंता मैं समझता हूं लीला, मगर धीरज धरने से मन की आशा पूरी हो सकती है।

लीला : फूलबाबू, आशा थी कि इस बार बाढ़ नहीं आएगी। खूब उपज होगी, धान-गेहूं से आंगन भर जाएगा, और तब काका आपकी मां से कोई चर्चा चलाएंगे...। मगर मेरा तो कर्म ही खराब है...

फूल : तुम चिंता क्यों करती हो?

लीला : रामलखन बाबू नित्य आपकी मां से मेरे बारे में ऐसी-वैसी ढेरों बातें कह आते हैं। रामलखन बाबू चाहते हैं कि मेरा ब्याह किसी तरह उनके ममेरे भाई से हो जाए।

फूल : ये रामलखन बाबू कौन हैं लीला?

लीला : रामलखन बाबू हैं इस गांव के शनि देवता! पहले जमींदार की कचहरी में मोसाहिबी करते थे, अब हो गए हैं गांव के नेता! संपूर्ण गांव को लड़ाते रहते हैं। किसी के घर में आग लगा दिया, किसी का खलिहान उजाड़ दिया, किसी की फसल कटवा ली। किसी पर मुकदमा चला दिया—यही इनका व्यवसाय है। मजदूरों को भड़काकर हल चलना, कटनी-रोपनी रुकवा देते हैं, गृहस्थ लोगों को भड़काकर हलवाहे-चरबाहे को पिटवा देते हैं। मैं ही क्या, समस्त गांव इनकी करनी से तबाह है।

फूल : वाह, फिर तो बड़े ही सज्जन व्यक्ति हैं। गांव के युवक लोग मिलकर, इनकी अच्छी तरह पूजा क्यों नहीं करते हैं?

लीला : करने को तो सब तैयार हैं। मगर, फिर सबको डर भी लगता है। आप रामलखन बाबू की धूर्त्तता नहीं जानते हैं ना! उस दिन झूठी बात पर दुखरन झा को हाजत में बंद करवा दिया था।

फूल : ऐसा क्यों? क्या हुआ था?

लीला : होता क्या? यही हुआ कि दुखरन झा के दरवाजे पर एक कुआं है। बहुत पुराना कुआं, मात्र ब्राह्मण ही पानी भरते हैं। उस दिन रामलखन बाबू ने गांव के अछूत लोगों को भी बहका दिया कि तुमलोग भी इसी कुएं से पानी भर लो। दुखरन ने कहा कि अंछूतों को पानी नहीं भरने दूंगा। इसी पर दोनों तरफ से लोग जमा हुए, भीड़ जुटी, झगड़ा-झंझट हुआ, और दुखरन ने किसी रजबाड़ पर हाथ चला दिया। फिर क्या था? रामलखन बाबू दौड़कर थाना गए,

दारोगाजी आए और दुखरन को पकड़ कर ले गए।

फूल : इसमें तो दुखरन की ही गलती थी। जो कुआं किसी का व्यक्तिगत नहीं है, सार्वजनिक है, उसमें तो सभी जाति के लोग पानी भर सकते हैं। और वैसे ही, अगर किसी कुएं से छोटी जाति के लोग पानी भर लेते हैं तो इसमें बुराई ही क्या है? जल भी क्या छूने से अपवित्र हो जाता है।

लीला : अपवित्र नहीं होता! मगर, बिना पढ़े-लिखे ब्राह्मणों के परंपरागत अंधविश्वास को क्या थाना-पुलिस करके मिटाया जा सकता है? आप बैद काका को देखिए ना फूल बाबू! सभी जानते हैं कि सरकारी नियम बन गया है कि किसी मंदिर में सभी जाति के लोग पूजा कर सकते हैं। मगर यदि बैद काका की जान भी चली जाएगी, तो वे कृष्ण के मंदिर में किसी हरिजन-दुसाध को घुसने देंगे?

फूल : जोर-जबरदस्ती से तो नहीं जाने देंगे, लेकिन, यदि उनको भी शिष्टता से, तर्क से, ज्ञान से समझाया जाए तो, आज या कल वे अवश्य समझ जाएंगे। क्यों नहीं समझेंगे?

लीला : यही तो मैं भी कह रही हूं, फूलबाबू! कि रामलखन बाबू ने जोर जबरदस्ती से दुखरन के कुएं पर कब्जा जमाना चाहा। क्योंकि उस कुएं से अपने खेत सींचने के चक्कर में वे लगे हैं। अगर, उन्होंने अपना स्वार्थ छोड़ दिया होता तो गरीब ब्राह्मण को जेल नहीं देखना पड़ता?

(पदचाप! भोला मास्टर आते हैं।)

फूल : भोला मास्टर! कहां की तैयारी है? हाथ में कौन सी किताब है? गाछी तरफ आ रहे हो? पान नहीं खिलाओगे? शतरंज चलेगा?

भोला : एक ही बार में दस-दस प्रश्न क्यों करते हो? मेरे क्या दस मुंह हैं कि एक ही बार मैं सबका उत्तर कह दूंगा?

फूल : बारी-बारी से उत्तर दे सकते हो।

भोला : फिर शांतिपूर्वक सुनो! मेरी तैयारी है, हाथ में 'नदी में लाश' नाम की पुस्तक लिए पान खाकर, शतरंज खेलने हेतु कमलादत्त जी के घर जाने की। यह तो हुई मेरी स्थिति! मगर तुम इस लीला की बात में मत पड़ना। नहीं तो रामलखन बाबू से झगड़ा हो जाएगा। अभी गांव में दो पार्टी दो दल है। ब्राह्मण पार्टी की लीडर हैं लीलादाई और हरिजन पार्टी के नेता हैं, श्री श्री एक सौ आठ रामलखन महाराज!

लीला : आप बीच में क्यों बोलते हैं भोला भाई? फूल भइया ब्राह्मण हैं

तो क्या डोम चमार के दल में रहेंगे?
(तीनों व्यक्ति हंसते हैं।)

फूल : मैं तो लीला, न ब्राह्मण हूं न डोम-चमार हूं। तो फिर मैं किसकी पार्टी में जाऊं?

भोला : फूल बाबू, तुम गाय बैलों की कोई नई पार्टी तैयार करो, जो कहोगे, वे वही करेंगे? ना हल्ला ना गुल्ला! ना हर-हर ना खट-खट! खूब गाय भैंस का दूध पीना और राज करना।
(फिर तीनों व्यक्ति हंसते हैं)

लीला : *(थोड़ा ठहरकर)* अब मैं जाती हूं।

(तीसरा दृश्य)

फूल : प्रणाम करता हूं, रेसमी माई!

रेसमीमाई : हजारों साल जिएं बेटे! मगर आप तो पंडित जी के बेटे हैं? तब मुझे क्यों प्रणाम करते हैं? मैं तो चमारिन हूं। अछूत हूं। आप जो मुझे परनाम करेंगे, उसका पाप तो मुझे ही चढ़ेगा।

फूल : रेसमीमाई, मैं जाति को प्रणाम नहीं करता हूं। मैं तो आपको प्रणाम करता हूं। क्योंकि आप मेरी मां की उम्र की हैं। और इसलिए मेरी श्रेष्ठा और पूजनीया हैं। और, रेसमी को नहीं देख रहा हूं? कहां गई हैं? गाछी तरफ खेलने गई हैं क्या?

रेसमीमाई : नहीं! गाछी क्या करने जाएगी? अब क्या गाछी में एक भी आम-वाम बचा है?

फूल : फिर कहां गई है?

रेसमीमाई : वो देखिए न, आंगन में रामलखन बाबू बैठे हैं। उन्हीं की खातिर ताड़ी लाने गई है। पासी के घर में।

फूल : रामलखन बाबू आपके घर में क्यों बैठे हैं? उनको अपना घर आंगन नहीं है क्या?

रेसमीमाई : *(धीरे से)* इस जगह रोज शाम को ताड़ी मंगाकर पीते हैं। अपने घर में कोई पीने देगा? छुपाकर पीते हैं।

फूल : अरे रामलखन बाबू उच्च कुल के होकर ताड़ी पीते हैं?

रेसमीमाई : कोई करम छूटा है उनसे!
(थोड़ी दूर से किसी के रोने की आवाज। स्त्री कंठ। रोने की ध्वनि क्रमशः करीब आती-जाती है।)

फूल : ये कौन रोती आ रही है?

रेसमीमाई : जरूर रेसमी है। वही रोती आ रही है। किसी ने पीटा होगा। गई थी ताड़ी लाने। रोती आ रही है। बहुत बादमाश है यह रेसमिया। कोई कुछ कह दे कि बस, रोदन राग शुरू कर देती है।

(रोने की ध्वनि समीप आ रही है।)

फूल : ये तो सचमुच रेसमिया ही है। क्या हुआ री?

(रोती हुई रेसमी का प्रवेश।)

रेसमी : *(रो-रोकर)* माई रे माई! अब नहीं जिऊंगी। मर गई रे माई! बाप रे...

फूल : अरे बा', इसका तो किसी ने सर फोड़ दिया है। बेशुमार खून बहता जा रहा है।

रेसमी : *(चिल्लाकर)* बाप रे, अब मैं चली रे माई!

रेसमीमाई : बेटी रे बेटी! किसने मारा रे! क्या हुआ रे? किसके हाथों में कोढ़ फूटा कि उसने तुझे मारा? उसका नाम तो कहो? मैं उसे नोचकर खा जाऊंगी।

फूल : चिल्लाने से क्या होगा रेसमीमाई! आप पानी में कोई साफ सफेद कपड़ा धोकर लेती आइए। मैं रेसमी के माथे में पट्टी बांध देता हूं। फिर देखा जाएगा। हो सकता है रास्ते में ठेस लगने से गिर गई होगी।

रेसमीमाई : ठीक ही कहते हैं फूलबाबू, आप बच्ची को पकड़िए मैं साफ कपड़ा लेकर आती हूं।

(रेसमीमाई का प्रस्थान। रेसमी मध्यम स्वर में रोती रहती है। अकस्मात घबराए हुए रामलखन बाबू का आगमन।)

रामलखन बाबू : *(व्यंग्य से)* उचित ही कहते हैं फूलबाबू! ठेस लगाकर गिर गई होगी। सुनिए! गरीब का बच्चा अंधा नहीं होता है कि ठेस लग जाएगी। रेसमी के माथे में तो साफ डंडे *(पैना)* की चोट के निशान हैं। अवश्य ही किसी ने डंडे से मारा है। बोलो तो, रेसमी बेटी, किसने मारा तुझे?

रेसमी : *(सिसक-सिसककर)* मैं...ताड़ी लेकर आ रही थी। *(रोती है)*

रामलखन : वो तो समझा! तुम ताड़ी लेकर आ रही थी। मगर, तुम्हारा सिर किसने फोड़ दिया?

रेसमी : *(रोते-रोते ही)* राधा-किसुन जी के मंदिर के पुजारी जी आ रहे थे। मैंने उन्हें नहीं देखा। शायद अंधेरे में उनसे शरीर छुआ गया...

रामलखन : सब समझ गया। अब समझने में कोई कमी नहीं रही। रेसमी से

देह सट गया और पुजारी ने डंडे से रेसमी का सिर फोड़ दिया। देख रहे हैं फूलबाबू? यही है आपलोगों की दिनचर्या। इस दस साल की बच्ची से बदन सट गया तो सिर फोड़ दिया, वाह रे कृष्णभक्त ब्राह्मण!

फूल : तुम सच कह रही हो रेसमी? सचमुच पुजारी जी ने डंडे *(पैना)* से तुम्हारा सिर फोड़ दिया?

रेसमी : हां फूल भइया, मैंने जानकर पुजारी जी का शरीर नहीं छुआ, धोखे से छुआ गया। इसीलिए उन्होंने मेरा... *(रोती है)*

(रेसमीमाई का प्रवेश। फूलबाबू रेसमी के माथे में पट्टी बांध देते हैं।)

रेसमीमाई : फूलबाबू, अब इस बात का क्या फैसला होगा? हम गरीबों की जान क्या जान नहीं है?

फूल : रेसमीमाई, मैं अभी जाकर पुजारी जी से पूछता हूं। अगर उन्होंने जान-बूझकर रेसमी का सिर फोड़ दिया हैं तो गांव में वही रहेंगे या मैं ही रहूंगा। आप निश्चिंत रहिए रेसमीमाई। अगर उनका अपराध होगा तो उन्हें दंड अवश्य मिलेगा।

रामलखन : आप क्या दंड देंगे फूल बाबू! आप भी तो ब्राह्मण ही हैं। पुजारी से तो बदला मैं लूंगा। आप चुप ही रहिए। मैं आपलोगों के हालात अच्छी तरह जानता हूं।

फूल : *(क्रोधित होकर)* आपको भी मैं अच्छी तरह पहचानता हूं रामलखन बाबू! आपने संपूर्ण गांव को चौपट *(बर्बाद)* करके रख देंगे। रेसमी का सिर फूटा तो इसमें आपको बोलने की क्या जरूरत है? रेसमी या रेसमीमाई तो आपकी रैयत नहीं हैं?

रामलखन : मैं नहीं बोलूंगा तो, कौन बोलेगा? रेशमी, विधवा असहाय चमारिन की बेटी है, तो क्या उसका पक्ष लेने वाला कोई नहीं होगा?

रेसमीमाई : गरीब की मदद कौन करेगा रामलखनबाबू! गांव में तो धनी-मानी लोगों का ही राज-पाट है।

रामलखन : धनी-मानी लोगों का राज-पाट है अवश्य। मगर अब नहीं रहेगा। मैं भी देखूंगा कि पुजारी को इस बार कौन बचाता है। अरे! ऐसा भी कहीं हुआ है? उस दिन रामधनमा चमार धोखे से मंदिर के परिसर *(ओरिआनी)* में चला गया तो इसी पुजारी और बैदजी ने मिलकर पंचायत बिठाई और उस बेचारे दरिद्र को दस रुपया जुरमाना देना पड़ा। जैसे मंदिर किसी का खरीदा हो। मैं गांव में नहीं था, नहीं तो उस दिन राधाकृष्ण के मन्दिर में गांव के सभी

हरिजन से जल चढ़वाता, पूजा करवाता...

फूल : सुनिए रामलखन बाबू, मैं भी मानता हूं कि मंदिर पर सभी का बराबर अधिकार है, मगर, हजारों हजार साल की रूढ़िवादिता को आप एक ही झटके में तोड़ देना चाहेंगे तो वह टूट जाएगा?

रामलखन : क्यों नहीं टूटेगा?

फूल : क्योंकि इसके पीछे आपका अपना व्यक्तिगत स्वार्थ है। आप मजदूर हलवाहे, अछूत, चमार, दुसाध आदि जाति के लोगों से अपना स्वार्थ साधते हैं। मुफ्त में ताड़ी-दारू पीते हैं। दिन-रात रेसमीमाई, किसनीमाई, बुलकी, सरोसती आदि के घर में घुसे रहते हैं। मुफ्त में अपने खेत जुतवा लेते हैं...

रामलखन : देखिए फूलबाबू, आपकी इच्छा सीधे-सीधे झगड़ा करने की है। लेकिन मैं आपसे झगड़ा झंझट नहीं करूंगा। कीचड़ में ढेला फेंकने से अपने ऊपर ही छींटे पड़ते हैं।

रेसमीमाई : मेरे लिए क्यों झगड़ते हैं बाबू! रेसमी का सिर फूटा है तो जाने दीजिए, खुद ही ठीक हो जाएगा।

रामलखन : मैं किसलिए झगड़ा करूंगा रेसमीमाई, इस लाट साहेब को नहीं देखती हो, कैसे मार करने को तड़फड़ा रहे हैं।

फूल : रेसमीमाई, अब रेसमी रोती नहीं है। घर ले जाकर सुला दीजिए। मैं अपने आंगन से दवा ला देता हूं।

रामलखन : हां, हां, अब दवा दीजिए!

फूल : रामलखन बाबू की बात में आप मत पड़िए रेसमी माई, ये हैं अयोध्या के दुर्मुख!

रेसमी : हां, फूल भैया, ये रामलखन बाबू बड़े खराब आदमी हैं। मुझे भी कुछ से कुछ कहते रहते हैं।

रामलखन : चुप रहो रेसमी।

फूल : रामलखनबाबू, आज तो रेसमी को चुप्प करा रहे हैं, लेकिन कल जब समूचा गांव मुंह पर थूक फेकेगा तब क्या करेंगे?

रामलखन : किसकी मजाल है कि मेरी तरफ उलटकर भी देखे...

फूल : वो तो समय ही बताएगा...

रामलखन : कहेगा तो देखा जाएगा।...

(चौथा दृश्य)

भोला मास्टर : लीला, कहां दौड़ी जा रही हो?

लीला : रेसमी के घर जा रही हूं।

भोला : वो क्यों?

लीला : रेसमी को उस दिन जो पुजारी जी ने डंडे से पीटा था, इससे उसको तेज बुखार हो गया है। क्या जाने किसने क्या विष-जहर खिला दिया कि लड़की पागल हो गई है। दिन-रात अनाप-सनाप बोलती रहती है। न ही बुखार ही उतरता है, न ही मुंह बंद रहता है। कोई कहता है भूत लग गया है तो कोई जिन्न और ब्रह्मपिशाच कहता है।

भोला : तो आप उसके घर जाकर क्या करेंगी? आप क्या भूत-प्रेत का मंत्र जानती हैं?

लीला : बैद काका भी गए हैं, इसीलिए मैं भी जा रही हूं। आज रामलखन बाबू से उनको अवश्य ही झगड़ा हो जाएगा। क्योंकि रामलखन बाबू पुजारी को मारने-पीटने की तैयारी कर रहे हैं।

भोला : अरी ओ लीला दाई, यदि मार-पीट ही होगी तो आप क्या करेंगी? आप भी हाथ में लाठी लेंगी क्या?

लीला : जब आपलोग चुपचाप तमाशा देखते रहेंगे, घर में बैठे रहेंगे तब तो हमलोगों को जाना ही पड़ेगा। मैं तो जा रही हूं, फूल भइया को खोजने के लिए। उन्हीं से कहूंगी कि रेसमी की प्राण-रक्षा और पुजारी जी की जीवन-रक्षा परम आवश्यक है...

(हंसते हुए फूल बाबू का आगमन। पदचाप)

फूलबाबू : आप मुझे क्यों ढूंढ़ रही हैं लीला? मैं तो स्वयं आ गया। गांव भर के युवकों को निमंत्रण दे आया हूं कि आज रामलखनबाबू की हड्डी-पसली तोड़ देनी है।

भोला : जाने दीजिए, जाने दीजिए, इतना क्रोध करने की कोई आवश्यकता नहीं है। चलिए, रेसमी के आंगन देखें, लड़की बचती है या नहीं।

फूल : (आश्चर्य चकित होकर) वो देखिए, बैद काका चले आ रहे हैं। हां, हां, वही हैं...

(दूर खड़ाऊं की खटर-खटर ध्वनि)

लीला : हां भोला भाई, बैद काका ही हैं। क्या जाने वहां क्या हुआ। झगड़ा झंझट तो नहीं हो गया...

(खड़ाऊं का स्वर निकटस्थ-समीपस्थ)

बैद काका : फूलबाबू आपलोग यहीं हैं? मैं तो आपको ही खोजने जा रहा था।

फूल : ऐसा क्यों बैद काका, कोई विशेष बात हुई है क्या?

बैद काका : हां! कल से रेसमी का माथा खराब हो गया है। ब्रह्मांड कोष का कोई कोमल तंतु, ज्ञान तंतु टूट गया है। बिल्कुल पागल की तरह करती है। आज सुबह से ही कह रही है कि मंदिर में जाकर कृष्ण-भगवान की पूजा करूंगी। अब आप ही कहिए, रेसमी अगर मर भी जाए तो, क्या यह संभव है? राधाकृष्ण के पवित्र मंदिर में डोम-चमारिन की बेटी प्रवेश करेगी? पूजा करेगी?

भोला : जब तक धर्म और ईश्वर है, तब तक ये संभव नहीं है, बैद काका।

लीला : काका, यदि रेसमी एक बार मंदिर चली ही जाएगी तो क्या मंदिर अपवित्र हो जाएगा? उसी भगवान ने तो रेसमी को भी जन्म दिया है।

भोला : उससे क्या? धर्म का नियम है कि मंदिर में हरिजन प्रवेश न करे।

फूल : किंतु भोला मास्टर, धर्म का वह नियम आज टूट गया है। आप तो अखबार पढ़ते ही हैं। काशी के विश्वनाथ मंदिर में, वैद्यनाथ के शिव मंदिर में सभी जगह हरिजन-प्रवेश हुआ है, तब अपने गांव में क्यों न हो?

बैद काका : वहां के लोगों में धर्म प्रेम नहीं रह गया है, इसीलिए प्रवेश हो गया।

भोला : सोमनाथ मंदिर के रक्षक गण दुर्बल थे, तभी तो महमूद गजनी उसमें प्रवेश कर सका?

फूल : मगर हरिजन तो महमूद गजनी नहीं हैं। वे तो देवता की पूजा ही करना चाहते हैं। मूर्ति को तोड़ना तो नहीं चाहते हैं?

भोला : वो चाहे जो हो, मगर मंदिर में रेसमी को प्रवेश नहीं करने दूंगा।

लीला : भोला भाई, यह आप असत्य बोल रहे हैं। जब धानुक, केओट, चमार, डोम, रजबाड़, मुसहर, दुसाध, हलखोर जाति के लोग एकजुट होकर मंदिर की तरफ जाएंगे तो आप भी अपने घर के अंदर दरवाजा बंदकर सो जाएंगे।

बैद काका : भोला सो जाएगा, लेकिन मैं नहीं सोऊंगा, बेटी, मैं धर्म के हेतु, ईश्वर के हेतु प्राण दे दूंगा, बेटी!

फूल : यह शास्त्रार्थ अर्थहीन है। मैं जाता हूं रेसमी के घर की तरफ। देखूं क्या होता है।

(पंचम-दृश्य)

रेसमी : *(क्रंदन के स्वर में)* माई रे माई! मुझे किसुन भगवान के मंदिर में ले चलो। वैसे नहीं बूचंगी रे!

रेसमीमाई : चुप ही रह, पगली, क्यों सिर खा रही है।

रेसमी : नहीं रे माई। मुझे भगवान बुला रहे हैं। राधा मैया बुला रही हैं रे। विन्दरावन (वृंदावन) में उनका झूला लगा है। भगवान बांसुरी बजा रहे हैं। राधा मैया नाच रही है। गोपी-गोपियन गीत गा रही हैं। मैं भी नाचूंगी रे, मैं भी गीत गाऊंगी रे...*(गाने के स्वर में)*
मुरली जे बाजइ बिरिछ के ओरे,
आबे गृहे रहलो ने जाए।
(पेड़ के पीछे मुरली बज रही है, अब घर में रहा नहीं जाता, सहा नहीं जाता)

रेसमीमाई : चुप रह पगली! नहीं तो गरदन मरोड़कर चूल्हे में डाल दूंगी, कुएं में गिरा दूंगी। कल से मंडील-मंडील कर रही है। गांव में झंझट करवाएगी। खून करवाएगी। हुंह, हराशंखिनी कहीं की। यह नहीं समझती है कि मंडील *(मंदिर)* हमलोगों के लिए नहीं है।

रेसमी : नहीं रे माई! मंदिर तो मेरा ही है। उस दिन मैंने बाहर से ही किसुन भगवान को देखा। बहुत सुंदर हैं रे माई। मैं उससे ही ब्याह करूंगी रे। और किसी से नहीं करूंगी। मुझे वे बुला रहे हैं रे। मैं अब जाऊंगी रे। अब मैं इस घर में नहीं रहूंगी रे...
(फूलबाबू का प्रवेश)

फूलबाबू : कहां जाओगी रे रेसमी?

रेसमीमाई : रेसमी! रेसमी रे?

फूलबाबू : रेसमी, कहां जाओगी रे?
(पार्श्व से अत्यंत हृदयबेधक, करुण संगीत, मृत्युकाल का संगीत)

रेसमीमाई : *(हाहाकार करते हुए)* ओ फूल बाबू, रेसमी तो अपने भगवान के पास चली गई। देख नहीं रहे हैं आंखें उलट गई हैं। भगवान ओ, भगवान! मेरी सोने जैसी बेटी को क्यों ले गए ओ! अब मैं कैसे जीऊंगी...
(लीला और भोला मास्टर का प्रवेश।)

लीला : रेसमीमाई, क्या हाल है रेसमी का? अरे ये क्या हुआ। *(चिल्लाकर)* मेरी रेसमी बहिन तो मर गई...

फूल : रेसमीमाई, अब रोने-धोने से क्या होगा? लोगों को बुलाइए। खाट आंगन में डाल दी जाए। भोला मास्टर, खाट उठाइए!

लीला : *(क्रोधित स्वर में)* नहीं, नहीं, रेसमी की खाट आंगन में नहीं जाएगी। रेसमी का शव जाएगा राधाकृष्ण के मंदिर में। जीवित रेसमी मंदिर नहीं गई। भगवान का दर्शन नहीं किया तो मरने पर जाएगी। फूल

भैया, आपको मेरी सौगंध है! रेसमी को उठाकर मंदिर में ले चलिए। मैं भगवान से कहूंगी कि देखिए यही है आपके भक्त का शरीर।

भोला : लीला तुम पागल हो गई हो क्या?

लीला : नहीं भोला भाई, मेरा असली ज्ञान नेत्र तो अभी ही खुला है। पागल तो हैं आप सब! पागल तो है आपलोगों का समाज, जो भक्त को भगवान के पास जाने से रोकते हैं। किंतु अब एक क्षण भी नहीं। आज रेसमी राधाकृष्ण के मंदिर में प्रवेश करेगी ही। संसार की कोई शक्ति, यहां तक कि स्वयं भगवान भी उसका प्रवेश नहीं रोक सकते हैं। आज से मंदिर बैद काका का नहीं, पुजारीजी का नहीं, मंदिर है रेसमी का, मंदिर है हरिजन लोगों का।

फूल : हां लीला, रेसमी की मृत्यु देखकर आज मेरा मन भी क्षुब्ध हो गया। अगर कल रेसमी को मंदिर में जाने दिया जाता, तो आज वह स्वस्थ हो गई होती...

रेसमीमाई : *(रोते-रोते)* फूलबाबू मेरी बेटी भगवान को रटते-रटते मर गई। बैद काका से कहा, सबसे कहा कि जरा लड़की को मंदिर में जाने दीजिए, इसकी आशा पूरी हो जाएगी। मगर...

लीला : आप मत रोइए रेसमीमाई, रेसमी की आशा अवश्य पूर्ण होगी। फूल भैया, मैं क्या कह रही हूं। आप सुनते नहीं है क्या?

फूल : सुन रहा हूं लीला, मगर रेसमी के शव को मंदिर में ले जाने से क्या फायदा? उसके शरीर में अब प्राण तो नहीं है कि वह कुछ समझेगी भी। तब फिर एक पागलपन करने से क्या लाभ?

लीला : तब क्या होगा? नित्य ऐसे ही कितनी ही रेसमी भगवान के दर्शन करने के लिए रो-रोकर, चिल्ला-चिल्लाकर मर जाएगी और मंदिर का द्वार इसी तरह बंद ही रहेगा?

(अकस्मात, खड़ाऊं खटखटाते बैद काका का प्रवेश)

बैद काका : नहीं लीला बेटी, अब मंदिर का द्वार किसी के लिए बंद नहीं रहेगा। अब मेरी समझ में आ गया है कि जो भगवान के दर्शन के लिए प्राण दे सकती है उसके लिए मंदिर का द्वार बंद नहीं रह सकता है। रेसमी ईश्वर की प्रेमिका थी, राधिका का अवतार थी, तभी भगवान ने उसे अपने पास बुला लिया।

लीला : तो काका, क्या अब मंदिर में हरिजनों का प्रवेश होगा?

बैद काका : अवश्य!

फूल : भोला, अब समझे, मैं कहता था ना कि ऐसा समय अवश्य आएगा कि स्वयं बैद काका मंदिरों में हरिजनों का प्रवेश स्वीकार करेंगे।

नवीन युग की नवचेतना की बसात बूढ़े पुराने पेड़ में अवश्य नवजीवन लाएगी, यह मेरा विश्वास है।

बैद काका : उचित ही कहते हो फूलबाबू, आज तक मुझे यह भ्रम ही था। तुमलोगों की बातों से लीला की प्रखर ज्योति से, रेसमी के आत्म बलिदान से मैं भी यह समझ गया कि सारे लोग बराबर हैं, सबका अधिकार इस धरती पर, आकाश पर, इस भगवान पर है।

लीला : और काका, यही विचार है नवयुग की बसात।

—मूल मैथिली से अनुवाद : प्रीति चन्द्रावती

अफीम

(एकांकी-प्रहसन)

विदेह ग्राम के वृद्ध जमींदार बाबू साहेब चौधरी अपने दालान में नेवार से बनी खाट पर सोए हुए हैं। सरकार कांग्रेस बहादुर ने जमींदारी छीन ली तो अधिकाधिक समय पूजा-पाठ और धर्म-चर्चा में बिताने लगे। पचपन से सत्तर के बीच की उम्र होगी, किंतु पूछने से कहते हैं, इसी आश्विन में चालीस पूरा हुआ है। रंग असली सिलेबिया (काले रंग में अल्मुनियम पेंट मिलाने पर जो रंग बन सकता है—सं.) है, दुबले-पतले और क्रोधित कुत्ते जैसा चेहरा-मोहरा। बिछावन पर सोए हुए ऐसे ही लग रहे हैं, जैसे घूरे मैं जली हुई जामुन की डाल हों। शाम हो रही है, गांव की ओर बेतहासा भागते हुए बच्चों की तरह सूर्य क्षितिज की ओर भागा जा रहा है।

अकस्मात बाबू साहब चौधरी चीखकर खाट से नीचे उतर जाते हैं। पुनः अलसाई हुई दृष्टि से चारों ओर देखकर आंखें मलते हुए, खाट पर बैठते हैं।

बाबू साहेब : खबास*! ओ ए खबास! *(थोड़ी तेज आवाज में)* ओ ए फुलमतिया, है कहीं! ओह! ओह! कोई सुनता है, किसी को हवेली से फुर्सत हो तब न मेरी बात सुने... *(जैसे कोई बहुत बड़ी बात याद आ गई हो)* बाप रे! आज ही तो पूर्णिमा है। आज ही अगहनी पूर्णिमा है। काशी वाले ज्योतिषी ने कहा था, मेरी कुंडली देखकर कहा था कि ...अगहनी पूर्णिमा के दिन मेरा देहांत होगा। बाप रे! *(खाट से कूद जाते हैं)* नहीं, मैं आज नहीं मर सकता हूं। कहिए तो भला! ऐसा

---

* मिथिलांचल में पारिवारिक परिचर्या के लिए रखे गए व्यक्ति को 'खबास' कहा जाता है। यूं इसके लिए 'नौकर' शब्द रखा जा सकता है, पर इस शब्द में वह ताकत नहीं है, जो 'खबास' में है।

भी कहीं हुआ है! स्वयं यमराज भी आएंगे, तो मैं नहीं जाऊंगा। अभी मेरी उम्र ही क्या हुई है? अहा, आज शाम सरुप्पा नटुआ का बेटा ड्योढ़ी में नाचेगा। साला, नाचता है कैसा शानदार! और गाता है कैसा कमर लचका-लचकाकर...*(गाने लगते हैं)* ***हमसे ना भरा जाए हो, राजा तोरी पनियां! हमसे ना भरा जाए हो...***। और सोलह शृंगार-पटार करके जब शमियाना में आता है, तब तो...। नहीं, नहीं, आज मैं नहीं मर सकता हूं।

उसी क्षण भीतर से घड़ा भर पानी लिए बाइस-तेइस वर्ष की हृष्ट-पुष्ट, ओखली सी देहवाली फुलमतिया खबासिन (नौकरानी) आती है। फुलमतिया खबासिन ही नहीं, बाबू साहेब चौधरी की मैनेजर भी है। फुलमतिया की चाल में एक विचित्र आकर्षण है, जैसे कोई मदस्त हस्तिनी हस्तिनापुर के हथिसार में चली जा रही हो। घड़े को कोने में रखकर बाबू साहेब के पास आकर खड़ी होती है।

फुलमतिया : सरकार, शाम हो गई। मुंह-हाथ धोने के लिए जल लाई हूं।

बाबू साहेब : आज से तुम मुझे सरकार मत कहो फुलो! अब मैं जा रहा हूं!

फुलमतिया : कहां सरकार! आप कहां जा रहे हैं? मुझे भी अपने साथ लेते चलिए...

बाबू साहेब : मजाक मत करो फुलो! मैं इस पृथ्वी से जा रहा हूं। आज मैं मर जाऊंगा।

फुलमतिया : सरकार! (हंसती है, और हंसती ही रहती है।) आप कब मरेंगे?

बाबू साहेब : अब थोड़ी ही देर में मर जाऊंगा, लेकिन तुम मेरे मरने का समय क्यों पूछ रही हो?

फुलमतिया : सरकार, आसा दीदी का हुकुम है। गाछी *(बगीचा)* जाकर आम तोड़ना है। पटने से ओझाजी आज ही आएंगे न! मुझे लौटने में देरी होगी इसीलिए पूछ रही हूं...

बाबू साहेब : *(उत्सुकता से)* अरी फुलो! अगर मैं मर जाऊंगा तो सारे मालदह, बंबई, किसुनभोग, खजबा, काशीपान तो दूसरे ही खा जाएंगे?

फुलमतिया : *(हंसती हुई)* हां मालिक! श्राद्ध में पंडित-ब्राह्मण खाएंगे, फिर भी यदि बच गया तो मैं खाऊंगी!

बाबूसाहेब : ठीक ही बोली रे! तुम भी खाना, किंतु आम का स्वाद तो तू नहीं समझेगी। मालदह का कलम मैंने विलायत से मंगवाया था। अपने

देश में ऐसा फल होता है? सारी अच्छी चीजें तो...

फुलमतिया : सरकार, आपलोगों की संगति में अब मैं भी ये बातें समझने लगी हूं।

बाबूसाहेब : *(हंसते हुए)* तू क्यों नहीं समझेगी! विदेह ग्राम के ड्योढ़ी में रहती हो।

फुलमतिया : *(घूरती हुई)* ड्योढ़ी का नाम मत लीजिए मालिक! ड्योढ़ी में तो मेरी जिंदगी खराब हो ही गई। आपलोगों के कारण ही जाति से निकाल दी गई, इज्जत भी बर्बाद हो गई...*(रोने का नाटक करती है)*

बाबू साहेब : *(चिल्लाकर)* फुलमतिया, तू जानती है कि मैं आज मर जाऊंगा, इसीलिए यह नाटक कर रही है? यह सब बोलेगी तो मैं पहले तुम्हें ही जान से मार दूंगा, फिर खुद मरूंगा।

फुलमतिया : *(रोती हुई)* सच, मुझे भी मार डालिए सरकार! आपके बिना मैं ही जीकर क्या करूंगी...

बाबू साहेब : *(प्रसन्न होकर)* नहीं फुलो! तू क्यों मरेगी? मुझे ही मर जाने दो। आज मेरे मरने का दिन आ गया है।

फुलमतिया : *(आंचल से आंसू पोछकर)* सरकार, यदि सच में मरने की इच्छा है तो वह कहिए। वैसे तो आप रोज ही कहते हैं कि आज मरूंगा, कल मरूंगा। छोटी मालकिन हर रोज ब्रह्म बाबा के थान *(स्थान)* पर प्रसाद चढ़ाती हैं कि आप उठ जाएं, किंतु आप तो खुद ही ब्रह्म हैं...*(बहुत देर तक खिल-खिलाकर हंसती है)*

बाबू साहेब : नहीं फुलो, अब मैं इसी वक्त मर जाऊंगा। काशीवाला ज्योतिषी का वचन झूठ नहीं होना चाहिए। तुम पूरे गांव में जाकर बोल दो...

फुलमतिया : मरना है तो 'झट से' मर जाइए सरकार! ज्यादा रात हो गई तो घाट पर ले जाने में, जलाने में बहुत कठिनाई होगी। हो सकता है कि रात भर आपको जलाया ही नहीं जाए, तब तो सरकार, पूरी रात ठंड से ठिठुरते हुए आप सड़ते ही रह जाएंगे। *(हंसती है)*

बाबू साहेब : ठीक कहती हो फुलो? मुझे शीघ्र ही मर जाना चाहिए। फुलो! मैं प्राणायाम से प्राण खींचकर ब्रह्मांड में ले जाता हूं। तुम मुझे उजली चादर ओढ़ा दो। मैं योग-क्रिया से मरूंगा।

फुलमतिया : सरकार, योग किरिया से कैसे मरेंगे?

बाबू साहेब : सबसे उत्तम मरना वैसे ही होता है। समाधि लग जाएगा। ब्रह्मांड को फोड़कर प्राण बाहर हो जाएंगे। मेरे पितामह इसी क्रिया से मरे थे।

फुलमतिया : लेकिन सरकार। और लोग तो कहते हैं कि आपके पिता ने उनका

सिर फोड़ दिया था और उसी से आपके पितामह...

बाबू साहेब : देख फूलो! ऐसे मेरे बाप-पितामह की बखिया मत उधेड़ो, कल ही न तुझे नई साड़ी ले दी है? फिर ये सब क्यों बोल रही हो? यदि किसी दरोगा की समझ में ये बातें आ गई तो...

फुलमतिया : सरकार! ऐसा भी हुआ है! मेरे पेट से कोई बात बाहर नहीं हो सकती है। और मालिक, आप कपड़ा-बस्तर नहीं देंगे तो और कौन देगा?

बाबू साहेब : *(प्रसन्न होकर)* बढ़िया! बहुत दिव्य! वाह फुलो! आज तक में तू यही एक बात सच बोली है। फुलो! तू मेरी है, इस हवेली के सारे स्त्री-पुरुष मेरे ही हैं। ही...ही...मैं भी एक तरह का छोटा-मोटा... *(हंसते हैं)*

फुलमतिया : *(स्वगत भाषण के रूप में)* सब आपका ही है, लेकिन सब कुछ आपके लिए ही नहीं। मैं आपके आंगन में आपके नेवार की खाट पर फैली बांहों के नीचे रोती रहती हूं, किंतु मेरी बेटी...नहीं, मेरी बेटी आपकी नहीं रहेगी...

बाबू साहेब : *(ऊंघते जैसे)* तू क्या बोलती है री फुलो? कौन रहेगी?

फुलमतिया : *(मुंह में आंचल ठूंसकर हंसती है। बहुत देर तक हंसती ही रहती है। हंसने से सिर का आंचल नीचे खिसक जाता है, उसे उठाने लगती है, तो बाबू साहेब हाथ पकड़कर बड़े स्नेह से नजदीक खींचने लगते हैं। फुलमतिया छुड़ाने लगती है)* मालिक हाथ छोड़िए, अब हंसी का समय नहीं है। आपको तो जोग किरिया करनी है न...

बाबूसाहेब : *(फुलमतिया का हाथ झट से छोड़ते हुए)* हां, हां, यौगिक क्रिया करनी ही पड़ेगी। आज नहीं जी सकता हूं। मरूंगा ही। जब ज्योतिषी ने कह दिया है, फिर बचने की कोई संभावना नहीं।

फुलमतिया : अच्छा तो सरकार! आप तंतर-मंतर कीजिए। मैं हवेली में खबर दे आती हूं...

फुलमतिया के जाते ही बाबू साहेब फफककर रोते हुए बिछावन पर चित्त गिर पड़ते हैं और दो बार करवट बदलकर रेसमी चादर ओढ़कर सो जाते हैं। थोड़ी देर के बाद गाने लगते हैं :

हे मन चलो सुरधाम
मिलेगा सभी तरह आराम
उरवसी-रंभा पांव दबाएगी
तिलोत्तमा नवगीत सुनाएगी
मत्त मेनका नाच दिखाएगी

बन जाओगे तुम श्याम
हे मन चलो सुरधाम
हे मन चलो सुरधाम
हे मन!
हे मन!
चलो सुरधाम
सुरधाम

गीत गाते-गाते ही खर्राटे लेने लगते हैं। थोड़ी देर में दो-तीन लोगों के बोलने के शब्द नजदीक आने लगते हैं। फिर एक बहुत बढ़िया तोंद वाला वयोवृद्ध महापात्र, बाबू साहेब के ज्येष्ठ पुत्र (उम्र करीब पच्चीस वर्ष) अमरकान्त, बाबू साहेब की बेटी आशा दाई और पीछे-पीछे चिल्लाकर रोने का भयावह उपक्रम करती फुलमतिया का प्रवेश।

अमरकान्त : *(घबराया सा)* बाबूजी सच में हम सभी को छोड़कर चले गए क्या? *(फिर बहन की ओर देखकर धीरे से)* आशा! पिताजी सच में मर गए! इस बार बचने की कोई आशा नहीं...

आशा : *(अमरकान्त के नजदीक आते हुए)* ऐसा मत बोलो भैया! पिताजी का कोई ठीक नहीं। श्मशान से भी लौट जा सकते हैं।

अमरकान्त : *(पिता की छाती पर हाथ रखते हुए)* नहीं-नहीं सचमुच मर गए हैं। चलो मुक्ति मिली...

महापात्र : *(आगे आते हुए)* अमरकान्त बाबू, अब भी पिता का गोदान कराइए, वेर्ना प्राण वैतरणी में ही फंसे रह जाएंगे...

आशा : हुंह, अब गोदान से क्या लाभ होगा? वे तो कब के मर गए...

महापात्र : *(क्रोधित होकर)* वाह! आप भी विचित्र बात कहती हैं! गोदान नहीं होगा तो किसकी पूंछ पकड़कर वैतरणी पार जाएंगे? नाना प्रकार के जीव-जंतु प्राण ले लेंगे...

अमरकान्त : *(हंसते-हंसते)* आप तो हैं महापात्र, ज्यों-ज्यों वृद्ध होते जा रहे हैं, बुद्धि भी वैसी ही होती जा रही है। आत्मा तो अविनाशी है, निराकार है, ब्रह्म का अंश है। आत्मा को कौन सा कष्ट होगा?

महापात्र : *(खीझकर)* सुनिए बाबू, धर्म की ये सारी गूढ़ बातें आप हमलोगों पर ही छोड़ दें।

अमरकान्त : *(बात को बीच में ही काटते हुए)* ऐसा क्यों? मैं क्या ब्राह्मण नहीं हूं?

मुझे क्या सच्चा-गायत्री पढ़ने नहीं आता है? मैंने क्या वेद-पुराण नहीं पढ़ा है? मैं क्या धर्म का मर्म नहीं समझता?

आशा : हां भैया! व्यर्थ में ही गोदान-ओदान में क्यों पैसा बर्बाद किया जाए?

फुलमतिया : *(रोती हुई)* हां-हां, उचित ही कहती हैं। आप दोनों भाई-बहन को अब मरे हुए पिता से क्या काम है? बाबू साहेब तो मर ही गए, उनके लिए एक भी पैसा क्यों खर्च करेंगे?

आशा : *(चिल्लाकर)* आप कुछ मत बोलिए फुलो रानी! अब पिताजी का राज गया। वे भले ही आपको पटोर पहनाकर पटरानी बनाए रखे हुए थे, किंतु मेरे भैया वैसे नहीं हैं। वे आपकी बात बर्दाश्त नहीं करेंगे, यह याद रखिए। अपने ये सारे नाटक अब समेटकर रखिए।

महापात्र : फुलमतिया को क्यों डांटती हैं? ठीक ही तो कह रही है।

अमरकान्त : *(उछलकर महापात्र की गर्दन पकड़ते हुए, बाहर की ओर धकियाते हुए)* तुरंत यहां से भाग जाइए। आपका कोई काम नहीं है। किसी के मरने की खबर सुनी नहीं कि झट से पहुंच गए, बिना बुलाए! साला. ..

महापात्र : *(गर्दन छुड़ाने का असफल प्रयास करते हुए)* देखिए अमरकान्त, गाली मत दीजिए। मैं खुद ही चला जाता हूं। लेकिन, जब बाप का भूत रात में ऐसे ही गर्दन पकड़ेगा तब समझिएगा। *(बाहर भागता है)*

आशा : भैया! यह काम ठीक नहीं हुआ। गरीब ब्राह्मण को व्यर्थ में ही पीटे। बेचारे ने आशा लगा रखी होगी कि बाबू साहेब मरेंगे तो दो पैसे होंगे। दे देते कुछ...

अमरकान्त : नहीं आशा! इस बात में मत बोलो। इन भिखमंगों को मैं नहीं दूंगा। पिताजी ने कितने परिश्रम से, कितनी जालसाजी और बेईमानी से धनार्जन किया, उसे मैं नष्ट नहीं करूंगा।

आशा : ऐसा क्यों? आप अपने हिस्से में से नहीं देंगे तो मत दीजिए। मेरे हिस्से से ही सारे रुपए दे दीजिए।

अमरकान्त : तुम अभी से हिस्से-बंटवारे की बात करने लगी? तो साफ-साफ सुन लो—तुम्हारा कुछ भी हिस्सा मेरी संपत्ति में नहीं होगा।

आशा : *(क्रोध से कांपती हुई)* हुंह! आप पंचायत कराकर देख लीजिए! मेरा हिस्सा नहीं होगा! सारा इन्हीं का होगा! बड़े चतुर हैं।

अमरकान्त : अच्छा! वह भी देख लेना। पिता के धन में बेटी का कोई हिस्सा नहीं होता है। तुम न्याय की बातें क्या जानोगी?

आशा : क्यों? मैं उनसे पैदा नहीं हुई हूं क्या? आप बेटा हैं तो मैं भी बेटी हूं। आप खेत-पथार ले लीजिए। मैं रुपए और गहने ले लूंगी। आप

नौकर-चाकर ले लीजिए, मैं नौकरानी और खबासनी ले लेती हूं। आप...

अमरकान्त : *(चीखते हुए)* तुम्हें मैं कुछ नहीं दूंगा। एक फूटी अद्धी भी नहीं। तुम मेरा क्या कर लेगी?

फुलमतिया : *(दोनों के बीच खड़ी होकर)* धन्य हैं आप दोनों भाई-बहन। सामने में जन्म देनेवाले पिता मरे पड़े हैं। और आपलोग हिस्से-बंटवारे के लिए झगड़ रहे हैं? छी-छी...

आशा : हमलोग झगड़ रहे हैं, इससे तुम्हें क्या मतलब?

फुलमतिया : *(यह देखकर कि बाबू साहेब की टांगें हिल रही हैं)* अमरकान्त बाबू, आसा दाई, आपलोग झगड़ेंगे तो...

अमर : झगड़ेंगे ही तो क्या?

फुलमतिया : यही कि असली कलियुग की यही सावित्री! मरे हुए व्यक्ति को जिला देगी...

फुलमतिया अकस्मात ही पानी का घड़ा उठाकर बाबू साहब की देह पर उड़ेल देती है। चौंककर, धड़फड़ाकर बाबू साहेब उठते हैं और खड़े हो जाते हैं। आशा और अमरकान्त तो अवाक हो जाते हैं। फुलमतिया हंसती है।

बाबू साहेब : *(इधर-उधर देखते हुए)* तुमलोग यहां क्यों खड़े हो? आंगन जाओ। *(फिर नाटक देखती जनता की ओर देखकर)* अजी आपलोग क्यों बैठे हैं, अपने-अपने गांव जाइए। नाटक अब समाप्त हो गया। हां-हां, ठीक कह रहा हूं। यह प्रहसन समाप्त हो गया। अब न ऐसा अफीम खानेवाले कोई बाबू साहेब मिथिला में हैं और न कोई उनकी फुलमतिया जैसी खबासिन और न ही अमरकान्त और आशा जैसी बेटा-बेटी...

(सबको हाथ जोड़कर प्रणाम करते हैं)

वैदेही, मार्च, 1958

—मूल मैथिली से अनुवादः प्रतिमा कुमारी।

समीक्षा

प्राचीन भारत के प्रसाधन*

प्रकाशित पुस्तकों की छपाई-सफाई, गेटअप और मेकअप में ही भारतीय सुरुचि और भारतीय सौंदर्यबोध आभासित नहीं होता है, उनका अंतरंग भी प्रायः उतना ही मोहक होता है। प्रस्तुत पुस्तक विशेष रूप से इस श्रेणी की है। चलते-फिरते और हल्के-फुल्के बाजारू साहित्य के इस युग में ऐसी पुस्तक के लेखन और प्रकाशन के लिए लेखक औरं प्रकाशक दोनों बधाई के पात्र हैं कि रूज, लिपिस्टिक, स्नो, क्रीम के आधुनिक युग में उन्होंने लोगों का ध्यान गोरोचन मनःशिला, अभ्रक, सिद्धार्थ, चंदन, पत्रभंग तिलक, अगरू आदि की ओर आकर्षित किया है।

यह सच है कि आर्थिक व्यवस्था में क्रमशः परिवर्तन के अनुसार समाज की संस्कृति संबंधी मान्यताएं और रहन-सहन के तरीके तक बदलते रहते हैं और इस परिवर्तन को आकरण ही हीन या तुच्छ नहीं करार दिया जा सकता है। वैदिक, पौराणिक, बौद्ध या गुप्त युग से आज की बौद्धिक चेतना में ही क्या, साधारण खान-पान के ढंगों में भी विराट परिवर्तन हुए हैं और संभव नहीं है कि आज की स्थिति में कोई भी स्त्री या पुरुष कालीयक, देवदारु, भद्रमुस्ता, चोरक, आमलकी, वच, कूठ, पुष्कर मूल और अगरूचूर्ण के मिश्रण को बौद्धयुगीन धूमयंत्र द्वारा जलाकर बालों में उनका धुआं डालने का दुष्कर श्रम हेयर क्रीम या शैंपू के बदले में करेगा। इसीलिए यह कहा नहीं जा सकता है कि 'प्राचीन भारत के प्रसाधन' का व्यावहारिक उपयोग होगा या नहीं। हां, इतना अवश्य है कि पुस्तक के विषय का अपना ऐतिहासिक महत्त्व है और इस महत्त्व को पर्याप्त आदर पाठकों द्वारा मिलेगा।

अत्रिदेव जी आयुर्वेद के विशेष विद्वान हैं और यह पुस्तक विषय-वस्तु में उनकी गहरी पैठ, मध्ययुगीन शास्त्रों के उनके गंभीर अध्ययन और खोजपूर्ण ग्रंथों के प्रणयन की उनकी क्षमता की परिचायिका है। खासकर ऐसे लोग जो भारतीय इतिहास के हिन्दू और बौद्ध युग की सभ्यता और संस्कृति, कलाप्रियता और सौंदर्यबोध, शृंगार

---

* **प्राचीन भारत के प्रसाधन**/प्रो. अत्रिदेव विद्यालंकार। भारतीय ज्ञानपीठ, काशी/ पृ. 216/मूल्य 3.50रु.

और प्रसाधन से अपरिचित हैं, उनके लिए यह पुस्तक काफी ज्ञानवर्द्धक होगी और यह उन्हें नई सूचनाएं सप्रमाण देगी।

प्रसाधन के अंतर्गत विषयों का चुनाव और उनका क्रम उचित ढंग से किया गया है। पुस्तक को तीन भागों में बांटा गया है :

1. प्रसाधन की आवश्यकता
2. प्रसाधन की ऐतिहासिक पृष्ठभूमि और
3. प्रसाधन के योग।

'कहने योग्य' भूमिका में ही सुधी लेखक ने स्पष्ट कर दिया है कि 'मैंने यह निश्चय किया कि प्रसाधन संबंधी सामग्री को आयुर्वेद की दृष्टि से उपस्थित करूं।' वैसे, प्राचीन भारत के प्रसाधन का विषय बहुत विशद है और सिर्फ़ आयुर्वेद तक ही सीमित नहीं है। भारतीय प्रसाधनों के विषय में सिर्फ़ आयुर्वेदीय ग्रंथों में ही नहीं बल्कि पुराण, उपनिषद, समकालिक साहित्य और कव्य में भी वर्णन मिलता है। संस्कृत की सभी धार्मिक और साहित्यिक रचनाएं प्रसाधन, रूपसज्जा और शृंगार का वर्णन करती हैं। उनका भी समावेश पुस्तक में होना था, तभी पुस्तक का नाम सार्थक और संपूर्ण हो सकता था।

पुस्तक में कहीं कहीं वाक्य-योजना और वर्णन-शैली खटकने सी लगती है। उदाहरणार्थ पृष्ठ 38 के वाक्य '...इसके पीछे अपने वस्त्रों पर अगरू का धूप देकर माला धारण करें' के साथ ही यह वाक्य 'वह इत्र आदि अन्यान्य सुगंधियों का भी प्रयोग करता था।' इस वाक्य में 'प्रयोग करता था' के बदले 'प्रयोग करें' होना चाहिए। पृष्ठ 48 में 'अगरू का अर्थ है जो गुरु भारी न हो' में 'भारी' शब्द कोष्ठ में जाना चाहिए। वर्णन शैली में यह दोष है कि कहीं-कहीं तो वर्णन वर्तमान काल (प्रेजेंट टेंस) में किया गया है, फिर उसी के क्रम को भूतकाल (पास्ट टेंस) में बदल दिया गया है।

पृष्ठ 66, 77, 96, 103, 123, 131 आदि में अंजनदानी के बटुए की स्वीकृति, मुख पर लेप करने का निषेध, स्नानगृह में फर्श और सीढ़ियों की स्वीकृति, स्नान के समय हाथ से पीठ मलने की अनुमति, भिक्षुणियों को सुवासित मिट्टी से नहाने की अस्वीकृति आदि के उद्धरण पढ़कर ज्ञात होता है कि भगवान बुद्ध किस तरह अपने शिष्यों को छोटी से छोटी बात पर भी आदेश-उपदेश दिया करते थे और उनका कितना ख्याल रखते थे।

कुल मिलाकर पुस्तक पठनीय ही नहीं संग्रहणीय भी है।

—ज्ञानोदय, जनवरी-1959

इन्हें भी इंतजार है*

यह कथन किसी प्रकार भी आधुनिक नहीं माना जाएगा कि यह युग कथा-संकलनों का नहीं, उपन्यासों का रह गया है। हिन्दी में साधारण स्थिति में कथा संकलन प्रकाशित नहीं होते हैं। क्योंकि, प्रकाशक कहते हैं—पाठक कथा-संकलन नहीं खरीदते। पाठक कहते हैं—आठ-बारह आने के मासिक पत्र में बारह-चौदह कहानियां मिल जाती हैं। इसीलिए लेखक मासिक पत्रों में कहानियां लिखते हैं और संकलन प्रकाशित करने की बात नहीं सोचते। और, ऐसे सौभाग्यशाली लेखक हिन्दी में कम ही हैं जो स्वयं कथा संकलन प्रकाशित कर सकें और बेच भी ले सकें। फिर भी, तथाकथित 'नई कहानी' के तथाकथित आंदोलन के चलते जब-तब कथा संकलन (पॉकेट बुस सिरीज में ही सही) छपते रहते हैं।

मुझे इस बात की प्रसन्नता है कि श्री शिव प्रसाद सिंह के साथ 'जब-तब' छप जाने वाली बात नहीं है। इनके दो कथा-संकलन पहले भी प्रकाशित हो चुके हैं—'आरपार की माला' और 'कर्मनाशा की हार'। अब यह तीसरा संकलन आया है। इस तीसरे संकलन की बात मैंने पहले पहल कलकत्ते में सुनी जहां मेरे कुछ लेखक बंधुओं ने कहा कि इस संकलन की एक कहानी 'टूटे शीशे की तस्वीर' (शायद मैं 'कल्पना' पत्रिका में पढ़ चुका था) एक जापानी कहानी का अविकल अनुवाद है। मुझसे कहा गया कि यह जापानी कहानी भी शरद देवड़ा द्वारा अनूदित-संपादित कथा संग्रह 'कथांतर' में छपी है और इस कहानी का शीर्षक है 'रुमाल'। मैंने 'रुमाल' कहानी पढ़ी। यह कहानी कई साल पहले मैं 'ज्ञानोदय' पत्रिका में पढ़ चुका था। तब इस कहानी का श्री जगदीश ने अनुवाद किया था। अब यह कहानी देवड़ा ने अनुवाद की है।

'रुमाल' और 'टूटे शीशे की तस्वीर' एक साथ पढ़ने पर मुझे कहीं भी ऐसी बात नहीं लगी, जिसके चलते कहा जाए कि शिवप्रसादजी की कहानी पर जापानी

---

* इन्हें भी इंतजार है (कहानी संग्रह)/शिवप्रसाद सिंह/हिन्दी प्रचारक पुस्तकालय, वाराणसी/मूल्य 4.00

कहानी की छाया है। दोनों कहानियां भिन्न विषयों पर भिन्न शिल्प और शैली में लिखी गई है। केवल कहानी का अंत यों होता है कि जापानी कहानी की नायिका अपना मनोभाव छिपाए रहने की कोशिश में पड़ी रुमाल के चिथड़े-चिथड़े कर देती है—और, शिव प्रसादजी की नायिका हाथ में पड़े चक्कू से अनायास हाथ काट लेती है। इस प्रकार का सादृश्य तो हिन्दी में ही क्या, अन्य कितनी ही भाषाओं की कहानियों से ढूंढ निकाला जा सकता है। मोपासां की 'बॉल आंग फैट' और पर्ल एस बक की 'सेवन सिस्टर्स' में कितनी समानता है—यह सभी जानते हैं। मगर पर्ल बक के समालोचकों ने कभी यह दावा नहीं किया कि मोपासां की कहानी चुरा ली गई है। सादृश्य संभव है। केवल यह संभव नहीं है कि दो अलग-अलग कहानियों की जमीन, कथावस्तु, स्थापत्य और उद्देश्य एक हो।

पिछले दिनों फणीश्वर नाथ रेणु, कमल जोशी, राजेन्द्र यादव आदि कई लेखकों पर इस प्रकार की चोरियों के आरोप लगाए गए हैं और इन आरोपों का कभी कोई सही मकसद नहीं रहा है। किसी ने देखा कि कमल जोशी बेहद खूबसूरत कहानियां लिख रहे हैं और खुद को बाजार में कायम रखने के लिए जोशी को बाजार से हटाना जरूरी है। बस, किसी अखबार में छप गया कि कमल जोशी की 'फुलबसिया' चोरी की गई कहानी है। जोशी के पास न अपना अखबार है न अपनी पब्लिसिटी के हथकंडे ही हैं। वह कैसे अपनी सफाई पेश करे! ऐसा ही होता है। और शिव प्रसाद जी की 'टूटे शीशे की तस्वीर' के साथ भी ऐसा ही करने की कोशिश की गई है।

मैंने 'टूटे शीशे की तस्वीर' पढ़ी और कामिनी के दर्द की यथार्थता ने और इस कहानी की भारतीयता ने मुझे, प्रभावित किया भाई-बहन के स्नेह संपर्क पर लिखी गई इतनी साफ और सुलझी हुई कहानी मैंने अरसे से नहीं पढ़ी है। और ऐसी ही कहानियां हैं—'शाखामृग' 'बीच की दीवार', 'बहाव वृत्ति'।

'परकटी तितली' एक पोएटिक फैंतेसी (Poetic Fantacy) है। इसके ठीक विपरीत खड़ी है 'नन्हों'। इन दो कहानियों की दूरी को देखकर विश्वास होता है कि शिवप्रसादजी ने अपनी कहानियों में आधुनिक समाज जीवन के पूरे विस्तार को अंकित करने की चेष्टा की है। गांव का जीवन और कस्बे का जीवन और शहर का जीवन लेखक ने हर जगह अपनी कहानियों के पात्र ढूंढे हैं और 'बेहया' की सताई हुई औरत (जिसे समाज वेश्या बना लेता है) और 'इन्हें भी इंतजार है' की कबरी—दोनों को ही लेखक ने अपनी पूरी सहानुभूति दी है। यह लेखक की सफलता है और इस सफलता से मुझे ईर्ष्या होती है। क्योंकि, मैं अपनी कहानियों में ऐसा नहीं कर पाता हूं।

सहानुभूति मेरे मन में नहीं है। अपनी कहानियों के पात्रों के प्रति और मेरे इर्द-गिर्द जो समाज-जीवन बिखरा पड़ा है, उसके प्रति मुझे घृणा है। प्यार नहीं है। न

जीवन में और न व्यक्ति की आत्मा में ही प्यार रह गया है। केवल घृणा ही घृणा है। कहानियों के सारे चरित्र पैसों के चारों ओर चक्कर काट रहे हैं। पैसे, जिन्सी हबिस। हबिस और पागलपन। और पराजय। और मृत्यु।

और, मृत्यु से आंतकित मेरे मन को शिव प्रसाद सिंह की कहानियां एक उदाहरण देती हैं। मुझे भुलावा देती हैं कि रुको, प्यार बाकी है दुनिया में जब तक खूबसूरती बाकी है। जिंदगी इतनी नहीं टूटी है कि फिर उठकर खड़ी नहीं हो सके, और मुस्करा नहीं सके। जिंदगी बाकी है। और जो कहानियां यह भुलावा दे सकती हैं—आज हमें उन्हीं कहानियों की सबसे ज्यादा जरूरत है।

'इन्हें भी इंतजार है' की ये सारी कहानियां मुझे खासकर इसीलिए अच्छी लगी हैं। इन कहानियों के शिल्प और स्थापत्य के बारे में मैं कुछ भी कहना नहीं चाहूंगा। क्योंकि, शिल्प ही सब कुछ नहीं है। और जहां जीने की प्यास और आशा है वहां किसी भी शिल्प-संयोजन की आवश्यकता नहीं पड़ती है। शिल्प वासना-विलास का होता है। प्यार का कोई शिल्प नहीं होता है। मैं चेखब और गोर्की और प्रेमचन्द और मन्टो को शिल्प की बारीकियों के लिए और भाषा की मिठास के लिए और कलात्मकता के लिए नहीं पढ़ता हूं। मैं इन्हें सिर्फ़ जीवन के लिए और प्यार के लिए पढ़ता हूं। यथार्थ और शिल्प और आयामीय व्यायाम के लिए ही पढ़ना होगा तो मैं राजेन्द्र यादव को पढूंगा, शिव प्रसाद सिंह को नहीं।

वैसे शिव प्रसादजी की कहानियों के बारे में श्री उपेन्द्र नाथ अश्क ने लिखा है, "शिव प्रसाद सिंह ऐसे शिल्पकार हैं जो अपने विचारों की बारीकी को शिल्प की पूरी सूक्ष्मताओं के साथ अपनी कहानियों में रखते हैं, जिस कारण उनकी कहानियां न केवल मनोरंजक होती हैं बल्कि मन पर एक अमिट नक्श छोड़ जाती है। बिखराव शिव प्रसाद सिंह की कहानियों का गुण नहीं संयोजन और गठन ही उनकी कहानियों का मुख्य स्वर है।"

मैं शिव प्रसाद सिंह को (जैसा मैंने उन्हें उनकी कहानियों में पाया है) शिल्पी नहीं मानता, मनुष्य मानता हूं। मनुष्य अगर शिल्पी नहीं भी हो तो वह अच्छी से अच्छी कहानियां दे सकता है। किंतु, शिल्पी अगर मनुष्य नहीं रह सके तो वह कहानियां नहीं लिखेगा, अंधेरी रात में मुसाफिरों को डरानेवाली प्रेत-आकृतियां ही बना पाएगा। शिव प्रसाद सिंह ने मानव आकृतियां बनाई हैं जो साथ दे सकती हैं, रोशनी दे सकती हैं और छन भर को ही सही, प्यार दे सकती है—और इतना दे सकना ही क्या कहानी की चरम सफलता नहीं है?

—वासंती, अक्टूबर-1962

अश्क : एक रंगीन व्यक्तित्व

अश्क जी की 51वीं वर्षगांठ पर हिन्दी और उर्दू के समकालीन सर्वश्रेष्ठ लेखकों द्वारा लिखे गए संस्मरणों का संकलन 'अश्क : एक रंगीन व्यक्तित्व'* नाम से प्रकाशित हुआ है।

लेखकवर्ग और पाठकवर्ग, दोनों के लिए ही अश्क जी का स्वभाव और चरित्र और व्यक्तित्व, और इसीलिए कृतित्त्व बड़े ही विचित्र विवादों और मत-मतांतरों का विषय, पिछले लगभग तीस वर्षों से बना रहा है, और अश्क जी के खिलाफ, या अश्क जी की प्रशंसा में तरह-तरह की बातें कही-सुनी और लिखी जाती रही हैं। और, ये बातें सुनकर और पढ़कर हर आदमी को (जिसे उन्हें काफी नजदीक से देखने का अवसर नहीं मिला है) लगता रहा है कि अश्क जी का व्यक्तित्व विरोधाभासों से भरा हुआ है।

यों, अश्क जी के साहित्य से ऐसा नहीं लगता। अश्क जी का साहित्य एक घोर ईमानदार और कठोर परिश्रमी और सबल-स्वस्थ आदर्शवादी लेखक का साहित्य है, जो असुंदर से असुंदर यथार्थ से इंकार नहीं करता है, और दुनिया को सुंदर से सुंदर बनाने की कोशिश में अपनी रचनाएं प्रस्तुत करता है। और तब, अश्क जी का साहित्य पढ़कर अश्क जी के बारे में फैली अफ़वाहों और कहानियों पर विश्वास करने की इच्छा किसी को भी नहीं होती।

संस्मरणों के इस संकलन में शिवपूजन सहाय और सुमित्रानंदन पंत, राजेन्द्र सिंह बेदी और कृष्णचन्द्र, भैरवप्रसाद गुप्त और नरेश मेहता, मोहन राकेश और राजेन्द्र यादव जैसे हिन्दी-उर्दू के शीर्षस्थ लेखकों के संस्मरण लेख संकलित हैं, इन लेखकों ने उसी सहानुभूति और उसी ईमानदारी और उसी साफ़गोई से अश्क जी के बारे में लिखा है, जिस तरह स्वयं अश्क जी ने 'मंटो : मेरा दुश्मन' लिखा था।

अश्क जी के जीवन के सभी पहलुओं को इस संकलन में सदाशयता और सरसतापूर्वक पेश किया गया है, और, कहीं-कहीं बात बेरहमी तक भले ही पहुंच गई हो, गलत तारीफ़ करने की कोशिश नहीं की गई है। तीन सौ पृष्ठों में फैली हुई इस एक पुस्तक से अश्क जी के संघर्षशील व्यक्तित्व को संपूर्ण रूप से समझा जा सकता है।

राजेन्द्र यादव ने लिखा है, "...मैंने अश्क जी को अनेक रूपों में, अनेक मनःस्थितियों में देखा है—लेकिन जो रूप शेष सारे रूपों पर छाया रहा है, वह है एक 'यार-बाश' आदमी का रूप, और जो मनःस्थिति मुझे प्रभावित करती है—वह है उनकी अतिशय आत्म-विश्वास की मनःस्थिति!...मैंने अश्क जी को हमेशा विराट, अनेकमुखी अनुभवों और भविष्य के मचलते सपनों के बीच की एक बेचैन कड़ी के रूप में देखा है..."

और, ख्वाज़ा अहमद अब्बास ने लिखा है, "...मैंने अश्क को बहुत निकट से नहीं देखा, लेकिन उसका व्यक्तित्व उस लाइट-हाउस, उस ज्योति-स्तंभ की तरह है, जो रात के अंधेरे में बहुत दूर से भी देखा जा सकता है!"

और, इसीलिए, यह किताब 'अश्क : एक रंगीन व्यक्तित्व' एक डॉकुमेंट है, एक दस्तावेज है, जो अश्क जी के सामने ही नहीं, देश के हर लेखक के सामने एक अलबम रखती है, जिसमें एक बीमार और फिर भी स्वस्थ, एक उदास और फिर भी जिंदादिल लेखक की तस्वीरें करीने से सजाई गई हैं।

—ज्ञानोदय, जून-1962

संवाद

अपना कोई पालतू जानवर
अपनी कोई नदी
अपना कोई सामयिक समकालीन इतिहास
अपना कोई घर
समय ने ही नहीं दिया है मुझको

. . .

समय ने ही दिया है मेरे इस ब्रह्मांड को
यह अलौकिक अंधकार

—राजकमल चौधरी
धर्मयुग, 2 जुलाई

अलकनंदा दासगुप्ता से

...जन्म-मृत्यु के विषय में मैं बुद्ध-चिंतन को स्वीकार करता हूं। अर्थात मृत्यु, मोक्ष-प्राप्ति, मुक्ति, मुक्ति या निर्वाण का अन्यतम साधन है।

तुम इस विश्वास के साथ वार्ड न. 3, राजेन्द्र सर्जिकाल हॉस्पिटल में आ सकती हो कि बीमार अब मरेगा नहीं।...यह दुनिया अब मुझे बहुत खूबसूरत लगती है ...मैं मरना नहीं चाहता हूं—मोरिते चाई ना एई सुंदर भुवने—मैं अब प्यार और खूबसूरती पर बातें करना चाहता हूं (और) कोई खुशनुमा गजल सुनना चाहता हूं ...तुम कब आ रही हो?

मुझे लगता है, अपनी इच्छा, अपने अनुभवों और अपनी परिस्थितियों से विपरीत कार्य हम सभी करते हैं, (इसे 'भटकना' ही क्यों कहा जाए) और जो करते हैं, उन्हें इनके पक्ष में साबित करने लगते हैं। मैं साबित करने की कोशिश नहीं करता, क्योंकि मैं जानता हूं, क्योंकि मुझे मालूम है कि मैंने स्वयं कुछ नहीं किया है और न कभी कर ही पाऊंगा। मेरे द्वारा जो भी कुछ हुआ है...उसका कर्त्ता, मेरी इन्द्रियों में नहीं, मुझसे बाहर, मुझसे अलग है।

—राजकमल चौधरी

अणिमा, सितंबर-1967

शशिप्रभा शास्त्री से

प्रिय श्रेष्ठा बहन शशि, 6 अक्टूबर, 1958

पथ्य खाकर पलंग पर लेटा हुआ हूं। नींद नहीं आए इसलिए आन्द्रे मोरां की किताबों पर अपना लेख पढ़ने की पूर्ण चेष्टा कर रहा हूं। तुम्हारा पत्र कल मिला था, पर लाख कहने पर भी नर्स ने रात पढ़ने नहीं दिया। अब सुबह हो गई है और बुखार 103-104 डिग्री से उतरकर 100 डिग्री पर आ गया है।

अच्छा तो हो ही जाऊंगा, यह तय है, मगर अभी पत्र लिखने में बड़ा कष्ट हो रहा है, फिर भी पत्र लिखना ही है। तीन-चार दिन पहले बुखार आ गया। इधर बहुत दिनों से बीमार नहीं हुआ था, अच्छा ही है, कुछ आराम तो मिलेगा।

—राजकमल

प्रिय शशि बहन, 16, अप्रैल, 1959

तुम्हारे पत्र का उत्तर अभी नहीं दे लूं, तो दो-चार दिनों की देर हो जाएगी। कारण, बहुत व्यस्त हूं। दिन-रात मिलाकर अठारह-उन्नीस घंटे काम करना होता है, नहीं करूं तो क्रेडिटर्स के वादे पूरे नहीं कर सकूंगा। स्थिति यों है :

एक प्रकाशक को पहली मई तक एक उपन्यास 'आधी रात की सूरजमुखी' (मसूरी हिल के आभिजात्य जीवनक्रम पर अवस्थित) करीब दो सौ पेज का देने का वादा किया है। एडवान्स के तीन सौ रुपए मिलेंगे। फिर दो घंटे नित्य एक फ्रेंच चित्रकार महिला को हिन्दी एस्थेटिक, क्योरीज ओरिएंटल और संस्कृत पढ़ाता हूं। डेढ़-सौ मासिक इससे पाऊंगा।

फिर क्रोचे, शिलर और लुकास्क की विशालकाय तीन पुस्तकों का अंग्रेजी से बंगाली में अनुवाद कलकत्ता विश्वविद्यालय के लिए कर रहा हूं। इसकी रॉयल्टी नहीं मिलेगी। आठ रुपए प्रति हजार शब्द के हिसाब से अंदाजन सतरह-अठारह सौ रुपए मिलेंगे। कुछ छुटपुट काम और हैं। यानी अगर प्रतिदिन उन्नीस घंटे के हिसाब से काम किया करूं, तो जुलाई के अंत तक सवा तीन हजार रुपयों का कर्ज अवश्य चुका सकूंगा।

यह भी अवश्य है कि इतने काम के बाद बीमार पड़ जाऊंगा। तो क्या हुआ? तुम सिर्फ़ आशीर्वाद दो कि बीच में बीमार नहीं हो जाऊं, काम पूरा हो जाए और सामाजिक अपवाद से बच जाऊं!'

●

बीच में पत्र का व्यवधान बनकर ज्वर फिर आ गया था। इसीलिए पत्र तुरंत समाप्त नहीं कर पाया। इस पेज से अधिक नहीं लिख सकूंगा। बीमार होने के कारण रेडियो का एक प्रोग्राम भी कैंसिल हो गया।

—राजकमल

कुछ मनःस्थितियां

18, जुलाई-1958

मैं इन दिनों अपने नए विशाल उपन्यास 'पारबती मठ' की तैयारियों में लगा हूं। नेपाल, भूटान और उत्तर बिहार घूमकर करीब सात सौ पेज नोट्स लिख लाया हूं। यह कृति साहित्य में नया शिल्प और नई समस्याएं देगी—ऐसी मेरी आस्था है।

वैसे बहुत मानसिक उलझनों और दार्शनिक विक्षिप्तताओं में पड़ गया हूं। मानव-जीवन का उद्देश्य क्या है? सौंदर्य-बोध की भावना का मूल स्रोत कहां है? भौतिक-शास्त्र के सूत्रों में अंतर्निहित महासत्य का दर्शन कैसे कर सकूंगा, समझ नहीं आता। गीता का निष्काम कर्मयोग अथवा मार्क्स की डाइलेक्टिकल मैटीरियलिज्म कुछ सहायता नहीं कर पाते। योगवाशिष्ठ बेकार लगता है, मेरी आत्मा की गार्गी के तर्कों का समीचीन उत्तर मेरे दिमाग का याज्ञवल्क्य नहीं दे पाता और मैं विकल हो जाता हूं।

15, अगस्त-1958

आपकी कुछ पंक्तियों के उत्तर में शायद यह पत्र अधिक लंबा हो गया है। अधिक नहीं लिखूं, यही उचित लगता है। और लिखने को है भी क्या? चारों ओर पुस्तकों की शक्ल में विराट शून्यता फैली पड़ी है। फांउचर की 'द बिगनिंग ऑफ द बुद्धिस्ट आर्ट,' डॉ. गंगानाथ झा का 'न्याय-सूत्र', आर्थर एवेलन का 'द सर्पेंट पॉवर', बेलन्टिने द्वारा अनूदित विश्वनाथ का 'साहित्य दर्पण,' और ऐसी ही कितनी किताबें!... मन अक्सर टूटने लगता है। क्या लाभ है पढ़ने-लिखने का? अथवा जीने का ही क्या लाभ है? कितनी दफा यह प्रश्न उठता है। और कहीं भी कोई उत्तर नहीं दिखता। इतना ही तथ्य है कि थक गया हूं और दिमाग पुस्तकों का भार संभाल नहीं पाता है।

—राजकमल

23.09.1958

...अब अधिक नहीं लिखूंगा। नर्स बार-बार घूरकर देख रही है। डॉक्टर आएंगे और मुझे लिखते पाएंगे, तो उस बेचारी पर नाराज होंगे। और लिखूं भी क्या? बुखार में मानसिक संतुलन रह नहीं पाता है, जो कहना चाहूं, उसके एक्सप्रेशन के लिए उचित शब्द मिल नहीं पाएंगे। हां, एक बात याद आई है। यहां से हमलोगों ने एक त्रैमासिक पत्र 'नई जिंदगी' प्रकाशित किया है। आर्ट पेपर पर छपा हुआ यह पत्र हिन्दी साहित्य में सौंदर्य और कला का अद्भुत प्रतीक है, अद्वितीय है।

—राजकमल

मेरा स्वास्थ्य हरदम ही स्वस्थता और अस्वस्थता के मध्य फिसलता रहता है। बात ऐसी है कि मैं अधिकतर मानसिक शक्तियों के सहारे जीता हूं, इसलिए शरीरगत व्याधियां कब आकर अपनी राह वापिस चली जाती हैं, अक्सर पता नहीं रहता। फिर भी इतना जरूर है कि मुझे आराम करना चाहिए। लेकिन कलकत्ते का यह मौसम, होटल का सड़ा-पका भोजन, रात-रात भर का जागरण, हर बात की अनियमितताएं और चिंताएं, व्यक्ति कैसे जिए? किस सहारे पर जिए?'

—राजकमल

15.06.1959

'ज्ञानपीठ की नौकरी छोड़कर मैंने अच्छा ही किया है, यह तुम्हें कैसे समझा सकूंगा! बात ऐसी है बहन, मुझसे कभी कोई नौकरी हो नहीं सकेगी। क्यों नौकरी करूं? जो कुछ पैसे लोगों के मेरे ऊपर निकलते थे, उन्हें चुका दिया है और जुलाई के अंत तक मुक्त हो जाऊंगा। अब बचा अपने जीवन-यापन का सवाल, सो अंगेजी, बंगाली और अन्य भाषाओं के अनुवाद से, नेशनल लाइब्रेरी में पाली-अपभ्रंश-संस्कृत की प्राचीन पांडुलिपियों की बिबलोग्राफी तैयार करने में सहायता करके, यूनिवर्सिटी में कभी-कभी एस्थेटिक्स या इंडोलॉजी से संबंधित विषयों पर वार्ता देकर, कुछ निश्चित आय कर ही सकूंगा। क्या इतना ही मेरे जीने के लिए पर्याप्त नहीं है? बीमार पड़ने पर सरकारी अस्पताल की एंबुलेंस गाड़ी ले ही जाएगी। मरने पर कॉरपोरेशनवाले कोई-न-कोई व्यवस्था जरूर कर देंगे, ऐसा सोचता हूं।

—राजकमल

16.04.1960

'बहन! तुमने शरच्चन्द्र का 'श्रीकान्त' पढ़ा है? श्रीकान्त के दुःख को, 'चरित्रहीन' के सतीश के दुःख को, या विप्रदास के दुःख को समझा है? इन्हें क्या दुःख था? किस कारण इन्हें जीवन में कभी कहीं किसी छाया में शांति नहीं मिली? मैं अपने को बायरन का 'दा जुआं' या शेली का 'प्रोमेथ्यूज' नहीं कह सकूंगा। रूमानी भावनाओं में बह जाने का वह जमाना अब नहीं है। उतना सामर्थ्यवान भी नहीं हूं। मगर रोमां रोलां के 'ज्यां क्रिस्तोफे' या 'ला एन्चेन्टे' के नायक की बात जरूर कह सकूंगा। इन्हें क्या दुःख था?

मुझे स्वयं अपनी पीड़ा समझ में नहीं आती है, न इस नासमझी का इलाज ही आता है। मैं नहीं जानता कि मुझे क्या चाहिए। मैं नहीं जानता कि मुझे क्या नहीं चाहिए। लगता है, मुझे सारा कुछ चाहिए। रवि ठाकुर की 'वासवदत्ता' के उपगुप्त का महाविराग भी और फ्लाबेयर की 'मादाम बॉवरी' का महाप्रणय भी। रामगिरि

के शापग्रस्त यश का प्रेम भी और एमिलि ब्रांटे के हेथक्लिफ की घृणा भी!

यानी मैं कालिदास और ऑस्कर वाइल्ड के बीच की कड़ी हूं। और दुनिया के हर व्यक्ति की तरह मेरी भी सीमाएं हैं, निरीहताएं हैं, अज्ञान और मोह है।

—राजकमल

शशि बहन!

मन नहीं लगता है। जी बहुत भारी-भारी रहता है। कोई रास्ता बताओ कि व्यर्थ की चिंताओं से कैसे छुटकारा पाऊं! यों सोचता हूं कि गिटार का अभ्यास फिर से शुरू कर दूं, मगर संगीत तो और भी परेशान करता है। पता नहीं क्या होगा, शायद हिमालय से लौटकर कुछ स्वस्थ हो सकूं।'

—राजकमल

अणिमा, सितंबर-1967

'वासंती' के संपादक से

मैं कल सुबह ही यहां आया हूं। पटना से सीधा दार्जिलिंग चला गया था।

बनारस में इसीलिए नहीं रुका कि जब आपसे ही मुलाकात नहीं हुई तो और किससे मिलते। खैर, फिर कभी आएंगे।

दिल्ली और प्रयाग में काफी मजा आया। यात्रा का एक संस्मरण 'लहर' पत्रिका में लिख रहा हूं।

वैसे मैं बनारस में एक-दो दिन जरूर रुक जाता। मगर 'वासंती' के दफ्तर से निराश होकर जब चौक पर आया तो लगभग घंटे भर तक किसी अच्छे रेस्तरां की तलाश की, जहां चाय पी सकूं। नहीं मिल सका!

फिर किसी दुकान की तलाश की जहां शराब मिल सके। नहीं मिली, तब बड़ा गुस्सा आया, और मैं सीधे स्टेशन चला आया जो पहली ट्रेन मिली, उसी पर सवार हो गया। दिल्ली में 'टी हाउस' है, इलाहाबाद में 'काफी हाउस' हैं, पटने में 'सोडा फाउंटेन' है, कलकत्ते में 'हाउस आफ कामन्स' है, मगर बनारस में ऐसी कोई जगह शायद नहीं है, (जहां लेखक बंधु चाय, काफी के प्याले पर जमते हों।)

आपलोग सहकारी तौर पर भी ऐसी एक जगह बनाइए। क्यों? प्रभाकर द्विवेदी की एक कहानी 'सीमांत' में पढ़ी है। मेरी ओर से उन्हें बधाई देंगे।

शिवप्रसाद जी का कोई कहानी-संग्रह आया है। मैं नहीं देख पाया हूं। आपके पास आई हो तो मुझे भेज देंगे। 'वासंती' में उसकी समीक्षा लिखकर मुझे प्रसन्नता होगी।

अप्रैल में 'वासंती' का होली अंक निकाल रहे होंगे। उसके लिए एक व्यंग्य कविता भेज रहा हूं। यों ही भेज रहा हूं। आप इसे छापना जरूरी नहीं समझेंगे।

संयुक्तांक में भगीरथ भार्गव (अलवर) के पत्र के दूसरे पैरे की प्रथम पंक्ति पढ़कर मजा आ गया। कृपया उन्हें सूचित कर देंगे कि राजकमल जी 'क्या खाकर' नहीं 'क्या पीकर' मूल्यांकन करते हैं, यह रिसर्च करने की वे कोशिश करें, तब उनकी समझ में आ जाएगा कि राजकमल जी खाने से ज्यादा पीने को और पढ़ने से ज्यादा सोचने-समझने को महत्व देते हैं।

श्री प्रभाकर द्विवेदी के लिए

बनारस की एक गली में

This picture I take, is the Camera's view not mine, not you

I. A. Richards

पान की पीक में डूबी हुई एक उदास गली
खिड़की पर जड़ी सौ बरस बूढ़ी एक कली
मेरी जेब में नशा और सड़ी बेकली
नाखुदा, नाव पर लाद दो मिश्री की भारी डली
गली, कली, बेकली, डली नहीं
अब तलक की गली।
गाता था अल्वेयर कामू-करम-तरम-तरा
दुहराता है दादरा, ठुमरी मेरे दिल का सिरफिरा
कहीं अंधेरे का हो न जाए फिर किरा–
गूंजने न लगे ताना दिर-दिर दिरा
हाय कौन था जो ठोकर खाकर गिरा
और टूट गया बिजली का लैंपपोस्ट
हो गया मैं अधमरा!
हो गया मैं अचानक एकदम बिस्मिल
खिड़की पर बैठी कली करती है खिल-खिल-खिल
आरे मोरे साजना फागुन में आके मिल
जेब में नशा है बेकली है पैसा है निल
कैसा यह शहर है, यहां तो
ताड़ भी है फकत तिल।

–राजकमल चौधरी

वासंती, अप्रैल, 1962

'वासंती' बहुत इंप्रूव (improve) कर रही है, रूप-सज्जा दिल फरेब है। संपादकीय टिप्पणी जानदार। 'तथ्य कथ्य' में मजा नहीं आया, बस गिनती भर की गई है।

—राजकमल चौधरी, कलकत्ता

जून-1962 अंक पर एक प्रतिक्रिया

देवी शंकर अवस्थी से

ज्योत्सना,
N. P.Colony, Bakergunj, Patna- 4
17.7.1965

प्रियवर,

'जनयुग', में आपकी टिप्पणियों और अणिमा-2 में आपके लेख के लिए बधाई। आलोचना-विशेषांक-1 की आपकी समीक्षा यहां पटने में काफी चहल-पहल से पढ़ी गई है।

'ज्योत्स्ना' बिहार की एक मात्र साहित्यिक पत्रिका है। इसे आपका सहयोग चाहिए। हमलोग इसे नवलेखन का पत्र बनाने की चेष्टा कर रहे हैं। आपके लेख और टिप्पणियां इसके लिए हमें चाहिए। उचित पारिश्रमिक यह पत्रिका नहीं दे पाती है, फिर भी पत्र पुष्प आपकी सेवा में भेजेगी ही। इसके संपादक श्री शिवेन्द्र नारायण हमलोगों के अग्रज बंधु हैं, उन्होंने पहले भी आपको पत्र लिखा है।

'ज्योत्स्ना' का ताजा अंक भेज रहे हैं।

सप्रेम,
—राजकमल चौधरी

कामायनी, सैदपूर, भिखना पहाड़ी, पटना-4
7.8.1965

प्रियवर,

29 जुलाई का कृपा पत्र। 'ज्योत्स्ना' में आप जो कुछ भी लिखना चाहें, आपका स्वागत है। कोई भी चीज़ भेजिए, पुस्तक समीक्षा से निबंध तक। 'धर्मयुग' में आपने भगवती बाबू की अच्छी समीक्षा की है। चर्चाएं हो रही हैं। बड़ा मजा आया।

आपकी राय मानता हूं। नाटक मुझे लिखना चाहिए। मगर, अच्छे और मजबूत नाटक छापेगा कौन? ज्यादातर लोग तो ल. ना. ला. जैसे नाटककारों की 'रमणीयता' पर मुग्ध रहते हैं। 'नटरंग' में भेजूं? नेमिचन्द्र जी छापेंगे? एक बड़ा (Major) नाटक मैंने तैयार किया है, अभी-अभी।

सप्रेम,
राजकमल चौधरी

सैदपुर, भिखना पहाड़ी पटना-4

प्रिय भाई,

20.9.1965

कृपा पत्र मिला था। नेमिचन्द्रजी का कोई पत्र नहीं मिला है। 'नटरंग' में नाटक मेरा छपे, यह मेरे लिए प्रसन्नता की बात होगी। 'अणिमा'-3 में आपकी 'टिप्पणी' के लिए बधाई। आपके लिखने पढ़ने के टेबल पर हम लोगों की रचनाएं पहुंचती हैं? 'अणिमा'-3 के मेरे 'तथाकथित' उपन्यास पर आपके विचार जानने की उत्सुकता मुझे है। सप्रेम।

—राजकमल चौधरी

साक्षात्कार, सितंबर-1999

डॉ. रामकिशोर द्विवेदी से

7.8.1965

प्रिय भाई, 'शताब्दी' का मेरा पत्र तो सिर्फ़ इसलिए था कि तुम मेरे बारे में एकदम चुप थे, और किसी से मेरा हालचाल तक पूछना-सुनना नहीं चाहते थे। पत्र का असर इतना तो हुआ कि हम-दोनों ने एक-दूसरे की खैरियत पूछी।

'हंग्री जेनरेशन' का पूरा साहित्य पाने के दो पते हैं—Devi Roy, 269, Netaji Subhash Road, HOWRAH (W.B.)और Subimal Basak, Income Tax Office, MIDNAPORE (W.B.)—इन्हें तुम मेरा reference देकर लिखो, तो सारा साहित्य मिल जाएगा। कुछ booklets तो 'जब्त' कर ली गई हैं, शायद नहीं मिल पाएं। इसके लिए तुम एक पत्र Samir Roy Chowdhury, Fisheries officer, DUMKA (Bihar) को भी लिख दो।

पटना, और बंबई—इन दो शहरों के बीच मैं इन दिनों झूल रहा हूं। लिखना-पढ़ना नाम-मात्र को चल रहा है। दरअसल, कोई दूसरा काम तलाश रहा हूं। लिखना-पढ़ना बड़ा ही मूर्खतापूर्ण काम है...

आपकी डाक्टरी और साहित्यकारिता में कैसा balance चल रहा है? कोई किताब नहीं आई है। कविताओं का एक संग्रह दीजिए न!

सप्रेम,

राजकमल चौधरी

1.9.1965

प्रिय डाक्टर, खत-खैरियत-खबर मिला है। 'शताब्दी' के प्रेम-विशेषांक की परिचर्चा में शामिल होने में मुझे क्या एतराज हो सकता है? प्रश्न-पत्र भेजो। उत्तर भेज दूंगा

शीघ्र। एक बात—मुझे शमशेर बहादुर सिंह, इत्यादि का पता चाहिए था। तुमने भेजा नहीं। भेजोगे। 'अज्ञेय' की कविताओं का एक अंग्रेजी-संकलन केलिफोर्निया से निकला है। क्या दिल्ली में प्राप्त है?

सप्रेम,
—राजकमल

29.9.1965

प्रिय डॉक्टर द्विवेदी, 'परिचर्चा' के लिए अपनी सामग्री भेज रहा हूं। आशा है, पसंद आएगी, और इसे तुम प्रमुखता दोगे। 'शताब्दी' का यह बहु-प्रतीक्षित विशेषांक कब तक आ रहा है? 'अणिमा'—3 में मेरा उपन्यास तुमने पढ़ा है? कैसी लगी, विस्तार से बताओगे।

तुम्हारी कोई किताब नहीं आ रही है। दिल्ली में इतने सारे प्रकाशक किसलिए हैं?

और कैसे क्या चल रहा है? दिल्ली से नवलेखन की एक अच्छी पत्रिका क्यों नहीं निकाली जाए? कोई अच्छा प्रकाशक तैयार हो जाए...

सप्रेम,
राजकमल चौधरी

सैदपुर-भिखना पहाड़ी, पटना-4
8.10.65

प्रिय भाई, कार्ड मिला है। मेरा कथन पसंद आया तुम्हें। एक जरूरी बात—मेरा नया कविता-संग्रह छप रहा है। उसकी भूमिका में जाने के लिए मेरे बारे में तुम अपनी 'निष्पक्ष' और Bold राय दस-बीस पंक्तियों में लिखकर, तत्काल भेज दो। तुम्हारे नाम से जाएगा। Please do it immediately.

धन्यवाद, अग्रिम।

राजमकल चौधरी

सैदपुर-भिखना पहाड़ी, पटना-4
23.10.65

प्रिय भाई, पत्र मिला। किंतु Introduction नहीं मिला। यह Introduction मेरी कविताओं के बारे में नहीं, मेरे आदमी के बारे में होना चाहिए। यानी राजकमल चौधरी के लिए एक Character Certificate, कब तक मिलेगा? 'शताब्दी' कब तक आ रही है?

सप्रेम
—राजकमल चौधरी

20.12.1965

प्रिय भाई, मैं पिछले 30 नवंबर से बीमार हूं। किडनी और लीवर का एक साथ ऑपरेशन होना है।...इसीलिए, पहले पत्र नहीं दे सका। तुम्हारी कविता और लेख (मेरे बारे में) मिल गए हैं। कविता 'नीलपत्र' में गई है। बिस्तरे में पड़ा-पड़ा यह अंक निकाल रहा हूं। कुछ देर जरूर लगेगी।

और?

—राजकमल चौधरी

संयोग ऐसा कि 'शताब्दी' का प्रेम-विशेषांक—2 अभी तक देखने का मौका नहीं मिला है। दिल्ली में मिलती हो, तो एक प्रति खरीदकर भेज दो। उस परिसंवाद की बड़ी-बड़ी निंदाएं सुनने को मिल रही हैं। भोपाल से एक पाठक ने बड़ी गालियां लिखी हैं मुझे!

—राजकमल

एक विशेष अनुरोध :

राजमकल प्रकाशन के साहित्यिक सलाहकर श्री नामवर सिंह को जरा याद दिला दोगे (फोन से ही सही) कि पटने में एक लेखक श्री राजमकल चौधरी हैं, जो अभी बहुत दिनों तक जिन्दा रहेंगे! —इतना भर कहने से वे संदर्भ समझ जाएंगे। यह काम जरूरी है।

—राजकमल

30.12.1965

प्रिय डाक्टर, तुम भी क्या बीमार हो, जो इतने गुस्से में पत्र लिखते हो? तुम्हारा भेजा हुआ 'शताब्दी' का प्रेमांक-2 मिला। परिसंवाद के लिए तुम्हें एक लाख तीन हजार सात सौ चौबीस बधाइयां। कमाल का काम किया है तुमने! मेरे वक्तव्य पर खुश होकर एक कवि और दो कवयित्रियों (कबूतरियों) ने मुझे फांसी लगाकर मार डालने की धमकी दी है। उनके नाम बता दूं?

...लेकिन, मेरे भाई, मैं वाकई बीमार हूं। बुजुर्ग लेखकों (?) की तरह बीमारी का बहाना नहीं है। सात जनवरी को 'किडनी' का ऑपरेशन होगा। कहते हैं, 'किडनी' काटकर फेंक देना होगा...हाय अल्लाह!...फिर भी, 'नीलपत्र' जल्दी से जल्दी आ रहा है, सावधान! तुम्हारा 'सर्टिफिकेट' और तुम्हारी कविता भी आ रही है, सावधान, सावधान, सावधान!!

'टी-हाउस' के मसखरों और हिजड़ों को भी मैंने सार्टिफिकेट के लिए लिखा ही था—ताकि इसी बहाने उनकी नस्ल ज़ाहिर हो जाए...मगर, वे दुम दबा गए।

और कैसे क्या चल रहा है? कलकत्ते के 'कथा-समारोह' में नई कहानी के बंदरों में और पुरानी कहानी के लंगूरों में जो चिल्ल-पों हुई, उसके बारे में सुना है तुमने? 'नीलपत्र' में उसकी पूरी दास्तान आ रही है।

सप्रेम,
—कमल

12.1.1966

प्रिय भाई, अंतड़ियों की swelling खत्म नहीं हुई थी, इसीलिए फिलहाल ऑपरेशन नहीं हुआ है। डाइक्रिस्टिसिन-टेरामाइसिन चल रहे हैं। मैं कुछ दिनों के लिए यहां आया हूं, मासांत तक पटना लौटूंगा।

...राजकमल

डा. देवीशंकर अवस्थी को क्या हो गया था?

28.1.1966

प्रिय डाक्टर,...ऑपरेशनं नहीं हो सका था, क्योंकि पेट का lump कटा नहीं था, फिर कमजोरी भी ज्यादा थी, दवा चल रही है। कुछ दिनों के लिए गांव में आया हूं। पंद्रह फरवरी तक पटना लौटूंगा। तभी आपरेशन होने की बात है। तुम कैसे हो? क्या-क्या कर रहे हो?

सप्रेम,
राजकमल

15.3.1966

प्रिय डॉक्टर, मैं गत 22 फरवरी से अस्पताल में हूं। 22 को पेट में भयानक दर्द शुरू हुआ। उसी रात किडनी का ऑपरेशन किया गया। हालत अच्छी नहीं है। अभी बहुत कमजोर हूं। थोड़ी भी ताकत आने पर फिर ऑपरेशन किया जाएगा। डॉक्टर लोग परेशान हैं। काफी blood दिया गया था। अब ग्लूकोज चढ़ाया जाता है। हिचकी और वोमिटिंग कल से बंद है।

मालूम नहीं क्या होगा। दोस्तों से मेरा समाचार कहोगे।

और क्या लिखें ... ...

—राजकमल

26.3.1966

प्रिय भाई,

नवल किशोर सिंह, स्टेट-मिनिस्टर औपचारिक रूप से मुझे देखने आए थे। डाक्टरों पर इसका अच्छा प्रभाव पड़ा। इलाज के लिए सरकारी सहायता का कोई आश्वासन तो नहीं हुआ है। फिर भी, यह एक अच्छी बात हुई। कमलेश्वर यहीं हैं, मिलने आए थे। तुमने क्या यहां डाक्टर साही और जितेन्द्र सहाय से बात की? बात करोगे। दिग्विजय नारायण सिंह जी से भी बात करोगे कि वे एक बार नवल किशोर सिंह जी को Remind करवा दें कि मुझे 'कॉटेज' में रहने की सुविधा तथा निःशुल्क दवाओं और ईलाज की सुविधा मिल जाए।

और ज्यादा तो इस कमजोरी में लिखा नहीं जाता है। कम-से-कम दो-चार साल अभी और जीने की बहुत इच्छा है।

—राजकमल

29.3.1966

प्रिय भाई, बड़ी तकलीफ से यह पत्र लिख रहा हूं। तुम्हारा पत्र आज मिला है। 22 फरवरी को एक ऑपरेशन हुआ। जैसा पता लगा है, डाक्टरों ने किडनी, लीवर, प्रिटोनियम, ब्लाडर सब खोल डाला। अंत में सुप्रा-प्यूबिक करके छोड़ दिया है। अब ब्लाडर में मवाद भर गया है, जो कि पेशाब के रास्ते से गिरता है। बहुत बुरी हालत है। बड़े डाक्टर लोग 'बड़े' मरीजों में व्यस्त रहते हैं। एक गरीब लेखक को कौन पूछता है। रुपए भी मेरे पास नहीं हैं कि ऊंची फीस देकर प्राइवेट ईलाज करवा सकूं। कीमती दवा ख़रीदने के पैसे तो हैं ही नहीं।

क्या तुमलोग दिल्ली के किसी मंत्री से, या इन्दिरा गांधी से यहां ट्रंक या पत्र नहीं लिखवा सकते हो कि डाक्टरी चिकित्सा की पूरी सुविधा मुझे दी जाए? अगर, दिल्ली के प्रभावशाली लेखक चाहें तो इन्दिरा जी पर दबाब डाल सकते हैं। जब तक सरकारी आदेश नहीं होगा, मैं इसी तरह उपेक्षित स्थिति में मर जाऊंगा। वैसे यहां का अस्पताल एशिया के सबसे बड़े अस्पतालों में है। मगर, सरकारी सिफारिश के बगैर मुझे कोई भी सुविधा नहीं मिल सकती है। मैं जिस वार्ड में हूं, इसके सबसे बड़े सर्जन का नाम है—डॉ. यू. एन. साही। जिसने ऑपरेशन किया, उसका नाम है—डॉ. जितेन्द्र सहाय। दोनों के घर में फोन है—

Dr. U. N. Sahi–25457

Dr. J. Sahay–22058

अभी तक डाक्टरों ने, मेरी बीमारी का कोई 'डाइगनोसिस' नहीं किया है। बेरियम-मील एक्सरे तक नहीं लिया गया है। एकदम असहाय स्थिति में मैं यहां मर रहा हूं। लगता है, किस्सा जल्दी ही खत्म हो जाएगा। फिर भी मैं हिम्मत नहीं हारता

हूं। श्री रामधारी सिंह 'दिनकर' जी से बिहार के चीफ-मिनिस्टर को फोन करवा सकते हो। इन्दिरा जी को representation दे सकते हो। और क्या कह सकता हूं, इस मृत्युमुखी परिस्थिति में...

सप्रेम,
—राजकमल

8.4.1966

प्रिय डॉक्टर, जितेन्द्र सहाय कह रहे थे कि तुमसे दुबारा बात हुई है। मुझे विश्वास नहीं होता, मगर डाक्टर लोग कैंसर का शक करते हैं। जल्दी करके क्यों नहीं फैसला करते हैं? परसों सुबह से किडनी और एपेन्डिक्स के इलाके में दर्द हो रहा है। डाक्टरों ने कोई दवा नहीं दी है। कहते हैं, watch कर रहे हैं। यहां जेनरल वार्ड में बड़ी लापरवाही और बदइंतजामी है। नवल बाबू (स्टेट मिनिस्टर) जो चाहें सुविधा दे सकते हैं।

लोग मेरे नाम पर चंदा करें, या भिक्षाटन करें, तो मैं क्या कर सकता हूं? एक वक्तव्य मैंने इसके लिए 'दिनमान' में भेजा है। देखोगे।

राजकमल प्रकाशन में चार वर्षों से एक उपन्यास 'मछली मरी हुई' स्वीकृत पड़ा है। इस जनवरी में नामवर सिंह ने दो सौ रुपया advance भिजवाया था। नामवर ने कहा था कि मेरा कहानी-संग्रह छापेंगे। वे लोग चाहें तो उपन्यास और कहानी-संग्रह के account में अग्रिम भेज सकते हैं।

तुम कब तक एक बार पटना आओगे? रात में मुझे नींद नहीं आती है। कमजोरी इतनी है कि कुछ भी लिखना-पढ़ना हो नहीं पाता। मगर, लगता है, धीरे-धीरे सब ठीक हो जाएगा...

—राजकमल

24.5.1966

प्रिय भाई, पत्र मिला है। डॉ. शाही की कृपा से मुझे यहीं ई—वार्ड में एक छोटा-सा कमरा मिल गया है। आशा है, तुमने डॉ. शाही से बात की होगी। नहीं की हो, तो करोगे। पूछोगे कि वे कैसे-क्या ऑपरेशन करेंगे। सुप्रा-प्यूबिक ट्यूब अब तक नहीं निकाला गया है।...दिग्विजय बाबू को मेरे बारे में एक बार और कह दोगे। नामवरजी से पूछोगे, कि अगर वे मेरा कविता-संग्रह छापना चाहें, तो तत्काल दे सकता हूं। 'इंगित' का वह अंक कृपया अवश्य भेज दो, जिसमें तुम्हारी 'दिल्ली : कुछ चित्र' छपी है। पढ़ने की उत्सुकता है।

सप्रेम,
—राजकमल

20.6.1966

प्रिय भाई,

'इंगित' का अंक मिला है। तुम्हारी कविता 'दिल्ली : कुछ चित्र' बहुत सही, और बहुत modern और अतः बहुत कटु है। 'सबके सब हाजत के मारे हुए लोग...तेज हवा में ख़ाली पीपे की तरह' इत्यादि पंक्तियां भूलने लायक नहीं हैं। दिल्ली की इसी नकली बाजारू, दफ्तरपरस्त जिंदगी पर तुम्हें एक लंबी और positive कविता लिखनी चाहिए। प्रतीक्षा करूंगा।

डा. यू. एन. शाही मुझे बता रहे थे कि तुमसे उनकी बात हुई है। क्या कह रहे थे? अब और कितने दिन मुझे इस अपाहिज-स्थिति में पड़े रहना होगा?

नामवर जी ने दो सौ रुपए भिजवाए थे। उपन्यास भी छप गया है। मेरी ओर से एक प्रति किसी को वहां भेजकर मंगवा लोगे। पढ़कर लिखोगे कि तुम्हें कैसा लगा...

और क्या लिखूं?

सप्रेम,
राजकमल

5.8.1966

प्रिय डॉक्टर,

'मछली मरी हुई' (दिल्ली शहर की लगातार जिंदा मछलियों की संगति में रहने के बावजूद) अच्छी लगी है, इसके लिए कृतज्ञ हूं। लेकिन, यह एक 'ट्रिलाजी' का पहला हिस्सा है—अगली दो किताबें होंगी 'शीशे की दीवार में' और 'सोई रहेगी मदालसा'। इस प्रकार, तीनों किताबों में एक वाक्य बनेगा—'मछली मरी हुई शीशे की दीवार में सोई रहेगी मदालसा'। 'लेस्बियां' का किस्सा, इसीलिए, इस पहली किताब में अधूरा लगता है।

तुम्हें लिखा ही था, दो जुलाई को मेरा एक आपरेशन (Plutotomy) हुआ था। अब investigation चल रहा है कि पेट में lump क्या हैं और क्यों हैं? बेरियम-एक्सरे इत्यादि लिए जा रहे हैं। इससे पता नहीं चलेगा तो डा. यू. एन. शाही exploratory leprotomy करेंगे।

और?

तुम्हारा नाम लेकर 'मानव-भारती' नाम की पत्रिका ने मुझे कविता के लिए पत्र लिखा था। कविता मैंने भेज दी है।

पत्र दोगे। अज्ञेयजी क्या विदेश से वापस आ गए है? कब तक आएंगे? नामवजी कैसे हैं? और लोग? सप्रेम,

—राजकमल

मेरी एक लंबी कविता 'मुक्ति प्रसंग' मेरी पत्नी छाप रही है, किताब की शक्ल में। किताब 15 अगस्त को प्रकाशित होगी। इसके लिए कुछ ऐसे लोगों के नाम-पते भेजो, जो इसे खरीदना चाहेंगे।

पत्र दोगे और अपना हाल (क्या लिख-पढ़ रहे हो) जरूर लिखोगे।

—राजकमल

13.10.1966

प्रिय द्विवेदी,

'मुक्ति प्रसंग' मैंने कुल एक हजार एक सौ छापी थी। छह सौ प्रतियां घर में पड़ी हैं। गृह-मंत्रालय जितनी प्रतियां लेना चाहें, दे सकता हूं। सुना है, पंजाबी पुस्तक भंडार (स्टार पाकेट बुक्स) और राधाकृष्ण प्रकाशन (ओमप्रकाश जी) किसी भी पुस्तक की बीस प्रतियां अमेरिकन खरीद के लिए लेते हैं। 'मुक्तिप्रसंग' नहीं लेंगे?

एक नया उपन्यास लिख रहा हूं। साथ ही, चंपारोग (jaundice) से पीड़ित हूं। दोनों से फुरसत मिलते ही दिल्ली आऊंगा।

पत्र दोगे। अपना हाल लिखोगे। अपनी कविताओं की किताब क्यों नहीं निकालते हो?

सप्रेम,

—राजकमल

हरीश भदानी से

पोस्ट ऑफिस, महिसी (सहरसा), बिहार/24.04.1967

प्रिय भाई हरीश जी, आपका पत्र मिला है। वातायन के अंक मुझे नहीं मिलते हैं। आशा है अब आप बराबर मेरे गांव के पते पर वातायन भेजते रहेंगे। एक कविता भेज रहा हूं। इसे आप हाशिए में दोनों तरफ़ काफी जगह छोड़कर कम्पोज कराएंगे, और दोनों तरफ़ दो-दो लकीरें (boldrule) डालेंगे और गद्य की तरह समानांतर लंबाई में छापेंगे।

●

आपकी कविता-पुस्तक (सुलगते पिंड) के बारे में–

आपने यह किताब 'साथ चलते हुए ग़लत लोगों के लिए' लिखी है। जबकि, साथ नहीं चलते हुए 'सही' और 'सच' लोगों को भी यह किताब और इसकी कविताएं उत्साह और कविता के प्रति आकर्षण देगी, ऐसा लगता है। क्योंकि, 'मैं अपनी चुनिंदा वक्रताएं नग्नताएं लेकर किसी भी छोर तक तुम्हारे साथ हूं'—यह आपने (पृष्ठ 57)

कहा है :

जबकि,आपने इन कविताओं में वक्रताओं और नग्नताओं के बदले, या उनसे अधिक मात्रा में, सीधे सपाटपन और सादगी और स्पष्टता (यह धरती बहुत मैली हो गई है, दोस्त/पृष्ठ 110) और अनग्नता को स्वीकार किया है। मेरे विचार से, आपकी यह स्वीकृति, संस्कार और परंपरा की ही स्वीकृति है, इन दोनों की अस्वीकृति नहीं है।

मैं कविता को अपवित्रता, अशिष्ट अश्लीलता, और आधुनिक समाज-जीवन और आधुनिक व्यक्ति-जीवन की जटिल संश्लिष्टता, यांत्रिक वीभत्सता और स्त्री-पुरुष, पुरुष-स्त्री, पुरुष-पुरुष, स्त्री-स्त्री के पारस्परिक संबंधों की विकृति और प्रेमहीनताओं की दृष्टि से ही देखता, अनुभव करता और ग्रहण करता हूं। मैं पुराना मनुष्य नहीं हूं। मैं पुरानेपन की गंदगी से जन्म लेता हुआ नया मनुष्य हूं जो कविता और सुंदरता को अन्न, स्त्री और अफीम (या कोई भी दूसरा द्रव्य) की तरह आवश्यक मानता है, और शारीरिक मानता है।

कविता शरीर से अलग और विच्छिन्न नहीं होती है। नहीं होनी चाहिए। "...कविता तो नए व्यक्ति और नए व्यक्ति-संबंधों की खोज की ओर निकटतम परिवेश को रागात्मकता के साथ जीने की अनुभूतियों की अभिव्यक्ति की ('की' का यह संक्रामक प्रयोग वाक्य को स्वाभाविक बनने नहीं देता, बनावटी बना देता है) कविता है"—आपकी यह बात आधुनिक कविता को जटिल बनाती है जबकि आपकी कविता जटिल नहीं है, इतनी जटिल नहीं है कि वह नए व्यक्ति संबंधों की सही खोज कर सके। क्योंकि जैसा आप स्वयं भी मानते हैं, आपको 'निकटतम परिवेश' में और 'रागात्मकता के साथ जीने' का आग्रह है।

यह आग्रह 'व्यक्ति-संबंधों की खोज' में बाधक होता है। बाधक होती है रागात्मकता। राग और अनुराग दोनों ही नए कवि के लिए बाधक होते हैं—शास्त्र के आधार से नहीं, अपने अनुभवों के आधार से, इतना मैं कह सकता हूं। रागात्मकता एक अलग चीज़ है और बोध एक अलग चीज। कविता बुद्धि से, और शब्द-बोध से बनती है, भावुक हृदय के भावुक आग्रहों की भावुकतम परिणतियों से नहीं बनती।

मुचा हुआ, निर्वस्त्र प्रगतिशीलता, जीवेष्णा, चुकी पीढ़ी, घड़ने की, जैवी-धर्म, निर्याम, प्रारूपती, हिलकती पर्त, संजयी-सूरज, अफीमची अंधेरे की, स्वराती, चोंच-चूहें, हवाते जा रहे हैं, विस्फूटने को दो, अघोरी अभावों के जुलूस में, झूझी, टकरी रेसा, हूंकती मम्मियों, बन्धे, दुर्गन्धाएं—ये आपके द्वारा तैयार किए गए ही शब्द हैं जिनके द्वारा आपने अभिव्यक्ति सुविधा के लिए एक अलग भाषा प्रस्तुत की है। आपकी पुस्तक में ये कुछ ही नहीं, ऐसे हज़ार शब्द और मुहावरे हैं जिन्हें संज्ञा अथवा क्रियापद, अथवा अक्षरों को तोड़कर बनाया गया है। जो कवि भाषाशास्त्र, व्याकरण, संस्कृत शब्द-विन्यास के अधिकारी हैं, उन्हें नए शब्दों से नए मुहावरे और नए फ़िकरे गढ़ने

का पूरा अधिकार है। आशा है, आपने अधिकार पूर्वक ही 'बहुत ही पीछे अलगा गए खिलौने के लिए ढिठिया नहीं, तेरे कुनमुनाने को न्योता समझ छुपे-छुपे चलती हुई यह याद की बदरी' जैसी मुहावरेदार पक्तियां उपस्थित की हैं।

आपके शब्दों पर नहीं भी सही, आपके स्वर पर, और आपके स्वर की सोद्देश्यता पर मुझे श्रद्धा है। श्रद्धा इसलिए भी कि आपकी कविता में सच को सच समझने की उत्सुकता है, और जीवन तथा कविता के चेहरों से वे सारे मुखौटे हटा देने की कोशिश है, जो मनुष्य को गलत मनुष्य, नकली मनुष्य और अकारण मनुष्य साबित करते हैं। इस कोशिश को ही हमलोग अपनी कविता की सबसे बड़ी और सबसे जरूरी कोशिश मानते हैं।

संग्रह की अधिकतर कविताएं किसी दोस्त, किसी मित्र, किसी दृष्टि किसी चेतना, किसी भाई, किसी तुम, किसी दर्द, सांस पीकर जी रही किसी इच्छा-मछली, किसी आस्था, किसी वैदेही पीड़ा, किसी ओ अभी गर्भस्थ पिंड, किसी ज्ञापित शरीर को संबोधित करके लिखी गई है। इसीलिए, संबोधन का स्वर ही इन कविताओं का प्रमुख स्वर है। ऐसे स्वर की कविताएं सस्वर पाठ या आवृत्ति में अधिक उपयुक्त होती हैं, मौन अध्ययन में नहीं। कविता अगर कविता होती है, तो वह भाषण या संभाषण या उद्‌बोधन से अधिक तटस्थ होती हैं—और, अधिक आत्मलीन।

मुझे पुस्तक भेजते हुए आपने लिखा है—'ऑपरेशन की बेहोशी में बिस्कुट और बच्चों के बारे में ही सोचने वाले भाई राजकमल को।' यह सूचना बिल्कुल ग़लत है। पहली बात—ऑपरेशन की बेहोशी में कोई भी बात सोचना संभव नहीं होता है। दो सौ मिलिग्राम पेथेडिन की सुई लेने के बाद, गैस या ईथर से बेहोश किया गया मनुष्य-प्राणी सोच-विचार और चिंता से मुक्त हो जाता है। दूसरी बात—मैं बिस्कुट पसंद नहीं करता, न तो स्वयं खाता हूं, और न अपने या पराए बच्चों को खाने देता हूं। मुझे अफीम, स्त्रियां, तुलसीकृत रामायण, आलू, नींद, कविता, नदी, मित्र-मंडली, इत्यादि वस्तुएं बिस्कुट से भी और बच्चों से भी अधिक प्रिय हैं, और मैं अधिकतर इन्हीं काम्य वस्तुओं के बारे में सोचता रहता हूं।

अस्पताल में, ऑपरेशन-टेबुल पर मैं क्या सोचता था, यानी क्या-क्या बातें सोचता था, उसका ब्यौरेवार सिलसिला और किस्सा मेरी पुस्तक 'मुक्ति-प्रसंग' में लिखा गया है। उसमें बिस्कुट और बच्चों का जिक्र नहीं है।

आशा है, आप स्वस्थ-सानंद हैं।

आपकी दूसरी कविता-पुस्तक अस्पताल में ही मेरे हाथ से जाने के बाद अब तक मेरे हाथ में वापस नहीं आई है।

पत्र देंगे। सप्रेम,

राजकमल चौधरी

—वातायन, जून-1967

युयुत्सा, अगस्त-1967 में प्रकाशित कुछ पत्र

कपिल आर्य से

प्रिय कपिल। मैं ग्यारह एप्रिल को कलकत्ते से चला आया था। नवादा आया। शशि और दोनों लड़कियों को वहां छोड़कर मैं गया, पटना, बनारस, इलाहाबाद, आगरा में रुकता हुआ पहली मई को दिल्ली आया। बीच में एक हफ्ते के लिए जयपुर, और एक हफ्ते के लिए मसूरी गया था। अभी यहीं रहने का इरादा है, वैसे, मेरा क्या ठीक है, कब कहां चला जाऊं। कलकत्ते की याद बेहद सताती है। चौरंगी में अकेले घूमते हुए शाम काट देना, पुतियारी का वह मेरा मकान, वहां के लोग, ललित, छेदीलाल, परमेश, अमर जी, सभी याद आते हैं। मगर, अब कलकत्ता नहीं जाऊंगा। जाकर वहां करूंगा भी क्या? कहीं छोटे और बेहद मामूली शहर में रहना चाहता हूं। जहां कोई दोस्त नहीं बने। जहां कम से कम पैसों में गुजारा हो सके। कहीं भी बिहार में ही रहूंगा। हजारीबाग के आस-पास या रांची के आस-पास, किसी छोटे कस्बे में जहां, सौ-सवा सौ रुपयों में मेरे परिवार का खर्च चल सके। दो सौ रुपया मैं सिर्फ़ पत्रिकाओं में लिखकर प्रतिमास कमा लेता हूं। खैर, यह सब सपने बताने के लिए यह पत्र नहीं लिखा है।

तुम क्या कर रहे हो? इम्तहान कैसा रहा? रिजल्ट आ गया? इलाहाबाद में रा. ना. शुक्ल मिले थे। काफी अच्छी तरह बातें हुईं। वे भी अपने परिस्थितियों से असंतुष्ट हैं।

अपना समाचार भी विस्तार से लिखोगे। पटने में तुम्हारे अनुज से काफी बातें होती रहीं। कई बार साथ रहने का मौका मिला था। He is a nice intelligent young boy! I liked him very much. सितंबर में कलकत्ता रेडियो से मेरा प्रोग्राम है। संभव है, मैं इसके लिए कलकत्ता आऊं। लोगों से मिलना भी हो जाएगा। पत्र अवश्य दोगे।

राजकमल चौधरी/2.7.1963

छविनाथ मिश्र से

प्रियवर भाई। मैं बीमार और 'शहरी' प्रेम प्रदर्शकों से ऊबकर जंगल-पहाड़ भाग गया था। कल ही आया हूं। बीमारियां वहीं की वहीं हैं। पता नहीं, कैसे–क्या होगा, मगर, निराशा नहीं है, कोई आत्मवंचना भी नहीं।...सुना था, आप अपने उपनाम को सिद्ध कर रहे थे। मेरी मानिए, तो इस उपनाम से मुक्ति ले लीजिए। केवल छवियों के

नाथ बने रहिए आप। आप अब स्वस्थ और शक्ति संपन्न हो गए होंगे, यह विश्वास है।

'शलभ' ने सदियों से अपना समाचार नहीं दिया है। किसी से सुना, उसने 'रूपांबरा' तोड़ दी। अब कैसे हैं, यानी, किस-अंबरा की छाया में?

नींद मेरी देह से प्रेत-छाया की तरह
उमरकर
आइने के पास
दीवार पर टंगी तस्वीरों के पीछे
पुरानी किताबों के अंदर
रात-रात भर
नींद मेरी और मेरी बीमारियां...
और, सबसे बड़ा सच यह है, कि
मैं अब
अपने इस कमरे में नहीं हूं—
(कभी तो था अवश्य!)
कभी नहीं होऊंगा!!

—राजकमल चौधरी

उपाध्याय और रोहिणी, दोनों स्वस्थ और सकुशल हैं।...उपाध्याय अभी दो मिनट पहले मेरे कमरे से अपने घर गए हैं। अब धीरे-धीरे वह लिखने-पढ़ने की सही मनोभूमि में आ रहे हैं।...मैं बहुत थक गया हूं, और लगता है कि इसी थकान में सारी-की-सारी मरूभूमियां मुझे अकेले पार कर जानी होंगी...

—राजकमल चौधरी/22-2-1966

शिवमंगल से

प्रिय शिवमंगल जी,

'दृष्टिकोण' (दिसंबर) के लिए कृतज्ञ हूं। बैठे-ठाले सारी रचनाएं पढ़ गया हूं। मेरी कहानी जैसे अधूरी रह गई है, ऐसा पढ़ने पर लगा कि इसका दूसरा भाग भी लिखना होगा, किसी अगले अंक के लिए। काशीनाथ पाण्डेय की प्रेम-कविताओं के साथ संपादकीय टिप्पणी के लिए बधाई। कविताएं जस-तस हैं। बाकी लेखों में मुझे कोई लगाव नहीं है, न रघुवीर नारायण से, न निराला और प्रेमचंद के समीक्षात्मक-संस्मरणात्मक प्रबंधों से। फिर, रा. रा. र. की समीक्षाएं तो बस, समीक्षाएं ही हैं। सीमा सिंह की

ओर से ठीक (?) लिखा गया है। 'दृष्टिकोण'—त्रैमासिक की प्रतीक्षा है। छपकर आ जाए, तो भेजिएगा।

मैं अब भी स्वस्थ नहीं हूं। स्थान परिवर्तन के कारण नए 'कॉम्पलेक्स' पैदा हुए ही हैं। दूध, आदि की पर्याप्त सुविधा है। 'तथाकथित' मित्रों का अभाव है—यही एक अच्छी बात है। मगर, आपका और उपाध्याय जी का परोक्ष अच्छा नहीं लगता। यहां मेरे कुल चार काम हैं—(1) शतरंज खेलना, (2) उपन्यास (नया शुरू किया है नाम रखा है : आरण्यक अब नहीं) लिखना, (3) चित्र बनाना, और (4) मैथिली ग्राम (बाला) सौंदर्य को निरख-निरखकर आत्मलीन होना। राजाराव की बातों से उत्तेजित होकर 'वेदांत' और 'उपनिषद' की किताबें खरीद लाया हूं, पढ़ भी रहा हूं। हालांकि मेरे जानने लायक बड़ी बातें इनमें नहीं हैं। पढ़ना ही है, तो 'सांख्य-दर्शन' पढ़ना होगा।

कोई एक मनिआर्डर वापस आ जाए, तो यहीं से काठमांडू अथवा दार्जिलिंग जाने का इरादा है। जाना ही होगा। उपन्यास में कोई एक पर्वतीय Locale चाहिए।

शशि जी अपने बच्चों के स्वास्थ्य-सकुशल हैं।

एक बात और आवश्यक है—कि मैं हमेशा संयम-नियम से रहूं। दो-एक बड़ी किताबें लिखने के लिए मैं जीवित रहना चाहता हूं। और तो कुछ मुझसे हो नहीं सका। सिर्फ़, यह एक काम हो सकता है। शायद, हो भी जाएगा। क्योंकि, अब तो अन्न, नमक, पान-सिगरेट, आदि तक, खाने-पीने की इच्छा नहीं होती है।

मैथिली में मुहावरा है, 'अन्न नहि खाय, देवता मुंह जाय।' सो, मैं देवता जरूर बन जाऊंगा—वैसा ही नपुंसक, वैसा ही कर्महीन। आदमी कहां रह गया हूं। निवृत्ति-मार्ग मुझे कभी पसंद नहीं था। अब विवश होकर वही करना पड़ रहा है।

दिल्ली जाइए। वहां आपका मन रम जाएगा। आधुनिक जीवन के अनुभवों के लिए देश में इससे अच्छी जगह नहीं है। वहां 'एडवेंचर' लेने का तय किया हो, तो कहीं से भी किराए का रुपया जुटाकर (चाहे इसके लिए शादी ही क्यों न करनी पड़ जाय) अमरीका चले जाएं। यह बहुत बड़ी बात होगी। वहां दो-चार साल रहकर संपर्क बनाइए, और गरीब घर की किसी अमरीकन औरत से दूसरी शादी कर लीजिए। वापस आइएगा, तो दिल्ली के बड़े-बड़े देवता आपकी अभ्यर्थना करेंगे। और, मानसिक लाभ भी होगा।

संक्षेप में यह कि कोई नौकरी करके निम्न मध्यवर्ग की निम्नतर जिंदगी बिताकर मर-मिट जाने में कोई मजा नहीं रह गया है। आप भी यही करेंगे, तो खासकर, मुझे, दुःख होगा। जो काम मैं नहीं कर सका, अपने परिवारिक चक्र के कारण, अपने मिथ्या मोह, और मूर्खताओं के कारण वह आप कर सकते हैं। क्योंकि, आप किसी शशि जी, या दिव्या के साथ बंधे हुए नहीं है।...पटना शहर या बिहार-राज्य आपको बांध ले, इससे 'अश्लील' बात आपके लिए और कोई नहीं होगी।

पत्र में इससे ज्यादा क्या लिखा जाए। जी नहीं लग रहा था, आपसे इतनी लंबी बातचीत करके सुख मिला है। आप सामने बैठे हैं और मुस्करा रहे हैं। और आपका जेब्रा-स्वेटर और आपके बीट-केश-पुंज धूप में चमक रहे हैं। मुझे अच्छा लगता है। यह स्वेटर गंदा नहीं हो, ये केश-पुंज सफेद नहीं हो, ध्यान रक्खेंगे। लेकिन, एक जगह रुकने से तो गंगा नदी भी कूड़े-कचरे में डूब जाती है।

पैसे हों, तो 'धर्मयुग', 'Eves weekly', 'माधुरी', 'Sunday Standard' और अन्य पत्रिकाएं बुक-पोस्ट से भेज देंगे।
पत्र देंगे।

सप्रेम,
राजकमल चौधरी, 11.1.1965

उपाध्याय जी से भेंट होती है? जब तक पटने में आप हों, उन्हें 'अकेले' नहीं रह जाने देंगे।

—राजकमल चौधरी, 11.1.1965

चन्द्रमौलि उपाध्याय से

प्रिय उपाध्याय, तुम्हारा पत्र मिला था। घर बनवा रहा हूं और धान जो थोड़ा कुछ हुआ है, उसे कटवा रहा हूं। दूसरा काम यह कि रात में किताब लिखता हूं। कम से कम बीस पृष्ठ अवश्य। हजार पृष्ठ लिख लूं, फिर कटाई-छटाई करके उसमें से छह सौ पृष्ठों का उपन्यास निकाल ही लेंगे। ...तीसरा काम तुम समझते ही हो।

भगवती ने उसके साथ नहीं जाने दिया, यह अच्छा ही तो हुआ तत्काल के लिए, अभी मुझे यहीं रहना चाहिए था। भैरवी-चक्र में 'भैरवी' स्वार्थ के लिए नहीं, भगवती स्वार्थ के लिए बैठना चाहिए। लगता है कहीं मन में ही मैंने एक भ्रम पाल रखा था, अनित्य स्वरूप के बारे में—इसीलिए मुझे रूप-क्षेत्र से शब्द-क्षेत्र में आने में इतनी देर हो रही है। देर हो, क्या फर्क पड़ता है।

इस बीच छुट्टी निकाल सको तो तुम दोनों एक बार यहां आओ। आकर कोई क्लेश नहीं होगा, सुख ही होगा। नई फसल का चावल होगा, सरसों का साग और अपनी भैंस का घी-दूध-दही। उग्रतारा मिलेगी या नहीं, कह नहीं सकता; क्योंकि जैसा सुना है चतुर्मास में चली जाती है...मगर तुम आओगे तो क्या यह थोड़ी देर के लिए आ नहीं जाएगी? पत्र दोगे। सप्रेम,

—राजकमल, 3.12.1966

प्रिय उपाध्याय,
इस पत्र के साथ एक चैक A.I.R. का भेज रहा हूं। इसे मेरे A/C में बैंक में जमा करवा दोगे।...

अपना समाचार लिखोगे।

मेरा अपना तो एकदम वही हाल है। भोजन से और स्त्री-प्रसंग से और ऐसे हर काम से मुझे अरुचि हो गई है। कुछ अच्छा नहीं लगता। लिखना-पढ़ना भी नहीं। हेनरी मिलर की नई किताब बिस्तरे के सिरहाने खुली पड़ी है। पढ़ने में जी नहीं है। जी कहां है?

जी ये कहता है कि अब उसी मैखाने में
सुबह आई है जहां आती थी कभी शाम
कोई बात नहीं बनती है दिले-नादां से
लरजते हाथों से क्यों छूट जाता है जाम

इच्छा नहीं होती है कि उसके पास जाएं। मगर जाना तो मुझे होगा। जाम हाथों से छूटकर टूट बिखर जाए, जो भी होना है, हो जाए।

जो भी टूटना है सब टूट जाए। दूसरा कुछ करने का कोई उपाय मेरे पास नहीं है। मैं इतना थक गया हूं।

तुमलोग कब यहां आने की बात पूरी करोगे?

—राजकमल, 20.12.1966

सकुशल सहरसा पहुंच गया हूं। तुमसे रुपए लिए बगैर काम नहीं चल सका। सौ रुपए मैंने इकट्ठे किए थे। अभी यहीं चावल और कोयला खरीदता हुआ गांव जाऊंगा।

जून पहले हफ्ते में किसी दिन भेंट होगी।

—राजकमल, 23.5.1967

प्रिय उपाध्याय, पितृ-श्राद्धकर्म के बाद पहला पत्र मैं तुम्हीं को लिख रहा हूं। लेकिन क्या लिखूंगा, कुछ समझ में नहीं आता है...पारिवारिक समस्याएं जटिल हो गई हैं। श्रम और पराक्रम से इन्हें सुलझाना होगा। निराश मैं नहीं हूं। लेकिन, अधिक आशान्वित भी नहीं हूं कि हमारा परिवार शांति और सहयोग से चलता रह सकेगा। पता नहीं, कब क्या होगा।

इन्हीं कारणों से मैं दिल्ली नहीं जा सका। गांव में ही रहूंगा। फरवरी में पटना आने की इच्छा है। तभी मुलाकात होगी। तुमलोग क्या यहां नहीं आओगे? कब आओगे? मेम साहब को मेरा यथोचित कहोगे। सप्रेम,

—राजकमल, 24.1.1966

शलभ से

प्रिय शलभ, 17.6.1966 को लिखकर 3.8.1966 को पोस्ट किए तुम्हारे पत्र का मतलब समझ में नहीं आया। तुम कहां हो? गांव में या कलकत्ता में?

तुम्हारी किताब पर 'युयुत्सा' में जरूर लिखना है मुझे।...कहोगे तो अस्पताल की डायरी और चित्र आदि भेजूंगा।

—राजकमल, 5.8.1966

...मैं इन दिनों एक अनुष्ठान के लिए इस जंगल-पहाड़ में चला आया हूं। विजयादशमी में अनुष्ठान समाप्त होगा। तब पटना वापस आऊंगा। आशा है, अब तक तुम्हारी पत्रिका का प्रथम अङ्क आ गया होगा।

—राजकमल चौधरी, 4.10.1966

राही शंकर से

प्रिय भाई, कृपा पत्र के लिए धन्यवाद! जी खुश हुआ कि आपको कहानी 'सागर-संभवा' पसंद आई। 'रूपलेखा' के लिए रचना भेजना संभव नहीं है, क्योंकि श्री बैजूलाल साह मेरे दोस्त हैं, और मैं दोस्तों के 'व्यवसायिक' पत्र में रचना नहीं भेजता हूं।

—राजकमल चौधरी, 26.6.1965

राजेन्द्र प्रसाद सिंह से

प्रियवर राजेन्द्र जी, आशा है मेरी बीमारी की सूचना आपको मिली होगी। संभव हो तो एक बार पटना आइए। मुझे इस बार छुटकारे की आशा नहीं दिखती है, क्योंकि एक साथ कई बड़ी परेशानियों ने घेर लिया है

'नीलपत्र' प्रेस में दे दिया है, फिर भी! आपको पत्र और टेलीग्राम भी दिए थे। यह अङ्क निकालना ही है। विज्ञापन की सहयोग-राशि आप भेज दीजिए।

हो सकता है, आप पटना न आएं, तो फिर, भेंट नहीं हो सके...
स्मरण रखें। रमा को नमस्कार कहें। इति।

—राजकमल चौधरी, 10.12.1965

श्री राम शुक्ल से

...मैं अस्पताल में ही हूं। बीमारियां जटिल होती जा रही है। एक ऑपरेशन और हुआ है। कल भी एक और ...तुम कैसे हो?

स्त्री-शरीर बहुत स्वास्थ्यप्रद वस्तु है—लेकिन, कविता के लिए नहीं, संभोग करने के लिए। कविता में स्त्री-शरीर अन्य सभी विषयों की तरह मात्र एक विषय है—कविता का कारण या कविता का प्रतिफल नहीं—मैं ऐसा ही मानता हूं, तुम जो मानते हो उसे मानते रहो, उसे मानते रहने की तुम्हें पूरी आजादी हासिल है। अब, कविता के लिए हमारी राजनीतिक आर्थिक और सामाजिक परतंत्रताएं अधिक आवश्यक विषय हैं। स्त्री-शरीर को राजनीतिज्ञों, सेठों-बनियों, और इनके प्रचारकों ने अपना हथियार बनाया है—हमलोगों को अपना क्रीतदास बनाए रखने के लिए। बेहतर हो, हम पत्रिकाओं के कवर पर छपी हुई, कैलेंडरों पर छपी हुई अधनंगी स्त्रियों, और अपने पब्लिक-सेक्टर और प्राइवेट-सेक्टर के मालिकों के लिए हमारा ईमान, हमारा जेहन, हमारी ताकत खरीदकर हमें नपुंसक बनाने वाली अधनंगी स्त्रियों को हम अपने साहित्य में उसी प्रकार प्रश्रय नहीं दें, न आत्मरति के लिए और न परपीड़ा के लिए!! मैं श्लील-अश्लील नहीं मानता हूं, लेकिन, हम कवि हैं, हमें न तो नपुंसक, और न स्त्री-अंगों का वकील बनना चाहिए।

—राजकमल चौधरी, 1.7.1966

श्रीराम शुक्ल की कविता

पुस्तक की पूरी भूमिका पढ़कर राजकमल की टिप्पणी

इस व्यवस्थित भूमिका के बाद तुम्हारी इक्कीस कविताएं स्त्री-शरीर को विषय बनाकर ही क्यों लिखी गईं—यह मेरे लिए चिंता की बात है क्योंकि, अपने देश में अब इन्दिरा गांधी के शरीर के अतिरिक्त किसी स्त्री-शरीर का महत्व नहीं है!!

—राजकमल चौधरी

शंभुनाथ मिश्र से

*दिसंबर 1965 के पहले सप्ताह में राजकमल चौधरी पहली बार बीमार पड़े। **शंभुनाथ मिश्र** के नाम यह पत्र इस नोट के साथ **'यह पत्र एकदम व्यक्तिगत है। इसे अपने मित्रों को नहीं पढ़ाओगे, तो बेहतर होगा।'***

"...इस बीमारी में शारीरिक, मानसिक और आर्थिक—तीनों प्रकार के भौतिक

तापों की चरम सीमा का अनुभव हुआ है। बीमारी मैं भोग रहा हूं। लेकिन, अब अपने शरीर से तटस्थ हो चुका हूं, जैसे (सुनता हूं) साधक-संन्यासी लोग तटस्थ हो जाते हैं। यह देखना बहुत अच्छा लगा है कि मैं अपने शरीर और अपनी बीमारी से अलग हूं। इससे फायदा भी हुआ है। और भी फायदा होगा। स्वस्थ हो जाने के बाद भी, यह तटस्थता जीवन में काम देगी, और मेरे चरित्र और व्यक्तित्व की बुराइयों को दूर करने में सहायक होगी। ...मैं अच्छा आदमी नहीं हूं, छोटी-छोटी चीजों के लिए मेरे मन में भयानक कमजोरियां हैं। मैंने स्वयं वक्त आने पर किसी दूसरे की कोई सहायता नहीं की है। सिर्फ़ अपना ही स्वार्थ हमेशा मैंने देखा है। शायद औरत, पैसा, ऐश-आराम, यश—सारी बातों के लिए मैं अपने आपको और अपने आंतरिक समाज को ठगता रहा हूं, सच कभी नहीं, मैंने सिर्फ़ झूठ की जिंदगी बसर की है। इसलिए यह सारी बीमारियां मुझे ही होनी चाहिए थीं, मुझे ही हुईं! यह किसी 'पाप' का फल नहीं है—मेरे अनुभवों का फल है! इस प्रतिफल को मुझे शांत होकर, भोगना चाहिए। पाप-पुण्य नहीं मानता हूं। किसी प्रकार की नैतिकता पर मुझे यकीन नहीं है। बीमारी से अच्छा हो जाने के बाद भी शराब, औरत, पैसा, यश, ऐश-आराम मैं पाना चाहूंगा। लेकिन मेरा यह सच क्या है? और, झूठ क्या है?—यही एक बात मैं पिछले कई दिनों से अनुभव कर रहा हूं। फिर भी, मैं तुमको बता नहीं पाऊंगा। बताने लायक मेरी मानसिक स्थिति नहीं है जो मैं लिखना चाहता हूं, उसे लिख पाना हो नहीं रहा है। बातें मन में हैं, लेकिन अभिव्यक्ति के लायक शब्द नहीं हैं। यों, समझ लो कि अपनी सीमाओं को समझना चाहिए। जो आदमी अपनी सीमा, शारीरिक और मानसिक सीमा, समझ नहीं पाता—वही झूठ की जिंदगी बिताता है। इतना अकल्पनीय, विराट ब्रह्मांड है, जिसके भीतर हमारा यह सौरमंडल मेरे टेबुल पर पड़े इस पेपरवेट से भी छोटा है, और तब यह पृथ्वी कितनी छोटी है, और इस पृथ्वी पर रहने वाले हमलोग कितने छोटे हैं। यह छोटापन हमारी सीमा है। हमें अपने शरीर से बड़े होने की आकांक्षा नहीं करनी चाहिए। आकांक्षा मैंने की थी, और यह आकांक्षा ही मेरी झूठी जिंदगी थी। मैंने यही गलत किया था। शायद, बात अब भी स्पष्ट नहीं हुई। क्या करूं, रोग ने मुझे ऐसा ही बना दिया है। शरीर से उठकर, बीमारी अब दिमाग में घुसने लगी है।

पुनश्च :

अब मैं आश्वस्त हूं। स्वस्थ होना ही है। और, तब एक बार इन्कलाब जिंदाबाद करना होगा। एक-एक साले साहित्यिक बनियों की बखिया उधेड़ दूंगा। जिसकी लाठी उसकी भैंस, तो मेरे पास बड़ी मजबूत लाठी है। एक बार हमलोगों को रुपया जुटाकर श्रीलंका जाना चाहिए। दूसरी बार नेपाल। तीसरी बार थाईलैंड। और कोई नहीं जाए मैं जाऊंगा। अब रुकना नहीं होगा। साहित्य में स्वामी विवेकानन्द बनने की जरूरत है। या, फिर शंकराचार्य। खाली कहानी-कविता लिखने से कुछ नहीं होता है। इससे

ज्यादा काम करना होगा।

—राजकमल, 2.1.1966

फरवरी 1966 से 10-11 अगस्त, 1966 तक राजकमल पटना सदर अस्पताल में भरती थे। 28 जून, 1966 को एक पत्र में उन्होंने लिखा था—

मैं अब अस्वस्थ नहीं हूं—क्योंकि, अपने शरीर से मैंने अपने आपको एकदम अलग कर लिया है। शरीर का जो भी हो, अब मेरा कुछ नहीं होगा। मैं समय की नदी में उगा हुआ एक पहाड़ हूं; नदी मुझे तोड़ नहीं पाएगी। यह असंभव है कि मैं मर जाऊंगा। मर जाना इतना आसान नहीं है। आदमी को Desperate, उदास, और साथ ही शारीरिक स्थितियों के प्रति संपूर्ण रूप से लापरवाह होना चाहिए।

—राजकमल

अस्पताल से निकलने के बाद पेट में एक Lump के अलावा उनकी तबीयत काफी सुधर गई थी; वे काफी तंदुरुस्त हो गए थे। पटना छोड़कर अपने गांव महिसी (जिला सहरसा, बिहार) में रहने लगे थे। इस वर्ष की 24 जनवरी को उन्होंने लिखा :

अब गांव छोड़कर कहीं आने-जाने का मन नहीं होता है। मेरा गांव हर बात में दुनिया की किसी भी जगह से ज्यादा सुंदर और सहज है मेरे लिए!

जनवरी में ही उनके पिता की अचानक मृत्यु हो गई और वे परिवारिक उलझनों में पड़े रहे। मार्च के शुरू में एक पत्र :

शारीरिक और सामाजिक रूप से सही और दुरुस्त रहकर भी मैं अस्तित्व और अनस्तित्व, होने और नहीं होने, नियति और अनियति, निद्रा और जागरण—ऐसी विपरीतमुखी स्थितियों के मध्य महाभारत की उस ऐतिहासिक मछली की तरह जलबिंब के ऊपर लटक रहा हूं। विरोधाभास यह है कि मैं ही अर्जुन भी हूं। या, अर्जुन नहीं, केवल एक तटस्थ धृतराष्ट्र...

—राजकमल, 7.3.1967

17 मई, 1967 को राजकमल पटना आए। आते ही अस्वस्थ हुए—ज्वर और पेट का दर्द। 22 को थोड़ा ठीक हुए और महिसी चले गए। रास्ते में बरौनी जंक्शन से उनका यह पत्र :

रात के दो-ढाई बजे इस निरीह एकांत रेस्टरूम में—सुबह की ट्रेन का इंतजार करते हुए—किसी लड़की को (ही) पत्र लिखा जा सकता था। लेकिन, पत्र लिखने लायक लड़की एक के सिवा दूसरी कौन रह गई है और एक ही लड़की को कितने अरसे तक लिखते रहा जाए...

पटना, महिषी, बरौनी, सहरसा—अब मेरी जिंदगी कितनी छोटी और कितनी बेमानी हो गई है। चाहता था, मतलबों की दुनिया में कई बड़े मतलब—न्यूयार्क, मस्कॅवा, फ्रांसीसी रिवेरिया—में अपनी जिंदगी मैं भी कायम करता। मगर, उम्र, सेहत, और यह मजबूरी, कि कहीं एक कमरा, एक ग्लास दारू और एक स्त्री हमारे लिए, सिर्फ़ हमारे लिए जरूर हो—दूसरे मतलबों को तोड़ देती है।

—राजकमल चौधरी, 22.5.1967

युयुत्सा, अगस्त-1967 में प्रकाशित

निवेदिता (राजकमल विशेषांक) में प्रकाशित

शलभ से

सैदपुर, भिखनापहाड़ी, पटना–4

प्रिय शलभ! पत्र के लिए प्यार।

23.11.1965

पंजाबी, बंगाली, हिन्दी, अंग्रेजी, उर्दू, मराठी, असमिया, नेपाली– इन आठ भाषाओं के 14-14 कवियों का संकलन निकालने की स्थिति में हम हैं–बशर्त प्रति संकलन 1000 (एक हजार) रुपयों की व्यवस्था हो जाए। कलकत्ते में किसी 'सेठ पुत्र' साले को इस काम के लिए पकड़ो। गो कि यह काम तुम्हारे अनुकूल नहीं है, इसीलिए संभव है। मैं भी कोशिश में हूं। विज्ञापन भेज दो, सभी अखबारों को, विज्ञापन कुछ ऐसा ही हो :

> 14 कवि, 14 भाषाओं में प्रकाश्य अपनी पीढ़ी के प्रतिनिधि कवियों का संकलन। संपादक–राजीव सक्सेना : राजकमल चौधरी : शलभ श्रीराम सिंह। संपर्क-सूत्र : नवल वितान, पीरमुहानी, पटना।

दूसरी बात, 'रूपांबरा' को ठीक तरह से निकालते रहो, देर, या बंद नहीं हो। शरद, कुमारेन्द्र, अवधनारायण को नमस्कार कहोगे। अलखनारायण लाल से कहोगे, कि 'अन्यथा' हमें अब तक नहीं मिली। छविनाथ मिश्र कैसे हैं? सप्रेम

–राजकमल

मैं दिसंबर के दूसरे हफ्ते में कलकत्ता अवश्य आऊंगा। ठहरने के लिए जगह का प्रबंध करोगे। सप्रेम

–राजकमल

ई–वार्ड (आर. एस. रूम), राजेन्द्र सर्जिकल अस्पताल, पटना–4

14.04.1966

प्रिय शलभ! घर के पते से भेजी गई 'कल सुबह होने के पहले' की प्रतियां मिलीं।

देखकर अवाक् रह गया। पुस्तक मुझ जैसे पापी को समर्पित है। अस्पताल के बिस्तर पर पड़े-पड़े पूरी पुस्तक पढ़ गया। बड़ी तसल्ली मिली है इससे। मौत से जूझना आसान हो गया है थोड़ी देर के लिए। तुम्हें देखने की तबीयत हो रही है। तुम आते क्यों नहीं मुझे देखने? चन्द्रमौलि और शिवमंगल को उनकी प्रतियां दे दी गई हैं। नागार्जुन जी बाहर हैं शायद। आने पर उनकी प्रति दे दूंगा।

संकलन की कुछ कविताएं तुम्हारे मुंह से सुन चुका हूं। कुछ को पत्रिकाओं में पढ़कर उन पर राय देते हुए तुम्हें लिख भी चुका हूं। कुछ कविताएं एकदम नई हैं। 'ध्वनित नारीत्व', 'दो कविताएं', 'एक अदद शर्वरी', 'एक अहम सवाल', 'आग की खदान में उतरती शताब्दी', 'चार संध्या-कविताएं' और 'कालपुत्र का वक्तव्य' आदि को किसी भी भाषा की अच्छी कविताओं के समानांतर रखा जा सकता है।

तुम्हारी इस किताब पर ठीक होते ही 'लहर' या किसी और पत्रिका में लिखूंगा। मेमसाहब और चन्द्रमौलि उपाध्याय की सेवाओं से इस जीवन में उऋण हो पाना कठिन है। वे दोनों भी तुम्हें बहुत याद करते हैं। उपाध्याय जी तुम्हें अलग से पत्र लिख रहे हैं।

पत्र का उत्तर तुरंत दो। तुम्हारे खत न लिखने से मुझे शिकायत है। इस आशय का यह दूसरा पत्र है, पता बदलते रहने के कारण पहला पत्र तुम्हें मिला होगा—उसमें संदेह है।...दूसरे मित्रों के क्या हाल हैं? सप्रेम,

—राजकमल

शरद देवड़ा से मिलकर कहना कि उन्होंने मेरी रचनाओं का पारिश्रमिक अभी तक नहीं भेजा। आखिर और कब भेजना चाहेंगे?

सप्रेम

—राजकमल

प्रिय शलभ, तुम्हारे पिछले (बिना तारीख के) पत्र का उत्तर मैंने दिया था। फिर तुमने लिखा नहीं। संभवतः 'पागल' जी की बारात में चले गए होंगे! कैसे क्या हुआ?

...तुम पटना भी आने को थे न? ...अपने कविता संकलन की एक प्रति विष्णुचन्द्र शर्मा (नागरी प्रचारिणी सभा, वाराणसी) को भेज दोगे। पत्र लिखोगे। मेरे चित्र की क्या (और क्यों?) तुम्हें अब भी जरूरत है? अपना address भी लिखोगे, कि किस पते पर तुम्हें तुरंत पत्र मिल जाते हैं।...तुम्हारे नाम (तुम्हें संबोधित करके) एक कविता 'दर्पण' के लिए भेजी है। देखोगे। पागल दंपति को मेरी हार्दिक शुभकामनाएं। और क्या, क्या कर रहे हो? सप्रेम,

—राजकमल, 2.6.1966

प्रिय शलभ, तुम गांव गए थे? कब आए? पागल जी का विवाह हो गया? तुम बारात में गए? अब क्या कर रहे हो?

मैं अस्पताल में हूं। शनिवार को एक और ऑपरेशन हो रहा है। मैं, उपाध्याय, सभी तुम्हें याद करते हैं!

भूपेन्द्र अबोध से

प्रिय अबोध,
जाने के समय तुमसे भेंट नहीं हो सकी, इसका दुख है। सुना, तुम अपने गांव गए हो। मैं महीने भर में लौटूंगा। दो तस्वीरें फ्रेम करने को दी थीं। उन्हें तुम अपने पैसों से लेकर, मेरे घर में दे दोगे। 'साप्ताहिक हिंदुस्तान' में तुम्हारी कहानी देखकर प्रसन्नता हुई है।
सस्नेह,

—राजकमल चौधरी, 3.1.1966

धनुकी चानपुरा, कमतौल, जिला दरभंगा

प्रिय अबोध, तुम्हारा पत्र मिला है। मैं अब पहले से स्वस्थ हूं। एक उपन्यास लिख रहा हूं। 'नई-धारा' का अंक अभी तक नहीं मिला है। भेज दो। रेडियो का कौन आदमी पूछ रहा था? कहानी में रेडियो-स्टेशन का नाम होने से ही क्या कहानी किसी खास आदमी के बारे में हो जाती है? कहानीकार का लक्ष्य पूरा समाज होता है कोई दो-एक व्यक्ति नहीं। मूर्खों की समझ का मैं क्या करूं? ...मैं पंद्रह-बीस फरवरी तक पटना वापस आऊंगा। तुमसे भेंट होगी न? आलोकधन्वा कहां है? 'नई-धारा' जरूर भिजवाओगे। हो सके, तो राजकमल प्रकाशन से 'नई कहानियां' का फरवरी अंक भी लेकर भिजवा दोगे और 'धर्मयुग' का अंक भी। यहां देहात में कोई मैगजीन नहीं मिलती है। कहां तुम्हारी पोस्टिंग हुई है, जरूर खबर करोगे। पटना में ही कोशिश करो या फिर रांची में। और सब कुशल है। पत्र तुरंत दोगे।
सप्रेम

—राजकमल, 5.2.1966

प्रिय अबोध, तुम्हारा पत्र आज ही मिला है। 'नई-धारा' पहले ही मिल गई थी। रेणु पर तुम्हारा लेख information al और विषयानुसार है। काफी पसंद आया। रेणु का इतना विस्तृत जीवन-परिचय और कहीं नहीं निकला है। मधुकर वाले लेख की प्रतीक्षा रहेगी। ...मैं 19 फरवरी को पटना पहुंच रहा हूं। उत्तर 'राजकमल चौधरी,

सैदपुर, भिखनापहाड़ी, पटना—4' के पते पर दोगे। तुम पटने से इतनी दूर चले गए, यह जानकर दुख हुआ। जल्दी ही ट्रान्सफर की कोशिश करोगे। वहां अपनी नौकरी के सिवा लिखने-पढ़ने का सिलसिला कायम रखोगे। नई जगह जाकर मन को अच्छा ही लगता होगा।

स्वस्थ सानन्द होगे। सप्रेम,

—राजकमल, 16.2.1966

प्रिय अबोध, पत्र मिला है। तुम स्वस्थ सानंद हो यह जानकर प्रसन्नता हुई है। ...मैं आठ-दस दिनों से यहां गांव में हूं। तेइस अक्टूबर तक यहां रहूंगा। इसके बाद पटना जाकर ऑपरेशन के लिए अस्पताल में भर्ती होना होगा। 'मुक्ति-प्रसंग' की चार प्रतियां भेज रहा हूं। यहां इतनी ही प्रतियां मेरे पास थीं। आशा है कीमत शीघ्र भेज दोगे। चक्रधरपुर के साहित्यिक समाचार क्या हैं? तुम जो पत्रिका निकाल रहे थे उसका क्या हो गया? पत्र दोगे। सप्रेम,

—राजकमल, 30.9.1966

एस अतिबल से

प्रिय अतिबल,

तुम्हारा पत्र, माधुरी और धर्मयुग।

तुम्हारे दांत की तकलीफ सुनकर आश्चर्य हुआ। ठीक से इलाज कराना चाहिए। क्या किसी गलत जगह पर तुमने किसी को दांत तो नहीं काट लिया था? इससे भी दांत में जहर चढ़ जाता है।

बिना फिल्म बदले ही शशि जी का चित्र खींच लिया गया, यह अच्छी बात हुई। अपनी भाभियों की तस्वीर ऐसे ही खींचनी चाहिए। 'मुहब्बत' इसी को कहते हैं, क्योंकि तुम्हें कैमरा के साथ-साथ कलम से, हमलोगों से,...से और दूसरी कई चीजों से मुहब्बत है।

जब किसी एक चीज से मुहब्बत होती है—जैसे मुझे अपनी लिखावट से 'मुहब्बत' है, और किसी चीज से नहीं, तब आदमी कैमरे में फिल्म बदलना, या कलम में रोशनाई भरना या ऐसी और बातें नहीं भूलता है। इत्यादि ॥

रेणु जी क्या इन दिनों पटने में ही विराज रहे हैं? उनसे मिलो तो मेरा नमस्कार कहोगे।

उपाध्याय जी को मेरा-कुशल-समाचार कहोगे॥

कुसुम, कुन्दन इत्यादि को हमलोगों का स्नेह आशीष कहोगे॥ सस्नेह,

—राजकमल, 30.9.1967

काशीनाथ पाण्डेय से

'भारत मेल', पटना–1
21.12.1963

प्रियवर,

आपकी नई पुटी (काशीनाथ जी की कुतिया का नाम, जो बस के नीचे आकर दब गई) को मेरी शुभकामनाएं। आदमी को जीने के लिए सहारे की जरूरत होती है, और कौन किस चीज का सहारा लेता है, यह काबिले-बहस नहीं है। आपको 'पुटी' सही मुझको 'दुटि बांगला मेये' सही, प्रेमेन जी को सही उनका हस्त-चमत्कार। यों भई, दोनों शरारती बच्चे नाराज हैं कि उन्हें 'शरारती बच्चे' क्यों कहा गया।

'भारत मेल' के लिए अपनी और अपने दोस्तों की चीजें भेजिए। आपने 'नवराष्ट्र' वाले खत का बुरा माना था, इसलिए edit नहीं नहीं करूंगा–जैसे का वैसा छाप लूंगा। वह भी मैंने किसी गलत इरादे से नहीं किया था। लिखने-पढ़ने के मामले में मेरा इरादा कभी गलत नहीं होता है।

इरादा गलत होता है, 'पाशेर बाड़ीर दुटि बांगला मेयेर' मामले में, क्योंकि यहां इरादा सही रखने में मन में कुंठाएं और तन में ग्रंथियां उभरती हैं, ऐसा गुरुजनों से सुना है। और, कुंठित अथवा ग्रंथित मैं नहीं हूं–ऐसा अपने बारे में मेरा अनुभव है। श्रीमान भैया कुछ-कुछ अच्छे हैं। मां, मंजू, बच्ची, बाबली, रानी, तिल, बाबू, महली, बबुआ, प्रेमेनजी, छोटे बाबू, शिवमंगल जी, सभी अच्छे हैं अब। भाभी वैसी हैं, स्नेहमयी-करुणामयी।

आप कैसे है? और हां, भुवनेश्वर का व्यंग्य विनोदमय कृपापत्र एक अरसे से प्राप्त नहीं हुआ है। किस बात से नाराज हैं वे? या, नाराज नहीं हैं, सिर्फ़ तटस्थ हैं?

–राजकमल, 21.12.1963

रामेश्वर प्रसाद हाउस, भिखना पहाड़ी (दक्षिण), पटना–4
23.1.1965

प्रिय काशीनाथ जी, अपनी दोनों किताबों के बारे में भुवनेश्वर बाबू को यह लंबा पत्र लिखा है। मैं पहली या दूसरी फरवरी को बंबई जा रहा हूं। घर में (शशि को) डेढ़ सौ रुपए देकर अपने साथ बाकी डेढ़ सौ ले जाने के लिए तीन सौ रुपयों की मुझे बेहद जरूरत है। अगर 'अभिज्ञान प्रकाशन' किताबें छापने या रुपए तत्काल देने की अवस्था में नहीं हो–तो दया करके दोनों पांडुलिपियां वापसी डाक से भिजवाने का उपाय करें। इसमें और कोई बात नहीं है, सिर्फ़ तत्काल की मेरी आर्थिक विवशता की बात है–जो बंबई जाने पर सदा सर्वदा के लिए दुरुस्त हो जाएगी। मैं महीने भर में वहां से वापस आऊंगा। शशि यहीं है। सप्रेम,

–राजकमल चौधरी

बेड नं. 12, ई वार्ड (राजेन्द्र सर्जिकल हास्पिटल, पटना-4)

प्रियवर भाई, 17.3 का पत्र मिल गया है। रुपए (दो सौ) नहीं मिले हैं। शायद आज-कल में शिवनन्दन बाबू आएं। आपने उन्हें लिख दिया था न?

अस्पताल में (जैसा कि यहां का स्थायी कारबार है) मुझे डाक्टरों द्वारा neglect किया जा रहा है। एक गलतफहमी के कारण आदरणीय शर्मा जी (शिवचन्द्रजी) ने भी आना बंद कर दिया है। मेरी किडनी का जो ऑपरेशन हुआ था वह अंदर ही सड़ गई है। अब पेशाब के रास्ते से मवाद निकलता है। हालत पहले से भी बदतर हो रही है। दर्द से परेशान रहता हूं। यहां किसी को इन बातों की परवाह नहीं है। ...यहां के साहित्यिक लोग जिनकी पहुंच बड़े डाक्टरों या सरकार तक हो सकती है —दर्शन तक नहीं देते। ऐसी स्थिति में तड़प-तड़पकर मर जाने के सिवा क्या उपाय है?

आप क्या रांची के लेखकों-पत्रकारों के सामूहिक हस्ताक्षर के साथ एक पत्र इंदिरा गांधी और एक पत्र मुख्यमंत्री (बिहार) को नहीं भिजवा सकते हैं कि मेरे इलाज की उचित व्यवस्था करके मुझे मरने से बचाया जाए? सामूहिक पत्र का असर इन पर अवश्य पड़ेगा। आशा है, एक मरणासन्न व्यक्ति के लिए इतना आप अवश्य करेंगे। अधिक लिखा नहीं जाता है। सप्रेम,

—राजकमल, 20.3.1966

तीर्थराज मिश्र से

ई वार्ड (आर. एस. रूम), राजेन्द्र सर्जिकल अस्पताल, पटना—4

प्रिय भाई,

पत्र मिला है। अभी तक मैं स्वस्थ नहीं हूं। हो जाऊंगा। नहीं होने का उपाय नहीं है। अस्पताल से बाहर होने पर बड़े पैमाने पर इन्कलाब करने का इरादा है, साहित्य में और इसीलिए जीवन में भी। उपाध्याय जी को आपका अभिवादन कह दिया है।

—राजकमल चौधरी, 14.7.1966

महिसी P.O., (सहरसा) बिहार

प्रिय भाई, 21.9.1966

मैं भी इन दिनों शांति और एकांत के लिए गांव चला आया हूं। विजयादशमी तक यहीं रहना होगा। इसके बाद, देवघर जाऊंगा। आपके इस कवितानुमां पत्र और (पत्र में) पत्रनुमां कविताएं पाकर बड़ी प्रसन्नता हुई है। आप ऐसे ही लिखें, लिखते चले जाएं (चन्द्रमौलि उपाध्याय की पंक्ति 'छेनियों से क्षितिज गढ़ें, गढ़ते चलें, गढ़ते चले

जाएं' के अनुसार), ऐसा मैं अनुरोध करूंगा।

गांव में रहने के आपके सौभाग्य से ईर्ष्या होती है। क्योंकि, अब इक्कीस सालों के बाद पहली बार गांव आकर भी मैं गांव का हो नहीं पाता हूं।

जिन वृक्षों के नीचे हमलोग खेलते-फैलते थे, वे अब नहीं हैं। जिन लड़कियों के लिए हम कमल, कुमुदिनी और चंपा के फूल तोड़ते थे, वे अब पांचवें, छठे, सातवें एडीशन में चल रही हैं। गांव के किनारे से एक खूबसूरत नदी बहती थी। कोसी के विराट बांध के कारण वह प्यारी धेनु-नदी भी गायब हो गई।

अब तो गांव में बिजली आ गई है, सिनेमा के पोस्टर चिपकने लगे हैं, और जैसे मुकदमा लड़ने के सिवा किसी आदमी को कोई काम नहीं रह गया है।

सप्रेम,

—राजकमल

ई—वार्ड (आर. एस. रूम), राजेन्द्र सर्जिकल अस्पताल, पटना—4

प्रिय भाई, 29.07.1966

मैं जल्दी ही अस्पताल से मुक्त हो रहा हूं। इसके बाद कुछ महीनों तक किसी निर्जन एकांत पर्वत-स्थल में रहना चाहता हूं। कहां रहूं?

गांव में रहकर आप तो नगर-जीवन की यांत्रिक पद्धतियों से मुक्त रहते होंगे। समय कैसे काटते हैं? विवाह किया है? बच्चे किए हैं? गांव की मोटी, मूर्ख और लापरवाह स्त्रियों से प्यार किया है? प्यार करते हैं? सस्नेह

—राजकमल, 29.7.1966

—निवेदिता, राजकमल विशेषांक में प्रकाशित

अणिमा के संपादक शरद देवड़ा से

'अणिमा' का मार्च अंक मुझे अभी मिला है। पत्रिका को मासिक-कलेवर के नए रूप में देखकर खुशी हुई है।

अशोक कुमार की आत्मकथा छापकर आप निश्चय अच्छे काम की शुरुआत कर रहे हैं। चार्ली चैप्लिन, एरोल क्लिन, मार्लो ब्रैंडो जैसे विदेशियों (कलाकारों) की आत्मगाथाएं अमरीकी साहित्य की निधियां हैं। बलराज मैनरा ने साफ-सुथरी जुबान में और सही ढंग से सत्यार्थी को प्रस्तुत किया है—लेकिन, वह कृष्णचन्द्र जैसे लोगों पर इतना नाराज क्यों हैं? उर्दू या और किसी भी भारतीय साहित्य के इन बीते हुए लोगों से—कृष्णचन्द्र हों या ताराशंकर या जैनेन्द्र, कृत्यों और कृतियों के प्रति तटस्थ हो जाएं—क्या यही काफी नहीं होगा? शव-यात्रा में तो चुप और तटस्थ रहकर ही शामिल होना चाहिए। लेकिन, अमरीका से अब तक सहमत लेखक श्री अज्ञेय अब अमरीका से असहमत लेखक और रूस से सहमत लेखक क्यों हो रहे हैं, यह ठीक-ठीक समझ में नहीं आता है। यह और भी समझ में नहीं आता है, कि तरुण भारतीय लेखक के विद्रोह का अधिकांश 'दिखावटी' है। श्री अज्ञेय के लेखकोचित मनुष्य-प्रेम, स्वाभिमान, करुणा और यश-प्रार्थना पर मुझे श्रद्धा है। मुझे मृत्यु से बचाने में उन्होंने बहुत कुछ किया। लेकिन, क्या अब उनकी लेखकीय राजनीति नेहरू की राजनीति के करीब क्यों नहीं आ रही है?

—अणिमा, अप्रैल-1967

महिषी, सहरसा, बिहार

प्रिय भाई, एक लंबे अरसे बाद तुम्हारा पत्र मिला है। प्रसन्नता हुई है कि तुम मुझे बिल्कुल भूल नहीं गए हो, अपनी व्यवस्था में...कलकत्ता आना मेरे लिए तभी संभव हो सकता है, अगर मैं वहां रहने के लिए अर्थात् फिर से वहीं रह जाने के लिए आऊं। वहां स्थायी रहकर 'अणिमा' के फिल्म-संबंधी पचास पृष्ठों की देखभाल, मैं समझता हूं, मैं अच्छी तरह कर सकता हूं। मगर कलकत्ता में रहने की बात तभी हो सकती है, जब वहां कम से कम तीन सौ पचास रुपए प्रति मास की आमदनी

का कोई सिलसिला बैठ जाए—किसी अखबार में, किसी कंपनी में, जहां कहीं भी. ..यह व्यवस्था हो जाए, तो 'अणिमा' का काम मैं निःशुल्क रूप से भी कर सकता हूं। इतने काम का समय मैं निकाल लूंगा। लेकिन, किसी भी बड़े शहर में रहकर प्रकाशकों, सेठों और दोस्तों से भीख मांग-मांगकर जीवन बिताने से हजार बार बेहतर है कि अपने इस जंगली इलाके के उपेक्षित गांव में रहूं—क्योंकि यहां मैं कुल दो सौ रुपए प्रति मास की आय से सुविधापूर्वक अपना और अपने छोटे-से परिवार का अन्न वस्त्र पूरा कर सकता हूं।

अगर वाकई मेरे कलकत्ता आने से 'अणिमा' का, मेरा, तुम्हारा और दूसरों का लाभ हो, तो ऐसी व्यवस्था करोगे। मैं गरीब आदमी हूं—राज्याश्रय अथवा सेठाश्रय अथवा अपनी पारिवारिक संपति का आश्रय भी मुझे प्राप्त नहीं है—और, व्यावसायिक लेखक नहीं होने के कारण अक्सर मेरी रचनाएं छापने को प्रकाशक तैयार नहीं होते है; और जो छापते हैं, वे ज्यादातर पारिश्रमिक या रायल्टी देने की स्थिति में नहीं होते हैं। अतएव अन्न का सवाल मेरे लिए बड़ा ही कठिन सवाल हमेशा बना रहता है। आशा है तुम स्वस्थ-सानंद हो। सप्रेम

—राजकमल, 10.05.1967

—अणिमा, जून-जुलाई 1967

रवीन्द्र कालिया से

प्रिय भाई, जो लोग मुझे पत्र नहीं लिखते हैं, और हमसफर होकर भी जवाब नहीं देते हैं, उन्हें मैं बेकार पत्र नहीं लिखता। यह भी एक स्वार्थ के कारण ही है। मेरे अग्रज बन्धु श्री शिवेन्द्र नारायण, 'ज्योत्स्ना' (बिहार की एक मात्र साहित्यिक पत्रिका) का कहानी विशेषांक निकाल रहे हैं। इन्हें तुम्हारी एक कहानी किसी प्रकार भी चाहिए। मेरी यह तीव्र इच्छा है। क्या अधिक पारिश्रमिक की आशा किए बगैर (कभी-कभी ऐसा करना भी सेहत के लिए मुफीद होता है!) एक कहानी भेज सकोगे?

'मराल' बंगाली अंक के बारे में कई दिनों तक मैं बनारस था। वहां तुम्हारा एक पत्र देखा। देवेन गुप्त की मृत्यु की सूचना से काफी परीशान हुआ। ऐसा नहीं लगा कि वह आदमी वाकई मर गया है। चलो, अच्छा हुआ, एक वारदात खत्म हुई। और कौन मरने को आमादा है? यह मोहन राकेश कब मरेगा? और मनहर चौहान? प्रभाकर माचवे से कहो, देवेन गुप्त के बारे में एक लेख न सही, 'नई कहानियां' में ही लिख दें। भारतभूषण अग्रवाल भी लिख सकते हैं। खैर।

'ज्योत्स्ना' के लिए फुरसत निकालकर आठ-दस जनवरी तक एक कहानीनुमां

कोई दास्ताने-जिन्दगी ही भेज दो। मैं शिवेन्द्र जी से वादा कर चुका हूं। या, इतना अधिकार भी मुझे नहीं देना चाहते?

और सुनो, दिल्ली कैसी है? यानी, हिन्दी निदेशालय में काम करने वाली मोटी लड़कियां? नए वर्ष की शुभकामनाएं। सस्नेह–

–राजकमल चौधरी

–कारखाना, राजकमल विशेषांक

जीवकान्त से

प्रियवर,

दूसरा कोई भी उपाय न देखकर, गांव चला आया हूं–उग्रतारा यहीं हैं। भर दशमी (दुर्गापूजा) यहीं रहूंगा। चंपा रोग का प्रकोप कुछ घटा है। गांव के शांत-स्वच्छ परिवेश में दूसरे Emplications भी घटते जा रहे हैं।...मैं मात्र इक्कीस वर्षों के बाद अपने गांव आया हूं। इसीलिए यहां बहुत मन लग रहा है। गांव के बगल से कोसी का विराट 'बांध' जाता है। उस पार अपार जल राशि, इस पार हरी धरती। शाम को उग्रतारा-मंदिर जाता हूं। शतरंज खेलता हूं। भांग पीने की इच्छा करता हूं (पीता नहीं हूं)। और भी बहुत कुछ करने की इच्छा करता हूं–जैसे किसी अंधी, पागल, काली, प्यासी स्त्री से प्रेम! इस स्त्री का नाम हुआ उग्रतारा!...

सप्रेम

राजकमल, 21.09.1966

प्रिय जीवकान्त,

मैं गांव में ही हूं। बीच में एक बार कलकत्ता गया था। एक दुर्घटना इस बीच हुई कि मेरे पिता गत 10 जनवरी को स्वर्गवासी हो गए।...अब घर-परिवार का सारा बोझ सिर पर आ गया है। तीन अनुज कॉलेज में पढ़ रहे हैं, एक बहन की शादी अगले वर्ष करनी ही पड़ेगी। पितृ-श्राद्ध में दस हजार रुपए खर्च करने पड़े।...किंतु, इन सारी समस्याओं से मैं विचलित अथवा 'किं करोमि गोविन्दऽ' नहीं हूं। मैं अपनी मुक्ति और स्वच्छन्दता को सुरक्षित रखते हुए परिवार के प्रति अपने दाय और दायित्व को संभाल लूंगा–ऐसा मुझे विश्वास है।...आशा है, आप ग्राम-आनंद (अथवा ग्राम्य-आनंद) में तल्लीन हैं। ऐसी चांदनी रात–आज ही पूस की पूर्णिमा है–ऐसी कबई मछली–ऐसी 'जवान' जोरदार मछियारिन (कन्या)–मनुष्य को मुक्ति के लिए और कुछ नहीं चाहिए। मेरे लिए न तो देश में अकाल पड़ा है और न ही मैं किसी दुःख के अंधकार में डूबा हुआ हूं। उम्मीदवार एम.एल.ए., एम.पी. आदि की जीप,

मोटर, साइकिल प्रतिदिन दालान के सामने खड़ी होती है। प्रतिदिन मैं पहले से ज्यादा स्वस्थ और शांत होता जाता हूं। गांव से अब अटूट 'आसक्ति' हो गई है। कवि राजकमल अब सब दिन गांव में ही रहेंगे। एक बार आप मेरे गांव आइए...

सस्नेह

राजकमल, 27-1-1967

प्रिय जीव.,

कितने ही दिनों से कोई संवाद नहीं। कारण?...मैं कई दिनों से पटने में हूं। अब गांव लौट जाऊंगा। अब शहर, बाजार, 'मेड-अप' स्त्रीगण, रेस्तरां, पुराने बंधु, कुछ भी अच्छे नहीं लगते हैं। अच्छा लगता है एकांत। अच्छा लगता है अंधकार। अच्छा लगता है, किसी विशाल* स्त्री-गाछ (ध्वनि विपरीत-रति नहीं है) की छाया में बैठा, और सब कुछ भूल जाना...भूल जाऊंगा, मैं सब कुछ भूल जाऊंगा, याद रह जाएगी कबई मछली जैसी एक जोड़ी आंखें, उजली-नीली आंखें, और समुद्र। काला, शांत, मृत, कोई अनंत समुद्र...

—राजकमल, 27.4.1967

लहर, दिसंबर-जनवरी 1968 में जीवकान्त के लेख में प्रकाशित मैथिली पत्र।

उपेन्द्र चौधरी से

7, मान सिंह रोड, नई दिल्ली

28-12-1955

पूज्य उपेन्द्र काका,

आपके पत्र का जवाब समय से नहीं दे सका, क्षमा करेंगे। चार दिन पूर्व मैं दिल्ली आया। करपूर नवादा में हैं। प्रदर्शनी देखने की कामना से आया हूं। आगरा होते हुए पांच तारीख तक वापस होऊंगा।

क्लर्की की मरणांतक जिंदगी से चार दिनों की फुर्सत पाने के लिए यह यात्रा की।

मन व्याकुल हो गया था। इसीलिए सोचा कि एक बार जरा चार कदम टहल मार आऊं। दरभंगा हाउस में ठहरा हूं। दरभंगा महाराज के आश्रम में भोजन करता हूं। अपूर्व भोजन। वैसे, शोभना देवी भी अभी दिल्ली में ही हैं। यहां से चार मील पर उनका निवास है। कल प्रदर्शनी और सिनेमा साथ-साथ गया था।

---

* इस विशाल शब्द के लिए मैथिली में 'झमटगर' शब्द प्रयुक्त है।

पुराने, बीते हुए दिन के प्रेम संबंधों का renewal स्वास्थ्य के लिए उत्तम ही होता है। मध्यवर्गीय परिताप में जलता हुआ मैं और आप इससे ज्यादा क्या कर सकते हैं?

लाल काका नवादा में हैं, नहीं तो शायद गांव (महिषी) गए होंगे। मैं 5.1.1956 तक पटना पहुंचूंगा। तभी करपूर भी आएंगी। आपसे भेंट करने की इच्छा तो बहुत होती है, किंतु...गांव तरफ जाने का कोई संयोग ही नहीं बनता है। हां, मदन आदि के उपनयन में तो अवश्य ही भेंट होगी। लेकिन, सुधा काकी के चरण-स्पर्श का अवसर इस जीवन में मिल पाएगा या नहीं, ऐसा विश्वास नहीं है।
विशेष क्या...

कोटिशः प्रणाम!

—मणीन्द्र

हंसराज से*

रामकृष्ण मिशन लेन, पटना-4

प्रिय हंसराज, कल आपका पत्र मिला। नहीं आ सका। आलस्य। और, फुरसत भी नहीं मिल पाई। एतदर्थ क्षमादान चाहिए। आपके गल्पादि 'वैदेही' में पढ़कर अतीव प्रसन्नता होती है। शेष कुशल।

—राजकमल, 17.05.1956

नागदत्त का क्या हाल-चाल है? आपने इधर क्या-क्या लिखा है? और क्या कर रहे हैं?

—राज.

प्रिय हंसराज, मैं आज ही बीस-पचीस दिन की महायात्रा (हरिद्वार, ऋषिकेश, बदरीनारायण) से लौटा हूं। इसीलिए पहले पत्र नहीं लिख सका, क्षमा करेंगे। मैथिली लेखक-सम्मेलन में जाने का यत्न मैं करूंगा। आप भी आइए न! गल्लादि लिखना न छोड़ें। मंद नहीं, सतेज। भेंट कब होगी? एतद्धि

—राजकमल, 06.08.1956

प्रिय हंसराज, उत्तर में बिलंब का कारण, वैद्यनाथ धाम गया था...। सम्मेलन, प्रोफेसर श्री कृष्णकान्त मिश्र की अस्वस्थता के कारण नहीं हो सका। मायानन्द शायद दरभंगे

* आखर, मई-अग. 1968 में प्रकाशित एवं मूल मैथिली से अनूदित

में हैं। ललित उत्तर देने में महा-आलासी है। यूं ही कुछ लिख रखा है—गल्पादि। कटिहार तो बहुत बड़ा औद्योगिक नगर है। वहां के मजदूर-मेहनतकश, निम्न वर्गादि के नागरिक, पानवाले, रिक्शवाले आदि लोगों के जीवन को नजदीक से देखने का यत्न कीजिए, तभी जीवन के सत्य और गल्प के सत्य—दोनों प्राप्त कर सकेंगे। वैसे अनुभव रहित कल्पनाग्रस्त कहानी लिखने की कोई सार्थकता नहीं है। श्री यात्री अभी इलाहाबाद में हैं। और हंसराज, इस जीवन का उद्देश्य है, मात्र ज्ञान-प्राप्ति और ज्ञान वितरण। इस प्राप्ति का जो भी माध्यम हो, 'विष या विषया', पाने में कोई कमी न करें। मैं सकुशल हूं। पत्र दिया करें।

—राजकमल, 18.8.1956

प्रिय हंसराज, गत डेढ़ महीने से मैं पटने में हूं। पुनः हिमालय-यात्रा पर गया था। जम्मू स्टेट (कश्मीर) में वैष्णव देवी का एक स्थान है। इस बार वहीं भागा था। कल पटना आने पर आपका पत्र मिला।

फिलहाल अठारह-उन्नीस नवंबर को दरभंगे में मैथिली साहित्य सम्मेलन हो रहा है। मैं अवश्य जाऊंगा। आप भी आइए न!

मैं सतरह नवंबर की रात में दरभंगा (ललित के निवास पर) पहुंच जाऊंगा। एतद्धि। नया जो कुछ भी लिखे हों, दरभंगा ही लेते आएं।

—राजकमल, 10.11.1956

द्वारा : मिथिला दर्शन, 19 बी. नरेन्द्र सेन स्क्वायर
कलकत्ता-9

भाई हंसराज, मुझे अनुमान नहीं था कि अभी तक आप कटिहार में होंगे। इसीलिए इस पते का उपयोग नहीं किया। आपसे पत्र-व्यवहार छूट गया था। मैंने साल-दो साल हिमायन किया—कैलाश-सुमेरु से हरिद्वार तक। अब स्थिर रूप से कलकत्ता रहने का निर्णय लिया है।

मिथिला दर्शन के पास अपने साहित्यजीवी को जीवित रखने का माध्यम है। अपना उपन्यास 'पाथर-फूल' और कविता संग्रह 'स्वरगंधा' दो तीन सप्ताह में आपकी सेवा में भेजूंगा। मुख्यतः इतना ही इस बीच लिखा है—गल्पादि के अतिरिक्त।

यथाशीघ्र अपना एकाध गल्प और दो-तीन कविता 'मिथिला-दर्शन' के लिए भेजें। यह मेरा निवेदन और मेरी प्रार्थना है।

और सब कुशल जैसा ही है। हो सके तो अपना विस्तृत समाचार लिखिए। कैसे क्या कर रहे हैं। जीवन पथ पर कितना आगे बढ़े हैं। आदि-आदि। फिलहाल 'मिथिला दर्शन' (जनवरी) भेज रहा हूं। फरवरी अंक सप्ताहांत तक भेजूंगा। पत्र

अवश्य देते रहें। एतद्धि। आपका

—राजकमल, 12.2.1958

भाई, आपका (24.03.1958) कार्ड मिला। आश्चर्य की बात है कि अभी तक आपकी कविता नहीं मिली है। मुझे तो लग रहा था कि आपने मुझे भुला दिया—मैं भी अप्रैल के अंत तक (शायद) दरभंगा जाऊंगा। ब्राह्मणी उधर ही हैं अभी। किस गांव, किस परिवार में शादी कर रहे हैं। इतने हड़बड़ा क्यों गए? अभी तो ज्यादा उम्र भी नहीं हुई थी। कृपया रचनादि भेजें। नहीं हो तो रजिस्टर्ड डाक से भेजें—कविता, गल्प, कथा, लेख, संस्मरण और व्यंग्य। ज्यादा कथा चाहिए 'दर्शन' को। बढ़िया और स्वस्थ और रमणीय कथा का बहुत अभाव है। कोई एक विस्तृत पत्र (कम से कम दस-बारह पृष्ठों का) अपने बारे में सारे समाचारों के साथ दें। एतद्धि।

—राजकमल, 27.03.1958

प्रिय हंसराज, पत्रोत्तर देने में देर हुई, इस हेतु क्षमा-प्रार्थना के अतिरिक्त कोई शब्द नहीं मिल रहा है। बात यह हुई कि अपनी एक अभिभाविका के साथ मैं जगन्नाथपुरी चला गया था, अकस्मात ही। कल ही लौटा हूं...यात्रा की अव्यवस्था के कारण बुखार हो गया है...अत्यंत थका हुआ और श्रांत हूं...।

आपका पत्र और संग्लन कविता प्राप्त हुई। मैं आपसे गद्य-रचना की अपेक्षा रखता था...आशा करता हूं, अगली बार आप गद्य भेजेंगे।

वैदेही (मार्च अंक) में आपका एक गल्प पढ़ा है...कथानक लंदन नगर से संबंधित है। कहानी मुझे पसंद आई...किंतु मेरे विचार से आज के कथाकारों को अनुमानित सत्य से ज्यादा अनुभूत सत्य पर ध्यान देना चाहिए...जब अपने चारों ओर कोई घटना, तथ्य, कोई सत्य, कोई चरित्र, कोई वातावरण नहीं मिले, तभी ही कथा में काल्पनिक स्थान-घटना का आश्रय लेना चाहिए। एतद्धि

आपका विस्तृत पत्र पाकर मन तृप्त हुआ। मन अधिक तृप्त होगा, जब इधर के तीन-चार वर्षों के अव्यवस्थित-से जीवन में आपने जिन-जिन वस्तुओं का ज्ञान अनुभव किया है, उन्हें आप अपनी रचनाओं में समेट सकेंगे। आर्थिक अव्यवस्था, सामाजिक अनास्था, मानसिक अश्रृंखला में बिताए समय गल्पकार और कवि के लिए सबसे महत्त्वपूर्ण समय होते हैं...ऐसे ही संक्रांति काल और संक्रमण काल में कलाकार अपनी ग्रहणशक्ति और अनुभूति को मांज सकता है, सान चढ़ा सकता है...। वैसे मेरा व्यक्तिगत विचार है कि आपकी प्रतिभा में गद्यकार होने का तत्व, कवि होने से ज्यादा है। आप अपनी रचनाएं क्रमशः मुझे भेजें...ध्यानपूर्वक पढ़कर मैं अपना व्यक्तिगत विचार देने का कष्ट अवश्य करूंगा। मेरा ननिहाल पूर्णियां है...कटिहार

(1947 से 1950 तक) कितनी ही बार गया हूं, और एक-दो बार महीना का महीना रहा भी हूं। कटिहार औद्योगिक नगर है, जीवन का अत्यधिक भिन्न-भिन्न प्रकार और 'टाईप' वहां मुझे देखने में आया था...वैदेही मासिक में कटिहार से संबंधित एक कहानी 'अन्हार' (अन्धकार) भी लिखी थी। आपने इस नगर से क्या-क्या प्राप्त किया है? कितने गल्प लिखे हैं? आदि-आदि।

विवाह अभी आप नहीं करते, वही बेहतर होता।...क्या आपकी वाग्दत्ता जीवन के हर क्षेत्र में आपके साथ आगे बढ़ सकेंगी? या आपको ही पीछे खींचने के सतत प्रयत्न में संलग्न रहेंगी?

अंग्रेजी-साहित्य की तरफ आपकी रुचि जगी है, यह बहुत महत्त्वपूर्ण घटना है। पुराने क्लासिक साहित्य को नहीं पढ़कर आप अत्यंत आधुनिक साहित्य पढ़ें। विलियम फॉकनर, हेमिंग्वे, जॉन स्टेन बेक, विलियम सॅरोयां, ज्यां पाल सार्त्र, अलबर्टी मोराविया आदि गद्य में और इलियट, पो, एमिली डिकिन्स, डोरोथी पार्कर, नोरमा फेरबर, मुरी नॉस, मे स्वेन्टन, थियोडोर रोके, आदि पद्य में। 'मिथिला दर्शन' के लिए विदेशी कहानियों के अनुवाद, अपनी गद्य रचनाएं आदि भेजें। मेरे प्रकाशित पुस्तकों की एक भी प्रति फिलहाल मेरे पास नहीं है। संभवतः इस माह के अंत तक अपनी दो पुस्तकें आपको भेज सकूंगा। जैसी आशा है, तदनुसार मैं सौराठ सभा के समय दरभंगे की तरफ जा सकूंगा। पहली मई को दरभंगा पहुंचना असंभव है...जीवन में आर्थिक व्यवस्था लाने के इंतजाम में व्यस्त, अतिव्यस्त हूं। अब इस अंतर्देशीय पत्र में जगह नहीं बची है...अस्तु। कृपया पत्र का उत्तर दें।

—राजकमल, 12.4.1958

चानपुरा

हंसराज! प्रिय बंधु!! आज कलकत्ता जा रहा हूं। आपका कार्ड मिला था। उस समय उत्तर नहीं दे सका...व्यस्तता...यात्रा...दिमाग की थकान। आप विस्तृत पत्र लिखें। पत्र मात्र ही नहीं, रचनादि भी।

'स्वरगंधा' पर विस्तार से विचार भेजें। नागदत्त से मुलाकांत नहीं हो सकी ...। एक बार कटिहार आने का मन है। दिसंबर में आऊंगा। वहीं से दार्जिलिंग जाऊंगा, कलिंपोंग में राहुल बाबा की ससुराल है। जलपाइगुड़ी...शिलांग...डिब्रूगढ़! तीन महीने की यात्रा रहेगी। साथ देंगे?

अब उपन्यास 'पारबती मठ' (हिन्दी) में लगा हुआ हूं। आप अपना लिखें।

—राजकमल, 13.07.1950

भारतीय ज्ञानपीठ, साहू जैन निलय, 9 अलीपुर पार्क प्लेस कलकत्ता-27

प्रिय हंसराज, दिनांक 8.10.1958 का पत्र कल शाम मिला। 'स्वरगंधा' संबंधित आपका लेख 'मिथिला दर्शन' नवंबर अंक में जा रहा है। विगत सात महीने से पत्र बंद था। अक्टूबर अंक आया है। अब लगातार आएगा। मैं मिथिला दर्शन' से (अब) किसी भी तरह संपर्कित नहीं हूं। कारण, समय नहीं है। मैं 'भारतीय ज्ञानपीठ' में पुस्तकादि-संपादन का कार्य कर रहा हूं। पत्र व्यवहार का पता यही है। आप पीताम्बर जी (भागलपुर) को सूचित कर सकते हैं।...प्रिय रायजी को मेरा नमस्कार सूचित कर देंगे।

—राजकमल चौधरी, 28.10.1958

6/1 बामन प्राड़ा लेन, कलकत्ता-19

हंसराज, कार्ड मिला। लंबा पत्र नहीं लिख रहा हूं। व्यस्तता और मानसिक उद्वेग...।

नव वर्ष की शुभकामनाएं स्वीकार करें।

1. 'मैथिली की सर्वश्रेष्ठ कहानियां, 'हिन्दी संग्रह' प्रकाशित हो रहा है। अपनी प्रकाशित मैथिली कहानी (तीन अदद) हिन्दी अनुवाद कर शीघ्रतः दस जनवरी से पूर्व भेज दें। आपकी रचना, संग्रह में जाए, यह मेरी तीव्र इच्छा है। किंतु अनुवाद आप स्वयं भेजें। मुझे समय नहीं है—इसीलिए यह अनुरोध कर रहा हूं।
2. आप दो-तीन कविताएं और एक कहानी (हिन्दी) भेज दें। एक हिन्दी मासिक पत्र का संपादन कर रहा हूं—उसके लिए चाहिए।

—राजकमल, 01.01.1959

भाई, परेशान-परेशान ही रहा, इसीलिए पूर्व में पत्र नहीं दिया। आज आपका पत्र पाकर मन साफ हुआ है। दो-तीन दिन में आदिकथा भेजूंगा। गया में कितने दिनों तक रहने का विचार किया है? क्यों? आपकी रचना 'मैथिली की प्रतिनिधि रचना' में गई है। शशि, आपकी भौजाई यहीं हैं। गया-कॉलेज में मेरे अभिन्न बंधु सुरेन्द्र नारायण चौधरी प्रोफेसर हैं। अवश्य मुलाकात कीजिए! अच्छे आदमी हैं, अध्ययनशील और पंडित।

और क्या हाल है? उपन्यास की पांडुलिपि भेजें। और क्या-क्या लिख रहे हैं? मैं आजकल हिन्दी में लगा हुआ हूं। आप भी हिन्दी में आइए, मैथिली में अभिव्यक्ति का माध्यम कहां है? विशेष क्या...?

—राजकमल, 28.04.1959

राम कुटीर, पुरबा-पुतियारी (पियारा बगान) कलकत्ता-33

प्रिय हंसराज, आप अनायास ही उगते हैं, अनायास ही डूब जाते हैं। यह छंदहीनता कभी मुझे अच्छी लगती है, कभी बुरी। अभी तक मेरा जीवन भी ऐसा ही रहा है। दरभंगा-पटना-दिल्ली-मसूरी। इसके बाद यह कलकत्ता। पारिवारिक जीव हम-आप नहीं हैं। लेकिन पागल-विक्षिप्त भी नहीं हैं कि अकारण भटकते रहें—जनसागर में बहते रहें। यह सत्य है कि हमलोग असाधारण व्यक्ति हैं। साधारण व्यक्ति की दिनचर्या-जीवनचर्या हमलोगों के लिए नहीं है। तब एक बात और है—मेरी पत्नी, आपकी पत्नी, और आर्थिक समस्या। स्वेच्छा से शादी की है, इसीलिए, पत्नी को साथ रखकर, अपने साथ भटकते रहने के लिए उपयुक्त बनाइए। यह नहीं हो सके और भटकना अधिक जरूरी लगे—तो पत्नी का परित्याग कर भगवान बुद्ध बन जाइए। इति उपदेशः।

मैं और शशिकान्ता कलकत्ते में हूं। अब कितने ही वर्षों तक यहीं रहूंगा। जीविका का कोई उपयुक्त साधन नहीं है, किंतु इतना उपार्जन हो जाता है कि भोजन-वस्त्र-गृह-व्यवस्था हो जाती है और पढ़ने लिखने का समय मिल जाता है। लिखना-पढ़ना जीवन का उद्देश्य है। सब दिन था। सब दिन रहेगा।

'मैथिली की श्रेष्ठ कहानियां' श्री सोमदेव भी प्रस्तुत कर रहे हैं। उनसे पत्राचार कर दोनों लोग एक ही संग्रह निकालें वही उत्तम होगा।...मुझे जब कहेंगे, मैं अपनी अनूदित कहानी भेज दूंगा। अपने सारे समाचार विस्तारपूर्वक लिखें। संभव हो तो कभी एक बार कलकत्ता आएं। आपकी जीवनधारा उचित रूप से प्रवाहित नहीं हो रही है। एतद्धि। सस्नेह

—राजकमल, 19.11.1959

प्रिय हंसराज, सुविस्तृत पत्र पाकर प्रसन्नता हुई। 'भटकने की प्रवृत्ति' से मेरा अर्थ केवल स्थान परिवर्तन नहीं था—अकर्मण्यता भी था। आप किसी दिशा में स्थायी रूप से कुछ करेंगे, तो मुझे सचमुच, बहुत प्रसन्नता होगी। शशिकान्ता को आपका नाम ही नहीं, परिचय भी मालूम है। 'मैथिली की श्रेष्ठ कहानियां' में मेरी जो रचना पसंद आए अनुवाद कर लीजिए। मैं अभी अनुवाद नहीं कर सकूंगा। दिसंबर भर एक भी पंक्ति लिखने की इच्छा नहीं है। यदि 'अपराजिता', 'कोपड़', 'मलाहक टोल', 'किरणमयी' (सारे 'वैदेही' में प्रकाशित) में से किसी गल्प का अनुवाद करें तो बेहतर। उग्रानन्द की 'सुकनी' अवश्य Indude करें। यात्री जी की जो भी रचना मन करे, अनुवाद कर लें। उत्तर देने में वे बड़े आलासी हैं।...'आदिकथा' भेज रहा हूं।...

भाई, मेरे विचार से मनुष्य जाति की सबसे महान उपलब्धि है संस्कृति। इस चार हजार वर्ष के जीवन-संघर्ष में मनुष्य ने संस्कृति के अतिरिक्त और कुछ नहीं पाया है। संस्कृति मानी क्या? संस्कृति मानी अच्छा से रहना। आदि मानव अच्छे से नहीं रहता था। स्वाभाविक तरह से रहता था। हिंसा, घृणा, लोभ आदि स्वाभाविक भाव था। संस्कृति इस भाव को परिष्कृत कर अहिंसा, प्रेम आदि उत्पन्न करती है। कला, संस्कृति की सबसे विशिष्ट उपलब्धि है। कला द्वारा लोक मानस में सौंदर्य की उत्पत्ति होती है। संस्कृति से कला, कला से सौंदर्य, सौंदर्य से रसानुभूति रसानुभूति से जीवन मुक्ति प्राप्त होती है। इसमें कौन बड़ा, कौन छोटा? संस्कृति और कला का संबंध अटूट है। संस्कृति से जीवन सुंदर बनता है। कला से मन सुंदर बनता है। जीवन और मन में कौन बड़ा, कौन छोटा? जो साधारण मनुष्य है, समाज जीवी, धर्मजीवी आदि, उसके लिए संस्कृति। जो असाधारण मनुष्य है, आत्मजीवी सौंदर्यजीवी, उसके लिए कला। किंतु, चूंकि लोग संस्कृति नहीं हैं, इसलिए वह कला-निर्माण नहीं कर सकता है। संस्कृति जीवन की पहली पाठशाला है। कला उच्च स्तरीय शिक्षा है। लेकिन प्रश्न यह नहीं है। प्रश्न है कि संस्कृति और कला, दोनों के बीच जो रस है, काव्य है, लय है, संगीत है–जो सौंदर्य है, पहले उन्हें समझना परम आवश्यक है। जो व्यक्ति सौंदर्य नहीं समझता है, उसके लिए इन दोनों का कोई अर्थ नहीं। जो अच्छा लगता है, वह सौंदर्य नहीं है। जिसको अच्छा समझना चाहिए, वह सुंदर है। दूसरी बात यह कि वास्तव में सौंदर्य होता नहीं है, हम समझते हैं कि सौंदर्य है, इसीलिए सौंदर्य की स्थापना किसी वस्तु में होती है। सौंदर्य को समझने की मेरी-आपकी इस क्षमता में बुद्धि, अध्ययन, ज्ञान, प्रतिभा, सहनशीलता आदि का उच्चतम मिश्रण आवश्यक है। बिना रसज्ञ हुए सौंदर्य समझना असंभव है। बिना रसज्ञ हुए संस्कृति और कला को समझना असंभव है।

इसी तरह की कितनी ही बातें इस विषय में कही जा सकती हैं। विस्तार से पत्र में कहना असंभव है, इस विषय पर निबंध लिखा जा सकता है। अंत में मैं इतना ही कहना चाहूंगा कि कला और संस्कृति में मेरे आपके लिए सबसे बड़ी वस्तु सौंदर्य है।

मैथिली लिखना छोड़ा नहीं है। 'मिथिला दर्शन' में कथा 'आकाश गंगा' छपी है। आपकी कथा वैदही में देखी थी। 'वैदही' regularly नहीं आती है। जनवरी में मैं एक मैथिली उपन्यास लिखूंगा–'बटगमनी'। एक ऐसी युवती पर जो जीवन भर विभिम्न लोगों के साथ भागती फिरती है। कथा का विस्तार जनकपुर से पूर्णिया तक रहेगा। और सब कुशल है। कभी एक बार कलकत्ता आइए। इति।

–राजकमल चौधरी

प्रिय हंसराज,...अनुवाद के विषय में मैं भी बातें करूंगा। 'आदिकथा' भेज चुका हूं, अवश्य ही मिली होगी। 'मैथिली की श्रेष्ठ कहानियां' कहां से प्रकाशित करा रहे हैं? कौन छापेगा? कैसे?

कलकत्ता आइए एक बार। लेकिन, सबसे ज्यादा आवश्यक है कि जीवन को व्यवस्थित कीजिए। व्यवस्था नहीं रहने से मेरी ही तरह जीवन विभिन्न प्रकार के उहापोह में उलझ जाएगा और अपनी योग्यता का पूर्ण उपयोग नहीं कर सकेंगे। मैं आज सुबह नवद्वीप जा रहा हूं। सप्ताह भर में लौट आऊंगा। आप हिन्दी में लिखना आरंभ करें और Classics त्यागकर Madern साहित्य पढ़ा करें। इति।

—राजमकल, 06.01.1960

प्रिय हंसराज, पत्र कल मिला है। 'चानो दाई' बढ़िया वस्तु बन पड़ी है। उसकी समालोचना आपको 'वैदेही' में लिखनी चाहिए। 'दर्शन' में आपकी रचना की प्रतीक्षा रहती है। विशेष क्या?

—राजमकल

प्रिय हंसराज, उजान से और कटिहार से दो पत्र मिले। संग्रह के लिए latest कब तक मेरी रचना चाहिए? उजान में नागो से मुलाकात हुई थी? क्या करते हैं? मेरी भी चर्चा उन्होंने की? धीरेन्द्र की 'धीयापूता' का दर्शन नहीं हुआ है। कहें कि पत्रिका मुझे अवश्य भेजें। और सब कुशल। कोई विशेष समाचार नहीं। आप अपनी हिन्दी रचना भेजें। प्रकाशनार्थ। आपका ही

—राजकमल, 22.02.1960

भाई हंसराज, अनेक दिन से आपका पत्र नहीं आया था। मैथिली कथा संग्रह के लिए आप मेरी कोई भी पुरानी रचना 'ललका पाग' अथवा 'फुलपरासबाली' (वैदेही में प्रकाशित) ले सकते हैं। नई रचना लिखना मैंने त्याग दिया है। मिथिला दर्शन, वैदेही, अभिव्यंजना किसी से भी मुझे कोई संपर्क नहीं है। नहीं रखूंगा। पत्र दिया करें। और?

—राजकमल, 15.06.1960

प्रिय हंसराज, संक्षिप्त पत्र के लिए क्षमा करेंगे।

1. 'मैथिली की श्रेष्ठ कहानियां' के लिए 'कोपड़' लिया—धन्यवाद।
2. मैथिली की उत्कृष्ट कथाओं के संग्रह के लिए मैं नई रचना और फोटो भेज दूंगा—निश्चय।

3. वैदेही, दर्शन, अभिव्यंजना, इजोत, धीयापूता, मैं इन सबसे अंसपर्कित हूं, और रहना चाहता हूं। आप भी हिन्दी में आएं, यह प्रार्थना मैं करूंगा। मैथिली का मोह ज्यादा समय तक उचित नहीं।
4. मैं स्थायी रूप से कलकत्ता में हूं, नियम बना रखा है कि पूरब की तरफ जाऊंगा, पश्चिम नहीं जाऊंगा। इसीलिए दरभंगा, पूर्णियां की कोई संभावना नहीं।
5. यात्री आज कलकत्ता से पटना गए। उनकी दो पुस्तकें 'सतरंगे पंखोंवाली' (कविता) और 'कुम्भीपाक' (उपन्यास) छपी हैं। और सभी कुशल ही कुशल।

—राजकमल, 25.6.1960

हंसराज भाई, पत्र मिला।...मात्र मैथिली में लिखने से लाभ नहीं है। हिन्दी में लिखना आवश्यक है। वैदेही में जो कथा (मेरी) आई, है, वह मैंने कृष्णकान्त बाबू को 1951 में दी थी। और?

—राजकमल, 20.07.1960

प्रिय भाई, कटिहार के पते पर पिछले पत्र का उत्तर भेजा है। 'मिथिला मिहिर' का दर्शन नहीं हुआ।

दिनांक 08.09.1960 को शशि देवी एक कन्या की मां बनीं। कन्या स्वस्थ है। और?

—राजकमल, 28.09.1960

हसंराज के साथ दिसंबर 1960 के अंतिम सप्ताह की एक रात नरकटियागंज-पहलेजाघाट की गाड़ी में राजकमल चौधरी की वार्ता :

'...मार्क्स पर विश्वास नहीं हंसराज! मेरी आस्था तो फ्रायड के प्रति प्रबल हो गई है...। जीने के लिए कोई एक भ्रम चाहिए, भले ही वह काल्पनिक, वरण किया हुआ क्यों न हो, उसी में लगे रहने से जीवन का रस मिलेगा। हंसराज, हजारहां उदाहरण मैं अपनी आंखों देखा कह रहा हूं...। मैथिली के प्रति आपकी निष्ठा ऐसी है कि मैं कोई तर्क नहीं दूंगा। किंतु, मैंने तो मैथिली से संबंध विच्छेद कर रखा है। हंसराज, मोह व्यावहारिकता का बाधक है। विचार कीजिए।...आप मेरी मैथिली की कहानियों को एकत्र कर और 'राजकमल : व्यक्तित्व एवं कृतित्व' निबंध लिख दीजिए। प्रकाशक मैं ढूंढ लूंगा।

—राजकमल

पुतियारी पूर्व, कलकत्ता-33

प्रिय भाई, पत्र पाकर अत्यंत प्रसन्नता हुई। स्वस्थ नहीं रहता हूं, और भी कितनी ही विवशताएं घेरे रहती हैं।

मैथिली लिखने में अब बहुत असुविधा होती है। असुविधा और अनिच्छा। इसीलिए मैथिली कथा नहीं भेज पाऊंगा। यदि बहुत आवश्यक हो तो किसी हिन्दी कहानी का अनुवाद करवा लें। और क्या-क्या कर रहे हैं?

—राजकमल, 02.08.1961

हंसराज, मुझे जीना है और जीने के लिए मैं सब कुछ करता आया हूं, करता हूं और करूंगा। मुझे जीना है। मैं जीऊंगा।

—अक्टूबर 1965 में आयुर्वेदिक अस्पताल पटना में भर्ती होकर गोमूत्र पीते समय वक्तव्य

हंसराज, मैं चंडी पाठ करना चाहता हूं। आशु (आशुतोष सिंह ठाकुर) से पुस्तक मंगवाई है। क्या...?

—मई/जून 1966 की किसी शाम को पटना अस्पताल में दिया गया वक्तव्य

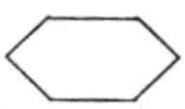 *ई-वार्ड (आर.एस.रूम) राजेन्द्र सर्जिकल अस्तपताल, पटना-4

कितने ही दिनों से भेंट नहीं हुई। इस तरह भूल जाना उचित नहीं। ('मिथिला मिहिर' का पिछला अंक, जिसमें मेरी कविता और पत्र था—कोई सज्जन उठा ले गए। मुझे देखने का अवसर नहीं मिला। कृपया उक्त अंक उपलब्ध कर किसी शाम अवश्य आइए। याद आती रहती है।

आदरणीय रमानाथ बाबू दरभंगे में ही हैं। उनकी सेवा में एक पत्र (कुशल आदि) लिखने की इच्छा है।

—राजकमल, 14.06.1966

महिषी, सहरसा

प्रिय हंसराज, आप कहां हैं? क्या कर रहे हैं? कितने दिनों से न कोई समाचार मिला और न 'मिथिला मिहिर' का कोई अंक मिला। मेरी कहानी 'प्रिय प्राणेश्वर' छपी थी क्या? और कविताएं? कृपया 'मिहिर' की free list में मेरे पटने के पते को बदलकर गांव का पता लिखवा दें। 'मिहिर' देखने की उत्सुकता सतत रहती है। कृपया पत्र

* इस पत्र के बाहर पता से ठीक पहले इसी तरह का षट्कोण बना हुआ था।

लिखें। अपना हाल समाचार कहें। सप्रेम

—राजकमल, 30.12.1966

महिषी, सहरसा

प्रिय हंसराज, कितने ही दिनों से आपका कोई पत्र नहीं मिला। क्या हाल-चाल है? एक कविता भेज रहा हूं। उपयोग करें।

गत दस जनवरी को मेरे पिता स्वर्गवासी हुए। श्राद्ध-कर्म और परिवार की व्यवस्था में व्यस्त था। अभी भी अवकाश नहीं हुआ है। गांव से निकलने की स्थिति नहीं है। अधिक संभव है, अब स्थाई रूप से यहीं रहूं।

आपकी व्यक्तिगत और साहित्यिक योजना किस तरह गतिमान है? आदरणीय रमानाथ बाबू का एक पत्र आया था। वे मेरा कथा-संग्रह अपने प्रकाशन से लाना चाहते हैं। आप 'वैदेही', 'मिथिला-दर्शन' और 'मिहिर' की फाइलों से मेरी प्रकाशित कहानियां एकत्र नहीं कर देंगे? यह भार आप पर ही देता हूं। सप्रेम

—राजकमल, 02.02.1967

महिषी, सहरसा

प्रिय हंसराज, मैं 15/5 को पटना गया था। उसी जगह 17/5 को बीमार पड़ गया। उसी हालत में 22/5 को गांव आ गया। अभी तक बीमार ही हूं। 102^0-103^0 बुखार रहता है। अवस्था अच्छी नहीं है। यदि धीरेन्द्र (जनकपुर) पटना आए हों तो उन्हें मेरा यह सारा समाचार कहेंगे। उनसे मिलने के लिए मैं वचनबद्ध था। लेकिन इस बीमारी में पटना आना असंभव है। अपना हाल-समाचार लिखिए। मिथिला मिहिर का अंक नहीं मिला है। क्या कारण है? पत्र देंगे।

—राजकमल, 02.06.1967

मनमोहिनी जैन से

तुमने वादा किया था, भले ही वसंत में न सही मृत्यु की
निस्तब्धता में तुम भास्वर दीप की तरह मुस्कराओगी।
तुमने वादा किया था, भले ही किसी पुष्प उद्यान में न
सही, सड़े हुए मुर्दों से परे मुर्दघटी में तुम मेरे संग आओगी

और हम दोनों अपने गीतों से मुर्दों को जगाएंगे।

—बायरन (ए सौंग फॉर एल)

मोना, प्रकाश ने लिखा है कि तुम दुर्बल होती जा रही हो। बायरन की ये पंक्तियां मैंने तुम्हारे लिए ही लिखी है। क्योंकि, तुम्हें और कुछ लिखने का साहस मुझमें नहीं हैं।

—कमल, 26.07.1960

प्रकाश जैन से

प्रकाश, मोना आज अकस्मात् चली गई। कम शाम वह मुजफ्फरपुर से आई थी। ज्ञान नहीं, मुझसे कौन विघटन हो गया। उससे कहेंगे कि मुझे पत्र लिखे। मैं बीमार था, बीमार हूं, उसका कोई स्वागत सत्कार नहीं हुआ। अस्तु, कभी तो मैं स्वस्थ अवश्य ही हो जाऊंगा...

—कमल, 18.04.1966

रामकृष्ण झा 'किसुन' से

...मैं भगवती उग्रतारा की आराधना कर रहा हूं और तंत्र-साधना में मेरा मन लग गया है। स्वस्थ होने के बाद गांव में ही रहूंगा। तंत्र के संबंध मैं आदरणीय श्री रमानाथ बाबू (रीडर, मैथिली विभाग, चंद्रधारी मिथिला, कॉलेज दरभंगा) से मैंने बहुत कुछ जिज्ञासा की है और पथ, प्रदर्शन प्राप्त किया है।

...आशीर्वाद दीजिए कि मैं स्वस्थ हो जाऊं और गांव जाकर वहीं रहूं। बहुत भटक लिया, बहुत कुछ सह लिया है। अब गांव और भगवती उग्रतारा के प्रति बड़ा मोह हो गया है।

आदरणीय किसुन जी, गोर* लगता हूं। यह एकदम आवश्यक, अद्भुत और अभूतपूर्व

* 'गोर लगै छी' का हिन्दी अनुवाद केवल यही हो सकता है। इसके अलावा हिन्दी की और किसी पंक्ति में वह ताकत नहीं है, जो इसकी ध्वनि दे सके। जब कोई व्यक्ति अपने परम आदरणीय व्यक्ति के पैर छूने में किसी भी कारण से असमर्थ है, चाहे दूरी की वजह से या जिस किसी भी वजह से, तो वह यही पंक्ति संप्रेषित करता है। 'प्रणाम' या 'नमस्कार' में इस 'गोर लगै छी' की ध्वनि नहीं आ पाती है।

काम आप सुपौल में कर रहे हैं। मैथिली साहित्य का ऐतिहासिक काम। आप मेरे और मैथिली की नई कविता के अग्रज हैं, इसीलिए यह दायित्व आपका ही था—आप ही का है। मैं तो केवल आज्ञा की प्रतीक्षा में था। हर्ष से गद्-गद् हूं। अवश्य आऊंगा।

—राजकमल

जगदीश चतुर्वेदी से

अकविता-4, विषय और चयन (रचना) की दिशा में सत्प्रयास है। सफल है। तुम (जगदीश चतुर्वेदी) शायद नगर के ही कवि हो—क्योंकि तुम्हारी कविता 'निरापद' प्रतीकों की नाजायज औपचारिकता के उपरांत (भी) इस अंक की सबसे प्यारी और बेहतर कविता है।...बुजुर्ग कवियों की बात नहीं कहूंगा, वे कहीं-कहीं हमलोगों से ज्यादा जल्दी खीझ जाते हैं। जीवन में भी और कविताओं में भी...चन्द्रकान्त देवताले की 'संभावना' में बड़ी (Major) कविता की सभी संभावनाएं हैं। और तीन पंक्तियों के एक वाक्य में होकर भी सबसे खूबसूरत कविता है। श्रीमती तारा तिक्कू की 'होटलों, भवनों के बीच बिल्ली खा नहीं सकती कबूतर'—तारा तिक्कू की कविता 'दिल्ली' हम सभी लोगों की दिल्ली है, जबकि श्रीमती ममता कालिया की 'बंबई' उनके अंदर की बंबई है, सिर्फ़ उनके अंदर की—क्योंकि बंबई में किसी को 'मेरे पास वक्त-ही-वक्त और वक्त...' ऐसा शायद ही होता हो। 'शहर के पेट पर सुबह होने के पहले बड़े-बड़े फफोले उठ आए हैं' (श्याम परमार)...'मैं बहुत भूखा हूं और भूख के पांव बहुत लंबे हैं' (राजीव सक्सेना)...'कांपती टांगों के बीच दंशित झाड़ियों ने क्यों ढंक लिया है सारे देश को' (मोना गुलाटी)...'शरीर का चमड़ा बीवी के पास गिरवी रखा है' (परेश)—नगर-महानगर की सारी श्लील और सामाजिक वीभत्सताएं इस अंक में उपस्थित हैं। यह उपस्थिति आवश्यक है। मगर, इस उपस्थिति को कविता से समाप्त करने के लिए (अर्थात्, जीवन से समाप्त करने के लिए) हम लोग क्या उपाय कर रहे हैं? या, सारे उपाय राम मनोहर लोहिया और मधु लिमये ही करें?

—राजकमल चौधरी, पटना, 09 सितंबर, 1966

('अकविता' के संपादक डॉ. जगदीश चतुर्वेदी के नाम पाठकीय पत्र के अंश)

रामनरेश पाठक से

मैं सेक्रेटेरियट में जा रहा हूं, शिक्षा विभाग में लोअर डिविजन असिस्टैंट का काम मिल गया है।

– अब यहीं रहूंगा, अपने ही राज्य में, यहीं कुछ करूंगा।

– साहित्य में तथाकथित श्लीलता-अश्लीलता के बारे में क्या कहते हैं?

– अग्रज, आप अपनी जीवन-पद्धति बदलें, गृहस्थ बनें, बच्चों और शांति भाभी के साथ रहें, तब ही कुछ कर सकेंगे। आखिर वह भी तो हमारी जिम्मेदारी है।

– सब लोग इस निष्कर्ष पर सोच-समझकर पहुंचे हैं कि बलात् आपकी जीवन-पद्धति, चाहे जैसे भी हो बदल दी जाए, तब ही आप कुछ लिख-पढ़ सकते हैं। पता नहीं क्या होता जा रहा है आपको?

– मेरा इलाज करा दें, फिर आप जो कहेंगे वैसे ही चलूंगा।

– मेरी आंखें इतना भर जरूर देख लेती हैं कि आप...नहीं देखने आते (अस्पताल में)।

– अब ठीक हूं। अब बड़ा ऑपरेशन और होगा, अभी निदान पूरा नहीं हुआ है।

– जिया जा सकता है तो वैसे ही, और अब कुछ करना शेष नहीं है मुझे, आदमी को अधिक जीना भी नहीं चाहिए, मैं तौर तरीका बदल नहीं सकता।

– ये लोग मेरे पास मेरा जन्म-दिन मनाने आए थे, महावरुणी आदि लेकर। ये मेरे मित्र हैं, वे रंज होकर कल वापस गए हैं, अब तक मुझे मृत्यु की ओर धकेलते रहे, कल तो लगता था मेरी हत्या की संपूर्ण योजना ही बनाकर आए थे।

– मैंने घर का सिलसिला ठीक करना शुरू कर दिया है, गांव में जमीन-जोत देख ली है, पंपिंग-सेट खरीदा है, घर में अब बड़ा मैं ही हूं, इतने बड़े कुनबे का उत्तरदायित्व मुझ पर है, बहनों की शादी करनी है, भाई को पढ़ाना है, सारा व्यय जुटाना है।

– भाइयों से, जो नौकरी में हैं, कह दिया है, वे अपना परिवार ले जाएं, साथ रखें, अभी घर से कुछ नहीं लें, बहनों की शादी हो जाए, भाई पढ़ लें, पिताजी को जो करना था, वह सब मैं कर लूं तब ही कोई और बात हो, देखिए, कब तक सेट्ल कर पाता हूं। भाई सभी राजी हैं, मेरी बात मान गए हैं, अब सुखी रहूंगा, कोई चिंता की बात नहीं है, मैं सब कर लूंगा, आप विश्वास रखें। मैंने बदल दिया है अपने को। घर में सबसे बड़ा हूं, मैं नहीं करूंगा

तो कौन करेगा, आप प्रसन्न हैं न?

—निवेदिता, राजकमल विशेषांक में प्रकाशित रामनरेश पाठक के लेख से

कल्पना के संपादक से

...कल्पना—134 में ओमप्रकाश दीपक की स्थापनाएं बेहद मजेदार हैं। हिन्दी साहित्य में जातिवाद स्वाभाविक सत्य है, क्योंकि भारतीय समाज में ही द्विजों की प्रधानता है। जाति-व्यवस्था के समाप्त हुए बगैर इसे लुप्त नहीं किया जा सकता।

राजकमल चौधरी, 24.12.1962, कलकत्ता

—कल्पना, फरवरी-1963

...आपके विचारोत्तेजक लेख ने प्रभावित किया। लेख में जिन व्यक्तियों की चर्चा आपने की है, वे हिन्दी के हितैषी नहीं, शत्रु हैं।

राजकमल चौधरी, 6.8.1963

—कल्पना, नवंबर-1963

शरतचन्द्र चट्टोपाध्याय ने एक बार रवीन्द्रनाथ ठाकुर की अभ्यर्थना में कहा था, "वे हमलोगों (लेखकों) के लिए लिखते हैं, मैं तुमलोगों (पाठकों) के लिए लिखता हूं।" शमशेर बहादुर सिंह ने 'कल्पना' 158 (डायरी के पन्ने) में लिखा है—'कुछ लेखक लेखकों के लिए लिखते हैं।'

इसी श्रेणी में शमशेर ने डॉ. भगवतशरण उपाध्याय, स्वं. राहुल जी और डॉ. शिवप्रसाद सिंह को कहानीकार और पन्त, निराला, प्रसाद बेशक, केशव, अज्ञेय, शमशेर, त्रिलोचन, माचवे और (एक हद तक) स्व. मुक्तिबोध को कवि माना है। चाहे बात डायरी के पन्नों में कही गई हो, जब छपाई गई है तो शमशेर द्वारा किए गए इस श्रेणी विभाजन पर गुस्सा आना स्वाभाविक है। यानी मुझे गुस्सा आता है। डॉ. भगवतशरण उपाध्याय और स्व. राहुल जी को कहानीकार समझ लेना अच्छी बात नहीं है, सच नहीं है। इसी तरह पन्त, निराला, अज्ञेय, शमशेर, त्रिलोचन के साथ प्रभाकर माचवे को कवि मान लेना सच नहीं है। माचवे शमशेर-त्रिलोचन-मुक्तिबोध के मित्र हो सकते हैं, कवि नहीं हो सकते। कम से कम इनकी श्रेणी में नहीं बिठाए जा सकते।

फिर यह बात भी नहीं जमती है कि डॉ. भगवतीशरण उपाध्याय, स्व. राहुल जी, डॉ. शिवप्रसाद सिंह, त्रिलोचन और माचवे लेखकों के लेखक अथवा कहानीकारों के कहानीकार अथवा कवियों के कवि हैं। अज्ञेय और शमशेर को कवियों के कवि

कह लें तो चल सकता है। लेकिन बाकी लोगों ने तो ज्यादातर क्या, हमेशा ऐसी ही चीजें लिखीं, जो जनसाधारण तक पहुंच सकें, जनसाधारण की समझ और फायदे में आ सकें।

एक बात और : पन्त और निराला के बाद जिनका नाम लिया है वे 'प्रसाद बेशक' और 'केशव' कौन हैं?

—राजकमल चौधरी, 9.12.1964

—कल्पना, जनवरी-1965

नई कहानियां के संपादक से

कमलेश्वर के बारे में राजेन्द्र यादव ने मेहनत से लिखा है और सच लिखा है और सच लिखा है।

—राजकमल चौधरी/कलकत्ता

अप्रैल-1963 अंक में प्रकाशित श्री राजेन्द्र यादव के लेख

'मेरा हमदम मेरा दोस्त : कमलेश्वर' (जून-1963 अंक) पाठकीय प्रतिक्रिया

नववर्षांक के साथ कई अच्छी रचनाएं देखकर बड़ी प्रसन्नता हुई है। कलाकार इन्द्रजीत को वापस बुलाकर अच्छा काम किया है। मैं उनके प्रशंसको में हूं।
...अपने रिपोर्ताज एक 'एक रात' में श्रीमती कुर्तुल एन हैदर ने जवाहरलाल नेहरू को अपने युग के 'हीरो' के रूप में बड़ी ख़ूबसूरती के साथ पेश किया है...मुक्तिबोध की कहानी 'क्लॉड ईथरली' पढ़कर यह दुःख हुआ कि इन्होंने और कहानियां क्यों नहीं लिखी अगर उन्होंने और भी कहानियां लिखी हों और आप उन्हें प्रकाशित करने का अवसर पा सकें तो यह एक बड़ी बात होगी...स्थाई रूप में अमेरिका में रहकर भी श्रीमती सोमा वीरा ने भारतीय मनःस्थितियों की कहानी 'पांचवीं दीवार' लिखी है...महेन्द्र भल्ला की 'कुत्तेगिरी' और गोपाल उपाध्याय की 'गुल्लौदी' समकालीन हिन्दी कहानी के दो किनारों का प्रतिनिधित्व करती है...लेकिन कृष्णा सोबती की यह बात—'वह संतुलन, वह संयम, डिटैचमेंट जो कला के सृजन के लिए जरूरी है, महिला लेखकों में अक्सर नहीं मिलता' सच नहीं है। मैं समझता हूं कि किसी भी रचना के लिए संतुलन, संयम, तटस्थता, योजनाबद्धता और ठंडेपन के व्यावहारिक और व्यावसायिक फार्मूले हानिकारक ही होते हैं। स्वयं सोबती जी ने भी अपने इस इंटरव्यू में उस स्थिति की बात की है 'जिसकी निस्संगता को केवल पात्रों के इनवौल्वमेंट से ही कोई अर्थ दिया जा सकता है, इसके अलावा भी उन थोड़े से लम्हों में, जिनमें लिखने का सारा आग्रह आ सिमटा है और जिनमें हम बार-बार जीते हैं और फिर

बार-बार मरते हैं'—और क्या हम (रचनाकार) उन लम्हों में संतुलित, संयत, तटस्थ और संयोजित रह पाते हैं? किसी भी कला के सृजन के लिए निश्चय ही एटेचमेंट इस काल्पनिक डिटेचमेंट से अधिक आवश्यक और अनुकूल है। निजी और सामाजिक जीवन, इतिहास और वर्तमान और अनागत के प्रति तटस्थ रहकर कलाकृति की रचना नहीं सिर्फ़ उत्पादन हो सकता है—रचना 'क्रिएशन' और उत्पादन 'प्रोडक्शन' के अर्थ में। हम भारतीय लेखक तटस्थता के नकली नारे को अपनी विचारधारा में प्रश्रय नहीं दें, तभी हम सार्थक रचनाएं प्रस्तुत कर सकेंगे।

—राजकमल चौधरी

नई कहानियां, फरवरी-1966

'नई धारा' के संपादक से

'नई धारा' का कथा विशेषांक पूरा पढ़ गया हूं। संदर्भों और वक्तव्यों के अतिरिक्त। कई कहानियां तो इस विशेषांक को स्थायी संकलन की वस्तु बनाती हैं। हरिपाल त्यागी के illustrations बहुमूल्य हैं। अगर 'नई धारा' का यह स्तर और यही स्वर आप स्थायी कर सकें तो बिहार जैसे पिछड़े (पत्रिकाओं के मामले में) राज्य में एक बड़ी बात होगी। यह अच्छा हुआ कि कमलेश्वर जी ने इस विशेषांक को समकालीन ही रहने दिया नई नहीं बनाया। आप भी 'नई धारा' को समकालीन पत्रिका बनाएं। ऐसा तभी होगा, जब इस अंक की तरह आप छपाई, सज्जा और रचना संचयन में संतुलन रखेंगे। मैं अभी तक अस्पताल में ही हूं और धीरे-धीरे स्वस्थ हो रहा हूं। अभी एक बड़ा ऑपरेशन होना है। शायद चार-पांच महीने और यहां रहना पड़े। यहां एकांत अवश्य है, किंतु शांति नहीं है।

—राजकमल चौधरी

'नई धारा' जुलाई-1966

I Want To Create a Temple Of Flesh In This Darkroom

—F. Fellini

Rajkamal Films

Rajkamal Chowdhary
Bhikhna Pahari End, Patna-4
Phones : 24629 and 25631
Gram : 'Rajkamal'
881/F/69; May, 6, 1965

Sri MUDRARAKSHASHA
A-1515, Rana Pratap Bagh, Delhi-6

Dear mudra, my dear mudra, it was not my intention to offend you, by telling about your truthful, timely, and provoking article. The only defect in us is that we do not have the guts and energy to plan our writings, and its readership. I will not never mean to attract the crowd, we cry against. Why do cry a fabulous world of words, if they don't hear you? We don't write critiques and communications for our own sweet selves, we yes, write it for the people at the other end of the wire, I belive. Therefore, let us beat the drum more strong and hard and sounding; I and you, if not all of us.

Postscript : the typewriter before me is english-speaking, and, I hope, delhi has not carved a cock eyed hindi-wala of you. I have a plan of action before me. I am compiling, editing, printing and publishing and distributing (Publishing date : August 15, 1965) an Anthology of Modern Indian Writing : 1950-1965, in Hindi; and in its making, I beg your full cooperation and support. From Bengali, I am taking Shakti Chaterjee, Sunil Ganguli, Malay Raichodhury, Kabita Singh, Sandeepan Chatterjee and one Kamal Kumar Majumdar. From Punjabi,

Swarn, Sarala Soori, Sati Kumar, Sukhbeer and Ranjeet Kaur, From Marathi, Ashok Shahane and his 'ASAU' (in English : we) group. From Urdu, Balraj Menra, Kurratulain Haider, and a few others. But till tonight, I am quite in dark about the list of Hindi authors, should I include Shrikant Verma, Mohan Rakesh and Nirmal? What about Jagdish Chaturvedi, Mamta Aggarwal, Ashok Bajpayee, etc.? Why not Raghubeer Sahay and Sarveshwer and Kunwarnarain then? Yes, I am decisive of the following names: Phanishwarnath Renu, Krishna Sobti, Mudrarakshasha, Bishnuchadra Sharma, Usha Priyambada, Rajkamal Choudhury; and, a few of shorter things from Shamsher, Kedarnath Singh, Trilochan Shashtri and Bharati. Please help me in this respect; I want to include your two short stories, SURUCHI and KEBIN and the major poem SINDBAAD KEE WAAPASI. Would you like to give something else too in it??

I know, you know my intentions in spending so much time and labour in this Anthology. No, I don't want to become an Agneya, or at that, Jagdish Chaturvedi. Group-forming or patronising publicity is not, never my way. I just want to communicate a few many things to some people, and I like to feel, they are not over-hearing me.

DO YOU AGREE?

In the last month, I was there in Bombay, for about twenty five days. They admire you there in DHARMYUG and co. Ravindra Kalia was to join in the gallery of the religion-time. Is he? Why should you also not leave that fuck of the radio-job, and join the white-colour weekly, DINMAAN? All the great pigmese are there, why not you???

P.S.2.

How did you find my typing? Can I not get a job (my speed is 65 in typing, and 165 in the shorthand) of a typist-clerk under the direct under court of Indira Gandhi, or at lest, Sucheta

Kriplani?

I presume, your Indra jee, the loving housewife is happy with you and your children, and you are not getting fat or seth jee like 'tonde' out of the physical happynesses therein.

.....................................after typing this long and the lovely letter, I want to get a glass of pure water, and drink it. Why willn't I, say?

Thanks. Love, And, so many other vulgour things.

your sin.

राजकमल चौधरी

rajkamal chowdhury

the blue Imp.

आवेग, 1967

प्रेत-मुक्ति के लिए

(तथाकथित विवेक उपाध्याय)

प्रिय दूधनाथ,

तुम्हारा एक पत्र पढ़ा है। पढ़कर विस्मय हुआ। इस तरह का कोई पत्र मुझे लिखा भी था? सोचता हूं, इस तरह का पत्र तुम लिख नहीं सकते थे। कलकत्ते की बात जाने दो। इलाहाबाद में, भारती भंडार तक में तुम मुझे कायर ही लगे। तुम्हारी मुस्कुराहट, तुम्हारा तेवर, तुम्हारा पढ़ना और लिखना, लड़कियों के बारे में बातें करना, सभी कुछ मुझे भदेस टेकनीक से ज्यादा नहीं लगे। इलाहाबाद से लेकर कलकत्ते तक तुम मेरे लिए एक खिंची हुई रिरियाहट थे।

तुम नहीं जानते, कि मरने के बाद तुम्हारे जैसे लोग किसी को प्रेत बना देते हैं। अब तुम बताओ कि तुम भी इसी तरह जिंदा हो? तुम खुद अपने दांतों से काटकर घाव बनाकर, दिखानेवाले रहे हो। भीख देने वाले पर हंसते हुए होटलों में गोश्त खाते रहे हो। फीस के लिए पैसे मांगकर तुम अपनी चटोरी जीभ को शांत करते रहे हो, शराब पीते रहे हो। यह तुमने दूसरों की बीवियों, दूसरों की जवान लड़कियों तक के साथ किया है। आज भी करते हो। दरअसल तुम केवल स्वार्थी रहे। आत्महंता। तुम्हें कभी पता नहीं चला कि कैसे कोई तुम्हारे प्रति दयावान भर हो पाता है। सच्चा ईमानदार स्नेह क्यों नहीं दे पाता। तुम दूसरों की दया बटोरते रहे हो। अपनी दोनों बीवियों से, अश्क से, मुझसे, भारतीय ज्ञानपीठ से, पंतजी से, वार्ष्णेय से, मित्रों, बुजुर्गों, सबके सामने तुम एक रोते हुए 'सपाट चेहरेवाला आदमी' होते रहे हो और 'रक्तपात' रचते रहे हो। 'अपनी शताब्दी के नाम' तुम अपनी अश्लीलताएं देते रहे हो। अपनी 'सुरंग से लौटते हुए' दूसरों की गोद में सर रख रोते रहे हो। तुम्हारे पास चेहरा नहीं है। चेहरा होता तो तुम 'तारापथ' की भूमिका न लिखते। लिखते भी तो इतनी गलत और तर्कदोष-संयुक्त न लिखते। लेकिन तुम यहीं नहीं रुके। पंतजी के सामने रोकर अपना हस्ताक्षर बेच आए। वैसे चेहरे के बिना हस्ताक्षर, हस्ताक्षर नहीं होता, गधे की सींग होता है। यानी तुम सड़ गए और उस सड़े हुए शव को लेटरबॉक्स समझकर उसमें अपनी 'अप्लीकेशन' डाल आए। संत्रास को

आयाम देने के लिए, अपनी भोजपुरी आधुनिकता को हिन्दी विभाग के विद्यार्थियों के सामने दोने की तरह रखकर बार-बार हंसने के लिए! वार्ष्णेय जैसे बनिया के चरणों पर चींटे की तरह लोटने के लिए।

यह नहीं कि लोग तुम्हें जानते नहीं। तुम पर तरस खाकर अपने शतरंज में तुम्हें शह के लिए गोट बना देते हैं। मैं सिर्फ़ तरस खाता रहा हूं। बुराइयों से मैं जीते जी नहीं डरा।

मैं एक अंत हूं पर वह अंत तुम्हारे आदि में ही है। उसका क्या करोगे? तुम्हारे पत्र से ध्वनित होता है कि तुमने मेरे मरने के बाद, मेरी सारी स्थिति से परिचय प्राप्त करके इसलिए लिखा और छपवाया कि तुम्हारे प्रति लोगों की दया का विस्तार हो जाय, लोग समझें कि यह निरीह, कायर, ढोंगी, पैरासाइट, और औरतों को फांस कर उनके पैसे से गुलछर्रे उड़ाने वाला जीव नहीं है। जबकि तुम थे। सब जानते हैं।

क्या तुमने परसाई का व्यंग्य पढ़ा है? एक आलसी ने सपने में इतिहास से केवल कुछ नाम भर पेंसिल के काट दिए और दूसरे दिन उसका नाम स्वर्णाक्षरों में लिखा था। इतना आलस तुममें है? शार्टकट प्रतिमा नहीं देता। उसे नष्ट करता है। वह प्रतिमा नष्ट तो पहले से ही है। जो व्यक्ति उन्हीं की पीठ में छुरा भोंक दे, जिनसे उसे दया या थोड़ा-बहुत स्नेह मिलता रहा है, जो अपनी एक बीबी को गांव में अपने भाग्य पर रोने के लिए छोड़ दे, अपनी उस पहली बीवी से पैदा हुई बच्ची को अनाथ छोड़ दे, दूसरी बीवी के साहित्यिक वैदुषिक व्यक्तित्व को जो नष्ट कर डाले, उसके चरित्र को खुद से नीचे ले जाने के लिए साजिशें करें, और उसकी कमाई खाए, अपने को बचाते हुए भूमिका लिखकर पंत से नौकरी मांगकर उन्हें भी पतन की राह पर ले जाए, वार्ष्णेय के व्यक्तित्व को और गर्हित बनाने के लिए उनकी खुशामद करता जाए (एक दिन तुम वार्ष्णेय को और पंत को भी गच्चा दोगे जरूर। अश्क जैसे खिलाड़ी को दिया ही।) वह दरअसल रुग्ण अपराधी है, अपराधी होना उसकी आदत होती है। क्षीरस्वामी, क्षीरेन दत्त, यहां से वहां तक तुम वही हो। तुम मुझे मनुष्यता और सच्चाई का दुश्मन मानते हो। मेरे जीवन को काट-पीटकर, तोड़-मरोड़ कर लोगों के सामने रखते हो। और तुम मानवता के दावेदार, सिंहद्वार बन रहे हो!

तुम्हारा पत्र सचमुच अच्छा है। फ्रायड के पास तुम जाते, तो वह तुम्हें ठीक कर देता। तुम रोगमुक्त हो जाते। बीमार, काइयां हंसी तुम्हारे चेहरे से उड़ जाती। सेक्सी कहानियां, गलदश्रु कविताएं, खोखले लेख न लिखते। लड़कियां, भाषा, पैसा—तुम्हारे लिए चाट भर न रहते। तुम एक चटोरे न रहते। अच्छा किया जो यह पत्र लिखा। तुमने मुझे व्यक्त करने में अनजाने ही अपने को व्यक्त किया है।

मुझे तुमने प्रिय ढंग से संबोधित किया है। इसलिए यह पूछ सकता हूं कि तुमने मेरा पत्र, अगर मैंने लिखा है, छपाया क्यों नहीं? दोनों पत्र एक साथ छपते

तो पाठक को ज्यादा सुविधा रहती। मेरे मरने के बाद तो कम-से-कम तुम्हारा डर ख़त्म हो जाना चाहिए। कहां है वह पत्र? उसे तुम छपाते क्यों नहीं? नहीं छपाते तो दुनिया तुम्हें धोखेबाज मानेगी। जैसे तुम कलकत्ते के कॉलेज से अपनी पहली बीवी और दूसरी बीवी के तथा अनेक तथाकथित प्रेमिकाओं के चक्कर में ब्लैकलिस्टेड होकर निकाले गए थे। यह मत समझो कि तुम्हारे-हमारे पाठक कोई होटल हैं। खा-पीकर और बिना बिल चुकाए चंपत हो जाओ। चुकाना तो पड़ेगा ही। यह मत समझो कि हिन्दी साहित्य के इतिहास में वार्ष्णेय से अपना नाम डलवा दोगे, तो चुकाने से बच जाओगे।

फिलहाल, मेरे मर जाने के बाद तुमने अपनी घृणा, (जो सिर्फ़ एक टेकनीक है) उगली। आदर नहीं दिया। अच्छा किया। मेरे जीते जी करते तो इस घृणा से संतोष होता। तुम लोगों से यह कहते फिरे कि तुमने यह पत्र 'धर्मयुग' में भेजा था। भारती ने छापा नहीं। 'अन्तर्प्रसंग' में इसका उल्लेख क्यों नहीं किया? तुम्हारा वास्तविक कतराना और बचना यही है। लेकिन कब तक? कोई तुम्हें दया दे, तुम पीठ पीछे गाली दो। और तुम खुद एकांत में अपमानित अनुभव करो तो कोई क्या करे! 'खैर,...मानवीयता से तुम्हें कुछ भी लेना-देना नहीं।' नहीं तो तुम विरोध की टेकनीक मेरी मृत्यु के बाद न अपनाते। दोस्त, तुम कितने कमजोर हो, कलकत्ते में तुम डबल डेकर के जरा से रुकते ही उल्टियां करते रहे हो। खून की कै करते समय तो तुम सिर्फ़ एक निरीह, बेचारे हो गए थे। यही तुम्हारा सच है। तुम्हें सहानुभूति की भीख चाहिए? बस, हर समय एक सेनीटोरियम का गतिमान वातावरण! तुम्हारी चुप्पी और गुर्राहट, दोनों यहीं तक है। इससे आगे नहीं है। 'मैं तुम्हें इतना नंगा कर सकता हूं कि तुम्हारी बदबू से' तुम्हारी विपन्नताएं बढ़ जाएंगी। तुम्हारा परिवार नष्ट हो जाएगा। तुम जो उन्नति के गर्त में अनवरत गिरते जाने की कोशिश करते जा रहे हो, सिर्फ़ तुम गर्त भर बचोगे। लेकिन मैं प्रेत होकर भी 'नैतिक जिम्मेदारी' से बच नहीं सकता। बिना तुम्हारी बीवी का चेहरा (या बीवियों का चेहरा!) याद आए! तुम्हारे पास जलती सलाख है या सिर्फ़ लेडी कार्नर से खरीदी गई काजल लगाने वाली शीशे की पतली-सी सलाई! जरा काजल लगाकर सो जाओ, और अपनी बीवी को अपना चेहरा देखने के लिए जगाए रखो। ध्यान रहे, नाक न बहने पाए। आंसू से गाल काले न पड़ने पाएं।

तुम्हें खून लग चुका है। और तुम 'शाश्वत मौत' के भीतर सड़ने लगे हो। बदला और तुम!—वह तुम्हारे बस का नहीं। तुम कांप सकते हो। थरथरा सकते हो। मेरी आग को बुझा नहीं सकते। तुम किसी के भी शब्द किसी के भी जीवन को सह नहीं सकते, जलते हो। यह जलन 'तुम्हें एक रोता बच्चा बना देती है। तुम्हारी महत्त्वाकांक्षाएं सिर्फ़ बच्चे की जिज्ञासाएं हैं। उपपत्ति और परिणाम—किसी का भी—तुम्हारे लिए बदला है। मैं क्या करूं।

तुम मेरे हंसने से चिढ़ते क्यों रहे? मैं अगर सभ्य दिखा तो इस दिखने के लिए क्या देखने वाला जिम्मेदार नहीं है? तुम मुझे देखनेवाले थे और तुम खुद अपने को नंगा कर गए। तुम अपने ही शब्दों में खुद से कह रहे हो। तुम्हारी स्वीकृति है : 'लेकिन अपमान...वह धीरे-धीरे पकड़ में आता है।' जब तुम आदमी के अंदर की सच्चाइयों का मजाक उड़ाने लगते हो। तुम दरअसल उस सच्चाई-रहितता से पीड़ित हो। मैं नहीं जानता, तुम इस तरह से सच्चाई-रहित कितने अर्से से हो। लेकिन तुम उसे छिपाने के लिए शैतान का बाना बनाए फिरते हो। जबकि तुम शैतान नहीं हो सकते। उतनी बड़ी चुनौती झेलने की शक्ति तुम्हारे जीवन, स्वभाव में नहीं है। कायर आदमी 'शैतान' नहीं हो सकता।

यह तुम्हारी क्षणिक स्वीकृति है। फिर तुम उसी आंचे-पांचे में फंस गए हो। आज भी तुम अपने साथी कवियों की पंक्तियां चुराते हो। सिद्धांत और सत्य चुराते हो। पैसे उधार लेकर देनेवाले को चूतिया समझते हो। अभी तक तुमने क्रिसियन कॉलेज के पास वाले होटल का ढाई-सौ, तीन-सौ रुपए तक का अदा नहीं किया है। न करोगे। विश्वास रखो, तुम्हें मेरी तरह वास्तविक प्रशंसक और तुम्हारे ही शब्दों में 'पिछलगुए' नहीं मिलेंगे। एक भी नहीं, आधा, तिहाई और रत्ती भर भी नहीं।

तुममें-हममें कभी कोई साम्य नहीं रहा। तुम विभाजित हो। मोह-भंग! यह मुझसे पहले प्रयोग के पुरस्कर्ताओं को हो चुका था। क्या तुम अभी तक इतने पीछे हो? मैं अराजक स्थितियों की उपज था।—तुम्हें 'अनपढ़' मिले, मैं 'अनपढ़' दिखा। 'अनपढ़' को ही 'अनपढ़' मिलते हैं। कल तुम कबीर को क्या कहोगे, जब क्लास ले रहे होगे।

मैं बुरी लतों का शिकार था, बस। मैं अंततः लतों से मुक्त होता गया। मुक्ति के लिए ही मेरा सारा प्रयास रहा। मृत्यु भी मेरे लिए मुक्ति है। तुम्हारी पहचानें कौन नहीं जानता? आशा से पूछो। और किसी से न पूछो तो, अपनी पहली बीवी, अपनी उस बच्ची से पूछो। शायद तुम तब भी नहीं सोचते, जब अपने इलाहाबाद के दोनों बच्चों को बेहद प्यार का अक्रूर नाटक दिखाते हो।

तुमने 'कंकावती' पढ़ी है? मेरी डायरियां पढ़ी हैं? तुमने नजदीक से मुझे देखा है? तुम शशि का मजाक उड़ाते हो! अपनी डायरी में नोट करो, शशि और मैं अपने दाम्पत्य में जुड़वां बच्चे थे। दिव्या के प्रति मैं जितना प्रतिबद्ध और दायित्वशील रहा, वह तुम नहीं जान सकते। क्योंकि तुम्हारा हाथ अपने बच्चों पर उठ ही जाता है। प्यार का नाटक करके तुम बीवी को खुश करना चाहते हो। उसकी कमाई ऐंठकर उसकी अनुपस्थिति में बच्चों को कमरे में बंद कर किसी होटल में गोश्त की हड्डियां चिचोड़ने, दोस्तों (दोस्त तुम्हारे लिए सुविधा भर हैं) से गप्पें हांकने चले जा सकते हो। सुना है, तुम अपना 'चौंतीसवां नरक' उद्घाटित करने वाले हो।

तुमने मुझे आइखमैन और हिटलर से बड़ा बताया है। कल तुम्हारी बुद्धि लब्धि

निकाली जाएगी तब केवल यही कहना पड़ेगा : 'हख, मेरी धरती!' तुम्हें उम्र बताने में, बढ़ने में डर लगता है। बिल अदा करने से डर लगता है। किराया चुकाने से डर लगता है। सिर्फ़ डर नहीं लगता तो खुद को मृत्यु-दंड देने में प्यारे, तुमने कलकत्ता छोड़ा कहां। तुमने तार से इस्तीफा कहां दिया। तुम कॉलेज से अपनी काली करतूतों के बल पर निकाल दिए गए। लाठियां लिए तुम्हारे प्रथम ससुर और उनके साथियों को देखकर मकान-मालिक ने तुम्हें निकाल बाहर किया। तुम इलाहाबाद भाग गए। लौटते कैसे! तुम मुझे मर्म सिखाते हो? जाओ, अभी उसी भोजपुरी गांव में रहो और काली जामुन खाओ। गोदा खाओ। तुम क्षत्रिय हो। क्षत्रिय इतने फरेबी नहीं होते। 'सच' (सत्य तुम्हारे संदर्भ में बहुत बड़ा शब्द है) से डरते नहीं। लिखकर दिए दे रहा हूं—चाहो तो गांठ बांध लो—कि तुम भविष्य में भी किसी विचारवान, समर्थ और सज्जन को अपने अंतर्मन से सहन नहीं कर सकोगे। वह तुम्हें हमेशा सालता रहेगा। उसके सामने बार-बार तुम्हें अपनी संस्कार-रहितता, का बोध होता रहेगा।'

तुमने जिस कहानी की 'थीम' की मुझसे चर्चा की थी, उस पर मैंने जो गाली दी, केवल इसलिए कि उसके नायक तुम खुद हो। तुम्हारी कहानियों में पुरुष ठंडे क्यों रहते हैं, औरतें ही क्यों गर्म रहती हैं? क्या 'आर्ट' में भी तुम अपने को बचा जाते हो? खुद से कतराते हो? मेरी कहानियों में ऐसा नहीं है। क्या तुम लड़कियों के पाने में एकाध बार ही सफल रहे? अभी तक जो उदाहरण हैं, वे केवल चालू-घरेलू लड़कियों के ही हैं वह भी एकाध! तुम यह चाट छोड़ ही दो। नहीं तो फिर ब्लैकलिस्टेड हो सकते हो। गिंसबर्ग के सामने अपनी प्रेमिका का चुंबन दूसरे द्वारा न लिए जाने की बात कहने के बावजूद अपना 'घर' दूसरों को दे रहे हो! यही है तुम्हारा 'सुखांत'!

तुम तो औरत को पवित्र नहीं मानते। बुद्धिहीन मानते हो। यह आदर कहां से ले आए। मस्तिष्क को निकटता का अर्थ तुम्हारे जैसे के लिए फिर क्या रह जाता है। 'सच्चाई' से तुम घबराते हो और 'नर्वस' हो जाते हो। यह हर उस आदमी की परिणति है, जो अपने नितांत निश्छल और भोले-भाले चरित्र से एक अपराधी के रूप में बदल जाता है। तुम बनारस में, शुरू में सुनते हैं, बहुत निश्छल और भोले थे। बिगड़े जाकर इलाहाबाद में।

तुम्हारे लेखन में पुरुषहीनता, बल्कि पौरुषहीनता का नैराश्य है, तुम्हारी अशक्तता का और तुम्हारी गैरजिम्मेदारी और बदले की भावना का नैराश्य। तुम पंतजी से कुछ दवाइयां क्यों नहीं पूछ लेते?

मैं शैतान नहीं, तुम्हारे पत्र से प्रेत हो गया। मुझे दुःख है कि तुम्हारे पत्र के बावजूद कोई तुम्हारा पिछलगुआ नहीं हुआ। प्रशंसक तो कोई नहीं। तुमने नीलाभ तक की नकल की है। 'सुरंग से लौटते हुए' जो भी पढ़ेगा, उसे 'संस्मरणारंभ' की याद आएगी, 'गली का परिवेश' याद आएगा। प्रभात की कविताएं याद आएंगी अश्क और अन्य कहानी-लेखकों के वाक्य याद आएंगे। तुम्हारी अन्य चीजों में भी बाहर

के रचनाकार और हिन्दी के नए-से-नए लेखक मौजूद हैं। तब तुम मेरे बारे में यह झूठ मेरे मरने के बाद लिख रहे हो। पहले कहां थे, और वे लोग खुद क्यों नहीं लिख सके, जिनकी नकलें तुम कहते हो कि मैंने की है या कि मैं तुम्हारे शब्दों में प्रभावित रहा हूं।

तुम और निर्णयी! निर्णय तुम्हारे जैसे लोग नहीं लेते। तुमने वह खूब लिखा कि 'मैं ही पहले मर जाऊं और कुछ न कर पाऊं।' खूब लिखा। तुम्हारा 'सच' तुम्हें लौटा रहा हूं। पता नहीं था नहीं तो जिंदा रहते लौटा देता। तुमने सच कहा है कि तुम अपने से ऊपर दूसरों को मानने के आग्रही हो। यही तुम्हारी पोल है। तुम वाकई किसी का अपमान नहीं कर सकते। जीवन से मुक्ति का प्रयास मेरा लेखन था। यह पत्र प्रेत-मुक्ति का प्रयास है। 'दूसरों पर चरित्रहीनता के आरोप लगाने की शुरुआत भी चरित्रहीनता में से होती है।' यह मटियानी का वाक्य है। अब तुम जानो कि तुम्हारी 'तात्कालिक मानवेतरता' क्या है, कैसी है। क्या वह झूठी है जिसे तुम पूरा-पूरा जीकर सच्चे दिखने का नाटक करते हो और जो समूह को भुनाने के लिए होता है पर अब समूह खत्म हो गया है। लोग सचेत होते गए हैं। तुम चाहो तो अब अपने को दांव पर लगा दो। फिर देखो, दांव को निभाना और सहना कितना कठिन हो जाता है।

तुमने इस पत्र में पंडों के साथ बहुत गलत रुख अपनाया है। वे यदि तुम्हारे पत्र को पढ़े तो जाने क्या कर बैठें। पंडे तुम्हारे जैसे अश्लील कार्य नहीं करते। अगर कभी बेकार हो जाओ तो जरा उनके यहां नौकरी करके देखो। तुम स्वस्थ हो जाओगे। और दूसरों के पैसे से बीयर नहीं पीओगे। शायद भांग खा लो अपने पैसे से। तुम किसी पंडे के यहां ही नौकरी क्यों नहीं कर लेते? ऐसा न करने से ही तो तुम्हें 'चंपा' रोग हुआ रहता है। सुनो, 'अबौद्धिकता' का अर्थ अब बदल चुका है। 'पैटाफिजिक्स' का नाम सुना है! वही तो 'बौद्धिकता'। तुमने इस शब्द का अभी तक वही अर्थ लगाना कैसे पसंद किया, जो अब व्यर्थ हो गया है। तुम शब्दों का इतना गलत इस्तेमाल क्यों करते हो?

तुमने 'अंतर्प्रसंग' में लिखा है कि मैंने आखीर में तुमसे पूछा था : 'क्या अब भी नाराज हो?' और तुम असहमत रहे। सही यह है कि मैंने कभी नहीं पूछा तुमने कभी नहीं मुझसे असहमति व्यक्त की। अब बोलो, क्या अब भी नाराज हो?

मुझे बेहद खेद है, इस पत्र से मैं और जिंदा हो गया। सशरीर न सही, यशःशरीर से। 'जो घर फूंके आपना सो आवे हमारे साथ।' कितना सच है!

तुम्हारे सहित सबके लिए जीवित

—राजकमल चौधरी

—आमुख-8 में प्रकाशित.

सौमित्र मोहन से

मैं रंगों की दुनिया में धकेल दिया गया हूं
कोई एक रंग चुनने के लिए
लेकिन मुझसे
अमलतास के फूलों में डूबता
सूर्यास्त
अलग नहीं किया जाता है।

—सौमित्र मोहन ('पहचान संवेदन')

प्रिय भाई! तुम्हारी यह कविता मुझे तुम्हारा आशिक बना देती है। यानी तुम्हारी कविता का आशिक़। जाने-अनजाने तुम एक बहुत प्यारी बात लिख गए हो। तुमसे परिचय नहीं है (या हम 'टी हाउस' में मिलते रहे हैं?), लेकिन यह 'संवेदन' मुझे तुम्हारे करीब खींच लाता है।

दूसरी कविता बोर करती है। 'पतझड़ की एक पूर्णिया शाम'। यह 'पूर्णिया' शाम क्या होती है?

—राजकमल चौधरी, 13.2.1963

Editor FENIL to please direct this card to shree Soumitra Mohan

प्रिय भाई, आपका पत्र पाकर प्रसन्नता हुई है। कविताएं मिली थीं। 'ज्योत्स्ना' के नए अंक (अक्टूबर) में आपकी कविताएं जा रही हैं।

और?

दिल्ली अपनी जगह पर है न?

सप्रेम,

—राजकमल चौधरी, 29.9.1965

प्रिय भाई, चौदह दिसंबर का पत्र मिला था। तत्काल उत्तर देना संभव नहीं हुआ, अन्यथा नहीं लेंगे।

(1) कंकावती, (2) एक अनार एक बीमार, (3) मुक्तिप्रसंग—मैंने अब तक यही तीन किताबें लिखी हैं। और जो चार-छह किताबें मैंने छपवाई हैं, उनमें कोई बात नहीं, जिसका दावा किया जा सके।

लेकिन अब तक मैंने अपनी भाषा और अपना वक्तव्य तय करने के सिवा और कुछ नहीं किया है। मैं व्यक्त करना चाहता हूं—यह निर्णय लेने में उन्नीस सौ पचपन से उन्नीस सौ पैंसठ तक के दस साल बीत गए हैं। पैंसठ और छियासठ—ये

दो साल बीमार होने और बीमार होकर अच्छा होने में।

अब मुक्तिप्रसंग से कुछ आगे बढ़ना चाहता हूं। अर्थात् महायान और चीनाचार (शक्ति-तंत्र) की पद्धति और क्रिया-चक्र को कविता में समझने की चेष्टा कविता के रचना-तंत्र में चित्रकला और संगीत की संगतियों को मैंने वर्जित किया है।

चित्रात्मकता और संयोगात्मकता निश्चित रूप से कविता को उसके कुंडलिनी-चक्र और सहस्तार-केंद्र से स्खलित करती है। अतएव, मेरे विचार में, अकविता (अथवा कविता) का प्रयत्न मूर्ति (चित्र) और ध्वनि से मुक्ति का प्रयत्न है। वैसे 'शुद्ध' कविता की बात मैं नहीं करता, रामधारी सिंह दिनकर जैसे लोग करते हैं।

मैं भावक या पाठक नहीं हूं। लेकिन मैं अपने द्वारा बनाई गई स्थितियों, आस्थाओं, विचारों और स्त्री-पात्रों का—शब्द के माध्यम से—भोग करता हूं। यह किसी भी तरह से निरीह और अस्त भोगवाद नहीं है—इसे वादी बनाना भी अभीष्ट हो, तब इसे व्यक्तित्ववाद कहेंगे।

जहां तक मुझे स्मरण है, पिछले दिन टी-हाउस में हम आपसे मिले हैं—और एक बार कमला नगर के किसी खाली रेस्तरां में बैठकर हमने काफी देर तक कविता के बारे में बातचीत की थी।

बातचीत हम अब भी कर सकते हैं।

मैंने शहर में रहना बंद कर दिया है। यहां जंगल में चला आया हूं। परिवार से और पत्नी-रूपी स्त्री से कोई संपर्क नहीं रह गया है। ज्यादातर बीमार रहता हूं, क्योंकि शरीर ज्यादा दूर तक साथ नहीं देता है।

सप्रेम

—राजकमल, 25.1.1967

शम्भुनाथ मिश्र से

I have changed my name several times. Some names given by others,some I gave myself...my father gave us the names वीर, धीर, सुधीर। फूलबाबू my pet name among school friends. When I was a 'gigolo' in Gaya prostitute quarters, they called me राजा and फूल राजा। Name in the certificate is मणीन्द्र नारायण। I started living (in absconding period) with a name –मधुसूदन दास, as मधुसूदन is my father's name. Afterwards, I wrote some articles also with this false name. राजकमल चौधरी is my pen name. This proves, I have been a six or seven separate persons.

●

I am sad, sad to the depth of my being–इस वक्त मेरे स्वस्थ रहने की कितनी जरूरत थी–मेरी पीढ़ी के लिए, मेरे दोस्तों के लिए! My generation only knows the bars, the calculating machines, and the newspapers. I could give them the real meaning of life, which is beyond these machines, and sleeping pills.

●

मैं बहुत stupid हूं कि अपने व्यक्ति को नहीं जानता, और बहुत self-loving कि दूसरों को जानना नहीं चाहता। अपनी ही खराबियां मुझे दूसरों में बुरी लगती हैं। जबकि दूसरों को मेरी खराबियों के कारण ही मेरे प्रति आकर्षण है।

●

I know, the people who know me, hate me, reject me, but they adore me, love me too. Because, as one of the ladies explained to me–there is a certain amount of male identification in my personality, in my life as I lead it. Many men would like to live as I live, they dare not because they are cowards.

●

हमलोग आदिम लोगों से अधिक चोर, बेईमान, और भीरु हैं। आदमी बहुत नीचे गिर गया है। अब हम केवल मजे के लिए झूठ और चोरी करते हैं, फायदे के लिए नहीं।

–'निवेदिता' (राजकमल विशेषांक) में प्रकाशित

डायरी और टिप्पणी

टिप्पणी और डायरी

मई 1966 में अस्पताल में लिखे गए नोट्स

मैं कौन हूं, इस प्रश्न से अधिक मुझे अक्सर इस प्रश्न ने पीड़ित किया है कि मैं किसलिए हूं। जबकि यह दूसरा प्रश्न एक बार भी मेरे अंदर से नहीं उपजा है। मेरे पिता (जो प्रत्येक कार्य को किसी-न-किसी कारण से संयोजित और किसी-न-किसी उद्देश्य से अलंकृत मानते हैं) ने, और बहुत बाद में मेरे आश्रितों और शुभ-चिंतकों ने अवसर पाते ही मुझसे पूछा है कि मेरे होने का कारण क्या है। अभी तक मैं कोई उत्तर नहीं दे सका हूं। मैं कारणहीन हूं और मेरे लिए इतना ही जानना पर्याप्त है कि मैं हूं—यह कहने का साहस थोड़े दिनों पहले तक मुझमें नहीं था।

इन लंबी और नहीं खत्म होने वाली बीमारी ने मुझे साहसी बनाया है। मैं हूं और मेरे होने का प्रमाण यही है कि मैं अनुभव करता हूं। और मेरे द्वारा लिए जाते हुए अनुभवों के ताने-बाने का अर्थ यही है कि मैं कौन हूं, यह जानकारी मुझे चाहिए। राजकमल—मुझे दिया गया यह नाम है। किंतु, मैं यह नाम नहीं हूं। यह नाम मेरा प्रतीक नहीं है।

●

मैं अपनी किसी भी कहानी के किसी भी पात्र का नाक-नक्शा और नाम तक बदलना नहीं चाहता हूं—और, बदनामी करने के 'डर' से जब भी नाम-धाम बदलता हूं तो मुझे महसूस होता है कि मैंने अपराध किया है, किसी जीवित और सुंदर व्यक्ति के नाक-कान काट लेने जैसा अपराध। अगर, मैं अपनी कहानी में शम्भुनाथ मिश्र का नाम शिवनाथ ठाकुर कर देता हूं, तो इससे बहुत फर्क पड़ जाता है।

●

रात में नींद नहीं आने पर मैं गांव के बच्चों का एक पुराना खेल दुहराता हूं। किसी फूल का नाम लो। फूल का रंग क्या है? पीला। पीला रंग किसको पसंद है? मालती को। मालती अभी क्या करती होगी? पढ़ती होगी। कौन-सी किताब? गीता प्रेस का महाभारत। महाभारत का सबसे मजबूत चरित्र कौन है? संजय, क्योंकि वह सिर्फ़ देखता है, react नहीं करता। और सबसे कमजोर? श्रीकृष्ण, क्योंकि वह बिना देखे react करता है। तुम react करते या नहीं? करता हूं, मगर अपने दिमाग में। reaction मैं जल्दी प्रकट नहीं करता—डरता हूं। जैसे, आत्माराम की बीवी के बारे

में मैं डर गया था...

इसी प्रकार मैं सवाल-जवाब करता रहता हूं, जब तक नींद नहीं आ जाए।

•

एक दिन स्टेट्समैन या टाइम्स के संवाददाता से सब-एडिटर पूछेगा :

—क्या राजकमल बड़ा लेखक था?

—क्यों?

—वह मर गया।

—तो?

—ओबिटुरी में दिया जाए?

—इतना बड़ा लेखक नहीं था।

They will decide that he should be given one line—

राजकमल चौधरी, हिन्दी राइटर, born 13-12-1929. Died...

•

ईश्वर नहीं है। अंततः ऐसे मनुष्यों के लिए ईश्वर नहीं है, और न हो सकता है, जिन्होंने न तो उसे देखा, और न अनुभव किया है। साद ने अपनी किताब 'पेन्सी' में रंगों का उदाहरण देकर इसे सिद्ध किया है। अंधे आदमी को कितनी अच्छी तरह क्यों न समझाया जाए, न तो वह रंगों का फर्क निकाल सकता है, और न रंगों का दृश्य-सुख प्राप्त कर सकता है। रंग उसके लिए नहीं हैं। उसके लिए कोई मानी नहीं रखते। हमलोग अंधों की तरह हैं। हम संतों और सिद्धों के अनुभव को प्रमाण मानकर भी ईश्वर के अस्तित्व को ग्रहण नहीं कर सकते, उसके रंगों को अनुभव करना हमारी कल्पना-शक्ति से बाहर है। हमने उपदेशकों की आज्ञा मानकर ईश्वर को अपने लिए आवश्यक जरूर मान लिया है, लेकिन उसका कोई अस्तित्व हमारे लिए नहीं है।

शांति और सुख की खोज साद को भी थी (जो जीवन भर आवारा भटकता रहा)। घर और परिवार बोदलेर भी बसाना चाहता था (जबकि वह बीमार वेश्याओं के यहां जाता रहा)। ज्यां पाल सार्त्र इन बुर्जुआ और मध्यवर्गीय सीमाओं के विरुद्ध जेहाद बोलकर भी इन्हीं का जीवन बिता रहे हैं। विद्रोही लोग अब हुए हैं—एलेन गिन्सबर्ग के साथ और बाद के लोग, जिनमें मैं शामिल नहीं हूं। मैंने घर नहीं तोड़ा है, मैं घर बसाकर भी बोदलेर की वेश्याओं के यहां जाता रहा हूं। लेकिन, एक बात मुझसे नहीं हुई। हरमन हेस के Steppen Wolf की तरह मैं भी कभी अपने जीवन और अपने व्यक्ति में संतोष और शांति प्राप्त नहीं कर सका।

फिर भी, कभी-कभी मैं इतना प्रसन्न और स्वस्थ और सुंदर हो जाता हूं कि पीड़ाओं-चिंताओं की काली नदी मेरे पांव से लिपटकर मुस्कुराने लगती है। मेरे इर्द-गिर्द के लोग मेरी ज्योति से रंगीन हो जाते हैं।

•

मेरा जीवन पत्थर की अलग-अलग चट्टानों में बंटा हुआ है और एक चट्टान नदी

में डूब गई है। बातचीत में, संभोग में, गालियां देने में, सोच-विचार में, और आत्महत्या के सस्ते उपाय खोजने में एक-एक चट्टान डूबती गई है।

•

स्त्री विषयक प्रस्ताव

संभोग के अतिरिक्त किसी भी स्थिति में स्त्री मेरे संभोग का विषय नहीं होती—यह कह देना सच तो होगा, साथ ही झूठ भी हो जाएगा। क्योंकि, स्त्री केवल संभोग के मुहूर्त में साथ नहीं रहती है। ऐसे और भी स्थितियां हैं, जब वह अशरीर भी साथ रहती है, और मेरी इच्छाओं का दिशा-निर्धारण करती है। स्त्री, अर्थात मात्र रवीन्द्रनाथ की उर्वशी—न तो मां, और न पत्नी, मात्र स्त्री, जो अपने आप में असंपूर्ण होकर भी मेरी चिंताओं में और मेरी इच्छाओं में संपूर्णता प्राप्त करती है। स्त्री लेकिन, शरीर भी है, और निश्चय ही अशरीर भी। मेरे वर्तमान में वह अक्सर अतीत अथवा भविष्य बनकर उपस्थित होती है—एवं इन दोनों काल्पनिक काल-खंडों के साथ मेरे वर्तमान के शरीर में प्रवेश करती है।

वर्तमान ही मेरे शरीर का एकमात्र प्रवेश-द्वार है। मैं वर्तमान में रहता हूं, और साधारण स्थितियों में मेरी स्त्री (न माता, और न तो पत्नी) मेरे वर्तमान में प्रकट रहती है।

गद्य-पाठ पात्र-शैली (टीका-सहित)

शम्भू बहुत बुरा आदमी है। वह दस दिनों के लिए मुझे अपने मकान में बंद कर देता है। मकान उसका खाली है। ऊपर की मंजिल में भूत-प्रेत रहते हैं। और कोई नहीं रहता। रहता हूं मैं। मुझे रहना पड़ता है। यह बात गलत हुई। मैं रहना चाहता हूं। मैं रहता हूं। मैं अ. से कहता हूं। वह सुनेगी नहीं। मुश्किल स्त्रियां नहीं सुनती हैं। एक बार शमशेर ने मुझे बताया था कि मुश्किल स्त्रियां उस एक बात के अलावा बड़ी सहज होती हैं। जैसे यह अ., या ब., स., द., कोई भी स्त्री। जैसे किसी लड़की को स्त्री कह दिया जाए, तो गुस्से होती है। अ. ने गुस्सा किया। अ. ने दसवें दिन गुस्सा किया।

अ. लड़की है। स्त्री नहीं है। वह जो देना चाहती है—मुझे वह जो देना चाहती है—कविता, स्तन, राशनकार्ड, सेक्नॉल।

—'निवेदिता' (राजकमल विशेषांक) में प्रकाशित

DIARY

CHANPURA, 1966

I should speak less and think and observe more and more.

●

Shouldn't I be careful of my habits? Why I speak bad of others? Couldn't I check my habits? Can't I keep silent? Or meet people? It is so sad!

●

Still to day like Vedant, Ayurved has a lot to give us and researches should be made in this sphere.

●

My life is dull and defensive today. Tomorrow I want to make it fast and attacking. But, how?

●

At Chanpura : Shashi is in her usual form. Mukta is under cold and cough. Dibya is thin but as energetic and in pargs of mischief. I am so happy to be among them once again. I am really so happy.

●

A wonderfully beautiful Muslim girl, ugly dressed, was convincing her aunt not to run away from her home after selling her five bighas of land to Pakistan, with her maternal uncle. She was sad, but looked determined. (Station)

— A plot for a short story.

●

In the dream at noon, I saw some young unknown lady (I didn't see her face, but clearly heard her angelic voice) telling me to keep up courage and see, that I shouldn't bother much about my ailments, and, when I got up at five evening, I was better. There was the bleeding, but in lesser quantity. The pain had also lowered down.

●

पहाड़ी मौसम और पहाड़ी औरत किसी भी क्षण अपना इरादा बदल सकती है—यह कहावत खुद पहाड़ी औरतें कहती हैं।

•

At night, had a long talk with Shashi about family affairs. She is really happy to find me cheerful and fresh now. We would begin a new life again in love and in peace, we would...!

•

The life in village is a beautiful thing–and I should try my own home-village, for once, at least–and this year.

•

Concentration : Determination : These are the two main things that make you win the game of chess. Same is with practical life.

•

And in the evening heard the news of Dr. Devishanker Awasthi's death. It was a bigger shock than that of the death of Lal Bahadur Shastri to me. Awasthi was a friend of the younger group of Hindi critics and a modern man.

•

My health is running so-so. No bigger complaints. I should eat less and work more.

•

Life in the village is very dull and slow-moving, but people here are running fast in the ways of the city. They too want to show off that they are not lagging behind, mostly the younger set of people. Even then, they say, they are more satisfied with their cultivation and their cultural traditions. A little amount of money and comfort is needed to make them happy. Tea and Pan-zarda is their luxury—fireside gossips & cards when they are free from field-jobs. One special thing is that they do not work after 6 P.M. latest. Lack of electricity is one of the reasons. Moreover, there is not much work over here to do. They need only four months labour in the fields, not a day more. They have kitchen-garden and cows and she-buffaloes for milk. In short, they are self-centred and satisfied.

•

Dibya has become more aggressive and uncontrollable. She has learnt some abuses and manners here. I should take personal care after her.

•

The people here have one particular habit. They will start talking to you and if you are a deserving listener they will tell of their lives, desires and existence in a long narrative monologue. For example, Rampurwali or Mahinarayan Jha or Lallan Babu or Padma dai or Bela wali, all come to me in their spare time and start talking of their past and present. Each one surely has to tell a short story of his or her own colour. I shall some day write character studies of them.

●

आदमी अपने दिल के किसी-न-किसी एकांत में हमेशा अकेला और 'होम सिक' रहता है—रवीन्द्रनाथ के उस 14 वर्षीय बच्चे की तरह, हमेशा अपने घर लौट जाना चाहता है। मगर उसका घर कहां है? बचपन में मर गई मां की गोद में? या उस गांव में जिसकी कोई भी तस्वीर उसे याद नहीं है, अब!

●

Indira Gandhi has been elected leader of the Congress party in Parliament. Now, she is the P.M. of India, that is Bharat. God save it !

●

Dibya had abused Tripura, therefore, I slapped her harshly. I was so angry. Afterwards I felt very sad. How should I behave properly with my beloved child.

●

Three enemies of a man in life:
Unplanned speech and act
Unselected company and
Misuse of time

●

Anger is one of my diseases. Most of the times I keep it inside. Sometimes it comes off me with full force and without proper cause. I am cool headed because I am coward—and I am brave only when I see weaker persons before me, to show off my will. But, perhaps, I am not a coward (only a weak person). I have shown great courage and strength of mind at times. I don't know...or I do.

●

मैं अच्छी तरह समझ भी नहीं पाता हूं कि जनसाधारण की तरह जीने का मतलब क्या होता है, क्योंकि मुझे कभी साधारण सामाजिक जीवन में रहने नहीं दिया गया। बचपन में मुझे यह बताया गया कि मैं औरों से अधिक तेजस्वी, संस्कारी और प्रतिभासंपन्न हूं। लेकिन बाद में (शायद सौतेली मां के आ जाने पर) यह प्रसिद्ध किया जाने लगा कि गंदगी, बेवकूफी और चोरी में मेरा कोई मुकाबला नहीं है। इस प्रकार के विरोधाभास ने मुझे कभी ऊपर और कभी जनसाधारण से बहुत नीचे कर दिया। समानांतर मैं कभी नहीं हो सका।

●

Mine has been a life of much shame and less happiness.

—'निवेदिता' (राजकमल विशेषांक)

HOSPITAL DIARY

1966

Thought for the year :
My thumb and my headache, is more authentic,
Important, serious and engaging,
Than any great piece of art.

—Rajkamal Choudhury
1.1.1966

•

This is perhaps the first time in my life, when I actually find myself happy at all ends, and I am not ashamed of anything belonging to me–my inner-self or my personality. Though physically weak, I am inwardly fulfilled. The question I suffered so far was–why I live? Now, I am a changed man. I don't suffer any question. I live–and, this is the right reply to all the questioning signs. I live, and that is enough.

To-day I have purchased two books, (1) *Vedant Darshan* (ब्रह्म-सूत्र) and (2) *The Upnishads.* With the help of these two books, firstly, I want to know the path of Truth. And, what is the ultimate truth? It is the knowledge of the SELF.

•

Things about NADI-VIDYA, etc., and I was convinced of the fact, that still today like Vedant, Ayurved has a lot to give us, and researches should be made in this sphere too.

•

Only the circumstances can help me to get me cured now. Anyway, as a preventive, I should not touch (1) salt, (2) normal water, (3) Tea and other 'damned' things. And, be more particular about my medicines and medical routine.

•

प्रकृति सारे अविचार सह लेती है—भारतीय विधवा की तरह।

●

Received a letter from Upadhyaya. He is as he was. One of my best friends now, he has done a lot for me during my illness. His wife treated me as her real brother and attended me day and night. There are certain other influences too, of him, say, go towards religion and morality, etc; on me. It is he, because of whom I want to begin afresh my life and career.

●

KNOW YOURSELF TO FORGET YOURSELF

●

While writing poems : (1) Choose your own symbols and images (2) Give a fresh and damaging content, (3) Be graphic, (4) Arrange techniques of colour photography in it.

●

I have become much weak and therefore I am unable to undergo serious and painful measures taken against my diseases. Now when the doctors are talking of dialation, I am fearing. I don't know how much pain and sufferings I will have to bear in this hospital session...Though the doctors and nurses are really kind and helpful to me, the pains are the pains.

●

Prof. Dwijendra came in the evening and told me that people are saying that I have cancer in my bladder. When I asked Chandramauli he told, Dr. Jitendra Sahay suspected it but Dr. Rangnath rejected it.

●

NO, I DON'T HAVE CANCER
NO NO, NO,
I WANT TO LIVE
I WANT TO
I WANT

—Rajkamal

●

I WANT TO LIVE

●

I was mentally disturbed in the morning. Where is Roma Sengupta? Where are my other friends? Where are? Where are? Death completes a man, or keeps him incomplete?

●

Since four days I am trying to write a reply to Agyeyaji, but my frame of mind will not permit me to arrange right words. What has happened to my creative ability? And to my mental force, my will?

●

Shashi and Dibya, Mukta, Neelu came in the evening. How pleased I am to see them. My children, my wife. They give me the right strength to win over the ailment. The disease.

●

Doctors are keeping me in dark so far my disease is concerned. But I am not in dark. I am confident of my cure. I know, I don't possess cancer, and may be it takes its own time, I will come out healthy and diseaseless in the end. Within these fifteen days, they are going to do something or the other operation, dialation, etc., and 'X'-ray or Biopsy. This will be the end of my troubles, and after one major operation I will be cured. Mother Ugra Tara can not be so unkind to my poor wife and innocent children, in killing me. She will save me, I am sure. And, when I am sure, I will live.

●

I don't know why, but today I wrote my will in the morning, at page 28.2.66 of this Diary. Is this the sign that I am not going to live for long, and am not surviving this suffering in hospital? May be...May be NOT.

●

As a surprise, Shambhu came in the morning. He brought one stick (for walking) presented by Vishnu and Vishnu's book 'इन लोगों के मध्य'. I read the whole book in the noon time. He has written best about his father Krishna Chandra Sharma. Shambhu told me that Mukherjee Babu (the astrologer) says, that I will survive well in this disease, but I will have to live here in the hospital up to July 1966 end. And I will have some serious lungs' ailment after three years, that is sometimes in 1969. Shambhu is going to Ranchi with his wife. While returning, he will bring more news for me.

●

Dinman weekly of April 8 has written a full page about my problem, and has commented that my sympathisers should not seek help from the Government, but should do something or the other, by themselves. Should I write an affirmative reply? In SEARCHLIGHT DAILY also a news has been published about me.

●

So many people came from Gaya, Arrah, Muzaffarpur etc., today to see me because Agyeyaji was to come to meet me. It is a sad truth?

•
Mona came from Muzaffarpur in the evening. She was some what upset. I have faith that Madhukar Gangadhar has misled her about my person. Let them both go to hell. Who cares. If somebody misunderstands me, or plays bitter with me, I am not to be perturbed.
•
Dinkarjee, Mrs. Gopal Singh Nepali, etc., came in the morning. Dinkarjee was orally very sympathetic. In the day time came so many other visitors.
•
I have been informed that Lalkaka didn't get extension in his job. He is retiring immediately. I don't know what he will be doing next or where he proposes to live? I should, why, think about his plans. My plans are, when I am cured, to stay for a month or two in some cool place, then go to Mahisi by Durgapuja, to arrange and see things of my land, house and cultivation. After that I should leave Patna, go to some very small place in Hazaribagh-Ranchi area for the whole winter--may be Ramgarh–may be Deoghar.
•
Nanda is coming nearer day by day. What will happen to the relation! Anyway, I should keep my hands clean. My replies should be clear-cut and frank.
•

WHAT IS MADNESS
•
Big uncle (S. P. Choudhury)* came to see me with Ratnadharji, Prabha Shankar, Shantipriya, Chakradhar, etc. came in connection with the wrong news given by Madhukar Gangadhar in 'नई कहानियां'.
•
Loneliness of the R. S. Room is really an aristocratic pleasure. This is the first time in my life that I have been left alone for so many hours of the day. How should I utilise it?
•
When I was alone in the evening, I tried to go with my planned book...but couldn't complete a chapter even. It looked so very funny to write about my own self. But I will have to write it. There is no other way out. I have to write what I have to write.

---

* मेरे विचार से यहां S.N. Choudhry होना चाहिए।—सं.

●

Shashi came in the day time with lunch and stayed for the evening. It was a bit inconvenient to me for the fact that I feel better when I am alone. But, how to deny your own wife of her presence before the ailing husband?...They don't understand me. Why should they really?

●

PLEASE STOP THE WORLD. I WANT TO GET OFF FROM THIS EARTH.

—Rajkamal, 26.5.1966

●

Mohini (Ajmer) has written to me a letter which she should not have written at all. Such letters, if taken seriously, break the relations for ever. Any way, I should stay calm and quiet till I am here in the hospital. When I come out, I will see that I don't keep ugly relations with ugly people in any case. Madhukar Gangadhar has done a lot of harm to me by saying and writing to people against me. But, I should take care to remain patient.

●

Dr. Sahi told me that he will have to do a minor operation first to set this bladder-thing right. Other complications will be dealt with afterwards.

●

Started smoking (filtered Wills) with a firm conviction that I am not in cancer or in anything like that. I hope, this will help in my writings etc., and general behaviour towards life.

●

The husband died. The wife, not so young, but really well built, was blank. Her eyes became big, very big, and quite stone. There remained no black eye-lids, only a big patch of white stoney, motionless eyes. She could not cry. After a moment, she banged her bangles on the floor, and with a thin sob she became unconcious. After a ten minutes, the doctors declared her dead, too.

●

In the evening Dr. Chakravarti was telling me about Urethral cancer. They get it in the penis, and go away with it. I was so upset to know about these facts--naked medical facts. If I have to cut my penis, I will commit suicide. What's the play of living, without it? What's the use of living?

●

The feeling of boredom is the best feeling here in the hospital. You cannot do anything...just go on thinking about your ailments. Deaths of other patients don't excite or make you dejected. It is all normal routine here. They die, and die. That's all.

●

It was a pleasure to receive no visitor for the whole day. At about 5-30 P.M. I went out to drop the letters, and to get some fruits. At the Patna market corner, I met some unknown gentlemen, who knew me of course, and they offered me paan and asked about my health, etc., in a very respectable manner. I was so happy of this. Then, while returning, I saw a good figured black lady (may be a medical student) waiting in the portico of the hospital. She asked me the time. I smile and say–'Don't get perturbed. He will come, any minute'. She was sad. She said, "No sir, not awaiting. It is another case. My mother died today in this hospital. No other attendant I have. I am waiting for the taxi to come. I will take my mother's corpse to Bansghat all by myself." How sad...yes.

–युयुत्सा अगस्त-1967

I must write
write, write, write

—Rajkamal

AUTOBIOGRAPHICAL NOVEL

Part One : (Barh-Jaynagar-Mahisi-Rampur, etc.) :

1. My 3 mothers, father, childhood in village-home, UGRATARA, grandmother, Upnayan-Sanskar, mother's relations with father, etc.
2. Episodes in Rampur, Santhal-life, Mamaji, Bhabhi, Nautanki world, flood, etc.
3. Life at Jaynagar—Nepali life, Sacchida, how high school grows up. First sex-experience, 1942 movement, etc.

Part two :

4. School-life in Nawadah—treatise on homosexuality, how father is changing into a depraved man, the muslim society, Dr. Habib, Jangabahadur Singh, the first political attachments with kisan sabha, etc., R.S.S.episode, the 396—Criminal case, the first murder of beggar, how I become a thief, football matches, etc.
5. The prostitute-quarters of Patna, Gaya, Muzaffarpur, Bhagalpur and Katihar—How I became a gigolo.
6. Life in Red Transport Co. from Nawadah to Jharia-Dhanbad, with thiefs and robbers and adivasis.
7. Return to the intellectual world and politics—with Dibanath, Samir, Ramoo, Lalit, Fakhruddin, Munnilal, Habib, Suresh Bhatt, etc.
8. Job in Rastravani as proof-reader—Sleeping in union press—the mental depression, I begin to think of my life.
9. Patna-Secretariat : My life with Shashi, the big bribes I take,

gold rings in my 5 fingers—And my debauchery begins at full speed—I want money and girls.

10. With the gang of Ganja-smugglers, Hareram & his family, life with false & true Sadhus, Mai-ji of Patna, Lal Babaji of Bhagalpur, Satyanarayan of Nao-Kothi, Mongher, Swami Bramhanand etc.

Part 3 :

11. Mussoorie hills—Haridwar etc. Sabitri and her lapses.

Part 4 :

12. Calcutta—life begins...my inner frustrations, wanderings in Maithil worlds of Beliaghata & Bhamapara.
13. Gyanpitha job—plunging in the world of seths, L.C. Jain, Rama Jain, Biswambhar Chaturvedi, Talukkedar family, Laila, Mandira—and how I always suffered as an injured dog.
14. The world of Calcutta pimps, prostitutes, Om Manchanda, Champa, Chhabi Ray, etc.
15. My love & life with Manjuri Haldar & Chandra Mazumdar and their girl friends etc.;
16. The China town during Oct, 1962—March 1963—Chinese invasion days.
17. A little travel-book on Digha sea-resort-with the story of Gita Banerjee & Manju—a poetic work.
18. Rewriting —'एक अनार : एक बीमार' to reconstruct **Ishwar** and his philosophy.
19. The cinema world of Tollygunj, Satyajit Roy, Girish Ranjan, Sandhya Roy, Sumita Sanyal, Bashir, etc.,

Part 5:

20. Delhi (1963) Grover hotel, Ajmeri Gate, Narendra Dhir, Balraj Menra, Swarna, Biswanath Dard etc.;

THE END

—युयुत्सा अगस्त-1967

DIARY

June 11:

It was a dialation day but mother came with Dibya and Krishnadhari from Nawadah. Dibya has serious pain in the abdomen. It upset me. Shashi, Sadan and myself ran with her to children's ward (emergency out-door) for help. She was crying all alone. They referred us to the children's surgical emergency near my ward. In the meantime Dibya caught sun-stroke (loo) of the severest type. I lost all my balance. But any how we had to carry it. They gave her normal saline, Glucose etc. and Baralgan injection and took her inside the air cooled O.T. (I thought she was to be operated upon and I almost wept.) But Shashi didn't lose her control over her sentiments. After long, she was admitted to bed No. 31 in the children's surgical. On the evening Dr. R.P. Verma (my R.S.) went to see her. What to do?

12 June:

For the whole of the last night and today I have been thinking about my dearest one, Dibya. Went to see her in the morning. She is better now, but not so much out of danger. Dr. Sahi paid a visit at about 12 P.M. and prescribed a few medicines, all oral. Shashi, mother, Sadan, etc., all attended to her. Krishnadhari went back to Nawadah, though I wanted him to stay for a few days. Renuji, Malay, Samir, Upadhyaya etc., came to see me in the evening.

First rain of this season at 8.30 P.M. —It is a good sign. Dibya will be all right now. I prayed to mother Ugratara for her so many times today. Could't read, or sleep a wink—One other problem—Madhukar and lahar people have joined hands in dirty propagandas against me, the best is to keep silent and to reply when the proper time comes.

16 June:

Life is really dull and repetitive in this hospital. Dibya was taken off from the children's hospital today evening. She is allright now but she has worms in stool and she should be taken proper care of which is not at all possible in the present enviornment of my house. I know Shashi is in mental torture of all sorts but what can I do about it ? It is her duty to look after the children and why not?

17 June:

Dibya has recovered but now Mukti is seriously ill. Had fever 103°. 102°. today. Shashi brought her to out-door children hospital. I do not know what to do to keep them healthy?

The poem 'Mukti Prasang' is about to be finished.

18 June:

Plan 1: Return to village home. Settle there. Arrange cultivation. Stay there for six months each year. Shashi and children to stay there permanently.

Plan 2: Start your press & publication and a small book shop. Yes, in Patna, on a solid plan. No partners, go alone.

Plan 3: Stay for six months in village and next six months at any place I like for writing books.

June 20

Dr. Sahi told me today that Ramkishor Dwivedi inquired on trunk call about my health. Sahiji was to operate upon my uretheral stricture but he is very much hesitating. He said "Let us do it in our own way so that it may not have any devastating effect. I am seriously thinking what should I do in this complex case. You should remain patient and hopeful. Let us do what is best possible, may be it takes a lot of time". Now, what should I say.

June 21

Samir Raichowdhury was here in the day time. He tells me nice things about America and the publication of our books and poems there with the cooperation of friends there. I must make personal contacts and see for myself. Things for U.S.A. may be –

1. Tantrik poems
2. Indian love poems
3. Translation from Vidyapati, Jaydeo, Kalidas

4. 'Varanashi' a poem with photographs.
5. 'Khajooraho' poems with photographs.'
6. The Calcutta prostitutes–their lives & loves. Even if one collection of my poems comes from New York, it will fetch handsome dollars. "Write what you will, and then know to sell it." Is this a double standard?

June 23
The situations are getting worse day by day. I am sad, rejected, and in a sense aloof from my ownself. I don't care—let it happen whatever there is to happen with my body. The naked sword of King Janak is hanging over my head—I am, yes, the 'Astavakra' here now.

July 6
Shashi wrote and placed a long one page letter telling me of her devotion and children dependene on me, and she requests, I should keep myself safe, secured and, yes, alive for them, the four of them. She is right. I should not forget my preferences—Dibya, Mukta and Neelu and my love Shashi. But why should ?

–युयुत्सा, अगस्त-1967

वार्तालाप

रामानुग्रह झा से

रा. झा. : मैथिली की नई कविता पर यह आरोप लगाया जाता है कि यह अन्यान्य भाषाओं के साहित्य से प्रभावित और प्रेरित है। मैथिली की काव्य-परंपरा को, नई कविता के कवि की सदिच्छा किसी भी रूप में आगे बढ़ाने की नहीं है। क्या मैथिली की नई कविता अनुकरण मात्र है या परंपरा से इसका कोई संबंध भी है?

राजकमल : मुझे आश्चर्य होता है कि बिना नई कविता को पढ़े, लोग ऐसे भ्रामक मंतव्य गढ़ लेते हैं। हमलोग किसी दूसरी भाषा या साहित्य से अथवा दूसरी काव्य-परंपरा से नहीं, केवल मैथिली काव्य-परंपरा से प्रभावित हैं, प्रेरित हैं। अपना लोकजीवन, उसके संस्कार, संस्कृति और व्यापक परिधि-विस्तार से प्रभावित प्रेरित हैं। हम सबने न तो विद्यापति, उमापति, मनबोध और चन्दा झा को भुला दिया है और न सीताराम झा, भुवन जी या यात्री जी को। अपना वन-प्रांतर, खेत-खलिहान, लोक-वेद अर्थात् मिथिला का लोक-मानस और सामाजिक वातावरण में दिग्भ्रमित तथा अपने अस्तित्व की रक्षा के निमित्त संघर्षशील व्यक्ति-मानस को नई कविता में समग्र रूप से अभिव्यक्ति दी जा रही है।

युग-सत्य, जो समय, परिवेश, संस्कार और व्यक्तित्व के अनुपात में किसी भाषा की कविता को गति दे रहा हो, उसे कैसे नहीं माना जाए? कवि तो युग-चेता होता है। युगीन यांत्रिक सभ्यता में वैसे युग-चेता को कैसे अस्वीकार कर दिया जाए? आज की मशीनी गंध और श्रमिक मानव के पसीने की गंध ने अपने मिट्टी-पानी को निर्गंध बनाकर रख दिया है—इस कवि-सत्य को कैसे झुठला दूं? इस सत्य को नहीं मानने वाले का यह आरोप अवश्य होगा कि मैथिली की नई कविता अनुकरण-मात्र है, कार्बन-कॉपी है। इस आरोप को अनुत्तरित ही रहना चाहिए।

रहा परंपरा के विकास का प्रश्न, तो हमलोग कर ही रहे हैं। मैथिली काव्य-धारा को परंपरा से पृथक करने का श्रेय है सीताराम झा, भुवन जी और यात्री जी को। सीताराम झा ने मैथिली की कविता में ग्राम्य-प्रयोग, लोकोक्ति और ध्वनिवक्रता को ही विशिष्ट समझा। स्व. भुवन जी ने नवीनता के प्रति आग्रह दिखाने के लिए काव्य-शास्त्रीयता में, शिल्प में, वस्तुबोध में विद्रोह का स्वर मुखरित किया है, किंतु ये

लोग कविता में नए क्षितिज का अनुसंधान नहीं कर सके। इसे किया यात्री जी ने 'चित्रा' में। 'चित्रा' का कवि प्राचीन नहीं है, अर्वाचीन है, मगर आधुनिक नहीं है। उन्होंने अपने राजनीतिक और साहित्यिक दृष्टि-दोष की परिसीमा में मनुष्य की शारीरिक, सामाजिक भावना और पीड़ा का अनुभव अवश्य किया, मगर उसके अंतरंग, उसके आत्म-दमन और उसके आत्म-शृंगार को देखना उनसे संभव नहीं हुआ। वह फेकनी को दूध बेचते या दूध में पानी मिलाते देख सकते हैं, मगर टूटी हुई झोपड़ी में ताखे पर जल रही डिबिया के पीले प्रकाश, में नींद में दहाती-भसियाती फेकनी की लाश को देखना अश्लील समझते हैं। 'चित्रा' के कवि के उपरांत, नवकवि फेंकनी की देह-दशा में, मन में प्रवेश कर, उसके मन को समझ-बूझ कर देखते हैं। इन सब दृष्टियों से 'चित्रा' के बाद नई कविता का विकास मैथिली काव्य-परंपरा का सहज विकास है।

रा. झा. : आपकी 'स्वरगन्धा' का प्रकाशन 1958 में हुआ था। 'स्वरगंधा' की सभी कविताएं सुमन और यात्री जी को समर्पित की गई हैं। इसमें क्या आपका कोई विशिष्ट उद्देश्य रहा है?

राजकमल : हां, अवश्य है। 'स्वरगन्धा' की रचना मेरे कलकत्ता-प्रवास के समय हुई थी। छोटी उम्र में ही गांव से मेरा संपर्क टूट गया था। कलकत्ते में हजारों-हजार मैथिली भाषियों को देखकर अनुभव यह होता रहता था कि मैं परदेश में नहीं, गांव में ही हूं। 'स्वरगन्धा' इसी वातावरण की रचना है। सुमन जी को तब तक आधुनिक मैथिली रीति-काव्य की चरम उपलब्धि के रूप में मान्यता मिल चुकी थी। कविता में रीतिवत्ता की समाप्ति की सूचना देने के लिए सुमन जी को 'स्वरगन्धा' समर्पित की गई, और 'चित्रा' के कवि यात्री जी को इसलिए कि 'स्वरगन्धा' 'चित्रा' की अगली कड़ी है। इन सबका अभिप्राय यह कि मैं 1958 में स्वरगन्धा के फूल-पात चढ़ाकर सुमन, यात्री, मधुप, किरण, अमर आदि उपनामधारी कवियों को मध्ययुग में छोड़कर आधुनिक युग में प्रवेश कर गया।

रा. झा. : रचना सृजन-क्षण के पूर्व और पश्चात् आपकी मनःस्थिति कैसी रहती है? रचना की प्रक्रिया आपके लिए सुखद होती है या दुखद?

राजकमल : रचना करने से पूर्व के क्षण मेरे लिए प्रसव-वेदना से कम कष्टदायक नहीं होते। और, लिखने के बाद मैं एकदम खाली हो जाता हूं। इस तरह रचना-प्रक्रिया मेरे लिए यातना-प्रक्रिया हो जाती हैं...। और रचना-स्थल मुझे नितांत निर्जन स्थल की तरह लगने लगते हैं। बरसात की झोंक की तरह भाषा के आवेग में जीर्ण-शीर्ण पत्तों की तरह असंख्य शब्द छितराए पड़े रहते हैं। कभी वे भाषाहीन अर्थ-समृद्ध प्रतीत होते हैं, तब वस्तुतः ऐसा लगने लगता है कि मैं शब्दों का प्रयोग कितने व्यापक अर्थ में

कर रहा हूं। भाव और शब्द के बीच में जो एक प्रकार का धूमिल पर्दा रहता है, उसको उठाने के प्रयास करता हूं मैं, और शायद सभी रचनाकार अपने सर्वोत्तम प्रयास से भाषा के चरम तत्व की उपलब्धि ही करना चाहते हैं।

रा. झा. : भाषा के चरम तत्त्व की उपलब्धि से आपका क्या प्रयोजन है?

राजकमल : मुझे शब्द से अधिक ध्वनि प्रिय है। मैं अपनी रचना-प्रक्रिया में शब्द के इसी मूल नाद की खोज करता हूं, प्रकृति की सहस्रमुखी धारा-ध्वनि के एक-एक तार की झंकृति सुनना चाहता हूं। मैं जानना चाहता हूं कि वह गोमुख क्या है, मेरे प्राण-कुंड में, मेरे अंतर में क्या है अथवा इस शरीर के बाहर कहीं किसी अंधगुफा में ध्यानावस्थित बुद्ध की तरह समाधि-लीन कौन है? मैं तय करना चाहता हूं कि शब्द का मूल मंत्र क्या है और किस श्रीचन्द्र पर शब्द की पार्थिव-प्रतिमा स्थापित की गई है। और यही तय करना मेरे लिए संत्रास या यातना की स्थिति हो जाती है।

रा. झा. : किंतु रचना के स्तर पर जिस यातना या संत्रास के भोग के विषय में आप कह रहे हैं, क्या उसके मूल में रचनाकार का यश और प्रतिष्ठा की भावना नहीं है? अन्यथा इस संत्रास के भोगने का प्रयोजन क्या है?

राजकमल : नहीं, कविता में प्रतिष्ठा का प्रश्न नहीं है। मनुष्य के भीतर कोई ऐसा तत्व होता है जो उसे उर्ध्वमुखी बनाता है। नहीं तो साठ या अस्सी फीट की ऊंचाई से नटों का धरती पर कूदना केवल पेट के लिए होता है या यश अथवा प्रतिष्ठा के लिए? नहीं। वह तो एक ऐसा Zeal होता है, जो इसके लिए उसे बाध्य करता है। यही स्थिति रचनाकार की भी है।

रा. झा. : आपकी साहित्य-प्रेरणा के मूल में आधुनिक जीवन की कुंठा, मानसिक विचार या अतृप्ति की भावना है, मुझे ऐसा ही लगता है। क्या आप इस विषय में कुछ कह सकते हैं?

राजकमल : प्रत्येक मनुष्य आदिम इच्छा से परिपूर्ण है। इस मनुष्य की जाति ने अभी तक क्या किया है? प्रस्तर-युग में यह पराधीन था और आज भी है। सोचकर देखें तो इसने अपनी किसी भी प्रवृत्ति का उदात्तीकरण नहीं किया है। घृणा, कुंठा, प्रेम आदि सभी कुछ वीभत्स रूप में आज मनुष्य के हृदय में है। इसीलिए तो, हर कोई अपने चरित्र में, व्यवहार में, शारीरिक और मानसिक दासता में कुंठित है। कुंठा की उत्पत्ति होती है पैसे के अभाव से। वह स्त्री-सुख, अन्न या किसी स्थापित प्रामाणिकता किसी लक्ष्मण-रेखा को नहीं मानती। अभाव से अतृप्ति और अतृप्ति से कुंठाग्रस्त होने पर लोगों को अकर्मण्यता, हीनता, दुर्बुद्धि और पराजय मिलती है। मैं व्यक्तिगत या सामाजिक रूप में इस स्थिति में नहीं हूं। इसलिए कुंठा मेरे व्यक्तित्व का कारण नहीं

है, केवल अनुभव और अभिव्यक्ति का विषय है। मैं केवल इतना ही मानता हूं कि अन्न, स्त्री-शरीर और सामाजिक सुख-सुविधा को प्राप्त करने के लिए पैसे चाहिए, लेकिन वह व्यक्ति अत्यधिक कुंठित होता है जो केवल पैसों की प्राप्ति ही अपनी दिनचर्या बना लेता है। धन-प्राप्ति को जीवन-चर्या चुन लेना सभी युग में 'बुरा' माना गया है, क्योंकि पैसा मनुष्य को अपनी परिधि में कस लेता है। मनुष्य बंदी हो जाता है मशीनी रुटीन में। मैं दूसरे नए लेखक या कवि की बात नहीं करूंगा, किंतु मैं, राजकमल चौधरी ने स्वयं को इस रुटीन से मुक्त कर लिया है। मैं किसी स्त्री उसके परिवार या कोई कार्यालय या फिर वेतन से बंधा हुआ नहीं हूं। मैं गरीब हूं। कैंसर का मरीज हूं। मेरे ऊपर एक विस्तृत सम्मिलित परिवार के भरण-पोषण का भार है। किंतु समाज के अधिकांश मर्यादा पुरुष मुझसे सामंजस्य रखने में असमर्थ होते हैं। वे मुझसे घृणा करते हैं, क्योंकि मैं आज की भीड़ में नहीं हूं, किसी झंडा या जुलूस में नहीं हूं। मेरा कोई स्लोगन नहीं है, केवल विचार है और विचार के लिए तर्क और प्रमाण है। मैं कोई नियंत्रण नहीं मानता। दस महीने तक अस्पताल के गर्भ में डाक्टरों के मना करने पर भी मैं फिल्टर वाली सिगरेट पीता रहा। मैं इतना पराश्रित हूं कि अगर मेरा कोई सेवक पास हो, तो मैं रैक से किताब तक नहीं उतार सकता। मैं अपने शरीर का स्वामी हूं। शरीर मेरा देवता नहीं, दास है। बस इससे अधिक और कुछ मैं नहीं कह सकता।

'आखर' (मई-अगस्त, 1968) से मूल मैथिली से अनूदित
एवं रमेश नीलकमल द्वारा 'कारखाना-2' में प्रकाशित।

इब्बार रब्बी से

इब्बार रब्बी : सन् साठ के बाद की पीढ़ी या सन् साठ के बाद की कविता क्या है? बीटनिक, भूखी पीढ़ी और अकविता के बारे में आप क्या सोचते हैं?

राजकमल : अमरीका में बरोज, गिन्सवर्ग, करुआक के नेतृत्व में नई पीढ़ी के कवियों और बुद्धिजीवियों ने 'एस्टेब्लिशमेंट' (प्रभुसत्ता?) के खिलाफ आंदोलन शुरू किया। ...बंगाल में अपनी सीमाओं के साथ यही काम मलयराय चौधुरी ने और उसके साथियों ने आरंभ किया है...हिन्दी की 'अकविता' कवि नागरिक द्वारा अथवा नागरिक कवि द्वारा काव्य विषयों और काव्याभिव्यक्ति के नए माध्यमों और प्रवाहों को अपनी कविता में प्राप्त करने की चेष्टा है।...मैं, राजकमल चौधरी, बहुत सारी बातों में बहुत दूर तक इनलोगों के साथ हूं, लेकिन इनलोगों में नहीं हूं। मेरी निजी शारीरिक सीमाएं हैं, जो मुझे किसी भी वाद, विवाद, भीड़, जुलूस, गोष्ठी, आंदोलन और संस्था-सम्मेलन में शामिल होने से तो नहीं रोकती, किंतु सदस्य होने से रोक देती है। सदस्य मैं नहीं होता और सदस्य हुए वगैर भी यह मानता हूं कि अभी अमरीका में एलेन गिन्सबर्ग सबसे बड़ा कवि है, और भूखी पीढ़ी वालों ने बंगाली-साहित्य के संपूर्ण 'व्यावसायिक' स्वरूप को तोड़-फोड़ दिया है, और अकविता निश्चय ही 'नई कविता' से आगे चले आने की कवि-चेष्टा है।

इ.र. : अच्छी या बुरी कविता की कसौटी क्या है? आप किसे कविता मानते हैं?

राजकमल : यह प्रश्न आप मुझसे न पूछकर डाक्टर नगेन्द्र या नामवर सिंह से पूछिए, तो ज्यादा सही उत्तर मिलेगा। मुझे पता नहीं कविता क्या है, अच्छी या बुरी कविता क्या है, मुझे बिल्कुल पता नहीं।

इ. र. : क्या यह मान लेना सही होगा कि 'नई कविता' चुकने लगी है? आपका 'नई कविता' से क्या संबंध है?

राजकमल : छायावाद, प्रगतिवाद, नई कविता—परंपरा के साथ व्यक्ति का जो संबंध होता है, इन परंपराओं से मेरा वही संबंध है। मैं नया कवि हूं, लेकिन मैं 'नई कविता'

का कवि नहीं हूं। क्योंकि नई कविता में भी आदर्शवादिता, प्रकृति पूजा, रोमेंटिसिज्म और शब्द-चमत्कारों की वही गंध मुझे (तनिक से परिष्कृत रूप में) मिलती है, जो कभी प्रसाद, पन्त, महादेवी में प्राप्त होती थी। प्रकृति, आदर्श, जीवन-मूल्य, परंपरा, संस्कार, चमत्कार—इत्यादि से मुझे कोई मोह नहीं है। नई कविता से भी इसीलिए मोह नहीं है। मेरी कविता की इच्छा और मेरी कविता की शब्दावली मेरी अपनी इच्छा और मेरी अपनी शब्दावली है। इस इच्छा और इस शब्दावली के निर्माण में तुलसी-कबीर से लेकर अज्ञेय-शमशेर तक की परंपरा का योगदान अस्वीकार नहीं किया जा सकता। किसी भी परंपरा को अस्वीकार नहीं किया जा सकता।

इ. र. : कुछ लोग कहते हैं कि अब कविता मर चुकी, वह कभी जीवित नहीं होगी। क्या आप यह स्वीकार करते हैं?

राजकमल : कवि मनुष्य के मर जाने के पहले कविता का मर जाना किसी भी संदर्भ में संभव नहीं है। शायद मनुष्य के मर जाने के बाद भी कविता जीवित रहती है—संस्कारों में, और संस्कृति-चेष्टाओं में। फिर यह तो आवश्यक नहीं कि प्रत्येक समय-खंड में कविता शब्द संप्रदाय में ही जीवित रह जाए। शब्द कविता के लिए मात्र एक (एकमात्र नहीं) अभिव्यक्ति माध्यम है। कविता, इसके अंदर रहती है और साथ ही इसके बाहर भी रहती है। शब्द, ध्वनि, दृश्य, रंग यहां तक कि शून्य में भी कविता अपने शरीरी और अशरीरी व्यक्तित्व का स्थापन और प्रसार करती है। अस्तु, मेरे मन में यह प्रश्न या आशंका कभी प्रकट नहीं होती कि कविता मर चुकी है या कभी मर चुकेगी।

इ. र. : हिन्दी के आदि कवि सरहपा से लेकर आज के नए-नए कवियों में आपको कौन अच्छे लगते हैं?

राजकमल : जहां तक रुचि का यानी पसंद आने का प्रश्न है, इसके लिए किसी भी कारण की मैं तलाश नहीं करता हूं। मैं अपनी विद्या-बुद्धि और चयन-क्षमता के लिए जिम्मेदार हूं, अपनी रुचि के लिए नहीं। अस्तु, हिन्दी के पुराने कवियों में विद्यापति (अगर उन्हें हिन्दी का कवि मान लिया जाए) और कबीरदास मुझे प्रिय हैं। बचपन की उम्र में मैंने अपनी स्त्रियों और दोस्तों को तिरहुत-पदावली और निर्णय दोहावली के उद्धरण सुनाए और लिखे हैं। विद्यापति, कबीर के बाद सूर्यकान्त त्रिपाठी निराला। निराला के बाद कोई एक नाम लिखने से काम नहीं चलेगा। अज्ञेय, शमशेर, नागार्जुन, मुक्तिबोध, केदारनाथ सिंह, मुद्राराक्षस, श्रीकान्त वर्मा, कितने ही कवि हैं, जिनकी बहुत सारी कविताएं मुझे पसंद हैं और जिनकी बहुत सारी कविताएं मुझे पसंद नहीं है।

इ.र. : इस समय हिन्दी में सबसे अधिक समर्थ कवि कौन है? क्या हिन्दी में आज

कोई 'महान कवि' है? क्या महान कवि जैसी कोई चीज होती है?

राजकमल : यह प्रश्न मुझसे या मेरे सोच-विचार से संबंधित नहीं है। कवियों का स्थान-निर्धारण या मूल्यांकन मैंने कभी नहीं किया। कभी कर पाऊंगा भी नहीं, क्योंकि 'सफल', 'समर्थ' अथवा 'महान' होने को मैं कोई महत्व नहीं देता। मैं महत्व देता हूं 'प्रिय' होने को। और जरूरी नहीं है कि जो कवि मुझे प्रिय हो, वही कवि आपको भी प्रिय हो। और मुझे तो निश्चय ही राजकमल चौधरी सबसे अधिक प्रिय कवि हैं। 'निराला' के बाद इतना प्रिय कवि राजकमल चौधरी के लिए दूसरा हिन्दी में नहीं हुआ, अब होगा भी नहीं।

इ.र. : क्या आप स्वयं को सफल कवि मानते हैं?

राजकमल : मैं स्वयं को असफल मनुष्य, असफल कवि, असफल पशु, असफल देवता और असफल ब्रह्मराक्षस मानता हूं। सफल होना मेरे लिए संभव नहीं है। मेरे लिए केवल संभव है—होना। अर्थात् मैं हूं—मैं कवि, मनुष्य, पशु हूं—इतना ही मेरे लिए संभव है। मैं सफल नहीं हुआ। क्योंकि मैं सफल हो गया, तो वे सारे लोग असफल हो जाएंगे, जिनकी कविताएं पाठ्य-पुस्तकों में संकलित होती हैं।

इ. र. : हिन्दी कविता का भविष्य आपको कैसा लगता है? दस वर्ष बाद की कविता स्थिति पर आप इस समय क्या कह सकते हैं?

राजकमल : यह मुझे पता नहीं है। मुझे यह भी पता नहीं कि मेरी कविता का भविष्य क्या है और दस या बीस वर्ष बाद मैं कैसी कविताएं लिखूंगा। दरअसल, मैं कवि हूं, ज्योतिषी नहीं हूं और मुझे भविष्य की कभी कोई चिंता नहीं होती। मैं केवल अपने और अपनी कविता के वर्त्तमान में जीता हूं। वर्त्तमान इतना खूबसूरत, इतना जीवंत है कि मुझे कभी अतीत या भविष्य में डूब जाने नहीं देता।...किंतु एक बात यह अवश्य है कि हमलोग समाज से व्यक्ति की ओर अथवा सामाजिक संबंधों के व्यक्तिगत धर्म की ओर—कविता में वापस आ रहे हैं। यह वापसी शायद कविता का भविष्य निर्धारित करने में हमारी सहायता करे।

इ.र. : क्या कविता की जगह अब कहानी ले रही है? क्या कहानी और कविता एक होती जा रही है?

राजकमल : कहानी व्यक्ति के समाज-सत्य को प्रकट और चिह्नित करती है, जबकि कविता व्यक्ति के व्यक्ति-सत्य को स्थित और स्थापित करती है। व्यक्ति-सत्य और समाज-सत्य का अंतर कविता और कहानी को अलग-अलग करता है। यह अवश्य है कि अब कहानी में गीत-लय और संगीत के आयोजनों का समावेश हो रहा है—जैसे

कि पहले कविता में हुआ करता था। पांच दशक पहले कविता जिन परतंत्रताओं में आबद्ध थी–अब कहानी उसे स्वीकार करने लगी है। कविता अब मुक्त हुई है। कविता अब कहानी से, संगीत से, चित्रात्मकता से, शब्द-चमत्कार से मुक्त हुई है।

इ. र. : इस समय लिखी जा रही कविताओं की मुख्य प्रवृत्तियां क्या हैं?

राजकमल : गैर सिलसिलेवार ढंग से सामयिक हिन्दी कविता की मुख्य प्रवृत्तियां निम्नांकित हैं : आत्म-विज्ञापन, शारीरिक सीमाओं के प्रति विक्षोभ, लघुता का परिचय, नागरिक सुविधाओं से प्रेम, नागरिक निरीहताओं से घृणा, यौन-विषयक चिन्ताएं, मृत्यु भय, आत्मरति के प्रति निरीह आक्रोश, जिजीविषा, भीड़ से अलग होने की आकांक्षा, आलस्य, धर्म-चिन्ता, जीवन के कारणों की तलाश, जीवन के प्रमाणों और मूल्यों की तलाश, विज्ञान के प्रति हिंसा-भाव, निजी शब्दावली का प्रचार, आत्म संस्कार आदि।

डॉ. रामकिशोर द्विवेदी से

'शताब्दी' पत्रिका के एक विशेषांक के संपादन के दौरान डॉ. रामकिशोर द्विवेदी द्वारा आयोजित एक परिचर्चा में कई कथाकारों, कवियों, समीक्षकों से प्रश्न किए गए। उन्हीं में से दो प्रश्नों के जवाब में राजकमल चौधरी

रा.कि.द्वि. : प्रेम कविताओं के नाम पर वैयक्तिक कुंठा और काम अतृप्ति (सेक्स फ्रस्टेशन) को प्रमुखता दी जाती है। इसके औचित्य से आप कहां तक सहमत हैं?

रा.क.चौ. : अन्य भाषाओं की तरह खड़ी बोली में भी स्त्री-पुरुष के पारस्परिक प्रेम, रागात्मक, आध्यात्मिक, 'मधुरोपासनात्मक' और दैविक प्रेम की कविताएं लिखी गई हैं। लेकिन, इन 'प्रेम'-कविताओं के बारे में मुझे अधिक जानकारी नहीं है। इस गैर-जानकारी के चलते मुझे अपने जीवन और अपनी कविता में काफी नुकसान उठाना पड़ा है, लेकिन 'जो नहीं है...उसका गम क्या?' पूरी घटना इस तरह हुई। बचपन में 'विशारद' परीक्षा के पाठ्यक्रम में श्रीमती महादेवी वर्मा की एक कविता हमलोगों को पढ़ाई गई थी :

> सो रहा है विश्व
> पर, प्रिय
> तारकों में जागता है।

हमारे शिक्षक महोदय ने हमें बार-बार समझाया कि यह एक छायावादी 'प्रेम' कविता है, और सूरदास-मीराबाई की परंपरा में, आत्मा और परब्रह्म के प्रेम-प्रसंग में इसे लिखा गया है, साधारण प्रेमिका और जनसाधारण प्रेमी के प्रसंग में नहीं। अगर यह प्रेम-कविता थी, तो उसी वक्त से मुझे हमेशा-हमेशा-हमेशा-हमेशा के लिए प्रेम कविताओं से विरक्ति हो गई थी।

मेरी जाति (मैथिल ब्राह्मण) के कवि-कोकिल ने अपने प्रतिपालक राजा शिवसिंह और उनकी रानी को कृष्ण और राधा मानकर आठ-दस हजार प्रेम कविताएं लिखी थीं, एक उदाहरण दृष्टव्य है :

> भनइ विद्यापति सुनु बर जोबति
> पुहबी नव पंच-वाने

राजा सिब सिंघ रूपनारायन
लखिमा देई रमाने

मुझे लगा कि श्रीमती महादेवी वर्मा की कविताओं में, और विद्यापति की प्रेम कविताओं में 'प्रेम' का अर्थ प्रेम प्रसंग ही है; भले ही प्रकारांतर-न्याय से, उसे तारकों में जागने वाले प्रिय के लिए, और क्यों न उसे 'राजा सिब सिंघ रूपनारायन' की प्रशंसा में लिखा गया हो। यह प्रकारांतर न्याय मुझे पसंद नहीं है क्योंकि इसी न्याय के कारण प्रकारांतर से हिन्दी कवियों-कवयित्रियों में कुंठा, आत्मरति, कामज्वर, प्रसंग-व्याधि जैसी बीमारियां पैदा हुईं। यह बात और है कि ये बीमारियां कविता को आधुनिक परिस्थितियों में अधिक सफल और लोकप्रिय बनाती हैं।

मैं अभिनेत्री एलिजाबेथ टेलर की यह बात मानता हूं कि 'प्रेम को इस्पात की तरह ठोस और टिकाऊ होना चाहिए, कवि कल्पना नहीं।' हिन्दी प्रेम-कविताओं में अभी तक 'प्रेम' मात्र 'कवि कल्पना' ही है, इस्पात नहीं है। जानकारी के अभाव में, अपने को मैं इससे अधिक कहने की स्थिति में—प्रेम कविताओं के बारे में—नहीं पाता हूं।

पिछले तीस वर्षों (1930-60) के अरसे में, प्रसंग-व्याधि और कामज्वर की कविताएं लिखी गई हैं, प्रेम कविताएं नहीं लिखी गईं—सहित्यिक समाचार-दाताओं ने मुझे ऐसा बताया है। उदाहरण के रूप में, समाचारदाताओं ने इस प्रकार की कविता-पंक्तियां भी उद्धृत की हैं। मैं यहां पर पहले, प्रगतिशील-परंपराओं के कवि केदारनाथ अग्रवाल की एक पूरी कविता दुहराना चाहता हूं। शीर्षक है 'हरी घास का बल्लम'

हरी घास का बल्लम
गड़ा भूमि पर
सजग खड़ा है—
छै अंगुल से नहीं बड़ा है।
मन होता है :
मैं उखाड़कर इसे मार दूं
कुंठा को गढ़ में पछाड़ दूं।
जहां गड़े हैं
भूले मुर्दे
वहां गाड़ दूं।

जाहिर है कि यह कविता कामज्वर की चरम सीमा पर लिखी गई है। छै अंगुल की लंबाई, हमारे यहां बड़ा गंदा-सा इशारा माना जाता है, अंग्रेजी के 'थर्ड लेग' (तीसरा पांव) की तरह। इसी तरह की प्रेम कविताएं पिछले तीस वर्षों में लिखी गई हैं। छै अंगुल की लंबाई की कविताएं।...'आओ, बिस्तरे की हरी दूब पर बैठें हम, देखते एक-दूसरे को

समानांतर, सुनें, जो करेंगे तन हमारे' (श्रीमती शांता सिन्हा)...'अब मैं फूटना चाहती हूं, तृप्ति अब टूटना चाहती है, मैं चाहती हूं क्षण-क्षण बिखरना।' (श्रीमती शकुंत माथुर), 'ऐसा क्यों होता है? ऐसा क्यों होता है? उमर बीत जाती है करते खोज, मीत मन का मिलता ही नहीं, एक परस के बिना हृदय का कुसुम, पार कर आता कितनी ऋतुएं; मिलता ही नहीं।' (श्रीमती कीर्ति चौधरी), 'दोपहर-सी सूनी हो गई, अलस्सुबह। पता नहीं, यह जंगल मुझ में हैं, या लोगों में' (श्रीमती कांता), 'जिस दर्द से तिलमिलाकर, तुम्हें पुकारती हूं, कितना उपहासास्पद है; आंख में टंगा तारा, झुंझलाकर झटक देती हूं, गीत गुनगुनाती हुई, उदास हो जाती हूं' (श्रीमती इन्दु जैन)—ये कवयित्रियां, 1955-60 के बीच जिनकी काव्य-प्रतिभा को प्रतिष्ठाएं प्राप्त हुई हैं, अब तक मीराबाई या श्रीमती महादेवी वर्मा के साज-बाज और प्रकारांतर में ही अपनी प्रेम कविताएं लिख रही हैं।

प्रेम कविताओं का यह 'तुम्हारे वसनों के बीच के अगोचर अंधकार में' (श्री वीरेंद्र कुमार जैन) डूब जाने वाला तेवर मुझे कतई पसंद नहीं है। मैं इस 'अगोचर अंधकार' की माया और दुर्गंधि से अलग रहना चाहता हूं। मेरी इस प्रवृत्ति के कुछ और लोग भी हिन्दी में जरूर होंगे, जो 'कंकावती', 'सिन्दबाद की वापसी' और 'आकाश विभाजित है' जैसी कविताएं लिखकर 'तथाकथित' प्रेम कविताओं की 'तथाकथित' नपुंसक और कभी-कभी हस्तमैथुनी परंपरा को इनकार करते हैं, क्योंकि ये कुछ लोग अपनी कविता में अपाहिज और 'पैरासाइट' नहीं हैं।

कविता में किसी भी बात और किसी भी आरोपित नैतिकता के औचित्य को मैं स्वीकार नहीं पाता हूं। कविता जनसाधारण के जीवन और जीवन-मूल्यों; जीवन-मानों से कोई स्वार्थ का संपर्क नहीं रखती है। कविता की बातें केवल कविता और 'कवि कल्पना' की बातें नहीं होकर भी, बाकी हर चीज से अलग और टूटी हुई होती हैं। लेकिन मेरे भाइयो, और मेरी बहनो, मुझे सिर्फ़ मीराबाई से छुटकारा दिलाओ।

प्रेम-कविताओं के मीराबाई-पन से, जो सच्चिदानन्द हीरानन्द वात्स्यायन 'अज्ञेय' की कविताओं से लेकर गोपालदास 'नीरज' तक व्याप्त और व्यापक है, मैं मुक्त होना चाहता हूं। और, यह कोई नैतिक प्रश्न नहीं है बल्कि केवल मूल्यों का प्रश्न है—कविता के मूल्यों का, जिसमें 'प्रेम' एक मूल्य के रूप में नहीं, एक शारीरिक और सामाजिक परिस्थिति के रूप में शामिल है।

श्री शमशेर बहादुर सिंह हिन्दी के एक बड़े कवि हैं। शब्दों में इतनी अच्छी चित्रकला बहुत कम लोगों के बस की बात होती है। लेकिन एक विरोधाभास है शमशेर की कविता-परिस्थिति में। वे बीमार आदमी नहीं हैं; स्वस्थ, संयत और गंभीर हैं, लेकिन उनकी कविताएं एक बीमार और हमेशा के लिए रुके हुए आदमी की कविताएं हैं।

लेकिन, हिन्दी आधुनिक कविता के छठे दशक में कविता लिखते हुए हम कुछ लोगों में और हमारी कविता में यह ३६ (विपरीतमुखी) का रिश्ता नहीं है। हमलोग

बीमार हैं और हमारी कविताएं एक बीमार आदमी की कविताएं हैं। ऐसे बीमार आदमी जो 'प्रेम' का नाम नहीं जानते; जो सब्जियों के भाव हरी-नीली औरतें खरीदते हैं, और हर सुबह नींद खुलने पर उस औरत से कहते हैं, ''अब 'लूप' का इस्तेमाल करो, क्योंकि जनसंख्या का सवाल ही अब सबसे बड़ा सवाल है...'' (राजकमल चौधरी)—और, स्पष्ट है, यह प्रेम कविता नहीं है, किसी भी 'संदर्भित आयाम' में नहीं!

कुंठा और कामज्वर हमारे लिए आवश्यक हैं। इनसे हमारी कविता को रंग और गंध मिलते हैं। (क्या मैं नींद में बोल रहा हूं? मेरा चश्मा कहां है, डॉ. रामकिशोर?) और, तस्वीर एक कविता बन जाती है, सिर्फ़ एक चुप और उदास तस्वीर नहीं रह जाती है। कामज्वर और आंखों में गर्म गोश्त के प्याले से उठती हुई भाप की प्यास...

रा.कि.द्वि : समसामयिकता के संदर्भ में श्लील व अश्लील क्या है? आधुनिक कवि की मनःस्थितियों व प्रेम तथा सेक्स की प्रकृत अभिव्यक्ति को किस हद तक अश्लील करार दिया जाएगा?

रा.क.चौ. : अब 1965 के अक्टूबर में आकर कविता और समसामयिकता के संदर्भ में श्लील और अश्लील की बातें करना बेवकूफी होगी। अब ऐसी बातें नहीं करते हैं। हमारे देश की सारी अश्लीलता अब 'पब्लिक सेक्टर' के कल-कारखानों और 'प्राइवेट सेक्टर' के काले रुपयों के बाजार में कैद हो गई है। सबसे बड़ी अश्लीलता है जनतंत्र! दूसरी कोई भी अश्लीलता, चाहे वह खुली सड़क पर देर-देर तक पेशाब करते रहना ही क्यों न हो, अब कोई महत्त्व और आधार नहीं रखती। अब औरतें सब्जियों के भाव बिकती हैं। अब जनसंख्या का सवाल सबसे बड़ा और खतरनाक सवाल बन गया है।

प्रेम-कविताओं के बदले हमलोग 'फैमिली-प्लानिंग' की कविताएं लिख रहे हैं। ये कविताएं, न तो श्लील हैं, और न अश्लील ही हैं। ये सिर्फ़ कविताएं हैं, जिन्हें एक बीमार लकड़हारे ने लकड़ियां काटने की धुन में बांधकर लिखा है। शब्दों में अश्लीलता कहां छिपी होती है?—क्या उन शब्दों के गर्भ धारण करने वाले कवि के मन में? अगर 'जन्म' लेने की प्रक्रिया 'अश्लील' नहीं है, अगर गर्भधारण करना एक जायज और न्याय-सम्मत कार्य है, तो शब्दों में अश्लीलता का आरोप करना अनुचित होगा।

फिर हमलोग तो कविता लिखते हैं, दूध पीने वाले बच्चों के लिए नींद की लोरियां तो नहीं लिखते! 'अश्लीलता' निरीह समाज सेवकों और दुविधाग्रस्त आलोचकों का शब्द है—कविता की शब्दावली और पारिभाषिक शब्दावली से इस शब्द का कोई नाता-रिश्ता नहीं है।

समसामयिक हिन्दी कविता को अगर हम 1960 के बाद की कविता मान लें, तो मेरी यह बात साबित हो जाएगी कि समसामयिक हिन्दी कविता अश्लीलता, और इसी तरह के दूसरे सवालों से मुक्त हो चुकी है। समसामयिक कवि बीमार हैं, लेकिन

उसकी बीमारी उसके परिवेश और उसके पूरे समाज की बीमारी है, जिसके बारे में वह अपनी कविताएं लिखता है वह 'कवि-कल्पना' का बीमार नहीं है, उसकी लगातार बीमारियां सही और सकारण हैं। वह अपनी बीमारियों को समझता है और उनके लिए सही इलाज ढूंढने में व्यस्त है।

औरतें हैं, लेकिन वे बासी सब्जियों की तरह सूख गई हैं। आदमी अपने घर और अपने दफ्तर के बीच एक 'पुल' की तरह टंगा हुआ है—पुल, या भूसे का पुतला! बाजार में हर चीज बिकती है, और उन्हें खरीदने के लिए सिर्फ़ पैसा चाहिए, दूसरी कोई ताकत उन्हें खरीद नहीं सकती। दिन बिक गए हैं। अपनी रातें हमने पुराने अखबारों के बंडलों के साथ बेच दी हैं। (क्या मुझे फिर नींद आ रही है? डॉ. रामकिशोर, क्या ऐसी दवा है, जो मेरी नींद तोड़ सके, और मुझे आप जैसे अनुभवी और विशेषज्ञ व्यक्तियों के साथ 'प्रेम' और प्रेम कविताओं के बारे में बातचीत करने दे सके?)

हमलोग प्रेम कविताएं नहीं लिखते हैं। 'प्रेम' की शब्दावली हमारे पास नहीं रह गई है। हम बिस्तरे में सोने की बात को बिस्तरे में सोने की बात कहते हैं—इसके बदले, तारकों में प्रिय के जगे रहने की बातें नहीं कहते :

...युवतियां अपनी देह से
निकलने वाली
मैथुन-गंध को
चौराहों की पीली रोशनी में
जला रही हैं।
मेरे देश में
तलाक देना जुर्म है...

श्री विष्णुचंद्र शर्मा की लंबी कविता 'आयात-निर्यात' (कविता संग्रह 'आकाश विभाजित है' में संकलित) की ये पंक्तियां मैं अपनी इस स्थापना के साक्षी के रूप में उपस्थित करता हूं। श्री मुद्राराक्षस ने (हमलोग कलकत्ते में एक लंबे अरसे तक, एक रिफ्यूजी-कॉलोनी के पास, पड़ोसी रहे हैं—अप्रासांगिक होते हुए भी हमारी कविता के स्वरूप में यह बात महत्व रखती है) 1960 के आसपास एक लंबी कविता लिखी थी—'सिन्दबाद की वापसी'। कविता में 'प्रेम की आधुनिक दुर्गति मैंने पहली बार वहीं देखी थी। और, अभी पिछले साल, अपनी कविता 'पुनरांकन' में मुद्राराक्षस ने 'प्रेम' कविता क़ो एक नई परिभाषा दी है :

जिस दिन शाम के रंग
मुझे जख्म-पोंछी रुई भरे
टिन-से गंदे लगे
...

चंद्रमुखी चेहरों की
खो गई सूची
जिस दिन
...
उस दिन लिखी गई कविता
दुबारा।

प्रेम कविताओं का यह नया सौंदर्यशास्त्र समसामयिक हिन्दी कविता को नए रंग और नई गंध देता है। स्वयं मैंने भी अपनी कविताओं की किताब 'कंकावती' (सुधी पाठकवृंद, आत्म-विज्ञापन के लिए मुझे क्षमा करें, यों यह बात प्रसंगवश ही लिखी जा रही है!) में कुल्हाड़ी को कुल्हाड़ी ही कहा है, और यही कोशिश की है कि औरतों के दिल और मर्द के पेट में उग आई हुई बबूल की झाड़ियों को इस कुल्हाड़ी से काट दिया जाए!

बबूल की झाड़ियों को काटने की कोशिश ही मेरी कविता की पहली और आखिरी कोशिश है—सिर्फ़ मेरी ही नहीं, और भी कुछ लोगों की कोशिश! व्यंग्य, आक्रमण, क्रोध, संभोग, पीड़ा, कामज्वर, नीति-हीनता, प्रेम और प्रतिज्ञा के स्तर पर हमलोग अपनी कविता को अपना मतलब बनाते हैं—अपने अस्तित्व, अपनी प्रतिभा का मतलब!

रा.कि.द्वि. : 'कविता व्यंग्याभिव्यक्ति का सशक्ततम माध्यम है' इस कथन से आप कहां तक सहमत हैं? आपकी दृष्टि में समसामयिक हिन्दी प्रेम कविताओं में व्यंग्य का क्या स्वरूप है? क्या 'व्यंग्य कविता' और 'आक्रोशी कविता' में कोई अंतर है?

रा.क.चौ. : मुझे क्षमा किया जाए। मेरी आखिरी बात, इस बातचीत में यही है कि मैं कविता को 'प्रेम-कविता', 'व्यंग्य कविता' 'आक्रोशी-कविता', 'नई कविता', 'पुरानी कविता' आदि वर्गों और उपजातियों में विभाजित करने के पक्ष में नहीं हूं।

कविता अपनी प्रतिभाओं के साथ, सिर्फ़ कविता होती है, श्लील या अश्लील, या नई-पुरानी कविता नहीं होती है। इन दिनों मैं फिर से एक बार निराला की कविताएं पढ़ रहा हूं, और मुझे लगता है कि निराला के बाद से और 1960 के पहले तक, आधुनिक हिन्दी कविता को एक बंजर धरती पर रहने का अवसर मिला, जहां बैठकर छाया वादी मनोभूमि और शब्दावली में जीते रहने वाले कुछ लोग 'तार-सप्तक' और उसके बाद के सप्तकों और अष्टकों की भीनी-भीनी झीनी-झीनी कविताएं लिखते रहे—बंजर कविताएं, अर्थहीन, बेमानी!

निराला की बागडोर 1960-65 के कवियों के हाथ में चली आई हैं। यह बागडोर हमलोगों के साथ में है।

—डॉ. रामकिशोर द्विवेदी के संकलन 'परस्मैपद' में प्रकाशित

परिशिष्ट

राजकमल के बारे में

शशिकान्ता चौधरी

मुझे उनकी प्रतिभा पर पूरा विश्वास था। लेखन के प्रति जो उनकी वफादारी थी, उससे मेरे विश्वास को बल मिलता था।

परिवार के बीच वे विशुद्ध पारिवारिक होते थे। परिवार वालों की किसी इच्छा की उन्होंने कभी अवहेलना नहीं की। हां, यह बात जरूर थी कि उन्हें लिखने-पढ़ने से ही ज्यादा-मतलब रहता था। रसोई बनाते वक्त नमक खत्म हो जाए, और वे लिख रहे हों, तो बताने पर यही जवाब मिलता—'आज बगैर नमक की सब्जी बना लो।'...अपने बच्चों से उन्हें बेदह लगाव था। अपनी मां (विमाता) तक की हर आज्ञा उन्हें शिरोधार्य होती।...अपने छोटे भाइयों को भी वे बहुत चाहते थे...

सुबह, सबेरे उठने की उनकी आदत थी, जबकि रात में नियमतः ढाई-तीन बजे तक वे लिखा-पढ़ा करते। कलकत्ते में जब 'ज्ञानोदय' में काम करते थे, तो सुबह नौ बजे कार्यालय जाना होता। पांच बजे शाम तक घूम-फिरकर वापस आते। घंटों विशुद्ध पारिवारिक बातें होतीं। हर समस्या में रुचि लेते। बच्चों के साथ खेलते। फिर भोजन के बाद, ढाई-तीन बजे तक लिखना। कई रात तो सोते तक नहीं, या फिर हाथ में कलम लिए ही सो जाते। टेबुल-लैंप और पंखा वे मशहरी के अंदर रखा करते।... नौकरी छोड़ देने के बाद तो और भी मुक्त होकर लिखने लगे।...

सन् साठ में उनका विधिवत लेखन शुरू हुआ, और सड़सठ में वे चल बसे। कुल मिलाकर यही छह-सात वर्षों का समय उन्हें लिखने को मिला। इसी बीच उनका यह विशाल साहित्य रचा गया।

इसके पीछे मैं समझती हूं, दो कारण थे। पहला अनुभव की विविधता और दूसरा, घर में लेखन के लिए उपयुक्त वातावरण। उनके लिखने-पढ़ने में किसी तरह की बाधा न हो, मैं हमेशा ध्यान रखती थी। लिखने के पीछे उन्होंने परिश्रम भी बहुत किया। पढ़ने बैठते तो सब कुछ भूलकर घंटों पढ़ते रह जाते...

---

* राजकमल चौधरी के पुत्र नीलकमल चौधरी

अधिकतर लेखक लोग उनसे मिलने आते। बाबा नागार्जुन, प्रकाश जैन, मनमोहिनी, चन्द्रमौलि उपाध्याय, शिवचन्द्र शर्मा, शम्भुनाथ मिश्र, बाबू साहेब चौधरी आदि लोग बराबर आते। कुछ बड़े-बड़े पदाधिकारी आते। सीताराम झा बराबर आते। और भी उनके कुछ दोस्त थे, जिनका आना-जाना हमारे यहां होता था।

घर में अगर लेखक की पत्नी शांत और स्वस्थ वातावरण बना सकें, जो लेखन के अनुकूल हो, तो यही सबसे बड़ी बात होगी।

लिखना बुरी बात नहीं है, बशर्ते कि लिखनेवाला लेखन के योग्य हो। नीलू* अगर पढ़-लिखकर इस योग्य हो जाएं कि परिवारवालों का भरण-पोषण कर सकें, तो इनका लेखक बनना मुझे बुरा नहीं लगेगा, अच्छा लगेगा।

उनकी बहुत सारी रचनाएं-डायरियां अप्रकाशित हैं। वे मेरे पास होनी चाहिए थीं। पर नहीं हैं। वे जब अंतिम बार बीमार पड़े, तो उन्हें महिषी से पटना लाया गया। मैं साथ थी। पटने में उनकी मृत्यु हुई। हम गांव लौटे। आप सोच सकते हैं कि उस समय मेरी क्या स्थिति रही होगी! मैं रचनाओं को सहेज नहीं सकी।

उन वस्तुओं को प्राप्त करने की मैंने कोशिश की। मगर, जिनके पास चीजें थीं, उन्होंने वापस नहीं कीं। मैं कर भी क्या सकती हूं? मेरी बड़ी सीमाएं हैं। संबंधों की सीमाएं...वे सब लोग मेरे अपने हैं...

इनकी मृत्यु के बाद, देश के कई स्थानों से इस तरह की सूचनाएं आईं कि हमारे परिवार के लिए चंदा वसूला जा रहा है। जैसे ही मुझे इस बात का पता लगा, मैंने कई अखबारों और पत्रिकाओं में स्पष्ट लिखा कि मेरे परिवार को किसी तरह के चंदे की जरूरत नहीं है। जिन लोगों ने चंदे दिए थे, उन्हें अपनी राशि वापस ले लेने की बात भी मैंने कही थी।

हर आदमी ने मुझे ठगने की कोशिश की है। हां, राजकमल प्रकाशन और मैथिली अकादमी से अच्छा संबंध रहा है। पिछले साल, वाणी प्रकाशन, दिल्ली वालों ने तीन किताबें छापने का प्रस्ताव रखा। मुझे एक हजार रुपए अग्रिम भेजे गए। जबकि वाणी वाले बराबर लिखते रहे कि हमने दो हजार रुपए भेजे हैं। एक हजार बिचौलिए खा गए।

—डॉ. तारानन्द वियोगी के प्रश्नों के जवाब में
श्रीमती शशिकान्ता चौधरी के वक्तव्य (मूल मैथिली में)

---

* राजकमल चौधरी के पुत्र नीलकमल चौधरी

राजकमल के बारे में

नामवर सिंह

मैं राजकमल चौधरी को बहुत कम जानता हूं। लेकिन मुझसे राजकमल के बारे में जो बातें बताई गई थीं—मिलने पर राजकमल मुझे बिल्कुल दूसरा ही लगा। सबसे अलग। राजकमल की जिंदगी एक आईने की तरह थी। उसमें हम सब कुछ साफ-साफ देख सकते हैं। राजकमल ने जो कुछ भी लिखा, वह उससे भी महान था। लेकिन हिन्दी में 'अनुभव की प्रामणिकता' वाली प्रवृत्ति को हमें रोकना चाहिए। क्योंकि कोई जरूरी नहीं कि लेखक जैसी कहानियां लिखे, वैसी ही जिंदगी जिए। व्यक्तिगत जीवन में लेखक कुछ भी हो सकता है, लेकिन उसकी कहानियां काफी अच्छी हो सकती हैं। अगर जैसा लिखे, वैसी जिंदगी जिए वाली बात हम समाप्त नहीं करेंगे तो राजकमल की तरह टूटने वालों का एक लंबा सिलसिला चालू हो जाएगा। वैसे मुक्तिबोध और राजकमल चौधरी ने यह दिखा दिया कि वे वैसी ही जिंदगी जी भी सकते हैं, जैसा कि वे कहानियों में खींचते आए हैं।

—'आद्यन्त' पत्रिका में राजकमल चौधरी के वक्तव्य के साथ प्रकाशित

कुछ प्रसंग

- सुपौल (बिहार) में आयोजित साहित्यिक समारोह से राजकमल कई साहित्यकारों के साथ गांव (महिषी) लौटे। रात में गांव के एक गायक बंगट झा के कीर्तन का आयोजन किया गया। सारी तैयारियां हो गईं। दरी, चादर इत्यादि बिछ गई। पर बंगट झा नदारद। रात के दस-ग्यारह-बारह बज गए। संदेशवाहक सब लौट आए। बंगट झा कहीं नहीं मिले। क्रोध में लह-लह करते राजकमल हाथ में बेंत लिए हुए निकल पड़े। सबने अनुमान किया कि आज फूलबाबू (राजकमल चौधरी), बंगट झा की खाल खींच लेंगे। किंतु बंगट झा नहीं मिले। सुबह-सवेरे उग्रतारा मंदिर के पास कोई बोला—वो रहा बंगट! राजकमल पुनः उसी उग्रता से दौड़े। छोटे-भाई ने रोकने की कोशिश की, पर उग्रता बढ़ती गई। बंगट झा पकड़कर मंगवाए गए। साहित्यकारों के साथ हर जगह घुमाए गए और अंत में मंदिर के सामने एक दुकान में डटकर उन्हें भोजन कराया गया और इसके बाद राजकमल ने कहा—जाइए, बंगट, आपको यही दंड दिया गया।

- सुपौल के साहित्यिक समारोह में मैथिली के गीतकार रवीन्द्र और कवि कीर्तिनारायण मिश्र के साथ राजकमल चौधरी भ्रमण करते हुए सुपौल मेला के सचिव श्री आनन्द मोहन दास (उर्फ मदन बाबू) के यहां पहुंचे। मदन बाबू ने राजकमल के सम्मान में मद्यपान का आयोजन कर रखा था। मद्यपान की व्यवस्था देखकर अपनी अनेक योजनाएं और साहित्यिक प्रसंग और परिहासात्मक धूर्तता का बखान करते हुए उन्होंने कहा, 'मदन बाबू, मुझे लगता था कि सुपौल में सारे के सारे नपुंसक ही रहते हैं, पर वह भ्रम टूट गया।'

- मदिरापन के पश्चात फूल बाबू कवि गोष्ठी में पहुंचे। आयोजक रामकृष्ण झा 'किसुन' देर होने की वजह से परेशान हो रहे थे। जमकर कविताएं पढ़ी-सुनी गईं। श्रोताओं ने जिद कर-करके लंबे समय तक राजकमल की कविताएं सुनीं।

समाप्ति के बाद कीर्तिनारायण मिश्र इत्यादि के साथ राजकमल मेले में चल रही नौटंकी मंडप की ओर चल पड़े। किसी से पूछा—'इस नौटंकी में छोकड़ियां भी हैं?' जवाब मिला—'चार पांच हैं।' राजकमल ने पूछा—'क्यों कीर्ति! थोड़ी देर नौटंकी नहीं देखेंगे? अच्छा ही तो है कि अभी किसुन जी नहीं है। (रामकृष्ण झा 'किसुन' का राजकमल अतिशय आदर और लिहाज करते थे)।

- तुरंत निर्णय हुआ और वे लोग नौटंकी की तरफ चल पड़े। नौटंकी का मैनेजर स्वयं कवि था, वह इनलोगों के पास आया। राजकमल ने कहा—'इस लड़की का डान्स देखना चाहते हैं और गाना एक आध ठो सुनना चाहते हैं।' उस समय स्टेज पर कोई छोकरी नाच-नाचकर नौटंकी के तर्ज पर गा रही थी, मैनेजर खुद इनलोगों को गेट तक ले गए और गेट कीपर को बोले—ये कवि लोग हैं इनको भीतर जाने दो।—सारी कुर्सियां भरी हुई थीं गेट कीपर ने मैनेजर से कहा : 'कुर्सियां मेला ऑफिस से मंगवानी पड़ेंगी।' कवियों में से किसी ने कहा : 'हमलोग बैठेंगे नहीं, खड़े-खड़े एक-दो गीत-डान्स सुन-देख लेंगे।' मैनेजर इस पर बोला : 'ठीक है, कवियों के लिए कुर्सियों की जरूरत नहीं हैं, ये लोग खड़े-खड़े ही कुछ देर देख लेंगे।'

- इतना सुनना था कि राजकमल क्रोध से पागल हो गए, तत्काल गेट से बाहर आकर चीखने लगे, 'क्या कवि ऐसे निरीह होते हैं कि उसके लिए कुर्सी की जरूरत नहीं होती? क्या समझ रखा है तुमलोगों ने कवियों को? देखो, अब मैं कवि राजकमल नहीं हूं। तुम मुझे मुफ्त में देखने वाले समझते हो? चोट्टे, बेईमान? अभी तुम्हारी नौटंकी में हंगामा कर देंगे, सारे पर्दों में आग लगा देंगे। मैं अब कवि नहीं, केवल राजकमल चौधरी हूं—राजकमल चौधरी...।'

- भारी हंगामा मच गया, सारे लोग उन्हें शांत करने लगे, मेला सचिव ने नौटंकी मैनेजर को बुलाकर डांटना शुरू कर दिया, और इधर राजकमल चौधरी का क्रोध था कि शांत ही नहीं होता था। मेला समिति के सदस्य शैलेश कुमार पाठक, रामकृष्ण झा 'किसुन' को बुला लाए। किसुन जी राजकमल के पास गए और बड़े प्यार से राजकमल के गालों पर प्यार से थपकियां देते हुए बोले : 'फूल बाबू इतने क्रोधित क्यों हैं? नौटंकी वालों को तो मैं आज और अभी इस मेले से भगा देता हूं। नौटंकी देखना था तो मुझे क्यों नहीं कहा? स्पेशल क्लास में कुर्सियां लगवा देता, इस गरीब मैनेजर की हैसियत क्या है? घर चलिए, मछली ठंडी हो गई होगी। खाकर आएंगे तब नौटंकी देखेंगे।

- और, अपनी पीठ पर किसुन जी के हाथों का स्पर्श पाते ही पता नहीं शेर की तरह दहाड़ते राजकमल कैसे शांत हो गए और बोले : 'किसुन जी आप मेरी कमजोरी जानते हैं कि आप जो कहेंगे वह मुझे करना पड़ेगा। किंतु आज मैं इस नौटंकी वालों को दिखा दूंगा कि राजकमल चौधरी क्या है।'

- फिर किसुन जी ने उन्हें समझाते हुए कहा : 'ऐसा पागलपन भी कोई करता है? चलिए! राजकमल उनके साथ चल पड़े।

—आखर, मई-अगस्त-1968; मैथिली की पत्रिका

●●●